마법사들

Les enchanteurs
by Romain Gary
Copyright © Éditions Gallimard 1973
Korean translation copyright © Maumsanchaek 2017

This Korean edition was published
by arrangement with Éditions Gallimard
through Sibylle Books Literary Agency, Seoul.

이 책의 한국어판 저작권은 시빌에이전시를 통해
프랑스 Gallimard사와 독점 계약한 마음산책에 있습니다.
저작권법에 의해 한국 내에서 보호를 받는 저작물이므로
무단 전재 및 무단 복제를 금합니다.

■ 이 도서의 국립중앙도서관 출판시도서목록(CIP)은
서지정보유통지원시스템 홈페이지(http://seoji.nl.go.kr)와
국가자료공동목록시스템(http://www.nl.go.kr/kolisnet)에서 이용하실 수 있습니다.
(CIP제어번호: CIP2017008472)

마법사들

로맹 가리

백선희 옮김

마음산책

마법사들

1판 1쇄 발행 2017년 4월 25일
1판 3쇄 발행 2017년 5월 15일

지은이 | 로맹 가리
옮긴이 | 백선희
펴낸이 | 정은숙
펴낸곳 | 마음산책

편집 | 이승학 · 최해경 · 김예지 · 류기일   디자인 | 이혜진 · 이수연
마케팅 | 권혁준 · 김종민   경영지원 | 박지혜

등록 | 2000년 7월 28일(제13-653호)
주소 | (우 04043) 서울시 마포구 잔다리로 3안길 20
전화 | 대표 362-1452 편집 362-1451   팩스 | 362-1455
홈페이지 | http://www.maumsan.com
블로그 | maumsanchaek.blog.me
트위터 | http://twitter.com/maumsanchaek
페이스북 | http://www.facebook.com/maumsanchaek
전자우편 | maum@maumsan.com

ISBN 978-89-6090-311-1   03860

* 책값은 뒤표지에 있습니다.

생명을 부여하길 원한다면
고통 받는 걸 받아들여야만 한다.
고통 없이는 삶도 사랑도 없다.

행복은 살갗 수준에 머무르고 두께를 싫어한다.

그것은 하루살이로 연명한다.

1

사자 발 모양의 받침대 위에 우뚝 선 회색 돌난로, 무릎 위에 얹힌 담요, 이따금 내 심장이 제 의무를 잊을 때 벨을 울리도록 손 닿는 곳에 마련된 줄, 노랑·빨강·초록의 어릿광대 옷을 입고 불 위에서 춤을 추는 작은 인형……. 어느 낯선 형제가 이 말을 했더라? "나는 성인이 되길 거부하고 어린아이로 남았다."

나의 어린 시절을 통틀어 언제나 내게 가장 우정 어린 목소리를 빌려주었고 이번에도 나의 화자가 되어줄 시절은 전설과 몽상이 자라기 좋은 러시아의 오래된 숲속, 크라스노다르 지방의 라브로보에 자리한 우리 영지에서 보낸 1760년 즈음이다. 나의 유년기는 참나무들의 긴 속삭임이었다. 그 나무들과 더불어 나는 첫걸음마를 뗐다. 가끔은 그 나무들이 유모보다 나를 더 달래주었고 가정교사들보다 더 많은 것을 가르쳐주었다는 생각이 든다. 신비에 기회를 주는 모든 것보다 어린 영혼을 풍요롭게 하는 게 없으니 라브로보 부근의 길 없는 숲은 아주 일찍 내 상상에 천 갈래 오솔길들을 열어주었고, 나는 그 길들을 탐험하는 일을 영원히 끝내지 못할 것이다. 나는 여섯 살부터 그 오솔길들에 괴물과 마법사들을 살게 했고, 그 짙은 그림자들 틈에서 땅의 요정들과 리에시liéchy들을 찾아냈다. 농부들이 무척이나 겁내는 숲의 악령들 말이다. 나는 용감하게 내 참나무 군대의 선봉에 서서 그 악의 힘들에 대항하며 걸었고, 우리는 함께 노래하며 승리를 자축했다.

내가 허기져서 집에 돌아와 우리 집 요리사 예브도티아의 화덕 위에서 온종일 지글거리는 잼 케이크로 배를 채울 때면 아버지는 종종 내게 물으셨다.

—그래, 오늘은 또 누굴 만났니?

나는 스물두 마리의 붉은 용을, 검은 바탕에 초록 얼룩무늬 날개를 단 노란 일곱 난쟁이를, 이빨까지 곤두세운 거대한 거미를 열거했다. 모두 한 번의 전투로 무찌른 것들이었다.

아버지는 근엄하게 고개를 끄덕였다.

—잘했어. 그러나 기억해둬라. 나중에 네가 성인이 되었을 때 진짜 무시무시한 괴물은 눈에 보이지 않는다는 걸 말이다. 그래서 더 위험하지. 그런 괴물들은 냄새로 찾는 법을 배워야 해.

나는 그런 조잡한 술책에 절대 속지 않겠다고 아버지에게 약속했다.

그저 흘러갈 뿐인 시간을 아버지는 마치 대지주처럼, 수확할 생각에 늘 조급해 연한 새싹과 갓 피어난 봉오리들을 우습게 여기는 땅 주인처럼 묘사했다. 이곳 여름은 결코 끝날 것 같지 않았다. 9월 중순이면 나는 예쁘지만 추운 상트페테르부르크 집으로 돌아갔다. 그 집은 모이카 지역에 자리한 옛 오흐레니코프 궁으로, 푸시킨에게 그의 가장 아름다운 시 가운데 한 편을 쓰도록 영감을 주었다는 청동 기마상에서 멀지 않다.

우리는 표트르대제가 모스크바 지역의 문을 열어 서양 문물을 받아들이게 한 시절에 러시아에 정착한 베네치아 출신 곡예단 가족이다. 나의 할아버지 레나토 자가는 재주 부리는 원숭이 한 마리, 성스러운 유물 몇 점, 어릿광대 옷 한 벌, 오늘날까지도 곡예사들이 저글링에 사용하는, 빈 나무병 다섯 개를 전 재산으로 갖고 베네치아에서 왔다. 그는 종교재판의 날벼락을 피해 황급히 베네치아를 떠나야 했는데, 이런 상황이었다. 마흔다섯 살즈음, 할아버지는 코메디아델라르테 소극단들과 장터 간이무대에서 꽤나 명예로운 경력을 쌓아오다가 곡예와 밧줄타기에서 능란한 재주를 부리는 것이 더는 예술적 표현 방식으로 충분치 않아서였는지 아니면 뇌에 어떤 경련이 일어난 결과인지 미래를 예언하기 시작했는데, 당시 사기꾼들에게서 흔히 보던 이 일이 할아버지에게는 대단히 유감스러운 결과를 낳았다. 베네치아공화국은 모든 걸 오락으로 만들고 진지한 건 결코 용서하지 않았다. 그런데 나의 조부는 우연의 장난인지 아니면 마법사들에게 치명적인 진정성을 타고난 선천적 결함 때문인지 미래를 읽으면서 속임수를 쓴 게 아니라 진짜 일어난 사건들을 예고하기 시작했다. 그런 식으로 그는 칸디아 난바다에서 터키군이 침몰시킨 갤리선 열여섯 척의 파선을, 포르투갈인들이 경쟁에 뛰어들면서 일어난 향신료 가격의 처참한 추락을, 1707년의 페스트 대재앙과 해를 거듭하면서 베네치아공화국에 덮친 온갖 불행을 예언했다. 한발짝만 내디디면 그 불행의 책임을 그에게 지울 수 있었고, 선량한 대중에게 희생양을 던져주려고 늘 고심하던 도제는 그 걸음을 내딛길 망설이지 않았다. 하지만 나의 할아버지 레나토는 온갖 성가신 일들을 초래한 바로 그 탁월한 육감 덕에 슬픈 종말을 모면할 수 있었다. 달 밝은 어느 밤, 수면 모자를 눈 밑까지 내리고 이불을 세 겹이나 덮고서 꿈의 신 모르페우스의 귀를 기분 좋게 만들 정도로 신나게 코를 골며 자던 그의 눈앞에 문득 종탑에 매달린 자신의 모습이 보였다. 그는 공화국의 적들을 감금해 굶주리고 얼어 죽게 내버려두는 죽음의 우리에 갇혀 매달려 있었다. 썩 끌리지 않는 그 환영에 깜짝 놀라 잠에서 깬 나의 할아버지는 비명을 내지르며 침대에서 뛰쳐나와 광대 가방과 어린 원숭이 아브라함, 순례자들에게 팔 생각으로 키오자에서 주문 제작한 제롬 성자, 마르코 성자, 키프리아누스 성자, 성 동정녀 성물을 챙긴 뒤 창문을 열고 지붕에서 지붕으로 건너뛰어 리알토에 이르렀고, 그곳에서 우디네로 가는 베스트팔리아 나사羅紗 상인들 배에 올라탈 수 있었다. 이 시장 저 시장을 거쳐 드레스덴까지 오게 된 그는 러시아 궁을 드나드는 플루트 연주자 장마리 도들랭의 이발사로 고용되는 행운을 잡았다. 온갖 소문의 매력으로 문화가 꽃을 피운 이 나라에 이른 나의 할아버지 레나토는 우리 부족이 역사를 통해 언제나 보여준 즉흥성과 유연성의 재능을 발휘해 유행에 따라 가는 곳마다 자신을 "철학자"로, "천상의 징조를 끈기 있게 읽는 사람"으로, "볼로냐 대학의 온갖 학위를 가진 박사"로 소개했다. 나는 이 흥미로운 자격들을 모스크바 상인 루비니의 일기장에서 베껴두었다. 이 상인은 나의 할아버지에 대해 자주 감탄하면서 한번은 미래 읽기에 할애된 어느 연구 모임 후에 이렇게 외쳤다. "서양에서 불어오는 정신의 바람 덕에 지식의 나무에서 얼마나 멋진 열매들이 우리 발밑에 떨어졌던지!"

나는 이 유명한 조상의 삶과 활약에 관해 아버지에게 줄곧 물었다. 베네치아에서 미래를 예고해 그렇게 맞힌 뒤로 계속해서 미래를 예견했는지? 만약 그랬다면 그가 예고한 대로 계속 사건이 일어났는지? 이 점에 대해 나의 아버지의 대답은 단호했다. 경험으로 깨우친 레나토 자가는 진실을 페스트처럼 피했다는 것이다. 그는 대중의 호감을 사기를 갈망하는 예술가가 대중에게 보여줄 수 있는 건 진실이 아니라 환상이라는 걸 이해하고 있었다. 진실은 대단히 행실이 고약해서 종종 제멋대로 굴고 누구 마음에 들 생각 따위는 하지 않기 때문이다.

—아들아, 우리가 진실에는 결코 맞서지 못한다는 걸 기억해라. 그 진실이 아무리 불쾌하고 위협적이고 잔인하더라도 말이다. 그러나 진실을 말하는 사람들에게는 언제나 맞서서 모든 걸 할 수 있단다……. 그러면 비참해지지. 감방에 가든지 아니면 더 나쁜 상황에 놓이게 돼. 네 할아버지는 존경받는 부자로 돌아가셨다. 그분은 대중이 우리 비천한 시종들에게서 무엇을 기대하는지 알았던 거야. 약간의 환상, 약간의 희망을 기대한다는 걸 말이다…….

아버지는 내가 버릇처럼 앉은 당신의 무릎에서 나를 가만히 들어 올렸다. 그러더니 코페르니쿠스의 관측의와 하늘의 빛을 한데 끌어모으는 거울망원경 사이에 자리한 커다란 베네치아 장롱 쪽으로 갔다. 자가에게는 천문대 구실을 하는 장롱이었다. 그것은 지붕과 정원 들을 굽어보고 있었는데, 아버지는 내가 아주 어릴 적부터 그걸로 별들을 가르쳐주었다. 별들도 조금은 우리 가족 같아서, 깜박이며 착각을 일으키고 장난을 치는 힘으로 아이들과 떠돌이 광대들을 속일 준비가 되어 있기 때문이다. 나의 아버지는 장롱을 열고 마술사 레나토의 귀중한 유물을 꺼냈다. 회색 커프스 장식과 은장 단추가 달린 프랑스풍 검은색 궁정 예복 한 벌, 가발, 실크 양말, 무도화, 황금색 손잡이에 가짜 루비와 가짜 다이아몬드가 박힌 기다란 지팡이. 나는 할아버지를 거의 눈앞에서 보는 것만 같았다. 매일 피스톨라리 판화에서 보던 모습 그대로였다. 암흑처럼 어두운 눈, 공격적이고 오만해 보이는 큰 코, 조소를 겨우 참고 있는 듯한 입술, 그리고 생기 넘치고 변화무쌍한 표정을 판화는 꼼짝 못하게 붙들어두었으나 내 눈은 점차 그 움직임을 되찾는 법을 터득했다.

옷에는 훈장이 잔뜩 달려 있었다. 나의 조상이 유럽의 저명한 군주들에게서 수여받은 온갖 메달, 휘장, 금 명찰이나 도금 명찰 앞에서 내 눈은 휘둥그레졌다. 안심시키는 기술보다 인간에게 더 큰 보상이 따르는 게 없다는 사실을 내가 이해하기까지는 오랜 시간이 걸렸다. 아버지는 곁눈으로 나를 살폈다. 그는 베네치아 장롱에서 그렇게 멋들어지게 차려입고 나온 효과에 흡족해하는 것 같았다. 나는 심장이 쿵쾅 뛰었고, 언젠가는 나도 저런 명예로운 인증을 받게 되리라 생각했다. 사람들의 주목을 끄는 재능과 진실을 알고도 말하지 않을 줄 아는 재간만 좀 갖춘다면 말이다. 요컨대 이것이 나의 아버지가 심히 강조하지는 않으면서 내게 가르쳐준 우리 직업상의 기본 규칙이었다.

—사람들의 마음을 사로잡을 것, 매료할 것, 믿고 희망하게

만들 것, 혼란이 아니라 감동을 안길 것, 영혼과 정신을 드높일 것, 한마디로 마법을 걸 것. 이것이 오래된 우리 부족의 사명이야……. 그래서 어디서도 숨은 의미나 작은 희망의 불씨조차 보지 못하는 침울한 사람들이 우리를 협잡꾼으로 취급하는 거란다…….

아버지는 장롱을 다시 닫았다. 내 눈엔 이제 막 레나토 할아버지가 마법 상자 속으로 걸어 들어간 것처럼 보였다. 그러나 마법 상자는 조금 더 멀리, 희고 검은 대리석 타일 바닥에 놓여 있었다. 그 상자에 들어가 몇 분만 머물다 나와도 세상에 가진 것 없는 사람들에게 용맹스러운 힘을 부여해주는, 먼 대기에서 온 우주의 정기를 빨아들여 원기를 회복할 수 있었다. 아버지는 에브라임의 두 번째 계시에 담긴 몇몇 지시에서 영감을 얻어 이 기계를 개량하려고 시도했다. 그 계시에 따르면 불멸의 기류들이 하늘에 떠도는데, 그 방향을 땅 쪽으로 틀 수 있다는 것이다. 뒬락씨처럼 악의를 가진 역사가가 그의 형편없는 저서 『18세기의 협잡꾼, 기생충, 부랑자』에서 무슨 말을 했건, 문제는 결코 우리 동네 제빵사 마르파의 잼처럼 그 기류들을 붙들어 병 속에 집어넣는 게 아니라 그 이로운 효능으로 병자들을 치료하려 했다는 것이다. 내 말은 나의 아버지가 어떤 병에는 정신적 원인이 있다는 걸 최초로 이해한 사람이라는 얘기다. 막대한 자금이 요구되는 이 연구를 나리시킨 대공이 후원했는데, 오직 금만이 불멸과 필요한 교제를 할 수 있기 때문이다.

레나토 자가는 절제를 모르고 파티를 좋아해서 베네치아식이 아니라 러시아식으로 셈하지 않고 소비를 하는 바람에 재산을 거의 남기지 않았다. 나의 아버지는 혼자 힘으로 재산을 모았다. 사람들이 살고 죽는 데는 혹독한 현실 외에 다른 것들이 필요하다. 나는 오늘날조차도 머뭇거리지 않고 이 말을 쓴다. 요즘처럼 환상이 사회에서 큰 역할을 한 적이 없고, 우리 부족이 이 예술을 시작했을 적부터 제 소명을, 환상을 제공하는 소명을 게을리한 적이 없었기 때문이다. 그러니 나는 아버지의 작업실에 더 오래 머물 수밖에 없다. 요즘처럼 근사한 연극이 판을 치는 마당에 만약 독자가 이 보잘것없는 연극에 관심을 못 갖는다면, 내가 독자를 떠나 눈을 감고 거대한 소파에 파묻힌 채 온갖 신기한 물건들 틈에서 넋 나간 아이를 만나더라도 용서해주시기 바란다. 벽난로에서는 불꽃이 으르렁거리고 빨강, 주황, 초록, 파랑의 알록달록한 광대 옷을 입은 작은 불사람, 이유는 모르겠지만 내가 오래전에 키타예츠, 다시 말해 중국인이라고 별명을 붙인 내 친구가 장작 위에서 춤을 추는 동안 말이다.

2

아버지가 손님들을 맞이하는 작업실에는 다른 세계에서 떨어진 검은 돌들, 달과 토성의 운석들과 심지어 주먹만큼 큰 샛별의 파편—성스러운 보물이다—까지 있었다. 이집트 사제들이 잠들어 있는 석관도 여럿 있었는데, 말해줄 수 없는 어떤 방법으로 그 사제들에게 말을 걸 수도 있었다. 점성술이 첫 법칙들을 발견하고 뒤이어 전성기를 맞았던 나라와 시대에서 온 천체에 관한 문서들도 있었다.

그중 하나는 시라즈의 그 유명한 오브다이Hobedaï의 것이었다. 나는 볼셰비키혁명 직후에 그것을 들고 나왔고 바젤 박물관에 좋은 값을 받고 팔아 살아남을 수 있었다. 그 문서는 지금도 그 박물관에 전시되어 있다. 아버지의 지시에 따라 독일에서 만들어진 광학기구들 중에는 너무 복잡해서 지금까지 누구도 그 비밀을 풀지 못한 것들도 있었다. 나는 이따금 이런 생각이 들어 애정 어린 조소를 금치 못한다. 아버지에게 점을 보러 찾아와 그의 별점에 아주 비싸게 값을 치르곤 하던 사람들을 감복시키려고 아버지가 그 기계들을 놓아둔 건 아닌지 말이다.

이 모든 꿈의 잡동사니 속에서도 책장만큼 나를 매혹적으로 끌어당기는 것이 없었다. 벽 한 면을 몽땅 차지한 책장은 금실과 은실로 수놓인 묵직한 자주색 비단 커튼 뒤에 자리하고 있었다. 커튼은 연극의 막처럼 열렸다. 책들은 켜켜이 쌓인 먼지와 거미줄에 덮여 있었다. 하인들이 그걸 건드리지 못하게 금지령이 내려 있었기 때문이다. 아마도 아버지는 방문객들이 거기에 코를 들이밀 생각을 아예 못하게 막고 싶었던 모양이다.

지속되는 것에는 고통을 안기지 못하는 시간이 책에 대해서만큼은 유독 사나운 이빨을 드러낸다. 시간은 영원의 싹을 품은 이 책들을 무엇보다 겁낸다. 생각들이 살아 있어 언제든 튀어나올 태세를 하고 있는 영원의 싹 말이다. 생각들은 종종 내게 수천 년의 세월이 흐른 뒤 빙하 아래에서 발견되는 씨앗, 자유로운 공기와 빛에 내놓으면 곧바로 번식이 가능해져 다시 살기 시작하고 꽃을 피우는 쾌거를 이뤄내는 씨앗을 떠올린다. 아버지는 어느 날 밤 뭔가 긁는 듯한 수상쩍은 소리를 듣고서 일하다 말고 책 쪽으로 갔다가 양피지를 갉아 먹는 시간의 벌레들을 보게 되었으며, 그 벌레들이 시계 문자반 위에서 뛰어다니는 것도 볼 수 있었다고 얘기해주었다. 아버지는 그 벌레들을 달아나게 하려고 최고 높은 심급 기관들에 호소해야만 했다고 말했다.

그렇게 엄청난 보물에 대한 위협 때문에 걱정이 이만저만이 아니었다. 종종 잠이 안 오면 나는 일어나서 단단한 몽둥이로 무장하고 살금살금 책장으로 다가가 책들 옆에서 불침번을 섰다. 나는 이미 겁 없고 거리낄 것 없는 영웅의 나이인 일곱 살이어서 오래된 라브로보 숲이 그동안 속삭이며 들려준 온갖 아름다운 이야기에 내가 걸맞은 인물이 되길 기다리고 있다는 걸 알았다. 나는 기다렸다. 그러나 시간은 오지 않았다. 시간은 상대가 누구인지 알았던 것이다. 눈이 감겨왔다. 무장한 방랑 기사들이 내 눈꺼풀 아래로 지나가며 창을 내리고 내게 인사를 건넸다. 흰 깃털 장식 아래로 그들의 투구가 번쩍였고 방패 위의 사자, 그리폰, 날개를 펼친 독수리들 틈에서 문득 나의 강아지 미시카가 꼬리를 흔드는 게 보였다. 아버지는 몽둥이를 꼭 쥔 채 책장 아래에서 잠든 나를 여러 번 발견했다. 그럴 때면 아버지는 내 위로 다정하게 몸을 숙여 나를 품에 안아서 침대로 데려가곤 했다. 이 기억은 사람들이 고독이라고 부르는 혹한의 시기에 내게 더없이 안전하고 포근한 피신처로 남아 있다. 아버지는 그 못된 짐승을 보았느냐고 내게 묻곤 했다. 나는 말했다. 아뇨, 시간은 도망쳐버렸어요. 아마 내가 여기 있는 걸 알았나 봐요. 내가 몽둥이를 들고 있는 걸 창문으로 보고 감히 오지 못했나 봐요. 그런데 어느 날 저녁, 나는 특별한 기미를 보이지 않는 침묵에 불안해져서 침대 속에서 두 눈을 부릅뜨고 귀를 쫑긋 세우고 있다가 순찰을 돌기로 결심했고, 맨발로 소리 내지 않고 살금살금 나갔다. 모든 것이 잠들어 있었다. 벽이며 가구며 휘장은 불안할 정도로 꼼짝하지 않았다. 마치 계획된 부동처럼 보였다. 그런 술책을 잘 알기에 나는 주변의 모든 것이 겁을 먹고 있다는 걸 모르지 않았다. 온 사물이 숨을 죽이고 있었다. 내 심장은 경계경보를 울렸고, 나는 내 친구인 라브로보 숲의 참나무들이 너무 멀리 떨어져 있는 것이 몹시도 아쉬웠다. 아버지가 그 나무들을 상트페테르부르크까지 불러

올 마법의 주문을 아직 찾아내지 못했기 때문이다. 나는 살그머니 문을 열었다. 달빛이 책장 위로 쏟아지고 있었다……. 내 눈은 휘둥그레졌다. 심장이 밖으로 튀어나와 도망치는 줄만 알았다. 시간이 거기 와 있었던 것이다. 녀석은 들키지 않으려고 박쥐로 변장하고 있었지만 나는 어려서 그런 술수에 속지 않았다. 서둘러 나는 몽둥이를 들었다. 그런데 안타깝게도 그 더러운 짐승을 세상에서 내쫓을 기회를 놓치고 말았다. 내가 그만 비명을 질렀기 때문이다. 그 비열한 놈은 들킨 걸 알아차리고 분노의 괴성을 내지르며 창문 밖으로 날아가버렸다. 나는 아버지를 깨우러 달려가 울면서 아버지의 품에 안겼다. 나는 겁에 질려 떨었고, 운다는 것이 창피해서 떨었다. 그러면서 아버지에게 내가 어떻게 시간의 꼬리를 잡아 몽둥이질로 그놈을 죽여 책 속에 든 모든 걸 구할 뻔했는지, 그리하여 책의 내용물이 결코 늙지 않고, 아무도 절대 죽지 않고, 내가 아버지와도, 강아지 미시카와도, 친구들인 참나무들과도 절대 헤어지지 않고 언제나 지금처럼 모든 게 행복할 뻔했는지 얘기했다…….

아버지는 나를 끌어안아 내가 품속에서 흐느끼도록 내버려두었다. 아버지는 말없이 내 머리를 쓰다듬었다. 그러곤 용기를 잃지 말라고, 시간은 반드시 다시 올 거라고, 어쩔 수 없이 그럴 수밖에 없을 거라고 말했다. 그때는 내가 꼬리를 붙잡을 수 있을 테고, 그걸 예브도티아에게 주면 뭉근한 불에 익힐 거라고, 그녀가 알아서 할 거라고 말했다. 아버지는 내가 잘못 본 게 아니라고 확인해주었다. 시간이 박쥐로 변장한 게 맞았다고. 그렇다. 때로 사람들이 협잡꾼이니 광대라는 말로 부르곤 하는 오래된 우리 부족 사람들이 언제나 할 줄 알았듯이 나는 평범한 외관에 속지 않고 사물들을 제대로 볼 줄 알았다. 아버지는 덧붙여 말했다. 사람들이 우리에게 갖다 붙이는 그런 이름을 부끄러워하지 말아야 한다고, 그것이 모든 이름 가운데 가장 아름다운 이름이라고. 그러더니 아버지는 내 어깨에 손을 올리고, 너무 어둡고 타는 듯해서 사람들이 종종 뜨거운 숯불에 비교하곤 하지만 나는 언제나 매우 온화하다고 생각한 눈으로 골똘히 나를 쳐다보더니 미소 지으며 뭔가를 말했는데, 그때는 그 의미를 바로 알지 못했다.

　—넌 재능이 있을 것 같구나.

　서재에는 최초의 계시들, 최초의 계시자들 시대의 낡은 주술서 몇 권과, 낙엽과 말린 곤충 냄새가 나는 파피루스, 노스트라다무스가 직접 손으로 쓴 『백시선Centuries』, 수도사 베네딕트 드 빌룸이 성자 세제르의 예언을 옮겨 적은 판본이 있었다. 오늘날 최고로 부유한 수집가들이 좋아할 법한 물건들이다. 천체에서 미래를 거침없이 읽는 아버지도 예언은 절대 하지 않는데, 누구도 기쁨과 행복을 말할 때는 사용하지 않는 운명이라는 말의 속성 때문에 예언은 언제나 불길하게 변해버리기 때문이다. 그런데 베네치아 전통으로는 좋은 일만 알려서 사람을 안심시키고 기쁘게 해주는 것이 원칙이었다. 베네치아에서는 나쁜 소식을 얘기한 사람이 잘된 경우를 보지 못했고, 이 점에 있어서만큼은 나의 할아버지 레나토의 모험이 우리에게 큰 교훈이 되었기 때문이다. 따라서 아버지는 분명 미래를 술술 읽었지만 학문적으로, 다시 말해 하늘의 징후에서 정보를 끌어내는 대신 그 징후들에 정보를 제공했다. 내 말은 아버지가 그를 찾아오는 지위 높은 사람들의 심리와 그들이 서로에 대해 제공하는 정보에서 점성술의 영감을 얻었다는 얘기다. 또 아버지는 급료를 지급하는 정보원들도 두었고, 정치와 관련된 모든 걸 연구했기에 점성술 일에 큰 도움이 되었다. 그는 결코 모험을 즐기는 사람이 아니었다.

어느 날 나는 이미 읽는 법을 터득했기에 직접 입문에 나서려고 작심했다. 나는 아버지의 작업실로 몰래 들어간 뒤 사다리를 타고 올라가 이미 오래전부터 눈독 들이고 있던 책을 집어 들었다. 금박과 은박으로 장식된 화려하고 고급스러운 제본은 책 속에 담긴 지식의 보물을 예고하는 것처럼 보였다. 책등에는 몇 가지 신비한 기호, 삼각형들, 저울들, 눈 하나를 그린 그림, 그리고 조하르 경전에서 미트라 신이 말하는 지혜의 돌을 그린 판화가 있었다. 지혜의 돌은 광채를 내뿜고 있었다. 상아와 칠기와 공작석이 상감된 보들보들하고 오묘한 다마스 가죽 표지에는 키시네프 산헤드린의 어느 유대인 청년이 내게 가르쳐준 그 히브리어로 소름 돋는 몇 마디가 새겨져 있었다. **영원과 죽은 자들의 대부활에 관한 개론**. 나는 망설였다. 책을 펼치기만 해도 누군가를 깨울 것만 같았다. 그런데 아버지가 내게 가르쳐준 그 첫 번째 진리는 불운한 마술사의 제자 이야기였다. 아버지는 그런 불운은 인류에게 내려진 저주 가운데 하나이고 세상에서 흔히 일어나는 일이라고 말했다. 그렇지만 나는 운이 좋은 아이인 데다 자가 집안사람이고 거의 집시나 다름없었다. 우리 집안사람 가운데 누구도 비밀을 훔치는 걸 망설여본 적이 없었다. 나는 책을 펼쳤다.

책에는 베네치아의 서적상인 피테리가 출간한 골도니 씨의 희극들이 실려 있었다.

나는 어리둥절 입을 헤벌린 채 눈만 깜빡였다. 거기엔 「정직한 모험가」 「양식 있는 기사」 「바지」 「서른 두 명의 익살광대」가 있었고, 「웃음은 인간의 속성이기에」라는 프랑스어 제목으로 다른 재미난 소극들도 실려 있었다.

나는 책장을 넘겼다. 그랬다. 다른 건 아무것도 없었다. 어떤 신비의 열쇠도, 어떤 숭고한 비밀도 없었다. 언제라도 쓰일 준비가 된 웃음뿐이었다. 베네치아 축제.

이제 막 내게 주어진 계시가 얼마나 적절한 건지 알기엔 난 너무 어렸다. 나는 실망했다. 열려라 참깨를 외쳤는데 꼴사나운 꼭두각시 인형밖에 발견하지 못한 기분이었다. 광대라는 인물이 단지 장터에서 익살이나 떠는 인물이 아니라 민중의 자식이요, 원죄의 세기에, 고통과 못과 가시를 예찬하는 고딕 예술의 세기에 익살로써 대답하려고 더없이 깊은 고통에서 나왔다는 사실을 내가 이해하기까지는 몇 년이 걸렸다. 그렇다. 광대는 발길질로 어둠의 장막을 찢고 인간에게 복종과 체념을 강요하는 모든 걸 조롱하기 위해 민중에게서 나왔다. 나는 그런 생각은 짐작도 못한 채 골도니 씨의 희극을 읽으려고 서재를 종종 찾았다. 그렇게 나는 나무 의자에 걸터앉아 민중이 오래전에 알게 된 비밀들, 민중의 한 아이가 피리를 만들고 춤추기 시작하면서 이 땅 곳곳에서 축제와 노랫소리가 드높아졌을 때부터 알게 된 비밀들에 점차 입문했다. 별들과 놀고, 가는 길에 놓인 함정을 건너뛰고, 그의 길을 가로막는 온갖 괴물들에게 살아 있다는 행복과 웃음으로 맞서는 그 반항아와 함께 나는 오랜 시간을 보냈다. 나의 탄생을 지켜본 세상과 전혀 다른 세상, 그러나 허무와 냉소 어린 영원한 물음들에, 불행이라는 음험한 벌레가 던지는 "그래 봤자 무슨 소용이냐"라는 물음에 용기와 불복종 외에 달리 더 좋은 대답을 아직 찾지 못한 세상에서 내가 위대한 시인 앙리 미쇼의 이 문장을 읽은 날까지는 그랬다. **겁주려는 증오와 멸시의 고함을 듣고서 돌부리에 걸려 비틀거리는 사람은 이미 20만 년 전부터 걷고 있었다.** 이 글을 읽던 바로 그 순간, 나는 그렇게 엄숙하고 세상의 온갖 지혜를 가진 듯해 보이는 그 책 속에 왜 아버지가 광대라는 인물을 감춰두었는지 이미 오래전에 이해하고 있었음을 깨달았다. 동족애에 토대를 둔 이탈리아민족통일 정신, 권력을 속이고 슬그머니 빠져나가기 위한 온갖 교묘한 술책, 대담한 행동, 가벼운 마음, 어둠을 내쫓는 참으로 맑은 눈길, 그리고⋯⋯

무슨 소리가 들렸다. 아버지가 들어왔던 것이다. 아버지는 문에 서서 내 손에 펼쳐진 책을 보고 있었다.

내 생각을 읽기라도 한 듯이 아버지는 말했다.

―그리고 사랑이지⋯⋯.

마술사인 아버지에게는 꿈이 비밀을 가질 수 없었던 것이다.

나는 이제 막 열두 살이 되었다.

3

　그러나 친구 독자여, 내가 커가는 걸 그대가 지켜보기 전에, 나의 소중한 숲에 잠깐 머물도록 허락해주기 바란다. 그 숲은 참으로 울창해서 그곳에선 빛조차 길을 잃고 왜소해졌다. 빛이 머리를 어깨 속에 움츠리고 손에 모자를 든 채 겁에 질려 굽실거리며 상냥한 미소를 짓고 미안합니다, 여기가 내 집이 아니라는 건 잘 알고 있습니다, 라고 말하며 배회하는 걸 나는 엄한 눈으로 지켜보곤 했다. 그러다 빛은 달아났다. 사냥개처럼 달려들며 짖어대는 그림자 무리에 뒤쫓기며 빛은 나뭇가지 사이로 희미한 푸른 흔적만 남기고 사라졌다. 라브로보 숲은 정말이지 태양왕의 궁신을 위한 장소가 못 되었다. 그곳은 그 유명한 무하모르, 여기저기 검버섯이 피고 거무튀튀한 겉모습을 걸친 무서운 마법사가 지배하고 있었기 때문이다. 그는 숲이 습기와 그림자와 냉기를 내놓도록 명했다. 그는 땅의 요정들이 무척이나 좋아하는 작은 문어 발 모양의 불그스름한 턱수염을 쓰다듬으며 라브로보의 그늘이 예전 같지 않다고, 요사이는 비난받아 마땅한 게으름도 부려 버섯 백성들이 투덜거린다고 내게 털어놓았다. 그렇지만 내가 보기에 황금 가발을 쓴 저 하늘 위의 통통한 루이는 이 숲의 냉기를 존중하는 것 같았고, 그가 여기저기 나타나 한 줄기 빛을 비추기 무섭게 곧장, 늘 반짝일 생각만 하는 이슬방울과 거미줄 들이 그 빛을 머금어버렸다. 사실 숲은 종종 소리를 멀리 전했는데, 방랑 기사로서 내 귀는 거기서 숱한 검들의 메아리를 알아보았다. 태양왕의 전사들이 풀밭과 숲속 빈터를 만들며 군주에게 길을 틀 때 쓴 검들의 소리였다. 내가 심장을 펄떡이며 친구 참나무들을 구하려고 그곳에 도착했을 때는 쓰러진 나무둥치 주위에서 분주히 일하는 나무꾼들밖에 보이지 않았다. 그러나 나는 그런 술수에 결코 속지 않았다. 악의와 잔혹성, 난폭성과 몰인정이 발각되지 않으려고 종종 인간의 모습을 취하기에 우리가 코며 귀, 얼굴이며 손을 믿고서 인간을 상대한다고 생각해서는 안 된다는 걸 이미 아버지가 내게 가르쳐주었기 때문이다.

친구 독자여, 그대 또한 이 나이엔 나 같았는지 모르겠으나 내게는 모든 것이 누군가처럼 보였고, 생명 없는 사물들의 존재조차도 대단히 수상쩍어 보였다. 나는 돌멩이 속에도 펄떡이는 심장이 있다는 걸 알았다. 식물에게도 가족이 있고, 아이들이 있고, 엄마의 사랑이 있다는 걸 알았다. 바람에 날아가는 엉겅퀴 솜털도 절교와 이별의 비극을 겪고, 그 아픔의 크기와 쓰라림은 차마 만질 수도 없는 그 가벼움으로 가늠되지 않고, 고통의 법칙은 자연의 어떤 문 앞에서도 멈춰 서지 않는다는 걸 알았다. 꽃, 돌, 풀잎, 버섯, 치마를 살포시 들어 올려 사랑스러운 줄기를 드러내는 어여쁜 버섯, 이끼, 히스, 고사리, 이 모든 것이 작은 사람들이며, 그들의 고통, 기쁨, 사랑을 단지 그들의 크기로 가늠할 수 없다는 걸 알았다. 땅도 쾌락과 고통으로 꿈틀거리는 하나의 품이었다. 나는 내가 걸으면서 짓밟는 데이지 꽃들에게, 내가 존재 이유를 박탈하는 은방울꽃들에게 닥칠 가련한 비극들을 생각하지 않으려고 애썼다―은방울꽃의 존재 이유는 자기 향기에 취하는 것이다. 하여 내 친구 참나무들이 내가 이 상냥한 백성들의 머리를 밟아 심한 고통을 주고 있다고 내게 비난조로 속삭였을 때 나는 정말이지 마음이 아팠다. 나는 아버지에게 이 얘기를 털어놓았다. 아버지는 불행히도 세상이 그렇게 만들어져서 우리는 언제나 다른 사람을 희생시키며 살 수밖에 없다고 말했다. 그렇기에 자기 감수성을 보호하려고 냉정해지지 않고 감수성을 그대로 지키는 것이야말로 가장 어려운 마법이라고 했다. 나는 아버지가 무슨 말을 하려는 건지 알지 못했다. 그저 내게 자신이 막 밟아버린 산딸기를 아무 느낌 없이 쳐다볼 수 있는 사람들이―이 말이 이상해 보일 만큼 아무렇지도 않은 사람들이―있다는 사실을 이해시키려는 세심한 표현이 아니었다면 말이다. 나는 우리가 크면서 갖게 되는 냉혹함이 바로 그런 거라고, 아마도 나이가 소나무 껍질처럼 보호용으로 어떤 끈끈한 물질을 분비하는 거라고 생각했다. 이 과학적인 문제에 관해 소스 전문가인 우리 요리사 예브도티아에게 물었더니 그녀는 남자는 모두 개자식이라고 확인해주었다. 그러나 그녀는 잠시 고심하더니 생각을 고쳐 여자들도 더 나을 것 없다고 덧붙이며 나를 안심시켰다. 이 대답은 내 문제를 조금도 해결해주지 못하는 것 같았다.

　나는 다른 나무들보다 덜 큰, 희끗희끗하고 작달막한 참나무

세 그루와 친구가 되었는데, 그 나무들은 항상 무리에서 조금 떨어져 있었고 다른 나무들의 일에 절대 끼어들지 않았다. 아마 그 나무들의 혈통이 더 소박하기 때문일 것이다. 우리 서민 중에도 자기 태생에 자부심을 갖는 사람들이 자기 자리를 알고 저들끼리 남아 있는 것처럼 말이다. 세 나무의 이름은 이반, 표트르, 판텔레이였다. 이들은 나를 친구로 삼았고, 아주 먼 옛날 첫 참나무들이 바람에 실려 러시아로 온 시절에 그들이 떠나온 먼 나라에 관한 온갖 놀라운 이야기들을 내게 속삭여주었다. 우유와 꿀이 흐르는 강이 가로지르고 향신료와 건포도를 넣은 빵으로 만들어진 그 나라에는 참으로 현명한 참나무 왕이 살아서 그곳 백성은 왕이 전혀 없는 것처럼 행복했다.

판텔레이에겐 친구가 하나 있었는데, 무거운 금사슬로 나무등치에 묶인 거대한 검은 고양이였다. 그건 그로트 남작의 경이로운 책에 등장하는 "모든 걸 보았고 모든 걸 알고 있는" 늙은 고양이인데, 그 시절 러시아 어린이들은 모두 그 놀라운 모험을 알았다. 나는 난바다에서 바르바리아 사람들과 싸우고, 알라딘의 램프를 훔치고, 늙은 마술사 무하모르가 납치해 개구리로 둔갑시킨 세 공주를 다시 공주로 돌려놓고, 슬퍼하는 그들의 가족에게 돌아가게 해준 고양이에 관한 모든 걸 알게 되었다. 능숙한 발톱질로 마녀 바바 야가의 얼굴에 십자가를 그린 것도 멋진 콧수염과 분홍색 코를 지닌 이 영웅 고양이였다. 그 결과 고약한 마녀는 잡아먹기 딱 좋은 생쥐 꼴이 되었다.

나는 그렇게 꾀 많은 고양이와 함께 있는 것이 아주 기뻤다. 그런데 내가 그런 능력을 가진 대단한 분이 왜 나무에 묶이는 걸 받아들였는지 묻자 그는 버럭 화를 내며 대단히 불쾌한 어조로 말했다. 이런 식이면 우리 사이는 끝났다고, 자신은 어른처럼 말하는 아이는 어떻게 대할지 모른다고 했다. 그러곤 아주 신중하게 금사슬까지 단 채 홀연히 자취를 감췄다. 그건 마치 그가 자가 집안사람들의 명성을 알고 있었다는 걸 입증해 보이는 것 같았다. 나는 잠들기 전에 아버지에게 내 모험을 이야기했다. 아버지는 그 고양이가 반드시 다시 올 거라고 나를 안심시켰다. 왜냐하면 내가 마법사라는 직업에 걸맞은 탁월한 자질을 가졌기 때문이라고 했다. 그러고 아버지는 내가 계속 연습을 해야 한다고, 이 직업에서 수련은 아주 일찍부터 시작되어야 한다고 덧붙였다. 우리 조상들인 광대들, 저글링 광대들, 줄타기 곡예사들, 야바위 요술꾼들, 마술사들은 아이들을 아주 어린 나이부터 훈련시켰다. 물론 우리 예술의 성격은 달라졌고, 우리는 이제 장터 간이극장에서 재주넘기를 하지 않는다. 그러나 이 점에서 상상력은 근육과 다르지 않았다. 아버지는 하나뿐인 진짜 마법의 지팡이는 눈길이라는 말로—이 말의 의미를 그때는 전혀 이해하지 못했다—얘기를 끝냈다.

나는 아버지의 말에 용기를 얻고, 오늘날까지도 소련 담뱃갑에 건장한 어깨와 지평선을 살피는 냉혹한 눈길을 지닌 얼굴이 그려져 있는 전설적인 러시아 영웅 일리야 무로메츠의 도움도 받아 고개를 처박고 수천 가지 싸움에 달려들었다. 무엇보다 연보라색에 노란 반점이 있는 용들과 싸워 용들을 산산조각 냈다. 나의 경이로운 힘에 질겁한 용들은 무릎을 꿇고 두 손 모아 싹싹 빌며 가족 상황을 들먹였고, 늙은 부모 용과 굶주린 열한 마리 새끼 용을 책임지고 있다며 용서해달라고 애원했다. 더 꾀바른 녀석들은 인간의 약점에 기대를 걸고 그 시절 쿠코시킨 상인이 넵스키 프로스펙트 상점에서 팔던 잼 사탕을 주머니에서 꺼냈다. 내가 특히 좋아하는 것이었다. 자가 집안사람들 모두가 지닌 쾌락주의적 성향이 내 경우에는 아직 미각돌기를 넘어서지 않았기 때문이다. 대개 나는 그들을 용서해주었다. 벌써부터 나는 내 힘을 정말로 시험하기보다는 강한 인상을 주거나 경탄을 불러일으키는 편을 더 좋아했는데, 그것으로도 좋은 아들, 좋은 이탈리아인임을 잘 보여줄 수 있었기 때문이다. 그래도 엄청나게 시시콜콜 따지고 들고, 예술에 치명적인 논리를 들먹이며 학자처럼 오만한 태도로 자신은 존재하지 않기 때문에 내가 자기를 없앨 수 없다고 주장하던 누렇고 푸른 용 한 마리는 처치했다. 그렇게, 잘 알지도 못한 채 나는 사실주의의 까다로운 법칙에 부닥쳤다. 지금 자리 잡고 있는 세상이 태어나려던 세상에, 몽상가와 시인 들이 첫 주민이 될 그런 세상에 가하는 추악한 검열에 부닥친 것이다. 나는 우리 부족의 위험한 적을 상대하고 있다는 걸 본능적으로 알아차리고 하나, 둘조차 세지 않고 벼락처럼 매서운 눈초리로 단번에 놈을 제거해버렸다. 그 용이 있던 자리에는 한 줌 풀과 개양귀비 한 송이, 박하꽃 한 송이밖에 보이지 않았다. 녀석에게 사는 법을 가르쳤다는 데 만족하지 않고 어쩌면 스스로 예술을 책임지고 있다는 걸 막연하게나마 예감하고서 나는 그의 비존재를 토막 냈고, 그 토막들을 집으로 가져갔다. 나는 그 용의 잔해를 예브도티아에게 건네면서 거기에다 양파를 넣고 뭉근히 끓여 저녁 식사를 준비해달라고 주문했다. 예브도티아는 허리에 두 손을 얹은 채 내가 눈에 보이지 않는 식량을 막 던진 빈 식탁을 오래도록 응시했다. 그녀는 고개를 저으며 한숨을 내쉬더니 말했다. "아, 하느님!" 그러곤 내게 너그러운 표정을 한껏 지어 보이며 능력을 뛰어넘는 요리를 해보겠다고 약속했다. 이날 저녁, 그녀는 정말로 우리에게 기막히게 맛난 요리를 내놓았는데, 내가 의기양양해서 두 형과 누나에게 그 부드러운 고기의 정체에 대해 설명하자 그들은 나를 비웃었다.

나의 두 형 귀도와 자코포, 누나 안젤라는 모두 아버지가 첫 번째 결혼에서 낳은 자식들로 나보다 나이가 훨씬 많았다. 그들은 우리 가업의 기초를 배웠기에 곧 이 집을 떠나 제 길을 가야만 했다. 이것이 광대들의 원칙이다. 그 후론 아주 드물게 그들을 보게 되었다. 큰형 귀도는 근본을 충실히 지켜 저글링 광대이자 줄타기 곡예사가 되었다. 다른 형 자코포는 이름난 바이올린 연주자가 되었다. 그러나 그는 운 나쁘게도 파가니니를 경쟁자로 두었다. 진짜 천재성은 못 타고난 그는 기분이 상해서 바이올린을 포기하고 초라하게 살았고, 마지막 날들을 거리의 악사로 배회하다가 이름 없이 나폴리에서 죽었다. 누나는 열여섯 살에 결혼한 뒤 앞으로 내가 얘기하게 될 모험을 겪었다.

내게는 참나무와 책 외에 놀이 친구로 이탈리아 노인 한 사람밖에 없었다. 아버지가 고용한 시뇨르 우골리니였다. 그는 어미 닭처럼 나를 품었고, 내가 감기에 걸리거나 혼자 숲속을 오래 돌아다니는 걸 걱정했지만 결코 나한테 권위적이지 않았다. 정말 천진하고 선량하고 재미난 사람이었다.

내가 다른 곳에서 말한 적 있는—나는 어머니를 위해 책 한

권을 썼다—나의 어머니는 나를 태어나게 하려고 애쓰다 돌아가셨다. 어머니에게서 내게 남은 건 작은 메달 하나뿐이다. 나는 종종 그 메달을 벗어 손에 쥘 때가 있다. 그것이 마법의 힘을 지니고 있기 때문이다. 그 메달에는 따뜻하게 덥혀주는 힘이 있다. 특히 겨울에 나는 그걸 벗어 손에 쥔다. 집 안에 불을 잔뜩 때는데도 종종 추위를 많이 느끼기 때문이다.

이미 나를 기다리고 있는 직업과 관련해, 광대로서 내 적성이 어떤 표현 형태를 취하게 될지는 짐작도 못했지만 내가 중대한 덕목 하나만큼은 갖고 있었다고 말해야 할 것이다. 집요함이란 덕목 말이다. 나는 멜랑콜리에 빠지는, 따라서 허공에 추락하는 경향이 있었다. 그러나 거기엔 다시 튀어 오른다는 법칙이 있다. 그래서 나는 언제나 다시 튀어 올랐다. 나는 현실에 한 뙈기의 땅도 양보해서는 안 된다는 걸 이미 본능적으로 느끼고 있었다. 그건 언제나 우리 직업의 대원칙이었다. 아버지는 우리 같은 종에게는 그가 "현실이라는 족속"이라고 부르는 것보다 더 견디기 힘든 적수가 없다는 걸 내게 가르쳐주었다. 그는 종종 조롱조로 "사물의 이치라는 각하, 있는 그대로의 현실이라는 태수, 우리의 한계를 질투하는 수호자"에 대해 말했다. 우리 직업의 본질은 인간들이 그들 욕망의 대상과 바람이 나도록 돕는 것이라고 아버지는 말했다. 욕망의 대상이란 결코 존재하지 않는 세상이다. 꿈꾸게 만드는 것, 그것은 토대를 버리는 것이다. 이 교훈을 나는 한참 나중에 받아들였다. 내가 그것들을 이해할 능력이 생겨 그것을 내 문학작품에 활용할 수 있게 되었을 때. 그러나 이미 본능적으로—핏줄은 속일 수 없다—나는 내가 꿈 편에 서 있다고 느꼈다. 내가 가공의 친구들 얘기를 할 때 사람들이 보이는 미심쩍은 표정에 기분이 상한 나는 라브로보 숲 원정에서 신기한 만남에 대한 확실한 증거를 가져오기로 결심했다. 따라서 나는 도화지와 목탄, 물감을 들고 다니는 버릇이 생겼고, 내 눈이 발견해낸 숨은 인물들을 현장에서 포착하려고 애썼다. 물론 벼락 맞은 나무둥치처럼 보이려고 상당히 능숙하게 몸을 숨기는 마술사가 있었다. 그러나 그런 교활한 술수에 속아 넘어가려면 많이 살아야 하고 닳고 닳은 눈이 필요했다. 나는 그렇게 뻔한 겉모습 아래 몸을 숨기려는 녀석의 가련한 노력을 지켜보며 씩 웃었다. 내 목탄과 물감을 들고 가차 없이 녀석의 가면을 벗겼다. 시치미의 달인—나는 녀석에게 이런 별명을 붙였다—은 결국 자백하고 말았다. 휘고 헐벗은 가지 두 개는 팔로 변했다. 울퉁불퉁하고 뒤틀린 둥치는 껍데기처럼 보였으나 녀석이 입은 회색과 검은색이 섞인 옷의 주름임이 드러났다. 그리고 마침내 얼굴도 내게 발각되고 말았다. 수천 개의 주름이 파이고 죄지은 듯한 미소로 쪼개진 얼굴에서 결국 매부리코가 드러났다. 나는 그 반박할 수 없는 증거들을, 수풀과 그늘과 나뭇잎 뒤 은신처에서 찾아낸 그 모든 인물을 집으로 가져갔다. 난쟁이들, 거인들, 예전과 달리 고사리 위장물로 몸을 가리지 않는 잘생긴 왕자들, 얼핏 보면 수생 칡으로 착각할 수 있는 물의 요정들, 그 밖에 아이들이 자라면서 더 이상 볼 줄 모르게 되면 정말 위험해져서 아이들의 마음을 메마르게 만드는 다른 정령들을.

그런데 시간이 내게 관심을 갖기 시작하면서 아주 이상한 일이 벌어졌다. 내 눈길이 숲과 숲 주민들의 비밀스러운 삶을 내게 폭로해주던 능력을 점차 잃었던 것이다. 내가 커갈수록 내 솜씨는 점점 더 능수능란해졌지만 사물의 감춰진 마법 같은 본성이 제 비밀을 지키고 우리가 그 영역으로 접근하지 못하게 막기 위해 취하는 친근한 겉모습에 갇혀가는 것 같았다. 내 손은 그 기만적인 현실의 노예가 되었고, 내 목탄은 고분고분한 복종심과 충성심을 가지고 꽃들을, 나무들을, 돌들을, 새들을 모사해낼 뿐이었다. 그렇게, 시간의 도움을 받아, 시간의 오랜 공모로 현실은 내게 제 법칙을 부과했던 것이다.

숲조차도 나를 차갑게 대하고, 내게 제 보물들을 감추기 시작했다. 나는 더 이상 숲의 속삭임에서 늙은 까마귀 친구의 이야기를 듣지 못했다. 그 시절 프랑스어를 배우기 시작한 내가 이반 이바노비치 실부플레s'il-vous-plaît. '부탁하건대' '제발' 등의 뜻라고 별명을 붙인 늙은 까마귀 말이다. 그는 램프 이야기가 사실인지 알아보려고 알라딘의 나라를 여행한 얘기도, 보물을 지키는 자와 맞섰던 싸움 얘기도 더는 하지 않았다. 키가 5미터나 되고 힘이 어찌나 센지 발로 한번 차면 당신을 달까지 날려 보낼 수 있는 귀뚜라미 보물 말이다. 나는 길에서 다이아몬드 눈에 에메랄드 피부를 지닌 두꺼비도 만나지 못했다. 그러나 그 두꺼비는 존재하는 게 분명했다. 내가 그림으로 그려둔 걸 보면.

나는 당혹스러웠다. 슬픔이 발작처럼 찾아왔고, 나는 의기소침해졌다. 나의 유모, 늙은 아니엘라는 뭘 좀 아는 사람의 표정을 지으며 사춘기가 시작된 거라고 말했다. 나는 왜 고양이가 이젠 우리의 약속 시간에 나타나지 않는지, 고양이가 주변을 돌던 참나무보다는 나한테 고양이를 더 단단히 묶어두던 묵직한 황금

사슬은 어디로 갔는지 알지 못했다. 참으로 소중한 내 친구들, 이반, 표트르, 판텔레이조차도 나를 알아보지 못하는 듯했다. 그들은 나뭇가지며 둥치며 나무껍질 같은 위장 도구만 남기고 사라진 것 같았다.

나는 기를 쓰고 싸워서 나의 경이로운 세상을 되찾으려 했다. 당연히 용들도 떠났지만 그건 용들이 가을비를 싫어하기 때문이라고 생각했다. 아직 나는 저 아래 꼭 사람처럼 생긴 큰 바위 녀석이 저주에 걸린 왕자라고 상상할 수 있었다. 그러나 그를 위해 이젠 아무것도 해줄 수가 없었다. 특히 그도 나를 위해 아무것도 할 수가 없었다. 우리 둘 모두에 똑같은 불행이 닥친 것이다. 그는 영원히 돌멩이로 변했고, 나는 사람으로 변해가고 있었다. 나는 겉모습의 세상, 현실을 참칭하는 세상이 제 가방 속에 묘술을 여럿 갖고 있으며, 그 묘술 가운데 유년기의 끝이야말로 가장 확실한 묘술이라는 사실을 인정하지 않을 수 없었다.

나는 내가 곧 죽는 건 아닐까 생각했다. 자연의 법칙들을 받아들이도록 내게 강요하는 이 패배가 나를 달리 무엇으로 인도할 수 있겠는가? 실제로 나는 열이 났고 경련도 일기 시작했다. 아니엘라는 제정신이 아니었고, 시뇨르 우골리니는 걱정하며 밤낮으로 내 주위를 맴돌았다. 불려온 의사는 거머리 요법을 처방했다. 아버지는 의사와 그의 거머리들을 돌려보냈다. 아버지는 크게 걱정하지 않았다. 그는 말했다. 내가 너무 빨리 자라는 중이며 내 유년기가 나를 떠나고 있는 것이라고. 그건 고통스러운 과정이며, 그 과정을 넘어서면 내가 모든 힘을 되찾게 될 것이고 어린 사내아이와 마법에 걸린 숲을 잊게 될 것이라고.

오늘날 나는 아버지의 생각이 틀렸다는 걸 안다. 그러나 그는 우리 부족의 전통에 충실하게 모든 걸 예견했던 것이고, 나는 우리 부족의 누구도 아직 간 적 없는 길을 가게 되었던 것이다. 나는 할아버지 레나토처럼 저글링 광대도, 야바위 요술꾼도, 줄타기 곡예사도 되지 않겠지만, 대중의 호의를 얻고 대중에게 망각의 순간을 제공해 곧 눈을 더 잘 뜨게 해주기 위해 할아버지와 똑같이 능란한 재주와 유연성, 눈속임의 능력을 갖춰야 할 터였다. 어릿광대의 예술, 호메로스의 예술, 라파엘의 예술에는 형제처럼 닮은 데가 있어 해방시키는 웃음이 온갖 속박을 훨씬 더 견디기 어렵게 만들기 때문이다. 상상 세계의 아름다움이 우리에게 주어진 세상 이치의 추함과 부당함을 견디기 어렵게 만들듯이 말이다. 나는 모든 자가 집안사람들과 같은 길을 걷게 될 테지만 별들은 팽이처럼 돌며 하늘을 밝히도록 남겨둘 것이고, 우리의 운명에 관해 별들에게 묻는 대신 나 스스로 창조해낼 수천 가지 운명의 주인이 될 것이다.

따라서 아버지의 생각은 틀렸다. 나의 유년기는 결코 나를 떠나지 않을 것이다. 다만 내가 성인이 된 척을 잘하도록 도우려고 숨었을 뿐이다. 어머니처럼 나의 유년기는 내가 단단해지기를 바랐다. 우리가 단단한 등껍데기로 우리 안에 간직하고 있는 몽상적이고 연약한 갈대를 보호하는 법을 배우지 못한 채 사람들 틈에 끼어드는 건 잘하는 짓이 아니기 때문이다. 인간이 악의적이고 잔인하고 상처를 입히는 건 고의가 아니라 다만 어디다 발을 놓아야 할지 몰라서인 것이다.

4

이렇게 추억에 휩쓸릴 때면 세월들, 얼굴들, 사건들이 내 기억에 떠오르면서 마치 시간이 얼마 없어 난파당한 이들을 모두 구출할 수 없을 때처럼 겁에 질려 서로 떼밀며 무질서하게 몰려든다. 나는 내가 살았던 그 다양한 삶들에서 우발적으로 떠오르는 것을 황급히 붙든다. 어느 새 서른 권도 넘는 책이 발레단처럼 새하얗게 꽃 핀 마로니에 나무들을 향해 열린 창문 가까이 가지런히 놓여 있다. 내게는 바깥 박^{Bac}가의 교통 체증 속에서 으르렁거리고 있는 이 세기보다 18세기가 더 가깝게, 심지어 더 현재처럼 느껴진다. 그러나 아주 늙은 사람들은 흔히들 이렇게 느끼는 모양이다. 1920년 볼셰비키혁명 시절 크게 잘못될 뻔했던 나의 모험들, 그리고 제르진스키볼셰비키혁명 직후 레닌의 뜻에 따라 비밀경찰 체카(Tcheka)를 창설하고 통솔한 인물와 체카KGB의 전신인 소련의 비밀경찰보다는 1770년 러시아에서 살았던 내 삶이, 혹은 바이런 경, 푸시킨, 미츠키에비치와의 만남이 더 또렷이 기억난다. 이 때문에 내가 소중한 청중에게 들려줄 서사가 잘 짜인 서사 원칙에 어긋날 때가 있다. 청중은 언제나 신뢰와 호의로써 나를 지지해주었다. 내가 누리고 있는 안락은 모두 청중 덕이다. 내 깃에 달린 훈장이 할아버지 레나토보다 적은 건 할아버지가 사람들의 마음을 사기만 하면 충분했던 시대에 훈장을 받았기 때문이다. 그러나 오늘날 예술에서 명예는 사람을 언짢게 만들 줄 아는 사람들에게 주어진다.

그러니 이 모든 걸 조금 정리해보자.

레나토 자가에겐 아들이 셋 있었고, 나의 아버지는 막내였다. 나는 삼촌들을 본 적이 없다. 다만 그들이 각각 열다섯 살에 모험을 찾아 제 갈 길을 갔다는 것만 알았다. 나는 그들의 운명을 오랫동안 알지 못했다. 『사라고사에서 발견된 원고』의 저자이기도 한 포토츠키 백작이 그 시절에 널리 유행했던 자동인형에 관해 쓴 작품을 읽으면서 나는 우리 가족 연대기의 이 장을 채울 세부 사실 몇 가지를 발견했다. 그걸 통해 나는 세 형제의 맏형인 모로가 가족과 연을 끊고 가업을 거부했다는 사실을 알게 되었는데, 내가 훗날 할아버지의 서류 더미에서 찾아낸 편지에서 그는 그걸 "매춘부 직업"이라 불렀다.

모로의 편지는 대단히 현대적인 감정을 표현하고 있어 아주 놀라웠다. 언젠가 젊은 광대들이 희열을 느끼며 거부하도록 이끌 저항의 숨결이 편지를 관통하고 있는 것이 느껴진다. 지금 생각해보면 삼촌 모로는 선구자였다. 예술이 무엇보다 축제라는 사실을 받아들일 수 없었던 최초의 용감한 인물이었던 셈이다. 사람들이 한 권의 책, 한 점의 아름다운 그림, 한 곡의 심포니를 즐기는 시간 동안만 와서 지낼 수 있을 행복한 행성을 만드는 대신 삶과 세상을 바꾸길 원하는 숭고한 이상주의자였던 것이다. 나도 똑같은 유혹을 느끼고, 심지어 그 유혹에 넘어가 내 작품 속에 독자를 지루하지 않게 하면서 가능한 한 고결하고 우애 어린 열망들을 담아보려고 애쓸 때가 있었다.

그러나 모로 자가의 편지에 담긴 건 이런 얘기다. "우리가 재주 부리는 원숭이 부족인 건 사실입니다. 우리는 우리의 돈주머니를 채우고, 쓰다듬음을 받으려고 대공들의 손을 핥고, 선량한 대중을 즐겁게 해서 그들이 슬픈 조건에 맞서 저항하도록 돕는 게 아니라 그 조건을 잊게 하려고 애쓰니까요. 주의를 다른 데로 돌리는 일을 하지요. 불을 삼키는 사람들인 우리가 언젠가는 불을 뿜어, 우리가 지른 불들이 우리의 가장 멋진 창작품이 될 날이 올 것입니다. 사랑하는 아버지, 대단히 겸손하게 아버지 손에 입 맞추며 아버지께서 새로운 돈벌이를 많이 하시게 되길 바라 마지않으며 저는 아버지 곁을 영원히 떠납니다." 모로 삼촌이 열한 살에 벌써 외줄 위에서 춤을 추며 단도 다섯 개와 불붙인 횃불 세 개로 저글링을 할 줄 알았다는 걸 생각하면 우리는 인류가 어떤 손실을 입었는지 알게 된다.

그는 체스에서도 진짜 신동이어서 그 재능을 황실에서 과시해 보이기도 했다. 프랑스어로 쓰여 파리에서 출간된 스톨리친 백작 부인의 회고록에는 신동이 후고 크로이츠 남작의 그 유명한 "체스 선수"와 벌인 게임에 관한 묘사가 있다. 이 기이한 인물 크로이츠 남작은 자동인형을 만들었는데, 인형의 기계 뇌가 너무도 잘 작동해서 유럽 최고의 체스 선수를 이길 수 있었다. 사실은 속임수였다. 한때 유명했으나 잊혀버린 폴란드인 즈보로브스키가 자동인형 안에 숨어 있었던 것이다.

그의 이야기는 떠올려볼 만하다.

즈보로브스키는 체스판에서 펼치는 기량이 특출해서 주머니를 단단히 채운 영주들과 겨뤄 엄청난 수익을 챙기곤 했지만 대단히 변태적인 취향을 지닌 난봉꾼이었다. 그가 종적을 감추자 세 여자의 살해범으로 그에게 수배령이 내렸다. 세 여자는 돈을 지불하는 사람들의 요구를 성심성의껏 따르는 여자들이었다. 나는 이 이야기를 다른 지면에서 한 적이 있다. 여기서는 이 폴란드인이 계속 자기 재능을 이용해 돈을 벌어가며 법망을 피해 숨으려고 짜낸 기발한 생각만 얘기하겠다. 마지막 살해 행각을 벌이고 경찰에 발각돼 쾨니히스베르크에서 달아난 그는 리가에서 시계방을 하는 친구 크로이츠의 집으로 피신했다. 두 사람은 함께 자동인형 하나를 제작했는데, 그걸 나중에 프랑스인 우댕이 여러 번 복제한 바 있다. 그 자동인형은 독일식으로 옷을 입힌 철제 마네킹으로, 밀랍으로 만든 얼굴 표정은 아주 흉포했고, 눈이 너무 날카로워 그 눈길을 견뎌내기가 어려울 정도였다. 즈보로브스키는 그 악마 같은 기사 속에 숨어서 게임을 했다. 자동인형의 불길한 눈길이 상대의 얼굴에서 단 한 순간도 떠나지 않는 동안 철제 팔이 들어 올려졌다가 대리석 체스판을 향해 뚝뚝 끊어지는 무정한 동작으로 내려지고 철제 손가락이 말을 하나 쥐고 앞으로 내미는 걸 상상해보라. 이 광경이 이 차가운 기사와 겨루는 사람에게 어떤 효과를 냈을지 알게 될 것이다. 더구나 즈보로브스키는 체스의 대가였다. 이 '물건'이 발산하는 우월한 지능 같은 인상은 남달리 강한 정신의 소유자들마저 흔들어놓았다. 누구도 그

안에 사람이 숨어 있으리라고는 생각하지 못했다. 철기사는 등에 여러 개의 광학유리가 부착되어 있어 의심 많은 사람들이 그걸 통해 안을 들여다볼 수 있도록 만들어져 있었다. 크로이츠는 참으로 악마처럼 교활해서 그 안경의 시야에 금속 톱니 장치가 아니라 구역질 나는 내장이 보이도록 장치해놓아 호기심 많은 사람들이 얼핏 보는 것만으로 질색하게 만들었다.

즈보로브스키가 그에게 전가된 범죄들을 저지른 장본인이 결코 아니며, 무신론자요 혁명 사상에 물든 평등주의자이고, 신과 절대 권력의 적이며, 체스판의 왕에 머물지 않고 왕에 대한 증오심에 사로잡힌 인물이었다고 주장하는 이론도 존재한다. 우리가 아는 확실한 사실은 유럽 전역에 걸쳐 그의 머리에 현상금이 붙었다는 것이다. 당시 아홉 살이었던 나의 삼촌 모로 자가는 1735년 10월 22일 모스크바의 체르다토프 자작 부인의 궁에서 그와 대적했다. 스톨리친 왕녀는 고결한 체스 게임의 역사상 가장 위대한 대가 중 한 명을 숨기고 있던 자동인형과 어린아이의 경기를 이런 말로 묘사한다. "아이는 하얀 비단옷을 입었고, 아버지 시뇨르 자가의 손을 잡고 살롱에 들어섰다. 아이는 아버지를 거의 닮지 않았다. 아버지는 민첩하고 예리한 눈에 이목구비가 아주 강인하고 날카로워 바르바리아 해적들을 떠올렸다. 얇은 입술은 조롱 섞인 미소를 짓다 말고 굳은 것처럼 보였다. 어린 모로는 천사 같은 얼굴에 무척 아름다운 눈을 가졌으나, 눈길에서 어린 나이의 특성인 천진함과 무고함은 찾아볼 수 없었다. 대단히 어두운 그 눈길에는 엄격함이 깃들어 있었고, 이따금 작은 불꽃이 번득여 만돌린과 노래로 이름난 나라의 하늘보다는 가슴 깊이 감춰진 분노를 떠올렸다. 크로이츠 남작의 자동인형은 이미 살롱 한가운데 앉아 있었고, 아이는 청중을 향해 아주 우아하고도 기품 있게 인사한 뒤 단호한 걸음으로 상대 선수를 향해 걸어갔다. 아이는 잠깐 주의 깊은 눈길로 진지하게 상대를 응시하더니 미소를 지었는데, 무정한 가면을 쓰고 있고 내가 알지 못하는 어떤 타는 듯한 돌로 만들어진 눈길을 지닌 기계가 내 눈엔 당황하는 것처럼 보였다. 물론 그건 착각이었다. 조금 전에 크로이츠가 우리에게 그 혐오스러운 내장을 들여다보게 해서 우리 모두가 그 피조물에 질겁했기 때문이다. 자동인형 선수는 게임을 시작하기 전에 언제나 두 팔을 살짝 벌려 팔꿈치보다 조금 높이 들어 올리곤 사후경직 상태처럼 꼼짝하지 않았는데, 그 동작은 마치 철로 된 포옹으로 아이를 붙잡으려는 것처럼 보였다. 살롱은 환하게 불 밝혀져 샹들리에와 거울이 광채를 주고받고 있었다. 우리는 기계를 빙 둘러 앉았다. 남자들은 귀부인들을 안심시키려고, 혹은 자기 자신을 안심시키려고 장난기 어린 미소를 과시하고 있었다. 그러는 동안 아이는 뚫어져라 상대를 바라보고 있었다. 마치 아이는 그를 아는 것 같았고, 심지어 어떤 신비스러운 방식으로 두 사람이 같은 비밀을 공유하고 있는 것만 같았다. 그러나 아마도 아이는 신기한 장난감처럼 보였을 기계에 그저 홀린 것이었는지 모른다. 잠시 후 아이는 크로이츠가 '대가'라고 이름 붙인 상대 맞은편에 그를 위해 마련된 의자에 앉았다. 발이 땅에 닿지 않는 아이를 위해 발밑에 쿠션 두 개가 놓였다. 신동의 아버지인 시뇨르 자가는 두 사람 사이에 합의된 어떤 동작으로 아들에게 훈수한다고 믿게 하고 싶지 않았는지 조금 떨어져 앉았다. 그의 섬세한 입술은 여전히 웃음을 참느라 애쓰고 있었다. 그는 머리엔 빨간 손수건을 둘렀고 한쪽 귀엔 금귀고리를 달고 있었다. 얼굴색은 짙어서 거의 갈색이었다. 어쩌면 그건 그가 주장하는 대로 이집트 출신의 흔적인지도 모른다. 그는 약초에 관한 지식을 활용한 치료로 대단히 인정받는 사람이었다. 그가 그저 손만 댔는데 건강을 되찾게 되었다고 주장하는 사람들도 있었다. 관례에 따라 아이는 흰 말 하나와 검은 말 하나를 집어 등 뒤에 숨겼다. 그런 다음 움켜쥔 두 주먹을 앞으로 내밀었다. 그러자 자동인형의 오른팔이 톱니바퀴와 삐걱거리는 금속음을 내며 뚝뚝 끊어지는 동작으로 철손을 뻗어 아이의 왼쪽 손을 툭 건드렸다. 아이는 주먹을 열었다. 검은 말이었다. 따라서 아이는 흰 말을 갖고 먼저 게임을 해야 했다. 게임이 시작되었다. 아주 오랜 옛날부터 전해 내려오는 이 게임의 비법들에 관해 나는 잘 알지 못하지만 게임은 오래가지 않았다. 베네치아 출신 어린아이는 불쑥 여왕을 적의 진영으로 과감하게 전진시키더니 적을 향해 눈을 들었다. 아이의 얼굴은 거의 슬퍼 보일 정도로 대단히 심각해졌다. 마치 그 흥미로운 괴물에게 고통을 안기는 걸 안타까워하는 것 같았다. 자동인형은 꼭 목을 조르려다 굳어버린 사람처럼 양팔을 반쯤 들어 올린 채 반응하지 않았다. 기계를 몰래 조작한다는 의심을 받고 있었기에 조금 떨어져 있던 크로이츠 남작이 한 걸음 다가섰다. 그는 얼굴이 하얗게 질려 있었다. 지켜보던 모든 눈길이 자동인형이 세상에 과시하는 그 비인간적인 가면에 쏠려 있을 때 어떤 소름 끼치는 투덜거림이, 그 물건의 내부에서 올라오는 한탄이, 조소 같기도 하고 흐느낌 같기도 한 소리가 분명히 들렸고,

그것은 모두에게 혐오감을 불러일으켰다. 기계 소리이면서 동시에 살아 있는 소리, 혐오감과 연민을 동시에 불러일으키는 소리였기 때문이다. 느닷없이 괴물의 오른팔이 단숨에 체스판을 쓸어버렸다. 아이가 이긴 것이다. 크로이츠 남작이 명백한 사실을 부인하며 기계의 패배 가능성을 일축한 건 사실이다. 그의 말에 따르면 그건 단순한 기계적 사고이고, 상트페테르부르크의 습한 기후 때문에 선수 내부의 기계장치에 이상이 일어난 것이며, 습한 기후로 녹이 슨 탓이라는 것이다. 그는 자기 기계의 특성을 고려 않고 네바에 너무 오랫동안 체류했다고 주장했다. 그는 몇 가지 수리를 한 뒤 중단된 그 자리에서 게임을 다시 하자고 했다. 그러나 새 게임은 끝내 열리지 않았다. 더구나 크로이츠는 며칠 후 상트페테르부르크에서 종적을 감췄다."

내가 이 일화를 늘어놓는 건 이것이 모로 삼촌의 생애 초기가 행복한 전조로 펼쳐졌음을 보여주기 때문이다. 자가 집안사람이라면 그렇게 재능 많은 청년이 그 재능을 활용하길 거부한다는 걸 이해하기가 어렵다. 그런데 그는 열네 살의 나이에 번뇌하고 반항하는 천성을 드러내며 거부했다. 앞서 말했듯이 그는 매춘부, 재미를 주는 사람, 천한 하인, 재주 부리는 원숭이 따위를 운운하는 편지를 쓴 뒤 사라졌다. 그에 대해 말하는 걸 좋아하지 않는 아버지도 내 질문 공세에 결국은 말해주었다. 모로는 정확한 학문인 수학과 기계공학을 공부했고, 얼마간 작센 왕족의 자식들을 가르치는 가정교사로 일하다가 내쫓겼다. 그의 가르침이 당시 프랑스에서 번져가던 불온한 사상에 젖었다고 판단되었기 때문이다.

체스 선수 이야기에 깊이 매혹된 나는 유럽을 떠도는 동안 크로이츠 남작의 기계를 되찾을 희망을 품고 신기한 물건을 파는 상점이나 고물가게를 줄곧 뒤졌다.

집 나간 아들의 마지막 소식을 들은 지 이미 15년쯤 되던 어느 날, 레나토 자가는 뜻밖의 선물을 받았다. 선물은 수염 없는 맨얼굴로 시커멓게 차려입어 백 보 떨어져서 봐도 루터교도라는 게 느껴지는 어떤 사람의 호위를 받고 그로드노 역마차에 태워져 라브로보에 인도되었다. 역마차 승객들은 차가운 음료를 좀 마시라는 초대를 받고도 화를 가라앉히지 못했다. 우리 영지에 들르려고 15킬로미터나 우회했기 때문이다. 그사이 방문객은 누런 말이 이빨을 드러내는 듯한 미소를 지으며 현관에 내려놓은 천 꾸러미를 아주 조심스레 풀었다. 그러자 나의 할아버지 레나토와 그의 아내, 두 아들, 집안 하인들이 지켜보는 눈앞에 집안의 장남이 마법사들에 대해, 예술로 달콤한 위안을 나눠주는 사람들에 대해 품은 생각을 보여주는 물건 하나가 모습을 드러냈다.

유리 덮개가 덮여 외부 상황으로부터 세심히 보호받는 자동인형은 유명한 자가 부족을 표현하고 있었다. 궁정 예복을 걸치고 재주를 부리는 원숭이들의 얼굴에서 자가 사람들의 생김새를 알아볼 수 있었다. 작은 짐승은 저마다 재주를 부렸는데, 우리 부족에게 대공들의 호의 어린 보호와 대중의 감사를 안겨준 재주들이었다. 현실에서 득을 보지 못하는 대중은 그런 현실을 잊게 도와주는 사람에게 고마워하는 법이다. 손잡이만 누르면 재주 부리는 원숭이들이 작동했다. 희끗한 털, 폴리치넬라 인형처럼 커다란 매부리코, 교활한 미소 때문에 단박에 알아볼 수 있는 나의 할아버지는 손에 지휘봉을 들고 다른 원숭이들을 지휘하고 있었다. 아버지는 물구나무서서 걷기를 하다가 원숭이 왕의 엉덩이에 입 맞출 때만 중단했고, 삼촌 루치노는 한 손을 가슴에 얹고 거세가수 같은 목소리로 이 내시 가수들이 1층 입석 손님들을 홀릴 때 부르는 노래를 불렀다. 이 불경한 인간이 소프라노로 러시아 왕실을 20년 동안 즐겁게 했던 나의 할머니 카를레타마저 어린 원숭이로 묘사했다는 걸 알면, 줄타기를 하는 푸들과 재주 부리는 어릿광대로 우리 가족을 에워싸며 야유를 지독하게 밀어붙였다는 걸 알면, 이 모든 게 조롱 어린 음악에 맞춰 작동했다는 걸 알면 기쁨을 주려고 애쓰는 모든 사람에 대한 어떤 증오심이 이 미완성 아나키스트, 이 폭탄 없는 테러리스트의 마음에 깃들어 있었는지를 이해하게 될 것이다. 그동안 루터교도는 이빨을 드러내고 말처럼 히힝 웃으며 우리 가족을 관찰했다. 아마도 보고를 하기 위해선지 그 선물이 일으킨 효과를 살핀 뒤 그는 흡족한 표정을 짓고 과장되게 모자로 바닥을 쓸며 깍듯이 절을 했다. 아버지는 이 일을 내게 얘기하면서 천박하기 짝이 없는 그 상놈의 미소가 진짜 제자리를 찾은 것처럼 보였다고 말했다. 그리고 루터교도는 독일어로 컥컥거리며 말했다.

—기계론적 철학자요, 세계 최고의 녹슨 톱니 장치 수리공이요, 전제군주들의 적이요, 박식한 개론서들의 저자이신 저명한 코르넬리우스 박사 되시는 아드님께서 인사말을 곁들이며 보내신 겁니다…….

할아버지는 배은망덕한 아들놈에게 곤돌라 뱃사공의 욕설을 퍼부으면서도 탕자 아들이 가문의 이름까지 거부했어도 결코 제

피의 목소리를 배반하지는 않았다고 말했다. 그는 그저 관객을 바꾸었을 뿐이었다. 대공들이 주요 관객인 시대는 끝났고, 대중을 동요시킨 몇몇 대혼란에서 곧 대중이 업자들에게 줄 게 더 많을 거라는 사실을, 새 시대에는 새 환상이 필요하다는 사실을 직감하고서 말이다.

레나토 자가는 이 아들을 다시 보지 못한 채 죽었지만, 옷을 갈아입은 맏아들이 별점과 타로점의 도움을 전혀 받지 않고 단지 생각의 힘만으로 사람들에게 황홀한 비전을 제공하고 눈부신 미래를 보여줌으로써 제 세상을 속이는 예술을 새 정점까지 끌어올리리라고 믿었다.

그의 생각은 틀렸다. 다른 시대 사람인 그는 아들 모로와 더불어 위대한 눈속임의 전통이 하나의 전환점에 도달할 것이며 "진정성의 맛"이라고 불리는 재난을 겪게 되리라는 사실은 알지 못했다. 프랑스혁명의 첫 천둥과 번개가 시작되자마자 모로 자가는 파리로 달려갔다. 우리 동업자들은 잘 이용할 줄 알았던 이 멋진 지진의 갖가지 우여곡절에 긴밀히 개입된 그는 앙드레 셰니에와 함께 교수대에 올랐다. 아마도 그는 마침내 진정성에 도달하게 된 것에 아주 행복해했으리라. 그때 일흔일곱 살이던 그는 꿈에 제 모가지를 내놓은 가장 늙은 아이였다.

마지막으로, 독자가 우리 가족 틈에서 편안해할 수 있도록 나의 삼촌 루치노에 대해 몇 마디만 해야겠다. 나의 아버지는 이 괴로운 주제에 대해 언제나 극도로 말을 꺼렸지만 말이다.

삼촌 루치노는 흔히들 하는 말대로 품행이 발랐다. 그의 초상화를 볼 때마다 나는 매번 그가 얼마나 러시아 사람 같은지 확인하고는 놀란다. 그렇지만 언제나 신붓감을 베네치아로 가서 찾는 우리 집안 혈관 속엔 러시아인의 피가 단 한 방울도 섞이지 않았다. 베네치아 여자들은 부족의 재능을 영속시키기에 적합한 발랄하고 고결한 피를 가졌다. 루치노는 금발에 얼굴빛이 발그레했고 엉덩이도 포동포동해서 복숭아를 떠올렸다. 그리고 광대뼈가 붉어졌고, 번민하는 듯한 눈썹 아래 자리한 눈은 연보랏빛이었다. 또한 감탄할 만한 목소리를 가졌는데 아마도 병 때문에 얻게 된 것 같았다. 그건 어쩔 수 없이 풍만하고 아름다운 가슴을 떠올리게 하는 콘트랄토 가수의 목소리였다. 러시아는 이탈리아의 거세가수 제도를 알지 못했기에 루치노가 파도바 출신 전문가의 도움을 받아 상당한 나이까지 지켜온 목소리를 자연의 기적처럼 여겼다. 나는 흔히 "자연의 기적"이라는 부르는 것이 전혀 기적도 아니고 자연도 아니라는 걸 종종 확인했다. 루치노 삼촌의 경우가 그랬다. 무엇이든 한쪽에서 위축되면 보상이라도 하듯 다른 쪽에서 꽃을 피웠다. 베네치아의 어느 고약한 잡지의 말대로라면 "그는 더 이상 앉을 수조차 없었지만" 유럽 전역에서 환영받았다. 그는 콘서트 예약금으로 공공연히 2만 4000두카트까지 받았다. 1822년, 내가 레티 부인과 알베르토 시니 백작 그리고 그 밖에 몇 사람과 함께 밀라노의 스칼라 극장 특별석에 자리했을 때 일행 가운데 프랑스인 한 사람이 몇 마디 할 때마다 대개는 틀린 영어 표현을 섞어가며 쉬지 않고 말하고 있었다. 그때 갑자기 웅성거림이 들리더니 객석 관중 전부가 일어나 박수갈채를 보내기 시작했다. 무대에서는 공연이 한창이었다. 보르디에리가 출연하는 〈나우시카〉 공연이었다. 관객이 일제히 일어나 무대와 가수들에게 등을 돌린 채 박수갈채를 보내는 건 흔한 일이 아니다. 나는 무슨 일인지 보려고 몸을 숙였다. 샤프롱지체 높은 집안의 자식을 보살피는 나이 든 사람 같아 보이는 사람이 서너 명의 미소년을 거느리고 들어오는 게 보였다. 심하게 분칠한 얼굴이며 세심하게 손질한 금발의 곱슬머리, 관능적인 동작이 남자 옷을 배반하는 것처럼 보였다. 그는 한 손에는 손잡이에 금과 다이아몬드가 박힌 상아 지팡이를 들고 있었고 다른 손에는 그 시절에 대단히 유행하던 일본 부채를 들고 있었다. 나는 내가 태어났을 때 이미 러시아를 떠나고 없던 루치노 삼촌을 한 번도 보지 못했다. 그러나 삼촌이 결혼식 선물로 나의 아버지에게 보낸 그의 초상화를 알고 있었기에 어렵지 않게 그를 알아보았다. 엉덩이를 살랑거리며 곱슬곱슬한 금발 머리를 매만지는 그 노인의 등장에는 참으로 잔인하고 흉측한 구석이 있어, 우리 모두를 만든 조물주의 숨결이 객석 위로 지나는 게 느껴지는 것 같았다. 영원한 권태 속에서 기분 전환 욕구 때문에 우리 모두를 잉태하고, 자신이 세상에 내놓은 피조물들로 인해 지불할 대가가 어떠하건 개의치 않는 조물주 말이다. 내 옆자리에 자리한 겨자색 연미복 차림의 프랑스인, 내가 나중에야 이름을 알게 된 프랑스인은 손안경으로 그 등장을 살피더니 내 팔꿈치를 툭 치며 말했다.

—저 사람은 나이를 저렇게 가볍게 이기는 감탄스러운 성대를 지키려고 아침저녁으로 무언가로 목을 헹군다고 합니다…….

벨 씨는 재치가 있었다.스탕달의 본명이 마리 앙리 벨이다.

　우리 부족뿐만 아니라 자코티, 가티, 포데스타, 소지 등 다른 부족까지 통틀어 내가 보기엔 나의 아버지가 이 직업의 최고봉에 도달한 것 같다. 그는 이 직업에 새로운 현들을 덧붙였고 모든 현을 기막히게 연주할 줄 알았다. "마법사^{마술사보다는 '홀림꾼'이라는 의미}"라는 이름은 12세기에 발레리아노가 처음으로 우리에게 붙인 것이다. 이 이름은 메를랭^{중세 문학에서 식물과 동물을 지휘하고 변신 능력을 가졌다고 얘기되는 전설적인 마법사이자 예언가}과 관련 있는 것인데, 리트레 씨의 사전은 확장된 의미로 이런 뜻이라고 일러준다. "마법과 유사한 행위로 인간에게 영향을 미치는 자." 이 용어는 이 의미에서 다른 의미로 건너가며 많은 변형태를 가졌다. "가짜 예언자들은 상상계의 약속으로 사람들을 홀린다"라고 한 보쉬에의 말이나 "오만한 사람들의 정신을 홀려야 한다"라고 한 볼테르의 말은 결국 같은 말이다.

　주세페 자가는 최면술사요, 연금술사요, 점성가요, 치료사였다. 또한 "최고학자^{archilogue}"로 불리기도 했는데, 그 말의 정확한 의미를 밝히는 건 거부했다. 그가 가진 능력들의 정확한 속성과 그 능력들의 원천에 대해 폭로하는 건 금기인데 자칫하면 경솔한 말을 하게 될지도 모르기 때문이었다. "사기꾼"의 자손들이 따르는 전통대로 아버지는 아주 어릴 적부터 레나토 할아버지에게 받은 수련을 빈정거리며 "고전 학습"이라 규정했다. 거기엔 저글링 재주, 외줄 타기, 복화술부터 조금 더 저속한 재주지만 디킨스가 『올리버 트위스트』에서 참으로 멋지게 활용한 소매치기나 당시 표현을 빌리자면 야바위꾼의 재주까지 포함되었다. 이 훈련의 목표는 관찰력과 동작의 민첩성, 유연성과 담력을 기르는 것이었다. 말하자면 기술의 기초였던 셈이다.

나의 아버지 주세페 자가는 그 재능으로 당시 분위기가 서양에서 온 재능에 각별히 호의적이었던 러시아의 대중뿐만 아니라 독일 왕실까지 사로잡았다. 그때는 대공들이 저승까지 가서 오락거리를 찾던 시절이었고, 광대는 유행이 지나 철학자에게 곧 자리를 내주게 될 터였다. 그런데 아버지가 무엇보다 유명해진 건 아마도 치료사로서였을 것이다. 그가 종종 동원하던 수단들은 그의 동시대인들 일부에겐 야바위처럼 보일 수도 있었을 것이다. 오늘날엔 심리학과 암시 작용과 최면의 놀라운 가능성이 너무도 잘 알려져 나의 아버지에게 선구자 자격 부여를 거부하기 어려울 정도다. 그가 오직 사회의 고위층을 상대로 재능을 발휘했다는 것, 혹은 카사노바가 그에 관해 쓴 가시 돋친 표현을 빌리자면 "맹위를 떨쳤다"는 건 주목할 만한 흥미로운 사실이다. 그건 그가 하층민의 고통에 무심해서가 아니라 그 반대로 그 시절 "민중이 겪는 불행이 결코 심리 탓이 아니라 지극히 현실 탓"이며 "서민들의 허기가 초월성으로는 채울 수 없는 허기"여서 재주를 동원해 막을 수 없다고 추정했기 때문이다. 나는 이 말들을 필립 에를랑 제 씨가 인용한 편지에서 발견했다.

주세페 자가의 이름은 그 시절 여러 회고록에 자주 등장한다. 코체부 남작 부인이 그린 그의 초상화는 이러하다. "자가 씨는 9월부터 빈에 있으면서 그곳에서 온갖 질병을 치료한다고 주장하며 믿기 힘든 소문을 퍼뜨렸다. 사람들은 그를 아랍인이라고도 하고 개종한 유대인이라고도 했다. 그러나 그의 억양은 오히려 이탈리아인이나 피에몬테인의 것이었다. 그 후 나는 그가 베네치아 출신이라는 걸 알게 되었다. 그보다 눈에 띄는 외모를 나는 본 적이 없다. 오버키르히 부인이 미리 언질을 준 대로 그의 눈매는 거의 초자연적일 정도로 깊었다. 그의 눈에 대해선 뭐라 표현할 말을 찾지 못하겠다. 그 눈은 불꽃이면서 동시에 얼음이었다. 두려움과 억제할 수 없는 호기심을 불러일으키는 눈이었다. 그를 그리자면 모두 닮았으면서 결코 닮지 않은 초상화를 열 개라도 그릴 수 있을 것이다. 그는 셔츠에, 그가 동요나 음모를 야기하지 않으려고 이름을 밝히지 않는 어떤 위대한 인물의 운명의 시간을 제각각 가리키며 멈춰 선 다섯 개의 손목시계 줄에, 그리고 손가락에 대단히 순도 높고 굵은 다이아몬드를 끼고 달고 있었다. 그는 그것들을 직접 만들었다고 주장했다. 저녁 식사 시간과 후식 시간에 그는 내 오른편에 앉았는데, 꼭 장난하듯이 시계 중 하나를 보더니 마리아 테레지아 여제의 죽음을 우리에게 알렸다. 우리는 그가 그 슬픈 예언을 한 바로 그 시간에 여제가 마지막 숨을 거두었다는 사실을 나중에 알게 되었다……."

사랑스러운 남작 부인이 그린 초상화는 내 아버지의 것이라기보다는 칼리오스트로의 초상화처럼 보인다. 주세페 자가는 그런 허세를 부리는 사람이 아니었고, 대형 증류기에서 다이아몬드를 만들지도 않았다. 그는 과학적인 방법에 따라 금 만드는 일만 했다. 그리고 운명의 시계 레퍼토리로 주목받으려는 수작은 오래전에 초보자들의 몫으로 넘겼다. 더구나 아버지와 칼리오스트로는 경쟁 관계였고, 베네치아인과 시칠리아인 사이라면 마땅히 그러듯이 서로를 싫어했다. 칼리오스트로가 러시아로 와서 아버지의 자리를 차지하고 여제의 총애를 얻으려 했을 때 아버지는 한 방에 그를 해치워버렸다. 당시 여제가 잔인하게 고통 받고 있던 만성 변비를 치료하려고 많은 의사들이 애쓰고 있었는데, 시칠리아인은 오직 여제를 치료하기 위해 상트페테르부르크에 왔노라고 주장했다. 그는 여제에게 강력한 배설 효과를 내는 은색 가루를 내놓았다. 아버지는 예카테리나의 침실 변기 담당 시종을 돈으로 매수해두었다. 이 시종은 칼리오스트로의 하제 탕약을 변비 효과가 강력하기로 이름난 접시꽃, 쐐기풀, 여뀌, 쇠뜨기로 만든 물약으로 바꿔치기했다. 여제는 폐색 증세가 극심해 열이틀째 날엔 폭발할 지경이 되어 황급히 나의 아버지를 불렀고, 아버지는 시칠리아 협잡꾼의 처방을 비난하고는 그 저명한 환자에게 자신이 직접 만든 처방약을 충분히 먹였다. 그 구성 성분들은 나중에 얘기하겠다. 그 효험 있는 약제들의 효능은 몇 세기가 흘렀어도 조금도 감퇴하지 않았으니 말이다. 칼리오스트로는 최대한 빨리 도망치지 않을 수 없게 되었고, 그렇게 했다. 그는 나의 아버지에게 상스러운 욕설을 퍼붓는 걸 잊지 않고, 여전히 아름답고 적극적인 그의 부인 세라피나가 백작 데메티예프 장군에게서 애정 표시에 대한 대가로 에메랄드 목걸이 하나를 얻어낸 뒤에 도망쳤다. 이 사건은 의사들에게 할 일을 많이 남겼다.

내가 태어났을 때 이미 나이가 많았던 아버지에 대해 나는 코체부 남작 부인이 제시한 것만큼 불안한 이미지를 갖고 있지 않다. 내가 보기에 아버지의 생김새는 선량하고 부드럽고 약간 무거워 보였으며, 특히 식사 후에는 우울해 보이는 경향이 있었다. 그는 비만이 될 위험이 있었다. 화가들이 말하듯 "어두운 베네치아인"다운 그의 눈길엔 우수와 모호함이 깃들어 있었다. 그건 그가 소화를 잘 시키지 못하기 때문이었다. 분과 가발의 유행이 지나자 그는 투박하게 콧수염을 길렀는데, 그 때문에 살짝 헌병이나 세관원 같은 인상을 풍겼다. 벨칸토 애호가인 그가 노래할 때는 특히 그랬다. 그러나 세상에 나갈 때는 그의 내면에서 놀라운 변화가 일어났다. 그의 얼굴은 신비로 덮였다. 눈길은 묘한 불안이 감돌며 때론 깊이를 알 수 없을 만큼 깊어졌고, 때론 반대로 살을 파고드는 면도날처럼 날카로워졌다. 육감적인 입술은 굳어졌다. 코는 먹잇감이 된 새처럼 둥그렇게 휘었고, 이목구비 전체가 마치 내면의 어떤 위협적인 존재가 내는 효과처럼 굳었다. 그는 사람의 마음을 뒤흔들고 불안하게 만들었다. 간혹 재빠른 미소가 가면 위로 스치다가 이내 사라지곤 했다. 그와 함께 자리한 사람들은 그저 이죽거림에서 그 가벼운 조소를 포착했을 뿐이다. 숙녀들은 호흡이 빨라졌다. 그건 그야말로 멋진 연극이었다. 사람들은 그가 살롱에 들어서자마자 최면을 건다고 말했지만 그건 최면을 실행하는 데 요구되는 정확한 조건과 그 학문의 한계를 모른다는 사실을 드러내는 말이었다. 사람들은 그가 운명과 교제한다고 상상했고, 그 교제를 이용해 이 무심한 유명 인사인 운명의 호의를 사려고 애썼다.

나는 아버지를 아주 깊이 사랑했다. 바실리사 성당의 종소리가 울려 퍼지는 어두운 밤, 밖에서 러시아의 눈보라가 휘몰아치는 동안 나는 불 앞에서 아버지 무릎에 앉아 그가 우리의 고국 베네치아를 떠올리는 얘기를 들었다. 그의 얘기에서 큰 자리는 당연히 할아버지 레나토가 차지했다. 아버지의 얘기를 믿자면 할아버지는 베네치아 축제의 정신을 기막히게 구현했고, 화가 티에폴로가 종이에 폴리치넬라 인형의 첫 크로키를 그릴 때 레나토 자가에게서 영감을 받았다고 한다. 그런데 아버지의 기분에 따라 전통이 달라지니, 산마르코 광장에서 저글링을 하던 곡예사가 종교재판관의 눈으로 보면 중대한 죄악에 빠진 뒤 러시아로 건너와 어떤 재주를 부렸기에 상인 루비니가 일기장에서 감탄하며 그를 규정하듯이 철학자로, 건축사로, 인문주의자로, "유럽 지성"으로 둔갑했는지 나로선 말하기가 어렵다. 어쨌든 그는 그걸로 재산을 모았다. 그는 수도에 최초의 이탈리아식 극장을 세우고 운영했으며 그곳에 당대 최고의 극단들을 불러왔고, 심지어 토치까지 1723년에 그곳에 와서 아를레키노를 연기했다. 노화가 그의 뼈를 갉아먹고 얼마 후엔 말들까지 잡아먹어 그가 죽게 되었을 때…… 아버지는 말을 중단하고 한숨을 내쉬더니 침울하게 불을 응시했다……. 아버지가 내게 죽음에 대해 말한 건 처음이었다. 죽음을 결코 언급하지 않는 게 우리 집안의 전통이었기 때문이다. 나는 기다렸다. 유리창엔 하얗게 성에가 덮여 있었다. 바깥에 밤이 내리면 거리를 배회하며 아직 남아 있는 아이들의 코를 잡아 집으로 데려가려는 쿠스우쿠슈 거인의 입김인 혹한이 창에 낀 성에를 천 갈래로 갈라지게 만들었다. 나는 아버지의 넓고 강인한 가슴에 안긴 채 코가 아직 붙어 있는지 확인하려고 코끝을 조심스레 만졌다. 거인 쿠스우쿠슈의 팔이 아주 길지도 모르기 때문이었다.

나는 안심하기 위해서라기보다는 달콤하게 겁먹고 싶어 속삭였다.

—아빠, 우리도 죽을 수 있다는 뜻인가요?

아버지 가슴에서 흘러나온 큰 한숨에 내 몸이 들썩였다.

—그럴 수 있지. 그러니 스케이트 타러 갈 때 따뜻하게 입는 게 좋아.

불쑥 더 사랑받고 싶은 욕구가 느껴졌다.

나는 어머니를 알지 못했고 충분한 사랑을 받지 못했다.

나는 자랑스레 말했다.

—오늘 아침엔 한 손으로 물구나무를 섰어요. 어제는 외줄 타고 10분이나 춤을 췄고요.

—잘했구나. 아주 잘했어. 계속해야 해. 아마 넌 위대한 작가가 될 거야.

그 후 나는 "사기꾼" 광대들과 옛날에는 아주 인기 많았던 코카서스와 터키의 마술사들에게 죽음은 절대적으로 혐오스러운 진정성과 진실의 순간으로 간주되며, 어쩔 수 없이 그 단어를 말해야 할 경우엔 앞뒤로 침을 뱉고 말한다는 걸 알게 되었다. 죽음이란 재주를 망쳐 공연의 질을 위태롭게 만드는, 모든 재주와 계략과 눈속임의 끝이었다. 나의 조부 레나토는 86세에 무대를 바꿔야 한다고 느끼고 나의 아버지와 루치노 자가를 불렀다. 그는 아직은 힘 있는 목소리로 그들에게 "모든 것에 대한 행복하고 심오한 비밀 두 가지"를 전했다. 이건 우리가 야영하고 씨를 뿌린 나라가 어디건 결코 버리지 못한 강한 이탈리아 억양으로 그가 쓴 표현이다.

아버지는 너무 말을 많이 한 걸 후회라도 하듯 입을 다물었다. 그의 손은 어루만지기를 중단한 채 내 머리 위에서 꼼짝하지 않았다. 불사람저자는 눈사람과 대비되는 '불사람'이라는 말로 타오르는 불길을 묘사하고 있다은 몸을 비틀며 춤추고 노래했고, 장작 위에서 유쾌하게 탁탁 소리를 냈다. 나는 불사람의 뾰족한 모자가 부럽고, 빨강에서 노랑으로, 오렌지색에서 초록으로, 자주색으로 끊임없이 바뀌는 유쾌한 그의 옷이, 시뇨르 우골리니가 함에 넣어둔 아를레키노의 옷이 생각나는 그 옷이 부러웠다. 밖에서는 얼어붙은 밤 속으로 아주 작은 천사들이 하늘에서 천천히 맴을 돌며 내려와 창문에 코를 붙이고 우리를 쳐다보았다. 아마 그들도 레나토 할아버지의 "행복하고 심오한" 두 가지 비밀을 알고 싶었던 모양이다. 아버지는 나를 잊은 것 같았다. 그의 눈길은 허공에서 길을 잃었다. 우리가 저녁 식사로 속을 채운 거위 고기를 먹은 탓이었다. 나는 심장이 벌렁거리고 호기심에 안달이 났지만 재촉하고 싶지 않았다. 아버지가 느긋하게 시간을 쓰도록 내버려두었다. 나는 잘 준비된 효과의 이점과 달콤하게 늦춰진 만족이 주는 기쁨을 본능적으로 이미 알고 있었다. 이건 숙녀들을 상대할 때나 소중한 관중을 상대할 때 내게 큰 힘이 되었다. 그러나 결국 나의 어린 조바심이 이기고 말았다.

—첫 번째 비밀은 뭐였어요?

아버지가 몽상에서 깨어났다.

—책이란다. 호화롭게 장정된 아주 멋진 책이지. 그 책 속엔 백지 몇 장밖에 없지만 각 백지가 우리에게 놀라운 교훈을 일러주고 더없이 심오한 진리의 열쇠를 내주지…….

—어떻게요? 그 종이에 아무것도 안 쓰여 있다면서요? 비었는데 어떻게…….

—바로 그거야. 백지는 아직 아무것도 말해지지 않았고, 아무것도 잃지 않았고, 모든 게 아직 창조하고 실행해야 할 상태로 남아 있다는 의미지. 그러니 희망으로 가득한 거야. 그 백지들은 미래에 대한 믿음을 가르쳐주는 거야.

나는 너무도 실망했다.

—그게 다예요? 외기만 하면 우리의 모든 소원이 이뤄지는 마법의 주문 같은 건 없어요?

—이 땅에서 걸어야 할 행복의 길을 일러주고 대단히 오래된 온갖 꿈의 실현을 약속하는 많은 말이 있고 많은 주문이 있지— 점점 더 많아서 도서관에 넘쳐나지. 그러나 그런 건 우리 책 속에는 없단다. 그건 지혜의 책이고 영리한 책이기 때문이야. 그 책은 우리에게 고통을, 피 흘릴 일을, 잔인한 추락을 면제해주려는 거야. 불신과 경험으로 만들어진 책이기도 하지만 미래에 대한 큰 믿음과 낙관주의로 만들어진 책이기도 해…….

나는 전혀 흡족지 않았다. 내가 "모든 것에 대한 행복하고 심오한 비밀"로 상상한 건 그런 게 아니었다. 나의 오랜 친구들인 라브로보 참나무들이 더 많은 것을 아는 것처럼 보였고, 그들의 속삭임이 더 흥미로운 비밀들을 내게 일러준 것 같았다. 그 유명한 책은 내가 마당에 만들었는데 무겁기만 하고 꼼짝도 않고 멍청해 보여, 날 마음 아프게 하는 눈사람을 걷게 만들고 나와 같이 춤추고 놀게 해줄 마법의 주문을 내게 알려줄 수도 없을 것 같았다.

아버지는 레나토 할아버지의 웃음과 조롱이 담긴 지혜를 이용하기에는 내가 너무 어리다고, 그런 생각을 내 머릿속에 집어넣지 말았어야 했다고 느끼는 게 분명했다. 이튿날 아버지는 우리 삼두마차의 종보다 훨씬 유쾌한 종이 달린 멋진 썰매를 내게 주었고, 그 때문에 나는 금세 그 책을 잊을 수 있었다. 아무것도 쓰여 있지 않아서 한 장 한 장이 우리에게 멋진 약속을 해준다는 그 책을.

주세페 자가가 견유주의자라고 상상하지는 마시라. 그는 그저 어떤 절망도 결코 이기지 못할 인간 축제의 아들이었을 뿐이다. 그가 훗날 사랑에 대해, 삶에 대해, 그리고 그의 보물에 대해, 고갈되지 않을 영혼의 자산에 대해 말한 건 결코 그가 그걸 이용하는 사람이어서가 아니라 언젠가 내가 양손 벌리고 거기에 뛰어들도록 촉구하기 위해서였다. 마법사들은 몽상하는 인류의 온갖 비밀스러운 희망에 붙어사는 기생충 같은 존재가 결코 아니었다. 나는 1933년 11월 〈주르날 드 주네브〉의 문예란에 드 라투르 씨가 실은 비방조의 기사에 이의를 제기한다. 그 기사에서 저자는 이렇게 말했다. "주세페 자가는 노스트라다무스, 칼리오스트로, 생제르맹, 카사노바, 그 밖의 사기꾼들과 마찬가지로 인간의 영혼을, 퍼낼 줄 아는 사람에게는 한없이 돈벌이를 제공해주는 샘이

요 보물 궤짝으로밖에 보지 않았다." 이건 정말이지 근거 없는 비난이다. 이 글의 저자가 "영혼 소매치기"라고 부르는 사람들에게 만이 아니라 미켈란젤로나 톨스토이에게도 가해질 수 있는 비난이다. 나의 친구 토마스 만이 이 비난에 격렬히 화를 내던 것이 기억난다. 그는 예술가와 예술가의 청렴결백에 대해 대단히 고양된 생각을 품고 있었던 것이다. 나의 아버지는 마녀의 솥단지와 불멸의 묘약, 마술사의 시대는 지나갔으며, 연금술사와 "초자연적 힘"의 시대도 곧 지나갈 테고, 대중의 취향이 빠르게 변해서 인간이 계속 순종하고 감내하는 데 필요한 희망과 꿈, 미래에 대한 신뢰를 인간에게 비축해줄 훨씬 섬세한 재능이 앞으로 요구되리라는 사실을 알고 있었다고 해야 맞을 것이다.

하지만 다른 이유도 있었는데, 우리의 부족을 위협한 위험 중 하나가 이미 아버지를 몰래 좀먹어 들어가고 있었던 것이다. 그가 환상을 너무 많이 써버려 이제는 진짜 힘을 꿈꾸기 시작한 것이다. 라투르 씨가 "속임수"라는 말을 서슴없이 쓰고 있으니 그의 용어를 빌려 말하자면, 주세페 자가는 자기 세계를 너무 많이 속인 나머지 이젠 스스로를 속이는 더 높은 차원의 능력에 도달하려는 욕구를 느끼기 시작했다는 것이다.

그러나 논쟁은 접어두고, 눈이 고요로 뒤덮은 오흐레니코프 궁으로, 사람의 마음을 사로잡으려고 안달하는 진짜 어릿광대처럼 장작 위에서 날뛰는 불사람에게로 돌아가자…….

아버지는 입을 다물고 있었다. 나는 아버지의 회중시계에서 나는 똑딱 소리를 듣고 있었다. 예전에 아버지는 그것이 시계 속에서 살며 바늘을 돌리는 아주 늙은 드레스덴 시계공의 목소리라고 설명했다. 그 시계공은 불평도 많고 게을러서 저녁마다 나사를 조여야만 했다. 나는 똑딱똑딱 소리를 들었고, 실처럼 가느다란 다리로 자기 방에서 분주히 일하는 헤스 노인을, 작센 지방의 초록색 나사 천으로 만든 그의 옷과 가발, 담뱃갑을 똑똑히 보았다. 그러느라 할아버지 레나토가 죽기 전에 아들들에게 털어놓은 두 번째 고약한 비밀이 무엇인지 묻는 걸 그만 잊어버렸다. 다음 날 나는 아버지가 작업대 위에 놓아둔 시계를 들고 와, 시계공이 밖으로 나오도록 도우려고 칼로 시계를 열고 분해했다. 시계공은 도무지 찾을 수 없었는데, 이건 내가 생각한 것보다 시계공이 훨씬 더 작다는 증거였다. 요즘엔 내가 소설가로 데뷔한 것이 이즈음이 아니었나 하는 생각이 든다.

몇 년 뒤, 내가 이미 책을 출간한 뒤라 예전에 내가 금시계 속에 갇힌 사람의 똑딱 소리에 귀를 기울였듯이 대중이 내 말에 귀를 기울이게 되었을 때 문득 그 유명한 나의 조부의 두 가지 비밀이 생각났다. 그때 아버지는 나와 함께 살고 있었다. 세월의 흐름에 너무도 닳아버린 내 기억 속에서 이미 반쯤 지워진 늙은 그림자로서 말이다. 너무도 오래전 일인 내 데뷔 이후로 내가 여러 삶을 사는 데 주의를 기울이는 바람에 아버지는 내가 여기서 되찾으려고 애쓰는 명확한 윤곽을 조금은 잃어버린 상태였다. 어쨌든 나는 두 번째 비밀이 무엇이었는지 아버지에게 물었다. 성자 레나토의 복음이 말하는 "행복하고 심오한" 두 번째 진리가 무엇인지 말이다. 단지 이 질문을 던졌을 뿐인데 주세페 자가는 소멸에서 빠져나왔고, 그의 눈길에는 조소 섞인 검은 광채가 번득였다. 그 광채는 산마르코 광장의 간이무대에서 운명을 상대로 던진 아를레키노의 첫 번째 조롱과 우리를 갈라놓은 세월을 눈 깜짝할 새 건너뛴 것 같은 도깨비불이었다.

아버지가 말했다.

—그러니까…… 곧 이어질 이야기의 중요성을 강조하려는지 네 할아버지가 힘겹게 검지를 들어 올리던 게 기억나는구나. 그러더니…… 폭소를 터뜨리곤 돌아가셨어!

고백하건대 이 포괄적 조롱의 메시지는 전혀 내 취향이 아니었다. 시절은 이미 바뀌었다. 우리는 멸시와 가난을 얻고 싶지 않다면 진지함을 내놓길 요구하는 시대를 살고 있었다. 죽기 전에 폭소를 터뜨리는 것도 지나간다. 우리는 저마다 최선을 다해 스스로 돕고, 이 불쾌한 장애물을 건너기 위해 할 수 있는 능력껏 처신한다. 나의 관객—우리는 루이 필립 시대를 살고 있었다—은 명백히 종교의 도움을 선호했지만 말이다. 18세기에는 멋진 말틀이 종종 멋진 결말을 낳았다. 그러나 의기양양하게 단단히 자리를 잡은 부르주아 계층은 무겁고 단단한 것만 주문했다. 우리가 능란한 솜씨로 때로 형태를 내용처럼 보이게 한 껍데기 속에서도, 내용물이 없는 것 속에서도 그들은 무겁고 단단한 것만 주문했다. 피가로의 불손이 이미 대공들의 종말을 고했다는 걸 기억하기에 우리의 새 주인들은 웃음의 불협화음을 경계했고 그런 웃음들을 간파하는 데 예민한 귀를 가졌다. 마법사들은 진지한 것, 비장한 것, 눈물 짜내는 것으로 작업했다. 사람들은 우리가 암흑 속에서 가진 능력 이상을 발휘하기를 요구했다. 암흑과의 대조를 통해 삶이 장밋빛으로 보이도록 말이다. 사람들의 마음을 사로잡는 데 멜로는 가장 확실한 방법이었다. 사람들은 그

걸 생각했고, 아주 모범적인 결과를 이끌어냈다. 요컨대 폭소로 축약된 "모든 것에 대한 행복하고 심오한" 비밀은 결코 나의 관심사가 아니었고, 나는 레나토 할아버지처럼 위대한 사기꾼이 무대를 떠나는 순간에 존엄에 대해, 근엄함에 대해, 중요성에 대해 말해야 한다고 생각하지 않은 것에 놀랐다. 그도 열정을 잃어버리고 진정성의 유혹과 편의에 넘어간 게 아닐까 싶다.

독자 친구여, 그대는 1760년부터 오늘날까지 수 세기의 세월에 대한 증인처럼 얘기하는 내 말을 듣고 아마 놀랐을 것이다. 내 말에서 맛이 간 늙은이의 착란을 보고 싶어 할 사람들에게 나는 때가 되면 이 대단한 장수長壽와 이렇게 긴 기억력에 대한 아주 단순한 비밀을 밝히겠다. 초자연적인 일도, 기적적인 묘약도, 흉계도 전혀 개입되지 않았다는 사실을 그대들은 알게 될 것이다. 그러나 나는 내 예술의 법령을 지켜 그 설명을 끝까지 남겨둘 생각이다. 그대들이여, 기다리는 동안 나를 믿어주길 바란다. 나의 소중한 관객에게 나는 말로 다할 수 없는 사랑과 존중심을, 그리고 무한한 감사의 마음을 품고 있다. 그들의 마음에 들고, 그들의 기분을 풀어주고, 그들의 호의를 사고, 쓰다듬음을, 인정의 미소를 얻는 것—이보다 더 확실한 관심사를 나는 알지 못한다.

나의 문단 데뷔는 크게 주목받았다. 사람들은 내 작품에서 강하게 느껴지는 인도주의적 관심사를, 우애와 정의의 이상에 사로잡힌 불안한 특성을 간파해냈고, 대단히 큰 사랑과 러시아에서 보낸 내 어린 시절의 영향까지 간파해냈다.

6

그녀의 이름은 테레지나였다.

내가 이 이름을 부르면 거인들, 난쟁이 요정들, 큰 갈색 모자를 쓴 버섯 무하모르들—이 버섯들은 줄기는 아무 맛이 없고 모자만 먹을 수 있다는 걸 알기에 늘 모자를 벗는다—, 나들이옷을 입은 용들, 늙은 러시아 농부인 라브로보의 참나무들, 내 어린 시절의 이 모든 친구들이 선물을 한 아름 안고 나를 향해 걸어오기 시작하고, 북풍 에핌과 동풍 키트룬이 내 발밑에 얌전히 누우며 이 이름을 속삭인다.

테레지나…….

내가 이렇게 오래 산 건 사랑을 책임지고 있기 때문이다. 나로선 상상하기 어려운 일이기에 언제인지 알 수도 없고 어디가 될지 알 수도 없는 언제 어디에선가, 어떤 다른 사람이 내가 사랑한 것처럼 사랑하게 될 것이다. 그러면 나는 임무를 완수했고 교대가 보장되었으니 행복하게 죽을 수 있을 것이다. 나를 쓸데없는 명예나 잔뜩 뒤집어쓰고, 담요를 무릎에 얹고, 실내화를 신고 머리엔 꼴사나운 낡은 모자를 얹은 채 불가 안락의자에 웅크린 노인으로, 아르파공몰리에르의 희극『수전노』의 주인공이 돈을 세듯 자기가 쓴 책과 글만 헤아리는 노인으로밖에 보지 못하는 사람들이 이런 말에 얼마나 놀랄지 나는 안다. 또한 세월에 닳아 뾰족해진 내 표정, 나를 회색 늑대와 비교하기도 하고 어떤 이들은 맹금류 같다고도 하는 내 표정이 그런 다감한 격정의 표현에 잘 어울리지 않는다는 것도 안다. 사람들이 나를 인색하다고 말하고, 내가 질투하듯 내 재산에 신경 쓰는 것도 사실이다.

테레지나…….

아버지는 우리를 선량한 시뇨르 우골리니와 하인 가족에게 맡겨둔 채 1783년에 상트페테르부르크를 떠났다. 그가 그 나이에 여자를 구하러 베네치아로 갔으리라고는 누구도 생각하지 못했다.

따라서 누나와 두 형과 나는 설탕 장수 오흐레니코프의 집에 우리끼리 남은 것이나 마찬가지였다. 이 집은 네바 강이 범람해 신도시의 낮은 지대가 물에 잠기면서 오흐레니코프가 쌓아둔 창고 속 물품이 녹아버렸을 때 레나토 할아버지가 빵 한입값에 산 것이다. 그때는 이 지역 곳곳에서 몇 주 동안 설탕물밖에 마시지 못했다고 한다.

나는 그 집의 용연 호수처럼 드넓은 마루와 자기 난로에 대한 기억을 간직하고 있다. 밤이 되면 우리는 그 난로 위로 올라가 자곤 했는데 하인들이 기겁했다. 난로 위에서 자는 건 촌놈들의 습관이었기 때문이다. 우리는 그 품위 없는 행실 때문에 혼나곤 했다. 겨울의 무기력함 속에서 몇 날 몇 주가 느릿느릿 흘러갔다. 우리는 시뇨르 우골리니의 감독 아래 러시아어, 이탈리아어, 프랑스어, 독일어를 배웠다. 시뇨르 우골리니는 먹은 게 모두 머리카락으로 가는 사람이었다. 그의 머리카락은 마치 작은 번개가 굳어버린 것처럼 머리 위에 뻣뻣하게 지그재그를 그리고 서 있었다. 그는 가발을 쓰는 걸 거부했는데, 그것이 그가 스스로 허용하는 자립의 유일한 표현이었다. 예브도티아가 온갖 맛난 수프를 먹였지만 그는 뼈만 앙상했고, 아주 얇은 눈썹 아래 그의 눈은 생기 넘치면서 슬펐으며, 언제나 놀란 표정이었다. 마치 70여 년 전 이 땅에 온 그가 어린아이의 눈으로 세상을 처음 둘러보았을 때나 마찬가지로 그에겐 모든 게 여전히 불안하고 신비로운 것 같았다. 그는 삶과 어떤 사적인 관계도 맺지 못하는 것 같았고, 행복과는 더더욱 그러지 못해서 온전히 다른 사람들에게 헌신했다. 베르가모에서 태어난 그는 30년 전 나의 아버지가 베네치아에 머물 때 아버지를 섬기려고 들어왔다. 그는 아버지의 비서이자 비밀을 나누는 친구였고, 아버지가 왕실의 초대를 받거나 때론 부유한 상인의 초대를 받아 미래나 사람들의 생각을 읽음으로써 그리고 최면술로써 손님들을 놀라게 하는 일을 받아들일 땐 조수 역할도 했다. 아버지는 그런 노출을 그다지 좋아하지 않아 점점 자제했다. 게다가 자신의 평판에 신경 쓰는 그는 자신이 덜 나타나고 공개적으로 능력을 보여주길 자제할수록 명성이 더 커진다는 사실을 알아차렸다. 그가 대중의 호기심에 응답하길 거부한 뒤로 사람들은 초자연적인 영역에 속하는 온갖 활약을 그에게 갖다 붙이기 시작했다. 이미 그를 곱지 않은 눈으로 보고 있던 러시아 사제단과의 사이에 대단히 성가신 일을 초래할지도 모르는 사이비 냄새를 풍기는 전설을 차단하려면 그는 뭔가를 보여줘야만

했다. 그런 이유로 그가 다시 무대에 올랐을 때도 친구 우골리니는 "조수" 또는 공범의 자격으로 그에게 큰 도움을 주었다.

　그러니까 시뇨르 우골리니는 우리의 집사가 된 것이다. 당시 러시아의 큰 가문에서 두던, 온갖 집안일을 도맡아 하는 가족 같은 사람이 된 것이다. 식객이면서 동시에 온갖 고충을 다 받아주는, 숙식을 제공받는 대신 그 보호자들에게 무한한 헌신을 바치는 사람 말이다. 집사는 집안의 모든 행운과 불운을 공유하며 타인의 명의로 살았다. 시뇨르 우골리니는 예전에 이메르 극단에 속했었다. 골디니가 데뷔 때 그 극단에서 일한 적 있는데, 그가 상대한 유명한 연인은 자네타 카사노바, 즉 바람둥이 카사노바의 어머니였다. 그건 아직 골디니가 배우들에게 글로 쓰인 텍스트를 강요하며 희극 예술에 혁신을 불러일으키지 않았을 때였다. 미리 상의한 초안 이외의 모든 건 즉흥적으로 이루어졌다. 재치와 동작의 민첩성과 능란한 재주가 우선시되던 때였다. 배우들은 가면을 쓰고 몸으로 연기했다. 가면은 인물의 일관된 성격을 표현했다. 연기에 소질은 없지만 연극을 사랑하는 우골리니는 무대감독을 겸하는 회계가 되었다. 당시 베네치아에서 떠오르는 샛별이었던 어여쁜 알비나 사르디를 향한 사랑 때문에 그는 수익금을 훔쳤고 그 때문에 위기에 처했다. 그러고도 여전히 사랑에서 헤어나지 못한 그는 여자에게 무시당하자 대운하에 몸을 던졌다. 곤돌라를 타고 주에카에서 돌아오던 아버지가 그를 건졌다. 사랑과 연극을 동시에 포기할 수밖에 없게 되자 가련한 우골리니는 자기 자신을 포기했던 것이다. 아버지에게 호감을 느낀 그는 아버지가 러시아로 돌아올 때 따라왔다. 그리고 우리의 간호사요, 유모요, 무서운 수호자요, 암탉 같은 엄마요, 가정교사요, 놀이 동무가 되었다. 나는 그의 근심 어린 얼굴을, 윤기 없는 칙칙한 얼굴을, 목울대가 유별나게 큰 긴 목을 보았고, 온통 우정과 선의뿐인 그의 눈이 내가 아주 어려서부터 조금이라도 감기 기운이 있거나 열이 나면 침대 위에서 내려다보는 걸 보았다. 그는 나를 웃기려고 커다란 손목시계를 능숙하게 소매 속에 숨기고는 마치 그걸 삼킨 것처럼 놀란 눈을 굴리며 목울대를 재빨리 올렸다 내렸다. 그는 웃기면서 감동적인 사람이었다. 내가 보기에 그는 내가 좋아하는 책 『가난한 자크의 모험』의 그림 속에 들어 있어야 할 사람인데 인쇄업자와 어떤 오해가 생겨 살과 뼈로 된 존재들의 세계에 잘못 있게 된 것 같았다.

그는 상트페테르부르크에 살면서 베네치아풍으로 옷을 입는 습관을 고수했기에 조금은 다른 시대의 유령 같아 보였다. 그는 늘 아이들을 위한 사탕과, 그가 프랑스어로 혀를 굴리며 메시르으 코르으보Messirres corrrbeaux라 불렀던 까마귀를 위한 해바라기 씨를 주머니에 가득 채우고 눈 덮인 길을 걸어갔다. 그러면 그 뒤를 아이들과 까마귀들이 따랐고, 아이들이 해바라기 씨를 나눠주면 까마귀들이 요란하게 깍깍거렸다. 몰골이 형편없는 동네 개들은 그가 가는 길을 알아서 정확한 지점에서 그를 기다렸다. 양고기 꼬치구이와 고기튀김이 지글거리며 독한 비계 냄새를 풍기는 노점 앞에서.

내가 러시아 땅에 첫발을 디뎠을 때부터 코메디아델라르테의 인물들을 만나고 그 후 그 인물들이 떼어놓을 수 없는 내 동무가 된 건, 1704년에 베르가모에서 태어났고 1774년 상트페테르부르크에서 죽었으나 1842년에 내가 정성껏 베네치아에 다시 묻은 프린치피오 오를란도 우골리니 덕이었다. 나는 힘들 때마다, 의혹이 슬픔의 오르간을 연주하기 시작할 때마다 이 동무들에게 도움을 청했고, 그럴 때마다 그들은 곧장 웃음과 공중제비와 익살을 들고 달려왔으며, 세상의 막중한 무게 아래 사람이 서 있도록 돕는 데 가벼움보다 나은 게 없음을 상기시켰다. 아틀라스가 춤꾼이었다는 사실을 내게 알려준 것도 그들이었다. 브리겔라는 베르가모에서 달려왔고 폴리치넬라는 나폴리에서, 판탈로네와 카피타노는 베네치아에서, 웃기는 박사 도토레는 볼로냐에서 달려왔다. 그리고 그들은 아를레키노의 명령에 따라 나를 그들의 원무 속에 끌어들여 슬픔과 걱정을 털어버리게 했다. 그들은 성인이 되는 시련에 대한 유일한 해답은 희망이라는 불손이고, 외줄타는 춤꾼의 능란한 재간이라는 걸 내게 알려주었다. 훗날 나는 이 유익한 불손을 W. C. 필즈와 막스 형제의 영화에서 다시 발견하게 되었다.

내가 멋진 싸움 상대들과 만난 것도 우골리니 덕이었다. 공부가 끝나갈 즈음 내 애원을 듣는 걸 그는 무척이나 좋아했다. 그는 냉정한 거부의 표정을 짓고 내 애원을 듣다가 어디선지 모르게 커다란 녹슨 열쇠를 꺼내어—열쇠를 그가 어디에 감췄는지는 끝내 알아내지 못했다. 그만큼 그의 손재주는 능수능란했다—내게 보여주었다. 나는 벌떡 일어나 앞장서서 달려갔다. 우리는 그의 방에 올라갔고, 거기서도 그는 몇 번이나 일부러 망설이는 척하다가 마침내 침대 옆에 놓인 알록달록한 큰 궤짝을 열었다. 그리고 거기서 오래된 코메디아 의상과 가면을 꺼냈다—얼마나 조심스레 꺼냈는지 모른다! 그러면 곧장 내 친구들이 빛의 속도로 달려왔다. 어깨에 세상을 짊어지고 빗자루를 들고 와 그들은 어둠의 영역을 몽땅 쓸어냈고, 슬픔과 두려움으로 갉아먹는 온갖 작은 악마들을 쫓아냈다.

　여름이면 그 마음 좋은 시뇨르는 라브로보 숲속에서 한 번도 그런 축제에 가본 적 없는 백 살 넘은 관객들을 두고 밝은 하늘이 환하게 비춰주는 풀밭을 골랐다. 그러곤 즐거워하는 내 눈앞에서 때론 이 옷으로 때론 저 옷으로 갈아입으며 그렇게 늙은 뼈를 가진 사람답지 않게 놀랄 만큼 민첩하게 카피타노로, 도토레로, 브리겔라로, 또는 주인공 아를레키노로 둔갑했다. 그렇게 혼자서 강렬하고 고분고분하지 않고 다양한 삶으로 숲속 빈터를 채웠다. 그곳에서 운명은 좌흥을 깨는 수단을 몽땅 잃고, 웃음거리가 되고 조롱당하고 무시당한 바질리오〈세비야의 이발사〉에 등장하는 인물로 비열한 중상자 꼴이 되고 말았다. 도토레는 언제나 웃겼다. 그의 법이 세상을 너무 지배한 나머지 이제 그 시절이 다 가버린 거라고 우골리니는 말했다. 아를레키노는 늙음이 강요하는 지나친 존경을 사람들이 벗게 해줘야 한다는 생각이었다. 천진하고 비겁한 허풍쟁이로 대단히 현실적인 인물인 판탈로네로 분장하기 위해 우골리니는 검은 드레스, 양모 모자, 사각팬티, 빨간색 스타킹, 그리고 아드리아 해의 초기 상인들이 신던 노란 실내화를 착용했다. 그는 염소 목소리로 금고에 금을 잔뜩 갖고 있다는 말을 줄곧 했다. 그보다 더 똑똑한 사람이 없다는 걸 입증하는 말이었다. 우골리니는 웃기는 박사 도토레로 분장하려고 볼로냐 대학과 법정에서 입는 옷을 걸쳤다. 요강만큼 귀가 먹어 보청기를 장착한 그

학자는 우리가 고약한 방식으로 질서를 우롱하지 못하도록, 일의 올바른 진행을 방해하지 않도록 우리 모두를 자신의 법으로 묶어버리겠다고 위협했다. 그러나 내가 가장 좋아한 건 브리겔라와 아를레키노였다. 그들의 알록달록한 옷과 무례한 돌출 행동은 내게 왠지 모를 우애의 감정을 일깨웠고, 알 수 없는 어떤 희망으로 내 심장을 뛰게 했다.

사랑스러운 우골리니는 이렇게 단지 마법의 지팡이와 햇살만으로 러시아 땅에 베네치아 축제의 환희를 퍼뜨렸다. 어쩌면 다른 어느 땅보다 불복종과 불손이, 무사태평과 가벼움이 필요했을 그 땅에 말이다. 나는 박수갈채를 보냈다. 재주넘기를 했고 물구나무서기를 했다. 최초의 자가 집안사람들처럼 곡예사요 저글링 광대답게 거의 땅에 손을 대지 않고 거꾸로 뜀뛰기를 했다. 참나무들도 목소리 높여 오-호-호, 감탄사를 연발했다. 코사크족이 놀라움과 감탄을 표현할 때 내는 소리였다.

아마도 이 놀이 덕에, 그리고 오래전에 내가 입힌 아를레키노 복장을 하고 베네치아 석호 섬에 잠들어 있는 사랑하는 우골리니 덕에 나는 독특한 취향을 갖게 된 것 같다. 심각한 일을 얘기할 때는 미소를 띠고 말하고, 웃음에 대해 말할 때만 심각한 표정을 짓는 취향, 비평가들이 그토록 자주 비난한 취향 말이다. 그 때문에 내가 펜을 쥔 뒤로 내게 앙심을 품는 사람이 많았다. 세기가 흐르면서 나는 재미를 주는 사람으로, "감언이설로 꾀는 사람"으로 취급당했다. 사람들은 자가 집안사람 모두가 협잡꾼이었다는 것과, 내가 장터의 야바위꾼이나 마술사가 아니라 작가를 직업으로 선택했지만 분명히 "즐거움을 주는 사람"들 족속에 속한다는 사실은 어김없이 짚었다. 또한 그들은 내가 글을 쓰면서 사람들의 행복보다는 나 자신의 즐거움을 더 추구한다고도 주장했다. 그 말이 사실인지는 모르겠지만, 내가 아는 건 사랑에 대해서도 그렇게 말할 수 있다는 것이다.

7

우리가 이런 막간극을 하고 베네치아 궤짝 속에 마법의 옷을
조심스레 다시 집어넣고 내가 다시 책상에 자리를 잡았을 때 별
안간 내 삶은 먹잇감으로 던져졌다. 삶에 의미를 부여해주는 동
시에 이성을 박탈하는 무언가에 먹잇감으로 던져진 것이다. 이미
잠에서 깼을 때부터 나는 하인들에게 듣고 아버지가 밤늦게 여
행에서 돌아왔으며, 이탈리아에서 아주 젊고 아주 예쁜 신부를
데려왔다는 걸 알았다. 나는 아버지에게 뽀뽀를 하고 싶었지만
사람들이 격렬히 말렸다. 두 사람이 마지막 몇 리를 눈보라 속에
달려오느라 아주 피곤할 테니 방해해서는 안 된다는 것이었다.
여덟 달이나 떨어져 있어 아버지를 다시 보고 싶은 마음에 몇 주
전에 도착한 편지가 예고한 대로 "새엄마"가 될 사람을 보고 싶은
호기심이 뒤섞였다. 나는 친엄마를 알지 못했기에 엄마의 자리를
차지하게 될 사람에 대해 어떤 적의도 느끼지 못했다. 다만 아버
지가 내게 늘 아낌없이 베풀었던 애정에서 내 자리가 줄어들지
않고도 새 인물을 위한 자리가 충분히 있을지 궁금했다. 관대하

게도 나는 자리를 조금 좁힐 준비가 되어 있었다. 그녀가 상냥하기만 하다면. 형들과 누나는 전혀 신경 쓰지 않았다. 그들은 이미 그녀가 우리 집안에 가져올 변화보다는 집을 떠나 각자 제 길을 갈 생각에 사로잡혀 있었다.

따라서 이날 공부는 내 주의력을 붙들지 못했고, 시뇨르 우골리니는 나의 안달과 호기심을 가라앉히기 위해 그의 궤짝 속 보물들에 도움을 청했다. 나는 책상에 앉아 괜스레 거위 깃털을 정성껏 깎으며 이곳 새 여주인의 출현을 기다리며 끊임없이 중앙 계단을 향해 초조한 눈길을 던졌다. 왠지 모르지만 나는 그 여자가 무뚝뚝하고, 밋밋하고, 다리가 휘었고, 심지어 대머리라고 상상했는데, 그걸 보면 어쨌든 이 사건이 내 마음에 어떤 어두운 파문을 일으켰던 모양이다. 아버지가 물건에 대해 아주 탁월한 취향을 가졌을 뿐 아니라 숙녀들에게 아주 인기 많은 사람이었으니 그건 얼토당토않은 생각이었다. 여자들은 그의 특별한 능력이 침실 문 앞에서 멈추는 게 아니라 그 반대라고 믿었고, 주세페 자가가 침실에서도 레퍼토리에서 전례를 찾아보기 힘든 활약을 하리라 기대했다. 언젠가 작곡가 리스트도 이 같은 어려움을 겪었다고 내게 말한 적 있다. 여자들이 그의 뛰어난 연주 솜씨, 그의 격정, 그의 영감이 건반에서 그치지 않을 거라고 상상한다는 것이다. 그는 멋진 헝가리 억양으로 내게 던지듯 말했다. "이보게, 종종 여자들은 참으로 희한한 데서 천재성을 찾는다네."

아침 10시였다. 시뇨르 우골리니는 약간 물러나 앉아 진짜 루비나 에메랄드보다 훨씬 더 유쾌하고 친근한 형형색색의 유리가 세공된 담뱃갑을 만지작거리고 있었다. 호사스러운 냄새를 풍기는 그 물건의 광채가 내게는 언제나 거만한 우쭐거림처럼 보였다. 서예 시간이었다. 그때는 내용을 형태와 긴밀히 연결 짓고 내용의 주된 자원을 형태에서 끌어내던 시절이라 서예는 대단히 중시되는 예술이었다. 당시의 영국 철학자 베링은 형태야말로 온갖 문명이 상상할 수 있는 유일한 내용이라고 썼다. 그것이 얼마나 사실인지 스타일을 구긴 사람들이 자살할 정도였다. 나는 꽤나 오래 살아서 19세기에는 죽음이 댄디의 고상한 취향이 되는 걸 보았고, 20세기에는 학살당한 사람들의 엄청난 수 때문에 그 세기가 민주주의의 순박성을 되찾는 것도 보았다.

혀를 내밀고 나는 상트페테르부르크에서 필치가 이름난 쿠드라티예프 선생이 엄중히 지켜보는 가운데 보기 좋게 곡선을 그리며 대문자를 썼다. 쿠드라티예프 선생은 정식 궁중 서예가였다. 프러시아식 긴 파이프를 입에 물고 선생은 내가 쓰는 글씨의 비율이 그가 나를 위해 미리 써둔 무미건조하고 엄격한 모델에서 멀어진다 싶으면 담뱃대로 손가락을 탁 쳐서 내 작업을 가차 없이 중단시켰다. 그런데 조숙하게 깨어난 내 뇌의 상상력 돌기가 내가 알지 못하는 어떤 작용을 한 건지 몰라도 말라빠진 뼈다귀 같은 서체가 내 펜 아래에서 자취를 감추고 상당히 관능적으로 포동포동한 곡선으로 바뀌었다. 예전에 하인들의 증기탕 속에 홀딱 벗고 있는 걸 어쩌다 내가 보게 된 하녀 파라시카의 엉덩이와 허벅지, 가슴의 포동포동한 곡선처럼 말이다. 그 결과 구멍과 풍성한 곡선을 갖춘 a, b, o, g 들은 나를 온갖 야릇한 상태에 빠뜨렸고, 내 손은 괴이한 방식으로 그 죄 없는 글자들이 내 몽상에 형체와 건더기를 대줄 수 있는 모든 걸 과장하려는 듯했다. 아주 잘 굴려진 모음 앞에서 입에 침이 고이더니 불현듯 위치가 아주 분명한 한곳으로 피가 몰리는 상태가 되었다. 그 때문에 나는 알파벳에 대해 죄지은 듯한 수치심에 사로잡혔다. 독일어 공부로 넘어가자 이 증세는 사라졌다. 대단히 기독교적인 왕관의 가시처럼 메마르고 뾰족한 고딕체 글자가 프러시아다운 엄격함으로 무장하고 내 상상력의 공격을 밀어냈다.

그러니까 나는 대단히 암시적인 한 쌍의 aa를 굴려 쓰는 중이었다. 그 글자는 내 코 아래에서 한창 유혹의 춤을 추는 잘로메의 엉덩이를 흔들어댔다. 그 순간 노랫소리가 들려왔다. 러시아 상인들의 육중함을 한데 끌어모아 둔 것 같은 오흐레니코프의 장중한 돌집에 그렇게 상냥한 메아리가 울려 퍼진 적은 단 한 번도 없었던 것 같다. 나는 눈을 들었다.

"접견실"이라고 불리는 1층 방들은 내실들이 있는 위층으로 이어지는 넓은 대리석 계단과 거대한 현관 입구까지 나란히 줄지어 있었다. 나는 멋진 사람들을 숱하게 보아온 그 계단, 하인들은 가운데로 걷지 못하고 가장자리로만 걸어야 하는 그 계단 위에 선 콜롬비나를 보았다. 코메디아의 인물들과 너무도 친근해진 나는 단박에 그녀를 알아볼 수 있었다. 모슬린 옷이 얼마나 섬세한지 마치 이슬과 안개를 걸친 듯해 보이는 새하얀 그녀는 그때까지 지구 상에 존재하는지 내가 알지 못했던 구릿빛 도는 불색의 머리카락을 허리까지 늘어뜨리고 대리석 계단 위에서 마치 춤동작을 하다가 놀란 듯 두 팔을 반쯤 들어 올린 채 꼼짝 않고 서 있었다. 그녀도 늘어선 방 너머로 우리를 보고는 노래를 멈추고 굳어 버린 것이다. 잠시 후 그녀는 고개를 살짝 숙이고 어깨에 둥지를 튼 친근한 동물이라도 쓰다듬듯이 물결치는 붉은 머리카락 속으로 손을 넣어 훑었고, 다시 노래를 부르며 우리 쪽으로 다가왔다. 나는 아직 한 번도 이탈리아에 가본 적이 없었다. 오직 아버지와 우골리니의 얘기를 통해서, 그리고 집안 친구인 시뇨르 벨로티가 누나의 앨범에 잔뜩 그려놓은 크로키를 보고 베네치아를 알게 되었을 뿐이다. 그런데 다가오는 목소리와 노래가 내 본성 속에 사람들이 자가 집안사람들에게 부여하는 능력인 투시력을, 그때까지는 내 안에서 조금도 그 흔적을 감지하지 못했던 투시력을 일깨운 것 같았다. 나는 대운하를, 왕궁의 정면을, 산조르조마조레 성당 위의 오렌지빛 하늘을, 매끈한 초록빛 물 위를 미끄러지는 곤돌라들을 보았다. 훗날 여행에서 확인했을 만큼 선명하게 보았다. 나는 산마르코와 캄파닐레를 보았고, 에스클라본 둑으로 이어지는 주랑이 시작되는 지점에서 약간 오른쪽으로 임모르탈레 간이극장을, 그리고 매부리코의 폴리치넬라 무리에 둘러싸인 콜롬비나를 보았다.

테레지나는 계단을 내려와 휘파람을 불며 마루판 위의 굳은 호수들을 건넜다. 나는 얼이 빠졌다. 그녀는 하층민 여자가 아니었는데 감히 휘파람을 불고 있었다. 나는 오흐레니코프 궁의 벽이 이런 무례는 아직 경험하지 못했으리라 확신했다. 똑같은 생각이 테레지나의 머리를 스친 모양이었다. 그녀는 웃음을 터뜨리더니 사투리로 내게 말했다.

—두 사람의 표정을 보고 벽이라도 무너지는 줄 알았어요. 내가 생각했던 것보다 사람들이 훨씬 진지하군요. 내가 바로 새 여자예요.

나는 일어섰다. 꼬리를 땋은 가발을 쓰고, 긴 자기瓷器 담뱃대를 물고, 독일에서 온 실내용 외투 짐머스튀크zimmerstück를 걸친 쿠드라티예프 노인은 방금 박제한 듯한 까치를 닮았다. 방금 들은 말을 한 마디도 이해하지 못한 그는 뻣뻣하게 인사를 하며, 오르골에서 막 튀어나온 것 같아 보이는 새 여주인에게 다가가 "뵙게 되어 대단히 기쁩니다"라는 말을 독일어로 했다가 러시아어로 했다가 프랑스어로도 중얼거렸고, 아마도 오르골 뚜껑을 제대로 안 닫아둔 걸 후회하는 것 같았다. 우골리니는 신경 경련이 일어난 것 같은 얼굴로 자신의 앞날이 "새 여자"의 성격과 기분에 달려 있다는 걸 잘 알기에 그 자리에서 손을 비비적거리고 있었다. 곤경에 처한 제빵사의 고통스레 일그러진 얼굴로 한 손이 다른 손을 반죽하고 있었다. 그러나 그는 이목구비가 다정하고 사랑스러운 자연의 배려를 한껏 받은 것 같은 젊은 여자의 얼굴을 힐끗 보고 나더니 안심했다. 그의 신경 경련은 다시 한 번 여기저기서 실룩거리더니 미소를 닮아갔다. 그러는 동안 그의 두 손은 서로의 목을 조르는 일을 멈추고 눈에 띄게 만족감을 드러내며 손바닥을 비비기 시작했다.

나는 목이 멘 채 서 있었다. 이 말을 쓰는 순간조차도 목이 죄어오고 눈앞이 뿌옇게 흐려진다. 오, 나는 안다. 내가 다른 시대를 살고 있고, 살아남은 사람이고, 시대착오적인 존재라는 걸. 그러나 나는 아직 살아 있고, 살아 있기란 사는 것보다 훨씬 어려운 일이다. 그러니 당신들의 주변에서 사랑의 시를 발견하면 단 한 편이라도 좋으니 내게 보여달라. 나는 용기를 잃지 않는다. 난 선구자가 되기엔 너무 늦었다. 내가 살아온 삶을 헤아릴 때 1000년 단

위로 세야겠기에 세기로 헤아리면 당신들이 웃는 건 당연하다. 테레지나가 나를 떠난 뒤로 흐른 매해는 그 길이의 무게가 당신들의 계산법과 당신들의 가련한 수치와 더불어 시간과 광년이 추어대는 그 덧없는 발레들을 훌쩍 뛰어넘는다. 내 삶은 전혀 다른 해시계 위에서 흘렀다.

8

나는 완전히 텅 빈 무無의 상태가 되어버렸다. 그 무에서 내 귀로 둔탁한 소리가 올라왔다. 곧 나는 그 공백 속에서 우골리니 목소리를 들었고, 나를 살짝 앞으로 미는 그의 손길을 느꼈다.

―이 아이는 포스코입니다. 막내입니다. 부인께……

―안녕, 포스코. 눈을 내리지 마. 눈 색깔을 보고 싶어……. 어머나, 예쁘기도 해라! 얼굴 빨개지지 마. 그런 건 우리 아가씨들에게나 남겨둬…… 오, 오, 미안, 깜빡했어. 내가 이젠……

그녀는 고개를 뒤로 젖혀 머리카락을 휘날리며 웃음을 터뜨렸다. 나는 자칫하면 손을 뻗어 머리카락을 만질 뻔했다.

―이젠 신부가 되는 걸 배워야 해. 자!

나는 뺨에 뽀뽀를 받았고, 향수 냄새를 맡았다. 그것은 나의 첫 취기이자 내가 삶에 물어보게 될 첫 예감이었다. 테레지나의 입술이 내 입술을 스쳤다.

그 후 나는 숱한 사랑 이야기를 읽었다. 아주 오래전에 러시아를 떠났지만 여전히 추위를 겁내 내 손을 내밀 수 있을 열기의 원천을 줄곧 찾았기 때문이다. 나는 책 속에서 온갖 종류의 입맞춤을 발견했다. 재능을 잘 발휘해 묘사한 경우가 많았지만 거의 언제나 너무 요란하게 형용사를 늘어놓았는데, 여자의 입술이 일시적인 불멸을 안기는 그 연약한 나비들을 구해서 되살리려는 노력만큼은 칭찬할 만했다. 나는 언제나 웃으며, 그리고—이걸 털어놓아도 될까?—거만한 기미를 보이며 책을 덮었다. 내가 보기엔 그 모든 저자들이 지지리 운도 없어 보였다. 그들 얘기를 읽어보니 그들은 살면서 대단히 많은 입맞춤을 경험했기 때문이다. 가련한 사람들. 나는 그들보다 훨씬 행운아였다. 나는 긴 생애 동안 단 한 번의 입맞춤밖에 알지 못했고, 그 나머지는 그저 직업이고 직업의식이었을 뿐이기 때문이다.

내 뺨에 얹힌 그 입맞춤을 내 입술로 미끄러지게 한 것이 그 몹쓸 늙은이의 '우연'이었는지 아니면 테레지나의 변덕이었는지는 결코 알아내지 못할 것이다. 그때 나는 겨우 열두 살 반이었으니 마음 깊이 느낀 감동이 영원히 각인되는 나이였다. 오늘날 신진 심리학자들이 어떻게 생각할지 모르겠지만 이 순간부터 나의 삶은 내가 결코 붙잡을 수 없는 것을 좇는 끝없는 추격이 되었다. 그 무엇도 약속을 이뤄줄 수 없었다. 오직 이 순간만이 줄 수 있었고 이룰 수 있는 약속 말이다. 이 순간 이후에는 오직 가난뿐이었다. 그 후 나는 여자에서 여자로, 규방에서 술집으로, 포옹에서 포옹으로, 테레지나의 첫 입맞춤이 내게 약속한 것을 줄곧 찾아다녔다. 오직 그 첫 입맞춤만이 이뤄줄 수 있을 약속을. 그때부터는 모든 것이 단지 쾌락이었다. 여기서 다른 시대의 어떤 낭만주의를, 지치고 늙어빠진 말에 채찍질을 하듯 자기 상상력에 채찍질을 하는 작가의 어떤 인위적인 열광 따위는 찾지 말아주었으면 좋겠다. 설명은 간단하다. 한순간에, 그 입술의 접촉으로 아이는 성인이 되었고, 더는 그가 전에 알았고 예감했고 기대했던 것을 되찾지 못했다. 다시 아이가 될 수는 없었기 때문이다.

장소, 순간, 상황을 고려해보라. 어린 소년이 서 있다. 손에 거위 깃털 펜을 들고, 사슴이 풀쩍 튀어나오지도 않고, 짖어대는 사냥개 무리도, 말 탄 사냥꾼들도 결코 튀어나오지 않을 초록과 갈색의 사냥터가 끝없이 펼쳐진 프랑스산 양탄자들에 둘러싸인 채. 하얀 대리석 벽난로엔 5월의 첫 열기가 찾아와야 꺼질 아침 장작불이 피어오르고 있다. 그리고 미소가 있다. 우리의 우아한 여군주인 삶이 결코 완전히 버리지는 않은 온정의 순간에 종종 행복에 대한 약속으로 내줄 모든 것에서 생겨난 것 같은 쾌활한 미소. 우리의 베네치아 석호에 대해 말하는 커다란 초록 눈이 있고, 내 뺨 위로 스치는, 빛이 탐욕스레 손가락으로 세는 것만 같은 빨간 머리카락의 어루만짐이 있다. 그리고 내 입술을 살짝 스친, 틀림없이 순수했겠으나 나의 순수함을 끝장내버리고 결코 끝나지 않을 탐색의 시작을 알리는 입맞춤이 있다.

그렇게 열두 살 일곱 달의 나이에 나는 태어났다.

내 삶을 발칵 뒤집어놓고 테레지나는 우아하고 대단히 품위 있는 고갯짓으로 두 노신사에게 인사를 했고 집을 탐험하러 떠났다. 거동 가능한 모든 하인이 그 뒤를 따랐다. 집안의 늙은 시종들도 절대 해고되는 법 없이 생애 마지막 날까지 따뜻한 곳에서 자리를 지켰으니 하인의 수는 엄청났다. 양손을 맞잡고 하늘을 향해 반쯤 들어 올린 동작에 오! 아! 소리가 온종일 곁들여졌다. 우리만큼이나 표현을 즐기고 과장하는 경향이 있는 이 사랑스러운 러시아 민족은 그런 동작으로 놀람과 불안과 연민을 표현한다. 저 '숙녀'는 겨우 열여섯 살이래! 아이잖아! 세상에, 생각 좀 해봐! 요리사 예브도티아부터 사친카, 마루스카, 루드밀카를 거쳐 세탁부 마시카까지 모든 여자들이 어머니 같은 마음을 느꼈다. 그들은 금세 친근함을 보이며 테레지나를 둘러쌌다. 감기에 걸리지 않기를 바라고, 침대 속에 데운 벽돌을 넣어주고, 싫다거나 좋다거나 따끈한 주전자를 가져다주고, 발바닥을 간지럽히고 ―러시아 귀족과 상인들에게는 큰 즐거움이겠지만 우리의 이탈리아 감성은 그걸 이해하지 못했다―, 진지하고 세심하게 계산된 방식으로 보살피는 친근함 말이다. 이런 방식은 하인들이 주인을 조금씩 길들여서 주인 꼭대기에 있게 해주기 때문이다.

새 안주인이 극도로 젊다는 사실에 존경스러운 쿠드라티예프마저 난색을 표했다는 걸 말해야겠다. 눈으로 테레지나를 좇던 그는 상트페테르부르크에서 가장 아름다운 손으로 코담배를 들이마시고는 담배를 시뇨르 우골리니에게 내밀었다. 우골리니는 '파문'―이 말이 가리키는 호흡기 질병이나 코와 관련된 질병이 무엇인지 내게 물어본들 헛수고가 될 것이다―을 앓고 있다며 담배를 거부했다. 쿠드라티예프는 펜과 잉크와 눈금자를 주워 담은 뒤 한숨을 내쉬며 고개를 저었다. 마음속으로 느낀 감정을 그렇게 표현하고서 그는 독일어로 말했다. 좋은 집안에서 태어난 사람들이 모두 그랬듯이 그는 아직 서민 냄새가 강하게 풍기는 러시아어를 피하는 데서 자부심을 느꼈던 것이다.

―Unmöglich, unerhört! Sie ist aber ein Kind! Was für ein

Glück für den sehr geehrten Herrn!(있을 수 없는 일이야! 파렴치한 일이야! 어린애잖아! 주인께서는 운도 많으셔!)

그렇게 나는 아버지가 베네치아로 가서 데려온 신부가 나보다 나이가 겨우 세 살 반 많다는 걸 알게 되었다. 그 시절 아버지가 몇 살이었는지는 모르겠다. 그건 그가 말하고 싶어 하지 않는 주제였다. 드세르 씨처럼 탁월한 역사가가 『협잡(?!)의 역사, 그 시초부터』라는 책에서 "주세페 자가는 람세스 2세의 시대에 태어났으며, 대사제 아라그몬을 통해 불멸에 입문하게 되었다고 주장한다"라고 쓴 글을 읽는 것이 나로선 가슴 아프다. 아버지는 한 번도 그런 주장을 한 적이 없었다. 그가 사람들이 멋대로 말하도록 내버려둔 것도 사실이고 눈속임 마술을 행한 것도 사실이다. 그러나 인간의 영혼에서 환상을 제거해보라. 문명은 가장 아름다운 노래들을 잃게 될 것이고, 거세가수의 목소리로 더는 우리에게 아무 말도 해주지 않을 것이다. 아버지가 해준 얘기를 교차 확인해서 내가 확실하게 주장할 수 있는 건 결혼할 당시 아버지가 예순을 넘겼다는 사실이다. 그러나 그는 희끗한 머리카락이 한 오라기도 없었고, 유명한 난봉꾼인 소로츠킨 백작(이고르 소로츠킨 말이다. 민중의 후원자인 그의 형제 표트르와 혼동하지 말아야 한다)의 표현을 빌리자면 주세페 자가는 "말처럼 올라탔고, 음경 두 개 몫을 해냈다". 이 상스러움을 용서하시라. 그러나 어쩌면 오늘날의 독자는 이런 걸 좋게 생각할지도 모르겠다. 사실 꼰대처럼 보이고 싶지 않아서 하는 말이다.

한참 세월이 흐른 뒤 전혀 다른 세상에서 나는 빈에 있는 젊은 의사의 진료실 소파에 누워 있었다. 내 사촌들인 가티 집안사람들의 말을 듣자 하니 그 의사가 우리 부족의 소명을 새 정점으로 끌어올렸다고 한다. 그는 잠재의식의 영역을 확실히 정립했다. 어린 시절의 모든 마법적 피조물들이 잠자고 있는 새 라브로보 숲인 셈이다. 그는 마법을 저속한 방법들에서 해방시킨 대가였다. 그는 높이 오르기 위해 밑바닥으로 내려갔다. 나는 그의 영향력이 미치는 방대한 영역을 금세 확인했다. 그는 내가 말하는 이 다른 라브로보 숲을 전설과 신화, 괴물과 악마 들로 채웠다. 그 괴물과 악마 들은 곧 독립된 삶을 살기 시작할 테고, 그것으로 우리의 예술적 자산은 대단히 풍성해질 것이다. 그는 무엇보다 나의 아버지가 진짜 주모자였던 심리적 방법을 통해 자가 집안에서 가장 저명한 사람들조차 부러워할 기적들을 이뤄냈다.

그즈음 나는 어려운 시기를 지나고 있었다. 나의 관객이 내게 불만을 표하기 시작해서 나는 솔직한 고백조의 문학 창작을 잠시 접어두고 전 세계에 걸쳐 곧 일파를 이루게 될 새로운 마법사 방식에 입문하려고 애썼다. 나는 거기에 독창적인 표현 방식이 있다고 직감했다. 나처럼 우리 가문의 전통을 존속시키기로 작심한 사람이라면 결코 소홀히 하지 말아야 할 방식이었다. 우리의 늙은 계보에 이제 막 새싹이 움텄으니 곧 대단히 아름다운 열매를 맺게 될 것이다.

필요한 지식과 재간을 갖추려면 이 새 방식을 내가 직접 받아볼 필요가 있겠기에 나는 돈을 좀 모아 사람들이 "정신분석"이라고 부르는 것을 받느라 몇 달을 보냈다.

그즈음 내 사기는 바닥을 기고 있었다. 우리 부족 모두가 그렇듯이 나는 실패를 끔찍이 싫어한다. 사람들 말로 우리 집안사람

중 저글링 광대 아드리아노 자가는 로렌초 일 마니피코가 지켜보는 앞에서 재주를 망친 뒤 자살했다고 한다. 르네상스가 완벽성과 타협하지 않은 건 사실이다. 나는 서커스, 뮤직홀, 보드빌 쪽으로 내몰리고, 천박하게 웃음을 주는 사람으로, 시시한 기분 전환거리 문학이나 제공하는 사람으로 취급받을 처지가 된 느낌이 들었다. 사람들은 이제 내 책을 사지 않았다. 내 책에 대해 비평은 침묵했다. 나는 살아남기 위해 고백을 할 때도 있었다. 작품이 저자에게 위대함의 환상을 제공해주는 차원을 주장하길 포기하고 나는 지방의 작은 극장에서 마술 재주를 펼쳤다. 그렇게 해서 변변찮은 감탄을 조금 얻어내는 데 성공했다.

그때는 정말이지 침체기에 빠져 있었다. 그런데 나는 망각과 독자의 무관심에 떨어졌을 뿐만 아니라 다른 문제도 겪고 있었다. 우선, 대단히 중대한 차원인 건강 차원에서 테레지나의 입술이 내게 예감하게 한 그 완벽을 집요하게 추구하느라 비너스의 숱한 발길질을, 매독을, 임질을, 온갖 크기의 종양을 얻게 되었기에 나는 진정성을 경험하고 맛보고 소유하려는 추구를 끝내기로, 어린 시절의 마법 걸린 숲과 영원히 끝장내기로 결심하기에 이르렀다. 매번 새로운 포옹을 할 때마다 나는 입술에서 똑같은 실패의 맛을 느꼈다.

—살면서 얼마나 많은 여자들을 가진 겁니까?

"정신분석의"—이 용어가 아직은 일상용어에 등장하지 않았을 때였다—가 내게 물었다. 나는 내 여자 친구, 니체와 릴케를 유혹한 여자, 얼마 전부터 새 마법사의 조언자가 된 루 안드레아스 잘로메가 이 용어를 처음으로 사용하는 걸 들었다.

나는 말했다.

—한 명도 못 가졌습니다. 당신 같은 수준의 동료가 그런 질문을 던질 수 있다니 놀랍군요.

—초월성을 배제한 의미로 묻는 말입니다. 그저 추락의 깊이를 헤아리려는 겁니다. 대략 얼마나?

—0만 거듭되어 셀 수가 없었습니다.

나의 동료는 나를 유심히 바라보았다. 그것이 우리의 마지막 면담이었다. 나는 새 기술에 대해 배워야 할 것을 모두 배웠다. 다른 모든 형태의 예술 창작이 그렇듯이 나머지는 영감에, 상상력에 그리고 재능에 맡겨야 했다.

—내가 이해하지 못하는 건 왜 당신이 나를 보러 왔느냐는 겁니다. 나와 경쟁하겠다는 음흉한 의도 말고 다른 이유가 뭐냔 말입니다. 당신은 당신의 희망 없는 탐색의 이유를 잘 압니다. 그리고 매독이라면 비소의 도움으로 이미 이겨내셨잖습니까. 트레포네마 균에는 강한 저항력을 보여주셨지요. 어느 정도는 유전적 특성 때문일 겁니다. 면역력이 있었던 거죠. 카사노바는 세 번이나 매독에 걸렸습니다. 처음은 열여덟 살 때였지요. 그는 일흔세 살에 기관지염으로 죽었습니다. 한마디로 말해, 당신의 영원한 욕구불만의 이유를 당신은 대단히 잘 알고 있습니다.

그는 입을 다물고 아바나산 시가에 불을 붙였다. 그가 늘 물고 다니는 시가를 두고 "남근 상징"을 운운하는 동료에게 그는 한쪽 눈을 반쯤 찌푸리고 그저 시가일 뿐인 시가도 있다고 응수했다. 그는 진찰실을 나설 때 자질구레한 자기 물건들을 정리할 줄 아는 사람이었다.

나는 말했다.

―맞습니다. 욕구와 환상은 오랫동안 품었지만 나는 단 한 번도 테레지나와 성관계를 갖지 않았습니다. 꿈은 충족되지 못한 채, 따라서 산 채로 남았지요. 그것은 이제 결코 실현될 수 없습니다. 그러니 나는 무엇으로도 결코 채울 수 없는 욕망을 좇도록 선고받은 셈이지요.

마술사는 대놓고 반감을 드러내는 바람에 유머가 아닌 다른 무엇이라 할 수 없을 표정으로 나를 관찰했다.

그가 물었다.

―어디서 개업하실 생각이십니까? 바라건대, 빈은 아니겠지요?

나는 말했다.

―아마도 베네치아에서 할 것 같습니다. 외국인이 많으니까요. 이탈리아인들은 이 새로운 예술에 좋은 관객일 것 같아 보이지 않습니다. 그들은 저들끼리 사는 데 너무도 오래전부터 길들여 있어요. 특히 그들은 인간의 본성에 대해 너무 잘 알아서 그 깊이를 믿지 못하지요. "심연은 없다. 우리는 머리를 박고 혹만 날 뿐 절대 깊이 떨어지지 않는다. 심연은 평평함의 지옥에서 망연자실한 인간들이 꾸는 경이로운 꿈이다." 이 말을 쓴 게 아마도 우리의 스틸레티였지요? 그렇지요?

―그렇군요. 대단히 이탈리아인답군요.

프로이트 박사는 시가를 응시하며 잠깐 뜸을 들였다가 아주 부드럽게 물었다.

―그런데 그 심연을, 그 깊이를 우리가 **만들어낼** 수는 없다고 생

각하시는지요? 그걸 이렇게 말할 수도 있죠. 인간에게 새로운 차원을 부여하는 거라고 말입니다.

나는 혀를 찼다.

—대단하십니다.

나는 진심으로 감탄하며 말했다.

—친애하는 동료 선생, 당신은 엄청난 영광을 향해, 어쩌면 불멸을 향해 가고 계시는군요. 나머지 인류에 대해서는 잘 모르겠지만 나는 당신이 당신 자신에게 새로운 차원을 부여하는 건 성공하시리라 확신합니다.

지극히 고명하신 대가가 일어서며 말했다.

—당신도 아시겠지만 진짜 예술가들은 모두 조금은 이탈리아인이지요.

—제가 얼마를 드려야 할까요?

그의 침착한 얼굴에 순간 환한 빛이 스쳤다. 마치 맞은편 건물에서 한 아이가 근엄함을 위해 고안되고 짜 맞춰진 그 얼굴에 거울을 반사한 것 같았다.

—전혀 안 주셔도 됩니다. 다음번 뮤직홀 공연 때 특별석 티켓이나 한 장 보내주세요. 아니면 선생의 다음 책을 보내주셔도 좋고요.

불행히도 마술사와 내가 나눈 긴 면담은 아무 쓸모가 없었다. 나는 우리 예술에 열린 새 영역에서 자가 집안의 이름을 떨칠 수가 없었다. 그 영역에 종사하길 원하는 모든 사람에게 곧 의학 학위가 요구되었기 때문이다. 그렇다고 새 마법사들을 비난할 수는 없었다. 대중에게 환멸과 실망을 안기지 않으려면 우리가 모든 대비책을 마련해야 한다는 걸 나야말로 누구보다 먼저 인정하기 때문이다.

내가 여기서 이 일화를 얘기하는 건 오직 독자들이 경멸하듯 어깨를 으쓱하도록 부추기기 위해서다. 돈주머니를 풀지 않고, 다시 말해 악마에게 사용 대가를 지불하지 않고 18세기에서 20세기로 슬쩍 넘어가는 나를 독자들이 사기 현행범으로 덮칠 때 말이다. 그래주는 게 난 좋다. 나는 사람들이 그들의 안전감 속에, 그들의 '2 더하기 2는 4' 속에 있음을 확인해주는 걸 좋아한다. 그건 정말 재미난 일이다! 게다가 내가 불멸을 표방하지 않는다면 내 부족의 전통을 어기는 것이 된다. 나는 주위에서 의심과 회의주의를 만나면 언제나 그것들이 지나가도록 서둘러 멀찌감치 물러선다. 나는 모자를 벗고 그들에게 절을 수천 번씩 한다. 왜냐하면 저 위인들, 확신감에 찬 무지로 나를 즐겁게 해주는 세상의 주인들은 이 시대가 이젠 존재하리라고 의심조차 않는 비밀, 사랑의 전지전능함에 대한 비밀을 내가 육신과 호흡으로까지 받아들인 최후의 인간이 된 느낌을 안겨주기 때문이다.

9

처음엔 테레지나를 볼 기회가 거의 없었다. 우리가 예의범절을 받아들인 이 러시아 사회에서 아이들은 격식을 제대로 갖춰야만 부모가 있는 자리에 낄 수 있었다. 불려서 가는 게 아닌 이상 우리는 부모 마음에 들지 않을까 봐 시뇨르 우골리니가 세심하게 신경 써주는 몸단장을 받고 나서야 면담을 요청할 수 있었다. 테레지나는 금세 이 모든 관습과 예법을 쓸어버렸고, 상류사회의 형식주의만큼이나 전통적이지만 그보다 훨씬 오래된 무질서와 방임을 집안에 끌어들였다. 무질서와 방임은 떠돌이 광대 행세를 하며 제집처럼 굴었다. 아버지는 하인들을 생각해 영주로서 몇 번 고함만 쳤을 뿐 그냥 내버려두었다. 우리의 진짜 본성이 말하도록 내버려두는 걸 불만스럽게 여기지 않았다. 오흐레니코프 궁은 금세 집시 소굴처럼 변했다. 천막과 어린아이들과 바이올린만 없을 뿐이었다.

테레지나는 나를 애완동물로, 시동으로, 궁정에서 흑인 아이들을 부르듯이 블랙아무르blackamour. 흑인(black)과 사랑(amour)을 조합한 말로 삼았고, 차츰 나는 충실한 강아지처럼 그녀가 가는 곳마다 따라다녀 떼어놓을 수 없는 동반자가 되었다.

그녀가 다가오는 게 보일 때마다 나는 아주 어려서부터 아버지가 우리에게 배우게 한 재주를 부리고 있는 나를 그녀가 보게끔 준비했다. 처음에 우리는 예카테리나 대제가 귀족 집안 아이들의 오락을 위해 불러온 저글링 광대이자 몸을 자유자재로 비트는 곡예사인 제노바 사람 발레리오에게 배웠고, 발레리오가 한재산을 챙겨 고국에 돌아가고 난 뒤엔 날렵함으로 당시 상트페테르부르크를 홀렸던 타타르인 줄타기 곡예사, 익살꾼 아킴 모르다보이에게 배웠다. 테레지나는 뒤를 돌아볼 때마다 물구나무를 서거나 아니면 모자 상자 속에 웅크리고 들어가 구르는 등 그녀의 관심을 끌기 위해 겸허하게 혼신을 다하는 나를 발견하고 폭소를 터뜨렸다. 모자 상자 묘기는 눈이 튀어나오고 숨이 끊어질 것처럼 힘든 재주였다. 그러나 이것이 대단히 유용한 훈련이었다는 걸 훗날 알게 되었다. 이 훈련은 내가 삶과 예술의 까다로운 요구들에 대비하게 해주었을 뿐 아니라 천성적으로…… 천성에 만족할 줄 모르고, 내게 격랑 심한 물 위에서 끊임없이 노를 저어야 하는 갤리선 노예가 된 느낌이 들게 했던 일부 아름다운 여인들의 변덕에도 대비하게 해주었기 때문이다. 내 직업에 대한 사랑이, 내 직업의식이 제아무리 크고 돈의 필요가 제아무리 절실하다 해도 그런 처지는 대단히 불쾌한 것이었다.

아름다운 건지 아니면 그저 예쁜 건지 내가 결코 알지 못할 그 얼굴을 바라보는 일보다 정확성이 참으로 게르만인 같은 시간 폐하가 그 늙은 몸을 기대고 걷는 지팡이의 똑딱거리는 소리와 더

불어 그의 느린 왕래를 더 잊게 만드는 것이 없었다. 눈은 위대한 창조자인데 거기에 열정이 뒤섞이면 천재성까지 갖추게 된다. 내 사랑은 눈길을 던질 때마다 세상을 처음처럼 다시 태어나게 만드는 유년기의 싱그러움을 아직 간직하고 있었다. 가능한 비교도 참고할 만한 준거도 없었다. 따라서 나는 그토록 살아서 요동치던 테레지나의 머리카락이 정말 따가운 햇살 아래 오글오글 모인 다람쥐들을 닮았는지 아니면 그저 다른 빨간 머리나 마찬가지였던 건지 알지 못한다. 그렇게 오랜 세월 동안 내 꿈으로 그녀를 에워싸고 추억을 어루만지다 보니 내게는 그녀의 실재에 대한 문제가 더는 현실성을 갖지 못하게 되었다. 내 위로 일렁이는 그림자를 드리우는 속눈썹, 내가 몸을 던진 초록 눈을 떠올리면 내가 테레지나의 눈길을 떠올리는 건지 아니면 한창 더울 때 내가 뛰어들곤 하던 라브로보의 연못을 떠올리는 건지 잘 알지 못할 때가 있다. 한스 크리스티안 안데르센이 얘기하는 늙은 나무들의 참으로 인간적인 호의를 보이며 참나무들이 내게 가지를 드리워주는 라브로보 숲속 연못 말이다.

오늘날 레닌그라드 미술관에 소장된, 나로선 결코 닮았다고 인정할 수 없는 슐츠의 데생과 작은 메달 말고 테레지나의 유일한 진짜 초상화는 지금 내 기억 속에 있다. 언제나 고딕으로 기우는 경향을 보이던 삶이 무슨 변덕이 났는지 유쾌함과 자유, 무사태평을 과시하며 테레지나를 태어나게 했다. 마치 삶은 제 천재성이 한계를 알지 못하며 고통을 좇는 제 천성마저 다시 고려해볼 수 있다는 걸 입증해 보이려 했던 것 같다. 그렇지만 시골 아낙처럼 장딴지가 단단하고 표현력 넘치는 이 여자만큼 가볍고 세속적인 게 없었다. 요즘 내가 박가와 바렌가 모퉁이에 자리한 빵집 앞을 이른 시간에 지날 때면 그 향기를 다시 맡게 되는 그런 여자였다. 살짝 쉰 듯한 그녀의 목소리에는 그 시절에 천박하다고 규정하던 기색이 없지 않았다. 서민의 말투 냄새가 났기 때문이다. 하인들을 상대하는 그녀의 말투와 취향을 보고 이따금 아버지가 경멸을 드러내면 그녀는 양손을 허리에 얹고 성난 눈으로 몸을 앞으로 숙이곤 키오자의 빨래하는 아낙이 구사할 풍성한 어휘를 남편에게 요란하게 쏟아냈는데, 그 태도에는 상트페테르부르크에서는 눈에 띄지 않을 수 없고 웃음과 수군거림을 낳는 매춘부 같은 구석이 있었다.

나는 그런 폭발 장면을 목도할 때가 있었는데 그럴 때마다 뭐라 형용할 수 없이 당혹스러운 쾌감을 맛보았다. 어쩌면 그런 순간에 테레지나의 목소리엔 거의 육감적이고 관능적인 억양이 실렸기 때문인지도 모른다. 그것은 내게 참으로 직접적이고 참으로 당혹스러운 결과를 초래했다.

그런 언쟁이 벌어진 어느 날 나는 명백히 처음으로 성인이 되었다. 초서의 표현을 빌리자면, 나는 한쪽만 성인이 되기 시작했다. 테레지나는 자신이 내게 휘두르는 절대적 영향력을 금세 알아차렸지만 내가 그녀에게 던지는 천진한 흠모의 눈길과 내가 남몰래 처한 상태는 참으로 대조적이었다. 그녀에게 따귀를 맞을까 겁이 나서 내가 최선을 다해 감추었던, 결코 영혼의 상태가 아닌 그 상태를 그녀는 전혀 의심하지 못했다.

어느 날, 내가 소파에 웅크리고 앉은 거실 구석 쪽으로 고개를 돌린 채 기타를 반주 삼아 포스카리니의 〈그라치오지〉를 노래하던 그녀는 내 얼굴에서 어떤 슬프고도 말없는 흠모의 표정을 본 모양이었다. 충동적인 애정을 느꼈는지 그녀는 벌떡 일어나 나를 향해 달려오더니 무릎을 꿇고 두 팔꿈치로 내 허벅지를 눌렀다. 나는 도발적인 여자의 향기를 얼굴 가득 맡고서 기절할 것만 같았다. 그녀는 내게 미소 짓고 있었다. 나는 어설프게 잘못 움직였다간 내가 처한 죄지은 상태를 그녀에게 들킬까 겁이 나서 꼼짝도 못했다. 그녀는 엄마 같은 몸짓으로 내 머리카락을 쓰다듬으며 말했다.

—포스코, 내 귀여운 비둘기, 너 나를 사랑하지?

얼굴이 화끈 달아오른 나는 찬물이라도 뒤집어쓰듯 십자가에 매달린 구세주의 이미지에 애원하며 신중하게 뒤로 물러서려 했으나 바라던 결과는 얻지 못했다. 테레지나는 내 거북함의 이유를 곡해했다.

그녀는 말했다.

—여자들을 무서워하면 안 돼. 넌 베네치아 사람이야. 그러니 언젠가는 우리 피에 걸맞은 모습을 보여야 할 거야. 네가 나를 누나처럼 생각한다는 것 알아…….

테레지나를 누나로 생각한다는 생각에 너무도 슬퍼져 내 눈엔 눈물이 고였다. 상상력의 길은 참으로 헤아릴 길 없다! 그 후엔 실제로 테레지나가 내 누이라고 상상하고 우리가 같은 침대 쓰는 걸 상상한 적도 있었다. 그때부터 내 꿈은 근친상간을 가정생활의 가장 달콤한 측면 중 하나로 여기는 방향으로 접어들었다. 때로는 테레지나를 수녀원에서 베일을 쓴 모습으로 상상해서 종교에 최악의 능욕을 가하는 죄를 범하기도 했다. 죄의식이라는 게,

그걸 능숙하게 다룰 줄 아는 사람에게는, 관능적 쾌락이 아주 좋아하는 자극제가 된다는 걸 나는 이미 이해하고 있었던 것이다.

이런 일상적인 유혹과 욕구불만의 결과로 나는 식인귀처럼 먹어대기 시작했다. 광적인 탐욕에 사로잡혀 눈으로 갈망하는 몸을 먹을 수 없자 부엌으로 달려가 마구 집어 먹었던 것이다. 그러는 동안 환각에 사로잡힌 내 눈은 닭과 새끼 돼지 또는 파이 대신에 테레지나 몸의 일부를 보았고, 내 신체의 나머지는 물론이고 내 손, 내 배, 내 입천장, 내 혀의 미각돌기 하나하나가 엄청난 불의로 인해 그 몸을 박탈당했다고 느꼈다. 그 후로 평생 동안 나는 그 불의를 바로잡으려고 헛되이 애썼다. 이렇게 나는 어린 시절에 너무 깊이 혹은 너무 오래도록 박탈을, 치유될 수 없는 결핍을 경험한 사람들이 익히 잘 아는 욕구불만의 인장이 찍혔다. 나는 도착 지점도 향연도 결코 알지 못할 것이며, 끝없이 이어지는 숙박소들과 형편없는 식량밖에 경험하지 못할 것이다.

나의 폭식을 걱정하던 요리사 예브도티아는 굶주린 농민들의 배 속에서 먹을거리를 찾는 흉년의 악마인 코치올이 치매에 걸려 먹잇감을 잘못 고른 게 아닐까, 오늘날 같으면 계층 오류라고 규정할 오류를 범해 서민을 공략하지 않고 젊은 귀족의 배에 숨어든 게 아닐까 생각했다.

내게 더없이 훌륭한 예법을 가르친 시뇨르 우골리니는 부엌에서 두 손과 뺨에 기름기를 잔뜩 묻히고 눈을 한곳에 고정한 채 묘하게 위선적인 얼굴로 돼지처럼 게걸스럽게 집어 먹고 있는 내 꼴을 보고 가슴 아파했다.

그러나 이 모든 염려에도 나는 정신 차리지 못했고, 혀와 입천장의 탐욕에서 곧 훨씬 더 비난받을 만한 품행으로 넘어가고도 아무 회한을 느끼지 못했다. 어쨌든 여기서 도덕이 내게 변명이나 정상참작을 호소해보라고 요구한다면 나는 무엇보다 사람들을 불쾌하게 만들까 염려스럽긴 하지만 내 변론을 할 준비가 되어 있다. 깨어난 내 감각은 적법한 정숙함이 지시하는 절제를 알지 못했다. 덕성의 차원에서 나는 아직 문맹이었고, 성적 예절의 규율을, 그 자체를 읽을 줄 몰랐고, 선한 종교가 우리에게 가르치듯 나쁜 생각을 물리치는 법을 알지 못했다. 첫 식탐에 나의 침샘들이 깨어나기 시작했다. 하녀 중에서 가장 어린 아누시카가 내게 양말과 신발을 신기려고 몸을 숙였을 때 나는 갓 빨아 입은 치마 향내를 풍기며 그녀 머리 뒤로 그려지는 엉덩이의 형태를 눈으로 훑으며 기회를 엿보았다. 아주 일찍부터 후각 쪽이 발달한 내게는 후각이야말로 어떤 파블로프의 반사 행동이 가장 기댈 수 있는 동맹이었다. 내 코는 남몰래 훔친, 기분 좋게 무언가를 예감하게 해주는 은밀한 희열을 끊임없이 내게 제공했다. 결혼한 부인이건 정숙한 아가씨건 그 희열을 내게 제공한 사랑스러운 사람들은 전혀 짐작도 못했다. 내 손자는 어떤 때 내 코가 이상하게 길어지고 부풀고 안절부절못하는 것 같다고 주장했다. 그러면서 손자는 놀리듯 덧붙였다. "할아버지 연세에 그러시면 어떤 기능 저하를 막으려는 비장한 노력처럼 보일 위험이 있어요." 나는 그런 빌어먹을 기능 저하 따위는 전혀 경험하지 못했고, 1860년에 라발랑스 자작이 나에 관해 퍼뜨린 '재치' 넘치는 말을 더없이 경멸스럽게 받아들였다. "친애하는 포스코는 정사를 전혀 하지 않는데, 그걸 그는 지긋한 나이 탓에 그의 혀가 이젠 필요한 빳빳

함도 세심함도 갖추고 있지 않아서라고 해명합니다."

모든 러시아 주거지가 갖추고 있는 증기탕은 마구간과 집이 만나는 마당 모퉁이에 자리하고 있었다. 주인들의 증기탕은 1층의 큰 복도를 통해 직접 접근할 수 있었고, 하인들의 증기탕은 바깥으로 접근할 수 있었다. 나는 증기탕 칸막이벽에 작은 구멍을 만들었고, 그 구멍을 통해 내 눈은 먹잇감을 찾았고, 집안의 모든 젊은 하녀들의 매력을 세세히 알게 되었다. 나는 테레지나가 일주일에 두세 번 편안히 쉬는 주인들의 목욕탕에도 똑같이 할 생각을 했다. 그건 대단히 어려운 일이었다. 목욕탕 오두막이 통나무 집식으로 나무둥치를 포개어 만들어졌기 때문이다. 영하 30도나 되는 추위 속에서 나는 손가락이 얼어붙는 것만 같았다. 집안 수위이자 목수인 포마의 작업실에서 훔친 코사크 단검으로 구멍을 팠던 것이다. 탈출하려고 감방 벽에 구멍을 뚫는 죄수처럼 악착스레 작업했다. 내가 발견하게 될 보물에 대한 생각이 위대한 시도를 할 때 우리를 지지해주는 성스러운 영감을 내게 불어넣어주었다. 추위가 수천 개의 갈고리 같은 손가락으로 사방에서 파고들었고 내 배 속까지 스며들었다. 내 손의 움직임을 서툰 더듬거림으로 만들어버리는 앙상하고 늙은 겨울의 공격을 나는 잘 버텨냈다. 그렇게 털외투 속에 코끝까지 파묻은 채 내 눈에 진정한 소명의 불꽃을 번득이게 한 예감에서 힘을 얻어 몇 시간 동안이나 팠다.

마침내 구멍은 만들어졌고, 이제 남은 건 날짜와 시간을 염탐하는 일뿐이었다. 나는 주머니에 손을 찔러 넣고 무심히 휘파람을 불며 온종일 집 안을 배회했다. 테레지나가 내실에서 나와 수

건과 스펀지와 불가리아 계곡에서 수입한 장미 향유를 든 파라시카와 함께 목욕탕 쪽으로 가는 걸 보자마자 나는 외투를 걸치고 하늘에서 까마귀가 얼어 죽어 떨어질 정도로 추운 날씨였지만 한달음에 계단을 내려가 마당으로 달려갔다. 그러곤 구멍에 눈을 붙이고 기다렸다. 처음엔 온통 부연 분홍색밖에 보이지 않았다. 터키탕의 열기가 환관처럼 질투심에 사로잡혀 테레지나의 벗은 몸에 베일을 쳤던 것이다. 똑똑히 보려고 어찌나 용을 썼던지 그 후 며칠 동안이나 수축된 눈 근육이 아팠다. 사랑스러운 나의 우골리니는 그것을 내가 공부를 너무 열심히 한 탓이라고 생각했다. 틀린 말도 아니었다. 아, 오, 소리와 함께 테레지나의 웃음소리가 들렸다. 그러는 동안 파라시카는 따뜻한 물을 함지로 퍼서 그녀 몸에 끼얹고 장미 향유로 온몸을 문질렀다. 천진하기만 한 그 기쁨의 외침이 내 피를 돌게 만들어 영하 40도 날씨에도 나는 머리에 열이 올라 정신을 잃을 뻔했다. 나는 장애를 극복하려고 차가운 눈을 삼켰고 얼른 구멍에 눈을 다시 붙였다. 그순간 내가 지금까지도 세상에서 가장 아름다운 광경으로 여기는 장면이 시야에 들어와 내 수고를 보상해주었다.

여기서 독자들에게 크게 용서를 구해야겠다. 그러나 엉덩이를 엉덩이라 부르는 것이 언제나 우리의 말투였다. 왜냐하면 우리는 빵과 올리브, 무화과와 포도의 민족이고, 자기 말에 감미료를 첨가하려 들지 않고 자연 그대로의 맛으로 남겨두는 사람들이기 때문이다. 그러니 광대인 나의 저속함을 용서해주고, 친근한 우리 언어를 솔직하고 진지하게 말할 겸허한 특혜를 나의 비천한 혈통에 허락해주기 바란다.

여기서 나의 엄청난 저속함을 폭로하지 않을 수 없기에 하는 말이다. 내가 테레지나 엉덩이의 아름다움에 감탄하는 걸 자제한다면 내가 참으로 행복해하며 믿는 모든 걸 배반하게 될 터이기 때문이다.

나의 긴 생애 동안, 나의 긴 편력 동안 온갖 걸작을 마주하고서도, 더없이 영감 받은 꿈속에서도, 신과 자연 앞에서도, 나는 단 한 번도 여자의 아름다운 엉덩이를 본 것보다 더 심오한 감정과 더 취기 어린 희열을 느끼지 못했다. 지금 이 순간조차도, 젊음을 감추고 격정을 숨겨야 마땅한 이 나이에 이르러서도 그토록 매혹적으로 목욕탕의 수증기 속에 그렇게 무방비 상태로 내 눈앞에 제공된 광경을 떠올리니 내 입술에 행복한 미소가 떠오르고 침샘들이 깨어나며 내 눈길에 빛이 켜진다. 편협한 생각을 가진 사람들은 어리석게도 엄격하게 판단하겠지만 적어도 이 빛은 내가 조금도 변하지 않았음을 입증한다. 이 빛은 내가 살면서 모든 걸 배려해준 것에 대해 하늘에 감사하기 위해 제단 앞에 태운 모든 초를 합친 빛보다 덜 경건하지도 않고 감사의 마음이 덜한 것도 아니다.

나는 구멍에 눈을 붙인 채 어릿광대의 기쁨 속에서 심장을 두근거리며 지상에서 가장 아름다운 열매를 바라보았다. 그때 내 머릿속에 아무런 외적 도움도 없이, 오직 아름다움의 암시적 힘에 의해 자연에 반하는 어떤 행위의 가능성이 떠올랐던 게 기억난다. 고모라와 경쟁하는 행위, 동의만 하면 관능적 쾌락이 주어지고, 재능에 헌신이 동반되면 열광을 안겨줄 행위였다. 나는 사는 동안 아주 드물게 그런 쾌락을 맛보았다. 그런 쾌락엔 진정한 사랑만이 허락할 수 있는 초월성의 열광이 언제나 없었기 때문이다. 진정한 사랑이라면 나는 늘 박탈당했다. 물론 상대는 유쾌한 사람들이었지만 늘 그뿐이었다. 왜냐하면 누구도 테레지나가 아니었기 때문이다. 훗날 유난히 독하고 끈질긴 "성병"이 의사로 하여금 손가락을 정말 끔찍하게 사용하게 만들었을 때야 나는 여성의 그 재능이 얼마나 큰 희생이며, 그 고분고분한 동의가 얼마나 잔인할 수 있는지 깨달았다. 나를 진찰하던 의사는 80대 노인인 볼프롬 박사였다. 그 나이에도 그는 조소와 지혜, 유머를 잃지 않았다. 나는 진찰대 위에서 사지를 벌린 채 증오와 항의가 표현되지 못해 그 격한 감정이 그대로 드러나는 뒤틀린 얼굴을 하고 의사의 장갑 낀 손가락이 죄지은 림프절을 찾아 파고들 때 분노의 고함을 내질렀다. 얼마 후, 충격에서 헤어나지 못한 채 나는 어떤 남자들이 다른 남자들 몸 위에서 하는 그 슬픈 행위를 생각하며 외쳤다. "어떻게 이런 짓 하는 걸 받아들일 수 있는지 도저히 이해 못하겠군요……." 위대한 의사이자 짓궂은 철학자인 그는 내게 문장을 끝낼 시간을 남겨주지 않았다. 빈정거리는 목소리로 그가 내게 말했다. "아! 감정은 잊으셨군요!"

눈속임의 예술, 르네상스의 예술이 하늘의 숭고한 아름다움을 지상의 행복한 노골성으로 대체하기 위해 그 음흉한 마법 걸기와 술책으로 이뤄낸 모든 것을 이해하려면 벌거벗은 테레지나를 보아야만 했다. 이건 '이교 문명'으로 돌아가자는 얘기도 아니고 야만적 물신숭배를 말하려는 것도 아니다. 손을 위해, 혀를 위해, 입을 위해 만들어진 그 모든 열매에 대해 말하는 것이다. 그 열매들을 박탈당하면 우리의 삶은 타락하고 자연에 반하는 행위가 되어버릴 것이다. 나는 약간 허약한 심장을 가져서 혹시라도 식욕 과잉으로 즉사해 독자들을 불쾌하게 만들까 겁난다. 뿌리 깊은 민주주의 기질 때문에 나는 발행 부수가 많은 언론과 대중의 인기가 자리하는 대다수의 의견에 언제나 복종해왔기 때문이다. 다만 그때 내가 겨우 열세 살이었으며, 내 꿈이 림프절의 가마솥 속에서 나의 검열관들에게 비난보다는 연민을 불러일으켜 나를 용서할 만한 방식으로 끓어오르고 있었다는 사실을 기억해주길 간청한다.

여하튼 얘기의 핵심으로 접어들자.

나는 내 눈길이 미끄러져드는 구멍보다 훨씬 낮은 곳, 목욕탕의 들보들 사이 적당한 높이에 또 하나의 구멍을 만들었다. 미리 세심하게 구멍의 직경을 나한테 맞춰서 쟀다. 꼼짝 못하게 끼거나 찰과상을 입는 일을 피하려고, 또는 터무니없는 곳에 가시가 박히는 일이 없도록 하기 위해서였다. 그런 다음 나는 부엌에서 아주 기름지고 미끈거리는 거위 껍질을 가져와 구멍 안쪽 둘레에 붙였고, 테레지나가 증기탕을 찾을 날을 생각해서 기름이나 불가리아 향유 또는 돼지비계를 발라 세심하게 관리했다. 때가 되어 나는 자리를 잡았고, 눈은 관찰 구멍에 붙이고 나머지는 다른 곳에 붙인 채 사냥꾼처럼 뜨거운 안개 속에 나의 사랑스러운 먹잇감이 나타나길 염탐했다. 마침내 나의 영감이 완전한 자유 속에 꽃을 피울 순간이 되자 눈이 제 기능을 다하는 것만으로는 더 이상 만족할 수 없게 되어 나는 아래쪽 구멍 속에 나를 집어넣었고, 작은 왕복운동으로 나를 하늘로 날아오르게 했다. 그런 순간은 악마들이 우리를 하늘로 데려가는 일을 맡는 아주 드문 기회,

어쩌면 유일한 기회이기 때문이다.

이 행위는 내게 뿌리 깊이 각인되었다.

내 말은, 그때부터 들보를 보거나 아주 기름진 거위 껍질을 보거나 심지어 아주 포동포동하게 살아 있는 거위만 봐도 과학이 "파블로프의 조건반사"라고 이름 붙인 작용으로 이끌리는 즉각적이고 고무적인 효과가 발생했다는 것이다. 고백하건대 꽤 상당한 나이까지도 내게 다정하게 몸을 맡기는 사람이 어떤 이유에선지 나를 필요한 시적 영감의 상태에 놓이게 하지 못할 때면 나는 눈을 감고 그녀를 내 품에 다정히 끌어안은 채 들보를, 거위를 또는 돼지비계를 상상했고, 그러면 더없이 감동적이고 즉각적인 결과를 얻을 수 있었다. 그만큼 이 영역에서 중요한 건 어떤 신체적 세부 사항도 아니고, 당신의 파트너가 당신에게 제공할 무엇도 아니며, 우리가 거기에 쏟는 감정의 특질인 것이다.

유감스러운 사건이 일어나 내가 작은 이즈바 뒤쪽 눈 속에 선 채 보냈던 행복한 순간을 중단시키지 않았더라면 목욕탕과 나눈 내 사랑을 더 오랫동안 이어갈 수도 있었을 것이다. 행운의 도움을 받는 모든 연인들이 그러듯이 나는 조심하는 일에 점차 소홀해지기 시작했다. 내가 들보에 뚫은 구멍은 충분히 깊지 않아 격정에 사로잡혔을 때 내 신체 일부가 반대편, 목욕탕 안쪽으로 상당히 넘어갔다. 어느 날 피할 길 없는 일이 벌어졌다. 불운도 따랐다. 내가 저글링을 할 종자였음에도 조준에서 능숙한 솜씨를 보여주기는커녕 그 반대였기에 하는 말이다.

그날 테레지나는 평소보다 들보 가까이에, 내가 있는 곳에서 작은 아치 두 개 정도 떨어진 거리에 있었다. 불행히도 피의 쏠림이 내 시야를 가렸고, 내가 포효만큼은 참았으나 다른 건 참지 못하던 순간에, 그날 여주인을 돕던 두냐차는 스펀지로 테레지나의 등 아래쪽을 문지르느라 몸을 숙였다. 아마도 그녀는 어떤 둔탁한 소리나 질주하는 말이 내는 헐떡임에 가까운 소리를 듣고 고개를 내 쪽으로 돌렸을 것이다.

그 순간 나는 신체 일부가 안쪽으로 넘쳤을 뿐 아니라 막 남자로서 최고의 희열에 도달했고, 우리가 이 땅을 확실히 지배할 수 있도록 창조주가 우리 내면에 집어넣어준 모든 걸 배출한 참이었다. 따라서 두냐차는 처음엔 악마를 보고 놀란 감정을 표현할 시간조차 갖지 못했고, 곧이어 결코 눈에 맞을 일 없는 것을 눈에 맞았다.

나는 대단한 임기응변으로 나의 치욕이 공개적으로 폭로되는 불명예를 모면했다. 두냐차는 악마를 보고 끔찍한 비명을 내질렀고, 악마의 추악한 흔적을 닦은 뒤 미친 여자처럼 밖으로 뛰쳐나왔다. 그녀는 주먹을 내밀며 온몸으로 내게 달려들었다. 그때 나는 눈을 감고 부처의 미소를 띤 채 고고한 철학적 평온의 상태에 빠져 있었다. 그녀는 내 머리를 휘어잡고 내게 발길질을 퍼부은 뒤 나를 여주인에게 끌고 가기 시작했다. 참으로 다행스럽게도, 위험에 처해서야 나는 민첩함을 되찾았고, 협박조의 중얼거림을 이렇게 내뱉었다.

—네가 나를 배신하면 네가 일요일마다 목공소에서 콜카와 한 모든 짓을 온 동네에 얘기하겠어. 내가 다 봤어.

그렇게 나는 최악의 상황은 모면했지만 두냐차가 혀를 완전히 붙들어두지는 않아서 며칠 뒤 여주인에게 어린 주인이 악마의 부추김을 받아 구멍에 눈을 붙이고 목욕을 훔쳐보았다고 고자질 당했다. 그녀는 내 보복을 겁내 다른 구멍에 대해서는 말하지 않았다. 그러나 못된 두냐차는 괜한 짓을 한 것이었다. 두냐차가 고개를 저으며 한숨을 내쉰 뒤 내게 털어놓은 말을 듣자 하니 이탈리아 여자는 자기에게 닥친 모욕에 대한 증인으로 달력의 온갖 성인을 들먹인 게 아니라 몇 시간 동안이나 웃음을, 내가 종종 내 주위에 그녀의 존재를 더 살아 있게 만들고 싶을 때면 내 귀에 붙들어두는 그 웃음을 터뜨려 오흐레니코프 궁에 흥겨움을 퍼뜨렸고, 나를 찾아 이 방 저 방으로 달려갔다는 것이다.

그녀는 작은 자연사박물관에서 나를 찾아냈다. 내가 광석들, 나비들, 낙엽들을 모아둔 곳이었다. 나는 시뇨르 우골리니가 내게 선물한, 사마르칸트의 타타르족들이 러시아로 수입한 햄스터들에게 먹이를 주고 있었다. 테레지나가 화장을 하고 있을 때—이날 저녁 아버지와 함께 오를로프 형제 중 한 사람의 집에서 귀족이 연기하는 몰리에르 작품 공연에 가기로 되어 있었던 것이다—두냐차가 머리핀을 꽂아주며 그녀에게 폭로를 했던 것이다. 나는 아버지가 라이프치히에서 만들게 한 드레스, 오직 전문가의 눈만이 모조품임을 알아차릴 수 있을, 온갖 루비와 진주, 사파이어와 에메랄드로 장식한 드레스를 입은 그녀가 내 작은 골방에 나타나는 걸 보았다. 칼리오스트로가 로앙 추기경에게 깊은 인상을 남겨 총애를 얻고 프랑스 왕좌에 유감스러운 결과를 낳은 것도 이 보석들 덕이었다.로앙 추기경이 마리 앙투아네트 왕비의 환심을 사려다 사기당한 다이아몬드 목걸이 사건을 암시한다. 테레지나의 머리카락은 유행이 강요하는 쌓아올림의 형벌을 아직 겪지 않아서 자유롭게 어깨 위에서 출렁이고 있었다. 내 손과 입술은 잔인한 불의의 장난으로 그 머리카락에서 떨어져 있었다. 그녀가 내 앞에 멈춰 섰을 때 그녀 입술에는 아직 웃음이 남아 있었다. 그러나 그녀의 눈길과 얼굴은 차츰 근심 어린 심각함의 베일을 썼다. 그러나 거기서 비난의 흔적은 조금도 찾아볼 수 없었다. 두냐차는 약간 뒤로 물러나 있었고, 요즘의 러시아어로 대단히 자유롭게 번역할 수 있는 손짓을 내게 해 보였다. "저런, 꼴좋게 됐네." 나는 얼굴이 새빨개지면서 눈을 내리깔았다. 당시 테레지나는 열일곱 살이었고 나는 열세 살을 몇 달 넘긴 나이였다. 단지 불꽃이 타닥거리는 소리로만 채워진 긴 침묵이 흘렀다. 나의 부끄러움은 그 소리에 빈정거림의 억양을 붙였다.

—두냐차 말로는 내가 발가벗고 있을 때 네가 벽에 난 구멍으로 나를 보았다던데.

나는 대답할 말이 없었고, 그저 말없이 고통 받는 수밖에 없었다. 그렇지만 어떤 만족감이 느껴졌다. 드디어 내가 성인이라는 걸 테레지나가 깨달은 것이다.

그녀는 내게서 눈을 떼지 않고 천천히 소파에 앉았다.

—포치노, 내 말 들어봐. 이건 중요한 일이야. 우리는 남매여야 해.

선언의 내용도 그렇고 어조도 참으로 결정적이어서 내 눈엔 눈물이 고였다.

—그러려면 네가 벗은 나를 보는 데 익숙해져야 해. 그러면 네가 벗은 내게 더는 관심을 갖지 않게 될 거야. 넌 단지 호기심 때문에 동요되는 거야. 네가 나를 천 번쯤 보고 나면 더는 그런 생

각을 하지 않을 거야. 그러니 이제부터 너는 원할 때마다 벗은 나를 볼 수 있어. 그렇지만 이젠 구멍으로 보지 마. 그건 안 좋아. 네가 내 방에 들어오면 돼. 알았지.

이 말을 한 뒤 그녀는 일어나서 드레스 자락을 붙들고, 내게 진짜 어머니 같은 성숙함을 보이며 그렇게 행동한 것이 자랑스러운지 고개를 꼿꼿이 들고 떠났다.

나는 멍하니 입을 벌린 채 그 자리에 남았다. 문제의 사건이 가져온 놀라운 반전, 듣도 보도 못한 온갖 종류의 희열을 잔뜩 품은 놀라운 반전은 내게 독실한 신자들이 묘사하는 것과 전혀 다른 신의 섭리의 효과를 냈다. 고백하건대 나는 이 순간보다 더 신자가 된 느낌이 든 적이 없었다.

이날부터 내 삶은 경이로운 번민이 되었다. 나는 테레지나가 옷을 입거나 벗을 때 그녀의 방에 들어갔고, 소파에 자리 잡고 그녀를 관찰했다. 때로는 초연하게, 때로는 오직 주제에 대한 객관적인 연구가 목적인 진찰에 걸맞은 조금 비판적인 표현을 하며. 때로는 무심하게, 마치 내가 그렇게 마음껏 응시하는 광경이 새로울 게 없어 싫증 난 것처럼 나는 책을 집어 들고 독서에 몰두하는 척했다. 곁눈으로는 맹금류처럼 주의 깊게 테레지나가 귀고리를 줍거나 실내화를 신으려고 몸을 숙여 내 영혼이 영원히 그 흔적을 간직하게 될, 세상의 한 측면을 드러내게 될 순간을 염탐했다.

이 정숙 결핍에 대한 소문이 하인들 사이에 퍼졌다. 내실 하녀들은 고개를 저으며 눈을 하늘로 치켜뜨고 여주인과 어린 주인의 파렴치한 행실을 이탈리아 풍습 탓으로 돌렸다. 오늘날 나는 테레지나가 우리 사이에 남매 관계를 정립하려고 채택한 이 방법에 약간은 변태적인 짓궂은 장난이 들어 있지는 않았는지, 베네치아 축제의 이 아이도 그렇게 나를 형벌에 처하는 데서 어떤 달콤한 동요를 느끼진 않았는지 이따금 생각한다.

10

나는 테레지나가 불행하다는 걸 금세 느꼈다. 그녀는 오흐레니코프 궁을 싫어했다. 그곳의 모든 것이 부자들의 가난을, 따뜻한 친밀감과 가벼움, 무사태평함이라곤 전혀 갖지 못한 부자들의 가난을 폭로했다. 이 가난이 그들에게 천장을 높이 만들게 했다. 옹졸함이 거대함을 좇는 전형적인 욕구였다. 명확히 보지는 못했지만 나는 그녀와 남편 사이에 어떤 거부가, 긴장이, 심지어 열정이 ─사랑의 부재가 쓰라린 불길로 돋우는 거꾸로 된 열정 말이다 ─있음을 느꼈다. 그것들을 내가 이해하지는 못했으나 그 기미는 줄곧 간파할 수 있었던 갈등의 형태로 드러났다. 테레지나에게는 도발로까지 이어지는 지속적인 도전 같은 게 있었고, 아버지에게는 냉소와 초연한 관용이 있었는데, 상처 입은 자존심과 고통을 체면 때문에 관용으로 포장한 것이었다.

그렇다면 왜 그녀는 사랑하지 않는 남자와 결혼했을까? 베네치아에서는 여자들에게 남편의 선택에 관해 묻지 않는다는 걸 나는 잘 알고 있었다. 그러나 내 눈에는 테레지나가 집안에서 강요하는 남편을 고분고분히 받아들일 여자가 아닌 것으로 보였다. 그녀는 고분고분하지 않고 제멋대로이며 온갖 충동적인 결정을 할 수 있는 여자였다. 나는 그녀가 명성이나 재산으로 그녀를 현혹할 수도 유혹할 수도 없는 남자를 따라 모스크바까지 오도록 강요했을 법한 부득이한 사정을 찾아보았지만 소용없었다. 어쩌면 우리 고국의 아이들에게서 전형적으로 볼 수 있는 모험 정신과 여행 취향, 호기심 혹은 견디기 힘든 집안 분위기 때문에 달아날 필요가 있었던 걸까? 이 이유들 중 어떤 것도 내가 보기엔 탐탁지 않았다. 러시아 눈 속의 무엇이 푸른 하늘의 저 새를 유혹할 수 있었는지 보이지 않았다.

내가 조금씩 차츰 알게 될 대단히 내밀한 차원의 이유 외에 아버지와 테레지나의 불화에는 훨씬 명백한 이유들도 있었다. 그녀는 주세페 자가 종사하는 직업을 좋아했는데, 그는 힘 있고 불가사의하고 헤아릴 수 없을 만큼 깊어 보이는 모든 것에 대해 젊은 여자가 보이는 깜찍한 장난과 조롱하는 듯한 멸시에 잘 적응하지 못했다. 테레지나는 땅과 너무도 자연스럽고 행복한 관계를 맺고 있어 베네치아 축제의 하늘이 아닌 다른 하늘을, 이승의 가난과 고통의 지옥이 아닌 다른 지옥을 믿지 못했다. 그런데 나의 아버지가 표방하는 앎은 자신을 드러내고 호의적인 영향력을 발휘하도록 요구했다. 심리적 방법을 통한 치료는 불신 속에서는 이뤄질 수 없고, 키득거리는 가운데 운명을 거론할 수는 없는 것이다. 테레지나에게는 그늘이 없었다. 태양이 만들어내는 그늘 말고는 말이다. 그녀에겐 모든 게 명료했고 웃음이었다. 사는 기쁨은 깊은 곳에 "잠든 것들"에게 혐오감을 안긴다. 그러나 맑음을 드러낼 뿐인 물에게 투명하다고 비난하거나, 돌멩이에서 사랑스러운 메아리를 끌어낼 뿐인 샘물의 노래를 나무랄 수는 없다.

테레지나, 안나 마리아 테레지나 마루피는 판탈로네, 카피타노, 브리겔라 역으로 유명한 시피아 마루피의 손녀딸이었다. 그녀의 부모는 아이가 다섯 살 때 전염병 페스트로 죽었다. 포르타그루아 극단에 입양된 그녀는 결혼 때까지 여자들에게 무대에 오르는 걸 금지하는 남부 도시들을 피하며 이탈리아반도를 순회하던 유랑 배우들 외에 다른 가족은 알지 못했다. 아흔두 살에 〈브리간딘을 찾아간 아를레키노〉를 공연하다 무대 위에서 죽은 포르타그루아는 손녀딸을 아주 사랑했다. 그는 직업 때문만이 아니라, 불손하고 비판적이고 풍자적인 그의 정신이 줄곧 도발하는 진지함을 수호하는 경찰들을 피해야 할 필요 때문에도 여행할 수밖에 없는 사람이었다. 골도니는 그에 대해 이렇게 말했다. "그 선량한 사람은 자신이 불행에 진 빚을 집요하게 거부했다." 그는 이탈리아 희극의 아버지에게 이렇게 쓴 적이 있었다. "불행은 고유한 재능을 갖지 못해서 제 역할을 줄곧 권력자들과 대공들, 시의회와 교회에 빼앗기는 인물입니다. 교회가 언제나 대본의 주된 저자이기 때문이지요." 테레지나는 베네치아가 그저 "좋은 사람 buòn uòmo"이라고 부르는 존재로부터 굴종과 복종을 요구하는 모든 것에 대한 혐오를, 삶을 경이로운 오락으로, 때로는 힘들고 잔인한 막간을 견뎌야 하는 오락으로 다루는 방식을 물려받은 것 같았다. 이런 점은 나의 아버지가 재능을 발휘할 때 필요한 조건과 참으로 맞지 않았다. 다시 말해 진지함과 신비와 맞지 않았다는 얘기다. 젊은 여주인은 세 번째 피라미드의 비밀에 대한 존중심도 갖고 있지 않았다. 그 유명한 장미십자회의 수직 체계가 입문자들에게 부여하는 무시무시한 권력들에 대해서도, 나의 아버지가 고객들을 상대로 엄청난 효과와 위엄을 끌어내던 에제키엘의 삼각형과 그 모든 초월적인 부속물에 대해서도 존중심이 없었으며, 불멸을 얘기할 때는 킥킥거리고 웃음을 터뜨렸다. 그녀는 정말이지 땅이며 땅의 통속성과 장난기 많은 친구 같은 관계를 맺고 있었다. 가장 낮은 계층의 민중이나 생각할 수 있는 이런 관계는 뿌리보다는 정신을 양식으로 삼는 상트페테르부르크의 상류사회를 유난히 충격에 빠뜨렸다.

아버지가 그녀와 결혼한 건 판단 오류이며, 두 사람이 전혀 어울리지 않는다는 건 의심할 여지가 없었다. 주세페 자가는 젊은 아내에게 다정한 열정을 쏟았기에 더더욱 괴로워했다. 비장한 면도 없지 않았다. 그의 애착은 세월의 흐름에 휩쓸려 떠내려가는 사람들이 어린 갈대를 붙잡으며 기울였을 절망적인 노력을 떠올렸기 때문이다. 나도 괴로웠다. 테레지나에 대한 나의 사랑 때문만이 아니라, 아버지를 사랑했기에 몰리에르의 늙은이 역할을 받아들여야 하는 아버지를 보는 것보다 더 고통스러운 일이 없었던 것이다. 나 역시 세월의 녹슨 단도를 맞았을 때 나는 사랑은 추억에서 구하고 성적 쾌락은 매춘부들에게서 구하는 걸로 자제했다. 그 둘은 사이좋게 지낸다. 최종적으로 행복에 도달할 수 없다면 자기 삶을 핵심적인 것만으로 줄일 순 없다는 생각으로 자기를 달랠 줄 알아야 한다.

11

상인 오흐레니코프는 장중한 격식이라는 기준에 따라 자기 거처를 건축하게 했는데, 그 기준이 돌멩이조차 무겁게 만드는 것 같았다. 하인들이 주인에게 아부하기 위해 궁이라고 부르는 이 건축물에는 스물다섯 개의 큰 방이 있고 거기다 침실, 밀실, 시종들이 쓰는 온갖 종류의 골방 들이 있었는데, 이 골방들이야말로 이 거처에서 가장 생기 있는 부분이었다. 이 보조 방들에는 종종 손님들이 묵었는데 대개 이탈리아인이나 독일인으로, 모두가 때론 아버지조차 알지 못하고 아무도 그들에게 절대 물어보지 않는 이유 때문에 조국에서 도망쳐야 했던, 다소 비밀스러운 인물들이었다. 아버지가 속한 프리메이슨의 수많은 지부들 여기저기에서 부탁해온 사람들이었다. 이를테면 작센의 선거후가 "대공들과 하느님의 권위를 부인하도록 선량한 사람들을 부추겨 광기로 내모는 허황된 물질로 사람들의 정신을 타락"시켰다고 고발한 닥터 샤라흐 같은 인물이었다. 위의 말은 오늘날까지도 볼스바흐 시의 고문서에 여전히 실려 있는 투옥 명령을 인용한 것이다. 그는 무엇보다 작센에서 1775년에 조세 저항을 선동했다는 혐의로 고 발당했다. 그는 개종한 유대인이었는데 아버지는 그를 필적감정 가로 둔갑시켰다. 필적감정은 당시 막 시작되던 학문이었는데, 샤라흐는 그렇게 자기 의사와 상관없이 그 일을 하다가 결국 그 학문의 탄탄한 토대를 정립하게 되었다. 그가 러시아에서 돌아와 "민주주의의 실행"이라는 죄목으로 감방에서 죽기 얼마 전 만하임에서 출간한 『필적에 관한 개론』에서 그의 논문을 볼 수 있다. 그는 생쥐처럼 재빠르고 깡마른 키 작은 남자였다. 그는 마치 출구라도 찾는 듯이 불안한 눈을 끊임없이 굴렸고, 죽도록 겁에 질린 것처럼 보였다. 아버지는 그의 기이한 말버릇을 없애는 데 가장 큰 어려움을 겪었다. 어떤 영향력 또는 소유욕 때문인지 그는 "자유"라는 말을 계제에 맞지 않게 시도 때도 없이 썼다. 그의 불행 대부분이 아마도 그 버릇에서 기인한 것 같았다. 아버지는 내게 따귀를 한 대 때렸다. 전에는 한 번도 없던 일이었다. 아버지가 그런 건 샤라흐가 말하는 걸 들으면서 내가 웃음을 참지 못했기 때문이다. 그 후로 나는 그렇게 자신이 무슨 수를 써서라도 피하고 싶어 하는 위험한 말을 끊임없이 반복하게 하는 기이한 내적 힘에 지배당한 사람을 한 번도 보지 못했다. 그는 대략 이런 식으로 말했다.

—저한테 후추와 자유를 건네주실 자유가 있으신자유. 대단히 자유하고, 감사합니다.

이 일이 있고 아버지는 아마도 때린 걸 후회하고서 내가 훌쩍이고 있던 방으로 찾아왔다. 천성적으로 불안한 사람들은 무슨 수를 써서라도 하지 말아야 할 말을 줄곧 생각하기 때문에 지나친 몰두의 효과로 저도 모르게 계속 그 말을 하게 된다고 아버지는 내게 설명했다.

주세페 자가는 우리 급사장인 오시프의 도움을 받아 이 신경증 환자의 버릇을 고쳐냈다. 오시프는 이 독일인이 문제의 단어를 말할 때마다 바늘로 그의 팔을 찌르는 일을 맡았다. 그 결과이 자유의 순교자는 다른 방식으로 말하게 되었는데, 테레지나와 내가 웃음을 터뜨리지 않을 수 없는 방식이었다.

그는 말했다.

—안녕하신가, 청년, 아야! 아야! 만나서, 아야! 반갑네, 아야!

샤라흐는 고국의 감방으로 돌아가기 며칠 전, 더는 잃을 게 없다고 판단하고서 유대교로 다시 개종했다.

4층 방들에는 이 땅에서 길 잃은 것 같고, 모두에게 그리고 그들 자신에게조차 낯선 이방인 같고, 시간과 공간 밖에 있는 것 같은 사람 몇몇이 있었다. 나는 오가다 종종 그들과 마주칠 수밖에 없었는데, 언제나 그들은 훨씬 너그럽고 훨씬 다정한 다른 삶을 운명으로 타고났지만 대규모 장난감 제조업자인 운명의 어떤 부주의나 실수로 우리 틈에 떨어진 것처럼 보였다. 나를 길러주고, 눈에 보이지 않는 것들이 북적대는 영역에 입문시켜주고, 수많은 친구를 사귀게 해준 숲에 경의를 표하느라 요즘은 "라브로보의 시간"이라고 부르는 몽상의 순간들에 나는 운명을 아마 제 레퍼토리를 소진해서인지 제 한도를 벗어나 희극의 취향을 비극까지 밀어붙인 폴리치넬라로 상상하게 된다. 다른 순간들에는—다른 곳에서 이미 길게 얘기한 바 있지만—운명을 장난과 속임수인 것을 학살과 고통과 공포인 것과 구분하지 못하는 원숭이

신으로 보았다. 이 고약한 짓거리들의 피라미드 꼭대기에 있게 되면 익살맞은 장난이든 아니면 유혈 낭자한 비극이든 조종 끈나 풀과 메커니즘, 기교는 언제나 마찬가지여서 그런 것들 틈바구니 어딘가에서 감수성을 잃어버리고 아마도 희극적인 것과 공포를 구분하지 못하는 것 같다. 바나나 껍질에 부여되는 건 단지 크기와 차원의 문제일 뿐이다. 위생과 관계된 이유로 내가 피하려 애쓰는 자각의 순간들에는 삶과 죽음, 끔찍한 것과 희극적인 것이 내게는 누군가의 예술을 위한 예술처럼 보인다.

따라서 느닷없이 그 방들 중 하나에 들어갔다가 종종 자기 삶의 불행과 불운을 볼거리로 제공해 다른 사람들의 삶을 즐겁게 해주려고 태어난 것 같은 사람들을 볼 때가 있었다. 테너 가수 줄리오 토티가 기억난다. 그는 자기 목소리의 아름다움만으론 더 이상 만족하지 못해 목을 내놓지 않고는 그렇게 서정적인 바이브레이션에서 베이스 중의 베이스 '바소 프로폰도'로 넘어갈 수 없다는 사실을 잊고서 생각의 아름다움을 주창했는데, 1770년의 대기근 동안 일어난 폭동 때 그는 토리노에서 정말 목을 내놓을 뻔했다. 난쟁이 음악가 집안인 에스파냐 출신 산체스 가족은 훨씬 식견 있는 유럽 왕실들의 총애를 잃고 러시아로 왔다. 유럽 왕실들이 난쟁이와 광대들에게는 치명적인 "세련미"의 개념을 발견하게 되었기 때문이다……. 영국 점성가인 퍼시 컬렌더, 섬세한 용모에 앙상하고 거만한 코만이 고독 속에 낙오한 듯해 보이는 이 노인은 하늘에서 새 별을, "대공들의 종말"을 고하는 "민중의 자유"의 별을 발견한 뒤 베네치아를 떠나야만 했는데, 그의 아들들과 부인의 뜻에 따라 치매 환자로 베들럼 정신병원에 갇히게 되었다. 그는 더비 경의 배려로 그곳에서 빠져나왔다. 더비 경은 피트영국 정치가에게 이 가련한 사람이 다만 그런 식으로 그의 보호자들인 대공들에게 경계를 촉구한 것뿐이라고 말해준 것이다…….

테레지나는 이 몽상가들과 함께 상당한 시간을 보냈다. 그녀는 그들의 상처와 재능에 관한 이야기를 듣고 울었고, 언젠가 민중이 그들을 보호해줄 거라고 내게 말했다. 그녀에게는 민중이 내게 라브로보의 참나무 같은 존재였다. 무엇이로든 변할 수 있는 마법의 숲, 유리한 바람이 불기를 기다렸다가 저주에 걸린 것들에게 기쁨과 행복으로 가득한 그들의 진짜 모습을 돌려줄 수 있는 마법의 숲 같은 존재 말이다.

살짝 질투가 난 나는 그 곡예사들이 아주 상냥하긴 하지만 서투르다고 생각했다. 그들은 우리 직업에 종사하고 불을 다루면서 입석 손님들을 불안하게 만들지 않을 능란한 솜씨를 보여주지 못했다. 불이 난간을 넘어올 수 있다고 느끼는 순간 관객은 더 이상 즐길 수 없기 때문이다.

사람들이 "잠시 체류하는" 방이라 불렀던 방들 중 하나에서 나는 테레지나와 함께 있다가 어떤 스위스 청년의 입을 통해 아버지가 마치 분리할 수 없는 성 삼위일체처럼 붙어 다니는 '자유' '평등' '우애'라는 말들을 재워주고 있다는 얘기를 들었다. 청년은 그 당시 부드리 기사로 불렸고, 러시아 최고의 청춘들을 기르던 차르스코예셀로 고등학교에서 프랑스어 교사로 일했다. 그는 우리에게 파리 소식을 전해주던 그의 형의 편지를 읽어주곤 했다.

한참 세월이 흐른 뒤, 1933년 알뱅미셸사에서 출간된 제라르

발터 씨의 책을 뒤적이다가 나는 부드리 기사가 사실은 다비드 마라, 또는 사람들이 그저 마라라고 부르는 그 유명한, 단두대 제물 공급자의 동생이었다는 걸 알게 되었다.

테레지나는 조용히 그의 말을 들었다. 그녀의 얼굴은 무표정했지만 이상하게도 창백해져 있었다. 곧 그녀가 아주 작은 목소리로 하는 말이 들렸다.

—부드리 씨, 프랑스에서 온 그 세 가지 단어를 다시 좀 읽어주시겠습니까?

—자유, 평등, 우애.

청년 교사가 살짝 당혹스러운 표정으로 말했다. 그는 그의 형과 생각이 같지 않아서 건전한 생각을 했고 대단히 공인된 인물이었기 때문이다.

테레지나의 반응은 나를 당황하게 만들었다. 그녀는 울음을 터뜨리더니 달아났다. 며칠 동안 그녀에게 말을 걸 수조차 없었다. 그녀는 말을 하면 아직 전율하고 있는 마법의 메아리를 날려버리게 될까 봐 겁내는 것 같았다.

다른 곳—종종 내게 가장 먼 달을 연상시키곤 하던 '다른 곳'—에서 온 이 계시받은 인물들 대부분이 사람들에게 잊히거나 숨을 돌릴 시간 동안 아버지의 환대를 누렸다. 그들은 사상을 그들 재간의 부속물로 이용한다는 공통점이 있었다. 그런데 그들은 사상의 비물질적인 특성을 보기 좋게 빛내서 관객을 홀리는 데 그치는 것이 아니라 그 사상에 생명을 부여해 세상을 바꾸길 갈망했다. 그들이 무대 영역을 넓히려는 방식을 권력자들이 좋아하지 않은 건 말할 것도 없어서 그들은 페스트 보균자들만큼이나 밉보였다. 어느 날 나는 아버지에게 왜 그렇게 위험한 동업자들에게 피신처를 제공하는지 물었다.

카드놀이용 탁자에 앉아 잡지를 읽고 있던 주세페 자가는 손으로 모호한 동작을 했다. 그의 얼굴은 어두워졌다. 진정성을 좇는 취향에 이미 그가 감염되었던 건 아닌지 모르겠다. 마술에 진력이 나서 금지된 꼭대기, 그곳에 이른 예술은 도달할 수 없는 현실 발밑에서 목말라 죽는 금지된 꼭대기를 꿈꾸기 시작하는 광대들에게 흔히 일어나는 일이니 말이다. 내 질문은 시기가 적절치 못했다. 그즈음 예카테리나 여제의 만성 변비를 고치려고 애쓰던 아버지가 여제의 내실 요강 담당자가 된 걸 테레지나가 비난하며 꽤나 사납게 한바탕 퍼부은 참이었기 때문이다. 그녀는 그를 "왕들의 신발이나 핥는 인간"으로도 취급했는데, 철학자들의 언어보다는 키오자 방언에서 훨씬 허용될 만한 말은 여기서 건너뛰겠다.

—그들은 위험하지 않아. 러시아어를 한 마디도 못하니 민중을 건드릴 위험이 없어. 상류사회가 그들이 하는 말을 조롱하고. 예카테리나 여제가 디드로와 볼테르의 불경한 말들을 조롱하듯이 말이다. 아직 몇 년 동안은, 아들아, 우리는 최고의 살롱에서 재주를 부리는 숙련된 개로 남아 있을 거야. 그 후…… 그 후엔…… 우리는 재기才氣라고 불리는 무기를, 공짜인 데다 경박한 겉모습 때문에 일순간만 반짝이는 이 무기를 교묘한 솜씨로 갈아서 준비하는 재주꾼들이지. 그러나 언젠가 민중이 그 무기를 쥐게 되는 날에는…….

그는 말을 중단했다. 이미 말했듯이 나는 이때까지 아버지가 진짜 힘을 꿈꾸기 시작하는 마법사들을 자주 공략하는 그 병의 첫 물어뜯기 공격을 이미 겪고 있었다는 걸 짐작하지 못했다. 그런 위기가 우리에게 가져올 수 있는 무시무시한 결과는 나중에야 알게 되었다. 그런 위기는 종종 침묵으로 이끈다. 그럴 경우 예술이 계산을 한참 잘못하게 만들어 사람들의 불행을 치유해야 할 때 마법사의 마법이 자신의 무능력만 부각하기 때문이다. 1950년대에 나는 떠들썩하게 문학을 거부함으로써 그 위기를 유익하게 이용했다. 언론에는 이 절필 선언을 전쟁, 기아, 암흑 상태 등 인류가 빠져 허덕이는 상황이 불러일으키는 공포 때문이라 설명했다. 그렇게 해서 나는 문학의 에라스뮈스 그랑프리상을 수상했다.

이야기가 샛길로 빠진 걸 용서해주시라. 오흐레니코프 궁이 지붕 아래 감추고 있는, 테레지나와 아버지의 갈등에 대한 확실한 증거들을 발견하게 해줄 금지된 장소를 향해 가던 길에 궁의 위층에 이렇게 머문 것을 용서해주시라. 나는 대리석 계단에서 아주 좁은 하인들의 계단, 마치 다른 계단은 우등한 종을 위한 것이라도 되는 듯이 "사람들의 계단"이라 불리는 계단으로 가던 도중에 멈춰 섰다. 그곳을 지나야만 하기에 그대들에게 그곳에 대해 말하지 않을 수 없다. 그 장소들이 우리가 가는 길에 있고, 빛의 세기(계몽주의 시대)의 유럽이 품기 시작한 이상과 영혼의 절름발이들 몇몇에게 피신처로 사용되고 있으니 말이다. 이제 나선 모양의 계단을 반 층만 재빨리 올라가 이반 뇌제러시아 황제 이반 4세(1530-1584)로 극단적인 공포정치를 펼쳐 이반 뇌제라고 불리기도 한다 시대 지하 감옥의 것처럼 보이는 녹슨 자물쇠가 달린 육중한 참나무 문 앞에 멈춰 서자. 우리의 열쇠지기 지노비가 손에 이탈리아 포도주

병을 들고 있는 모습을 종종 본 나는 달래고 애원하고 아버지에게 이르겠다고 협박까지 해 그에게서 보물 방문을 여는 열쇠를 숨겨둔 장소를 알아냈다. 나는 자물쇠 구멍에 거대한 열쇠를 넣고 돌렸고, 늙은 강 자가가 지상의 긴 편력 동안 오만 가지 유물을 남긴 물가로 들어섰다.

무엇보다 나를 놀라게 만들고 다락에 신비의 향기가 떠돌게 한 건 그곳의 잡동사니들이 하나도 쓸모없어 보였다는 점이다. 고백의 부재처럼 보이는 그 모습이 내게는 모든 사물이 비밀을 지니고 있다는 의미처럼 보였다. 모든 사물은 평범한 겉모습 아래 나처럼 문외한은 포착할 수 없는 마법의 힘을 감추고 있었다. 아마도 미래를 보고 읽는 데 쓰는 것 같은, 여러 개의 렌즈가 포개진 거대한 안경, 하늘도 땅도 그려져 있지 않고 전혀 다른 세계를 보여주는 지도 한가운데 뾰족한 다리를 벌리고 선, 거미를 닮은 컴퍼스가 있었다. 그것들에는 아랍 글씨로 된 글과 숫자가 빼곡히 적혀 있어서 선량한 기독교인이라면 그걸 보지 않으려고 조심해야만 했다. 우리 이웃인 지브코프 신부의 말로는 유대인들이 언어를 통해 영혼 속에 미끄러져들 수 있는 교묘한 독을 글씨에 묻혀놓는다고 하니 말이다. 태양의 수레바퀴, 음산한 저주의 냄새를 풍기는 인도와 이집트의 신들을 조각한 작은 석고상들, 죽음을 위한 자리가 슬쩍 빈칸으로 남겨져 있는 점성술 계산표, 사방을 자물쇠로 채워놓은 걸 보니 안에 악마가 든 게 분명한 궤짝들도 있었다. 그곳 주인인 지노비는 반원 형태로 바닥에 뒹굴고 있는 십자고상을 중세 때 악마가 비틀어 옴짝달싹 못하게 된 것이라고 내게 설명했다. 바닥엔 온통 책이 나뒹굴고 있었는데, 대개 자물쇠로 잠겨 있어 책 내용이 불온하리라는 걸 쉽게 상상할 수 있었다. 책 속에 든 독의 효과로 썩게 만들기에 불온하다는 걸 말이다. 발길로 책들을 밀다가 개중 한 권이 내 영혼을 향해 불온한 의도를 즉각 드러내며 펼쳐져서 보지 않을 수가 없었다. 내 눈은 겁에 질린 채 당나귀 한 마리와 어느 여자가 있는 그림을 보았다. 둘은 좀 더 정숙한 운송 방법이 요구하는 방식대로 올라타고 있지 않았다.

무엇보다 그곳을 채우고 있는 책들 때문에 아버지가 그 다락을 금지 장소로 정한 것 같다. 두려움보다는 언제나 호기심이 더 컸던 나는 위험을 감수하고 몇 권을 펼쳐보았고, 그렇게 해서 남자와 여자의 관계가 제공하는 많은 가능성들을 발견하게 되었다. 내 순박한 욕망으로는 아직 결코 상상해보지 못한 가능성들이었다. 철학 개론서들도 있었다. 시빌리우스 아른트의 『자연의 근본적 민주성에 관한 책』, 예카테리나 여제 치하 농노들의 조건을 감히 묘사했다는 이유로 저자가 사형선고를 받았다가 시베리아 유형으로 감형받은 책인 라디시체프의 『상트페테르부르크에서 모스크바까지의 여행』, 그리고 그 밖에 비난받을 만한 글들이 있었다. 이 비밀 도서관은 문에 걸린 육중한 자물쇠를 충분히 설명해주었다. 아버지는 권력기관이 다락에 코를 들이밀기만 하면 감방에 가게 될 거라고 겁낸 모양이었다. 이미 그 시절에도 러시아는 오늘날처럼 책에 큰 중요성을 부여했기 때문이다.

내가 도저히 이해할 수 없는 형태의 다른 물건들 틈에 몇 가지 기구도 있었다. 아마도 그건 레나토 할아버지가 이탈리아에서 가져온 것인 모양인데, 늙은 그를 부축해주는 용도였다. 그 수집품은 선반 하나를 독차지하고 있었고 형태, 색깔, 재료, 견고성, 크기가 아주 다양했다. 대개는 무라노의 유리로 만들어져 있었다. 줄지어 선 그 물건들은 내가 처음에 생각한 것처럼 불구자나 환자들이 아픈 신체 기관의 모양을 따라 만들어 기적적인 치유에 대해 감사하려고 교회에 바치는 봉헌물이 아니었다. 나는 코메디아의 인물들 중 카피타노와 브리겔라가 그걸 들고 무대에 등장하던 걸 기억해냈다. 그러나 나는 결코 레나토 할아버지가 그것들을 교회에 바쳤으리라고는 생각지 않는다. 나를 조금 놀라게 한 건 이 남자의 보조 기구들 하나하나마다 붙여진 작은 쪽지였다. 거기엔 잉크가 다갈색으로 변하긴 했지만 나의 조부가 나머지 신체 기관보다 훨씬 굳건히 남아 있었던 것으로 보이는 손으로 직접 쓴 글을 읽을 수 있었다. "나의 어린 마친카를 위해. 뚱뚱한 쿠다시카를 위해. 깊이를 헤아릴 수 없는 게니시카를 위해. 민감한 두셴카를 위해." 이 모든 글이 의미하는 바는 신만이 알리라. 그러나 나는 그것이 늙은 마법사가 관객의 요구, 이 경우는 여자 관객의 요구를 끝까지 만족시키려고 쓰는 능숙한 술책이라는 건 확실히 짐작했다. 더구나 우리 부족을 통틀어 환상을 나누어주는 데 가장 성공한 사람은 레나토 자가였던 모양이다. 앙드레 알레비는 18세기의 악한들에 관해 쓴 책에서 이렇게 말했다. "레나토 자가의 삶은 대단한 협잡꾼의 삶이었는데, 그가 자연의 법칙을 곡예사, 사기꾼, 야바위꾼, 마술사 등의 동업자 조합이 고안해낸 법칙으로 대체하려 들지 않았나 의심스러울 정도였다." 그는 레나토가 몹쓸 인간인 것처럼 말하고 있지만, 곰곰이 따져보면 그의 문장은 하나의 문화적 업적을 가리킬 뿐이다. 우리네 위인들이 우리의 탄생을 주재한 이름도 없는 맹목적인 야만성에 대비하기 위해 자연의 법칙을 우리의 견해로, 법칙으로, 규칙으로, 인간적 조처들로 대체하는 것 말고 다른 시도를 했던가? 나의 이런 성찰에 대해 독자들에게 용서를 구한다. 어떤 철학을 가졌을 거라고 의심받는 것보다 더 괴로운 일이 없기 때문이다. 나는 철학이라는 게 존재하지 않는다고 생각하는 사람인데 말이다.

다락 한쪽 구석에는 레나토 자가가 베네치아를 떠나올 때 가져온 유물 몇 점이 있었다. 그는 그 후로도 계속 우리 고향의 제조업자들로부터 물품을 공급받았다. 거기엔 아직까지 읽을 수 있는 당시 가격표와 함께 세심하게 꼬리표를 붙여둔, 당시엔 로마만이 독점적 권리를 가졌으나 베네치아 상인들이 파문당할 위험을 무릅쓰고 서슴없이 낚아챈 그리스도의 수의 조각들을 볼 수 있었다. 우리의 제과점 여주인 마르파가 잼을 담는 병을 닮은 병들 속에는 식초 속에 성자 제롬의 오른쪽 눈, 성모마리아의 머리카락 몇 가닥, 성 요셉의 수염 몇 가닥, 아직도 분홍빛이 그대로인 성 세바스티아누스의 젖, 그리고 성 위그의 아주 상태 좋은 발 한쪽까지 담겨 있었고, 다른 다섯 개의 발 중 오른쪽 두 개는 성베네딕트 수녀원에, 왼쪽 세 개는 발사모 수녀원에 있었다. 우리의 소중한 베네치아 석호의 종교 시설 150여 개에 나누어 보관되고 있는 성스러운 보물들에 비하면 그건 단순한 병들에 불과했다. 그 자세한 내용은 훗날 1959년에 플롱 출판사에서 출간된 르네 게르당의 『베네치아의 삶, 그 위대함과 빈곤』을 읽으면서 알게 되긴 했지만 말이다. 이를테면 나는 '산티시모네에주다' 성당에 시몬 성자의 머리와 유다 성자의 팔이 있다는 걸 알게 되었다.

테오도르 성자의 몸은 산살바토레 교회의 소유였고, 요한 성자의 몸은 산다니엘레의 소유였으며, 더없이 저명한 산티아포스톨리필리포와 조르조 교회는 필립 성자의 행복한 머리와 조르주 성자의 용감한 팔뿐만 아니라 "처녀 순교자, 성모마리아의 이중적 의미로 순결한 몸"도 가지고 있다고 저자는 말한다. 나의 직업과 출신이 너무도 쉬이 경계와 불신을 불러일으켜서 나는 앞에서 인용한 저서에 회의적인 의심을 품었다. 레나토 할아버지의 대단히 기독교적인 동료들은 경이로운 것에 빠진 관중에게 식초 속에 떠 있는 모세의 음경 이상도 이하도 제공하지 않았다.

마지막으로 다락에는 우리 데뷔 시절의 기념품들이 있었다. 공, 저글링 원반, 조작된 카드, 야바위용 주사위, 이중 바닥인 눈속임용 궤짝, 용접된 것 같아 보이지만 자석으로 되어 있어 손목을 돌리기만 해도 벌어지는 쇠사슬, 무엇보다 가면들, 셀 수 없이 많은 가면들, 초록·노랑·하양·파랑·빨강 그리고 진홍색의 가면들이 있었다. 그것들은 광대에게 얼굴 표현의 걱정을 면제해주어 몸을 해방시켰다. 진짜 천재성을 내세워 이런 끄나풀들을 무시할 수는 있겠지만 이런 것들 없이는 티치아노도 괴테도 없을 것이다. 왜냐하면 우리가 숙련된 기량이라고 부르는 것은 자신의 요리법을, 자신의 무대 뒤를, 잔뜩 채운 소맷부리의 내용물을 감추는 능숙한 솜씨나 다름없기 때문이다.

한마디로 다락엔 온갖 속임수 도구가 가득했다.

비평가들이 나의 진지함과 온전함의 자질에 대해 힘주어 칭찬하기 시작하고 나 스스로도 마침내 아버지의 당당한 계승자를 자처할 수 있게 된 날이 왔을 때, 나는 왜 아버지가 이 무대 뒤에 접근하는 걸 그토록 단호히 금지시켰는지 깨달았다. 잘하기 위해서는 자신이 하는 일을 믿어야 한다. 자기 직업을 지탱하는 끈나풀을 너무 보게 되면 기교와 예술의 차이를 이루는 즉흥성과 감동, 영감의 미덕을 잃게 되고, 예술에 진정성의 풍미를 부여하게된다. 훗날 이 부엌의 몫, 저자가 자기 인물들을 연기할 때 맡는 역할과 그 역할이 기술에, 방법에, 연마에, 계획에 요구하는 것, 이 모든 부속 도구의 창고가 그걸 능숙히 사용하는 사람에게 명백히 나타날 때 위험은 지나간 것이다. 마법사는 그사이에 필요한 것들, 다시 말해 자신에 대한 신뢰, 대담성, 자신감, 허세를 획득해서 어떤 양심도 어떤 가책도 더는 그를 구속하지 못하기 때문이다.

12

위험을 무릅쓰고 도둑처럼 들어가 돌아보던 다락 한쪽 구석에
서 나는 편지 묶음을 발견했고, 그걸 읽고서 불손하고 심지어 신
성모독적인 발언 때문에 기겁했고, 테레지나와 아버지의 갈등 이
유 중 몇 가지를 알게 되었다. 편지는 선반의 한 시렁을 차지하고
있었고, 대단히 세심하게 짠 거미줄로 보호되고 있어서 거기서
의도적이고 불길한 의도를 보지 않을 수 없었다. 그 거미줄 장막
을 가로지르지 않고는 편지를 향해 손을 뻗을 수가 없었는데, 시
커멓고 털 많고 대단히 활동적인, 그리고 어쩐지 수상쩍어 보이
는 거미 한 마리가 그곳에 군림하고 있어 더욱 소름 끼치는 일이
었다.

봉인되었으나 밀랍이 깨져 있는 그 편지들은 저항할 수 없이
나를 끌어당겼다. 다락에는 다른 많은 수기 서류들과 편지들도
깨진 바이올린과 줄 끊긴 하프, 불구가 된 클라브생과 악보들 틈
에 뒤죽박죽 나뒹굴고 있었다. 그런데 내가 원하는 건 다른 무엇
도 아니고 바로 그 편지 뭉치였다. 아마도 거미가 내게 그토록 집

요한 호기심을 불러일으켰던 것 같다. 그 작고 뚱뚱한 지킴이의 존재가 그 보물에 내가 언제나 저항할 수 없다고 생각한 금단의 열매의 아우라를 씌운 것이다. 그렇지만 나는 그 혐오스러운 왕국 너머로 손을 집어넣지 못하고 있었다. 나는 거미에서 조금 먼 위쪽으로 돌아서 접근해보려고 시도했다. 그쪽은 거미줄 간격이 상당히 벌어져 있었다. 그러나 녀석이 내 손가락 방향으로 놀랍도록 빠르게 달려오기 시작했고, 그러자 내가 자가 조상들에게서 물려받았고 라브로보 참나무들에게서 받은 교육이 묘한 방식으로 북돋운 재능 또는 악덕인 나의 상상력이 다시 내게 재주를 부렸다. 나는 내가 상대하는 것이 하나의 곤충이 아니며, 털 많은 그 짐승, 틀림없이 독까지 있을 그 짐승은 입문자들만 볼 수 있는 그 금지된 서류를 지키기 위해 어두운 힘이 가져다둔 것이라는 사실을 이미 간파했다. 거기다 내 앞에 있는 존재가 높은 존재의 의지로 마법에 걸려 변신한 남자건 여자건 어쨌든 인간이며, 저렇게 내 앞에서 털을 꼿꼿이 세우고 적의를 보이는 보초로 둔갑했다는 확신까지 보태졌다. 그곳 다락에서 발견한 책을 내가 며칠 전에 읽었기에 그 확신은 더욱 강해졌다. 발푸르지의 『지옥의 계보』라는 책이었다. 나는 얼른 손을 내렸고, 이 불평등한 경기를 포기하려던 찰나에 나는 내 삶에서 중요한 역할을 하게 된 교훈을 얻었다. 처음엔 언젠가 사회 꼭대기층에 민중의 그루터기가 가하게 될 뿌리 깊은 동요를 예감하게 해주었고, 그 후엔 그걸 더 잘 이해하게 해준 교훈이었다.

따라서 나는 자기가 친 그물에 웅크린 채 위협적인 작은 눈으로, 확신하건대, 나를 쳐다보며 다리를 꼼지락거리는 비밀 수호자

앞에서 포기하려던 참이었다. 그때 내 뒤에서 소리가 들렸다. 다락문을 반쯤 열어두었는데, 내가 천박한 아이와 접촉하다가 이를 옮거나 나쁜 습관을 갖게 될까 겁내어 시뇨르 우골리니가 금지했으나 부속 건물에서 내가 종종 같이 노는, 트로핌 노인의 아들 페트카가 그 틈을 타 다락으로 들어온 것이다. 페트카는 내 또래의 사내아이였는데 다리가 짧고, 가을 사과처럼 뺨이 빨갛고, 머리카락은 여름철 벼처럼 황금색이었다. 큰 결심을 해야 할 때, 너무 높은 담을 넘어야 한다거나 오르기 힘든 나무 꼭대기에 올라야 할 때 그는 아주 파랗고 단호한 눈으로 장애물을 노려보며 소매로 코를 쓱 닦는 버릇이 있었다. 그때 그 애가 한 것도 바로 그런 동작이었다. 내가 우리가 어떤 싸움을 해야 하는지 설명하고 후퇴하라는 명령을 미처 내리기도 전에 그는 이미 앞으로 한 발짝을 내디뎠고, 몇 번의 거센 주먹질과 발소리를 한 번 내는 것으로 거미줄과 거미줄 주인의 존재를 끝장내버렸다.

그렇게 열세 살의 나이에 나는 민중의 심장이 감추고 있는 뜻밖의 무시무시한 힘의 표출을 목도했고, 그 가르침을 활용하기까지는 오랜 세월과 많은 경험이 필요하긴 했지만 바로 그 순간엔 민중이 무시되어선 안 된다는 걸, 자가 집안사람으로서 소홀히 할 수 없는 고객과 재료, 지지와 가능성이 모두 민중에게 있다는 걸 직감했다.

어쨌든 당장은 페트카가 그 혐오스러운 일을 이미 해치웠으니 내가 그걸 이용하는 일만 남았다. 깨진 봉인 때문에 조금은 주눅이 들어 나는 먼저 선반을 가득 채운 다른 서류들부터 살펴보기 시작했다. 거기엔 우리 부족이 오래전부터 직업 활동에 써온 온갖 종류의 도구가 있었다. 나는 아직 충분히 교육받지 못해서, 요즘 말로 하자면 충분히 교양을 쌓지 못해서 시간의 공격을 받아 다갈색으로 변한 양피지와, 파우스트가 메피스토에게 시효의 대상이 되지 않는 그 유명한 권리를 양도한 '진짜' 매매 문서인 운문의 가치를 제대로 평가할 수준이 되지 못했다. 또한 1310년에 베네치아 종교재판소 앞에서 떠돌이 유대인이 한 자백 문서도 있었다. 지독히도 저주받은 이 피조물은 그 문서에서 베네치아 유대인 공범들의 이름을 대고 있었다. 그들 모두 존귀한 공화국을 거역할 뿐 아니라 진정한 신앙까지 거역하는 음모를 꾸밀 임무를 부여받았다는 내용이었다. 떠돌이 유대인의 이 자백은 베네치아가 산헤드린에 소속된 가장 부유한 가문들의 재산을 압수해 금고를 풍성하게 채우게 해주었다. 무명의 성자가 실행한 기적적인 치유를 받은 사람의 이름과 증언이 실린 문서에도 무심코 눈길이 갔는데, 그것은 나의 조상 중 한 분인 레조 자가가 프란치스코 수도사들의 주문을 받고 작성한 것이었다. 루터가 죽기 직전에 한 진짜 고백도 있었는데, 그걸 보니 이 불경한 자가 악마의 명령에 따랐으며 비열한 후원을 대가로 받고 기독교 세계에 분열과 이단을 심기로 했다는 사실이 명백히 드러났다. 수기 원고들은 세기별로 세심하게 정리되어 있었는데, 나는 그 원고들이 마법에서 철학으로, 신과 악마의 힘에서 인간의 힘으로 건너가고 있음을 알아차렸다. 인문주의 시대는 행복에 대한 눈부신 전망을 향해 열렸다. 천국은 천상을 떠나 지상에 자리 잡기 시작했다.

마침내 나는 봉인이 깨진 편지 쪽으로 손을 뻗기로 마음먹었다. 심장이 세차게 고동쳤다. 내게는 이 장소의 모든 것에 비밀스러운 생명이 깃들어 살아 있는 것처럼 보였기 때문이다. 경계를 해야만 했다. 그 생명이 천진한 겉모습에서 불쑥 뛰쳐나와 발톱을 세우고 히죽거리는 괴물로 둔갑할지도 몰랐기 때문이다. 그러나 나는 나의 유년기와 벌인 이 짧은 싸움에서 이기고 편지를 집어 들어 펼쳤다.

나는 테레지나의 필체를 알아보았다.

글씨는 서툴렀고 맞춤법은 가련한 우골리니가 보았더라면 치를 떨었을 수준이지만 대단한 격정과 조롱, 심지어 악의까지 실어 쓴 글이어서 나로선 그렇게 자유롭게 표현할 수 있다는 생각에 익숙해지기까지 시간이 조금 필요했다.

각 페이지마다 당시에는 "그로테스크"한 그림이라고 불렸고 나중에는 캐리커처라고 부르게 된 그림이 그려져 있었다. 그 그림들은 훗날 내가 도레발자크 작품과 단테의 『신곡』에 삽화를 그린 19세기 프랑스 판화가와 도미에예리한 사회 풍자로 유명한 19세기 프랑스 화가에게서 다시 볼 수 있었던 잔인한 필치로 나의 선량한 아버지 주세페 자가를 천 가지 모습으로 그리고 있었다. 아마도 재미있는 것이었겠으나 아들로서 내가 품은 존경심에는 타격을 입히는 그림이었다. 괄태충, 개, 지렁이, 두꺼비, 원숭이 그림에서 하인, 광대, 변의 상태를 맛보는 예카테리나 여제의 요강 담당 시종 그림까지, 무례할 뿐 아니라 격한 원망에 사로잡힌 상상력이 만들어낼 수 있는 모든 게 거기 있었다.

아버지 말고도 테레지나는 러시아 왕좌와 여제를 둘러싼 모든 귀족도 똑같은 방식으로 공격했다. 그 편지들이 권력자들의 손에 들어갔다면 우린 이미 목이 매달렸을 것이다. 모스크바에서는 그런 걸로 농담하지 않으며, 불손이 요즘보다 더 허용되지도 않았기 때문이다. 교회라고 왕좌보다 더 봐주지 않았다. 테레지나는 민중이 싫은 기색을 보이지 않고 가난을 감내하도록 도우려고 최선을 다한 대주교 게라심에 대해 "그의 수염이 그렇게 하얀 건 그의 심장이 새카맣기 때문"이라고 말했다. 그리고리 오를로프에 대해서는 이렇게 말했다. "있잖아요, 자기 손으로 차르 표트르의 목을 조른 사람 말이에요. 그건 왜냐하면 그자가 연인 예카테리나한테 아직 입 맞추지 않은 유일한 곳이 왕좌였으니까요." 그녀는 덧붙였다. "포템킨 대공은 마구간에서 여제가 말 **아래** 타는 걸 돕느라 시간을 보내죠. 디드로 씨의 말을 믿자면 우리 여제께서는 깊이가 대단하신 여자인 모양이기 때문이지요." 이 마지막 문장의 의미를 나는 완전히 이해하지 못했다. 훗날 내 이마에 땀을 흘려 생계를 꾸려야만 했을 때 나는 그걸 너무도 잘 이해했다.

나는 아연했다. 어떻게 나의 부드럽고 유쾌한 테레지나가 이런 악의에 사로잡힐 수 있으며 광대의 딸이 어떻게 우리 직업의 대법칙, 사람의 마음을 사고 홀리고 매혹하고 기분 전환을 시키고 감탄하게 하고 결코 우리의 보호자들의 기분을 거스르지 않는다는 법칙을 잊을 수 있는지 이해할 수 없었다. 당시는 선량한 취향이 예술의 규칙이었고, 이 분야에서 악취미가 귀족 작위 증서를 획득하려면 두 세기 가까이 기다려야 한다는 사실을 여기서 상기하는 게 좋겠다.

편지는 "베네치아의 산티스피리티 성당 뒤, 타시 과부네, 브리겔라, S. 툴리오 카르푸치" 앞으로 쓴 것이었다. 테레지나가 그 편지들을 그녀의 심복 집사 오시프에게 건네면 오시프는 서둘러 그것들을 나의 아버지에게 건넸다. 그렇게 해서 한 통의 편지도 러시아를 떠난 적이 없었다. 이 세상의 거물들에 대해 그런 식으로 말하는 것에 기겁한 나는 테레지나가 남편에 대해 말할 때 쓰는 언어에도 상처 입고 기분이 상했다. 그녀는 썼다. "나는 귀족의 풍모를 보이지만 하인의 영혼을 가졌고, 자기 희극에서 골도니 씨에게 비굴한 아첨꾼의 배역을 내줄 남자와 결혼했어요." 나는 생각했다. 베네치아의 공기와 곤돌라 사공의 말이 제공하는 교육 이외에 다른 교육이라곤 받지 않으면 이렇게 되는 거야.

아이들이 대개 그렇듯이 나는 아직 너무 공손했고, 요즘 말로 하자면 너무 순응주의자였고, 너무 무지하기도 해서 테레지나의 심장이 유럽에서 이미 들려오기 시작한 소요의 길 위에 자리하고 있었다는 걸, 자유가 서양에서 펜과 혀와 칼을 갈기 시작했다는 걸 이해하지 못했다. 자유에 대해서라면 나는 아직 아를레키노의 속임수밖에 알지 못했다. 머리카락이 그 시대의 빛과 불을 받은 건지 아니면 그 빛과 불의 원천이었는지 결코 알 수 없는 이 여자는 사회의 변화를 알리고, 비추고, 대개는 잘 알지도 못한 채 결정을 내리는 인물들 중 한 사람이었다. 고분고분하지 않은 그런 생각들을 테레지나는 누구에게도 빚지지 않았다. 그것들을 가슴에 품고 있다가 적절한 계절에 터져 나오게 한 게 자연이라면 모를까. 모든 게 불현듯 꿈틀거리고 변화하고 깨어나고 부화하고 터지기 시작할 때, 우애 어린 빛과 열기의 경작 말고는 달리 미리 계획한 경작 없이도 과일에서 맛과 색깔이 터져 나오듯이 말이다.

그런 새롭고 뜨거운 바람이, 그런 즙과 맛의 계시가 온갖 태양의 노래로 풍요로운 이탈리아에서 멀리 떨어진 러시아 겨울의 얼어붙고 음산한 마음에서 일어난다면 얼마나 불안하고 충격적일지 상상할 수 있다.

나는 아버지에게 그렇게 괴로운 주제에 관해 말할 생각은 감히 못하고, 몰래 다락을 탐험한 일도 털어놓지 않고 그저 이해하려고 애썼고, 테레지나에게 직접 물어보기로 결심했다. 나는 그녀 말처럼 이미 그녀의 "애완 고양이"가 되었다. 그녀가 나와 함께 있는 걸 좋아하는지 아니면 그저 고독을 싫어한 건지는 모르겠다.

나는 그녀에게 말할 때를 골랐다. 그녀는 마차고 뒤쪽 울타리 안쪽 영지에서 행복한 나날을 보내고 늙어 죽은 곰 마르티니치의 가죽 위에 누운 채 불가에서 파미아티네 백작이 보내준 음악 앨범을 뒤적이고 있었다. 나는 그녀가 악보를 마치 연애소설이라도 되는 듯이 읽는 걸 볼 때마다 놀랐다. 그녀의 표정은 음표에 따라 변했다. 우수에 젖었다가 쾌활해졌고, 쾌락의 표정으로 변했다. 어떤 구절이 특히 마음에 들면 그녀는 콧노래를 불렀다. 이따금 눈물을 닦기도 했다. 마치 그녀가 페이지를 넘기는 동안 음악은 그녀의 눈앞에서 번민과 기쁨, 예기치 못한 우여곡절들로 가득한 삶을 사는 것 같았고, 마지막엔 죽거나 결혼을 하거나 강도들에게 납치를 당하거나 연인과 함께 말을 타고 질주하는 것 같았으며, 마치 라브로보 숲의 마법에 걸린 나의 인물들처럼 잠자리나 꽃, 나무나 음표 같은 겉모습에서 상상이 해방시켜야 할 인물인 것만 같았다.

—테레지나…….

—안 돼, 포스코. 네가 방금 아주 예쁜 음표 몇 개를 달아나게 했어. 들어봐, 이런 거야.

그녀는 노래하기 시작했다. 이런 일이 벌어졌을 때 그 사랑스러운 목소리가 맞아들인 멜로디는 행복의 절정에 있는 것처럼 보였다. 나를 홀리고 내게 겁을 주거나 호기심을 일깨우는 모든 것에 몸과 살을, 인간의 얼굴과 겉모습을 부여하는 어린 시절의 습관을 나는 결코 버리지 못했다. 알파벳을 배울 때도 글자들은 인물이 되었다. 나는 그것들을 자라게 했고, 그러면 그것들은 내 주위로 동그랗게 원을 그리고 정렬했고, 으스대며 걸었고, 팔짱을 끼었고, 미뉴에트 춤을 추었다. 내가 코사크 춤을 가르친 r이 하나뿐인 발뒤꿈치로 마룻바닥을 구르며 쉬지 않고 폴짝이던 것이 기억난다. 그렇기에 나는 늙은 백작의 손이 앨범에 그린 기호들에서 그토록 조화로운 소리를 끌어낼 줄 아는 목소리에 귀를 기울였다. 그 목소리에 인간의 얼굴을 부여하려고 상상의 노력을 기울일 필요조차 없었다. 그 목소리는 이미 그 행복의 곡에 너무도 잘 어울리는 테레지나의 얼굴을 가졌기 때문이다.

—아름답지 않아?

—테레지나, 다락에서 네가 베네치아의 네 친구 카르푸치에게 쓴 편지들을 보았어. 오시프는 그 편지들을 우편 마부에게 주지 않아. 아버지에게 건네. 그 편지들은 한 번도 여길 떠난 적이 없어. 모두 저 위에 있어.

그녀의 얼굴에 참으로 참담한 표정이 그려져 나는 야만적인 파괴자가 된 느낌이었다. 마치 방금 적어도 내 마법의 숲의 20헥타르는 태워버린 것만 같았다.

—테레지나!

그녀는 마르티니치 곰의 가련한 모피에 얼굴을 묻고 흐느꼈다.

나는 무릎을 꿇고 그녀의 어깨 쪽으로 손을 뻗어 그녀의 머리카락을 건드렸다……. 마침내 내가 접촉을 허용한 게 처음이었는데, 그 효과가 너무 커서 불현듯 나는 물리적 물질성을 완전히 잃고, 몸을 잃고, 허공 속을 떠도는 의식으로밖에 존재하지 않게 되었다. 나는 거의 겁에 질려서 이렇게 생각했던 게 기억난다. 죽고 난 뒤의 영혼이 이런 거군…….

―날 건드리지 마.

나는 여자에게서 처음으로 긍정의 소리를 들었다는 걸 본능적으로 이해하고 손을 거두지 않았다. 나는 그녀 쪽으로 몸을 기울였고, 칼과 보호의 팔인 오른팔로 그녀의 어깨를 감쌌고, 그녀의 머리카락에 내 입술을 묻었다……. 감미로움과 향기가 뒤섞인 그 순간이 얼마나 지속되었는지 모르겠다. 행복이 또렷한 형태를 취했고, 살아야 할 이유가 명백히 내게 모습을 드러냈고, 내게 더는 아무 일도 닥칠 수가 없었다.

삐걱거리는 소리를 듣고서야 나는 뒤로 물러났고, 아버지일까 겁내며 얼른 고개를 들었다. 장작 위에서 알록달록 지그 춤을 추는 나의 오랜 친구 불사람이 낸 소리였다. 테레지나는 일어섰고, 내가 캄포산토의 가난한 여자들에게서 말고는 더는 다시 볼 수 없을 동작을 했다. 머리카락으로 눈물을 닦은 것이다.

―오, 난 그 사람을 원망하지 않아. 그는 나를 사랑해. 좋아. 내 편지들을 읽었단 말이지. 그러고도 한마디도 하지 않았어. 난 그가 내 머리채를 잡고 따귀를 때리고 밖으로 내쫓을 거라 생각했는데……. 그는 좋은 사람이야. 그러나 우리는 서로 맞지 않아.

―왜 결혼했어?

—난 배가 고팠거든.

나는 늙은 아를레키노가 각하를 모욕하고 프리메이슨 활동을 했다는 비난을 받아 포르타그루아의 유랑 극단이 내쫓기고 흩어졌을 때 테레지나는 열다섯 살이었다는 걸 알게 되었다. 미덕보다는 악덕을 더 갖춘 세습 귀족들에게 신선한 육체를 대주는 "선행"으로 생계를 꾸리던 아르디티 가족이 그녀를 거두어 그녀는 전문 뚜쟁이의 집으로 가게 되었다. 그 당시엔 매독에 걸린 사람이 처녀를 범하면 나을 수 있다는 전설이 있었다. 이 사랑스러운 미신은 20세기까지 이어졌으며, 그 증거를 샹프레 박사의 『매독의 역사』에서 찾아볼 수 있다. 테레지나는 그런 일의 "의학적" 측면은 알지 못했지만 저항했다. 그녀는 그것이 정조 때문이 아니라 두려움 때문이었다고 말했다. 그 시절 베네치아에서는 프랑스병이 서서히 갉아먹건 빠르게 갉아먹건 똑같은 결과에 이른 사람들의 시체를 아침마다 수십 구씩 수거했다. 그녀의 친구인 어느 이발사—포르타그루아 극단의 에나모라다 산티나와 함께 살고 있던 돌팔이 의사—가 이 도시의 귀족과 부유한 상인들 거의 전부가 궤양과 곪은 종기, 온갖 종류의 종양을 잔뜩 달고 있어 페스트조차 그들 집 어디에 숨어야 할지 모를 정도라고 그녀에게 말했던 것이다. 다른 이유들도 있었다. 그녀는 누군가를 사랑하고 있었다……. 그녀는 머리카락을 흔들고 얼굴을 붉히며 더는 아무 말도 하고 싶지 않다며 다시 늙은 마르티니치의 등에 몸을 던졌다. 마르티니치는 언제나 아주 다정한 곰이었다. 그녀가 사랑한 사람은 시의회의 결정에 따라 종탑에 매달린 우리 속에 전시되었다. 그는 이런 유형의 축제를 좋아하는 가문 좋은 사람들이 지켜보는 가운데 추위와 허기로 죽었다. 그렇다. 그는 도적이었다. 그러나 그는 돈을 몽땅 나눠주었다. 만약 그가 온갖 사상과 함께 돈을 민중에게 나눠주는 대신 그냥 가졌더라면 아마도 죽음은 모면했을 것이다. 그의 동료들이 그를 구출해냈을 것이다……. 그러나 저들은 그에게 굶주린 배들을 돈으로 샀다는 죄를 뒤집어씌워 그의 영혼을 앗아 갔다. 그렇다. 영혼 말이다. 렌조 스토티가 사람들에게 나눠주는 독을 숨긴 곳이 바로 거기였기 때문이다. 뚜쟁이가 그녀를 찾아왔다. 늙은 마녀처럼 시커멓게 차려입고 새하얗고 새파랗고 새빨간 얼굴을 하고. 마치 코메디아의 가면을 쓴 것 같았지만 그 얼굴은 사람을 웃기지 못했다. 그녀는 자칫하면 그러겠다고 대답할 뻔했다. 이틀째 먹지 못했을 때였던 것이다. 그녀를 거둬들인 아르디티 집안은 뚜쟁이의 제안을 받아들이게 하려고 일부러 그녀를 굶겼다. 행운이 아버지를 이끌어 콜레오니 조각상 뒤쪽에서 '붉은 양귀비' 여인숙을 운영하던 아르디티 집에 묵게 했다. 아버지는 테레지나에게 아주 친절하게 말했고, 그녀는 그를 알지 못했기에 모든 걸 얘기했다. 사람은 언제나 낯선 사람에게 더 쉽게 마음을 여는 법이다. 그렇다. 그는 아버지처럼 그녀를 대했고, 그녀가 처녀인지 확인하기 위해 두 명의 산파에게 검사를 하게 한 뒤 결혼하자고 제안했다. 일이 이렇게 된 것이다. 그녀는 아무것도 아쉬워하지 않았다. 물론 다만 …… 의 죽음만 빼고. 아니다. 그것조차도 그녀는 아쉬워하지 않았다. 아쉬워하기 시작하면 끝이 없고, 그렇게는 살 수 없기 때문이다.

얼마나 가슴 떨고 분개하며 이 고백을 들었던지 나는 거의 어른이 된 느낌이 들었다. 내 팔은 두 배로 힘세졌고 가슴은 넓어졌다. 세상을 바꾸어 모든 것이 행복과 기쁨을 주제로 즉석에서 연기되는 코메디아델라르테의 행복한 간이극장처럼 만들고 싶은 강한 의지가 나를 사로잡았다. 이어지는 며칠 동안 나는 도전과 분노의 눈길로 모두와 모든 것을—오흐레니코프 궁의 육중한 담장 돌마저—바라보며 행복에 달뜬 상태로 지냈다. 내 주먹은 눈에 보이지 않는 검을 굳게 쥐고 있었다. 내 눈은 이제 결코 전설 속 인물들이 아니라 굶주림과 모욕이라는 이름을 가진 추악한 거인들을 찾았다. 치고냐 뚱쟁이에게 제물을 공급하는 아르디티 씨가 내 눈앞에 선명히 나타났을 때 나는 내 길목에 있던 아프리카나무로 만든 귀한 탁자를 단번의 발길질로 부숴버렸다. 시뇨르 우골리니는 내가 대연회장에 울려 퍼지게 한 욕설에 기겁했다. 그 순간 나는 포스콜로 도제베네치아공화국의 수반의 커다란 초상화를 향해 눈길을 들고 주먹으로 위협하고 있었던 것이다. 나는 자가 부족이 세상에 한 번도 낸 적 없는 가장 위대한 마법사가 될 것이다. 내가 세상 이쪽 끝에서 저쪽 끝까지 모든 가난한 이들의 배를 채워줄 테고, 그들을 박해한 모든 사람들의 귀와 코를 잘라버릴 것이기 때문이다. 나는 하인들을 향해 보호자처럼 미소를 지으며 이 방 저 방을 쏘다녔다. 나와 함께라면 그들의 운명은 선량한 손길 안에 놓여 있었다. 나는 목청 높여 〈그롬 포베디, 라즈다바이샤!〉를 노래했다. "승리의 천둥이 울려 퍼지게 하라"라는 뜻의 노래였다. 이런 결심을 하고 나는 비길 데 없는 희열을 맛보았다. 그렇게 나의 문학적 소명은 구체화되고 굳어지고 발휘되었다. 혼자서 완벽한 세상을 만들어내려는 이 의지는 당연히 나를 예술의 길로 인도할 수밖에 없었다.

테레지나와 아버지의 관계에서 내가 계속 기미를 감지하고 있던 변함없는 갈등에는 틀림없이 주세페 자가가, 그녀의 표현을 빌리자면, 그의 주인들에게 봉사하며 그들을 현혹하려고 기울이는 열성이 그녀에게 불러일으키는 경멸과 분노 외에 다른 이유들도 있었다. 그 이유들은 훨씬 내밀한 차원의 것이었지만 내게도 할 말이 있다. 남편의 온갖 격렬한 공략에도, 어쩌면 그 격렬함이 지나쳤는지 모르지만, 테레지나는 부부의 의무가 요구하는 방식으로 남편의 품 안에서 피어나지 않았다. 그러나 뷔르템베르크 대공이 붙여준 별명대로 사람들이 "낯선 것의 거장"이라 부르던 주세페 자가를 무엇보다 화나게 만든 건 테레지나의 빈정거리고 조롱하는 정신이었다. 그녀는 이 세상의 거장들이 몰두하는 근엄한 일들 어느 것에서도 진지함을 발견하지 못하는 것 같았고, 그 높은 꼭대기에서 울려 퍼지는 그녀의 폭소는 그들을 땅으로 추락시키는 효과를 냈다. 처음에 아버지는 순회공연마다 아내를 데리고 다녔다. 그러나 곧 아내의 존재가 그의 힘에 불길한 영향을 미치고 때로는 그에게서 모든 수단을 박탈해버린다는 걸 깨달았다.

그의 가장 너그러운 보호자인 뷔르템베르크 대공의 궁에서 이 영향력은 특히 참담한 결과를 냈다. 당시 유럽에서 최면술 혹은 당시 사람들의 표현대로 "몽유병"의 비밀을 알고 그 기술을 아버지에서 아들로 조심스럽게 전수해온 가문은 셋뿐이었다. 자가, 뵈즈-칼레르기, 그리고 카디스의 개종 유대인 게론 가문이었다. 메스머는 이 암시 방법을 대중에게 교육함으로써 이 가문들에게서 독점적 특권을 박탈했다. 그로써 그는 이 방법의 과학적 특성을 정립하려 했던 것이다.

뷔르템베르크 여행은 결혼 직후 봄에 이루어졌고, 최면술은 철학자 대공의 아주 소중한 친구—지나치게 소중한 친구라고 말하는 이들도 있었다—인 갈렌 후작을 위해 작은 섬 한가운데에서 '광적인 분위기' 속에 진행되었다. 한밤에 노랗고 검은 실크 제복을 입은 하인들이 밤바람에 일렁이는 횃불을 높이 들고 조각상처럼 꼼짝 않고 서 있었다. 귀족 관중은 남편이 폴란드로 임무를 맡아 떠나고 없는 이날의 여주인공 마담 비르스를 빙 둘러싸고 앉아 있었다. 아버지는 이미 그녀 어깨에 듬직하게 손을 얹은 채 그녀 위로 몸을 숙이고 있었다. 그가 그녀에게 말했다. 대사 부인을 과거로, 피렌체로 데려갈 것이고, 일 마니피코 로렌초의 궁을 둘러보게 할 테니 청중에게 그 궁을 묘사해달라고. 이 얘기를 내게 들려준 테레지나는 환자를 "적합한 상태"에 두기 위해 아버지가 그녀에게 보름 동안 르네상스에 관한 프랑스어와 독일어 책들을 읽게 했다고 내게 설명했다. 그녀에게 꿈의 지형을 쉽게 만들게 해주어 잘 돌아올 수 있게 해야 했기 때문이다.

—부인, 눈을 감으세요. 숨을 깊이 들이쉬세요.

그의 손이 아름다운 울리케의 얼굴 앞을 몇 번 오갔고, 바로 그 순간 뜻하지 않은 만큼이나 계제에 맞지 않는 사고가 발생했다. 아버지는 당혹감을 느꼈다. 더 정확히 말하자면 더 강한 의지가 그의 의지를 대체하는 느낌이 들었고…… 거부할 수 없는 웃음의 충동에 사로잡혔던 것이다. 그는 하얗게 질리고 땀으로 범벅이 된 얼굴로 있는 힘을 다해 그 능력 감퇴에 맞서, 그 능력 추락에 맞서, 경련으로 그의 몸을 흔들어대는 도무지 주체할 수 없는 웃음의 꾸르륵 소리에 맞서 싸웠다. 그는 필사적으로 눈을 들었고, 교란에 빠뜨리는 그 의지의 원천을 주위에서 찾았다. 그는 그것을 테레지나의 눈길 속에서 찾아냈다. 젊은 아내의 사랑스러운 얼굴엔 참으로 전염성 강한 빈정거림이 실려 있어 아버지는 절망적인 마지막 노력을 기울였지만 그의 명성과 경력에 치명적인 타격이 될 웃음이 터질 찰나라는 걸 느꼈고, 기절하는 척하는 것 말고는 다른 방법을 찾지 못했다. 그는 나중에 그것을 "과도한 자기력磁氣力" 탓으로 돌렸다.

얼마 후 그는 정신을 차렸고, 아주 다행스럽게도 마담 드 비르스는 눈을 똑바로 뜬 채 경직 상태로 피렌체의 대리석 궁에 머물러 있었고, 아버지는 그녀를 다시 데려오기 위해 혼신을 다해 집중력을 발휘해야 했다. 그 후 "낯선 것의 거장"과 그의 장난꾸러기 아내 사이에는 해명이 있었고, 자기력과 초자연으로 어찌할 수 없는 힘의 대결이 있었다. 테레지나가 성난 눈을 부릅뜨고 있었기 때문이다. 나의 아버지가 자가 집안사람들이 왕실을 상대하면서 보이는 사교적이고 정중한 모습을 잃을 때는 키오자의 노새 부리는 사람처럼 때릴 수도 있고 리알토의 통 제조공처럼 욕설을 퍼부을 수도 있었다.

13

나는 침실 문이 닫힌 뒤로 남자와 여자의 내밀한 관계에서 종종 벌어지는 고통스럽고 복잡한 일에 대해 아직 모든 걸 알지는 못했다. 기억과 후회로 괴로워하던 아버지가 묻지도 않은 설명을 내게 해준 건 오랜 세월이 흐른 뒤였다. 그 시절 나는 이미 유사한 실패를 겪었고 사정을 알았기에 묻지 않았던 것이다. 그가 그 자포자기의 순간에 쓴 표현을 빌리자면 테레지나는 그의 품 속에서 "절정에 이르지 못했다". 처음에 그는 자연의 저주라고 생각했다가 금세 자신이 부닥친 것이 고의적인 게 아니라 무의식적인, 그러나 단호하고 야성적인 거부라는 걸 깨달았다. 정사 도중에 그는 희열의 임박한 실현을 예고하며 연인에게 완수해도 좋다는 다정한 허락을 주는 전조적 떨림을 염탐하며 젊은 아내의 얼굴에 눈길을 던졌다. 그러나 그 얼굴에서 적의, 크게 뜨고 한곳을 응시하는 눈동자, 굳은 표정, 굳게 다문 이빨밖에 발견하지 못했다. 테레지나는 복수의 기쁨을 맛보기 위해 쾌락을 억압하며 스스로에게 맞서는 고집 센 거부를 드러내고 있었다. 그녀에겐 복수의 기쁨이 다른 기쁨보다 훨씬 중요하고 자랑스러운 게 분명했다. 비밀스러운 또는 노골적인 심리적 원한에서 생겨난 그런 쾌락의 거부를 우리는 안다. 그 거부는 종종 고의로 유지되며, 남자를 자책으로 내몰고, 여자에게는 감각의 평온보다 더 추구되고 때로는 더 필수적인 만족을 주는 씁쓸한 승리로 키워진다. 따라서 격렬한 육탄전이 벌어졌고, 그 몸싸움에서 주세페 자가는 허락될 때만 거둘 수 있는 승리를 좇아 남자의 힘을 소진했다. 아버지는 고통스러운 고백을 끝까지 밀어붙였다. 그렇게 그가 열렬히 사랑한 여자가 그에게 준 수모까지 아들에게 고백할 때 그의 목소리엔 영국인들이 자기 연민이라 부르는 감정의 비통한 억양이 실렸다. 그의 목소리는 콧소리로 변했고, 울먹이는 듯했다. 마치 자신의 실패를 직접 확인하려고 '불운한' 자신의 몸을 더듬는 거지의 목소리 같았다.

나는 아버지가 연구실에서 테레지나를 강제로라도 만족에 이르게 해 그녀에게서 수컷들의 허영심을 채워주는 절정의 비명을 뽑아낼 희망을 품고 자신을 '연장'시켜줄 난해한 처방을 찾아 온갖 물질과 탕약을 뒤섞으며 많은 시간을 보낸다는 사실을 알게 되었다. 그렇게 만든 물약들을 그는 직접 시음했고, 구토를 하거나 심한 복통을 앓기도 했다. 그럼에도 결국 그는 그 발견을 해냈고, 자신의 위엄과 그 밖의 나머지를 확실히 굳혀 그의 명성에 새로운 광채를 부여했다.

처음에 아버지는 우리 정원에서 살며 비축해둔 목재를 지키는 늙은 코사크족 포마 노인에게 그 이로운 처방을 실험했다. 노인은 정신이 온전치 못했고, 언제나 장작더미 곁 한쪽 구석에 웅크리고 있었다. 겨울 경작지처럼 터지고 갈라진 그의 투박한 손은 줄곧 나뭇가지를 끌어모아 나뭇단을 만들었다. 그는 끊임없이 다시 시작했는데, 해놓은 일을 해체했다가 다시 하고는 자신이 한 일을 마뜩잖아했다. 30년 넘게 포마는 노아의 방주를 만들고 있었다. 그는 아무 때고 홍수가 닥칠 거라고 생각했던 것이다. 실제로 그는 우리 죄의 총량이 주님의 대격노가 언제라도 표출될 수 있을 지경에 이르렀다고 판단했다. 그러나 당시 우리가 생각한 것과는 달리 포마는 결코 미치지 않았다. 홍수가 액체의 형태로 오지는 않더라도 앞으로 러시아 땅에 닥치게 될 재앙과 피의 목욕은 세상의 첫 조난자들이 겪은 비극보다 결코 못할 게 없었다.

그가 방주에 태우려고 생각하는 특혜 입은 피조물들이 어떤 것들인지 물으면 포마는 엄한 눈길로 쳐다보며 고개를 저었다.

—아직 결정하지 않았어요.

선의에서인지 아니면 살아남을 행운을 얻기 위해서인지 사람들은 그에게 온정을 베푸는 걸 잊지 않았고, 우리 하인들도 그를 위해 세심한 배려를 했다. 그러자 그는 한 가지 생각을 해냈는데, 그 생각은 그가 현실감각을 잃지 않았다는 걸 보여주었다. 그는 자기 방주의 자리를 팔기 시작한 것이다. 사람들은 그에게서 기꺼이 한 자리씩 샀는데, 그건 이해할 만한 일이었다. 러시아 민중이 매달릴 수 있을 더 나은 구체적인 다른 희망이 보이지 않았기 때문이다.

그러니까 아버지는 어느 날 자신의 물약을 포마에게 실험했다. 결과는 그의 기대를 훌쩍 뛰어넘었다. 약병을 비운 포마는 하녀들의 엉덩이를 꼬집기 시작했고, 강도 높은 치료를 5일 동안 받고 나자 그 효과는 충격적인 것으로 드러났다. 어느 날 아침, 나는 정원에서 나는 비명 소리를 듣고 서둘러 창문 쪽으로 달려갔다가 노인이 양손으로 바지춤을 붙들고 전속력으로 달아나고 있고, 우리 요리사 예브도티아가 성난 비명을 지르며 빗자루를 들고 뒤쫓는 걸 보았다.

아버지가 자신의 발견에 붙인 이름인 "장시간"의 비법은 지금까지도 사용되고 있다. 믿지 못하는 사람들을 설득하고 경이로운 것을 좋아하는 사람들에게 도움을 주기 위해 나는 여기 그 처방전을 내놓는다. 뿌리와 잎과 씨까지 포함된 어수리를 두 손가락으로 꼬집듯 네 번 집어넣고, 꽃과 잎이 섞인 미나리아재비 한 줌, 되도록이면 반쯤 발린 잎을 골라 애기똥풀 하나, 그리스 회향 씨앗을 갈아서 반 줌, 박하 잎과 차조기과 순형 잎 한 줌을 넣어 달인 걸 두 시간마다 마시고, 같은 물약으로 따뜻한 좌욕을 하시라. 1770년 무렵에 이 비법을 만든 게 나의 아버지였다는 사실을 나는 거듭 강조한다. 그 유명한 민간 치료사 모리스 메세게도 20세기의 마지막 4분의 1 동안 이 비법을 추천했다. 그는 내가 대단히 높이 평가하는 사람이자 동료지만 이 비법을 만들어낸 사람은 결코 아니다. 이 이로운 비법을 처음 누린 사람은 포템킨 대공이었고, 이 일로 주세페 자가는 예카테리나 여제가 감사의 표현으로 수여하는 공로 훈장을 받았다. 나의 아버지가 탕약으로 정력 감퇴에 대한 치료제를 찾았다고 상상하거나 최고의 기사들에게조차 치명적인 자신감 결핍으로 고통 받았다고 상상하지는 마시라. 테레지나와 맞서는 기이한 싸움에서 그는 가능성을 뛰어넘어 초월의 경지로 가고자 했던 것이다. 그 경지에 그는 결코 이르지 못했다. 슬픈 고백을 하던 날 아버지는 따뜻한 머리카락의 둥지 속에 적의에 찬 동물처럼 웅크린 채 거부로 문을 걸어 잠그고 이빨을 악물고 냉혹한 눈길을 한 그 작은 얼굴을 떠올리며 내게 말했다.

　—그녀는 원치 않았어…….

　그러곤 아주 늙은 방탕한 이들만이 그 슬픔을 이해할 수 있는 이런 야릇한 말을 덧붙였다.

　—그녀는 원치 않았어. 그녀에게 정사는 사랑의 행위였기 때문이야.

　오흐레니코프 궁의 고상한 층에서 내가 짐작도 못한 이런 몸싸움이 벌어지는 동안 나는 나대로 그보다 덜 고통스럽지 않은 욕구불만에 사로잡혔다. 내가 목욕탕 들보에 뚫은 가련한 행복의 구멍 두 개는 세심하게 역청을 발라 메워졌다. 그러나 내 아래층의 만족은 거부당했지만 눈길의 만족은 그 어느 때보다 자유로웠다. 나는 테레지나가 옷을 입고 벗을 때를 놓치지 않았고, 그녀가 더없이 자연스러운 방식으로 자신의 벗은 모습을 내게 선사해서 나는 자연본성을 의미하기도 한다이야말로 형벌 가운데 가장 잔인한 형태의 형벌이 아닐까 하는 생각이 들었다. 내가 그녀의 벗은 모습을 보는 데 익숙해지면 건전하지 못한 호기심의 뇌관을 제거하게 되리라는 생각을 그녀가 정말 했던 건지 아니면 그녀에게 무의식적 변태 성향이 있었던 건 아닌지 나는 결코 알지 못할 것이다. 차라리 그보다는 타오르는 관능적 쾌락을, 욕구불만의 번민과 유혹을 아직 경험하지 못한 그녀가 천진하게도 자신의 관대함이 내게 안기는 형벌을 짐작하지 못했던 것이리라 여겨진다.

게다가 나는 눈길이 속마음을 드러내지 못하도록 세심한 주의를 기울여 초연함과 무심함을 연기했다. 그녀가 스타킹을 신거나 블라우스를 벗을 때 나는 무릎에 경련성 떨림이 일고 얼굴에도 경련이 일었지만 그럴 때 그녀가 나를 향해 돌아보기라도 하면 나는 그녀의 강아지 몹스 왕자와 놀거나 무심하게 휘파람을 불며 전혀 다른 일에 몰두한 척했다. 그녀가 정말 믿었던 것처럼 그렇게 우리가 형제자매처럼 되었는지는 몰라도 형제애가 사내아이의 피를 그보다 더 야만적으로 자극한 적이 없었다. 내 눈앞에 그렇게 너그럽게 제공되면서 나머지는 거부하는 그 아름다움은 오늘날 사람들이 말하듯이 우리의 관계를 "진부하게 만들기"는커녕 내 뱃속의 불을 더 활활 타오르게 만들 뿐이었다. 그 타오른 불이 결국 나를 박탈과 좌절의 상태에 빠뜨려 나는 거의 목숨을 포기할 뻔했다.

우리의 "익숙해지기" 시간은 말 그대로 나를 타오르는 장작불로 둔갑시켰다. 유혹은 있었지만 손을 이용한 임시변통의 해결책을, 상상만 자극할 뿐이고 바람 빠진 공의 서글픈 공허감만 쌓일 뿐인 그런 해결책을 쓰기를 거부하면서 나는 정원 건물과 외벽 사이에 쌓인 높은 눈 더미 속에 나를 목까지 파묻는 것 외에 달리 나를 진정시킬 방법을 찾지 못했다. 따라서 나는 사보나롤라ㆍ피렌체 시민의 지지를 받고 통치자가 되었으나 사치품, 이단적인 예술 작품과 서적 등을 불태우는 '허영의 소각'을 실행하는 등 극단적 통치로 파문당해 화형당한 인물 같은 사람이 행복해했을 그 차가운 물질 속에 몸을 묻었다. 추위에 내장까지 깨물린 상태로 나는 끓어오른 나의 수액이 평소의 수준으로 다시 내려갈 기다렸다. 그리고 매번 제때 빠져나왔다. 마비가 내 의식까지 잠식하기 전에 말이다. 그런데 한번은 내 몸과의 관계를 깡그리 잃고 미처 깨닫지 못한 채 망각 속에 빠져들었고, 오줌을 누러 목욕탕 뒤쪽으로 우연히 왔다가 눈 더미 밖으로 나와 있는 어린 주인의 머리를 본 마부 예르몰카 덕에 목숨을 건지게 되었다. 내 얼굴은 이미 새파랗게 변해 있었지만 한 시간 전 파리에서 온 새 속옷을 입어보는 테레지나를 지켜보던 순간에 지은 홀린 듯한 미소는 아직 남아 있었는데, 예르몰카는 그 미소를 저승에서 나를 데리러 온 어떤 성스러운 환영 탓이라 생각했다. 그는 구조를 청했다. 비명과 울음소리가 궁을 가득 채웠다. 기겁한 하인들은 두 손을 모으고 눈을 하늘로 들었다. 그들은 얼굴을 가리고 야단법석을 떨면서 누구도 나를 거기서 꺼낼 생각을 하지 못했다. 러시아 민족은 표현력 넘치는 몸짓과 표정에 대한 취향만큼은 세계 최고 수준이다. 그에 대해 내 친구 샬리아핀은 언젠가 말한 적이 있다. 그것이 농노들과 억압받은 사람들의 아주 오래된 침묵을 상쇄한다고. 나는 서둘러 내 방으로 옮겨졌고, 질겁해서 조각상처럼 굳어버린 시뇨르 우골리니가 지켜보는 가운데 집안 여자들이 내 옷을 벗기기 시작했다. 그사이 내게 채찍질을 하고 몸을 문지르기 위한 회초리와 말총 장갑과 눈이 도착했다. 젊음의 기적, 봄 수액의 놀랍고도 억제할 길 없는 분출! 내가 발가벗겨졌을 때 내 주위로 큰 침묵이 흘렀다. 그 순간 나는 눈을 뜨면서 선량한 우골리니의 얼굴에서 극도로 망연자실한 표정을 보았고, 내 마지막 옷을 벗겼던 글라시카와 카튜시카는 손을 입술에 댄 채 한동안 꼼짝 못하다가 모욕당한 덕성이 요구하는 작은 비명을 내질렀다. 그렇게 예의범절에 조공을 바친 뒤 여자들은 웃음을 터뜨리며 뒤로 돌아섰다. 소식을 들은 나의 아버지가 그 순간 들어섰다. 아버지는 힐끗 쳐다보는 것만으로도 내 목숨이 위험에 놓이지 않았으며, 나의 눈 목욕도 고집스레 제 몫을 요구하는 본성의 소리를 잠재우지 못했다는 걸 확인했다. 그것만으로도 아버지는 나의 자발적 입욕의 이유를 이해했고, 긴급한 대책이 필요하다는 걸 깨달았다.

그런데 이미 얼마 전부터 아버지는, 나를 너무도 애틋하게 사랑해서 걱정이나 어쩌면 실망을 내게 표현하지는 않았지만, 집안의 오랜 전통이 그를 끝으로 꺼지지 않도록 내게서 어떤 재능의 싹을 발견해 그가 훈련시키고 기르고 피어나도록 도울 수 있게 되길 바라며 찾고 있었지만 별 소득을 얻지 못했다. 내가 라브로보 숲에서 어린아이의 눈만이 발견할 줄 아는 전설적인 괴물들의 이미지들을 가지고 돌아왔을 때 행복해했던 아버지는 이제 내가 집으로 보잘것없는 지상의 수확물인 나무, 꽃, 풍경 등 신비와 마법의 부재밖에 가져오지 않자 걱정했다. 나의 형 자코포는 여섯 살의 나이에 바이올린을 배웠고 이미 거장이 되었다. 귀도는 자기 몸에서 경이로운 유연성의 재능을 끌어내어 우리 부족의 시조인 최초 자가 사람들에 걸맞은 곡예사가 되었다. 그러나 근원으로의 복귀는 맏아들이 가장 높은 꼭대기에 올라 교회의 군주가 되거나 어쩌면 교황이 되길, 아니면 적어도 대부호가 되길 바랐던 아버지를 슬프게 만들었다. 나의 누나는 예뻤다. 여자에겐 그것으로 충분했다. 오직 나만 아무 재능의 기미를 보이지 않았다. 나는 몸은 상당히 능숙했으나 정신은 민첩함과 유연성이 부족했다. 아버지는 내가 힘든 시기를 겪으리라는 걸 의심치 않았다. 시작되는 청소년기가 제 안에 감춰진 어린아이를 부끄러워하는 시기 말이다. 그러나 유년기가 언젠가는 우세를 점해 압도하고 상상을 지배할 것이며, 그리하여 오랜 곡예사의 왕관에 새로운 광채를 부여하게 되리라는 걸 의심치 않았다.

따라서 주세페 자가는 큰 애정으로 품어온 이 어린 아들이 별이 총총한 우리 부족의 역사에 텅 빈 이행을 의미하게 되는 건 아닌지 생각하기 시작했다. 그러나 얼음 목욕에서 나온 나를 보았을 때, 러시아 겨울의 극단적 혹독함도 가라앉히지 못한 불꽃으로 타고 있는 나를 보았을 때 그는 완전히 안심했다. 물론 그렇게 눈에 드러난 나의 혈기왕성함과 격정이 나를 얼마나 높은 곳까지 실어 갈지 아직 말할 수는 없었지만 앞으로 내가 결코 궁색하지는 않을 것이며 사회적 상승에 대단히 유리한 패를 갖게 되리라는 건 분명했다.

그는 아무 말도 하지 않고 태연한 표정을 유지한 채 우골리니의 간호에 나를 맡겼다. 우골리니는 온욕과 냉욕 사이에서 잠깐 망설이다가 뜨거운 목욕을 선택했다. 그것이 나의 혈액순환을 회복시키고 필요한 이완을 가져다주었다. 이날 저녁 아버지는 내 방으로 내려왔다. 아버지는 따라온 하인의 손에서 촛대를 받아 들고 침대 가까이 다가왔고, 담요를 걷더니 권위적인 동작으로 내 잠옷을 들췄다. 그가 헛것을 본 게 아니었다는 걸 확인하고 싶었던 모양이다. 나는 여전히 마음에 들고 싶어 전전긍긍하며 불안한 눈길로 아버지의 얼굴을 염탐했다. 테레지나가 도착하기도 전에 나의 그 신체 부위는 나를 놀라게 했다. 그녀가 내게 주는 별것 아닌 배려와 아무 상관 없이 그것은 종종 부풀어 오르곤 했기 때문이다.

나는 기다렸다.

자가 가문에서 가장 저명한 이의 얼굴에 광채가 언뜻 비쳤다. 아버지는 내 위로 담요를 다시 덮었고 침대에 앉았다. 나는 그때 아버지가 노스트라다무스의 별 그려진 모자와 옷보다 훨씬 더 인상적이고 의미심장한 금색·은색·검은색의 히브리 신비철학 기호, 기이한 새들, 불을 뿜는 용 문양이 수놓인 붉은색 비단 실내복을 입고 있었던 게 기억난다. 우리는 언제나 우리 가문에서 가장 열성적이고 가장 충실한, 행복의 노동자들이었기에 주세페 자가는 자기 아들이 당당하게 이 소명에 봉사하기 위해 필요한 모든 것을 가졌다는 걸 알고 행복해했을 것이다. 그럼에도 내게는 그가 조금 슬퍼 보였다. 그가 나를 살피는 동안 그의 입술 위에 감돌던 미소에는 향수의 흔적이 실려 있었다. 오늘날 나는 늙어가는 마법사가 된다는 게 힘들고 잔인한 일이라는 걸 안다.

그는 중얼거렸다.

—아랍인들은 알라 아크바르라고 말한단다. 그 말은 신은 위대하시다는 뜻이지.

아버지가 신에 대해 말하는 걸 들은 건 이때가 처음이었다. 내세 전문가들 대부분이 그렇듯이 그들은 신앙을 갖기에는 무대 뒤에 감춰진 소품들과 끄나풀을 너무도 잘 알았기 때문이다. 아버지는 일어났고, 촛대를 다시 받아 든 시종을 앞세우고 나갔다. 지옥의 용, 한 번도 본 적 없는 새들, 신비철학의 기호가 그 뒤를 따랐다. 그것들은 그의 뒤에서 날아오르더니 이내 내려앉았고, 비단의 반짝이는 생명 속에 은신했다.

이 방문이 있고 다음 날, 내 삶은 윤곽이 잡히기 시작했다.

14

오후 4시였다. 바깥은 이미 어두웠고, 하늘에서는 눈송이가 느릿느릿 내리고 있어 뭐라 말할 수 없는 포근한 만족감을 안겨주었다. 나는 독일어 수업을 준비하려고 막 방으로 들어온 참이었다. 복잡한 문법적 조합으로 풀 먹인 듯 뻣뻣하고 엄격한 규칙 때문에 나로선 상당히 어려움을 겪는 언어였다. 이 공부는 내게 왜 최초 그리고 최고의 자동인형이 독일에서 나왔는지를 이해하게 해주었다. 그곳은 정교하게 만들어진 기계장치와 시계공의 엄격한 세심함으로 영구히 질서 잡힌 움직임의 조국인 게 틀림없었다. 나는 유리창에 이마를 대고 눈에 보이지 않는 지휘봉의 광채로 반짝이는 미세한 요정들을 응시했다. 러시아 농민들의 말로는 빙빙 돌며 내려와 땅에 닿자마자 하늘로 다시 오르며 사라지는 눈송이들을 즐길 수 있는 건 지극히 순수한 영혼뿐이라고 한다. 쌓여서 거대한 더미를 이루고 순백색으로 칙칙한 세상을 덮는 또 다른 눈은 천국에 완전히 받아들여지지 않은 영혼들로, 시련과 고행 등 땅의 검은 추악함을 감추는 일, 소박하지만 꼭 필요한 일을 떠맡는다고 한다. 농민들은 언제나 이성을 벗어나는 온갖 설명을 알고 있다. 오래전부터 그들의 삶이 이성에 관해 대단히 빈약한 의견밖에 제공해주지 못했기 때문이다.

내 뒤에서 사각거리는 소리, 마루가 삐걱거리는 소리, 생명의 메아리가 아주 감미롭게 들렸다. 나는 돌아보았다. 아무도 없었다. 유리 눈을 달고 아가리를 벌린 늑대 가죽은 난로 앞 제자리를 얌전히 지키고 있었다. 그것은 이따금 꿈꾸는 내 머리가 부여하곤 하는 음산한 기운을 전혀 드러내지 않았다. 내 친구 불의 아를레키노는 여전히 불꽃에 따라 옷과 색깔을 바꿔가며 장작 위에서 춤을 추고 있었다. 문이 은밀히 닫힌 걸 알아차렸다. 내 눈은 제자리로 돌아오는 문고리의 마지막 움직임을 포착할 수 있었다. 아마도 내가 꿈속에 빠져 있는 동안 웬 하인이 들어왔다가 나간 모양이었다.

잠시 후 또다시 스치는 소리가 들렸다. 문에서 들어오는 바람을 막아 내 침대를 보호해주는 베사라비아의 하얗고 빨간 병풍에서 나는 소리였다. 그와 동시에 투명한 바탕 위로 움직이는 사람의 그림자 같은 형체가 눈에 띄었다. 나는 결코 겁쟁이였던 적이 없었다. 왜냐하면 괴물들이 인간을 무척이나 겁내며 산다고 나의 숲이 알려주었기 때문이다. 그리고 아주 일찍부터 괴물들을 자주 만나는 습관이 들어서 사람도 겁나지 않았다. 호기심은 언제나 나의 주된 특징이었고, 호기심 덕에 만족감을 많이 맛보았다. 따라서 나는 그저 호기심만 느끼고 병풍 쪽으로 다가갔다. 얇은 천 너머로 들어 올려진 한쪽 다리, 다른 쪽 다리의 스타킹 고정 밴드를 푸는 손, 바닥을 딛는 발이 비쳐 보였다. 지금까지도 내게는 가장 감동적이고 가장 자극적인 여성스러운 동작으로 남아 있는 광경이다. 나는 터무니없는 희망에 젖어 순간적으로 테레지나가 마침내 그녀가 내게 부과해온 잔인한 우애의 무게를 벗겨주려고 내 방에 내려왔다고 생각했다.

그러나 그건 테레지나가 아니었다.

병풍을 돌아서니 안락의자에 앉아 있는 아주 젊은 집시 여자가 보였다. 그녀는 색깔만 입고 있는 것 같아 보였다. 색깔들은 황금 고리 모양의 귀고리, 목걸이와 머리카락의 폭포 속에 뒤섞여 있었다. 집시 여자는 세월의 밑바닥에서 나를 쳐다보았다. 열세 살 혹은 열네 살을 넘지 않았을 것 같은 그 아이의 눈엔 근원으로 거슬러 올라가는 것 같은 무한한 앎의 흔적이 담겨 있었다. 그녀는 다른 쪽 무릎에 걸친 벌거벗은 다리 한쪽을 살짝 흔들고 있었다. 드레스는 허리까지 올라가 있었다. 나중에 나는 종종 그녀를 다시 보면서 고대의 여왕들을, 사원의 여사제들을, 비잔틴의 테오도라를, 이교도 신들의 제단 앞에서 거행되는 음란한 의식을, 종교가 사후 세계의 어두운 무엇과 다름없던 시절을 생각했던 것 같다.

그녀는 그녀 어깨 위로 비단처럼 쏟아지는 검은빛 속에 두 손을 담갔고, 고갯짓과 어루만지는 손길로 빛을 뒤로 몰아냈다. 그녀가 아름다웠는지 묻는다면 뭐라 말해야 할지 모르겠다. 그녀의 눈이 너무도 커서 얼굴을 온통 차지했기 때문이다. 얼굴의 나머지는 겨우 눈에 띌 정도였다. 아니다. 지금 감정의 동요 없이 그녀를 다시 떠올려보면 그녀는 아름답지 않았고, 그저 예쁜 정도였던 것 같다. 윗입술은 아주 작고 아주 하얀 이빨 위로 기이하게 말려 올라가 있었다. 살짝 휘어진 코, 탐욕스레 너무 벌어진 콧구멍, 얼굴 표정은 극단의 젊음을 의기양양 드러내며 마치 이렇게 말하는 것 같았다. '난 널 알아. 네가 원하는 걸 알지.' 그녀는 두 손을 넓적다리 위에 얹고 눈길을 내게서 떼지 않은 채 거의 잔인한 미소로 그 동작이 내게 일으킬 효과를 살피면서 천천히 자기 드레스를 완전히 들어 올렸다.

여기서 샛길로 잠시 빠져야겠다. 시대가 바뀌어 숱한 유명한 이름들이 지워졌고, 많은 비밀들이 망각 속에 떨어졌기 때문이다. 그러나 그곳에 서서 드레스를 허벅지 위로 들어 올리는 그 느린 동작을 눈으로 좇을 때 나는 세 번째 피라미드의 힘을 보았다. 대사제 아파리우스가 불가사의의 열쇠 스물두 개 속에 부여했다가 그 후 세상의 선택받은 이들에게 나눠주었고, 장미십자회와 삼각회Troisième의 신도들만이 아니라 교회도 인정한 세 번째 피라미드의 힘 말이다. 교회가 결코 그 힘들과 싸우는 걸 멈추지 않았으니 하는 말이다. 드레스가 완전히 올라가 마침내 내게 제시된 것을 너무도 진솔하게 드러냈을 때 나는 주저 없이 아파리우스의 열쇠들 중 하나를 알아보았다. 행복의 열쇠 말이다. 그리고 나는 그 여자가 어디서 왔으며 그녀를 내게 보낸 힘이 무엇인지를 이해하는 데 벽난로의 뜨거운 불도, 그 불이 여자에게 던지는 시뻘건 빛도 필요 없었다.

훗날 노년기에 접어든 아버지는 독한 술이 주는 힘과 전혀 다른 힘을 쓰는 데 길이 든 사람답지 않게 자주 취해서 내게 훨씬 세속적이고 베네치아다운 설명을 해주었다.

그는 유명한 뚜쟁이 프로스카에게 20루블을 지불하고 나를 단번에 바른길로 인도해줄 여자를 내 방에 집어넣게 했다. 그러면서 다른 여자 둘도 섭섭하지 않게 해주었다. 나는 신비의 몰락에 대한 이 새 증거를 그다지 안타까워하지 않고 받아들였다. 오귀스트 콩트의 시대엔 우리 주변에서 이런 몰락을 점점 더 자주느낄 수 있었다. 그 몰락을 곧 프로이트 박사가 그의 감탄할 만한작품들로 치료해줄 터였다. 예전에 아버지가 1680년에 폰 잔 대공 집에서 악마와 함께 저녁 식사를 했다고 자랑한 적 있으니 나는 아버지에게 이렇게 대답할 수도 있었을 것이다. 내게 제공된희열을 몇 푼 안 되는 돈으로 구매한 사실은 어둠의 왕자의 명성에 조금도 누가 되지 않는다고. 사고파는 일이 그의 마음엔 언제나 대단히 값비싼 일이었으니 말이다.

만약 내 앞에 사악한 피조물이 있다면 그것이 단지 지옥이 대단히 나쁘게 곡해된 기관임을 입증할 뿐이라는 말도 해야겠다. 나처럼 아주 일찍 능숙한 손길과 입술과 진짜 앎의 비밀을 간직한, 모든 의문에 더없이 감미로운 대답을 주기 위해 세상에 태어난 것처럼 보이는 작은 몸을 만났더라면 얼마나 많은 허무의 철학자들이 어떤 개념도 만족시키지 못하는 심문의 고뇌를 면제받았을까!

그와 동시에 나는 내 미래에 대한 계시도 받았다. 그 계시는 그소박한 쾌락의 여제에게서 왔다. 역사는 그 이름을 결코 기억하지 않지만 오만한 여군주들보다 훨씬 확실하게 우리 가운데 절대권력의 영속이 보장되는 여자들 중 한 사람에게서. 어린 집시 여자는 바깥의 혹한의 추위와 난로 속의 불이 저들끼리 우정 어린오랜 공모 관계를 다시 맺는 밤 시간에 내게 이렇게 말했다.

—넌 정사의 고수가 될 거야. 열심히 노력해서 완성도를 높이고 네 작업을 세심히 가다듬고, 마지막 공을 들이는 법을 배워야 할 거야. 그런데 넌 재능이 있어.

선량한 요정들이 나를 잊지 않고 내 요람 위로 내려다보며 그들의 지휘봉으로 필요한 내 신체 부위를 건드려서 나를 훗날 "정예 본능"이라고 부르게 될 사람으로 만들어주었다는 걸 알게 되면서 내가 느낀 기쁨을 어떻게 말할까?

어린 여자의 이름은 아이샤였다. 이튿날 아침 그녀가 떠났을 때 나는 율법의 계시를 받은 모세가 된 기분이었다.

떠나면서 문을 닫기 전에 그녀는 돌아보며 내게 미소를 지으면서 말했다.

—타코바 후야 이 차르—골룹치크 니예 이메예트!

듣기는 좋지만 지독히도 노골적인 이 말을 차마 번역하지는 못하겠다. 아직 천진무구한 언어를 사용하던 그 아이를 용서해야 한다. 바깥에서는 상트페테르부르크에서 가장 유명한 뚜쟁이 프로스카 바칼라이데바가 마차 안에서 그녀를 기다리고 있었다. 그 뚜쟁이는 푸시킨이 그의 친구 델비크에게 보낸 대단히 감정 풍부한 시 편지에서 그가 그녀의 "집"에서 맛본 열락을 애가조로 묘사할 만큼 꽤 오래 살았다.

내가 이제 막 보낸 밤은 홍분 상태로 드러났고, 거기서 시뇨르 우골리니는 비밀스러운 위기의 신호를 알아보았다. 나는 공부를 할 수 없는 상태가 되었다. 나는 공부를 하다 말고 펜을 허공에 들고 입술에는 촉촉한 미소를 띤 채 감미로운 눈길로 천장을 어루만졌다. 선량한 우골리니는 하느님이 대단히 아름다운 존재라고 내게 설명했고, 그의 천사들과 성인들이 우리의 위대한 화가들에게 감탄스러운 그림의 주제를 제공했다고 설명했다. 그러나 하느님께 봉사하는 최고의 방법은 지상의 일에 전념하는 것이라고 말했다. 나는 그의 의견에 완전히 동의하고 프로스카 "하숙집"의 단골손님이 되었다. 못 가게 될 경우에는 늙은 곰 마르티니치의 가죽에 몸을 던지고 녀석을 다정하게 끌어안고 애무를 퍼부었다. 살았을 적에도 그런 즐거움을 경험해본 적 없는 녀석에게.

그러나 본성은 훨씬 복잡한 만족을 요구했다. 어느 오후가 기억난다. 필적의 대가 쿠드라티예프가 격분해서 "Donnerwetter! Gott im Himmel(제기랄! 하늘에 계신 하느님)" 하고 고함쳐도 꿋꿋이 서예 연습에서 잉크 얼룩을 쌓아가던 도중 내 피의 욕구에더는 저항할 수 없는 지경이 되자 나는 펜을 내던지고 밖으로 달려 나갔다. 나는 어디로 가야 할지 알지 못했지만 영주와 주인의 본능이 나를 하인들 구역 쪽으로 곧장 이끌었다. 옛 마구간을 개조한 그곳은 4층 회랑을 통해 갈 수 있었다. 살다 보면 영감이 행운과 운명의 손길을 강제로 낚아채는 순간도 있다. 어쩌면 운명이 다른 일로 바빴는지도 모른다. 나는 아무 문이나 열었는데, 그곳은 파라시카의 방이었다. 그녀는 테레지나의 시녀들 중 한 명으로 특히 여주인의 몸단장과 머리카락, 리본, 드레스, 향수 그리고 무도회용 애교점을 맡는 아이였다. 그런데 파라시카는 마룻바닥을 젖은 걸레로 닦느라 네 발로 엎드려 있었다. 그녀의 발바닥 위로 진짜 러시아 시골 여자의 엉덩이가 눈에 들어왔다. 나는 숨죽인 채 전쟁의 함성을 내질렀고, 그녀 뒤에 얼마나 격하게 무릎을 꿇고 앉았던지 이틀 동안이나 무릎이 아팠다. 놀란 파라시카는 완전히 마비 상태였고, 주인이 그녀에게 더없이 명백한 의도를 드러냈을 때야 소리를 지르기 시작했다. 내가 순간적인 영감을 발휘해 서둘러 그녀에게 이렇게 말하지 않았더라면 그녀의 고함이 하인들을 모조리 불러 모았을 것이다.

—파라시카, 널 사랑해. 너 없이는 살 수가 없어. 난 밤낮으로 네 꿈만 꿔.

—정말요?

—정말이고말고. 내일 시장에 가서 네가 원하는 리본을 몽땅 골라!

내가 엄청난 독창성을 보였다고 주장할 수는 없겠으나 연애 언어에 이제 막 데뷔를 했고 어느 정도 섬세함을 보였다는 걸 부인할 수는 없다. 여자들은 영혼의 속삭임에 취약하기에 유혹의 기술은 섬세함으로 이루어진다.

어쨌든 파라시카는 아마도 스캔들을 피하는 편이 낫겠다고 판단했을 것이다. 다만 내가 하늘에 오르는 동안에도 그녀는 마룻바닥을 계속 닦는다는 사실에 조금 놀랐을 뿐이다.

15

아버지는 형들이 이미 집을 떠난 만큼 나에 대해 흡족해했다. 누나는 결혼했고, 아직 어떤 약속도 내놓지 않은 유일한 사람이 나였다. 자코포는 독일 도시들을 돌며 순회공연을 했는데, 아직은 파가니니의 마성의 천재성에 가려 그늘 속에 던져지지 않았기에 명성을 상당히 잘 지켰다.

귀도 형의 경우는 얘기하기에 훨씬 고통스러운 주제였다. 그러나 나는 그에 대해 경이로운 기억을 간직하고 있다. 내가 겨우 여섯 살 때 나는 그가 리가의 세공 접시들을 가지고 저글링을 하며 리넨 줄 위에서 춤추는 걸 보았다. 그 접시들은 아버지가 한밤중에 질식할 뻔한 뱁덴 남작을 치료해주고 받은 선물이었다. 그는 대중의 감탄을 보장받은 경이로운 곡예사가 되었다. 그가 알록달록한 타이츠를 입고 밧줄 위에서 춤을 추려고 걸어갈 때면 내 친구 불사람이 생각났다. 그만큼 날쌔고 유쾌하고 보기 좋았던 것이다. 그런데 오직 육체적인 이 능란함, 몸과 손의 능란함에 주세페 자가는 난감해하고 슬퍼했다. 그가 우리 가문의 초기 직업을 부끄러워한 건 결코 아니다. 그러나 그는 우리가 더 멀리 가고, 더 높은 곳을 겨냥하고, 초보적인 재주와 기술을 뛰어넘어 새로운 경지를 열어야 한다고 판단했다. 그는 아들들을 위해 정상을 꿈꾸었다. 야바위꾼의 능수능란함, 저글링 광대의 재주, 줄타기 춤꾼과 몸을 자유자재로 비트는 곡예사의 유연성 등의 자질들을 획득하고 발전시켜 사상, 정치 또는 문학의 영역에 적용할 줄 아는 사람들이 도달할 수 있을 정상을. 그는 우리가 물론 진짜 귀족 계급이라고 주장할 수는 없겠지만 귀족들과 동석할 수 있는 특권계층에 이르는 걸 보고 싶어 했다. 주세페 자가는 예술이 애초에는 춤 스텝 한 보, 피리 한 곡조, 불가에 둘러앉은 이야기꾼의 이야기 한 편, 뱃사공의 노래 한 자락에 불과했다는 걸 어느 누구보다 잘 알았다. 말하자면 맨발로 달려가는 무엇이었다는 걸. 그러나 우리는 이젠 초보 수준에 있지 않았다. 역사상 가장 멋진 문명 중 하나가 여기 있었고, 그것이 우리에게 손을 내밀고 있었다. 그 손을 붙잡아야만 했다.

표트르대제가 몰래 유럽에서 가져온, 피렌체 화가 스카치가 그린 레나토 할아버지의 초상화를 볼 때마다 나는 매번 조부의 코에 강한 인상을 받았다. 예민한 콧구멍으로 마치 미래의 바람을 냄새 맡는 것 같은 그 코는 후각기관이라기보다는 예지 기관이었고, 그 코 위에 미래 시간을 응시하는 듯한 날카로운 눈길이 올라앉아 있었다. 내 느낌으로 이 위대한 곡예사는 세상에서 지금까지 성스러운 것만이 점해왔던 자리를 예술이 차지할 시간이 오리라는 걸 알았던 것 같다. 안타깝게도 위대한 문명들은 언제나 뿌리를 내리지 못하는 시원찮은 씨앗들은 그늘 속에서 썩어가게 내버려둔 채 꼭대기에서 발전했기 때문이다.

형 귀도와 아버지 주세페 자가 사이의 마지막 면담이 끝난 비극적 장면이 생각난다. 아버지는 예카테리나 여제와 단둘로 도제의 초상화들로 장식된 대살롱에서 이리저리 서성이고 있었다. 러시아 주거지들에서 언제나 하인 수에 비례해 커지는 것 같은 무질서가 그곳을 지배하고 있었다.

아버지는 억누르기 힘든 슬픔에 먹먹한 목소리로 말했다.

─가거라. 장터며 간이무대나 찾아다니며 소박한 재미를 주는 사람이 되려무나. 나는 네 적성도 가난도 멸시하지 않는다. 네가 저글링 광대, 줄타기 춤꾼이 되는 것에 만족하고 그 이상을 바라지 않는다니…….

─저는 정직하게 살고 싶어요.

귀도가 말했다.

아버지는 걸음을 멈추고 어안이 벙벙한 얼굴로 아들을 바라보았다. 순식간에 그는 100년은 늙은 것 같아 보였다. 잠시 후 그는 정신을 차리고 다시 젊어졌다.

─내가 멍청한 놈을 낳았구나.

─우리 조상들 모두가 광대였어요. 그들은 정직하게 일했고 거만하지 않은 사람들이었어요. 이제 우리는 사기꾼이며 협잡꾼들이 되었어요. 우리는 받을 권리가 결코 없는 존경을 요구하고, 보잘것없는 우리의 예술에 그 예술이 결코 갖지 않은 힘을 부여하고 있어요. 우리는 새 영주들이 되길 원하고 있단 말입니다.

아버지는 『허풍쟁이 여자』 제2막의 루치나에게 어울릴 법한 떨림이 실린 목소리로 말했다.

―나는 여러 왕관 쓴 머리들로부터 최고 수준의 존경과 인정을 받았다.

―그런 머리들은 곧 떨어질 겁니다.

귀도가 말했다.

―그러면 사람들은 왕관을 다른 곳에 씌울 거야. 생각과 아름다움이 지배하는 시대가 될 거야.

아버지가 말했다.

구제불능의 형은 손과 검지를 이용해 대단히 이탈리아식인 동작을 해보였다. 알아듣기 전혀 어렵지 않은 동작이었다. 참으로 다행스럽게도 아버지는 다른 무대에서라면 훨씬 높이 평가받았을 영감 받은 표정으로 눈을 미래를 향해 들고 있어 그 동작을 보지 못했다.

―그래. 앞으론 예술이, 아름다움이, 생각의 고귀함과 힘이 있을 거야……. 인간은 언제나 자기 자신을 통치하게 할 무언가를 찾아낼 거야. 다가올 세기들은 우리 부족에게 듣도 보도 못한 가능성들을 내어줄 것이다. 세상은 신을 잃고서 다른 마법사들을 점점 더 필요로 하게 될 거야……. 우리는 오늘 내가 임질을 치료하는 것만큼이나 성공적으로 사회의 온갖 병들을 치료할 것이다. 네겐 야심이, 비전이, 인심이, 대중과의 관계에서 너그러움이 부족해. 네가 대중에게 주고 싶어 하는 건 고작 몇 가지 재주뿐이야……. 우리 손자들, 증손자들은 만물의 심오한 비밀을 찾고 발견해서 대중에게 밝혀줄 거야. 그러나 너는…….

그는 멸시조로 어깨를 으쓱했다.

―비밀이란 건 없다는 것이 비밀입니다.

귀도가 웃으며 말했다.

내 등줄기로 물리적인 전율이 훑고 지나는 걸 느낀 건 그때가 처음이었다. 마법사들의 종말이 주는 전율이었다. 아버지도 전율했다. 8월이었는데.

주세페 자가는 우리 부족의 가장 오래되고 가장 확실한 소품에서 길어낸 멋진 말을 했다.

—신비는 비밀의 존재 속에 있지 않아. 그건 믿음의 존재 속에 있지.

그러자 광대요 저글링 광대요 곡예사인 귀도는, 정직하게 살고 싶어 했고 남들과 다른 우리 자가 사람들에 대해 겸허한 진실을 모두 솔직하게 말하고 싶어 하던 청년은 어떤 몸짓을 했는데, 그 순간 나는 훗날 "세대 갈등"이라고 부르게 될 것과 처음 대면했다. 그가 손을 들고 눈을 들어 하늘을 쳐다보며 여성의 성기를 뜻하는 이탈리아식 손동작을 한 것이다.

아버지는 침울하게 그를 바라보았다. 그러더니 맏아들에게 문을 가리키며 말했다.

—가서 네 이마로 땀 흘려 밥벌이를 하거라, 멍청한 놈!

나는 왜 아버지가 모든 희망과 애정을 내게 쏟았는지를 설명하려고 여기서 이 고통스러운 일화를 얘기하고 있다. 뚱쟁이 프로스카의 집을 자유롭게 드나드는 게 내게 허용되었을 때 프로스카가 내게 전했듯이, 그녀가 아버지에게 당신의 막내아들이 성스러운 불꽃을, 끈기 있고 열성적인 청년에게 언제나 여자의 마음에 이르는 길을 열어주는 불꽃을 지니고 있다고 전했을 때 그가 기뻐했으리라고 나는 생각한다. 여기서 나는 일부 비방에 대해, 특히 저명한 역사가 필립 에를랑제가 나에 관해 쓴 부당하고 고약한 글에 대해 내가 결코 "여자들에게 얹혀살지" 않았다는 말을 덧붙이고 싶다. 그가 썼듯이 "공유의 혜택을 누릴 때" 내가 그다지 질투하지 않았다고 한 것과, 그리고 "포스코 자가는 종종 사회적 상승을 위해 나이 많은 부인네들에게 봉사하는 것도 마다하지 않았다"라고 넌지시 암시한 것에는 그저 나는 어려서부터 천성이 너그러워서 내 돈을 한 번도 세어본 적이 없다고만 대답하겠다.

16

나는 테레지나에게 라브로보 숲의 아름다움과 신비를 알게 해주려고 겨울이 끝나기를 초조하게 기다렸다. 얼른 그녀를 나의 왕국으로 데려가고 싶었다. 그곳에서 나는 아버지조차 자랑할 수 없을 힘을 누렸다. 그렇지만 숲은 현실이 접근하기 어려운 영역이라는 걸 알았다. 그렇기에 현실은 조심해서 이 마법의 장소의 요구를 받아들여 풀이나 꽃, 족제비나 새 등의 아주 소박한 모습으로 나타나야만 했다. 늙은 참나무들은 그 모든 선량한 관행이 철저히 지켜지도록 주의했다. 나는 자라면서 점차 유년기와 멀어졌지만 이반, 표트르 그리고 판텔레이는 내게 여전히 애정을 품고 있어, 장막을 살짝 들춰 내 여자 친구에게 전혀 다른 진실의 몇몇 면모를 드러내줄 것이다.

봄이 너무도 사랑스러운 방식으로 기별을 해와 나는 거기서 거장 프라고나르의 솜씨를 본 것만 같았다. 실제로 봄은 테레지나의 젖가슴 위에 얹혀 내게로 왔다. 어느 날 아침, 그녀는 블라우스를 푼 채 두 손으로 조심스레 왼쪽 젖가슴을 보듬고 내 방으로 달려왔다.

―포스코, 이것 좀 봐! 봄이 왔어!

무당벌레가 내 눈에 들어오기까지는 시간이 좀 걸렸다. 내 눈길은 다른 무당벌레에 너무도 현혹되어 그것을 내 손바닥에 숨기고 싶었다. 내가 우리 강아지 몹식의 코에 하듯이 그것을 손바닥 사이에 넣고 그 산뜻한 냄새를 맡고 싶었다. 그러다 나는 내 술책에 스스로도 흠칫 놀랐다. 봄 벌레를 보고서 테레지나에게 다가갔는데, 무당벌레를 앉은 자리에서 내 손가락 위로 옮긴다는 핑계로 은밀한 스침을 몇 번 훔쳤던 것이다. 얼마 후 테레지나가 술책을 눈치채고 내 손가락을 쳤다. 내가 희열에 사로잡혀 미처 깨닫지 못한 사이에 무당벌레가 이미 날아가고 없었던 것이다.

―포스코, 내가 네 아버지의 부인이라는 걸 잊지 마!

그녀 목소리에는 심각함보다는 조롱이 더 실려 있었지만 나는 후퇴해야 했는데, 지금 이 순간도 내 손가락 끝에 온통 분홍빛이던 무당벌레의 부재가 느껴지는 것만 같다.

우리는 6월 초에 라브로보에 도착했고, 이튿날 당장 나는 테레지나를 내 왕국으로 데려갔다. 내가 정확히 무엇을 기대했는지 모르겠다. 어쩌면 나는 옛 친구들에게서 어떤 호의적인 공모를 기대했는지 모른다. 가장 감미롭고 가장 행복한 실현이 된 꿈을 마침내 내가 품에 안을 수 있게 해줄지도 모를 공모를. 나는 유년기의 숲들이, 아무리 그럴 채비가 된 숲일지라도, 그런 마법에 동의하지 않는다는 걸 단순히 잊었다. 도덕과 예의범절에 관해서라면 숲들은 대단히 엄격해서, 몸의 문제들에는 자연이 부여한 지나치게 난폭하고 날것인 것을 박탈할 때만 관여한다. 우리의 신체 기관이 동조하거나 아니면 요구하는 관능적 쾌락이 문제일 경우 마법의 숲들은 노처녀들처럼 뾰로통한 입술과 엄한 눈길을 보인다. 숲들은 내 의도를 너무도 분명히 알아차린 모양이었다. 테레지나의 손을 잡고 그늘 속으로 들어섰을 때 나는 그곳에서 더없이 차가운 정숙함밖에, 자연의 품위를 보여주는 더없이 관례적인 모습밖에 만나지 못했다. 나무는 나무고 꽃은 꽃이며 샘물은 샘물이어서, 바바 야가의 흔적도, 땅의 요정의 흔적도, 마녀며 용의 흔적도, 시인들과 아이들이 그 특혜를 공유하는 또 다른 피조물들의 흔적도 없었다. 라브로보의 숲은 목욕탕 뒤에서 벌어진 나의 추악한 행동을, 나의 유곽 방문을, 나의 육체적 욕구를 용서하지 못했다. 숲이 보기에 나는 성인이 되어버린 것이다. 숲은 더 이상 내게 할 말도 없고 폭로할 것은 더더욱 없어 보였다. 테레지나와 나는 러시아의 손님맞이 법도대로 환대를 받을 권리를 누렸다. 그러나 그게 전부였다. 나무들은 예의 바르게 속삭였고, 우리에게 인사를 하려는 듯 가지들을 숙였지만 그것은 바람이고 예의일 뿐이었다. 참나무들은 우리를 만나러 걸어와 빵과 소금을 건네지 않았다. 연못들은 신선함을 그대로 간직했지만 그 그늘과 신비스러운 기품에 한 송이 수련보다 더 경이로운 건 아무것도 감추고 있지 않았다. 잠자리들이 섬광을 반짝이며 사방을 누비고 다녔으나 어떤 잠자리도 조신한 겉모습을 벗지 않았고, 우리 발 앞에 떨어지면서 오랜 기간 마법에 걸렸던 공주로 변하지 않았다. 나의 세 친구, 표트르, 이반, 판텔레이는 여전히 다른 친구들과 조금 떨어져 있었지만 이젠 고의로 떨어진 게 아니었다.

모든 게 이제는 씨앗과 바람과 뿌리가 만들어낸 우연일 뿐이었다. 황금 사슬에 묶인 채 "모든 걸 보았고 모든 걸 알고 있는 고양이"가 콧수염을 매만지며 나를 놀렸던 장소에는 이제 약간의 이끼와 예쁜 데이지 꽃 몇 송이와 갓 움튼 버섯 한 송이밖에 없었다. 시냇물은 더 이상 노래하지 않고 그저 물 흐르는 소리밖에 내지 않았다. 그늘은 서늘함밖에 내주지 않았다. 만약 못된 난쟁이 무하모르가 그곳에 숨었다면 그건 그 그늘이 정말이지 아주 문학적이었기 때문인데, 그런 경이로운 일은 다른 곳에서 찾아야만 했다. 눈길이 보는 건 허락하지만 발견하는 건 더 이상 허락하지 않는 그 눈먼 상태에 나는 충격 받았다. 나는 오직 햇볕 잘 들고, 아주 선명하고, 은방울꽃으로 뒤덮이고, 새들이 지저귀는 소리를 싣고 감미로운 산들바람이 지나는, 행복의 표정으로 아주 사랑스럽게 제공된 '2 더하기 2는 4'만 누릴 권리가 있었다. 그러나 진짜 재능은 거기 있지 않았기에 나는 내가 나의 마법의 숲을 되찾길 원한다면 그걸 만들어내야만 하리라는 걸 알았다. 더 나쁜 사실은 이젠 내가 심지어 과거의 교우 관계에 대해, 옛 친구들에 대해 테레지나에게 말할 생각조차 않는다는 것이었다. 그녀가 나를 어린아이로 생각할까 봐 겁이 났던 것이다.

그런데 어린 시절을 떠올린 건 테레지나였다. 잠자리들이 귀찮게 구는 연못 가장자리에 누워 그녀는 내게 안데스의 피리와 유대인들의 바이올린, 집시들의 노래와 베네치아의 밤, 러시아의 대초원과 뱃사공들의 노래를 하나로 묶는 민중의 깊은 우애를 볼 수 있는 전설 하나를 얘기해주었다.

─카니발 때가 되면 밤도 낮도 없고 축제와 웃음과 춤뿐이야.

유쾌함이 사방에 퍼져 악마가 성수를 피하듯이 페스트조차 도시를 피해 가. 페스트는 유쾌함을 견디지 못하는 병이니까. 더구나 카니발이 베네치아에 처음 오게 된 것도 그 때문이야. 페스트가 퍼져 거리마다 사람들이 죽어 쓰러졌고 모든 기도조차 소용없을 때였어……. 페스트는 너무 거만해져서 대영주처럼 자신만만한 태도로 평소처럼 숨지도 않았지. 구석에 있지도 않았고, 그 무시무시한 요란한 옷을 입고 분명히 눈에 띄는 죽음의 머리를 꼿꼿이 세우고 걷는 모습도 보였어. 왜냐하면 이젠 거북해하지도 않아서 가면을 쓰지 않았거든……. 페스트가 지나는 곳마다 사람들이 쓰러졌지. 페스트는 시종의 지팡이를 짚고 걸었고, 서기들이 뒤따르며 수확을 기록했어. 나의 할아버지는 루나 운하 근처에서 페스트를 본 걸 분명히 기억하고 있었어. 페스트는 멈춰서 있었대. 그곳엔 사람들이 가득 들어찬 산토이노첸테 성당이 있었거든. 사람들은 모두 페스트가 떠나게 해달라고 기도했어. 페스트는 기도하는 사람들을 좋아해. 왜냐하면 진지한 것을 좋아하거든. 진지함과 존중이 없으면 죽음은 사기가 꺾여버려, 더는 자신이 중요하다는 느낌을 갖지 못해서 일을 제대로 못해. 진지함이 부족한 사람들은 죽음에 복통을 일으켜. 페스트는 질서를, 복종을, 근엄함을, 엄격함을 좋아해. 나의 할아버지는 죽을 날이 왔다고 생각했대. 페스트가 할아버지한테서 열 발짝 떨어진 곳에서 기도 소리를 들으며 담배 연기를 들이마시고 있었거든. 할아버지는 얼른 모자를 벗고 페스트에게 멋지게 인사를 했대. 페스트의 마음을 누그러뜨릴 생각을 한 거지. 왜냐하면 이 세상의 권력자들은 복종을 좋아하니까. 페스트는 할아버지를 보지도 못했어. 그만큼 흐뭇하게 기도를 즐기고 있었던 거야. 페스트는 담뱃 갑을 닫고 계산을 하고 있는 서기들 쪽을 초조하게 쳐다보았어. 교회에는 300명도 넘는 사람이 있었어. 멋진 수확이었지. 그래서 페스트는 교회 안으로 들어갔어. 나의 할아버지가 걸음아 나 살려라 하고 달아나려는데 갑자기 트럼펫 소리와 웃음소리가 들리는 거야. 얼른 고개를 돌렸더니 카니발 행렬이 들어오고 있는 게 보였지. 맨 앞줄에는 광대들, 저글링 재주꾼들, 곡예사들이 있었어. 그 뒤엔 나중에 유명해질 인물들이 왔어. 아를레키노, 브리겔라, 판탈로네, 콜롬비나, 폴리치넬라 그리고 다른 모든 인물이 왔지. 몇몇 인물들은 아직 특징과 세세한 묘사를 갖추지 못했어. 아직 제대로 완성되지 않았던 거지. 하늘에서는 이탈리아 눈이 내려왔대. 파랑, 초록, 노랑, 빨강. 색종이 조각이라고 부르는 눈이지. 페스트는 질서를 잡으려고 교회에서 나왔어. 그런데 카니발 행렬 앞줄에 선 광대들과 온갖 폴리치넬라들, 온갖 짚인형들이 하늘로 이어진 줄에 당겨졌어. 그 줄들은 모두 광대 중 최고 광대, 말하자면 위대한 자가 단단히 쥐고 있었거든. 그들은 시커먼 페스트가 성당에서 나오는 걸 보자마자 더욱 크게 웃기 시작했어. 페스트는 웃음소리를 듣고, 사람들이 자기를 진지하게 여기지 않는다는 걸 보고서 너무도 겁에 질려 진지함이 지배하는 곳으로 달아나버렸어. 이를테면 프라하 같은 곳 말이야. 페스트는 그곳에 사령부를 차렸지. 이렇게 해서 카니발은 베네치아공화국의 목숨을 구했고, 그리고 민중은 웃음과 불손이 어떤 강력한 무기가 될 수 있는지 처음 깨달았지. 코메디아, 아를레키노와 자유는 이렇게 탄생한 거야. 그래서 지금까지도 세상의 모든 페스트가 무엇보다 웃음을 두려워하는 거야. 웃음은 힘센 것들에 치명적인 살균 능력을 가지고 있거든…….

나는 놀랐다. 그것은 옛날에 참나무들이 내게 속삭였을 법한 이야기였는데 테레지나가 그렇게 즉흥적으로, 그렇게 자연스럽고 확신에 차서, 마치 그걸 믿는 것처럼, 마치 그녀 자신도 옛날 숲이 내게 만나게 해주었던 그런 꿈의 피조물들 가운데 하나인 것처럼 얘기하리라고는 상상도 못했던 것이다. 나는 그녀의 손을 잡았다.

—테레지나, 정말 그 전설을 믿는 거야?

—그럼, 믿고말고. 우리 나라 민중이 하는 얘기니까 자기가 무슨 얘기를 하는지는 알고 하지 않겠어?

나는 민중이 라브로보 숲처럼 마법을 쓸 수 있다는 건 정말이지 알지 못했다.

—그리고 나는 예카테리나 여제도 그걸 믿는다고 확신해. 그리고 모든 영주들은 더더욱 믿지. 그들은 존경심의 결핍, 조롱, 민중의 축제보다 더 위험한 게 없다는 걸 너무도 잘 알아…….

나는 테레지나가 조금은 과장하는 거라고 생각했다. 그녀가 소박한 사람들에게 부여한 그 모든 덕성은 대단히 멋진 상상을 증언해주었지만 시뇨르 우골리니가 한 말이 훨씬 더 진실에 가까워 보였다. 그는 대공들이 아직 한동안은 갈 테니 그들의 뒤를 이을 이들의 취향을 연구하기 위해서라도 민중을 무시하지 말아야 한다고 했다. 대공들의 뒤를 이을 사람들은 아주 부자지만 훨씬 덜 상냥한 사람들일 거라고 그는 예고했다. 그때 나는 우골리니의 입에서 처음으로 프랑스어 단어 "부르주아"라는 말을 들었다.

그가 그 단어를 조금 주저하며 발음한 건 깨끗하고 품행 단정한 사람들을 좋아했기 때문이다. 그는 민중에 대해서는 아직 아주 멀고 불확실한 관중이라고, 좋은 연극에 대한 그들의 취향을 믿을 수 없다고 내게 설명했다. 무엇보다 이 점에 관해서는 그의 생각이 틀렸다. 왜냐하면 10년 뒤에 단두대가 만석을 기록하며 대성공을 거두었고, 그 간이무대에 올랐던 위대한 배우들은 민중 관객을 공연의 마법에 홀린 선량한 아이처럼 생각했고, 이 관객은 온갖 고함과 야유로써 직접 참여했기 때문이다. 민중이 정신적인 것들에 보인 관심, 특히 그것들이 바구니에 담겨 그들 앞에 제시되었을 때 보인 관심은 인류의 안녕을 위해서도, 우리 부족의 안녕을 위해서도 이제 결코 번복되지 말아야 했다.

나의 사랑스러운 가정교사는 희극 네 편을 직접 썼고, 우리는 양지바른 풀밭에서 참나무와 개양귀비, 나비와 새 들을 관중으로 앞에 두고 그 작품들을 공연했다. 그가 쓸 수 있는 배우의 수에 특별히 맞춰 쓴 그 작품들은 아를레키노, 스가나렐, 콜롬비나를 무대에 올린 것인데, 그는 그걸 "네 목소리의 희극"이라 불렀다. 콜롬비나는 돈나 엘비라 행세를 했다. 처음에 우리는 〈행복하지만 흡족한 돈 조반니〉, 그 후엔 〈아를레키노 왕과 오이디푸스 집에 간 아를레키노〉, 그다음엔 〈기사장의 석상 혹은 불명예〉를 공연했다. 이 작품에서 그 유명한 동상은 약속을 지키지 않고, 방탕한 자를 지옥으로 보내려고 연회 마지막에 나타나지 않는다. 따라서 돈 조반니는 평범해지고, 기운이 쇠할 처지에 놓이고, 위대함이니 형이상학, 지옥과 영벌 따윈 흔적조차 없는 부르주아로서 보잘것없는 삶을 살아간다. 오늘날 나는 이 작품이 예언적이었다고 생각한다. 그것이 오늘날의 유럽을 예고하는 것처럼 보이기 때문이다. 나의 아버지는 돈 조반니와 기사장의 역할을 받아들였고, 그가 150년 전 살라망카 출신 아브라함의 히브리 신비철학 저작을 찾아 에스파냐를 여행했을 때 그 인물들을 개인적으로 만났기에 현실에서 영감을 얻어 그 역할들을 멋지게 연기할 수 있었다고 설명했다. 예술에서 환상의 수단으로 사실주의만 한 게 없다고 그는 결론지었다.

저자가 죽고 한참 후에 나는 이 네 편의 희극 원고를 되찾았고 그걸 밀라노에서 자비로 출간했다. 나는 그것들을 몇몇 극장장에게 보냈다. 성과는 없었다. 그들은 그 작품들이 시대에 뒤졌으며, 기교적인 면에서 너무 천진하며 숙련미가 부족하다고 생각했다. 그 작품들이 아직도 "골도니풍의 낡고 단순한 코메디아" 냄새를 풍긴다고 말했다. 연극이 크게 빚을 진 인물이긴 하나 여기서 그 유명한 '밤비노' 스포치의 말을 인용한다는 게 나로선 유감스럽다. 이건 시대의 문제였다. 가리발디가 통치하는 이탈리아에서 가벼움은 유행 지난 것이었다. 관중은 위대함을, 눈물을 그리고 피를 갈망했다. 그러나 오늘날 이 불행의 삼위일체에 질린 이탈리아는 다시 웃음을 좋아하게 되었는데, 내가 보기에 이 현상은 민주주의의 새로운 도약을 증언해준다. 실제로 나는—얼마나 감격해서 상상하는지 모른다!—내가 무대의 왕국에서 우리 모두 가운데 가장 위대한 인물이라고 간주하는 밀라노 피콜로 극장의 시뇨르 스트렐레르가 〈오이디푸스 집에 간 아를레키노〉를 그의 프로그램에 넣을 생각을 한다는 사실을 알게 되었다. 만약 그렇게 된다면 초연 날 저녁에 사람들은 피콜로 극장 복도에서 옛날풍으로 차려입은 은밀한 실루엣을 보게 될 것이다. 사람들은 그를 무대 뒤에서 나와 서성이는 배우로 여길 것이다. 기쁨이 되살려낸 프린치피오 오를란도 우골리니의 실루엣을 말이다. 사람들은 언제나 기쁨의 힘을 과소평가하는 우를 범하기 때문이다.

아버지가 철학자이기도 한 그뤼더하임 남작과 볼일이 있어 리가의 그의 집에 묵게 되면서 우리의 여름은 끝났다. 아버지의 볼일은 비단에 물을 들이는 새 염색법에 관한 것이었다. 나는 테레지나와 열 달 동안이나 떨어져 있어야 했다. 그 때문에 나는 신경쇠약, 혹은 그 당시 말로는 멜랑콜리에 빠졌고, 그 증세가 금세 대단히 심각해져 달빛을 보며 울었고 시를 썼다. 우리 부족은 언제나 슬픔을 대단히 나쁜 눈으로 바라보았다. 슬픔이 관중 편에 있을 때는 우리에게 유용해서 기분 전환의 풍미와 욕구를 살려준다. 광대들에게 슬픔은 종종 치명적이다. 슬픔은 명상적이고 철학적이고 진지한 기질을 일깨우고, 영혼의 다른 틈새들을 만들어 그 틈을 통해 의심과 좌절과 "다 무슨 소용이야" 식의 온갖 악마들이 속으로 미끄러져 들어오기 때문이다. 가족사를 보면 자가 집안에는 진지함의 큰 구렁텅이에 너무 깊이 빠져 교황이 된 사람도 한 명 있었던 모양이다. 그것이 새로운 권위로 자기 예술을 보호하길 갈망한 광대의 대단히 교활한 재주였을지도 모르지만 말이다.

따라서 나는 8월 내내 철학적 서정시, 죽음에 바친 서정단시, 애가 따위를 쓰며 지냈고, 구겨진 갈대를 보고 울음을 터뜨릴 때도 있었다. 시뇨르 우골리니는 수음을 하면 뇌가 오줌으로 흘러나간다고 수음을 치명적인 악덕으로 여겼는데, 그는 내가 수음

을 한다고 확신했다. 그러나 그건 결코 사실이 아니었다. 그 문제
라면 나는 글라시카라는 여자를 상대로 아주 잘 해결했고, 작은
벌레들 말고는 달리 불편함을 느끼지 못했다.

17

9월 중순에 우리는 상트페테르부르크로 돌아왔다. 아버지와 테레지나는 이미 일주일 전에 그곳에 와 있었다.

나는 테레지나가 달라졌다는 걸 알아차렸다. 그녀는 전보다 더 성급하고 변덕스러워졌다. 상트페테르부르크에서 우리 집보다 무질서하고 변덕스러운 기분이 지배하는 집을 찾기란 어려웠을 것이다. 테레지나는 열성을 다해—정성을 다한다 싶을 정도로—모든 걸 뒤죽박죽 뒤엎으며 전복 욕구를 드러냈다.

어느 날 아침, 막 방에서 나오던 참에 나는 푸른 살롱에서 터져 나오는 비명과 날카로운 소리를 들었다. 나는 아버지에게 떼돈을 벌게 해준 독일과 러시아 대공들의 초상화가 장엄하게 군림하고 있는 그 엄숙한 장소로 달려갔다. 오흐레니코프 상인이 프랑스에서 수입해 온 내장재, 무기와 갑옷 수집품, 작센 자기, 자질구레한 실내장식품, 자주색과 황금색으로 장정된 구텐베르크 씨의 작품들은 그 살롱에 눈과 정신과 돈이 물을 만난 듯한 분위기를 만들어냈다. 평소 위엄 있고 뻣뻣하던 그 배경에서 나는 당시 유행하던 터키 취향과 제롬 보슈의 피조물들을 뒤섞어놓은 듯한 광경을 맞닥뜨렸다. 작은 원숭이 무리가 샹들리에에 매달리고, 커튼에 기어오르고, 초인종 끈으로 그네를 타고, 그림과 함께 벽에서 떨어지고, 탁자 위의 자기들을 깨뜨리고, 이스파한에서 온 양탄자 위에서 밀치고 싸우느라 갖은 재산으로 꾸며진 그 고상한 장소를 영국인들이 "베들럼_{영국의 유명한 정신병원 이름이자 '난리' '법석'이라는 뜻}"이라 부르는 장소로, 미치광이들을 가두는 감방으로 둔갑시켜놓았던 것이다. 회색 주둥이를 지닌 검은 원숭이들은 드탈랑의 그림에서, 그가 섬에서 가져온 동물 판화들에서 볼 수 있는 종이었다. 종려나무, 꽃, 쪽빛 바다와 눈부신 하늘로 이루어진, 화가의 그 매혹적인 풍경 속에 든 그 짐승들은 보기에 유쾌한 것이었다. 그러나 살롱에 자유롭게 풀려난 스무 마리, 아니 서른 마리의 그 파괴자들은 폭동의 결과를 낳았다. 장식품들은 사방으로 날아가 산산조각 났다. 액자에 매달린 몇 마리 원숭이들은 베네치아 출신 화가 카날레토의 작품이 벽에서 가련하게 추락할 때까지 그 그림 위에서 그네를 탔다. 책들이 사방으로 날았다. 날쌘 작은 손들이 식탁보를 잡아당기자 쉬 깨지는 조각상들, 오르골, 크리스털들이 바닥에 쏟아졌다. 이런 훼손엔 날카로운 울음이 동반되었고, 양탄자에서 원인을 쉽게 알아볼 수 있는 냄새까지 가미되었다.

출입문 앞, 우리들 사이에 선 채 아르바토프 백작은 자기 작품을 희열에 찬 눈으로 응시하고 있었다. 그는 광기로 유명한 사람이었다. 그 광기 중 하나는 아프리카에서 마흔 명의 흑인 여자를 데려와 기른 것이었다. 그는 흑인 여자들을 우리 농노들과 짝짓

기시키면 흑인의 아름다움에 러시아의 건실함과 저항력이 접목되어 지주들에게 대단히 유용한 인종이 탄생할 거라고 주장했던 것이다. 그는 어깨 위에 거대한 수달 모피를 걸치고 행복한 웃음을 짓고 있었다. 얼마 전부터 그는 유쾌한 기분이 두드러졌고 과장된 웃음을 터뜨렸다. 그러는 동안 숱 많은 흰 눈썹과 파란 눈 아래 새빨간 그의 얼굴은 간간히 까닭 없어 보이는 폭소를 느닷없이 터뜨리며 강렬한 기쁨의 표정을 짓고 있었지만 어떤 부동성으로, 거의 마비로 굳어 있었다. 사실 그는 마지막 단계가 다행증으로 표출되는 병으로 곧 죽을 목숨이었다. 프랑스병이라 불리는 이 병은 그 증세가 대단히 변화무쌍해서 어떤 이들은 병에 걸리고도 평온하게 고령을 맞았고 또 어떤 이들은 벼락 맞아 죽듯 즉사했다.

아르바토프의 광기 증세들은 영국에서 온 유행인 기벽으로 이해되었는데, 자신의 삶과 금으로 무얼 할지 몰라 기벽을 통해 개성 있는 겉모습을 가지려 했던 사람들에게 그 유행은 편리한 피신처였다. 말하자면 그건 할 일 없는 사람들의 일거리였다. 그의 뒤에서 영국 모자와 존 불 프록코트를 든 그의 시종은 급여를 받지 못할 때나 냉정을 잃는 사람의 무심한 얼굴을 하고 있었다.

하얀 비단 드레스를 입은 테레지나는 새끼 원숭이 두 마리를 품에 안은 채 그 광경에 홀린 듯해 보였다. 그러나 그녀가 드러낸 기쁨의 표현에는 베네치아 축제보다는 원한과 악의에 훨씬 가까운 뾰족한 음색이 깃들어 있었다. 그녀는 두 팔을 그리폰의 발 모양으로 모으고, 위엄과 권위를 위해 만들어진 것 같은, 등받이가 높고 꼿꼿한 큰 안락의자에 앉아 있었다. 고개를 뒤로 젖히고 맹

수 같은 머리카락의 열띤 우정에 둘러싸인 그녀의 몸은 긴장해 있었고, 손은 오그라들어 있었으며, 웃음은 유쾌하지도 정직하지도 않았다. 그녀에게서 온 세상을 겨냥하는 듯한 적의가 느껴졌다. 그때만 해도 아직 사회라는 말을 오늘날과 같은 의미로 사용하지 않았다. 사회라는 말은 "사랑스러운 교류" 같은 의미였다.

우리 하인들은 아연실색한 얼굴로 여주인과 살롱을 약탈하고 있는 사악한 피조물들을 번갈아 바라보았다. 나는 부엌과 외양간에서 하인들이 이탈리아 여자가 종종 악마의 지배를 받는다고 중얼거리기 시작했다는 걸 알고 있었다. 그러나 그건 생각할 수 없는 일이었다. 악마는 성수보다 더 겁나는 그런 진지함의 결핍 앞에서 단 1초도 견디지 못할 터이기 때문이다.

이미 오래전에 사라지고 없는 커다란 안락의자에 앉은 그녀를 주의 깊게 바라보는 지금, 나는 그녀의 입술과 턱이 내가 생각한 것보다 훨씬 또렷하고 훨씬 차가운 선을 그린다는 걸 깨닫는다. 그렇게 오랜 세월을 보내고 나서야 나는 내 기억들을 명료하게 초점 맞추게 되었고, 사실성이 외부 세계에서 오는 게 아니라 내 안에 품은 세계에서 오기에 더욱 사실적으로, 나날이 더 선명하게 그녀를 본다.

아버지가 그토록 많은 돈을 들인 물건들의 아름다운 질서와 원숭이들의 싸움이 약탈의 절정에 달하던 순간 아버지가 들어왔다. 그는 계단 위에서 멈춰 섰고, 돌난간에 몸을 기댔다. 아버지는 단춧구멍 장식이 은색으로 된 빨간 폴란드제 실내복을 입고 있었는데, 내면에서 벼락이라도 쳤는지 뻣뻣하게 굳어 있었다. 테레지나는 그를 향해 눈을 들고 도전하듯 쏘아보았다. 그러는 동안 그녀가 기를 쓰고 붙들어두려던 고통의 표정은 머뭇거리는 듯 신경질적인 파문을 그리며 유쾌한 표정으로 바뀌어갔다. 그녀는 남편에 대한 애정이 있었던 것 같다. 어쩌면 남편에게서 그녀가 한 번도 알지 못한 아버지를 보기 시작했던 건지도 모른다. 그녀는 자신의 변덕스러운 기분과 반항에 자신을 내맡기지 않을 수 없으면서 동시에 자신을 사랑하는 남자에게 고통을 주고 자존심을 다치게 한 것을 자책했다. 나는 주세페 자가의 얼굴에, 테레지나가 "모든 시커먼 대공들과 피 묻은 대공들의 하인"으로 취급하는 늙은 마법사의 얼굴에 고통의 그림자가 스치는 걸 보았다. 잠시후 그는 천천히 돌아서서 나갔다. 그러는 사이 원숭이들은 새로운 재주넘기와 새로운 울음소리로 그가 떠난 걸 축하하는 것 같았다.

이어지는 몇 주 동안 테레지나는 그 작은 짐승들을 지극정성으로 돌보았다. 그녀는 그 무질서의 짐꾼들에게 매우 집착하는 것 같았다. 그녀는 그 짐승들이 그녀에게 에스클라본 둑에 자리한 광대들의 간이극장, 탬버린, 환희에 찬 사람들, 리알토 향료 상인들이 터키에서 가져온 바르바리아 오르간, 베네치아 축제를 생각나게 한다고 말했다. 그녀가 그렇게 노력을 기울였으나 그 부산한 무리는 우리 집에 적응하지 못했다. 곳곳에 펠트로 만든 집을 놓고 난로들에 땔감을 가득 채워도 소용없었다. 추위와 바람은 금세 효력을 발휘했다. 나는 원숭이들이 벽난로 옆에 서로 꼭 붙어 있는 걸 보았다. 한 마리는 너무 불 가까이 가는 바람에 털에 불이 붙어 끔찍한 불덩이가 되어 펄쩍펄쩍 허공으로, 가구 위로 뛰기 시작했고, 끔찍한 비명을 내지르며 커튼에 잠깐 매달렸다가 바닥에 떨어지고 말았다. 가련한 짐승은 천천히 타 죽었고, 시커 멓게 찌푸린 녀석의 인상은 오랫동안 내 밤을 떠나지 않았다. 다른 녀석들은 태양과 종려나무를 찾아 마당과 눈밭으로 나가 길을 잃었는데, 내 생각엔 원숭이들과 지옥을 여전히 결부시키는 하인들이 몇 마리가 나가는 걸 도운 것 같았다. 서로 부둥켜안은 채 사람 같은 자세로 얼어 있는 녀석들을 아침에 눈밭에서 찾았다. 녀석들은 고통과 몰이해 속에서 우애 어린 자세로 얼어 있었다. 테레지나는 울었고, 하인들과 싸웠고, 이 말살의 책임자로 지목한 급사장 오시프 블라소프의 눈을 거의 뽑을 뻔했다. 마지막 남은 생존자들을 그녀는 오랫동안 품에 안고 있었다. 가슴 찢어지는 광경이었다. 슬픈 원숭이보다 더 애처로운 게 없기 때문이다. 여기저기 집시 원숭이를 위한 작은 야영 숙소가 설치되었고, 병든 원숭이들은 잉걸불을 담은 냄비 주위에서 슬프게 운명을 기다렸다. 한 마리도 그 운명에서 벗어나지 못했다.

아버지는 아무 말 하지 않고 가만히 내버려두었다. 그는 그 침입자들을 보지 않으려고 피하면서 방들을 지나다녔다. 내 생각에 테레지나라면 러시아 왕실과 유럽의 모든 왕실에 맞서 일부러 파괴자 원숭이 부대를 풀 수도 있을 것 같았다. 그러나 그때만 해도 나는 그 원한을 전혀 이해하지 못했고, 모든 걸 뒤죽박죽 뒤집어놓으려는 그 욕구는 더더욱 이해하지 못했다. 나는 부유하고 아름다운 모든 것을 향한 그 존중심 결핍에 갈피를 잡지 못했고 안타까운 마음이었다. 언제나 우리 부족은 삶을 아름답게 만들고 기쁨을 주고 홀리고, 한마디로—이 직업 용어를 내가 이 글에서 너무 자주 쓰더라도 용서하시라—마법을 거는 것 외에 다른 관심사가 없었다. 또한 나는 그녀 자신도 자기 천성의 어떤 비밀스러운 구석에서 이 불손의, 도전의, 거의 도발의 격랑이 태어났는지 알지 못했으리라고 확신한다. 오늘날 나는 그녀가 우리 직업에서는 "영매"라고 부르는 존재였으며, 그 시절에 가장 깊고 가장 검은 지층에서 분출되기 시작하던 불가사의하고 화산 같은 충동에 무의식적으로 복종했던 거라고 생각한다. 그 시절엔 이런 영향을 천체와 관계된 것이라고 규정했다. 그 후엔 "땅과 관계된" 것이라 명명했다. 오늘날엔 "사회적"이라고 말한다. 내가 보기엔 이것이 정확한 말인 것 같다. 그 시절만 해도 사람들은 여전히 마녀에 대해 말했고, 나는 훗날 마녀에 관한 쥘 미슐레의 멋진 책을 읽고 나서야 이 가련한 피조물들이 중상모략 당했다는 걸 이해하게 되었다.

어쨌든 의심할 여지가 없었다. 나의 사랑스러운, 나의 다정한 테레지나는 내가 아직 알지 못했던, 그렇기에 더욱 불안한 어떤 힘에 사로잡혀 있었다. 그 힘은 곧 유럽 전역에서 맹위를 떨치게 되었는데, 비열한 자들은 자유를 주장하면 박해하고, 우애를 주장하면 총살하고, 평등을 주장하면 민중의 등에 올라타 편하게 자리 잡을 수 있다는 걸 이해하고 그 힘을 이용할 줄 알았다.

아버지는 절대 젊은 아내를 비난하지 않았다. 그가 마치 자신을 벌하려는 것처럼 고통 받는 데서 은밀히 기쁨을 느낀 게 아닌가 싶을 정도였다. 그런 태도는 그가 자기 자신에게, 지친 순간에 이따금 그가 말했듯이 익살광대라는 자신의 처지에 내리는 비밀스러운 어떤 판단과 일치했던 건지도 모르겠다. 나는 그가 아들들이 이 직업에 정나미가 떨어지지 않게 하려고 우리에게 고백하지는 않은 채, 우리가 섬기고 우리를 살게 해주는—독자여, 이것은 어디까지나 오늘이 아니라 어제의 이야기다. 그대들의 귀한 얼굴보다 내게 더 소중한 것이 없으니 말이다—주인인 관객에게 테레지나가 쏟는 증오를 공유한 게 아닌가, 혹은 그저 난감해했던 게 아닌가 싶다.

그는 원숭이들이 오흐레니코프 궁을 약탈하는 동안 아무 말도 하지 않았고, 테레지나가 기행으로 민중의 감탄을 사던 늙은 오트리시키나 백작 부인마저 떨게 했을 금액을 써가며 에스파냐 집시 무리에게 몇 달 동안 애정을 쏟을 때도 아무 말 하지 않았다. 집시들은 그라나다에서 왔다. 가수, 기타 연주자, 악사로 구성된 그들은 아침부터 저녁까지 오흐레니코프 궁에 그들의 목소리와 기타 소리, 캐스터네츠라고 부르던 기이한 악기 소리, 신발 뒷굽 소리를 울려 퍼지게 했다. 그들은 새 오페라부파^{정통 오페라보다} ^{가벼운, 희극적이고 대중적인 오페라} 무대에 섰고, 그들의 출연 계약은 여러 차례 연장되어 거의 1년 가까이 이어졌다. 그 후 모스크바 사람들은 과달키비르 강을, 안달루시아를, 세비야의 하늘을 줄곧 꿈꾸었다. 플라멩코의 슬픔과 향수가 대초원의 아이들의 영혼 깊은 곳을 건드렸기 때문이다. 1919년의 가장 아름다운 혁명시 한 편의 제목은 「그라나다」였다. 붉은 군대의 청년 유격대원이 언젠가 그라나다를 볼 꿈을 꾸면서 중얼거리는 후렴구는 이것이다. 그라나다, 그라나다, 나의 그라나다.

집시들은 우리 집에서 살았고, 테레지나 곁을 떠나지 않고 그녀가 가는 곳마다 따라다녔다. 그녀가 가는 곳마다 그들의 기타, 그들의 노래가 따라다녔다. 이런 태도가 수도 거리마다 야기했을 놀라움은 상상할 수 있다. 그들은 귀족층 위쪽에 있는 작은 방들에 묵었다. 그 방들에 대해서는 나중에 다시 얘기하겠다. 내게는 그들이 아침부터 장식 주름이 달린 붉은 드레스와 검은 정장을 차려입고 나타나는 걸 보는 것보다 더 재미난 일이 없었다. 여자들은 머리에 망사와 벨벳으로 만든 장미들을 꽂았고, 남자들은 챙 넓고 둥글납작한 모자를 썼다. 그들은 발뒤꿈치로 소리를 내며 대계단을 내려왔다. 참으로 엄숙해서 내가 뻣뻣함과 엄숙함 때문에 보상 혹은 벌을 받아 돌로 변해버린 노신사로 상상하곤 하던 계단이다. 그들은 마치 무대 위에 선 것처럼 현관에 자리 잡고서 그들이 친근하게 치카 소녀라는 뜻의 에스파냐어라고 부르던 여주인이 나타나길 기다렸다. 그들은 러시아 집시들을 많이 닮았다. 내가 러시아 집시라고 말하는 건 집시들이 다른 곳에서 온다는 걸 그때는 알지 못했기 때문이다. 그들의 단장—요즈음은 흥행주라고 할 것이다—인 톨레도 출신 유대인 이삭이 이따금 돈을 받으러 와서 극단의 구성원 중 누가 비난받을 짓을 저지르지 않았는지 묻곤 했다.

그는 내 아버지의 오랜 친구였다.

18

나는 톨레도 출신 이삭에 대해 거의 실존 같은 기억을 간직하고 있다. 내가 살면서 거쳐온 몇 세기 동안…… 여기서 나는 잠깐 그대들에게, 어깨를 으쓱하고 미소를 짓고 어쩌면 이렇게 중얼거릴 시간까지 드리겠다. "저 늙은 협잡꾼은…… 정말이지 절대 변하지 않을 거야……." 독자 친구여, 나는 그대들의 그런 태도를, 그런 확신을, 그런 빈정거림을 좋아한다. 내가 그런 것에서 아직 느끼는 약간의 기쁨으로 나를 확인할 수 있기 때문이다. 그러니까 내가 맡은 사랑의 책무와 더불어 지나온 몇 세기 동안, 그 책무가 내게 떠안긴 불멸 주위를 죽음이 건망증의 첫 징후를 엿보며 배회하는 동안 나는 역사의 어떤 전환점에서 이삭을 종종 다시 보았다. 나는 그에게서 떠돌이 유대인을 알아보는 것이 기뻤고, 그도 내게서 그의 부족과 나의 부족이 그렇게 오래전부터 잔인한 현실의 공격에 맞서 지지해온 싸움에서 미래의 전우라는 걸 냄새 맡고 이 전설적인 동업조합에 기꺼이 동참했다. 그는 키가 아주 컸고, 이목구비의 조화보다는 남성적인 힘에서 나오는 아름다움으로 아름다웠다. 그의 입술은 코를 조금 커 보이게 했고, 코의 존재는 입술의 엄격한 주름을 돋보이게 했다. 진홍색이 영롱한 광채를 내며 검은색으로 변하는, 내 눈엔 중세풍으로 보이는 벨벳 옷을 입은 그는 당시 러시아에서 볼 수 있었던 동족의 형제들을 거의 닮지 않았다. 게다가 그는 동족에 대해 말할 때 살짝 보호자 같은 말투로, 그게 아니면 경멸조로 말했다. 그는 세파르디(에스파냐나 북아프리카계) 유대인였고 영주였는데, 반면에 러시아와 독일에 사는 그의 형제들, 또는 그의 표현대로 그의 사촌들은 아시케나지(유럽계 유대인)였다. 나의 아버지는 그가 러시아에서 자유롭게 움직이고 여러 도시에서 체류하는 데 필요한 모든 허가증을 얻어주었다. 그는 별이 그려진 펜던디프가 달린 금사슬을 목에 걸고 있었다. 러시아의 누구도 아직 다윗의 별을 알지 못했기에 그걸 그가 자신을 두려운 존재로 보이려고 다는 점성가의 기호로 생각했다. 그가 등장하면서 러시아식으로 갈색 모피 모자를 벗고 인사를 하면 곱슬곱슬한 머리로 둘러싸인 살짝 벗어진 정수리가 보였다. 검은색인데 염색으로 세심하게 관리해온 긴 턱수염은 그를 레오나르도가 아주 늙었을 때 직접 그린 자화상과 놀랄 정도로 닮아 보이게 했다. 그 시절 그는 백쉰 살은 족히 되었을 것이다. 나는 그가 오늘날 몇 살인지 알지 못한다. 시간은 유대인들을 독특한 방식으로 대하기 때문이다. 그들을 대할 때 시간은 흐르기보다는 피를 흘리고, 한 방울 한 방울씩 성실한 지속성의 규칙에서 벗어난다. 나는 1962년 런던에서 〈볼포네〉를 연출하면서 이삭에게서 영감을 얻어 볼포네라는 인물을 만들었는데, 이 창작물은 비평계에서 상당한 논란이 되었다. 이삭은 언제나 아주 꼿꼿한 자세로 턱수염을 매만졌다. 그가 하얗고 가느다란 손가락으로 털을 훑을 때 그 솜씨가 참으로 절묘해 꼭 음악 소리가 들릴 것만 같았다. 그의 극단에 급여를 지불한 건 나의 아버지였다. 수천 년을 가로질러 함께 길을 가면서 끊임없이 만난 두 사람 사이에는 유사성이, 일종의 암묵적인 합의가, 거의 공모가 있었다. 그들은 같은 혈통의 형제들이었다. 그러나 스스로 우월하다고 느끼기 위해 자기 자신보다 더 낮은 사람을 찾는 이들의 증오와 편협함이 만들어내는 온갖 혈통보다는 그들의 혈통이야말로 진짜였다. 아버지가 이삭에게 돈을 줄 때마다 나는 두 사람이 각자 맡은 역할에 부합하는 즉흥연기로 태곳적부터 유대인과 광대를 이어주는 깊은 애정을 감추고 대사를 주고받으며 즐긴다는 느낌을 받았다.

아버지는 말했다.

—친구 이삭, 내가 자네 대머리 극단에 지불하는 금액이면 베네치아에서 다섯 편의 오페라를 작곡하게 할 수 있고 니타의 서비스를 다섯 밤이나 받을 수 있다는 걸 알아두게.

유대인이 대답했다.

—그게 훨씬 덜 비쌀 겁니다, 대공 나리.

수염을 매만지는 그의 손가락 놀림에서 나는 다이아몬드의 반짝임을 보았다.

—이번에 러시아에 온 진짜 이유는 뭔가?

여행자의 얼굴이 어두워졌다.

—페스트네.

최근에 페스트가 모스크바를 덮쳐 인구의 5분의 1이 죽은 것

Paul Signac, *Portrait de Félix Fénéon*, 1890 | 『마법사들』 **마음산책**

독자님께

독자님, 안녕하세요. 마음산책입니다.

『마음산책X』를 애정으로 기다려주셔서 마음 깊이 고맙습니다.

『마음산책X』는 로맹 가리의 『마법사들』입니다. 독자분들 중에는 낯익은 이름에 반가우신 분도 아쉬우신 분도 계실 겁니다. 바로 그 점이 『마음산책X』를 계획한 동기라는 점을 꼭 말씀드리고 싶습니다.

마음산책은 지금까지 열두 권의 로맹 가리 책을 냈고 앞으로도 몇 권이 기다리고 있습니다. 누군가는 긴 레이스에 피곤함이 앞서겠지만, 교정용 펜을 잡는 순간부터 한 권 한 권 심박 뛰는 작품들을 타성으로 묻어버릴 수는 없었습니다. 더욱이 『마법사들』은 로맹 가리가 '에밀 아자르'로 재기하기 직전, 삶의 풍랑에서 한 걸음 발을 빼고 아들 디에고를 위해, 그리고 자신의 유년을 기리며 많은 걸 쏟아부은 작품입니다. 『마음산책X』는 작품만으로 평가받고자 정체를 감추었던 로맹 가리의 뜻을 따랐습니다. 유년의 순수함을 추억하고 지키려는 주인공의 이야기로써, 로맹 가리를 처음 만났을 때의 감정이 되살아나는 '마법'을 독자님과 편견 없이 나누고 싶었습니다. 448쪽에 이르는 호흡 긴 문장들을 견디고 나면 이 작가가, 외출 뒤에 더 애틋해지듯이, 독자님 곁에서 오래도록 미소 짓고 있을 거라고 생각합니다. 세월이 흘러도 변하지 않는 것을 노래하는 소설. 『마음산책X』에 이만한 소설이 없다고 믿었습니다. 인물도 이야기도 거듭 읽을수록 새로운 이 소설에 마법 같은 힘을 실어주셔서 무한히 감사합니다.

이다.

아버지는 이삭을 유심히 바라보았다.

—대개는 페스트를 피하잖나. 페스트를 찾아오진 않지.

—아시케나지들이 도와달라고 나를 불렀네. 우린 자네가 필요해.

그는 잠깐 입을 다물었다.

—자네에게 1만 루블을 제시하겠네.

그가 불쑥 말했다.

나는 계단에 앉아서 얘기를 들었다. 아버지가 그에게 어떤 도움이 필요한지 아무 질문도 하지 않는 것에 나는 놀랐다. 그는 알고 있는 것 같았다.

—왜 이러나. 내가 돈을 한 푼 안 받고도 그 일을 하리라는 것 잘 알잖나.

그리고 3주 뒤 하리코프에서 어떤 의식이 벌어졌다. 그 의식엔 나도 참석했다. 아버지가 나를 데려갔기 때문이다. 아버지의 작업을 도우라는 것이 구실이긴 했지만 그보다는 내 교육에 보탬이 될 거라고 생각했던 것이다. 모든 시대를 통틀어 가장 강력한 영적 힘, 어리석음이라 불리는 그 힘이 우리가 가는 길목에서 우리를 노리는 다른 함정과 위험 들에 보태는 증오와 경멸과 싸우려면 어떤 술책들이 얼마나 필요한지 내가 잘 이해해야 한다고 아버지는 말했다.

유대인들이 기독교인들을 죽이려고 러시아에 페스트를 일부러 들여왔다는 비난이 나돌았다. 그들은 불순한 피 때문에 페스트에 걸리지도 않는다는 것이다. 사람들은 유대인들을 불태우고 돌로 쳐서 죽이거나 정직하게 칼로 죽였다. 유대인들의 가장 큰 적인 게라심 대주교의 교사로 곧 말살이 있을 거라는 소문이 돌았다. 예카테리나 대제가 유대인들을 학살하자는 생각에 강하게 반대했다는 건 인정해야 한다. 민중이 자기 아래에 두고 증오할 대상을 없애버리면 위쪽을 향해 증오심을 표출할까 겁냈던 것이다. 게다가 유대인들은 상업에 탁월했다.

이삭과 나의 아버지가 세운 계획은 참으로 단순했다. 탈무드의 구마 의식을 끌어들이는 계획이었는데, 이삭은 코메디아델라르테에서 그 의식의 극적 효과를 경험한 바 있고, 아버지는 그것의 비법과 기교를 잘 사용할 줄 알았다.

구마 의식 행사는 전염병이 이미 쇠퇴기에 접어든 3월 말 하리코프에서 진행되었다. 나는 이 자리에서 가르바토프가 「여왕의 시대」라는 시평에 쓴 이야기를 옮겨 적는 것밖에 달리 할 게 없다. "모든 주민은 감염의 물결을 피해 집에 남아 있으라는 명령을 받았다. 실제로 페스트가 무엇보다 싫어하는 유대 음악 때문에 그 추악한 구멍에서 나올 수밖에 없게 된 순간에 감염의 물결이 몰려왔다. 시장 광장은 그 당시 가로세로 400아르신^{길이 단위}로 러시아에서는 0.71미터, 터키에서는 0.75미터에 해당한다 정도의 공간으로, 목요일마다 행상과 농민, 목동과 가축 들이 몰려드는 곳이었다. 나는 시장으로 바로 통하는 내 집 창가에 서 있었다. 오후 3시였고, 해가 기울기 시작했을 때 멀리서 유대인 바이올린 소리가 들려왔다. 유대인들은 이웃 마을에서 왔다. 그들은 적어도 200명은 되었고, 도시를 에워싸고 악기를 연주하며 사방에서 중심을 향해 나아갔다. 그 음악을 묘사하지는 못하겠다. 그 같은 음악은 한 번도 들어보지 못했기 때문이다. 나는 유대인들이 멜로디를 좋아하며, 특히 바이올린을 켜는 데 능숙하다는 건 알았다. 그러나 그것이 선술집 여흥 같아서 나는 한 번도 그런 저속한 취향을 좇지 않았고, 우리 전례용 노래의 고상한 음색과 클라브생밖에 좋아하지 않았다. 그럼에도 내가 말할 수 있는 건 그것이 슬프면서도 동시에 유쾌하고, 빠른 춤곡 같고, 그러면서도 끝없는 어떤 무한함, 이 저주받은 민족에게 걸맞은 운명인지도 모르는 무한의 느낌을 주는 선율이었다는 점이다. 바이올린 소리는 점점 더 가까워졌고, 광장은 하얗게 비어갔고, 해는 저물었다. 바로 그때 나의 아내 바실리사, 두 아이 나디아와 마친카와 나는 광장 끝, 열쇠공 두힌의 집과 푸주한 블라기마토프의 집 사이로 나타난 웬 피조물을 보고 질겁했다. 내 눈이 본 것 중 가장 혐오스러운 꼴이었다. 그것은 말하자면 인간 괴물이었다. 머리, 얼굴, 몸이 더없이 흉측하고 지옥의 힘이 내린 온갖 저주의 흔적이 남아 우리 모두가 바로 그것이 무엇인지 알아보았다. 어린 딸 나딘카가 외쳤다. '페스트다!' 시커먼 붕대가 휘감긴 그 끔찍한 망령의 얼굴은 눈에 보이지 않았지만 붕대 틈새로 시뻘겋게 썩은 살점이 뚝뚝 떨어졌다. 머리통은 해골을 그대로 드러내고 있었다. 몸에도 똑같이 붕대가 감겨 있었다. 붕대 없이는 썩어가는 내용물을 지킬 수 없을 터였기 때문이다. 감긴 붕대 너머로 가루 같기도 하고 액체 같기도 한 끔찍한 물질이 흘러나오는 게 보였다. 손이 있어야 할 자리에는 살점을 몽땅 잃어버린 뾰족한 뼈밖에 보이지 않았다. 추악한 피조물은 몸을 돌려 눈 위로 몇 아르신 걸어갔는데, 보아하니 달아날 길을 찾는 것 같았다. 유대인들의 바이올린이 내는 유쾌하고 열

띤 선율이 놈을 포위하며 점점 더 빨리 다가오고 있었기 때문이다. 그 음악이 놈에게 끔찍한 고통을 주는 것 같았다. 그 불결한 놈은 몸을 비틀었고, 두 팔을 들어 올려 선율 공격에 맞서 자기를 보호하려 했고, 빙빙 돌며 거의 제자리에서 고통과 임종의 느린 춤을 추었다. 말로 다할 수 없는 그 고통의 원천이 유대인들의 바이올린과 그 선율에 있다는 건 분명했다. 이 감염 괴물은 그걸 견디지 못했다. 놈은 음악의 물결 아래 타들어가는 듯 연신 몸을 비틀며 몇 발짝 겨우 뗐다. 그때 통나무집들 사이로 사방에서 유대인 악사들이 나오는 게 보였다. 평소처럼 두건 달린 검은색 외투를 입고 모자를 쓴 젊고 늙은 악사들이 저마다 바이올린으로 무장하고 페스트 주위를 에워쌌다. 그들은 페스트를 가운데 두고 점점 더 원을 좁혀 들어갔다. 이 일과 관련해 내 머릿속에 의혹이라곤 있을 수 없었다. 우리가 눈앞에서 보는 건 분명 횡사의 원인이고 화신이었다. 음악이 격렬하게 고조되었다. 원을 좁혀오던 유대인들이 멈춰 섰다. 흉측한 피조물은 눈밭에 쓰러졌고, 동정이라도 구하듯 뼈만 남은 팔을 허공에 들어 올리고 몸을 비틀더니 납작 엎드려 뒹굴었고, 마침내 옴짝달싹하지 않았다. 그러나 유대인 바이올린 연주자들은 감염의 기적 같은 저항을 겁내어 계속 현에서 그 정화의 음악을 뽑아냈다. 그 음악 때문에 악의 원천은 살아남을 수 없는 것 같아 보였다. 연주를 계속하며 몇몇 악사는, 꼭 젊은 악사만이 아니라, 처음엔 몸을 들썩이기 시작하더니 춤을 추었다. 나는 그 춤에서 우리네 마을들에서 하시드라고 불리는 신도들을 둔 기이한 종파와 그들의 신에 대한 믿음에서 탄생한 유쾌함을 표현할 때 쓰이는 리듬과 스텝을 알아보았다. 곱아터진 그놈은 눈밭에 파묻힌 채 더는 움직이지 않았다. 그러나 악사들은 계속 악의 둥지를 향해 그들의 신앙과 바이올린으로 열성을 다하며 따라붙었다. 그들은 페스트만이 아니라 그걸 넘어 시커먼 감염의 숱한 원천들까지 겨냥하는 것 같았다. 우리는 모두 떨고 있었다. 그때, 생생히 기억하건대 전염병의 종말을, 나아가 미래의 경이로운 건강의 탄생을 예고하는 것처럼 보였던 이 장면을 어느 새 어둠이 집어삼키려던 순간에 우리는 점점 더 유쾌한 춤을 추던 유대인들 틈에서 이탈리아 박사 시뇨르 자가가 아주 어린 그의 아들과 함께 나타나는 걸 보았다. 두 사람 모두 손에 전등을, 더 정확히 말하자면 횃불을 들고 단호한 걸음으로 감염의 원천을 향해 조금도 두려워하지 않고 앞으로 나아갔고 그것에 불을 붙였다. 그러는 동안 바이올린 연주는 참으로 광적일 정도로 유쾌해져서 나의 어린 딸들이 손뼉을 치기 시작했다. 추악한 그것은 순식간에 불탔고, 곧 눈밭에는 한 줌의 재밖에 남지 않았다. 이튿날 짐승들의 발굽이 그 재마저 지워버렸다. 하리코프에서도 러시아의 다른 곳에서도 다시는 페스트를 보지 못했다. 이 일로 유대인에 대한 내 생각은 조금도 달라지지 않았지만, 유대인들의 능력을 바이올린과 음악에 한정한다면 그들도 쓰임새가 있다는 건 인정해야 한다."

이 멋진 창작품을 만든 시뇨르 우골리니는—무대 위에서 실현할 기회를 갖지는 못했지만 나는 심지어 이것이 그의 일생의 작품이었다고 말하겠다—결국 감기를 달고 빠져나왔다. 어둠을 틈타 그는 예정된 대로 저주스러운 변장을 벗고 눈 속에 파둔 통로를 통해 그를 기다리고 있는 피신처로 숨어들 수 있었다. 그동안 아버지와 나는 우리가 공들여 만들었던 변장용 허물에 불을 붙였다. 나는 그걸 없앤 것을 후회했다. 내가 종종 다락을 찾아 감탄하곤 하던 우리 직업의 모든 소품들 틈에 그것이 제자리를 차지하고 있어야 할 것 같았기 때문이다.

유대인들의 바이올린이 페스트를 무찔렀으니 아브라함의 민족을 비난할 다른 이유를 찾아야만 했는데 그건 어렵지 않은 일이었다. 하리코프 사건은 뜻하지 않은 결과를 낳았다. 마을에 큰 환자가 생길 때마다 사람들은 유대인 바이올린 악사를 불렀고, 랍비가 이런 관행을 그만두게 하는 결정을 내릴 때까지 그랬다. 왜냐하면 환자가 죽게 되면 가족들이 대개 악사에게 배상을 요구했기 때문이다.

이 일화를 가지고 나는 나의 저명한 친구 쿠에바스 후작본명은 호르헤 쿠에바스 바르톨린이나 쿠에바스 후작으로 알려진 칠레 출신 안무가로 '쿠에바스 후작의 그랑 발레'라는 발레단과 발레 학교를 설립한 인물을 위해 발레극을 한 편 썼는데, 이 후원자가 너무 일찍 죽는 바람에 작품을 무대에 올리지는 못했다.

19

아버지의 친구들 사이에서 테레지나의 "광기"라고 불리기 시작한 행태가 점점 심각해져 곧 왕실까지 이맛살을 찌푸리게 되었다. 하지만 그 기벽들은 그다지 심하지 않았으며, 나는 쿨랑주 씨가 자기 저서에서 그녀가 상트페테르부르크의 고위층 인사 몇몇을 고의로 죽음으로 몰았다고 비난한 것에 동의하지 않는다. 테레지나는 아직 출현하지 않은 말이거나 개념인 "테러리스트" 혹은 "아나키스트" 성향의 계획을 꾸미게 할 수 있을 만한 교육도받지 않았고, 경험으로 지식을 얻지도 못했고, 혹은 요즘 말처럼 "사상 교육"도 받지 못했다. 반대로 나는 그녀가 수직 체계도, 사회계급도, 타고난 권리도 인정하지 않는 자유의 이 무질서에 어울리는, 억누를 수 없는 어떤 본능을 지녔다는 건 부인하지 않는다. 나는 그걸 알고 또 말한다. 그럼으로써 나는 그녀를 제대로기억하는 데 도움이 되리라 확신한다. 그러나 고분고분하지 않은이 기질은 계산이나 계획과는 모순되는 것이었기에, 행여 테레지나의 천성이 우리가 지금까지도 기다리고 있는 세상의 봄을 예고한 게 사실이라 해도, 그녀가 간접적으로 원인이 된 비극이 악랄한 음모일 수 없다는 건 분명하다. 더구나 그녀가 기후가 공모해주리라는 걸 어찌 확신할 수 있었겠으며 추위와 눈에서 어떻게 정치적 정보를 얻을 수 있었겠는가?

어쨌든 사실을 보자.

2월 중순에 걸린 성 테오도즈 축제 기간에 아버지와 시뇨르 우골리니가 하리코프 공연을 준비하는 데 몰두해 공연의 성패가 달린 의상 작업을 하고 있었을 때 네바 강 유역에선 인간의 기억으로는 한 번도 경험하지 못했을 정도로 예외적인 혹한이 며칠간 계속되었다. 당시 베르코프카 도심에서 시작된 자작나무와 전나무 들이 어찌나 두터운 서리에 뒤덮였던지 꼭 할아버지 레나토가 러시아에 처음 들여온 무라노 유리 제품 같았다. 여기저기 흩어져 있던 허약한 나무들은 반짝이는 샹들리에 같았고, 공기조차 얼음덩이로 변할 것만 같았다. 아침마다 거리에서 얼어붙은 시신들이 발견되었고, 우리 집안의 일등 마부 바실리는 그 가련한 시신 중 하나를 들어 올리려다가 시신이 여러 조각으로 깨져서 장작더미처럼 그 조각들을 끌어모을 수밖에 없었다고 말했다.

그런데도 이 무시무시한 주간에 테레지나는 온 나라와 중국에까지 지점을 둔 모피상인 아브라모프 궁에서 베네치아 축제를 열기로 결정했다. 그때만 해도 아직 가장무도회는 물론이고 가장 자체가 러시아에서 잘 뿌리를 내리지 못했다. 들키지 않고 아무데고 섞여들 수 있기 때문에 악마가 가장을 즐겨 한다는 이유로 교회가 금지했기 때문이다. 적어도 게라심 대주교의 생각은 그랬다. 연로한 나이를 넘긴 그는 혁신을 잘 받아들이지 못했다.

궁은 넵스키에서 7베르스트옛날 러시아에서 사용하던 거리 단위로 1베르스트는 1.067킬로미터 거리에 있었다. 그것은 여러 호수 중 하나에 떠 있는 섬 한가운데 세워져 있었다. 독일 엔지니어들이 제방을 세운 뒤로 늪들이 말라버려 그 후로 연못들은 사라졌다. 궁은 팔라초 스토로치팔라초(palazzo)는 중세 이탈리아 도시국가에서 번성한 부유한 시민의 대저택을 가리키는 말이며, 피렌체의 유명한 팔라초 가운데 하나인 팔라초 스트로치는 이탈리아 르네상스 건축의 걸작으로 꼽힌다를 에스클라본 둑에 정확히 복제한 것이었다. 시종들과 음식물은 전날 보내두었다. 그중 이탈리아 포도주 값만 1만 루블이 넘었다. 초대 손님들은 가장을 해야 했고, 오후 5시에 여러 대의 썰매가 호수 방향으로 출발했다. 테레지나와 집시 극단, 당시 프티테아트르에서 공연 중이던 이탈리아 희극배우들은 이미 오전에 도착해 있었다.

5시 반경 갑자기 눈보라가 몰아쳤다. 조금 전만 해도 이날만큼 바람 없는 날이 없어서 단단하게 얼어붙은 얼음을 확실히 약속하는 듯했다. 나뭇가지들이 눈 무게를 못 이기고 부러졌지만 모든 것이 크리스털처럼 투명하고 확고부동한 허공 속에 굳은 것 같았다. 이따금 이름 모를 새가 검은 선을 그리며 빠르게 날아갈 뿐이었다. 몇 시간 전부터 왕실 총사 복장을 하고 썰매에 올라타려고 아버지의 허락만 초조하게 기다리던 나는 다시 한 번 말들이 출발했는지 보려고 창가로 다가갔다. 바로 그때 마녀 울음소리를 내며 돌풍이 불었고, 하늘에서 떨어지면서 동시에 땅에서 올라오는 눈보라에 휩쓸려 단번에 사람들이 사라졌다. 하얗게 소용돌이치는 야만스러운 작은 악마의 무리가 도시와 들판을 덮쳤다. 아무것도 보이지 않았다. 셀 수 없이 많은 날개 달린 눈송이 부대는 볼 여지를 전혀 남겨주지 않았다. 눈보라가 이슬람 수도승처럼 빙글빙글 돌며 휘몰아쳤고, 한편 바람은 어느 괴물의 목구멍에서 그토록 격노한 소리를 찾아냈는지 마치 증오의 뱃속에서 바로 나온 것 같았다. 이런 눈보라를 경험해보지 못한 사람은 생명이든 돌멩이든 모든 걸 하얀 눈 속에 가차 없이 매장해버리는 광경을 잘 상상하지 못할 것이다. 눈에 보이지 않는 밀물처럼 몰려드는 눈보라는 얼음 감옥으로 돌변해 은신처 밖에 나와 있는 사람을 금세 덮쳐 가둬버린다. 무라시킨 대공은 일기장에 이날 상트페테르부르크가 "어깨까지" 파묻혔으며, 경종을 울리려고 했을 때는 모든 종이 이미 얼어붙어버린 뒤라는 걸 알게 되었다고 적었다. 오후 5시 반에 집에서 나온 사람들은 6시에 배까지 눈에 파묻히고 말았다.

아버지는 여전히 모습을 보이지 않았다. 나는 그가 축제며 축제 준비에 대해 그저 모르는 척했고 아침부터 집무실에 틀어박혀 있었다는 걸 나중에야 알게 되었다. 나는 살롱에서 아버지가 창문을 통해 어떤 신의 성난 결정으로 지옥에서 내쫓긴 소용돌이치는 폭도 무리 위로 내리는 어둠을 바라보고 있는 걸 보았다. 아버지는 농부의 소박한 루바시카를 입고 있었고 펠트 장화를 신고 있었다. 어깨 위에 얹힌 모피가 그를 거인처럼 보이게 했다. 그는 독일인 식물학자 크나버와 함께 있었다. 그 친구가 눈보라를 고향 발트 해의 파도에 비교하며 그에게 걱정을 표현했다.

—그렇지만 내가 뭘 할 수 있겠나?

아버지가 말했다.

—내겐 신을 접견할 특권이 없다네. 눈보라를 멈추게 할 다른

방법을 안다면 제발 부탁인데 내게 좀 일러주게나.

―구조대를 보내야 해…….

―그래, 물론 그래야 하지. 친구, 날아가보게. 날아가보게나.

―반 시간 후면 말들도 못 갈 거야.

―날씨가 좋을 때도 호수까지 가는 데 적어도 두 시간은 걸려…….

그는 어깨를 으쓱했다. 나는 끔찍한 두려움에 사로잡혔다. 테레지나가 눈에 파묻힌다는 생각이 너무도 끔찍해서 기절할 것만 같았다. 그녀만큼 죽을 목숨이 아닌 것 같은 사람이 없었다. 나는 달려서 현관을 가로질러 밖으로 뛰쳐나갔다. 돌풍의 무리가 내 몸을 덮쳤고 마구 물어뜯었다. 나는 흰 마녀들과 소용돌이치는 이슬람 수도승의 집회에 사로잡혔다. 그것들은 울부짖으며 얼어붙은 물질을 내 눈에, 콧속과 입속에 집어 던졌다. 앞을 보지 못한 채 나는 울며 발버둥을 쳤고, 눈에 보이지 않는 그 사단에 주먹질을 해대며 싸웠다. 하인들이 길에서 나를 붙들었다. 그들이 내 몸을 덥히려고 벽난로 앞으로 데려갔을 때 내 눈물은 이미 작은 얼음덩이로 얼어붙어 있었다. 아버지는 내게 묘한 눈길을 던졌다. 그는 앙브루아지 한 잔을 들고 홀짝이며 마시고 있었다. 그는 멋진 남자였다. 훤칠하게 큰 키, 넓은 어깨, 검은 머리의 길이와 숱을 잘 관리하도록 만들어진 은빛 가발 아래 구릿빛 얼굴. 그의 굳은 얼굴이 문득 부드러워졌다.

―너 그 사람을 사랑하는구나, 그렇지?

―저…….

―여자를 사랑하듯이 사랑하는구나.

독일인은 곤혹스러운 얼굴로 시곗줄만 매만지고 있었다. 아마도 그는 그 상황을 이탈리아인 특유의 것이라 생각하고 그런 감정 표현을 탐탁잖게 여겼을 것이다.

나는 영문을 모른 채 아버지의 얼굴을 살폈다. 테레지나, 우리의 테레지나가 증오에 찬 목소리가 들리는, 내게는 이미 의기양양해 보이는 저 수천 마녀들의 얼어붙은 손에 사로잡혔는지 모르는데, 모든 몸 중에서 가장 부드러운 몸이 얼음덩이로 변해가고 있는데 어떻게 저렇게 침착할 수 있지!

그는 잔을 입으로 가져가 다시 한 모금 마셨다.

—그 사람에겐 아무 일도 일어나지 않을 거야. 궁에 잘 피신하고 있어. 물론 축제는 안됐지만…….

악의에 찬 빈정거림—아니면 원망이었을까?—의 기색이 그의 얼굴에 스쳤고, 그의 목소리엔 밖으로 드러나는 것에 그토록 주의하는 사람에게선 보기 드문 저속한 억양이 실려 있었다.

—하지만 기쁨과 즐거움을…… 바깥에서…… 찾는 건 소용없는 일이지. 누구도 줄 수 없는…… 관능적 쾌락과 행복을 느끼고 맛볼 타고난 재능을 자기 안에 지니고 있지 않다면…….

그는 러시아식으로 단숨에 잔을 비웠다. 그 방식이 달콤하고 감미로운 술에는 전혀 어울리지 않는 것이라고 우골리니가 내게 설명한 적이 있었다. 아버지는 그런 말을 이방인 앞에서 했다는 걸 후회하는지 거북한 표정이었다. 크나버 씨는 돌아서 있었다. 그는 나사돌리개를 가지고 자기 시계의 태엽을 감으려 애쓰고 있었다. 그러다 마치 우리에게 말하듯 갑자기 무심히 말했다. "아, 그렇다면 정말이지 괜한 수고를 할 필요가 없겠군."

나는 테레지나가 그렇게 심각한 위험에 처했는데도 무심한 아버지에게 화가 치밀었다. 그가 마음 깊이 아내를 사랑한다는 건 알고 있었다. 그러나 쾌락의 공유를 받아들이게 할 능력이 자신에게 없다는 걸 깨달은 성욕 왕성하고 관능적인 남자의 열정과 절망에 찬 원한을 이해하기엔 나는 너무 어렸다. 사랑이 때로는 차라리 상대를 박탈당하는 걸 꿈꿀 정도로 고통과 욕구불만에 이를 수 있다는 것도 나는 알지 못했다.

돌풍은 사흘 밤 이틀 낮 동안 계속되었다. 마침내 돌풍이 잦아들었지만 길의 흔적을 되찾기까지 2주나 더 기다려야 했다. 테레지나의 초대 손님 60명 가운데 호수로 가는 길 위에서 눈보라를 만난 사람은 모두 죽었다. 그들 가운데는 라시제 대공, 여제의 침대에서 포템킨을 대체하게 될 거라는 소문이 돌던 조르지엔, 작센 선거후의 대사, 쿠르첸베르크, 이스토민 근위대 장교들인 볼라바모프와 쿠니친이 있었다. 모두 기괴한 모습으로 발견되었다. 나폴리 어부, 바르바리아 해적, 폴리치넬라 등으로 가장한 채 굳어 있었다. 단테로 가장한 쿠니친, 외투 속에 뿔과 꼬리까지 달고 메피스토펠레스로 차려입은 피조프 의사—그는 웃는 걸 좋아한 사람이었다—, 타타르족의 칸으로 가장한 늙은 대령 루블레프가 마부와 말까지 얼어버린 썰매에 탄 채 가장 먼저 발견되었다. 숙녀들의 운명은 덜 비극적이었다. 왜냐하면 한 사람도 상류사회에 속하지 않았기 때문이었다. 대부분은 그 여자들의 아름다움 때문에 그들의 애정을 누리거나 이용하던 사람들이나 안타까워했다. 이걸 기회로 생겨난 잔인한 말들도 있었다. 때로는 이 사람에게 때로는 저 사람에게 붙여진 그런 말은 내 귀에까지 들려왔다. 이를테면 도무지 만족할 줄 모르고 최고로 능숙한 장교들의 힘을 호된 시험에 들게 했다고 얘기되던 푸가시키나가 에스파냐식으로 차려입은 채 얼어붙은 시신이 되어 눈 속에서 발견되었을 때 사람들은 말했다. "드디어 식었군!" 사랑스러운 도락가로 쉰다섯 살에 벌써 성적으로 무능해진 폴란드 백작 자슬라프스키가 음유시인의 모습으로 발견되었을 때는 이렇게들 말했다. "드디어 빳빳해졌군." 썩 호의적이지 않은 이런 말들은 상트페테르부르크에서 삼류 작가 바브랭이 프랑스어로 출간한 『재기 발랄한 연감』에 실렸다. 몇 주 동안 사람들은 그런 식으로 끝내 연회에 참석하지 못한 애처로운 유해를 찾는 일을 계속했다. 마지막으로 발견된 시신은 마부의 품에 안긴 마담 폰 숄트의 시신이었는데, 키 크고 수염 덥수룩한 마부의 입술은 여주인의 입술에 포개져 있었다. 그렇게 그는 자신의 마지막 숨결로 여주인에게 온기를 불어넣으려고 했던 것이다.

테레지나는 무사히 빠져나왔다. 돌풍이 시작되기 전에 궁에 도착한 초대 손님들도 살아남았다. 푸시킨은 훗날 이 돌풍에서 그의 이야기 「눈보라」의 영감을 얻었다. 테레지나는 사라진 사람들에 대해 어떤 회한의 말이나 연민의 말을 하지 않았다. 이 일에 관해 내가 그녀에게서 들은 유일한 말이 내게는 참으로 충격적이었다. "여제의 친구들 중 몇몇이 대단히 성공적인 축제에 참석하는 걸 가로막고, 자연의 힘이 이틀 낮과 사흘 밤 동안 지속되게 만든 그 불의의 사고"는 위로될 수 없는 거라고 그녀는 말했다. 그녀는 이 말을 나를 기겁하게 할 정도로 무심하게 말했다. 나는 아연해서 눈을 깜빡였다. 우리를 부자로 만들어준 저 상류층 사람들에 대해 어떻게 저토록 경멸하며 잔인한 태도를 보일 수 있을까? 그때만 해도 내게는, 지금은 참으로 가증스러워 보이지만, '어린 왕자' 같은 구석이 있었다. 곱슬곱슬한 긴 머리칼, 비단옷, 나무랄 데 없는 예의범절. 아마도 나는 단것을 받아먹기 위해서라면 언제라도 예쁜 짓을 할 준비가 된 살롱의 강아지처럼 보였을 것이다. 요즘 같으면 이런 걸 스노비즘이라 불렀을 것이다. 그당시 러시아어로는 "향수 뿌린 사람"이라 불렀다. 내가 이해하기까지, 아니 예감하고 짐작하기까지는 많은 시간이 필요했다. 갤리선에 완력을 대주고, 아를레키노의 혀를 예리하게 만들고, 도적들의 손에 무기를 쥐어 주고, 민중의 불손과 이죽거림을 야기하는 천민 사회의 가장 밑바닥에서 태어난 이 어린 여자의 내면에는 먼바다의 큰 바람이 불기만을 기다리며 은근히 타오르던 불꽃이 있었다. 그것은 오롯이 본능적인 것이어서 그녀는 전혀 의식하지 못했다. 그러나 억누를 길 없는 그 불꽃은 언제나 불붙일 심지를, 덤벼들 먹잇감을 찾고 있었다. 우리가 느닷없는 욕망이나 변덕으로 여기던 것, 존경을 강요하는 온갖 속박에 대한 증오, 무질서에 대한 취향, 당시 사람들의 표현대로 그녀의 집시 본능은 사회 밑바닥에서 은밀히 끓어오르고 있던, 그러나 아직 어떤 별도 어둠 밖으로 인도하지 못하던 이탈리아민족통일운동의 수액에서 나온 것이었다.

그녀가 집으로 돌아왔을 때 나는 격정적으로 그녀 품에 달려들어 그녀를 울게 만들었다. 그녀는 오래도록 나를 끌어안았다. 나는 목에서 그녀의 작은 코를 느꼈다. 잠시 후 그녀가 모피를 벗자 새빨간 장미와 검은 레이스로 뒤덮인 에스파냐 드레스 차림이 드러났다.

—정말 안타까운 일이야.

그녀는 말했다. 그동안 몸종들이 따뜻한 코코아를 들고 달려왔고, 리본과 고리를 풀고 그녀에게 실내화를 신겼고, 안락의자를 내밀었다. 그녀는 의자에 털썩 주저앉았다. 그렇다, 정말이지 안타까운 일이었다……. 그렇게 좋은 가문에서 태어난 그 모든 사람이 거지처럼 얼어 죽다니. 삶은 행실이 정말이지 고약했다.

얼마 후 그녀는 내실로 올라갔고 그녀와 아버지 사이에 해명이 오갔는데, 두터운 벽도 그 폭발을 질식시키지 못했다.

20

아브라모프 궁의 사건은 아버지에게 혹독한 대가를 치르게 할 뻔했다. 능숙한 수완과 신중함이 요구되는 상황이었다. 그의 운명은 언제나 오늘날엔 여론의 동향이라고 부르는 것에 달려 있었는데, 상트페테르부르크에서 '여론'은 몇몇 사람의 것이었다. 집요한 적들은 그를 사기꾼으로 여기는 사람들이 아니라 그를 대단히 진지하게 여기고, 위험한 사람으로, 악의 힘에 봉사하는 프리메이슨으로 보고 그의 실패를 바라는 자들이었다.

여기서 내가 아버지에 대한 거짓된 이미지를 바로잡고 신뢰를 부여하려는 건 아니다. 그가 숙녀들에게 판 젊음의 묘약이 그 여자들이 자신에 대해 갖는 생각을 젊게 만들 뿐이라는 건 사실이다. 그러나 그가 심리적 방법을 통해 이뤄낸 치유도 많았고, 이 점에 관해서는 이론의 여지가 없는 증언들이 있다. 그의 눈길은 암시의 힘이 있어 불안에 사로잡힌 이들과 염려증 환자들이 자신감을 되찾는 데 도움이 되었고, 최면술은 오래전부터 인정받은 학문이었다. 나는 그가 자신의 재능을 개인적 성공의 수단으로 삼았다는 것도 결코 부인하지 않는다. 그 점에 있어서 그는 우리 부족의 다른 모든 일원과 마찬가지다. 그러나 그가 보수를 받지 않았다면, 무엇보다 자기 자신의 이득을 생각한다는 인상을 풍기지 않았다면 오히려 최악의 적들을 갖게 되었을 것이다. 교회가 참된 성스러움의 본보기를 보이며 교회를 위협하는 자들을 결코 용서하지 않았기 때문이다. 점성술 학식이 그에게는 최고의 지성을 식별하는 인장 같은 것이었다. 점성술이 우리의 지식 총량에 중대한 기여를 한다는 사실은 누구도 부인하지 못할 것이다. 점성술이 인간 영혼의 기묘한 점들을 계시하듯 줄곧 밝혀주기 때문이다.

판 데르 메이르 씨는 기념비적인 저작 『예술과 협잡』에서 주세페 자가에게 세 쪽을 할애하며 나의 아버지가 금속의 변환과 현자의 돌을 찾는다며 카라푸조프 백작에게서 5만 루블을 등쳐먹었다고 비난한다. 그러나 그는 마법사가 그 선량한 백작에게 죽을 때까지 제공한 기쁨과 희망과 꿈에 대해서는 아무 말도 하지 않는다. 카라푸조프 백작은 자기 돈을 궁을 짓고 그림을 사는 데 쓸 수도 있었을 테지만 자신에게 경이로움을 제공하는 편을 더 좋아했고, 나의 아버지가 그에게 제공한 신비의 감정과 열광은 그의 삶을 풍요롭고 아름답게 해주었다. 판 데르 메이르 씨가 주세페 자가의 "비열한 짓"이라고 부르는 것은 그의 "희생자들"의 삶에 새로운 차원을 부여했고, 그 효과는 셰익스피어 공연이 내는 효과보다 더 오랫동안 지속되었다.

따라서 아브라모프 궁 사건은 아버지의 적들에 의해, 특히 의사들에 의해 이용되었다. 의사들은 자신들이 실패한 곳에서 아버지가 이뤄낸 치료를 용서하지 않았던 것이다. 온갖 종류의 얼토당토않은 비방이 퍼졌다. 사람들은 손님들이 "마녀들의 집회"에 갔기 때문에 죽었으며, 그건 정당한 벌이었다고 떠들어댔다. 이런 몰상식한 말들은 사제들에 의해 반복되고 전파되었다. 우리 친구들 중 일부는 더 이상 우리를 보러 올 용기를 내지 못했다. 우리는 잠들면서 언제 한밤중에 깨워져 표트르와 파벨의 요새로 끌려가게 될지 알지 못했다.

단 한 사람만이 정기적으로 우리를 찾아왔다. 매일 저녁 추위와 어둠이 거리에서 마지막 행인들을 쫓고 나면 우리의 문지기 포마가 흰 양털을 걸치고 커다란 늑대 모피 모자를 쓴 남자에게 문을 열어주었다. 여제의 요강 담당 시종 예르몰로프였다. 그는 들어와서 눈을 날리며 모자를 벗었고, 서리 덮인 긴 수염을 닦았고, 하얀 턱수염을 흔들어 얼음덩이를 떨어뜨려 원래의 검은색을 되찾았고, 납작하고 대머리인 머리통을 문질렀고, 장난기 어린 작은 눈을 찌푸리면서 음모라도 꾸미듯 주위로 날카롭고 의심 많은 눈길을 던졌다. 그는 아버지의 집무실로 올라갔고 몇 분 뒤에 다시 나왔다. 아버지가 내게 준 조언, 인간의 가장 위대한 장점은 호기심이라고, 그것이 지식으로 가는 문을 열기 때문이라고 한 아버지의 조언을 기억해서 나는 그 코사크인을 복도까지 따라가 그가 들어가자마자 자물통에 귀를 갖다 댔다.

아버지의 목소리가 들렸다.

—그래, 아직 아무 소식 없나?

—아무것도 없습니다, 나리.

—확실한가?

─확실합니다. 제가 다른 누구도 못 건드리게 하고 있습니다. 그저 오줌만 눌 뿐입니다.

비극적인 침묵이 흘렀다. 아버지가 예카테리나의 총애를 잃는다면 우리는 협잡꾼으로, 프리메이슨으로, 악마의 시종으로 투옥되기 전에 몰래 떠나는 일만 남았다. 게라심 대주교는 자미아틴 대신과 교섭해 '이탈리아 여자'가 성스러운 종교에 반하는 행위를 한 것에 대해 심판을 하도록 요구했다. 사제들이 퍼뜨리는 새로운 소문에 따르면 눈 돌풍은 유대인들을 위해 일하는 아버지의 요청에 따라 악마들이 일으킨 것이었다. 짐승들을 죽게 해 고리대금업자들이 농민들을 마음대로 좌지우지할 수 있게 할 목적으로. 주세페 자가가 우리 부족이 언제나 호감을 가져온 아브라함 민족과 맺고 있는 우정 관계 때문에 큰 손해를 입은 건 사실이다.

─저런, 벌써 열하루쨌데…….

아버지가 말했다.

─열하루가 맞습니다, 나리. 가련한 여자가 끔찍이도 애쓰고 있어요. 오늘 아침에는 변기에 한 시간이나 앉아서 힘을 주고 또 주었습니다……. 그걸 보고 있으면 가슴이 찢어집니다.

나는 아버지의 손가락이 책상 위를 두드리는 소리를 들었다.

─그분이 하루 더 똥을 못 누면 불행한 일이 벌어질 겁니다. 백성이 비싼 대가를 치르게 될 겁니다. 지금 기분은 최악입니다. 심지어 정사조차 하고 싶어 하지 않는다고 합니다. 그렇지만 그건 내 눈으로 확인해봐야 아는 일입니다만…… 우리 나라 사람들은 늘 과장이 심하니까요.

─그분이 미텔하우저를 보았나?

─그렇습니다. 그가 그분께 월계수 가루를 주었습니다. 그래도 아무 소용 없었습니다.

예카테리나의 변비는 만성 질병이었는데 심할 때는 온 나라가 괴로움에 시달렸다. 역사가 그루친은 변비가 길어지면 국가적 재앙으로 변했다고 말한다. 온 러시아의 여제는 똥을 누려고 지독히도 격렬하게 용을 쓰다가 뇌졸중을 일으키고 변기 위에서 죽게 될 것이다.

아버지는 최후의 방책을 예비로 준비해두었다. 유명한 유다의 사자 지부 소속의 어느 독일인 학자가 그에게 보내준 새로운 탕약이었는데 어수리, 쇠뜨기, 마디풀, 발트 해의 몇몇 생선 지방에서 추출한 기름을 섞은 것이었다. 이튿날 아침, 경비대의 한 장교가 기갑기병대의 호위를 받으며 마차 두 대가 끄는 여제의 썰매를 타고 도착했다. 아버지는 그에게 직접 손으로 쓴 지시 사항과 함께 가루 한 봉지를 건넸다.

이어지는 시간 동안, 우리가 아버지와 아들이 된 이후 처음으로 나는 아버지가 불안에 사로잡혔다고 느꼈다. 우리의 운명은 전적으로 여제의 장에 달려 있었다. 주세페 자가는 벽난로 옆 큰 안락의자에 앉아 씁쓸한 얼굴로 종종 주인의 무릎 위로 올라오는 우리의 사랑스러운 몰리에르의 머리를 쓰다듬었다. 아버지가 녀석을 몰리에르라고 부른 것은 슬픈 눈길을 지닌 스패니얼이 왕을 웃겨야 하는 슬픈 운명을 타고났던 위대한 작가 몰리에르를 생각나게 했기 때문이었다.

정오경 테레지나가 살롱으로 내려왔다. 그녀는 목적 없이 잠시 맴돌았다. 콧노래를 흥얼거리고, 자질구레한 장신구를 옮기고, 연민보다는 분노와 빈정거림이 더 커 보이는 눈길을 남편에게 던지면서. 그러더니 어느 순간 그녀는 더는 참지 못하고 다가와 남편 앞에 섰다.

—그 여자가 똥 눴어요?

아버지는 어깨를 으쓱했다.

—그러면 어떤 기분이세요, 남편님?

아버지는 눈을 들었다.

—그래, 당신은 어떤 기분이오, 부인? 권력자들의 분노가 우리 쪽으로 쏠리게 된 상황보다 당신에게 더 큰 즐거움을 주는 게 없을 것 같은데. 우리가 엄청난 대가를 치르게 될지도 몰라.

그녀가 주의 깊게 그를 살폈다.

—자기 운명과 아내와 아들의 운명이 똥에 달렸다고 느끼는 게 주세페 자가에게는 어떤 효과를 내는지요? 네, 우리 운명은 나오고 싶어 하지 않는 똥에 달렸잖아요? 이거야말로 골도니 씨를 위한 기막힌 희극 주제군요. 그 늙은이가 너무 공손해져서 웃기기 힘들어졌다고 말들 합니다만.

—날 가만히 내버려둬. 똥에도 다른 가치가 있어. 내가 베네치아에서 네가 빠진 걸 꺼내준 똥 더미도 냄새가 덜 나진 않았어.

나는 살롱 한쪽 구석에 서서 우리에서 날카로운 소리를 내는 초록색 앵무새 줄리오에게 밥을 주는 척하고 있었다. 나는 테레지나의 얼굴을 곁눈으로 염탐했다. 그리고 눈물을 보았다고 나는 거의 확신한다. 여기서 테레지나의 눈물이 내게 일으킨 효과에 대해 말하지는 않겠다. 나의 직업적 재능의 한계를 알기 때문이다. 나는 우리 안에 넣은 내 손을 잊었고, 줄리오가 그 틈을 타나를 잔인하게 물어뜯었다.

녀석이 소리쳤다.

—황제 만세!

그건 녀석이 표트르 황제 시절에 배운 문장인데 10년째 시뇨르 우골리니가 "여제 만세!"로 바꾸려고 애썼지만 소용없었다.

테레지나가 말했다.

—언젠가 난 베네치아로 돌아갈 거예요. 그리고 마침내 당신 가족의 일원이 되기 위해 창녀가 될 거예요. 창녀 역사상 자가 가문보다 봉사하는 걸 행복해한 창녀는 없었으니까요!

그녀는 아버지에게 등을 돌렸고, 양손으로 드레스 자락을 들고 달려서 계단을 올라갔다. 나는 그녀를 따라가고 싶었다.

—여기 있거라.

아버지가 거의 알아듣지 못할 정도로 쉰 목소리로 내게 던진 말이었다.

—넌 위로하지 못할 거야. 저 사람을 위로할 방법은 한 가지뿐이야. 위로의 말로는 그녀의 천성에 다가갈 수 없어. 그런 여자들이 있어…….

그는 참으려고 애썼지만 그가 느끼는 수모와 무력감이 너무도 커서 온갖 겉치레도 번듯한 지식도 그의 내면의 깊은 투박함을, 키오자 짐수레꾼의, 뱃사공의, 광대의 투박함을 이겨내지 못했다.

—위로할 수 없는 여자들이 있어. 그런 여자들에게 우리는 아무것도 줄 수가 없어. 본질적으로 그런 여자들은 너무도 빈털터리기 때문이지. 몇 시간 동안 사랑을 나눠도 그런 여자들은 천장의 파리만 세고 있어. 무엇도 그런 여자들을 채워주지 못해. 보석

도, 축제도, 더없이 감탄 어린 찬사도.

그는 일어서서 원탁 쪽으로 갔고, 초조한 손으로 독일에서 왔지만 포르투갈에서 만들어진 새 술병을 집었다. 그는 잔도 사용하지 않고 그걸 입으로 가져갔다. 아버지의 저속한 말에 나는 아연했고, 그의 얼굴에 실린 원망의 표정에 질겁했다. 그것은 자신이 너무 불행하다고 느껴 당나귀를 죽도로 후려치는 남자의 난폭한 얼굴이었다. 타는 듯하고 냉소적이고 얼굴 표정만큼이나 냉혹한 그의 눈길이 나를 향했다.

아버지는 잔인한 빈정거림을 실어 말했다.

—곧 너는 열네 살이 돼.

아마도 그 빈정거림은 나를 향한 것이 아니라 그의 실패들, 그가 권력자들을 섬기면서 삼켰던 온갖 수모에서 생겨난 빈정거림이었고, 사랑하는 여자에게 쾌락을 주지 못하는 남자의 수모에서 거의 증오 어린 억양을 길어낸 빈정거림이었다.

—넌 곧 열네 살이 돼. 그리고 터키인처럼 건장해. 꼭 필요한 곳이 그렇지. 내가 프로스카 여자들 편에 알아보았다. 넌 재능이 있어. 마법사의 지팡이로 경이로운 일을 해낼 거야…….

그는 웃기 시작했다. 그것은 나를 절망에 빠뜨리는 웃음이었다. 내 눈앞에서 내가 좋아하고 무엇보다 존경하던 아버지의 이미지가 해체되는 걸 보았기 때문이다.

—모든 게 부족할 때, 모든 시도가 잘못될 때—살다 보면 그럴 때가 있지—넌 언제라도 기둥서방으로 살 수 있을 거야. 우리 집안사람 여럿이 주저 없이 그랬지. 마술을 위한 마술, 마법을 위한 마법 말이다…….

그는 손가락으로 나를 가리켰다. 그는 취해 있었다. 어쩌면 아침부터 이미 취해 있었는지도 몰랐다.

—그렇지만 내가 말해주마. 네가 도무지 아무것도 할 수 없는 여자들이 있을 거야. 대개는 그런 게 전혀 중요하지 않을 거야. 자신을 쓰면서 꼭 누군가에게 봉사가 되지 않는 것도 아주 기분 좋은 일이니까……. 다만, 그렇게 타고났고 스스로 박탈을 자처하는 여자가 네가 무엇보다 사랑하는 여자일 수도 있을 거야. 그럴 때면…… 이 바보야…… 그럴 때면 넌 지옥을 경험하게 될 거야……. 그 지옥이 뭔지 아느냐? 그건 **힘**의 끝이야. 가거라.

나는 눈물을 참으려 애쓰며 문 쪽으로 향했다.

—기다려.

나는 멈춰 섰다. 그러나 아버지를 향해 돌아보지는 않았다. 나의 아버지 주세페 자가가 그런 상태에 놓인 걸 보고 싶지 않았던 것이다. 나는 자기 사랑을, 자기 환상을, 자신의 아름다운 이미지를 지킬 줄 알아야 한다는 걸 이미 알고 있었다. 그리고 그러려면 때로는 차가운 눈길과 냉철한 머리의 시련을 그것들에게 면제해주는 것이 최고의 방법이다. 그것이 그것들을 지키는 유일한 방법이 아니라면 말이다.

—너 테레지나를 사랑하지. 말해봐? 사랑하지?

—네, 사랑해요.

나는 곧 이 말에 수치심을 느꼈다. 고백을 해서가 아니라 어린아이 같은 목소리로 눈물을 보이며 말했기 때문이었다.

—그러면…….

나는 기다렸다. 아버지는 입을 다물었다. 그러더니 마룻바닥이

삐걱거리는 소리가 들렸다. 나는 눈을 감고 이빨을 악물었다. 그의 주먹이 내게 날아오길 기다렸던 것이다. 나는 그가 개 패듯 나를 죽도록 때리리라고 확신했다. 그런데 아마도 내가 그의 절망, 그의 고독, 그의 실패의 감정의 깊이를 제대로 이해하지 못했던 모양이다.

그의 손이 내 어깨에 얹혔다. 그는 부드럽게 내 몸을 돌려 나를 품에 안았다. 이번에는 나를 제어하기 위해 아무것도 할 수 없었다. 나는 흐느끼며 그의 품에 달려들었다. 그는 나를 힘껏 안아주었다.

—울어라.

가슴을 찢어놓을 정도로 다정하게 아버지가 말했다.

—너를 위해, 그리고 나를 위해 울어라. 나 대신 울어다오. 불행히도 나는 이제 울 능력이 없어. 내겐 더 이상 필요한 게 없어. 눈물은 현자의 돌보다 더 만들기가 어려워. 그것은 찾아오다가 어느 날부터 더는 찾아오지 않아. 언젠가 눈물은 우리를 떠난단다. 우리 곁에서 자기 집처럼 편치가 않은 거지. 온기도 없고 필요한 기후가 아닌 거야…….

그는 웃기 시작했다.

—눈물은 오렌지 같은 거야.

그는 떠났다. 나는 행복했고, 마음이 놓였고, 해방된 기분이었다. 왜냐하면 끔찍한 몇 순간 동안 나는 앞으로 더는 아버지를 갖지 못할 거라고 생각했기 때문이다. 더는 그를 존경할 수 없을 거라고 생각했던 것이다.

21

이튿날 내가 다시 아버지를 보았을 때 그는 자신감과 위엄과 자기 역할을 되찾은 모습이었다.

우리는 여제의 요강 담당으로부터 소식이 오길 초조하게 기다렸다. 불안을 감추려고 애쓰며 아버지 주위를 서성이는 나를 보고 아버지는 다가오더니 내 어깨를 친근하게 툭 쳤다.

—겁내지 마라. 그 양반은 똥을 눌 테니. 예술을 믿어야 해.

오후 4시에 우리는 마차가 드나드는 대문을 세차게 두드리는 소리를 들었다. 나는 아버지에게 겁에 질린 눈길을 던졌다. 우리를 체포하러 온 거라고 나는 확신했다. 얼마 뒤 예르몰로프가 대포알처럼 홀로 달려 들어왔다. 그는 모피 모자를 공중에 던졌고, 장갑 한 짝을 벗어 러시아인답게 있는 힘껏 바닥에 던지며 두 팔을 활짝 벌려 엄청난 크기의 무더기를 연상시키며 말했다.

—만세! 그분이 똥을 눴어요!

우리는 살았다.

아버지가 극단적인 비탄에 빠져 테레지나의 도달할 수 없는,

아니 "해결할 수 없는" 문제에 관해 털어놓은 고백이 그 순간에는 내게 별다른 효과를 내지 못했다는 점을 덧붙여야겠다. 그리고 사실을 말하자면 그때만 해도 나는 제대로 이해하지 못했다. 여자가 스스로에게 허용하기를 거부하는, 또는 슬픈 심리적 장벽 때문에 도달할 수 없는 성적 쾌락에 남자가 그토록 집착할 수 있다는 생각은 어린 나의 이해력을 한참 벗어난 것이었다. 이 문제는 나중에야 내 머릿속에서 중요성을 차지하게 되었다. 완벽함에 대한 염려가 정사情事에서 지나치게 나 자신에 몰두하는 걸 뛰어넘게 만들었을 때, 그리고 내 삶을 꾸려야 할 필요가 내게 대중의 취향을 고려하게 만들었을 때 말이다.

우리에게 그토록 큰 문제를 일으켰던 눈 폭풍과 비교할 만한 새로운 눈 폭풍은 더 이상 없었지만 이해 겨울은 얼음이며 추위와 아주 천박하게 잘 어울렸다. 테레지나는 이 기후를 싫어했다. 그녀는 이 기후가 심장의 적이며, 이곳에서는 모든 게 오직 한 가지 목적밖에 갖고 있지 않은 것 같다고 말했다. 생명을 얼음덩어리 속에 묻어버리는 것. 인간의 마지막 숨결이 사라질 때까지. 태양이 그저 나약함을 고백하려고 상트페테르부르크 종탑 너머로 나타나 하늘 끄트머리에서 속죄자처럼 무릎으로 기는 것 같아 보이는 혹한의 낮 동안 그녀는 몸을 덥히기 위해 내게 이탈리아에 대해 말했다. 온 나라보다 그녀 머리카락 속에 더 많은 빛과 열기가 있었다. 매일 아침 그녀는 작은 발을, 타타르인들이 길모퉁이에서 팔던, 그녀에겐 너무 큰 빨간 실내화 속에 파묻고, 오렌지나무와 꾀꼬리와 미모사 꽃이 뒤섞인 무늬를 직접 수놓은 실내복을 걸치고 물결치는 머리카락을 어깨 위로 늘어뜨린 채 그녀의 침실 몸종이자 친구인 바리아의 손에서 초콜릿 잔을 받아 들고서, 나의 땅이지만 내가 말과 노래로밖에 알지 못하는 그 땅에 대해 내게 말했다. 그녀의 눈은 아드리아 해 물색을 띠었고, 파리한 겨울 시간에 그녀의 입술은 내가 한 번도 맛보지 못한, 우리 언어로 석류라고 부르는 과일의 맛을 그녀의 말보다 더 잘 연상시켰다.

그녀가 이런 환기에 스스로 취하기 위해 그런 감미로운 수업을 내게 하러 온 건지는 모르겠지만 나는 내 조상들의 나라로 돌아가는 것이 그녀의 아침 방문보다 내게 더 큰 기쁨을 줄 수 있을지 이미 심히 의심이 들었다. 내 생각이 얼마나 옳았던지! 나는 테레지나 얘기 속 이탈리아를 결코 되찾지 못할 것이다. 러시아에서 사랑으로 얘기되던 그 나라는 내게 어떤 지리학도 견주지 못할 차원을 가졌기 때문이다. 그래서 나는 훗날 산마르코 광장에서 결코 일어날 수 없을 축제를 찾아 헤매고, 곤돌라에서, 왕궁에서, 수녀원의 면회실에서 내가 결코 만날 수 없는 기품과 아름다움과 지성을 갖춘 귀부인들과 영주들을 찾아 헤매게 되었다. 그리고 나는 페니체 극장의 칸막이 좌석에서 희극과 배우 들을 보았고, 테레지나의 경이로운 이야기들이 시시하게 만들어버린 대사들을, 목소리들을, 오페라들을 들었다. 그녀는 무릎 위에 초콜릿 잔을 얹고, 입술에 미소를 머금고, 결코 먼 곳이 아니라 꿈이 추억과 경주를 하지만 언제나 이기고 마는 상상 세계의 차원 어딘가를 헤매는 눈길을 하고 내게 베네치아에 대해 말하곤 했다. 그렇게 그녀가 그곳의 현실을 완전히 파괴해버려 나는 그녀가 하늘을 닮은 물 위로 떠다니게 한 그 도시를 결코 되찾지 못하게 되었다. 그러나 가장 큰 매혹은 그녀의 목소리였다. 듣는 이의 몸 구석구석에, 가장 비밀스러운 감각에 작용하는 여자 목소리들이 있다. 애무하듯 당신 몸 위로 달려가고, 당신의 입술을 스치고, 당신의 옆구리를 콕콕 찌르는 목소리. 소리라기보다는 애무 같은 그 목소리들은 당신을, 아랍 철학자 만수르가 말하듯 "알라가 지나갈 때 생겨나는" 상태에 빠뜨린다. 나는 내 눈이 그녀를 더 잘 볼 수 있도록 살짝 뒤로 물러나 그녀 곁을 지켰다. 가슴, 허벅지, 옆구리, 엉덩이, 목 그리고 어깨 끝……. 나는 침을 꼴딱거렸고, 손이 근질거렸다. 얼마나 여러 번 그녀를 내 품에 안을 뻔했으며, 그녀를 잡아당겨 내 입술을 그녀 입술에 댈 뻔했는지…… 말할 수 없다. 왜냐하면 이 욕망이 낮이고 밤이고 한 번도 나를 떠난 적이 없었기 때문이다. 꿈에 우호적이고 너그러운 어떤 힘이 나를 지켜주었다고, 내게 저항할 힘을 주었다고 믿을 수밖에 없다. 꿈꿀 것을 주는 모든 것은 그 꿈이 채워지지 않을 때 그 아름다움과 매력과 힘을 간직한다는 걸 알기 때문이다. 훗날 나는 니체의 문장에 매료되었다. "충족, 그것은 죽음이다." 내가 바덴바덴의 감옥에 갇혔을 때 그가 내게 쓴 편지에서 보게 될 문장이다. 사람들이 주장하는 것처럼 내가 결코 병에 담은 적 없고 판 적은 더더욱 없는 생명의 묘약과 관련된 추악한 사건 때 말이다. 나는 그렇게 터무니없이 세기를 착각하는 사람이 아니어서 고물상은 결코 하지 않았다. 나는 이미 책을 내기 시작했고, 협잡으로 나를 고발한 건 막 생겨나기 시작하던 내 명성에 잠 못 이루며 시기하던 사람들 몇몇이 꾸민 일인 게 틀림없었다. 불멸 장사가 심각한 하락세였고, 아직 푸리에와 프루동의 시대에 경험하게 될 수

익에 도달하지는 못했어도 유토피아 장사가 짭짤하던 때에 내가 그렇게 철지난 사업에 뛰어들 리가 있겠는가.

간혹 힘 빠진 태양이 상트페테르부르크를 유령 같은 창백함으로 둘러싼 흐릿하고 부연 공기를 뚫고 길을 트면 나는 테레지나와 함께 썰매를 타고 들판을 가로질렀다. 모피 속에 코까지 파묻고 늑대 가죽으로 무릎을 덮은 채 우리는 어떤 시나 어떤 그림보다 러시아 평원의 얼어붙은 순수함을 더 잘 표현하는 종소리를 들으며 순백의 들판 위를 달렸다. 그것은 무한을, 지평선을, 숲을 부르는 목소리였다. 그 종소리의 경쾌함과 슬픔은 세상을 나눠 가지려다가 그러지 못하고 함께 남았다. 삼두마차는 눈과 거의 애무하듯 부드럽게 접촉했고, 참으로 빨리 달려서 금세라도 땅을 떠나 정말로 나무 위로 날아오를 것만 같았다. 나는 깜짝 선물을 기대하며 이따금 눈을 감았고, 얼마 후에 눈을 뜨고 썰매 너머로 몸을 기울이며 저 멀리 아래로 순백의 눈 속에 웅크렸을 마을의 지붕들을, 나의 비상이 까마귀들을 놀라 달아나게 했을 나무 꼭대기를 찾았다.

여기저기 흩어져 있는 벌거벗은 자작나무들은 큰 숲 엄마를 찾아 떠난 고아들을 닮았다. 갈까마귀들이 아첨꾼들처럼 까악까악 울어 정적의 위엄을 돋보이게 했다. 호수는 눈에 보이지 않았지만 얼음 3미터 아래에 살아 있는 물이 있었다. 그 물속엔 민중의 의지로, 이야기꾼들의 의지로 세이렌들이 살아 있었다. 이따금 흰 말을 타고 황실 근위대의 기갑기병들이 갑옷을 번쩍이며 순식간에 강을 건너 지나갔다. 여우와 늑대들도 있었다. 녀석들은 우리가 다가가자 잠깐 굳은 듯 꼼짝 않다가 맹수의 냄새를 남기고 굴을 향해 달아났다. 움직임 없는 공기가 한동안 그 냄새를 간직했다. 말들은 김을 내뿜으며 땅을 걷어찼다. 커다란 깃을 세워 머리가 안 보이는 마부 에핌의 등이 우리 앞을 가로막았다. 정적이 너무 무거워지면 그는 우리 쪽을 돌아다보았다. 그의 얼굴이 양털 모자 아래로 나타났다. 그가 물었다.

—한 곡 할까요?

—해주세요.

테레지나가 말했다.

그러면 성스러운 러시아의 모든 공기가 들어갈 충분한 자리가 있을 것 같아 보이는 폐 깊은 곳에서 에핌은 노래를 한 곡 뽑아냈다. 그 선율과 가사는 그의 목소리 속만이 아니라 우리 주변에도 있었다. 그것은 고아 나무들에서, 푸르스름한 안개에서, 시작도 끝도 없는 하얀 공간에서, 싫지만 마지못한 듯 천천히 쩨쩨하게 작은 눈송이들을 내려주는 저 '인색한 밀가루장수 하늘'에서 올라오는 것 같았다. 테레지나는 머리를 내 어깨에 기대고 내게 몸을 바짝 붙였다. 나는 내 뺨에 닿은 그녀의 얼어붙은 작은 코를 느꼈다. 나는 슬펐다. 그녀가 기댄 것이 애정이 아니라 우정의 욕구 때문이었다는 걸 알았기 때문이다. 그렇지만 우리는 집에 개가 네 마리나 있었다. 그녀는 개들과 놀았고 그게 질리면 내 차례였다. 나는 그녀가 개들과 놀 때 끈기 있게 기다렸다. 그녀는 공평하게 처신할 줄 알아서 우리 중 누구에게도 소홀하지 않았기 때문이다. 나는 담요 아래로 따뜻하게 내 '누이'의 손을 잡았고, 그녀의 어깨에 내 팔을 두르고 내 다리를 그녀의 다리에 댔고, 그녀의 뜨거운 입김을 내 숨에 끌어모았고, 하늘을 뚫어져라 응시하며 신을 생각하려고 애썼다. 종종 산책 내내 지속되던 발기 때문에 심히 난감했는데, 아주 경건한 생각만이 간혹 누그러뜨릴 수 있었기 때문이다.

—테레지나, 왜 나한테는 이렇게 다정하면서 아버지에게는 그렇게 냉정해?

—왜냐하면 너를 사랑하니까.

나는 당황해서 어쩔 줄 몰랐다. 그녀가 그런 말을 그렇게 태연하게 할 수 있다는 건 그녀가 보기에 내가 아직도 어린아이였기 때문이다. 나는 죽고 싶었다.

나는 중얼거렸다.

—듣기 좋은 말은 아니야.

그녀의 손이 내 손을 꼭 쥐었다. 그녀는 얼굴을 내 얼굴 쪽으로 기댔고, 나는 그녀의 눈에서 슬픔을 보았다. 그것은 애정이 만든 슬픔이었고, 점차 미소로 변했지만 그 미소 때문에 더욱 슬퍼지는 그런 슬픔이었다. 곱슬곱슬한 빨간 머리카락이 만드는 요동치는 둥지 속에서 그녀의 눈과 코끝만이 내게 보였다.

그녀가 말했다.

—네가 나를 영원히 사랑하리라고 나는 확신해. 영원히. 나는 결코 너를 실망시키지 않을 거야. 나는 영원히 있을 거야. 네 기억 속에 따뜻하게. 그래서 내게는 아무 일도 일어날 수 없을 거야. 나는 심지어 점점 더 아름다워질 거야. 오래전에 죽었겠지만 네 덕에 나는 영원히 젊은 채 살아 있을 거야. 너는 나를 아름답게 만드는 일을 결코 멈추지 않을 거야. 너는 나를 영원히 간직할 테고, 누구도 나를 빼앗지 못할 거야. 네 아버지는 네가 작가가 될

거라고 생각해. 네가 바라보는 모든 걸 지어낼 줄 아는 눈을 가졌다고 해. 포스코, 나를 잘 지어내줘.

―테레지나……

―아냐, 아무 말도 하지 마. 게다가 너는 그 말을 할 수 없을 거야. 그러는 게 나아. 느끼는 편이 나아. 말은 나쁜 버릇을 가졌어. 사기꾼이지.

나도 모르게 내가 어떤 몸짓을 했던 모양이다. 그녀를 품에 안으려고. 그러나 정말이지 일부러 그러지는 않았다. 그럴 수 없다는 걸 너무도 잘 알았으니까. 지금도 그 동작을 할 때가 있지만 내 팔이 그렇게 감싸 안는 여자는 언제나 다른 여자다.

―아냐, 포스코…… 우리 동네 키오자에는 이런 속담이 있어. 행복은 먹는 게 아니다…….

그럴 수도 있겠지만 나는 기다리다가 허기져 죽을 것만 같은 느낌이 들었다. 나는 내가 할 수 있는 대로 프로스카의 집에서 부족한 걸 채웠다.

22

유곽은 늪지를 의미하는 볼로토라는 이름으로 불리는 장소 근처에 있었다. 눈이 녹으면 그곳은 수렁으로 변했기 때문이다. 프로스카의 집에는 폴란드 여자들, 집시들 그리고 유대인 여자들, 귀엽고 교태 부리는 여자들 혹은 풍성한 여자들이 있었다. 늙은 여자를 부르는 이름인 "어머니 창부"까지도 빨간 볼연지를 넉넉히 바르고 얼굴에 분칠을 잔뜩 하고 있었다. 그녀의 입은 꼭 너무 많이 사용해서 가장자리가 닳은 구멍 같았다. 해가 갈수록 두꺼워지는 듯한 분칠이 굳어버린 가면처럼 그녀의 이목구비를 덮고 있었다. 근시인 눈만이 두더지처럼 깜빡이며 살아 있었다. 그녀가 손에 초를 들고 손님을 맞이하거나 인도하려고 계단을 오르내릴 때면 그녀의 목걸이며 팔찌, 귀고리며 벨트의 금붙이가 삼두마차의 종처럼 딸랑거렸다. 그녀가 어느 지체 높은 분에게 심하게 아첨하며 힘주어 환영의 말을 하면 얼룩덜룩한 가면이 갑자기 금이 가며 쪼개졌다. 벽에 금이 가듯이. 그녀는 매번 내 뺨에 축축한 키스를 붙였고, 나는 바로 팔꿈치로 닦았다. 근시 때문에 언제나 너무 가까이 다가오던 그 얼굴은 어떤 부패한 신의 은총으로 세월을 이겨낸 것 같아 보였는데 매번 내 속을 울렁이게 만들었다. 세상을 역겹도록 깊이 아는 천박한 미소, 모든 걸 보았고 모든 걸 핥았고 모든 걸 삼킨 미소, 그러고도 성이 차지 않은 그 미소—이것이 내가 늙은 프로스카에 대해 간직한 기억이다. 나는 이미 아름다움에 너무도 민감해서 추함에 웃을 수가 없었다. 그래서 나의 혐오감을 감추려고 애썼다. 뚱쟁이 여자는 내 손을 잡고 안으로 이끌고 문을 닫았다. 그리고 내 얼굴을 더 잘 보려고 초를 들어 올렸다. 그러자 그녀의 미소가 도드라졌는데, 그녀의 손이 내 손을 다정하게 쥐었기 때문인지 그 미소가 내게는 더욱 혐오스럽게 느껴졌다. 그런 다음 그녀는 눈을 하늘로 치켜떴는데, 그러자 촛불의 도움으로 눈길의 음산한 끈끈함이 드러났다. 그녀는 교태를 부리며 경탄했다.

　—세상에! 너무도 잘생겼고 너무도 매력적이시군요! 나중에 우리 가련한 여자들에게 어떤 경이로운 고통을 안기실는지요! 오늘은 누굴 원하시는지요?

　내게는 다 똑같았다. 사실 나는 그다지 큰 것을 요구하지 않았다. 어떤 여자가 되었건 내가 품는 건 언제나 테레지나였다.

　그러다 보니 내가 거짓말을 할 수밖에 없었던 건 말할 것도 없다. 내가 매번 다정하게 여자를 애무할 때마다 여자의 눈은 내 눈 속에서 사랑의 눈길을 찾고 발견했다. 그녀는 자기 가슴에 닿은 내 심장이 망치질하는 걸 느꼈다. 그녀를 세차게 죄는 내 두 팔이 그녀를 붙들려 하기보다는 세상의 나머지를 배제하려는 것처럼 느껴졌을 것이다. 그러면 여자는 나를 연인으로 생각했다. 나는 그저 꿈꾸는 사람이었을 뿐이다. 수많은 여자들이 그렇게 사랑받는다고 믿었다. 사실 그들이 내게는 누군가의 부재였을 뿐인데! 시간이 흐르고 내가 정사를 다시 시작하면 여자들은 거기서 그들이 내게 불러일으킨 열정의 증거를 보았다. 나는 단지 나의 충족된 감각이 상상을 박탈하고 나를 현실로 몰아넣어 그 낯선 여자들이 거북하고 부인할 수 없는 명백한 사실 속에 모습을 드러내는 그 죽은 시간에 맞서 싸우고 있었을 뿐이다. 여자들은 우리가 정사를 나누는 동안 나와 가까워지고 나와 내밀하게 섞인다고 믿었지만, 그것은 내가 다른 여자를 만나기 위해 그들을 떠나는 시간이었다.

자그마한 폴란드 여자 헬렌카가 기억난다. 내 손가락 사이에서 부서질 것처럼 말랐고 예쁜 여자였다. 그녀는 잔인할 정도로 판단력이 부족했다. 이루어진 모든 만남이 결코 일어나지 않은 모든 만남의 찌꺼기일 뿐이라는 걸 이해하려면 여러 세기를 살아봐야 하는데 그러지 못했기 때문이다. 그녀는 자신을 내게 내놓는 순간 내가 그녀를 떠나 그녀가 완전히 배제된 땅으로 간다는 걸 알지 못했다. 그녀는 내가 미친 듯한 질주에 그녀를 데리고 간다고 믿었다. 내가 그녀의 품속에서 테레지나에게 아낌없이 주는 애정 표시를 그녀는 자기 것으로 여겼다. 어느 날 밤 내가 그녀에게서 떨어지는 순간 고개를 들자 꿈의 차원이 물러나면서 파란 눈과 살짝 들린 코를 지닌 얼굴이 눈에 들어왔다. 헬렌카는 의기양양한 얼굴로 내 머리카락을 어루만지며 너그러운 애정이 깃든 어린아이의 목소리로 내게 말했다.

—나를 사랑하면 안 된다는 것, 알죠?

나는 영문을 모른 채 눈꺼풀만 깜빡였다. 이날 밤 나는 여러 번 날아오르면서 그녀를 여러 차례 떠났고, 피로로 지쳐 땅으로 돌아오면서 이 가련한 여자가 가슴이 거의 없고 체모는 갈색과 금발 사이의 애매한 색이었다는 걸 알게 되었다. 그 색깔은 왠지 모르지만 내게 언제나 빨랫물을 떠올렸는데, 어쩌면 우리 집에서 마룻바닥을 닦을 때 쓰는 빗자루의 색깔이 바로 그랬기 때문인지도 몰랐다. 마침내 나는 그녀가 내게 한 말을 이해했고, 그 수준에 맞추려고 애쓰며 말했다. 나는 꿈을 너무도 사랑해서 다른 사람들의 꿈도 존중하지 않을 수 없었기 때문이다.

나는 그녀에게 말했다.

─맞아, 당신을 사랑해.

"사랑"이라는 말을 내뱉을 때마다 테레지나의 얼굴이 내 앞을 지나가서, 평생 동안 그런 다정한 고백의 순간에 대단히 진지한 표현을 할 수 있게 해주었다.

─여기서는 사랑하면 안 돼요. 여긴 그냥 즐기는 곳이에요.

내가 보기에 이 여자는 사랑에 대한 올바른 개념을 갖고 있는 것 같았다. 그녀가 마늘 냄새를 풍긴다는 게 처음 느껴졌다. 그래도 나는 고귀한 감정을 품고 있었다. 나는 마술사 직업도 훈련했는데, 그것이 나중에 나의 여성 관객을 상대로 대단히 유용하게 쓰였다.

─헬렌카, 나는 밤낮으로 너를 생각해. 너를 생각하지 않을 때는 너를 생각하지 않는다는 이유로 끔찍이 괴로워.

어쩌면 그다지 참신한 표현은 아니었는지 모르지만 새벽 4시에, 마늘 냄새를 풍기고 시커먼 이빨 두 개가 막 눈에 들어온 여자를 상대로 한 말이니 나의 선한 의지는 증언해주는 말이었다. 그녀는 미소 지었다.

　—나 때문에 바보 같은 짓은 하지 않겠다고 약속해줘. 어쨌든 돈은 노파가 거의 몽땅 차지해. 그렇지만 당신이 원한다면…….

　그녀는 망설였다. 나는 정말이지 진저리가 나기 시작했다. 이런 사랑스러운 관계에서 힘든 건 침묵이 무관심으로 여겨지는 순간이 있다는 점이다. 그러면 절대적으로 허공을 채워야만 했다. 바로 그래서 늙는 것이 그토록 고통스러운 것이다. 나이가 들면서 우리는 이 꼭대기에서 저 꼭대기로 날아갈 수가 없다. 그래서 점점 더 말을 해야만 한다. 나는 매력적인 늙은 남자를 안 적이 있다. 호펜베르크 남작인데, 그는 노화란 대화라고 말했다. 정말이지 끔찍한 건, 황홀한 시간이 당신의 힘을 고갈시켰을 때, 푸시킨처럼 말하자면, "그대 열정의 사랑스러운 대상"이 갑자기 인간으로 변한다는 사실이다—대체 누가 인간과 함께 침대에 있고 싶어 하겠는가? 젊었을 때는 내 시트 속에서 "인간"이 자신을 드러내고 큰 소리로 생각하기 시작하고 심지어 나와 소통을 시도할 때면 그저 키스로 그 입술이 다물어졌고, 꼭 끌어안기만 해도 그 "인간"이 사라져 다시 연인 사이가 될 수 있었다.

　나는 그녀의 입 냄새를 피하려고 살짝 뒤로 물러나면서, 그러나 평생 감정의 섬세함에 대단히 중요성을 부여했기에 손만큼은 여전히 쥔 채 헬렌카에게 말했다.

　—당신이 원하는 대로 할게.

　헬렌카는 수줍게 눈을 내리깔고 깊이 숨을 들이마시더니 말했다.

—언젠가 당신이 나한테 편지를 한 통 써줬으면 좋겠어. 물론 읽을 줄은 모르지만 괜찮아. 중요한 건 그게 아니니까……. 내 평생 한 번, 단 한 번이라도 누군가의 편지를 받는다면 난 죽도록 행복할 거야.

나는 심장이 얼어붙는 것 같았다. 그 후로 나는 창녀들에게 언제나 깊은 우정을 느꼈다. 진짜 고약한 매춘부들이며 천박한 여자들도 만났지만, 언제나 그건 누군가 그들에게 편지 한 통을 써주지 않았기 때문이라고 나는 생각했다.

—헬렌카, 당신한테 편지를 쓸 뿐 아니라 그보다 더 나은 것도 해줄게…….

나는 그녀를 뚫어져라 응시하며 말했다.

—프랑스어로 편지를 써줄게.

그녀는 거의 질겁한 듯 굳어버린 것 같았다. 그녀의 작은 얼굴이 떨렸고, 잠시 감동에 맞서 싸우더니 울음을 터뜨리고 말았다.

이렇게 해서 나는 첫 연애편지를 쓰게 되었다.

23

사랑이 나라는 가련한 사람을 상대로 부리는 진짜 공작을 어떻게 묘사해야 할지 모르겠다. 우리 밖에, 자기 힘을 시험해보려고 인간을 붙드는 어떤 불가사의한 절대적 힘이 있는 건 아닌지 생각이 들 때가 있었다.

나는 오직 눈길로만 살았다. 눈길에 나의 모든 열정을, 천 가지 메시지와 고백을, 청원과 간청과 침묵의 외침을 실었고, 때로는 겁에 질려 손을 눈에 대는 때도 있었다. 눈에서 피가 나는 것만 같았기 때문이다. 라마르틴은 말했다. "한 사람만 그대에게 부족해도 모든 게 빈다." 테레지나가 가까이에 있기만 하면 세상과 사람들, 대공들과 소박한 사람들, 만물과 살아 있는 다중이 그들 존재를 잃고 멀어지고, 진짜처럼 그려진 배경을 채우는 먼 요소들이 되어버린다. 그들의 어떤 소동도, 어떤 아름다움도, 어떤 두려움도 내 관심을 끌지 못했다. 테레지나가 있으면 살아 있고 죽은 모든 것이 내게 정지 상태처럼 보였고, 절대 명령에 따라 대기 상태에 놓인 것만 같았다. 시간은 비굴한 미소를 띠고 내 사랑이

나를 떠나 마비된 제 사지를 쓸 수 있게 되기를 기다렸다. 나는 프로스카 어머니의 집에서 딸들을 상대로 자가 가문 사람으로서 기교와 소도구와 환상에 대한 전적인 믿음을 가지고 거짓 흉내를 내보았지만 소용없었다. 거듭되는 좌절에 이어지는 공허감 속에서 테레지나의 부재는 너무도 강렬해졌고, 비웃는 듯한 진짜 존재가 되었다.

이따금 볼로토로 야밤 출정을 다녀오고 나면 테레지나가 내 방에 들어와 창가로 가더니 권위적인 동작으로 커튼을 쳤고, 나를 향해 돌아보며 팔짱을 꼈다. 그녀는 불쾌한 듯 인상을 쓰고 코를 찌푸리며 요란하게 냄새를 마셨고 엄한 눈길로 나를 관찰했다.

—너 또 창녀들 집에 갔다 왔지.

창녀를 스스로를 타락시켜 세상의 모든 죄를 짊어지는 성녀로 간주하는 유행은 아직 오지 않았다—도스토옙스키를 기다려야 했다. 이 궤변은 마법사들의 일을 크게 수월하게 해줄 것이다. 그것이 우리에게 도덕적 핑계를 제공해주어 우리 책 속에 악덕을 끌어들일 수 있게 해주기 때문이다.

—살아야 하니까.

내가 말했다.

그녀는 안락의자 끄트머리에 앉더니 아주 꼿꼿한 자세를 하고 나무라는 듯한 표정으로 말했다.

—나한테 전부 얘기해봐.

—지난번에 이미 얘기했잖아…….

—이번에는 누구를 고른 거야?

―헬렌카.

―불쌍한 여자, 끔찍하겠어. 그래서 어디부터 시작한 거야?

―뭐라고, 어디부터라니?

―만날 똑같다고 말하려는 건 아니겠지?

설명할 수 없는 그 천진함에 나는 당황했다. 아버지는 여자에게 그런 무지를 남겨둘 남자가 아니었다. 그녀가 나를 놀리는 건 아닌지, 그녀에게 은밀한, 어쩌면 무의식적인 변태 성향이 있는 건 아닌지 의심이 들었다. 상트페테르부르크 사람들이 "대단히 이탈리아인답다"라고 떠들어대는 아버지의 명성은 테레지나가 자신에게 부여하는 순진한 아가씨의 태도와 양립될 수 없었다. 그녀는 그렇게 간접적이고 거짓된 방식으로 그가 보잘것없는 연인이라고 암시함으로써 자기 남편을 모욕 주고 싶었던 걸까? 아니다. 그건 나의 질투가 내게 암시한 가정일 뿐이다. 나는 종종 아버지를 향한 원망에 사로잡히곤 했으니까. 그러나 예술에서 완벽성을 추구할 때 요령이―요즘엔 기교라고 부르는 것이―가져다줄 수 있는 소중한 것들에 대해 모르는 게 없는 남자와 결혼한 지 이미 2년이나 된 그녀가 그렇게 천진한 호기심을 보일 수 있다는 걸 어떻게 설명해야 할까? 열기와 봄으로 이루어진 이 여자가 대개 자연의 비밀이 아닌 다른 비밀이라곤 없는 마법에 어쩜 그토록 무지한 모습을 보일 수 있는지 나는 이해하지 못했다.

나는 몇 가지 세부 사실을 얘기해주었다.

―말도 안 돼. 그 여자가 너한테 그렇게 했단 말이야?

―그럼.

―혐오스러워. 한 마디도 더 안 듣겠어.

그녀는 문을 꽝 닫고 나갔다. 나는 아버지의 명성을 의심하기 시작했다. 그러나 어느 날 저녁 볼로토의 유곽을 찾았다가 나는 흔들거리는 장소로 이어지는 흔들거리는 계단에서 주세페 자가의 강건한 형체를 보았다. 그는 멈춰 서서 자랑스레 나를 쳐다보았다. 아직 천박한 두 여자, 유대인 여자 카야와 내가 알지 못하던 새 여자가 머리와 치마를 매만지며 그때 그의 뒤로 나타났다. 그가 이탈리아어로 내게 말했다.

—그 아버지에 그 아들이군. 혹은 폴란드 사람들은 이렇게 말하지. 사과는 절대 사과나무에서 멀리 떨어지지 않는다.

그날 저녁 내가 고른 유대인 여자는 나의 아버지가 침대에서 마차꾼 같은 기교를 보였고, 그녀에게서 쾌락을 뽑아냈다고 말했다. 따라서 나는 그의 정력, 그의 혈기도 의심할 수 없었고, 그의 기술은 더더욱 의심할 수가 없었다.

거의 비슷한 시기에 아버지가 질투심을 표출하지는 않았지만 내가 테레지나와 보내는 시간에 대해 화를 낸다는 걸 나는 깨달았다. 이따금 그는 우리가 단둘이 있을 때 불쑥 들어와 안락의자에 앉아서 우리를 쳐다보곤 했다. 그러면 거북한 침묵이, 말하길 꺼리는 수많은 것들이 만들어내는 침묵이 흘렀다. 그러면 나의 아버지는 우리의 일에 대해 말하기 시작했고, 나는 아주 주의 깊게 귀 기울여 들었다. 테레지나가 완전히 무관심했고, 자신의 무관심을 거의 감추지 않았기 때문이다.

점성가로서 아버지의 명성은 당시 절정에 달해 있었다. 그것은 상당 부분 외교술에 토대를 두고 있었다. 내 말은 그가 별자리를 읽기 전에 궁정에서 총애받는 사람들, 대신들, 고문들, 대사들이나 외국에서 막 도착해 최근 소식들을 가져온 파발꾼들과 오래도록 얘기를 나눈다는 의미다. 대개 그런 식으로 그는 사건들이 변해갈 추이를 예측할 수 있었다. 높은 지위의 인물들은 그에게 협조를 거절하지 않았다. 그들에게는 그것이 예카테리나의 결정에 영향을 미치고 방향을 바꾸는 교활한 방식이었기 때문이다. 주세페 자가는 그런 식으로 1770년에 기병대의 특권 폐지를 예측할 수 있었고, 푸가초프 반란이 뜻밖에 무시무시한 규모로 발전하리라는 걸 예고할 수 있었다. 여기서 내가 이 말을 하는 건 아버지에 대한 기억에서 모든 모험 성향을 씻어내기 위해서다. 그는 자신의 책임감을 분명히 의식하는 신중한 사람이어서 대개 믿을 수 있는 사건만 예고했다. 대신들의 속내 이야기를 들어주는 친구였던 그는 같은 자격으로 대사들의 속내 이야기를 듣는 친구도 되었다. 왜냐하면 그가 그 저명한 이방인들에게 그들의 대공들에 대한 정보를 잘 알려주었기 때문이다. 대신 그는 그들로부터 아주 따끈따끈한 소식들을 전해 들었다. 그 소식들이 전해져야 할 사람들보다 먼저 말이다. 그 덕에 그는 여제가 있는 자리에서 별자리를 살핀 뒤에 미국의 독립선언과 에스파냐 예수회의 추방을 여제에게 예고할 수 있었다. 아버지는 고통을 주는 걸 좋아하지 않아서 예지 능력을 지나치게 드러내지 않으려고 조심했고, 고의로 예언을 빠뜨리고 미래 읽기를 피하는 경우도 있었다. 이런 이유로 그는 프랑스의 단두대를 예고하길 생략했다고 내게 설명했다. 그는 능력보다 섬세함과 임기응변을 앞세웠다. 이런 신중함을 비판할 수도 있지만 만약 그가 그런 끔찍한 일이 도무지 있을 법하지 않던 순간에 혁명과 부르봉 왕가의 몰락을 예고

했더라면 골치 아픈 일만 초래했을 것이다.

　나는 주세페 자가와 네덜란드 대사 하겐 씨 사이의 협상이 기억난다. 하겐 씨는 얼굴빛이 아주 붉은데 분칠을 하고 코가 큰 뚱뚱한 남자였는데, 코 주인이 레이스 손수건으로 언제나 큰 코를 능숙하게 가리곤 해서 마치 코가 제 크기에 맞서 싸우는 듯했다. 최신 유행으로 차려입고 엉덩이까지 올라오는 장화를 신은 그는 상트페테르부르크에서 어떤 전령을 통해서인지는 모르지만 미국의 독립선언을 가장 먼저 알게 된 사람이었다. 그는 그 소식을 아버지에게 알리고 그 대가로 카잔 주변에서 일어난 농민반란에 이은 기근에 관한 정보를 얻으려고 친히 찾아왔다. 그는 가축에 투자를 했기에 자기 양들을 팔아야 할지 아니면 식량 부족으로 가격이 오를 때까지 기다려야 할지 알고 싶어 했다.

　—먼저 당신이 나한테 제안하는 소식을 주시오. 그런 다음 봅시다.

　아버지가 요구했다.

　네덜란드인은 자기 파이프의 담배 연기를 피하려고 한쪽 눈을 반쯤 감으며 말했다.

　—정보를 알고 나면 내가 필요 없을 것 아닙니까.

　—어쨌든 나는 당신에게 수익의 5퍼센트는 요구할 겁니다.

　대사의 작은 눈이 아버지의 얼굴을 탐색했다.

　—명예를 존중하는 남자들끼리니 당신을 믿겠습니다…….

　그가 심각한 표정을 지으며 말했다.

　—영국 식민지들이 독립을 선언했습니다.

　아버지가 인상을 찌푸렸다.

—그건 러시아 왕실에 그다지 흥미로울 관심사가 아니군 요……. 뭐…… 당신 가축은 아직 몇 달 더 갖고 계세요. 값이 두 배가 될 겁니다. 우랄부터 볼가까지 모든 지역이 물에 잠겼어요. 가축 먹일 꼴이 없어요. 당신은 기다리기만 하면 됩니다.

이때 나는 알지도 못한 채 새로운 시대의 탄생을, 내 말년에 "근대자본주의"라고 부르게 될 것의 탄생을 목도했다.

주세페 자가는 다른 방식으로도 러시아에 서양의 움직임을 알 리려고 애썼다. 자동인형의 유행이 문명국가들에서 맹위를 떨쳤 고 모스크바까지 도달한 때였다. 최고의 자동인형들은 프러시아 에서 왔다. 이 기술이 그 나라에서 꽃을 피운 건 그곳에서 형성되 고 있던 민족적 특성이나 정신과 잘 들어맞았기 때문이었다. 나 의 아버지는 바흐코포에 작업실을 하나 짓게 하고 거기서 온갖 크기의 기계들을 만들게 했다. 그중 몇몇은 기계장치의 완벽성이 독일에서 온 것들을 능가했다. 이 작업실에서 나는 더없이 멋진 시간을 보냈다. 나는 갑자기 살아 움직이기 시작하는 오르골들 을 좋아했다. 뚜껑이 열리면 휘장과 메달이 잔뜩 달린 예쁜 초록 색 옷을 입은 웃는 얼굴의 남자 인형이 일어나 보석이 잔뜩 달린 드레스를 입은 금발의 작은 숙녀에게 팔을 내밀었다. 그는 그녀 앞에 절한 뒤 손을 잡았고, 두 사람은 사랑스러운 음악에 맞춰 춤동작을 몇 번 해 보였다. 그러다 남자 인형은 다시 절을 했고, 몸을 다시 일으키고는 코담배를 들이마시고 흡족한 얼굴로 재채 기를 했다. 나는 테레지나와 함께 이 상냥한 커플의 행동을 흉내 내길 좋아했다. 나는 그녀 앞에 몸을 숙였고, 그녀는 내게 손을 내밀었고, 우리는 미뉴에트 몇 박자를 춤췄고, 그리고 나는 다시 아주 깊숙이 고개 숙여 그녀에게 인사를 했고, 그녀도 내게 인사를 했고, 나는 코담배를 들이마시는 척했고, 우리 둘은 맨드라미 같은 벨벳 쿠션 위의 작은 인형과 동시에 재채기를 했다.

내가 글을 쓰고 있는 이 순간, 그 오르골은 내 앞 책상 위에 놓여 있다. 1848년에 "모든 게 행복이고 아름다움이고 관능일 뿐이고, 민중의 빈곤과 고통을 상기할 수 있는 모든 것을 세심하게 배제한 문학의 아편"을 루드비히 2세에게 제공했다고 나를 비난하던 성난 학생들을 피해 달아나면서 남겨둔 바이에른 지역 로이겐의 오래된 성에서 어떤 기적으로 그걸 되찾게 되었는지 모르겠다. 학생들이 내게 준 교훈은 대단히 유용했다. 사실 나는 학생들이 옳았다는 걸 이해하고 있었다. 그 후로 나는 내 책 속에서 약자들과 못 가진 자들의 운명을 환기하고, 강자들의 억압을 목청껏 고발하는 걸 절대 빠뜨리지 않았다. 이것이 내 글에 멋진 문학적 격조를 부여하는 결과를 낳았다. 또한 내 책의 출판 부수와 인기를 급격히 높이는 결과를 낳기도 했다. 내 책들은 그 후 이해관계가 얽힌 사람들이 읽었는데, 그 사람들의 수가 엄청났기 때문이다. 문학을 위해서도 세상과 영양가 있는 접촉을 유지하는 건 중요하다.

이따금 나 자신을 의심하게 되는 때가 있다. 문학이라는 예술과 나의 조상들인 저글링 광대, 몸을 비트는 묘기를 부리는 곡예사, 야바위꾼, 외줄 타기 춤꾼의 예술 사이에 차이점이 없다고 생각하며 책장에 꽂힌 내 책의 전집을 향해 환멸의 눈길을 던지게 되는 때가 있다. 그러면 나는 드레스덴에서 온 오르골의 작은 손잡이를 누른다. 그러면 곧 오래된 음악이 울려 퍼지고, 그토록 취약하면서도 그토록 오래 지속되는 커플이 움직이고, 신사가 숙녀의 손을 잡고, 둘은 춤동작을 다시 시작하고 금세 부동성을 되찾는다. 그러면 나는 신뢰를 조금은 되찾는다. 나 자신에 대한 신뢰를, 그리고 호메로스부터 세르반테스까지, 단테부터 톨스토이에 이르기까지 문학을 위해 이미 많은 일을 했고 앞으로도 위대한 일을 실현할 다른 모든 마법사들에 대한 신뢰를. 음악을 바꾸고 새로운 곡조와 다른 춤동작을 지어낼 수 있다는 건 말할 필요도 없다. 심지어 춤꾼들의 얼굴도 바꿀 수 있다. 중요한 건 이 경이로운 것들이 우리에게 영감을 불어넣는 일만은 결코 멈추지 않을 거라는 사실을 아는 것이다. 금발의 분홍 인형이 팔을 두 번 친 뒤 팔을 든 채로 멈추고, 남자가 코담배 냄새를 맡고 재채기를 한다. 이렇게 재주는 연기되고, 중요한 무엇도 결코 죽지 않는다. 사람들은 안심하고 죽을 수 있다. 이 위로의 순간을 맛보는 것만으로도 나는 우리 부족의 소명에 대한 신뢰를 고스란히 되찾는다. 창문을 통해 나는 박가의 정원에서 마로니에 나무들을 본다. 그들 역시 열성을 다해 저들의 재주 부리기를 계속한다. 그들은 성실하게 꽃을 잃고, 나뭇잎을 잃는다. 그리고 봄이 오면 그것들을 되찾는다. 그리고 모든 것이 영원히 결정된 관례를 지키며 더없이 점잖게, 그리고 감탄스러울 정도로 규율을 지키며 이루어진다.

이 명상 같은 짧은 재채기를 용서하시라. 이런 것이 언짢은 기분을 날려준다.

작업장에는 몇 세대 동안 귀족을 매혹한 장난감 기계의 견본이 많았는데, 결국엔 고물상과 골동품 가게로 가게 될 물건들이었다. 드레스덴의 크뢰니츠 거장은 우리에게 발을 내밀고 두 발로 서서 애교를 부리고 짖거나 파이프를 피우는 개 인형들, 플루트, 심벌즈, 베토벤의 곤두선 머리를 이미 예고하는 오케스트라 단장까지 모두 갖춘 고양이 오케스트라를 보내왔다. 오케스트라 단장은 10여 분 동안 서른두 마리의 고양이를 지휘했다. 오케스트라는 크뢰니츠가 직접 작곡한 심포니 중 한 곡을 연주했다. 그는 선구자였다. 그가 기계장치가 삐걱거리는 소리를 음악의 한 요소로 예견했으니 말이다. 음악이 멈추면 마에스트로가 관객을 향해 돌아서서 정중히 인사를 했다. 테레지나는 드레스를 살짝 들어 올리며 절로써 그에게 대답했다. 크뢰니츠가 박수갈채를 예상했으므로 마에스트로는 오케스트라를 일어서게 하여 인사를 시켰고, 회색, 검은색, 마멀레이드 오렌지색 등 모든 고양이들이 일어나 우리 앞에 고개를 숙였다.

작업장에는 탑 위에 서서 하늘을 향해 망원경을 고정시키는 천문학자 인형도 있었다. 단추를 누르면 무한의 기계장치만큼이나 정밀한 기계장치에 따라 하늘에서 경이로울 정도로 잘 조각된 별들이 돌았다. 살짝 불순한 취향을 가진 애호가들을 위한 메리 스튜어트, 앤 불린과 그 밖의 또 다른 사랑스러운 왕비들을 처형하는 장면도 있었다. 왕비들이 무릎을 꿇고 고분고분 머리를 형리의 도끼 아래 놓으면 작은 바구니 속으로 머리가 떨어졌고, 곧 용수철의 반동으로 머리를 되찾았다. 오스트리아인 제작자는 마음이 고와서 벌써부터 '해피엔딩'을 좋아했던 것이다. 헨리 8세는 홀바인의 초상화에서 보는 그 유명한 자세로 의식에 참석했다. 이 모든 게 20센티미터 높이밖에 되지 않았다. 나는 그 감탄스러운 보석을 골동품상에서 계속 찾았다. 독자 친구여, 혹시라도 그걸 되찾게 되면 내가 언제라도 좋은 값을 치르고 살 의향이 있음을 알아주시라. 그대들에게는 그것이 한낱 자동인형에 지나지 않겠지만 내게는 눈에 보이지 않는 무엇을 간직하고 있는 물건이기 때문이다. 나의 젊음을.

나는 이런 경이로운 물건들 가운데 어떤 것도 잊지 않았다. 에덴 낙원도, 노아의 방주도 잊지 않았다. 낙원은 1평방미터였고, 미니어처 동물들은 아담과 이브 주위로 상냥하게 종종걸음을 쳤다. 뱀은 너무도 귀여워 그렇게 나쁜 의도를 가졌으리라 상상하기가 힘들었다. 게다가 테레지나는 이브가 이미 사과를 여러 개 먹었으며 교회가 끼어들기 전까지는 아무 문제가 없었다고 말했다. 그녀의 말대로라면 뱀에게 수도사 옷을 입히고, 교황이나 대주교 게라심이나 사보나롤라의 머리를 붙여야 했을 것이다.

노아의 방주는 이동하는 동안 고장이 나서, 기계장치를 작동할 때마다 사자는 포효하는 대신 뻐꾹 하고 울었고 뻐꾸기는 사자의 목소리로 포효했다. 그러나 그것이 어쩌면 자기 시대를 앞서간 예술가의 의도였는지도 모른다. 계급투쟁을, 그리고 사회의 지배 계층과 대중의 힘의 관계의 변화를 예견했던 건지도 모른다.

작업장은 잘못 건축되어 폐허가 되고 만 옛 도모프 궁 아래쪽에 있었다. 한쪽은 나무로 다시 건축되었다. 아버지는 안쪽 벽들을 무너뜨리고 검고 흰 바둑판 모양으로 된 대리석 타일 위에 가장 큰 작품들을 배열했다. 그중 몇몇은 사람 크기였다. 그 작품들은 작은 것들보다 훨씬 공들여 만든 야심작들이었는데 대부분은 시간의 시련을 견뎌내지 못했다. 나는 그 무리를 그다지 좋아하지 않았다. 자신을 너무 닮고 또 너무 다른 것 앞에서 거북함을 느끼는 게 인간의 본성이기 때문이다. 거기엔 칼을 들고 튀어나올 듯 눈을 크게 뜬 근위병들과—기계장치를 작동시키면 녀석들은 위협적으로 걷기 시작했다—이탈리아 동굴의 인상 찌푸린 조각상들을 닮아서 당시에는 "그로테스크"라고 불리던 인물들도 있었다. 내시들, 술탄들, 해적들, 식인귀들. 대부분은 제대로 만들어지지 않아서 작동시키면 뚝뚝 끊기며 뻣뻣하게 움직여 상상의 비상을 돕기보다는 제동을 걸었다.

그러나 그 거창한 인물들 중 하나는 아주 잘 만들어졌다. 그것은 낫을 든 죽음을 표현한 인형이었다. 흉곽 속에 상감된 가슴에는 자동인형을 보는 사람의 이미지를 비추는 거울이 하나 있었다. 인형 속에는 추시계가 하나 감춰져 있었고, 그것이 시간을 알리면 죽음의 턱이 미소를 짓기 시작하고 웃음이 뒤따랐는데, 그 음산한 웃음소리는 어렵지 않게 상상할 수 있다.

죽음은 50보 정도 길이의 철로 위에 자리하고 있었다. 그것을 작동시키면 죽음은 느리지만 가차 없는 걸음으로 당신을 향해 걸어 나왔다. 으스스. 생각만 해도 지금까지 몸서리가 쳐진다. 다른 멋진 작품은 러시아 대가 보로네시 출신 코즐로프의 작품으로 전설적인 기사 일리야 무로메츠를 표현한 것이었다. 철갑을 두르고 강철 장갑과 몽둥이를 든 그 기사는 한 손을 들고 지평선을 탐색했다. 그러나 용감한 기사는 말에 태우도록 만들어진 것이었다. 그런데 말이 없었으므로 그 효과는 상당히 우스웠다. 사나운 눈에 수염 덥수룩한 거인이 쭈그린 자세를 하고 있어 마치 벽에 대고 볼일을 보고 있는 것처럼 보였기 때문이다.

애호가들에게서 산 이 물건들을 확실히 관리하고 새로운 것들도 만들기 위해 아버지가 비싼 대가를 지불하고 불러온 뷔르템베르크 사람 뮐러의 지휘 아래 두 러시아 노동자 쿠즈마와 일류시카가 이 인형들을 돌보았다. 뮐러는 얼굴이 창백하다 못해 거의 투명할 정도였고 빨간 머리에 키 작은 남자였다. 그는 "나의 귀여운 백성"이라고 부르던 그의 자동인형들에게 각별한 애정을 품고 있어 자연의 손에서 소박하게 나온 조잡한 모조품들을 위한 자리가 그의 마음에는 거의 남아 있지 않은 것 같았다. 그는 드레스덴에 있는 볼베르크의 작업장에서 7년을 보내며 그 거장 곁에서 기계공학을 배웠고, 그것을 아버지는 유익하게 활용했다. 그것이 우리를 파멸로 몰고 갈 뻔한 날까지는.

24

아버지는 뮐러에게 내가 위에서 말한, 근위보병이라 불렀던 터키 전사들을 손보게 맡겼다. 그것들은 거장 크뢰니츠의 작품이었다. 예술가의 손길은 그 보병들의 생김새에 참된 신앙의 적들을 표현하는 데 적합한 온갖 잔인함을 즐겨 부여했다. 그 괴물들은 움직일 수 있도록 만들어진 플랫폼을 빙 둘러싸고 배치되어 있었다. 가운데 자리한 기계장치를 작동시키면 녀석들은 한 발짝 내디딜 때마다 휘어진 검을 내리치며 가운데를 향해 전진했다. 이 작품들은 자동인형 수집가인 나실치코프 대공이 주문한 것이었다. 그는 구운 멧새 요리 한가운데 감춰둔 거대한 쥐가 갑자기 식탁 위로 튀어 오르게 만들어 숙녀들을 달콤하게 놀래주는 걸 좋아했다. 기계장치와 과학 일반이 원동력과 디딤돌이 될 새로운 인간의 탄생을 많은 지성들이 이미 예감했다.

"근위보병 놀이"는 친구들을 몇 명 불러와 그들 중 한 명을 움직이는 플랫폼 한가운데 세워두는 것이었다. 그런 다음 몰래 기계장치를 작동시키면, 달아나려고 시도하는 사람에게 어떤 길도 내주지 않도록 움직임과 칼부림이 조정된 사나운 전사들이 귀빈을 향해 가차 없는 걸음으로 전진하기 시작했다. 희생자는 처음엔 웃지만 난도질당하지 않고는 중심에서 벗어날 수 없고 점차 포위망이 좁혀지면서 죽음이 확실하다고 믿게 되는 순간이 닥쳤다. 무엇에도 흥미를 갖지 못하는 관객들조차도 즐거워할 만했다. 나실치코프가 장난을 즐기는 걸로 유명했고 온갖 미친 짓거리를 할 수 있는 인물이었기에 더욱 그랬다. 1772년 12월 29일, 그는 초대 손님들 앞에서 이 달콤한 놀이를 했는데, 손님 중에는 오블라코프 대신과 갈리친 대공, 그 밖에 지체 높은 인사들도 자리하고 있었다. 숙녀들의 겁에 질린 첫 비명이 난 뒤 사람들은 근위보병들의 마지막 걸음과 마지막 칼부림이 장치 한가운데 자리한 손님에게 아무 위협도 가하지 않도록 기계장치가 조정되어 있다는 걸 금세 깨달았다. 마지막으로 나실치코프가 기계장치의 나사를 조금 더 조이고 난 뒤 직접 가운데 섰다. 사람들은 근위보병들이 사나운 눈을 부라리며 몸을 떨더니 삐걱거리며 이 새로운 사교계 놀이 애호가를 향해 나아가는 걸 보았다. 그는 웃으며 보병들을 기다렸다. 기계장치가 손상된 건지 아니면 대공이 부주의로 고장을 낸 건지, 아니면 나중에 사람들이 주장한 것처럼 어떤 범죄자의 손길이 자동인형들의 여정을 길게 연장한 건지 사람들은 끝내 알지 못했다. 근위보병들은 한계선에서 멈추지 않았다.

참석한 귀족들이 공포에 질려 뻣뻣한 인형을 닮은 모습으로 질겁해서 지켜보는 가운데 나실치코프 대공은 그 자리에서 잔혹한 인형들에 난자당했다. 고장 난 기계를 멈추게 할 수 있는 사람이 아무도 없어서 제작소로 달려가 뮐러를 깨워 데려와야 했으며, 따라서 거의 반 시간 동안 인형들이 그들 주인의 피범벅된 유해를 계속 난자했다는 사실을 덧붙이면 사람들은 며칠 전 여제께서 찾아와 감탄했고 "인간 재능의 승리"라고 규정한 그 경이로운 기계장치가 초래한 결과를 이해할 것이다. 적어도 말할 수 있는 건 그 결과가 자동인형 무역에 대단히 해가 되었다는 점이다.

그 일에 범죄 계획이, 과학의 적들이나 대공들과 그들의 사교놀이에 반대하는 적들이 매수한 어떤 하인의 공작이 있었는지는 결코 알아내지 못했다. 범죄였건 아니면 단순히 기계적 사고였건 이 사건이 대중에게 남긴 영향은 참으로 깊어서, 뮐러가 아버지의 작업장에서 인형들을 수리하자 소문은 다시 한 번 우리에게 "악마의 흉계"를 덮어씌웠다. 게라심 대주교가 신부들에게 지시했고, 신부들은 대중을 선동해 "악마의 봉사자들"을 규탄했다. 군중이 몰려와 우리 집 창문을 깼고 작업장에 불을 질렀다.

우리는 한밤중에 화재 소식을 들었다. 우리가 그 장소에 이르렀을 때는 대형 작품들이 자리한 목재 부분 전체가 이미 불타고 있었다. 아버지와 나는 썰매에 탄 채 조금 떨어져 있었다. 거기엔 적어도 사람이 500여 명은 몰려 있었는데 그들이 우리를 알아봤다간 이탈리아 악마에게 어떤 운명을 가할지 뻔했기 때문이다. 온통 검게 차려입은 한 신부가 불길을 향해 십자가를 들던 것이 기억난다. 선량한 기독교인들이 십자가 뒤에만 서면 무슨 짓이든 할 수 있다는 건 모두가 아는 사실이다. 우리의 마부 에픾은 고개를 어깨 아래로 파묻은 채 다시 떠나자고 줄곧 재촉했지만 아버지는 냉정한 얼굴로 묘한 관심을 보이며 그 민중의 광기를 지켜보고 있었다. 마치 거기서 대단히 유익한 무언가를 끌어낼 교훈을 얻고 있는 것 같았다.

그가 마침내 예언 같은 말을 내뱉었다. 개인적으로 최악의 어려움에 처한 이 대단한 사람이 어느 정도로 자기 생각의 주인으로 남을 수 있으며, 어느 정도로 상황을 뛰어넘고 철학적 정상을 향해 오를 수 있는지를 보여주는 말이었다.

—아들아, 잘 보거라. 저기에 엄청난 가능성이, 진짜 보물이 있어. 개척해야 할 새 영역이……. 그래, 미래는 민중 편에 있어. 우리는 민중 쪽으로 돌아서야 해. 저기엔 일어서고 있는 엄청난 수의 밀이 있어. 씨를 뿌린 건 위대한 지성들이었지만 수확하는 건 능숙한 손길들이 될 거다. 민중이 미래야.

그의 말이 옳다고 인정하기 위해서였는지 아니면 만물의 느린 변화를 주관하는 비밀스러운 힘이 그 작용에 대한 그렇게 차분한 이해를 탐탁잖게 여긴 건지 미래는 이내 대단히 가시 돋친 방식으로 모습을 드러냈다. 양털을 걸친 거구의 수염 덥수룩한 농민이 우리를 향해 돌아섰고 우리를 알아본 것이다. 그는 우리를 향해 주먹을 휘둘렀고 낮은 목소리로 천둥처럼 고함쳤다. 그 소리가 내게 미친 공포의 효과가 너무도 커서 나는 지금까지도 주연배우가 노호하는 목소리를 높일 때마다 식은땀에 뒤덮이지 않고는 〈보리스 고두노프〉 같은 러시아 오페라를 관람하지 못한다.

—저기 있다! 저기 있다! 적그리스도들이다! 잡아라! 잡아라! 악마들을 불 속에 처넣자!

군중은 종종 끓는 물 속에 아이들을 던지게 하거나 어머니의 배 속에 든 아이들을 죽이게 한 대단히 기독교적인 하느님의 이름과 정당한 대의를 내세우며 피날레의 취향에 도취한 채 우리 쪽으로 몰려왔다.

우리는 어떤 사건으로 목숨을 구했다. 각자 보고 싶은 대로 그걸 우연의 결과로 볼 수도 있고 아니면 그 시절 아직 엘리트와 민중의 마음 사이에서 망설이고 있던 운명의 손길로 볼 수도 있는 사건이었다. 일부가 이미 무너진 작업장 벽은 마치 손을 맞잡고 궁을 둘러싼 채 춤추는 듯한 불길 한가운데서 타고 있었다. 무엇으로도 우리를 화형대에서 구할 수 없을 것 같아 보이던 순간에 군중 틈에서 하하하하 소리가 올라왔고, 숨죽인 호흡이 낳은 갑작스러운 침묵이 이어졌다. 아마도 뜨거운 열기 때문에 우리의 걸작들 중 하나의 기계장치가 작동했고, 앞에서 이미 말한 뒤러의 유명한 그림, 거울에 비친 죽음에서 영감을 얻은 우리의 걸작이 불 한가운데 나타나는 게 보였다. 자동인형은 뚝뚝 끊기는 걸음으로 수확하는 사람처럼 침착하고 단호하게 낫을 올렸다 내리면서 군중을 향해 전진했다. 그 후 나는 베를린에서 피스카토르¹ᐟ²⁰년대 민중무대에서 정치 연극을 창조한 독일 연출가가 연출한 공연과, 모스크바에서 메이어홀드가 연출한 멋진 공연을 보았고, 나 또한 영화 한 편을 무대에 올렸다. 위에서 얘기한 근위보병들의 비극에서 영감을 얻어 그 충격적인 효과를 살리고 싶었던 작품인데, 나의 친구 콘라트 바이트가 연기를 맡았다. 그러나 평생 나는 "거울을 단 죽음"이 불덩이 밖으로 나오는 광경보다 더 충격적인 것은 보지 못했다. 죽음은 다른 불꽃 축제의 서막으로 연기가 뒤덮은 밤에 규칙적이고 돌이킬 수 없는 걸음으로 모스크바 군중을 향해 나아갔다.

눈 깜짝할 새 거리는 텅 비었다. 사람들은 공포에 목이 졸린 채 거대한 침묵 속에 달아났다. 신부는 십자가를 집어 던지고 사제 복을 걷어 올리고 가장 날쌘 염소만큼이나 재빠르게 내뺐다. 우리의 마부 에핌은 마부석에서 내려와 썰매 밑으로 기어들어가려고 했다.

그때 우리는 한 남자가 그 자리에 남아 그 해골과 마주하고 있는 걸 보았다. 공포가 그의 다리를 잘라버린 건지 아니면 속담에나 나올 법한 러시아 민중의 용기를 물려받은 건지 아니면 취한 건지 알 수 없었다. 결국 그는 취한 것으로 밝혀졌다. 그는 짧게 자른 머리가 이마를 덮은 러시아 농민이었다. 그는 보드카 원조인 고렐카 술병을 들고 있었다. 죽음은 레일 끝에 이르러 선량한 모스크바인 코앞에서 멈춰 섰다. 둘은 반 아르신 정도 떨어진 지점에 서 있었다. 그때 우리의 시민이 우애 어린 놀라운 행동을 했다. 한동안 죽음을 응시하더니 그에게 고렐카 술병을 내민 것이다. 죽음이 반응하지 않자 모스크바인은 술병을 자기 입술로 가져갔고, 단숨에 비우더니 불 속에 병을 집어 던졌다. 그는 잠깐 곰곰 생각하더니 입을 닦았고, 그가 아는 어느 선술집으로 죽음을 데려갈 의도를 확실히 드러내며 해골의 팔을 붙들려고 했다. 자동인형을 설득하려고 두세 차례 시도하다가 그는 불쾌해진 표정을 지었고, 협박을 해도 죽음이 끄떡하지 않자 귀마개를 펄럭이며 비틀비틀 혼자 걸어갔다.

크뢰니츠 거장의 경이로운 피조물은 불꽃을 배경으로 거리에 홀로 남았다.

우리는 제작소 안으로 들어갈 수 있었고, 거기서 연기에 휩싸이고 시커멓게 변했지만 멀쩡한 뮐러를 찾아냈다. 자동인형을 레일 위에 세워 그것이 불길을 뚫고 군중을 향해 나아가게 한 그의 생각이 우리 목숨을 구한 게 틀림없었다. 우리는 기독교적 분노의 물결이 다시 작업장으로 덮쳐오기 전에 기계와 값나가는 다른 모든 작품들을 서둘러 수거했다.

사람들이 곧바로 이 비극 너머에서 귀족과 절대 권력의 적들이 꾸민 범죄의 손길을 보려 한 것에 뭘 놀라겠는가? 나실치코프 대공은 우울증을 앓았고, 그럴 때마다 울적한 기분에 젖어 혼자라는 느낌을 덜 느끼고 우애의 위로를 맛보려고 시종들에게 태형을 가하고 온갖 욕설을 퍼부었다. 이것만으로도 나의 아버지가 이탈리아 자유주의의 정신으로 그의 죽음을 획책한 것이라고 단죄하기에 충분했다―또 어떤 이들은 서슴지 않고 테레지나를 비난했다. 그러나 러시아의 밑바닥에서는 시인과 마법사 들이 단두대의 칼날을 작동시킬 날을―완벽한 작품을 만들 생각에서 영감 받은 자신들의 머리를 단두대에 집어넣을 게 아니라면―예측하게 할 조짐은 전혀 보이지 않았다. 아버지는 분명히 미래를 직감했지만 이 새로운 생각들을 위한 관중이 아직은 존재하지 않는다는 걸 알았다. 그리고 그는 텅 빈 공연장에서 공연할 사람이 아니었다.

자신이 보호하는 인물이 그런 무모한 일을 벌일 수 있으리라는 상상은 전혀 하지 않고 이 모든 사건을 오히려 재밌어한 예카테리나는 그럼에도 우리를 잠깐 피신시키는 것이 좋겠다고 생각했다. 따라서 우리는 네바 강변의 표트르와 파벨 요새에 던져진 게 아니라면 적어도 묵으라고 초대받았다. 더구나 그곳에서 우리는 아주 마음에 드는 전망을 만끽했다. 그곳 사람들은 우리를 상냥하게 맞아주었고 우리는 부족할 게 없이 지냈다. 여제께서 친히 거위 고기 조림이며 산토끼 파테며 구운 사슴 넓적다리 고기에 감자까지 곁들여 여러 차례 보내주기도 했다. 한 세기 전에 독일에서 들여온 이 맛난 뿌리채소는 러시아 전역에 퍼져 있었고, 그 이름도 카르토펠^{kartoffel}이 카르토시카^{Kartochka}로 변하면서 토착화되었다. 예카테리나는 서양에서 그녀에게 붙인 계몽 군주라는 명성에 대단히 집착했고, 민중의 감정을 너무 드러내놓고 거스르지 않는 한도에서 예술을 보호하려고 애썼다.

25

따라서 우리는 정중한 대접을 받으며 묵었다. 아버지는 그곳 총독인 디미치 남작 장군과 그의 아내와 두 딸을 치료했다. 온 가족이 대식증으로 고통 받고 있었기 때문이다. 나는 이 요새 체류를 틈타 이웃 귀족 노인 윌니츠 백작과 함께 내 독일어를 향상시켰다. 그는 『아름다움에 관한 개론』을 출간한 죄로 투옥되었는데, 그 책에서 교육을 통해 러시아 국민을 교양 있게 만들어 추함과 비천함에서 벗어나게 해야 한다고 주장했다. 그가 고령이라는 점과 그의 가족을 고려해 예카테리나는 그런 글에 내려야 마땅할 사형을 내리지 않았다. 여기서 이미 언급한 적 있는 『상트페테르부르크에서 모스크바까지의 여행』의 저자인 라디시체프에겐 사형선고를 내렸는데 말이다. 여제가 그를 미친 사람으로 선언했으니 그는 마지막 날까지 요새에 머물렀을 것이다. 시간을 채우려고 아버지는 나를 히브리 신비철학과 눈에 보이고 지각되는 의미라곤 전혀 없는 것을 지성에 제공하는 심오한 해석의 가능성에 입문시켰다.

주세페 자가는 사태의 추이에 상당히 흡족해했다. 자가 집안사람이 감옥에 가지 않은 지가 꽤 오래되었으니 가문의 문장에 다시 금박을 입혀야 할 때라고 그는 말했다. 우리의 이탈리아 체질에 맞게 불을 피워두던 벽난로 앞을 서성이며 그는 말하곤 했다.

—후대를 생각하는 예술가라면 감옥의 축축한 짚을 경험하는 것이 좋아. 창조자에게 고통과 박해가 반드시 필요하다는 생각은 권력이 귀족의 손에서 부르주아의 손으로 넘어갈 19세기에나 제대로 날개를 펼칠 것이다. 그때 사람들은 문학과 미술, 음악과 시에 대해 이렇게 말할 거야. "아름다우려면 고통을 겪어야 한다." 물론 고통이 무엇에건 쓸모 있을 수 있다는 생각, 심지어 예술가들에게는 그것이 격려되어야 한다는 생각은 돼지처럼 추잡한 생각이야. 그러나 곧 밝아올 새날에는 내 말을 믿고 돼지에게 돈을 걸어야 해. 그러면 잃지 않을 거야.

그는 검은 비단옷을 입었고 용모의 기품을 한층 돋보이게 해주는 은색 가발을 썼다. 용모의 기품이야말로 유일한 진짜 기품이다. 그것이 내적 아름다움을, 영혼의 아름다움을 비추기 때문이다. 사람들이 주세페 자가를 "거드름을 부리는 자"로, 심지어 프랑수아 비달 씨의 이 파렴치한 표현을 신께서 용서하시길 빌며 옮기자면 "늑대, 꿩, 여우를 한 몸에 구현한 유일한 경우"(『인간의 꿈과 그 기식자들』, 파리, 1886)로 취급할 수 있었다는 걸 생각하면 나는 경멸 어린 웃음을 짓지 않을 수 없다.

아버지는 테레지나에게 다가가 팔로 그녀의 어깨를 감쌌다. 그것은 참으로 아버지가 딸에게 하는 몸짓 같아서 내게 다시 어떤 희망을 품게 했다. 마치 그 몸짓이 결혼이라는 성스러운 끈에서 젊은 여자를 해방시키기라도 한 것처럼.

─그런데 돼지처럼 추잡한 그 생각, 고통 없이는 위대함도 없고 고뇌와 불안 없이는 깊이도 없다는 생각, 가난과 아픔이 인간을 고결하게 만들어주고 정화해주고 한결 더 인간적으로 만들어준다는 생각……

테레지나는 코메디아델라르테를 위해 가진 표현 재능을 한껏 발휘해 손을 가슴에 얹고 베네치아 영혼의 깊은 곳에서 혐오감을 드러내며 침을 뱉는 시늉을 했다.

─……피와 똥으로 만들어진 그 생각이 곧 엄청나게 커져서, 사람들은 예술가에게 종이와 잉크만큼이나 형벌과 죽음도 필요하다고 판단하게 될 거야. 그러니 우리 유폐를 우리의 명성과 영광을 위해 바치는 세금으로 여기자. 사람들은 주세페 자가가 전제군주제로 인해 정신과 육신의 고통을 받았고, 그가 시대를 앞서가 새 작품을 위한 취향과 생각 때문에 감옥의 축축한 짚 더미에 던져졌다고 말할 거야…….

그 순간 총독이 우리에게 보낸 스웨덴인 하인이 저녁 식사가 준비되었다고 알리려고 들어왔다. 우리는 나리시킨 대공의 선물인 은식기와 베네치아의 채색 크리스털 잔이 하얀 식탁보 위에서 우리를 기다리고 있는 잘 차려진 식탁을 둘러싸고 앉았고, 곧 갖은 향신료를 넣은 잉어 요리에 월귤나무 열매가 곁들여진 멧돼지 구이를 맞이했다. 이 모든 것에 아버지가 바그라니 대공으로부터 정기적으로 공급받고 있던 헝가리산 토카이 포도주가 곁들여졌다. 아버지는 이 헝가리 귀족의 아픈 곳에 손을 얹는 것만으로 병을 치료해준 적이 있었는데, 결국 몇 년 뒤 그 질병이 그를 데려갔다.

그러나 나의 긴 경력에서 첫 번째 감옥이었던 이곳에서 보낸 최고의 순간은 테레지나 곁에서 보낸 시간들이었다. 사랑하는 여자와 함께 요새의 군건한 담장 안에 갇히는 것보다 더 황홀한 행복을 상상할 수 있을까? 심지어 나는 더 좁고 얼어붙어서 자리도 없고 내 숨결 이외의 다른 열기의 원천이라곤 없어 그녀가 내품속으로 피신하게 만들어줄 공모의 감옥, 더 완벽한 감옥을 꿈꿀 때도 있었다.

우리가 요새에 정착하고 며칠 뒤 나는 아버지와 심하게 충돌했는데, 격렬하다 못해 천박하기까지 한 방식의 그 충돌은 그 시절만 해도 아직 "정신현상"이라고 부르지 않고 영혼이라 불렀던 것의 균열 속에서 음험하게 몰아치고 있던 예상치 못한 소용돌이를 드러내준 첫 번째 폭로였다.

아버지와 테레지나는 거실 겸 식당 역할을 하던 방으로 직접 통하는 침실을 함께 썼다. 어느 날 저녁, 테레지나는 이미 방으로 물러갔고 아버지는 나와 카드놀이를 늦도록 하고 있었다. 아버지는 주의가 산만하고 기분이 나빠 보였다. 그는 직조 때 색실을 교묘히 섞어 빛과 움직임에 따라 초록색으로 보이기도 하는 경이로운 보라색 실내복을 입고 있었다. 아버지는 가발을 벗고 있었고 인도풍으로 말아 올린 모자를 쓰고 있었다. 모자에는 이마 위쪽에 사파이어 하나가 박혀 있었다. 그가 외모에서 이때보다 더 야만적으로 보인 적이 없었다. 그의 이목구비는 냉혹함으로 일그러져 있었고, 눈의 어두운 광채가 그 얼굴에 영국인들이 "악의"라고 부르는 인상을 더하고 있었다. 나는 나도 모르게 피렌체의 독과 단도를 떠올리고 흠칫 놀랐다. 주세페 자가는 훗날 무대 위에서 참으로 인기를 누리게 될 그 장신구들, 요술쟁이라고 불렸던 사람들이 좋아한 그 장신구들을 우리끼리 있을 때는 거의 걸치지 않았다. 그것들은 아직 일반화되지 않아서 우리의 방문객들이 보면 크게 놀라곤 했다. 그런 차림으로 카드놀이용 식탁에 앉은 그를 보니 영 적절치 않아 보였다. 그를 갉아먹고 있는 비밀스러운 짐승이 무엇이었는지 몰랐지만 나는 그런 게 있다는 것만 짐작했다.

아버지는 손 닿는 곳에 술병을 두고 잔뜩 마시고 있었다. 게임에 산만한 걸 보니 그는 다른 생각을 하는 게 분명했다. 결국 그는 일어섰고, 내게 잘 자라는 인사도 하지 않고 등을 돌리곤 옆방으로 갔다. 아마도 술을 마신 탓에 문을 완전히 닫는 걸 소홀히 했던 모양이다. 어떤 악마가 나를 부추겼는지 모르지만 나는 자러 가는 대신 귀를 쫑긋 세운 채 그 자리에 남았다.

물론 그러지 말았어야 했다. 그 대가로 내가 얻은 건 침대의 첫 삐걱거림과 중얼거림을 듣는 순간 나를 사로잡은, 말로 형용할 수 없는 절망뿐이었다. 내게 들려온 말은 그때껏 내가 한 번도 들어보지 못한 말들이었다. 이탈리아에 한 번도 발을 들여놓지 못한 나는 모두들 내게 가르쳐주려 한 내 나라의 언어를 알지 못했다. 아버지는 테레지나와 정사를 하면서 그 지속 시간과 쾌락—그의 쾌락이 아니라 그가 젊은 아내에게 강요하고 그녀에게서 끌어내려고 애쓰던 쾌락—을 좇는 데서 악착스러움과 난폭함을 드러냈다. 그것은 내 사랑만이 아니라 아들로서의 존경심에도 지독한 상처를 입혔다. 그러나 테레지나의 목소리는 등줄기에 서늘

한 저림이 느껴지게 했다. 그녀는 웃고 있었다. 가볍고 유쾌한 그 웃음은 다른 상황에서 내가 참으로 자주 들었던 웃음과 조금도 다르지 않았다. 그러나 아버지가 그녀에게 여자로서 쾌락을 강요하려고 애쓰는 순간에 터져 나온 그 웃음은 거의 흉측했고, 아버지가 정사 도중에 내뱉던 욕설보다 훨씬 더 추악해 보였다. 그때 나는 내가 부끄럽게 여기는 행동을 했다. 그렇다. 지금도 나는 그것이 부끄럽다. 그 행동에서 내가 천박함의 징후를 가장 먼저 본 사람이기 때문이다. 결코 채우려고 해서는 안 될 호기심들이 있다. 몇 세대에 걸친 광대 집안 출신일지라도. 사회로부터 존엄과 명예를 거부당해 그것 없이 사는 법을 터득한 광대 출신일지라도. 나는 일어나서 문 쪽으로 다가가 잘 보이게 하려고 문을 조금 더 열었던 것이다.

나는 이미 1년도 더 전부터 프로스카의 유곽을 드나들며 그곳 여자들을 접하고 있어서 애정의 부재가 난폭함으로 보상되고, 쾌락을 함께 나눌 수 없다는 불가능성이 모욕을 주고 굴종하게 만들려는 의지로 변해버리는 그런 정사에 대해 모르는 게 없었다. 그러나 그때까지도 여전히 천진하게 그런 일탈은 천국이 지옥의 맛을 띤 사창가에서나 생각할 수 있는 거라고 믿었다. 어느 순간 테레지나가 몸을 뒤척이던 중 나는 우연히 그녀의 얼굴을 보았고, 거기서 승리의 미소를 발견하고 아연했다. 그녀 위로 보이는 주세페 자가의 옆모습, 침울하고 아름다운 옆모습은 먹잇감이 된 새의 얼굴이었다. 그러나 ―내가 아버지를 진심으로 사랑하기에 이런 표현을 쓰더라도 용서해주길 바란다― 그 순간은 썩은 고기를 먹는 하이에나의 얼굴이기도 했다.

다행히 희미한 촛불만이 방을 밝히고 있어 내 호기심에 최악의 광경은 면제해주었다.

내 뺨 위로 흐르던 눈물이 기억난다. 그리고 베네치아의 피는 아들로서 품었던 나의 존경심보다 훨씬 강했다. 나는 손에 칼을 집어 들었다. 내가 소리를 냈던 모양이다. 탁자에서 칼을 들고 다시 문 쪽으로 돌아선 순간 아버지가 문턱에 서 있는 게 보였다. 나는 울음을 터뜨렸지만 내 손은 여전히 칼을 움켜쥐고 있었다.

그 후로 그렇게 분노에, 그렇게 증오에 사로잡힌 주세페 자가를 다시는 보지 못했다. 그는 한 걸음 성큼 다가와 내 손목을 비틀어 칼을 바닥에 떨어뜨렸다. 그에 대한 기억을 배반한다는 감정 없이는 그 후에 그가 한 행동을 묘사하지 못하겠다. 그러나 내가 "기억"이라고 말한 건 죽은 사람에 대해서가 아니라, 내 기억이 아닌 다른 곳에 존재하는지 알 수 없는 유령이 될 정도로 자기 수명보다 오래 살아남은 사람에 대해 말하는 것이다. 다행히 눈물이 그 증오의 이미지를 이겼다. 그러나 숱한 세월이 흐르고 다른 세기, 전혀 다른 세상에서 살고 있는 지금까지도 나는 그 노호하던 목소리를 듣는다.

―가서 같이 자. 그렇게 오래전부터 하고 싶어 죽을 지경이니. 겁쟁이 같으니, 가서 자라고! 저 여자가 존재하지 않는 걸 보게 될 거다. 아무것도 없어, 텅 비었어, 여자는 없어……. 여자가 된다는 게 무슨 의미인지조차 알지 못해!

그는 나를 방 안으로 세차게 밀었고, 나는 침대 발치 양탄자 위에 넘어졌다. 나는 의지도 잃고 거의 의식조차 잃은 채, 꿈의 격류를 쏟아내는 울음에 몸을 들썩이며 꼼짝하지 못했다. 수천 번 상상한 순간의 격정이 쏟아지며 추잡한 현실의 무게 아래 숨을 거두었다.

얼마나 오랫동안 그렇게 공허의 가장자리에 엎드린 채 남아 있었는지 모르겠다. 나는 익히 잘 알고 있던 향수 냄새를, 내 목을 감싸는 두 팔을, 내 뺨에 닿은 뺨을 느꼈고, 테레지나의 목소리를 들었다. 몇 마디 러시아 말이 베네치아 사투리에 섞인 목소리였다.

—에이! 그렇게 심각할 것 없어! 이런 문제라면 우린 항상 상스러운 거야!

나는 눈을 떴다. 아버지는 이미 없었다. 테레지나의 머리카락이 내 어깨 위로 흘러내렸다. 눈물이 최악의 현실 몇몇은 함께 가져가버렸다. 내 얼굴 위에서 미소 짓고 있는 그녀의 얼굴은 다시 꿈과 이어졌다. 나는 중얼거렸다.

—테레지나, 왜 그런 거야?

—뭐? 뭐가 그렇다는 거야?

—알잖아. 그런 거.

—그런 건 남자들이야. 내가 아니라.

—그렇지만…… 그렇지만…….

그녀는 내 곁에 무릎을 꿇고 앉아 손가락으로 내 눈물을 닦았다. 그러자 곧 어디에도 더러운 흔적은 남아 있지 않았다.

—테레지나, 왜…… 여기 없는 거야?

그녀는 다시 일어났다.

—나 여기 있잖아. 여기 없는 건 네 아버지 주세페 자가야……. 이제 가서 자. 이 모든 게…….

그때 그녀는 정말이지 그때도 내가 이해하지 못했고 지금도 이해하지 못할 말을 했다.

—이 모든 게 대단히 강하고 대단히 힘센 대귀족들의 방식이야……. 하지만 그들은 돈 세는 일은 절대 잊지 않지. 그것엔 무척이나 집착하니까! 가…….

내가 거의 눕자마자 아버지가 방으로 들어왔다. 그는 잠시 머뭇거리더니 다가와 침대에 앉았다. 그는 옆으로 돌아앉았고, 나는 그가 차마 나를 쳐다보지 못한다고 느꼈다. 나도 그를 쳐다보지 않았다. 그가 내 눈에서 비난을 읽기를 원치 않았던 것이다. 얼마 후 그의 손이 내 손을 찾아 감싸 쥐었다.

그가 프랑스어로 말했다.

—아, 이 무슨 불행이냐! 모두들 주세페 자가가 기적을 일으킬 수 있다고 생각하는데!

그는 일어나 무거운 걸음으로 나갔다. 왜 그 순간 그가 늙은 하인 디미트리를 생각나게 했는지 모르겠다. 오흐레니코프 궁에서 촛불 끄는 일을 맡아 모든 불이 제대로 꺼졌는지 확인하려고 밤새도록 이 방 저 방을 확인하고 다니던 우리 하인 말이다.

나는 테레지나를 제대로 묘사하지 못했다는 느낌을 여전히 갖고 있다. 내 곁에서 어깨 너머로 방금 내가 쓴 것을 읽고 있는 모습 그대로 말이다. 내가 옆모습을 보고 있는, 살짝 들린 듯한 그녀의 코는 흔히들 말하듯 "영적"이라고 규정할 수 있을 사람들의 것이다. 오직 당신의 손을 핥기 위해 세상에 태어난 것처럼 보이는 강아지들의 천진함에 더 가까운 게 아니라면 말이다. 눈은 에메랄드빛 물속에 몇 가닥 호박색 줄무늬가 있다. 거기엔 광학 법칙의 기이한 변덕으로 산조르조마조레 교회가 비치지 않는다. 목, 이마, 턱, 어깨, 입술, 미소, 이 모든 게 시간의 작업에서 승자가 되어 빠져나왔다. 시간은 멈춰 섰고, 욕구불만으로 스스로를 갉아먹어 산산조각 나버려서 우리는 여기저기서 그 조각들, 침식된 돌멩이와 바위, 폐허가 된 궁과 사원 들을 줍는다. 견고하기로 명성이 자자하지만 추억으로 만들어지지 않았다는 것이 가장 큰 오류인 숱한 다른 작품들 가운데서 말이다. 나는 테레지나를 현대식으로 차려입히기 위해 생로랑이나 쿠레주 부티크로 데려갈 때가 있다. 그러면 거장 디자이너들은 내가 그들 살롱에 언제나 홀로 기웃거리는 걸 보고 대단히 놀라서 초대장을 보내오기 시작한다. 추억을 최신 유행으로 입히기란 대단히 어려워서 많이 입혀보아야 한다. 이따금 나는 그녀에게 잘 어울리는 옷을 한두 벌 찾아냈다.

26

우리가 표트르 파벨 요새에 체류하는 기간이 불안할 정도로 길어졌다. 여제는 사람들이 진정되고 나면 평온하게 일할 수 있게 허락해주려고 기다리고 있다고 우리에게 알려왔다. 이 위대한 여제가 얼마나 예술을 배려하며, 서양의 계몽 시대에 핀 정신의 꽃들을 그녀의 온실에 경작하려고 러시아에 찾아온 모든 사람을 얼마나 너그럽게 맞이했는지는 아무리 말해도 충분하지 않을 것이다.

우리의 감옥 이웃으로 아주 기품 있는 몇 사람이 있었다. 그중에는 자기 남편을 도를 넘어 활용했다는 이유로 예카테리나 여제에게 질투하는 못된 기질을 드러냈던 레스니카 폴란드 백작 부인, 음험한 유혈 음모를 꾸몄다고 단죄받은, 결투를 좋아하기로 유명한 파니니도 있었다. 1901년에 출간된 모르냉의 저서 『18세기 귀족과 명예의 의미』를 믿자면 검술이 경이로운 경지에 달했던 파니니는 프리메이슨 "평등주의자" 지부의 일원이었던 모양이다. 그 신봉자들은 "타고난" 사람들, 다시 말해 귀족들의 특권을 싫어해서 귀족 말살을 맹세했다. 모르냉의 책에서 무엇보다 눈에 띄는 건 파니니에게 불리한 믿을 만한 증거가 하나도 없다는 점이다. 나는 억류 상태의 이 동료에 대해, 검을 다루는 것만이 아니라 붓과 펜을 다루는 것에도 똑같은 열정을 쏟던 생기 넘치고 활달한 금발의 청년이라는 기억을 간직하고 있다. 그를 생각하면 '스포츠'라는 영어 단어가 떠오른다. 왜냐하면 그가 상대들을 결투에서 만나기 전에 여러 차례나 스스로 나서서 그들의 손과 무릎 동작을 고쳐주려 했다는 걸 입증하는 증언들이 있기 때문이다. 여제가 그를 가둔 건 그가 그녀의 비밀 명령에 따라 결투에서 여제가 싫증 난 뒤로 질투가 늘어 거추장스러운 존재가 된 연인 루보프 백작 대령을 죽였기 때문이다. 파니니는 예카테리나가 감정의 아름다움을 고려해, 그리고 그녀의 시녀 중 한 사람인 백작 부인의 절망을 고려해 표현하려는 애도 기간 내내 감옥에 남아 있어야 했다. 이 장교는 카드놀이에서도 탁월한 꾼이어서 아버지를 아주 즐겁게 했다. 주세페 자가 그런 쉬운 놀이에 재능을 쓰지 않은 게 참으로 오랜만이었기 때문이다.

우리에게 허락된 장소의 협소함 때문에 우리 세 사람이 잡거 생활을 할 수밖에 없었던 게 내게는 쉽지 않았다는 걸 솔직히 털어놓아야겠다. 진실을 전하려는 걱정 때문에 여기서 기록하지 않을 수 없었던 끔찍한 언쟁은 더 이상 없었다. 나는 내 방에 홀로 있으려고 애썼지만 테레지나의 목소리는 끊임없이 들려왔다. 그녀가 불행할 때면 언제나 그랬듯이 노래를 많이 했기 때문이다. 노래건 웃음이건 또는 말이건, 담긴 내용이 무엇이건 그녀의 목소리는 내게 저항할 수 없는 명령이었다. 때로 그녀는 드레스 호크를 벗겨달라고, 잃어버린 귀고리 한 짝을 찾아달라고 나를 불렀다. 때로는 이유 없이 나를 불러놓고 오래도록 슬프게 나를 바라보았다. 그럴 때면 우리가 그녀의 눈보다는 훨씬 덜 갇혀 있다는 느낌이 들었다. 그녀의 눈 속에서 나는 내가 알지 못하는 어떤 절대적 자유를 갈구하는 욕망을 읽었다. 그녀의 가장 소중한 친구 중 한 사람으로 당시 아주 인기가 많았던 눈먼 악사 노인 이반 블로힌이 자주 요새로 찾아왔다. 테레지나의 방에는 클라브생 한 대가 준비되어 그를 기다리고 있었다. 나는 그 자리에 함께했다. 내 손가락들은 러시아 비올라에서 이탈리아 기타로 넘어가는 데 필요한 민첩함을 이미 터득해두었다. 기타의 음색은 고향에서 온 것처럼 느껴졌다.

파니니는 나와 우정을 맺었고, 곧 우리 사이에는 장난기 어린 공모 의식이 자리 잡았다. 우리 둘 다 위대한 사랑의 증인이자 수혜자가 되었기 때문이다.

그곳 총독의 딸은 오늘날엔 우랄이라고 부르는 야이크 강변 주둔부대 소속의 젊고 명석한 장교 폰 비진 중위와 결혼했다. 벌써 1년 넘게 러시아 기병들 사이에 대단히 경솔한 일이 감지되고 있었다. 안노시카는 약간 통통했고 다리가 살짝 짧았으며 얼굴에서 지성이 빛나지도 않았지만, 나는 볼로토 유곽의 환대 어린 편의를 이용하기엔 너무 멀리 떨어져 있었고, 허기는 보잘것없는 양배추 수프도 맛있게 만드는 법이다. 그런데 내게는 다행스럽게도 안노시카는 멀리 떨어져 있는 남편을 미칠 듯이 사랑했다. 그녀는 오직 남편 생각만 했고, 남편 얘기만 했고, 심지어 남편을 언급할 때 상당한 격정과 열기에 도달해 그녀의 얼굴에는 절정에

달할 때처럼 내적 기쁨이 만개해 땀방울이 송글송글 맺혀 올라오는 걸 짐작할 수 있었다. 그녀는 내게 아주 가까이 다가와 근시 때문에 연신 깜빡이는 눈으로 나를 뚫어져라 응시했고, 버림받은 가련한 새 같은 작은 머리를 내 어깨에 얹곤 했다.

　—난 그이 생각만 해. 그를 사랑해, 그를 사랑해……. 내가 얼마나 그를 사랑하는지 네가 안다면!

　나는 그녀의 손을 잡고 부드럽게 쥐었다.

　—말해봐, 안노시카…….

　—그의 품에 안길 수만 있다면 내 목숨이라도 내놓겠어!

　그건 대담한 이미지였다. 그녀의 남편이 품에 시체를 안고서 어떤 기쁨을 느낄 수 있을지 상상이 되지 않았기 때문이다.

　—가련한 내 심장! 이따금은 꼭 심장이 터질 것만 같아!

　나는 그녀의 가슴에 손을 얹었고, 그녀의 가련한 심장박동을 셌다.

　—눈을 감아봐, 안노시카. 그 사람 생각을 더 잘할 수 있게 내가 도와줄게. 난 늘 그렇게 해. 난 버릇이 있어……. 날 믿어. 자가 사람들은 마법사야. 집중해. 너를 만지고 더듬는 게 그의 손이라고 생각해…….

　내 손은 만지고 더듬었다……

　—뭐 하는 거야, 뭐 하는 거야…….

　—이건 마법의 손놀림이야, 안노시카. 네 남편을 생각하도록 도와주는 거야……. 곧 그가 네 곁에 올 거야…… 느껴져? 그 사람 곁을 떠나지 마…… 눈을 꼭 감아…….

　—오, 그래! 오, 아냐!

—네 남편이 다시 돌아왔어, 그는 너를 꼭 끌어안고 행복을 찾고 발견해. 그 사람을 생각해. 그 사람을 아주 강력하게 생각해.

—그래! 생각해! 정말 강하게 생각해!

—생각해!

—생……각해!

내 손길은 이 방탕한 짓을 벌이면서 조금은 놀랐다. 직업여성들만 맛보았던 나는 그런 축축한 습기 속에 불이 붙을 수 있으리라고는 생각지 못했기 때문이다.

—생각해!

—생각하고 있어! 생각해! 나의 귀여운 남편! 피에티아! 피에티안카!

—그래, 나야. 너의 귀여운 피에티아, 내가 돌아왔어!

—들어와!

—자, 왔어! 내가 왔어!

—그래! 그래!

—자…… 여기!

—아야!

—그래! 그래! 그……래! 그래!

—그……래……그……래……!

—야옹!

그러나 이 마지막 외침은 내가 마법의 지팡이를 써서 마침내 만난 행복한 아내에게서나 행복한 남편에게서 나온 게 아니었다. 햇살을 받으며 평화롭게 자고 있던 침대 위에 우리 둘의 몸이 갑작스레 쓰러지자 대단히 방해받고 화가 난 고양이 미카가 낸 소리었다. 나의 마법사 능력의 발견에 완전히 매료된 나는 모든 자가 조상들이 나를 자랑스러워하는 것 같은 느낌이 들었다. 나는 갓 걸음을 뗀 초보였을 뿐이지만 이제 막 남쪽의 먼 초원에서 무척이나 사랑받는 남편을 데려와 달콤함에 목마른 아내에게 돌려준 것이다.

세상의 관습을 아직 잘 알지 못했고, 고백하자면, 어쩌면 이탈리아인이라 입이 무겁지 못해서인지도 모르지만 나는 파니니 앞에서 수천 베르스트 떨어진 두 사람을 내 배려로 다시 만나게 해준 일을 자랑하게 되었다. 그로써 나는 안노시카가 내가 생각한 것보다 더 뜨겁게 남편을 생각한다는 걸 알게 되었다. 왜냐하면 그녀는 내 곁을 떠나기 무섭게 곧장 사랑하는 남편을 찾아 파니니 방으로 달려갔기 때문이다. 내심 감상적인 파니니는 그 얘기에 아주 놀랐다.

─피에트카를 정말 사랑하나 봐. 분명해. 정말 아름다운 사랑이야.

─정말 사랑하는 두 사람을 절대로 헤어지게 할 일은 없을 것 같아.

열다섯 살 나이에 경험 많은 듯 보이려고 내가 근엄하게 말했다.

일주일 뒤 우리는 남편 피에트카를 다시 만나려고 안노시카가 쏟는 채울 수 없는 열정을 번갈아 확인했다. 다행히도 요새의 규칙이 지체 높은 사람들에게 많은 배려를 해서 우리는 방문을 안에서 잠글 수 있었다.

나는 이미 글을 많이 쓰고 있었다. 요새 밖으로 나갈 수 없다는 점이 나의 탈출 욕구를 고조시켰고, 펜은 내게 날개를 달아주었다. 내 이야기들은 깊이가 돋보이지는 않았지만, 능숙하지 못한 만큼—아마도 나는 형태가 내용처럼 여겨질 수 있다는 걸 본능적으로 이해했던 것 같다—나는 자질의 첫째 조건인 어떻게 '보여질까'를 고심해서 끈질기게 필체에 공을 들였다. 처음엔 서체가 문체 구실을 할 수 있었다. 나중에 가서 서체를 숙련하게 되면 문체가 깊이의 인상을 주는 경우가 종종 있듯이 말이다. 또한 나는 테레지나와 함께 노래에도 몰두했다. 나는 꽤 듣기 좋은 테너 목소리를 가졌고, 오페라를 직업으로 삼을 정도는 아니었지만 감히 나의 사회적 성공을 말할 수 있다면 거기엔 내 목소리도 중대한 역할을 했다. 왜냐하면 목소리가 나의 음색에 설득력 있는 억양을, 내 말에 진정성의 예쁜 억양을 부여해주었기 때문이다. 사회생활 기술은 물론 명예의 전당을 주장할 것까진 못 되지만 소홀히 할 것도 아니다. 아버지는 카드놀이를 좋아하지 않았지만 시간이 느리게 흐르자 카펫 위에서 가진 돈을 위험에 빠뜨리는 사람에게 꼭 필요한 모든 술책을 내게 가르쳐주었다. 따라서 나는 아버지로부터 훌륭한 수업을 받았기에 긴 이력 동안 누구도 내게 속임수를 썼다고 비난할 수 없었다. 아버지는 내가 쓰는 글을 주의 깊게 지켜보았고, 아마도 거기서 충분한 약속을 보았는지 이 길에 접어들려는 사람에게 필요한 모든 솜씨를 터득하도록 최대한 나를 도왔다. 모든 예술에 공통되는 자산이 존재한다. 그래서 나는 능란하게 카드를 섞고, 내가 유리한 순간에 가장 확실한 카드들을 발견할 수 있다고 확신하는 곳에 밀어 넣는 법을 배웠다. 주세페 자가는 작업실에서 독일제 자물쇠 소장품을 몽땅 가져오게 했고, 나는 임시변통의 수단으로 그 자물쇠들을 여는 훈련을 했고, 그 자물쇠에 맞는 열쇠를 만들고 심지어 만능열쇠를 만드는 훈련까지 했다. 이런 일이 그때는 요즘보다 훨씬 쉬웠다. 열쇠 제조도 생각도 아직 요즘만큼 복잡한 수준에 이르지 않았기 때문이다.

27

나는 아버지가 점점 더 술을 많이 마신다는 걸 곧 알아차렸다.
때로 아버지는 심지어 완전히 취해서 몇 시간이나 멍한 눈으로 바
닥을 응시하곤 했다. 이미 진정성의 벌레가 그를 갉아먹고 있었다.
가장假裝, 눈속임, 믿게 만드는 일을 너무 많이 실행하고 그들 마법 초
롱의 홀리는 효과를 너무 많이 사용한 사람들이 종종 겪는 일이다.

다른 한편 주세페 자가는 오늘날 이데올로기라고 부르는 것,
정치적 투쟁과 혁명을 위해 충분히 준비가 되어 있었던 것 같다.
그는 심지어 흘린 피에서 자기 진정성과 신념의 시험대를 찾기까
지 했다. 이것은 어느 날 놀라운 한 문장의 말로 표출되었다. 그
말이 내게는 환상 놀이에 지친 거장 마법사가 어디까지 갈 수 있
는지, 그가 종종 자신과 얼마나 뿌리 깊은 결별을 향해 가고 있
는지를 명백히 보여주는 것 같다.

그는 중얼거렸다.

—우리 모두를 죽여야 할 거야. 언젠가 그럴 날이 올 거
야…….

정말 다행스럽게도 그날은 아직 오지 않았다. 본보기 삼아 숱한 희생이 벌어진, 하얗게 질린 혹은 핏빛의 새벽이 몇 번 오긴 했지만. 내 책들이 꽂힌 서재 선반을 힐끗 쳐다보는 것만으로도 나는 안심이 되었다.

우울 때문인지 아니면 확신이 필요한 우리 다른 족속들에게는 참으로 위험한 의혹의 순간을 이기고 안심을 하려는 욕구 때문인지 모르겠지만, 어쨌든 표트르 파벨 요새 담장 안에서 아버지는 우리 부족의 책을 내 손에 쥐여 주었다.

이미 봄이 우리에게 발랄한 신호를 보내기 시작했고, 북쪽의 작은 태양은 잿빛 자갈들 위로 러시아인들이 새끼 토끼라고 부르는 햇살을 뛰놀게 하고 있었다. 그러는 동안 네바 강의 얼음이 갈라지면서 밤사이 천둥소리를 내며 산산조각 났다. 그 소리는 출생과 재산에서 특권을 누리는 계층을 언제나 불안하게 만들었는데, 그것이 고삐 풀린 다른 요소들을 떠올리기 때문이었다.

아버지가 내 앞에 나타난 순간을 나는 놀랍도록 선명하게 기억한다. 흔한 표현처럼 어제 일처럼 선명한 게 아니라 지금 그대들에게 말하고 있는 바로 이 순간, 그가 내 눈앞에 있는 것처럼 선명하다. 게다가 실제로 그런 경우이기도 하다. 비록 관습상 이런 경우에는 "유령"이라 말해야겠지만 나는 친절하게도 내 글을 읽어주는 사람들에게 그가 내 앞에 실제로 서 있다고 확인해줄 수 있다. 그 실재가 살짝 흐릿하고 모호하고 투명하긴 해도 그건 내 곁에 있는 주세페 자가의 강력한 현존을 문제 삼지 못하고 오히려 아들의 심장과 상상력의 쇠퇴를 증언할 뿐이다. 상상의 기술을 너무 오래 쓰다 보면 그걸 직업으로 삼는 사람에게 흔히 닥

치는 일이다. 아버지는 여전히 내 앞에, 박가의 내 작업실에 서 있
고, 언제나 내게 책을 건넨다. 그러나 독자여, 이 페이지들을 넘기
면서 유령에 둘러싸인 느낌이 드는 순간이 온다면 대단히 늙은
남자와 그의 쇠퇴한 영감을 탓하기 바란다.

그건 가죽으로 장정된 두꺼운 책이었다. 장정은 색깔도 두께도
남아 있지 않았고, 지혜만큼이나 늙고 낡았다.

—이걸 받아라. 모든 게 거기 있어…….

아버지가 말했다.

그는 존경심과 거의 경건한 신앙심이 실린 나지막한 소리로 내
게 말했다. 어두우면서 동시에 부드러운 그의 눈길에는 그가 대
개 함께 일하는 사람들에게만 표현하는 엄숙함이, 진지한 부동성
이 담겨 있었다.

—네 할아버지 레나토 자가께서 임종의 침상에서 말한 비밀이
그것이다. 네 정신과 영혼에 스며들도록 이해해야 해. 그렇게 하
면 넌 언제나 의혹과 절망을 이겨낼 것이고 영원히 미소를 간직
하게 될 거야. 우리의 대장 아를레키노의 미소 말이다. 이 책 속
에서 너는 우리 직업을 계속 이어가고, 현실이 네가 가는 길목에
던질 '이게 다 무슨 소용이지?'라는 의문과 부정의 온갖 덫을 피
하는 데 필요한 힘을 길어낼 수 있을 거야.

한동안 나는 머뭇거렸다. 뚜껑처럼 보이는 그 빛바랜 장정을
들추면 신이 친히 내 얼굴로 달려들 것만 같았다. 다른 어떤 만
능열쇠가 존재할 수 있으리라고 생각하지 못했기 때문이다. 결국
나는 결심했다. 장정의 상태와 달리 최고의 송아지 가죽으로 만
들어진 안쪽 페이지들이 아주 깨끗하고 최상의 상태라는 걸 확

인하고 나는 놀랐다. 거기엔 전부 일곱 페이지가 있었고 모두가 완전한 백지였다. 어떤 글, 어떤 공리, 어떤 논증으로도 훼손되지 않았고 어떤 기호도, 어떤 절대적 교리도 없었다. 그때 어릴 적 아버지가 이미 이 책에 대해 내게 말한 적이 있다는 사실이 떠올랐다. 하지만 나는 이제 어린아이가 아니었다. 내가 아직도 이해할 수 있을까? 나는 대단히 정중하게 페이지들을 넘겼다. 그 순간 문득, 아버지가 더 말할 필요도 없이, 빛이 번득였고 나는 깨달았다. 아무것도 아직 쓰이지 않은 그 마법의 페이지들에서 올라오는, 인생 여정의 우발적 사건들과 사고들 따위는 아랑곳 않는, 저항할 수 없이 당당한 희망의 엄청난 크기를.

―절대 잊지 마라, 아들아.

나는 목이 죄어들었다. 나는 세월이 흐르는 동안 그토록 잔혹하게 잘못 생각한, 그리고 자신들이 진실을 쥐고 있다고 믿는 바람에 여전히 잘못 생각하고 있는 모든 사람, 죽임당하고 학살당하고 고문당하고 태워진 모든 사람, 혹은 아직 아무것도 말해지지 않았고 모든 기회가 아직 고스란히 남아 있는데 어떤 결정적인 말을 한 것 때문에 더없이 끔찍한 고통을 겪은 사람들을 생각했다. 절대 진리를 가진 모든 교황들을 생각했고, 그들처럼 조잡한 속임수, '확신'이라는 이름을 가진 속임수에 결코 가담하지 않겠다고 결심했다. 지금 이 순간도 나는 1917년의 죽은 볼셰비키 대혁명을 생각한다. 나는 내 작품 속에서 레닌과 스탈린에 대한 칭송을 노래함으로써 그 혁명에서 무사히 빠져나올 수 있었다.

나는 책을 다시 덮었지만 내 손에서 순수하고 새하얀 빛이 올라오는 것처럼 보였다.

이날 밤 나는 잠을 자지 못했다. 끝없는 모험 끝에 다다른 느낌이 들었다. 나는 네바 강이 얼음에서 해방되는 소리를 들었고, 그 노호와 깨지는 소리에 취했고, 봉기하는 민중과 그들에게 대적하려고 전진하는 군대를 보았다. 얼마 후 민중은 군대가 되고 군대는 민중이 되었다. 마침내 나는 인간이 상상의 작품이라는 걸, 그것이 끊임없이 만들어지고 창조되고 재창조되어야 한다는 걸, 인간이 자신에게 부여하는 모든 진실은 시대의 의복이고 거쳐 가는 숙소에 불과할 뿐이라는 걸 이해했다. 심지어 나는 해방자이면서 해방된 네바 강의 동요에서 당통, 로베스피에르, 보나파르트를, 거리에 설치된 연단에 서서 대중에게 연설하는 레닌을 보았다. 오늘날엔 진부한 이미지가 되었지만 그것을 나는 예카테리나 통치하에서 감지하는 재능을 드러냈다. 내 말을 믿지 않고 어깨를 으쓱할, 협잡꾼의 신통찮은 작품이라고 경멸조로 말할, 또는 시적 파격의 이름으로 너그럽게 나를 용서할 사람들에게 나는 이렇게 말하겠다. 신사 여러분, 여러분의 생각이 옳습니다. 또는 여러분—나는 시대착오적인 걸 무척이나 싫어한다—나는 언제나 광대였을 뿐입니다. 그대들에게 이 비전의 사실성에 대해 문서로 된 증거를 제공할 수도 있지만 그러지 않으련다. 재미를 주는 사람에게 치명적인 위험이 있다면 그건 진지함에 사로잡히는 것이기 때문이다. 게다가 다음 선거가 이 나라에 제공하게 될 것을 전혀 알지 못하기에 나는 내 마지막 날을 정신병원에서 끝내고 싶은 마음이 조금도 없다.

내가 그때보다 테레지나와 더 행복하게 논 적이 없었다. 내가 "논다"라고 말한 것은 그 충만한 시간을 묘사할 적절한 말이 달리 없기 때문이다. 사는 기쁨으로 대기에 풍선이 한가득 날아오르는 듯한 시간이었고, 말 한 마디, 웃음 한 도막, 심장박동 한 번이면 그 풍선들을 다시 날릴 수 있는 시간이었다.

테레지나는 매일 아침 카니발에 가듯 차려입었다. 망치와 작업대 사이에서 생겨난 신음을 우리에게 실어다 주는 것만 같고 내게는 영원히 러시아 민중의 목소리로 남은, 쉬지 않고 딸랑거리는 콜로콜^{kolokol} 종 소리에 맞서 싸우기 위해 우리에겐 유쾌함과 알록달록한 색깔과 즐거운 가장 도구가 많이 필요했다.

도미노, 가면, 방울, 뾰족모자, 폴리치넬라가 처음엔 썰매에 실려, 나중엔―눈이 녹으면서―마차에 실려 쉬지 않고 오흐레니코프 궁과 우리의 감옥을 오가며 우리를 구하러 왔다. 시뇨르 우골리니는 우리에게 그의 궤짝을 후하게도 열어주었다. 터키식으로 옷을 입힌 뚱뚱한 러시아 천사들이 놓인 테레지나의 침대 위에는―진짜 종교라면 이빨을 갈았겠지만 테레지나는 늙은 종교가 이미 오래전에 이빨을 몽땅 잃어버렸다고 말하곤 했다―유명 극단이 고스란히 자리를 잡았다. 거기엔 가죽으로 된 성기를 단 카피타노가 있었고 빨간 코의 판탈로네, 진지한 것에 대해서라면 있는 대로 적의를 품은 매부리코 대장 폴리치넬라, 벌거벗은 엉덩이를 내놓은 도토레가 있고, 물론 아를레키노도, 테레지나가 너무도 세심히 보살펴서 결국 내가 질투를 하고 만 아를레키노도 있었다.

우리의 요새 체류는 불안할 정도로 길어졌지만 총독은 더없이 상냥한 태도를 보였다. 예카테리나가 명령을 내려두었던 것이다. 물론 감옥이긴 했지만 예술에 걸맞은 배려를 보였던 것이다. 상트페테르부르크에 있던 모든 광대, 악마 꼬리를 잡은 모든 이들이 와서 우리를 즐겁게 해주었다. 터키 크레멘 극단은 우리에게 카라고즈 인형극을 공연해주었다. 우리의 친구들인 불과 칼을 삼키는 이들, 야바위꾼들, 위대한 스위스 복화술사 프리치가 우리를 구하러 나섰다. 이 유쾌한 극단들은 우리 주위에 자유로운 세상을 다시 만들어냈다. 반드시 엄수해야 할 것이라곤 오직 외줄 위에서 떨어지지 않고 유지하는 것, 자기 소매 속 내용물을 발설하지 않는 것, 공연장 반대편에 자리한 인형을 통해 말할 때 입술을 움직이지 않는 것뿐인 세상이었다. 그것은 죽어가고 있던 베네치아에서 러시아로 온 마지막 빛줄기였다. 베네치아에서는 코메디아델라르테마저 글로 된 텍스트를 미리 숙고하고 외우게 되고 말았고, 총독이 바다와 결혼하려고 반지를 바다에 던지자 오스트리아 군대가 웃었다.

그렇지만 나는 테레지나의 진짜 적성은 춤이었다고 생각한다. 그 후 결코 나는 도약하고 빙글빙글 도는 데 그렇게 가볍고 조화로운 몸을 보지 못했다. 나는 자주 그녀와 함께 춤췄다. 이 경험은 내게 캐스터네츠와 기타 소리가 나를 향해 올라오는 듯한 취기의 맛을 남겨서 나는 세비야와 그라나다에서 플라멩코를 추는 사람들을 끊임없이 찾아다녔다. 톨레도 출신 이삭이 상트페테르부르크에 데려온 집시들 가운데 몇몇은 이 도시에 남았는데, 그들도 우리의 고독을 달래주러 찾아왔다. 그들은 제자리에서 격렬하게 움직이는 플라멩코 동작, 날아오르다 절제된 팔과 손동작이 노예제도에서 태어났으며 사슬을 끊으려고 애쓰는 노예들의 동작을 상기하는 것이라고 내게 알려주었다.

28

우리는 5월 말에 요새를 떠났다. 그리고 나의 누이 안젤라의 죽음을 알게 되었다. 쾨니히스베르크 부근에서 사냥을 하다가 목에 생긴 악성 감염으로 세상을 떠난 것이다. 아버지는 무척이나 슬퍼했는데, 그 슬픔에 실망과 직업상의 염려가 어느 정도 섞여 있었다는 것도 말해야겠다. 우리 가문에 후광을 씌우고 있는 불멸의 명성에 난 균열이 그렇게 모두의 눈에 띄게 되었기 때문이다.

다행히도 곧 아주 좋은 소식이 쾨니히스베르크에서 은밀하게 들려왔다. 누이의 시신을 입관하려 했을 때 고인의 얼굴에서 기이한 광채가 발산되고, 안젤라의 이목구비가 기이하게 달라진 것 같아 보였다고 한다. 그러더니 고인의 시신이 사라졌고, 그 대신 그녀의 모습대로 그리고 옷 입힌, 자기로 된 커다란 인형이 고인 침상 위 꽃들 사이에 자리하고 있는 게 확인되었다. 프러시아처럼 질서를 사랑하는 나라에서 사람들이 얼마나 공포에 사로잡혔을지 상상할 수 있다. 의사와 나의 매형 오스텐사켄 백작은 오래도록 심문을 받았다. 질병이 지극히 정상적으로 진행되는 동안 환자를 보살핀 의사는 확실한 죽음을 확인하는 데 필요한 보증을 했다. 매형은 판사와 공증인 앞에서 인형과 함께 살 만큼 타락한 취향을 갖고 있지 않다고 확언해야만 했다.

의사 카첸바흐는 젊고 키가 크고 건장하며 남다른 힘을 타고난 사람이었다. 그는 얼마 후 쾨니히스베르크를 떠났고, 우리는 그가 안젤라와 함께 먼저 브라운슈바이크에 정착했다가 나중에 뷔르템베르크에 자리 잡았다는 사실을 알게 되었다. 내가 2년 후 안젤라를 만났을 때 누나는 내게 그 술책의 이유를 말해주었는데, 그것을 오늘날까지도 나는 기품과 처세술의 본보기로 생각한다. 그 세심함은 완전히 시련을 면제해줄 수는 없어도 시련을 견디도록 도와주고 싶은 사람들의 명예와 감수성을 우리 집안사람들이 얼마나 세심히 배려하는지를 보여준다.

이런 일이 일어난 것이다.

오스텐사켄은 자기 아내를 미칠 듯이 사랑했지만 안젤라는 그에게서 마음이 멀어지고 카첸바흐를 열렬히 사랑하게 되었다. 그녀는 자신이 높이 평가하는 남편을 공개적으로 상처 입히는 일도 피하고, 자신이 속한 사회의 관습과 도덕도 해치지 않으면서 잘생긴 의사와 함께 떠나기로 결심했다. 따라서 그녀는 보름스로 갔다. 그곳에서 현자로 불리고 있던 나의 삼촌은 독일 왕실에게 인형을 대는 납품업자였는데, 그 인형들 중 하나를 그녀에게 만들어주었다. 거장의 솜씨로 만든 인형은 안젤라와 자연스럽게 닮았다. 그 후 쾨니히베르크로 돌아온 누나는 병에 걸린 척했고, 카첸바흐 의사가 죽음을 공식적으로 확인했다. 우리 하녀 카를라의 도움으로 인형은 꽃으로 장식된 누나의 침상에 놓였다. 그 후

두 사람은 대기하고 있던 차에 올라타 길을 떠났고, 그렇게 그녀는 남편이 배신당했다고 느낄 수모를 면제해주었다.

바꿔치기한 것이 발각되었을 때 선량한 주민들은 거기서 음산하고 불길한 음모를 보았을 뿐 누구도 나의 누이를 의심하지 않았다. 이것이 그토록 소문 무성했고, 호프만과 폰 샤미소가 착상을 얻어 불가사의한 힘을 개입시킴으로써 그들 작품 속에 담아야겠다고 생각한 "죽은 인형" 사건에 관한 진실이다. 두 작가는 나의 아버지가 그 불가사의한 힘에 복종하길 거부한 것으로 그렸다.

나는 여기서 누이의 명예를 옹호하고 싶다. 다른 상황에서도 누이는 천박한 비방의 대상이 되었기 때문이다. 제아무리 아름다운 일도 끝은 있는 법이니 안젤라가 카첸바흐에 질렸으리라는 건 얼마든지 가능한 일이다. 카첸바흐가 숭고한 시―흔히들 시와 감각의 관계는 불과 벽난로의 관계와 같다고 하는데―보다는 파이프와 담배를 더 좋아하는 둔한 사람인 게 드러났다. 점점 더 싸늘해져가는 이런 조건에서 안젤라가 협잡꾼 포르바흐에게 빠진 것도 사실이다. 포르바흐는 당시 내 누이가 정착한 거리 끝에서 도박장을 운영하고 있었다. 그런데 누구나 병에 걸릴 수 있다. 심지어 의사조차도. 가련한 카첸바흐의 사망을 나의 누이가 그에게 먹였을 어떤 고약한 음료 탓으로 여기고 싶어 하는 건 우리 가문이 신중함과 마찬가지로 결코 버리지 못한 예의범절에 던지는 도전이었다. 게다가 나는 그런 의심을 유감스럽게도 베네치아의 풍습과 피렌체의 풍습을 혼동한 탓으로 본다. 그러니까 선량한 카첸바흐는 정말이지 바보처럼 죽었다. 그런 건 상상력이 참으로 부족한 사람들에게 닥치는 일이다. 이 확실하고 진부한 사실로부터 비방의 빗줄기가 쏟아지기 시작했다.

　나의 누이는 훌륭한 교육이 요구하는 슬픔을 한껏 보여주었다. 선량한 요한의 시신을 입관하던 순간에 그 자리에 함께한 사람들 가운데 몇몇 친지들이 고인의 이목구비가 당사자의 얼굴과 틀림없이 닮았지만 살짝 달라 보인다고 확인했을 때 그녀는 정말이지 크게 놀랐다. 더 가까이서 살펴본 사람들은 그것이 솜씨 좋게 꽃으로 뒤덮은 마네킹이라는 걸 알게 되었다. 품질 좋은 자기로 만든 것이긴 했지만 그래도 신의 손길로 만든 마네킹은 아니었다. 이 일은 당연히 가십 언론들에게 성찬식의 빵이 되었다. 그런 언론들을 탓할 수는 없다. 팔아야 돈을 벌 테니 말이다. 한 가지 사실만큼은 확실했다. 카첸바흐 의사의 상하기 쉬운 시신이 사라졌다는 사실이었다. 바꿔치기가 있었다는 것도 분명했다. 그러나 그걸 나의 가련한 누이의 짓이라고 단죄하고 진짜 시신의 얼굴에 독살의 징후가 너무도 명백하게 드러나기 시작해 바꿔치기를 했으리라고 단언하려면 괴기스러운 한 걸음을 내디뎌야 할 텐데, 그건 괴물들만이 할 수 있는 일이다.

　나는 누이가 타인의 취약성에 대한 존중과 감정의 섬세함—어떤 이들에겐 고통을 받느니 차라리 죽는 걸 부추기기도 하는—을 최고 수준으로 갖추고 있어 요한을 갑작스레 떠남으로써 그의 영혼 깊이 상처를 입히는 일이 그녀에겐 대단히 잔인한 일이었으리라는 걸 잘 안다. 대단히 이상주의적인 다른 존재들과 마찬가지로 그녀는 선택을 해야만 했을 텐데, 아마도 영혼보다는 차라리 육신에 상처를 입히는 편을 선호했을 것이다. 그럼에도 나는 그렇게 생각하는 건 사랑에 빠진 젊은 여자들의 특성인 즉흥성과 잔인성을 경시하는 거라고 여긴다. 차버릴 작정을 한 남편을 위한 지극히 섬세한 배려가 그런 즉흥성 및 잔인성과 병행되기란 드문 일이기 때문이다.

역사가들이 주장하는 비방을 결정적으로 잠재우기 위해 안젤라의 무고함이 곧 공개적으로 인정받을 기회를 가졌다는 사실을 덧붙이는 게 좋겠다. 몇 년 뒤, 포르바흐를 독살했다는 의심을 받았던 그녀는 그녀의 변호사가 이 사기꾼이 잔뜩 빚진 상태로 내 연녀를 데리고 도망쳤다는 사실을 입증하면서 풀려났다. 포르바흐의 얼굴에서 의사가 발견한 독살의 징후는 그가 달아나기 전에 자신이 죽은 것처럼 꾸미고 아내에게 의심을 뒤집어씌우려고 시도한 것임을 증명해주었을 뿐이다. 재판 때 내 누이가 보인 진지한 태도는 판사들을 완전히 설득했다.

안젤라 자가는 그 후 아이들을 위한 매혹적인 책을 몇 권 썼고 수많은 연애소설로 상류층의 여가 시간을 홀린 마틸다 폰 사르디라는 필명으로 유명해졌다. 그 책들에서는 인간의 마음에 대한 탁월한 이해를 확인할 수 있다.

우리는 모이카의 우리 집으로 돌아가고 우리의 습관을 되찾게 된 것이 기뻤다. 그렇지만 아버지는 일부 활동을 억제하는 편이 신중하리라고 믿었다. 철학자들이 불 밝힌 이 세기말에 흑마술과 마법에 대한 비난으로 화형대로 가는 일은 더 이상 없었다. 시대정신에, 진보에, 시대 풍습에 더 잘 들어맞는 새로운 단어, "협잡꾼"이라는 단어가 대단히 유행하기 시작했다. 그것이 당신을 화형대로 인도할 일은 없었지만 시베리아의 얼음도 그다지 끌리는 데는 되지 못했다. "이탈리아 협잡꾼"이라고 불렸던 사람이 자기들의 사냥터라고 여기던 땅을 잠식해 들어오는 것에 점점 더 격분한 독일과 영국의 의사들도 고려해야만 했다. 따라서 아버지는 분수를 지켜 당시 사람들이 프랑스어로 "기분"이라고 부르는 것을 돌보는 일만 했다. 곧 러시아어로 "영혼의 병"이라고 부르게 된 것만.

가장 유명한 환자는 나리시킨 대공이었다. 아버지가 사용한 치료법과 환자의 회복은 루 안드레아스 잘로메가 릴케에게 보낸 편지에 "예지"의 예로 인용되어 있고, 프로이트도 1901년 베를린에서 열린 정신분석학회에서 자기 기술을 활용한 이 첫 번째 사례를 언급했다.

나리시킨 대공의 사례는 예카테리나 즉위 이전에 러시아를 지배했던 야만적인 풍습에 대한 대단히 슬픈 예시였다. 차르는 귀족들 중 한 사람이 마음에 안 들거나 그의 화를 부추겼을 때 어느 날부터 문제의 귀족을 미친 사람으로 간주한다는 공식적인 법령을 선포하는 습관이 있었다. 이 방법은 오늘날까지도 소련에서 시인들, 작가들, 또는 마법사 부족에서 살아남은 가련한 찌꺼기들이 마음에 들지 않을 때 그들을 대상으로 여전히 실행되고 있다는 사실을 우리는 안다. 그런 법령은 총애 잃은 불행한 궁신은 앞으로 광대처럼 행동하게, 차르의 측근인 모든 궁신은 그를 광대로 대하게 만들었다―레온 나리시킨 대공의 경우가 그랬다. 그렇게 익살광대의 대열에 오른 귀족은 온갖 신체적 학대와 모욕, 발길질, 따귀, 그 밖의 비열한 짓거리를 웃으며 견뎌야만 했다. 나리시킨 대공은 예카테리나가 오를로프 다섯 형제와 프레오브라젠스키 부대, 군인 1만 명을 동원해 페테르호프를 짓밟고 남편을 폐위시킬 때까지 2년도 넘게 이런 비천한 짓거리에 굴복해야만 했다. 예카테리나의 남편은 3개월 뒤 그리고리 오를로프에게 목 졸려 죽었다. 그의 죽음은 치질 탓으로 얘기되었다. 아버지는 그 때 이런 말을 했는데, 디드로가 나중에 그걸 소피 볼랑에게 보낸 편지에서 써먹었다. "차르는 치질에 목이 졸렸다."

나리시킨 대공은 품위를 되찾게 되었지만 몇 년 동안 일상적으로 받던 대접에서 회복하지 못했다. 그의 외모는 희극적이었다고 말할 수 있다. 통통하고, 불안하고, 크고 둥근 머리가 끊임없이 옆으로 건들거려서 머리 나사 푸는 걸 도와주고 싶을 정도였다. 겁에 질린 듯 둥그렇게 뜬 눈은 마치 기름에 빠진 벌레처럼 눈구멍 속에서 벗어나려고 절망적으로 발버둥 치는 것 같았다. 그는 심하게 사팔뜨기였는데, 그것은 그의 눈길의 매력에 조금도 보탬이 되지 못했다.

그는 너무도 불안해서 예카테리나의 법령이 그를 "광기"에서 면제한다는 선언을 했는데도 익살 부리기를 멈추지 못했다. 한창 저녁 식사 도중에 그는 출신에 따른 지정석에 앉아 있다가 일어나 홀 한가운데로 달려 나갔다. 대공들과 대사들이 아연실색해서 쳐다보는 가운데 그는 자신을 사로잡은 저항할 수 없는 내적 힘이 시키는 대로 공포에 질린 얼굴로 쪼그리고 앉아 고개를 까딱이고 눈꺼풀을 깜박이면서 알 낳는 암탉을 흉내 내며 꼬꼬꼬 꼬 소리를 냈다. 그건 표트르 3세가 특별히 좋아해서 그의 "미치광이"에게 하루에도 여러 번 시키던 오락이었다. 또 어떤 때는, 영국 대사와 함께 진지하게 프러시아와의 평화조약에 대해, 혹은 터키와의 전쟁에서 러시아 군대가 거둔 최근 승리에 대해 얘기하다가 갑자기 개처럼 짖고 두 손을 앞발처럼 모으고 엉덩이를 꼬리처럼 살랑이며 사탕을 요구했다. 그러고 나서는 대단히 진지하게, 그리고 아주 적절한 말로 대화를 이어갔다.

품위를 되찾은 후 나리시킨은 외교부 장관직을 간절히 바랐다. 여제는 그의 찌푸린 표정과 광대짓이 무도병 때문이며 그의 정신의 섬세함과 통찰력은 그대로라는 걸 아주 잘 알았지만 군주로서 그렇게 아픈 사람을 장관으로 삼고 자문회의 자리에 앉히기란 힘들었다. 어떤 내적 힘으로 벌떡 일어나 네 발로 탁자 주위를 달리고 킁킁거리며 의자 다리의 냄새를 맡고 멈춰 서서 한쪽 다리를 들어 올리는—이런 행동은 근위병의 엄숙한 분위기 말고는 아무것도 맛보지 못한 차르의 눈에만 우스워 보일 수 있었다—사람의 조언을 여제가 받는 걸 상상하기란 어려웠다.

아버지는 나리시킨 대공을 완쾌시켰다. 당시 말대로 하자면 자성磁性을 이용한 치료, 혹은 앞으로 부르게 될 것처럼 최면술을 이용한 치료가 그가 활용한 유일한 방법은 아니었다. 대공의 광대짓을 자동으로 유발하는 건 '아버지의 처벌'에 대한 두려움이었다는 걸 아버지는 너무도 잘 이해했다. 차르는 일반적으로 러시아 민중의 친근한 언어로 "바튜시카-아쳬츠", 다시 말해 아버지라고 불렸다. 따라서 환자가 아버지에 대한 두려움에서 벗어나게 해야만 했다.

치료 과정에 관한 이야기는 자비에 케르디 씨가 로잔에서 출간했지만, 이 스위스인은 주세페 자가가 사용한 방법의 새롭고 대담하고 혁명적인 점을 제대로 평가하지 못한 것 같아 보인다.

표트르 3세의 초상화를 토대로 착각을 일으킬 정도로 닮은 군주의 얼굴을 본떠 밀랍 가면을 만들어 우리 집 보조 요리사 푸시코프에게 그 가면을 씌우고 차르처럼 입힌다는 생각은 지금의 눈으로 보면 재치 있어 보일 수는 있겠지만 그 이상은 아니다. 그 생각을 제대로 평가하려면 그것을 그 시대에 놓고 평가해야 한다. 그 당시엔 심리적 해방과 정신현상에 미치는 작용의 개념들이 완전히 낯선 것이었다. 존경에서 해방할 목적에서 행해지는 불경과 신성모독의 개념들도 완전히 낯선 것이었을 뿐 아니라 그것을 이용할 생각을 품는 사람에게는 대단히 위험한 것이기도 했다. 따라서 가짜 차르도 광대로 변신했고, 나리시킨 대공은 표트르 3세에게 자기 신발을 핥게 하고, 알을 낳는 암탉을 흉내 내게 하고, 네 발로 짖으며 달리게 하고, 다리 한쪽을 들고 벽에 대고 오줌을 누게 함으로써 자기 공포에서 해방되었다.

치료는 몇 달 동안 이어졌고 대공은 완전히 치유되었다. 그에게 남은 단 한 가지 버릇은 목에서 나오는 작은 웃음이었다. 게다가 그것은 아버지가 강력히 추천한 것이었다. 그 웃음은 그 후 매번 나리시킨이 차르를 생각할 때마다 튀어나왔는데, 그 자체가 탁월한 치료법이 되었기 때문이다. 레온 나리시킨은 외무부 장관이 되지는 못했지만 로모노소프 연구소가 창설된 건 그의 추진력 덕이었다. 그는 똑똑한 사람이어서 아버지에게 5000루블을 선사하긴 했지만 늘 주세페 자가를 조금은 경계했다. 그는 어느 날 이렇게 말했다.

—친구여, 당신은 내게 참으로 소중한 사람입니다. 하지만 당신을 지켜보고 있습니다. 혹시라도 당신이 이런 치료를 민중에게 적용할 생각을 한다면 우리는 모두 처형대에서 삶을 마치게 될

겁니다.

아버지는 비밀스러운 생각이야 어떤 걸 품건 자기 시대를 앞서 갈 생각은 하지 않았다. 그래서 꼭 필요한 말을 찾아낼 줄 알았다.

—더 멀리 가선 안 되지요.

오늘날까지도 소비에트러시아에서는 권력자의 총애를 잃은 어떤 작가나 시민을 광인으로 간주한다는 공식적인 판단이 공포되는 일이 통용되고 있으며, 나의 아버지가 만들어낸 해방 치료법, 이른바 "존경 결핍" 내지 "불경" 치료법은 공식적인 광대 시절에 그랬던 것만큼이나 감히 그걸 이용하는 사람에게 지금도 여전히 위험한 것이라는 사실을 상기할 필요가 있을까.

29

몇 달째 엄청난 부자 지주인 이반 파블로비치 포콜로틴이 아버지에게 감동적이고 행정적이면서 아첨조로 그를 갉아먹고 있는 "슬픔의 병"을 치료해달라고 저명한 치료사를 초대하는 애원의 편지를 보내왔다. 그의 말을 믿자면 그는 살날이 얼마 남지 않았다. "우울증이 매일 영역을 넓혀오며 낮의 빛과 밤의 휴식을 앗아가고 있기" 때문이었다. 그는 만약 아버지가 그가 있는 먼 지방까지 와서 그에게 삶의 맛을 돌려주기로 한다면 2만 루블을 제공하겠다고 했다. 한 농노, 그 당시 표현을 따르자면 한 "영혼"의 값어치가 120루블밖에 되지 않던 시절에도 그건 엄청난 액수였다.

포콜로틴의 영지는 오라니엔부르크 지역에 있었는데, 거기까지 가려면 적어도 3주가 걸린다는 뜻이었다. 아버지는 상대에게 상트페테르부르크로 그를 보러 오라고 초대하는 답장을 보냈다. 편지들은 점점 더 울먹이는 어조로 변했다. 포콜로틴은 뼈만 남은 자기 몸이 여행을 견뎌내지 못할 거라고 말했다. 아버지가 갑자기 프리아니코보까지 가기로 받아들였을 때 우리는 모두 놀랐다.

주세페 자가가 이 여행을 하기로 결심한 건 나리시킨 대공을 치유한 뒤로, 더 정확히 말하자면 치유 방법을 알게 된 이후로 궁정이 그를 대하는 냉대 때문이었다. 표트르 3세는 폐위당하고 목이 졸렸다. 그러나 그건 군주들 사이의 문제여서 누구도 신경 쓸 게 없었다. 예카테리나는 대단히 눈치가 빨라서 나의 아버지의 방식, 즉 "불손"의 방식—오늘날 같으면 "신성 박탈"이라고 불렀을 방식—이 귀족과 왕위에 대한 위협을 의미한다는 걸 직감했다. 게다가 여러 차례 오흐레니코프 궁을 찾아온 '방문'이 있었고, 러시아에서는 금지된 볼테르, 루소, 디드로의 작품들이 발견되었다. 예카테리나와 지위 높은 사람들만이 즐길 권리를 가진 작품들이었다. 그들만이 오직 오락을 위해 쓰인 정신의 유희를 제대로 판단할 수 있었기 때문이다.

따라서 아버지는 군주와 어느 정도 거리를 두는 편이 신중하겠다고 판단했다. 그는 마법사가 관객을 잘못 고를 때 어떤 위험이 있는지 알았다. 만약 궁정이 그가 대공들의 호의가 아니라 민중의 호의를 구하기 시작했다고 생각한다면 최악의 골치 아픈 일들이 우리에게 닥칠 수 있었다. 따라서 그는 포콜로틴의 초대를 받아들이기로 결심했고, 1773년 8월 10일 한여름에 온 부족이 길을 떠났다. 주인들이 탄 마차 뒤를 하인들과 옷가지, 어떤 묘술의 도움이 필요하게 될지 알 수 없기에 아버지가 이동할 때면 반드시 가져가는 온갖 소도구를 실은 수레 두 대가 따랐다. 아버지는 테레지나와 함께 여행했다. 나는 우골리니와 함께 썰매에 탔다. 여인숙들이 불결했기에 야영을 하는 것이 나는 정말 좋았다. 게다가 우리는 여행자의 선견지명으로 필요한 장비들을 갖추고 있었다. 나는 밤을 핥는 불이 좋았고, 우리에게 계란과 닭을 가져와 몇 시간 동안 서서 우리의 화려한 텐트를 구경하고 낯선 우리의 습관에 감탄하는 농민들이 좋았다. 테레지나는 별이 총총한 러시아 들판의 고독 속에서 기타를 치며 베네치아를 노래했다. 우골리니는 이탈리아 대사가 그에게 전달해준 오래된 잡지들을 뒤적였다. 우리는 붉고 검은 베사라비아 양탄자에 놓인 방석 위에 자리 잡았다. 이따금 어둠 속에서 모피 모자를 눈까지 눌러쓴 코사크 기병들이 불쑥 튀어나오곤 했다. 그들은 서너 명씩 와서 말을 탄 채 머물렀다. 우리는 그들에게 마실 것을 제공했고, 그러면 그들은 투박한 목구멍에 정말 어울리지 않는 부드러운 음료를 맛보며 놀라서 하하하 소리 내어 웃었다. 아버지는 이따금 가죽 가방에서 귀한 천체 안경을 꺼내어 여름 하늘이 내주는, 동양 태수처럼 호사스러운 다이아몬드와 황금 먼지를 응시하는 데 몰두했다. 대기에는 수확과 베어낸 밀이 느껴지는 살짝 메마른 달콤함이 감돌았다. 가까울 때조차도 먼 것처럼 느껴지는 종소리를 울리며 눈에 보이지 않는 양 떼가 돌아다녔다. 땅의 부식토를 비옥하게 만들기 위해 밭의 죽은 풀을 태우는 빨간 불길도 있었다. 황소와 암소의 울음소리는 광막한 대초원에 친근하고 마음 놓이는 실체를 제공했다. 우리 하인들은 언제나 가장 먼저 잠이 들었다. 그 순박한 영혼들은 시보다는 피로에 더 민감했기 때문이다. 민중은 아직 배워야 할 게 많다. 이때는 별똥별들의 계절이었는데, 나는 왜 별똥별들이 익은 과일과 같은 달月을 골라서 떨어질까 궁금했다. 똑바로 누운 채 나는 하늘을 헤매고 다녔다. 은하수를 거닐었고, 나무에 오르듯 큰곰자리에 기어올랐고, 곰자리에 오르다가 손바닥에 생채기가 났고, 시리우스를 자주 찾았고, 너무 겸손해서 내게 이름을 말하지 않는 이름 모를 별들을 발밑에서 주웠다. 나는 조개 소리를 들을 때처럼 그 별들을 귀에 대고 그들의 속삭임을 기다렸고, 사람들이 대개는 장난기 많은 걸 잘 알지 못하는 쌍둥이별 카스토르와 폴룩스를 가지고 저글링을 했다. 그렇게 나는 한창 꿈을 꾸다 잠이 들었고, 잠에서 깨면 그토록 눈길을 사로잡으려고 안달하며 하늘을 수놓았던 반짝이는 양탄자는 모두 사라지고 없었다. 여전히 상상의 조각들이 가득한 머리로 나는 저 하늘에 공연을 펼친 위대한 자가 경이로운 소도구들을 어느 창고에 정리해두었을까 생각하곤 했다. 잠시 후 나는 다시 진부한 현실과 접촉했지만, 풀어서 익힌 뜨거운 계란 요리, 꿀 바른 블리니^{러시아식 팬케이크}, 잼을 듬뿍 바른 옥수수 전병, 아버지를 위해 러시아 주전자의 대가이자 최고 세공사인 니즈니노브고로드 출신 이반 트로피모프가 만들어준, 총독 왕관이 새겨진 커다란 은주전자에 담긴 차가 곁들여져 대단히 기분 좋은 접촉이었다.

잠에서 깨면 내가 가장 먼저 생각하는 건 테레지나의 텐트로 달려가 아침 식사가 준비되었다고 알리는 것이었다. 이때가 하루 중 최고의 순간이었다. 왜냐하면 잠의 열기가 취기 어린 숨결로 내게 그녀의 몸을 실어 왔기 때문이다. 베개 위로 드넓게 펼쳐져 베개를 완전히 뒤덮은 머리카락에 둘러싸인 그녀의 얼굴은 여자의 향기와 더불어 내게 하루 중 가장 아름다운 선물처럼 제공되었다. 그 향기는 흙과 밭, 과수원조차 시간의 종말까지 헛되이 꿈꾸고 부러워할 수 있을 뿐이다. 그녀는 행복했다. 떠나는 일보다 그녀의 천성과 방랑자 기질에 더 맞는 게 없었기 때문이다. 지금도 나는 눈을 감고 프랑스, 이탈리아, 독일로 가는 길 위에 선 마차를 상상하곤 한다. 사라진 숲을 가로지르고 이미 오래전에 먼지의 맛을 잃어버린 길 위를 달리는 마차를. 그 안엔 테레지나가 타고 있는데, 내 꿈은 절대 마차의 문을 여는 위험을 감수하지 않는다. 나는 언제나 사실성을 최고 수준으로 걱정했기에, 내 작품에 참으로 세심한 배려를 기울이긴 했지만, 혹시라도 그 안에 아무도 없을까 봐 겁이 났기 때문이다. 나는 집시들과 함께 있는 것도 아주 좋아한다. 그래서 언제나 가슴 졸이며 집시들의 주거용 트레일러 앞에 멈춰 서곤 한다. 하지만 그럴 때도 그 안에 들어서는 위험을 감수하지 않는다. 현실을 상대할 때 놈의 투박한 매너를 피하고 싶다면 교활하고 신중할 줄 알아야 하기 때문이다.

내게 꿈이 부족하다는 걸 알아차리고 나의 세 젊은 친구 이바노비치 집시들도 종종 찾아와 몇 시간 동안 이탈리아 노래는 아니지만 집시가 아닌 여자에 대해 얘기하는 노래들을 연주해준다. 내가 보기에 테레지나는 세상의 모든 대중가요 속에 자리하고 있는 것 같다.

아버지와 나의 관계는 다시 다정해졌다. 그가 자신의 내밀한 실패를 체념하고 받아들인 건지, 어떤 바이올린들은 명인이라도 멜로디를 끌어낼 수 없다고 생각하며 위안을 삼은 건지 나는 알지 못한다. 그는 수염이 자라도록 내버려두었는데, 좋은 가문 사람들에게는 그것이 아직 결코 유행이 아니었다. 수염은 그의 얼굴에 왠지 모르지만 그 당시 얘기되기 시작하던 나라인 에스파냐가 떠오르는 엄격함과 냉혹함의 인상을 안겼다. 말 나온 김에 아버지가 로페 데 베가에스파냐의 극작가·시인·소설가와 칼데론로페 데 베가와 쌍벽을 이루는 극작가을 아주 잘 알았다는 사실을 짚고 넘어가야겠다. 연대가 조금 이상해 보이긴 하지만 나의 의혹을 나는 내가 너무 빨리 커버린 탓이고, 유년기의 마법의 숲은 떠났지만 개인적 재능은 아직 도래하지 않은 척박한 나이 탓이라고 생각했다.

베네치아 얼굴들은, 어쩌면 서양과 동양의 합류점에서 형성되기 때문인지 조금만 빛이 비춰도 달라진다. 그래서 때로는 통찰력의 표현이, 때로는 신비스러운 표정이 요구되는 직업에 기막히게 어울린다. 내게는 아버지가 매일 아침 자신의 마음 상태나 만나게 될 관객에 따라 얼굴을 고르기 전에 오래도록 망설이는 것처럼 보였다. 그가 대초원을 가로지르기 위해 고른 얼굴을 나는 기억하고 있다. 그의 직업이 너무 알려져 귀족과 대등하게 어울릴 수 없었던 수도에서 멀어지면서 그는 그동안 타인들을 그토록 꿈꾸게 해주었으니 이 여가 동안만큼은 자기 인물을 자유롭게 고르며 자신에 대해 꿈을 꾸는 것 같았다. 발콘스크가 가까워지자 그 지역의 많은 집시들이 우리에게 선물 배달꾼들을 보내왔다. 아버지가 이 형제 집시 부족을 위해 러시아 전역에서 야영할 권리와 도시들을 가로지를 권리를 얻어주었기 때문이다. 예카테리나가 내린 이 결정은 오랫동안 우리 이름의 자취를 담고 있었다. 집시들이 그걸 자가르 권리라고 불렀으니 말이다.

낮과 밤이 너그러운 열기 속에 이어진 이 긴긴 몇 주보다 행복한 적이 없었다. 이 기간 동안 저녁이면 땅은 햇살이 닿은 뿌리, 메마른 식물, 내부 수액 들의 깊고 숱한 내밀함이 뒤섞인 향내를 풍겼다. 거기엔 내가 알지 못하는, 어루만지는 듯 집요한 후각적 비밀들이 있었다. 그 비밀들을 통해 흙덩이가 여자이면서 빵이고, 과실이면서 동물임을 드러냈다. 그리고 언제나 분홍색과 파란색 나무 안장을 얹은 흰 말을 타고 질주하는 사람들이 있었다. 그들이 누군가를 쫓는 건지 아니면 달아나는 건지, 아니면 그게 그저 그들이 사는 방식인지 알 수 없었다. 그들과 대초원의 관계는 틀림없이 새와 하늘의 관계 같아서 그들은 어디선가 내려앉았다가 곧 다시 날아오를 것이었다. 번개처럼 빠르고 목적 없는 그 질주는 아마 그들이 도취하는 방식이었을 것이다.

아침마다 테레지나는 러시아 노파들의 표현대로 "제 머리카락에 묻힌 채" 텐트에서 나왔고, 온통 푸르른 하늘을 향해 눈을 들었다. 참으로 눈부시고 순수하게 푸르러서, 아직 무감각하지 않았던 내가 그런 예술의 경이로운 여유 앞에서 늘 감탄하지 않을 수 없는 하늘이었다.

―모든 걸 가져가버렸네. 모두 떠났고, 양탄자까지 가져가버렸어. 저 위 사람들은 모두 방랑자고 떠돌이였나 봐. 관객의 마음을 사로잡고 나면 간이무대를 치워버려. 어느 날 아침 눈을 들다가 저들이 잊어버리고 간 가짜 코나 뾰족모자, 폴리치넬라 가면을 보게 된다면 재밌겠어. 밤이 너무 아름다워서 아침이 되면 축제의 흔적을, 굴러다니는 색종이 테이프나 색종이 조각, 피로에 지쳐서 잠이 들었거나 제때 일어나지 못했거나 아니면 떨어지는 걸 잊어버린 별들을 발견하지 않을까 늘 기대하게 돼…….

어느 날 아침, 모두가 아직 자고 있고 태양이 땅을 이미 밝히기 시작했지만 아직 첫 새들을 깨우지는 않았을 때, 그래서 종달새도 곤충도 없이 모든 게 아직 잠의 침묵을 지키고 있을 때, 청소년기에 가장 억제할 수 없는 순간인 이른 새벽에 나는 피의 부름에 고문받다가 잠자리를 떠났다. 나는 아버지에 대한 존경심 때문에 내가 우리 부족의 가장 성스러운 법에 대한 모독이라고 간주했을 짓을 할 희망을 품고 테레지나의 텐트로 들어간 게 아니었다. 그저 한쪽 구석 바닥에 앉아 그녀의 숨소리를 들으려고 들어갔다. 그것은 내가 숨 쉬는 방식이기도 했다. 잠자는 그녀의 숨소리를 들으면 설명할 수 없이 마음이 평온해졌다. 나는 내 호흡을 그녀의 호흡에 맞추었고, 그러면 우리는 하나가 된 것 같았다. 그렇게 희미한 어둠 속에 꼼짝 않고 앉아 몇 시간이고 내 안에서 그녀를 느끼며 그녀와 함께 살 때가 있었다. 심지어 두 팔로 나를 꼭 끌어안은 채 나를 그녀라고 느끼며 강박증에서 완전히 벗어나게 될 때도 있었다. 고독 속에서 내가 가는 곳마다 나를 따라다니는 강박증, 나의 진짜 정체성과 단절되었고, 분리되었고, 나 자신을 박탈당했으며, 내 삶과 그 원천으로부터 절단되었고, 그것을 다른 사람이 쥐고 있고 그 안에 품고 있어 결코 실제로 존재하지 못한다는 강박증 말이다. 그렇게 나는 자연이 착오로 나 자신의 본질적인 부분에 독립된 삶을 부여해버려 그 본질을 박탈당한 채 살았고, 따라서 존재하는 척하기 위해 내겐 많은 기술이 필요했다.

나는 텐트에 등을 대고 양탄자 위에 책상다리를 하고 앉아 있었다. 등 뒤로 동이 서서히 트면서 텐트가 하얗게 밝아왔다. 나는 테레지나와 함께 호흡했다. 그녀에게선 잠자는 붉은 머리카락 더미밖에 보이지 않았다. 머리카락 역시 자고 있었다. 나는 그녀의 머리카락을 한 번도 사물로 간주할 수 없었다. 그것은 뜨겁게 살아 있는 피조물이었다. 이따금 나는 손을 들어 머리카락을 살며시 어루만졌다. 그러면 내 손가락 아래로 다람쥐들이 달려갔다. 그때 테레지나의 목소리가 들렸다.

—너 날 사랑하니?

나는 손을 뺐다. 그것은 그녀가 내게 물을 권리가 없는 질문이었기 때문이다. 내가 아직 초보 단계에 있다는 걸, 내가 천재성을 가졌는지 재능을 가졌는지조차 확신하지 못한다는 걸, 내가 느끼던 것, 내 이전에 어떤 남자도 아직 경험하지 못한 것이 무엇인지 표현하는 데 필요한 말도 내가 찾을 수 없었다는 걸 그녀는 알기에.

—이리 와…….

나는 일어나서 그녀 쪽으로 몸을 숙였다. 나는 여자의 몸과 꿈이 참으로 긴밀하게 뒤섞여 꿈과 몸이 하나가 된 열기에 사로잡혔다. 내 피의 발굽 소리가 지축을 울렸다. 그 순간 나는 마지막으로 소년의 생각을 떠올렸다. 죽음의 반대는 삶이 아니라 사랑이라는 생각이었다. 그것은 소년의 생각이었다. 왜냐하면 그것은 대단한 발견이 아니었기 때문이다. 그것은 나의 마지막 소년의 생각이었다. 왜냐하면 나는 그 후로도 계속 살아갔으며, 그것은 내가 정말 성인이 되었다는 걸, 내가 합의하고 포기하고 감내할 준비가 되었다는 걸 입증하기 때문이다. 나는 그녀의 입술이 거의 감지할 수 없을 정도로 살짝 내 입술을 스치는 걸 느꼈고, 그 깊이 없는 입맞춤이 나를 내 몸에서 떼어냈다. 입맞춤이 일어난 몇 초 동안 나는 온전히 내 입술 속에 있었다. 얼마 후 내 몸은 갑자기 되돌아왔는데, 돌아오는 충격이 너무도 커서 천둥 같은 포효

가 들렸다. 그것이 초원을 달리는 코사크 기병의 질주 소리였는
지 아니면 내 피에서 온 것이었는지 나는 알지 못했다.

—안 돼.

그녀가 두 손을 들어 올려 내 얼굴에 댔다.

—안 돼, 난 살고 싶어…….

그녀가 손가락으로 내 이마를 건드리며 말했다.

—난 이 안에 살고 싶어. 죽고 싶지 않아.

—테레지나…….

—난 네가 계속 나를 지어내고 나를 상상하길 원해. 그게 끝나
지 않았으면 해. 네가 살아 있는 동안 오래도록 나를 계속 상상
하길 원해.

내 손은 갈구하고 분노했다……. 그녀가 내 손을 잡았다.

—포스코, 제발 부탁이야. 난 지속되고 싶어. 난 네가 필요해.
난 꿈꾸어질 필요가 있어.

그때 아버지가 들어오지 않았다면 난 그녀의 말을 듣지 않았
을 테고, 운명을 거슬렀을 거라고 생각한다. 나는 지독히도 욕망
과 절망에 사로잡혀서 앞으로 일어날 일에 대해서는 완전히 개의
치 않았다. 아버지가 손에 들고 있던 채찍으로 내 얼굴을 후려치
건 나를 죽이건 아니면 그저 나를 내쫓고 더 이상 아들로 여기지
않건 개의치 않았다.

나는 일어나서 아버지를 향해 갔고, 침울하게 그를 바라보았
다. 어쩌면 도전의 눈길로 쳐다보았는지 모른다. 그는 전날 잔인
하게 고통 받으며 죽어가는 총독의 요청에 따라 심비르스크로
갔다. 나는 그가 밤에 몇 시간이나 말을 달려 그때 돌아오리라고

는 알지 못했다. 나는 그것이 그의 예감 능력의 결과였지, 그가 나를 질투해 밤새 테레지나와 나만 남겨두고 싶어 하지 않았던 거라고 생각하지는 않는다. 그는 돌아와 있었다. 그뿐이었다.

주세페 자가는 주머니 대신에 길게 탄띠가 달린 흰 체르케스 카를 입고 있었다. 그것은 캅카스에서 전해진 것으로 탄약을 가지고 다니기 위한 방식이었다. 그는 머리에 회색 양털 모자를 썼고 하얀 넓은 띠를 이마에 두르고 있었다. 허리띠에는 포툠킨에게서 받은 이탈리아 권총을 차고 있었는데 아버지는 그걸 상당히 잘 다루었다. 나는 기다렸다. 희망을 품고. 나는 너무 젊었다. 죽음이 종종 마법처럼 보이는 나이였다.

아버지는 과일이 올려진 탁자가 있는 텐트 한쪽 구석으로 돌아섰다. 그가 탁자로 가더니 포도 한 줌을 쥐었다.

—빌어먹을! 일곱 시간이나 말을 타고 갔는데…… 내가 도착하기 전에 총독이 죽은 게 천만다행이야. 그래서 실패를 피할 수 있었어…….

그는 우리를 쳐다보지 않고 조용히 포도를 먹었다. 그는 아주 침착했다. 나는 그의 표정에서 얼핏 냉소의 그림자를 본 듯했다. 나는 조금 더 기다렸다가 출구를 향해 갔다.

—포스코…….

나는 아버지를 향해 돌아섰다. 그는 포도송이를 맛있게 다 먹어치웠다. 체르케스카 차림을 한 그가 그 순간 얼마나 러시아인 같아 보였는지 정말이지 놀라운 일이었다. 나는 제1차 세계대전 이후에 니스에서 만난 배우 이반 모주킨에게서 거의 같은 눈길을 지닌—검은 눈 대신 아주 창백한 파란 눈일 뿐—똑같은 얼굴을 다시 보게 되었다.

　—스테판에게 가서 차를 좀 가져다 달라고 말해주겠니…….
그리고 와서 내 장화도 벗겨달라고 해.

　나는 나갔다. 훗날 엘리베이터를 타다가 테레지나의 몸매가 내
가 생각한 것보다 덜 호리호리하고 엉덩이도 훨씬 더 무겁다는
걸 알게 되었다. 그녀의 장딴지는 튼실했고, 땅과 좋은 관계를 맺
고 있는 농부의 자태였다. 그러나 머리카락만큼은 여전히 뜨거운
불 같아서 그것이 매번 내 눈과 기억을 비질하듯 쓸 때마다 내게
행복한 미소를 짓게 했다.

30

우리는 벌써 2주 넘도록 길 위에 있었는데, 포모이스크를 지나자 주위에서 푸가초프 반란의 징후와 흔적이 많이 눈에 띄었다. 그때까지 상트페테르부르크에서는 그 반란을 전혀 심각하게 여기지 않았다. 빈곤과 기아가 쉽게 흥분하는 민중을 자극하는 데 사람들은 길들어 있었고, 몇 사람의 머리만 잘라버리면 이내 질서가 잡혔기 때문이다.

그러나 타타르족, 바시키르족, 체첸족과 칼미크족 등 여러 부족이 힘을 보탠 러시아 기병대의 반란은 앞서 일어난 민중의 변덕들과는 아무런 공통점이 없었다. 우리가 길에서 마주치는 군인들, 전령들은 부상자건 지휘를 맡은 장교건 이번에는 모스크바에 암울한 기억을 남긴 페스트보다 더 끔찍한 공포가 닥쳤다고 단언했다. 피의 물결이 남쪽을 향해 몰려가기 시작했고, 가짜 "해방자 차르"에 합세한 마을들에서 벌어진 탄압은 그 본보기적인 성격 때문에 그 지역에 오랫동안 안전을 담보할 터였다.

그러나 대기 중에는 죽음이 떠돌고 있었다.

일부러 그런 건지 아니면 부주의 때문이었는지 모르겠지만 우리는 여기저기서 때로는 뒤죽박죽 무더기로 쌓인 팔다리를 보았고, 때로는 연한 살점은 맹금류에게 이미 뜯어 먹힌 채 여전히 꼬챙이에 꽂혀 있는 시신을 보았고, 창 위에 용감하게 꽂힌 코사크인의 머리를 보기도 했다. 그리고 때 이른 봄비가 땅에서 파내고 여름의 열기가 말끔히 말려버린 뼈들을 보았다. 유쾌한 광경은 아니어서 마부는 말에 채찍질을 가했다. 괴로운 감정을 털어버리려고 나는 기타를 잡았고, 아버지는 노래를 시작했고, 테레지나는 한 손으로 그녀의 슬픈 얼굴을 어루만지려는 머리카락을 치우며 고개를 숙였다. 우리는 하인들이 우리 노래에 합세하게 했다. 선량한 파라시카, 이반, 시엠카가 우리의 이탈리아 노래를 합창하려고 애쓰는 것보다 더 우스운 게 없었기 때문이다.

여인숙들은 불결했다.

이 나라에서 랍차라고 부르는 마카로니는 우리 민족의 천재적 피조물과는 아무 상관 없는 것이었다. 우리 민족은 마카로니의 탄력성과 곡선을 서서히 터득했다. 아버지가 벌레를 퇴치하는 가루는 갖고 있었지만 불결한 침대, 부담스러운 음식, 반란과 가난과 탄압 사이에서 옴짝달싹 못하는 이 사람들의 절망은 내게 그 어느 때보다 이탈리아를 꿈꾸게 만들었다. 베네치아 축제는 마치 이 사람들의 비참을 피해 달아나듯이 멀어지고 사라졌다. 카니발 생각을 하기가 어려웠다. 우골리니조차도 그의 소중한 궤짝을 가져왔지만 차마 거기서 마법의 옷을 꺼낼 생각을 하지 못했다. 그는 아를레키노, 판탈로네, 폴리치넬라 그리고 높고 가벼운 다른 모든 귀족들이 굶주리고 불행에 사로잡힌 이 관중들 앞에서 거북해할까 봐, 오직 잔인함만이 웃게 만드는 이 지역에서 자신들을 보여주길 거부할까 봐 겁냈다. 가련한 우골리니는 그토록 참혹한 빈곤과 결부된 끔찍한 광경을 보는 걸 견뎌내지 못했다. 그는 이탈리아라는 것이 러시아 평원에서 계속 살아가는 걸 돕기 위해 사람들이 서로 들려주는 옛날이야기는 아닌지 생각하게 되었다고 내게 털어놓았다.

우리가 만난 몇몇 농민은 반란에 가담한 사람들에게 가해진 파렴치한 행위의 흔적으로 콧구멍이 뜯겨나가고 없었다. 랴잔 근처 여인숙에서 우리는 웬 신사를 알게 되었다. 그는 푸가초프가 그의 코와 귀를 자른 다음 그에게 그걸 먹게 했다고 말했다. 한 신부가 그와 함께 있었는데, 그 가련한 남자가 식인 행위를 자책하며 양심의 고통을 겪고 있었기 때문이다. 신부는 식인종이란 다른 사람을 먹는 사람이지 자기 자신을 먹는 게 아니라고 설명하며 그를 안심시키려고 애썼다.

여인숙에 있던 모든 사람이 강간당하고 미쳐버린 귀족 여자들에 대해 말했다. 문학사를 공부하면 강간당한 귀족 여자들은 모두가 스스로 미쳐야 한다고 생각한다는 걸 알게 된다. 그래야 예의범절에 맞는 것이다.

이 황폐한 지역을 지나는 내내 우리를 맞이한 비참과 공포의 느낌과 싸우기 위해 우리가 광대 원천에서 두 손 가득 길어냈다고 말하면 사람들이 나를 혹독하게 판단할지 모르겠다. "본보기 삼아" 내걸어둔 반란자들의 시신을 가져가지 못하게 금지한 교수대 옆을 지나면서 우리가 기타를 쥐고 노래했을 때 그 행동엔 냉소도 무관심도 없었다는 걸 믿어주길 바란다. 통속적으로 하는 말로 그것은 "충격을 견뎌내는" 방식이었고, 더 나은 짓도 더 악한 짓도 할 수 있는 가련한 우리 종의 미래에 대한 우리의 신뢰를 주장하는 우리만의 방식이기도 했다.

그러나 우리의 기타와 노래는 이 불평등한 투쟁에서 참으로 힘없는 무기였다. 가장 먼저 무너진 건 테레지나였다. 그녀는 코시키노 마을에서 울음을 터뜨리고 말았다. 그곳 아이들이 유명한 코사크 종족의 두목 프로이킨의 머리를 가지고 공놀이를 하고 있었던 것이다. 우골리니는 우리의 온화한 구세주 예수그리스도의 이름을 부르기까지 했다. 코메디아델라르테에 정말이지 새 인물을 보태는 셈이었다. 그때 아버지는 그에게 그의 궤짝에서 옷을 꺼내라고 명령했다. 그렇게 해서 테레지나는 콜롬비나로 차려입고 아버지는 카피타노로, 우골리니는 브리겔라로, 그리고 나 포스코 자가는 아를레키노로 차려입은 채 썰매를 타고 우리는 사흘 동안 초원이 낳은 유혈 낭자한 온갖 전설보다 이제는 현실이 훨씬 더 잔인해 보이는 그 아시아 대초원을 가로질러 나아갔다. 그것은 베네치아 축제의 소박한 행렬에 동쪽으로 가는 길을 여는 대단히 수줍지만 대담한 시도, 마르코 폴로의 시도보다 훨씬 더 무모한 시도였고, 나는 교수대 아래에서 우리가 부르는 노래, 기타 연주, 흥겨운 동작, 익살이 부끄럽지 않았다. 인간의 존엄은 우는 법을 혹독하게 배운 뒤에야 웃는 법을 배웠기 때문이다.

길에서 미켈손 장군의 부대에 포로가 된 반란군 우두머리들과 마주친 적도 있었다. 그들은 수레에 태워져 나무 우리 속에 갇힌 채 이송되고 있었다. 그들과 이어진 끈의 끄트머리는 코를 관통한 고리와 연결되어 있었다. 그런 잔학함을 마주하고 우리는 그 어느 때보다 축제의 아이들이라는 사실에 자부심을 느꼈다. 광대로서 우리의 명예는 모욕당했다. 그 가증스러운 광경이 우리가 관객에 대해 품고 있던 신뢰와 존중을 도마 위에 올려놓았기 때문이다. 그렇게 우리는 트베르스크 근처에서 푸가초프의 부관 중한 사람인 피예투흐 코사크 대장과 마주쳤다. 그도 코뚜레를 하고 있었다. 에라스뮈스를 맛본 아버지의 태도 때문에 호위장교와 언쟁이 일었다. 그가 한 행동은 이해받지 못했지만 그의 아들인 나는 무한한 감사의 기억을 간직하고 있다. 왜냐하면 그 몸짓으로 주세페 자가는 새로운 관객을 선택했음을 선언했고, 어떤 심장과 어떤 배 속에서 자가 부족이 영감을 길어낼지 명백히 가리켰기 때문이다.

아버지는 우리 마차를 세운 뒤 내렸고, 처음엔 우리의 도구 일체를 덮개 아래 싣고 가는 수레 옆을 한 바퀴 돌았다. 곧 그는 반란자의 우리를 향해 돌아왔다. 반란자의 코를 뚫은 자리가 감염되어 있었는데, 뇌와 너무 가까운 그 상처가 그에게 엄청난 고통을 주고 있는 게 틀림없었다.

아버지는 그에게 미소를 지었고, 한 걸음 물러나더니 맨손을 그에게 보였다. 모든 마법사들이 무대 위에서 종종 하듯이. 다음 순간 하얀 비둘기가 그의 손에서 날아올라 하늘로 비상했고, 곧 그 뒤를 이어 다른 한 마리가, 그리고 다시 또 한 마리의 비둘기가 날아올랐다.

무한한 놀라움의 표정이 기병의 일그러진 얼굴에 나타났고…… 그는 아버지에게 윙크를 했다. 그것은 공모의 미소였다. 그는 이해한 것이다.

호위장교가 우리에게 엄중한 훈계를 했지만 이미 늦었다. 미래는 이미 예고된 뒤였다.

마을들을 "청소"하는 일을 맡은 만수로프 장군의 호의를 사기 위해 농부들은 그들 집을 둘러싼 울타리 위에 반도들의 잘린 머리들을 놓아두었다. 그들은 그 머리들을 줍거나 직접 잘랐다. 처형 후에. 그것은 그 지역에서 이루어진 거의 유일한 수확이었다. 그렇게 풍성해진 울타리들은 왕관을 향한 러시아 농민들의 충성심을 증언했다. 대부분의 코사크 마을들은 유일한 인간으로 푸가초프를 따랐지만 다른 마을들은 목숨 때문에 떨었고, 그 가련한 사람들은 정규군이 가까이 오면 무슨 수를 써서라도 반란자들의 머리를 구하려고 전전긍긍했다는 건 모두가 아는 사실이었다. 우리와 저녁을 함께한 볼스키 부대의 한 장교는 진짜 머리를 파는 시장들을 직접 보았다고 웃으며 우리에게 말했다. 그 장터엔 전장에서 가져온 머리들이 돼지와 말과 양 틈에 무더기로 던져져 있었다고 한다.

죽은 얼굴들이 울타리를 장식한 그 광경은 훗날 내게 영감의 원천이 되었고, 그걸 토대로 만든 몇몇 연극 연출에서 비평계의 호의적인 반응을 얻어냈다는 사실을 말하지 않는다면 나는 진정성을 놓치게 될 것이다. 특히 내가 1922년 모스크바의 바흐탄고프에서 올린 작품인 실러의 『군도』 연출에서 그랬다.

이 괴로운 장을 끝내기 위해—다른 시절이었더라면 소중한 독자들의 감수성을 생각해 이 장을 건너뛰었을 테지만 요즘의 관객은 요구가 까다롭다—마지막으로 우리가 지났던, 반도들에서 벗어난 일부 소유지에서 귀족은 고귀하게 태어난 영혼으로서 야만 짓거리를 마주하고 결코 버리지 말아야 할 품위의 본보기를 거의 보여주지 않았다는 점을 덧붙여야겠다. 파블로프 오레힌 가문의 프랑스풍으로 지은 아름다운 저택 앞 잔디 위에서 우리는 9주회¹구슬을 굴려 아홉 개의 기둥을 쓰러뜨리는 놀이 놀이를 하는 걸 보고 아연실색했다. 야이크 반란 코사크군의 세 지휘관 중 한 사람인 그 유명한 푸조프의 머리가 공이었던 것이다. 그 추악한 행동은 아름다운 귀부인들과 멋진 신사들이 모두 프랑스어를 쓰고 있었기에 더욱 비통했다. 그것이 내게는 가장 고귀한 감정과 가장 고결한 생각의 모국어에 대한 모욕처럼 보였다.

우리는 9월 초에 목적지에 도달했다. 포콜로틴의 소유지는 쾌적하고 상당히 작은 집이었다. 방이 서른 개가 넘지 않았기 때문이다. 그러나 드넓은 과수원 한가운데 자리 잡고 이탈리아풍으로 아주 잘 지어진 집이었다. 과수원의 과일들은 가을이라 무르익을 대로 익어 하룬 알 라시드²『천일야화』에 등장하는 칼리프의 쾌락을 기다리는 것 같아 보였다. 팔다리가 실처럼 가늘지만 손은 무척이나 크고, 놀랄 정도로 깡마른 사람이 우리를 맞이했다. 그의 몸은 아주 긴 목을 지나 전혀 뜻밖이게도 그렇게 큰 키에 비해 너무 작은 머리로 끝이 났다. 귀는 어떤 항해상의 목적에서 바람을 수집하려고 그 자리에 세워져 있는 것처럼 보였다. 그는 팔에 바이올린과 활을 들고 있었다. 피부가 너무 많이 늘어진 눈꺼풀을 무겁고 느리게 깜빡이며 그는 아주 강한 독일어 억양으로 이반 파블로비치 포콜로틴이 우리를 기다린다고, 그가 너무 슬픈 상태이며 기분을 전환할 필요가 있다고 말했다. 의사들의 말에 따르면 기분 전환만이 그의 상태에 가장 필요한 것이기 때문이라고 했다. 아버지는 상당히 무뚝뚝한 목소리로 자신이 상트페테르부르크에서 온 건 그를 치료하기 위해서지 그를 재밌게 해주려는 것이 아니라고 주인에게 말해달라고, 그리고 우리를 숙소로 인도해달라고 부탁했다. 그는 그렇게 했다. 우리가 옷을 막 갈아입었을 때 빨간 셔츠와 불룩한 파란 바지를 입은 하인 한 사람이 우리에게 주인 있는 곳으로 가라는 명령을 내렸다.

우리는 내가 타키투스의 책을 읽고 난 뒤 네로에 대해 품은 이미지와 모든 점에서 닮은 사람 앞에 섰다. 뚱뚱하고, 물컹하고, 허옇고, 의심 많고 무기력한 눈, 변덕스러워 보이는 포동포동한 아랫입술, 더러운 실내복을 입은 그는 세 마리 불도그와 함께 침대에 누워 있었다. 개들은 우리에게 달려왔고, 하인들이 끼어들지 않았더라면 분명히 우리를 물어뜯었을 것이다. 게다가 예의나 품위라고는 없이 포콜로틴은 썩은 이빨이 가득하고 악취를 풍기는 입속으로 손 닿는 곳에 잔뜩 쌓아둔 비스킷 같은 걸 집어 넣으며 아버지에게 말했다.

— 왔군. 이탈리안스카야 모르다, 나를 재밌게 해줘.

이탈리안스카야 모르다는 '이탈리아 상놈'이라는 뜻이다. 적어도 한 세기 또는 두 세기는 뒤떨어져 폭군 이반 시대의 풍습과 습관에 머물러 있는 야만적인 러시아인 앞에 오려고 우리가 3주간의 여행을 했다는 게 분명해졌다. 우리를 초대한 집주인은—미미한 지능이 깃든 저 지방 덩어리를 이런 이름으로 부를 수 있다면—모든 이탈리아인을 동전 몇 푼에 원숭이 흉내를 내는 장터 광대로 보는 게 분명했다. 온갖 자연법칙의 실패작인 그 슬픈 영주가 보낸 애원조의 편지들은 우리를 이 외진 구석으로 끌어들이기 위한 계략이었을 뿐이다. 실제로 나중에 우리는 포콜로틴이 읽을 줄도 쓸 줄도 모르며, 우리가 받은 편지는 그의 첩들 중한 명이 쓴 것이었다는 사실을 알게 되었다. 그 가련한 여자는 이불한당이 매일 아침 그녀에게 요구하던 고약한 일 때문에 광기에가까운 상태로 전락하고 말았다.

우리가 도착한 뒤로 이어진 날들이 어떠했는지를 묘사하기가내겐 힘든 일이다. 우리가 당한 치욕을 생각하면 머리에 피가 치밀어 오른다. 위대한 예술가는 그가 맡은 임무의 성스러운 특성때문에 결코 철저히 무시당하는 대접을 받아선 안 된다. 그렇게출중한 능력을 가진 나의 아버지, 영혼의 영역을 넓히고 존재를꽃피우기에 이로운 마법을 인류에게 제공하는 이들을 사회에서명예로운 자리로 올리려는 투쟁을 평생 해온 아버지가 그 러시아 괴물에게 끔찍하게 야만적인 대접을 받았다. 그 러시아 괴물은 정신의 일에서 그저 광대짓이라는 직무에 대한 거부밖에 보지 못했다. 그는 완전한 복종을, 그리고 그의 한심한 변덕을 즉각만족시켜줄 것을 요구했다. 마치 메시지 전령들에게, 그리고 줄리앙 드 카스티유가 예술을 책임진 사람들이라고 부른 이들에게덮친 과거와 현재와 미래의 모든 폭정이 그의 안에 구현된 것 같았다. 이 돼지는 제 안에 예언자를 품고 있었다. 왜냐하면 아마도스탈린만이 그런 방식으로 우리 부족의 품위를 실추시키고 우롱할 줄 알 터이기 때문이다. 우주 질서에서 일어난 이해할 수 없는실수로 인해 진짜 제 모습인 똥의 모습을 벗게 된, 요한묵시록에나 나올 법한 이 거머리가—이 희멀건 종양이 나의 아버지, 테레지나, 소중한 우골리니와 나 자신에게 요구한 것은 카드 눈속임,

네 발로 하는 광대짓, 야바위 눈속임, 모자 속에서 토끼 꺼내기, 저글링이 전부였다. 아버지가 그런 묘기 부리기를 거부하고 부들부들 치를 떠는 목소리로 예술가들에게 그들이 가진 최고의 재능을 보일 수 있게 하고, 인류가 이마에 두른 아름다운 왕관에 몇 가지 새로운 보석을 덧붙일 수 있게 해줄 자유를 주장하자 그 빌어먹을 천박한 인간이 격분해서 코사크 하인을 불렀고, 유대인이라는 한 마디 말만 들어도 극도의 증오심을 품고 채찍을 다루도록 길든 하인의 맹렬한 힘을 자극하려고 주세페 자가를 유대인으로 취급해 채찍질당하게 했다고 말하면 사람들은 내 말을 믿을까?

보름이 넘도록 아침부터 저녁까지 테레지나는 춤을 춰야 했고, 나는 물구나무서서 걸어야 했다. 우골리니는 밀가루를 얼굴에 바른 채 썩은 사과의 과녁이 되어야 했고, 고귀한 영혼을 지닌 아버지는 알고 있는 마지막 카드 묘기까지 몽땅 바닥나도록 해보여야 했다. 그건 이 폭군이 특히 좋아하는 묘기였던 것이다. 그가 식탁에 자리 잡고 게걸스럽게 먹는 동안 나는 기타를 쳐야 했고, 테레지나는 그에게 사랑의 노래를 불러야 했다. 우리가 겪은 수모는 고골이 푸시킨과 주고받은 편지에서 잘 얘기했지만 나는 위대한 작가가 그 이야기에 재미난 형식과 조롱조의 표현을 덧붙인 걸 유감스럽게 생각하지 않을 수 없다. 우리의 시련이 위대한 소설가의 상상력에 영감의 불씨를 붙여 "죽은 혼"들의 인간적인 혹은 비인간적인 비범한 표본을 제공했다는 사실은 기쁘게 생각하지만 말이다.

테레지나는 칼을 몸에 지니고 그 뚱뚱하고 추악한 불한당을 죽이겠다고 말하곤 했다. 그러나 아버지는 정치적인 사람이었다. 따라서 그는 돼지라는 평판을 받고 있는 그 살아 있는 모욕이 온종일 게걸스럽게 먹어대는 사탕무와 양배추 수프에 독을 몇 방울 넣기로 작정했다.

첫날 우리를 맞이한 가련한 바이올린 연주자는 자신도 포콜로틴 집에 속아서 오게 되었다고 설명했다. 그는 요한 발데마어 프로스트로 라이프치히에서 대단히 높은 평판을 받던 음악가였다. 나는 그가 연주하는 걸 들을 기회가 있었는데 그는 아주 재능 많은 사람이 분명했다. 그가 그 후 독일로 돌아가서 재능을 보일 기회를 갖지 못했다는 사실도 덧붙여야겠다. 포콜로틴의 집에 체류하면서 겪은 일들이 그에게 너무도 큰 충격을 안겨 그 후 그의 팔다리가 끊임없이 떨리는 바람에 활과 바이올린을 다룰 수가 없었기 때문이다. 내 기억이 맞는다면 그는 1805년에 오늘날까지도 노래되는 가곡들을 작곡한 뒤 죽었다. 이 돼지 같은 폭군에게 붙잡힌 또 다른 예술가들도 있었다. 그중 화가 모노마호프는 성상과 종교적 초상화로 유명했는데, 포콜로틴은 역겨운 장면들을, 특히 그의 천박한 천성이 좋아하는 짐승의 교미 장면을 그리도록 강요했다.

나는 이 경험이 아버지의 생각에 깊은 영향을 미쳤다고 생각한다. 저녁에 우리가 우리 본연의 모습으로 돌아오면 화를 내는 법이 없던 아버지는 주먹으로 탁자를 내리치며 노호했다.

—이 모든 벌레들을 쓸어버려야 해. 이 땅에서 억압받고 수모당하는 모든 사람이 봉기해서 서로 손을 잡고 그들의 피와 땀을 먹고 사는 불한당들에게 토해내게 해야 해. 내 생각에 우리는 새

문명의 여명기에 있어. 사람들은 삶으로 예술을 하고, 예술로 조화와 아름다움으로 이루어진 삶을 만드는 걸 임무로 삼는 자들을 향해 돌아설 거야…… 민중에겐 무엇보다 아름다움이 필요해…….

테레지나는 어린아이 같고 심지어 살짝 상스러운 태도로 남편에게 말했는데, 내게는 상당히 충격적인 모습이었다.

그녀는 그의 팔에 손을 얹으며 말했다.

— 들어봐요, 아빠. 민중이 누구보다 앞서 아름다움을 요구하게 되는 날은 세상의 종말이 될 거예요.

그러자 주세페 자가는 에라스뮈스를 읽은 사람에게 "아름다움"이 의미하는 바를 우리에게 설명했다. 암흑의 종말과 지혜의 군림 말이다.

포콜로틴이 밥을 먹는 동안 테레지나에게 식탁 위에 올라가 발가벗고 춤을 추라고 했을 때 우리의 참담함은 바닥에 닿았다. 그녀가 거부하자 그는 부하들을 시켜 테레지나를 붙들고 그녀에게 볼기를 때리려고 했다. 그 역겨운 자가 우리의 사랑스러운 여인의 치마를 건드리려는 순간 아버지와 내가 그에게 달려들었다. 그러자 달려온 하인 전부와 싸움이 벌어졌다. 수적으로는 우리가 열세였지만 테레지나는 은으로 된 육중한 촛대로 부하 하나를 때려눕혔고, 포콜로틴의 민감한 부위에 제대로 발길질을 해 비만에 악취 풍기는 그 돼지가 끙끙거리며 구부정하게 벽 쪽으로 돌아눕게 만들었다.

우리는 무자비하게 두들겨 맞았다. 채찍이 얼마나 난폭하게 우리 등에 쏟아졌던지 그 자국이 몇 주 동안이나 남았다. 테레지나도 면제받지 못했다. 주세페 자가는 이 극단적 모욕을 놀랍도록 위엄을 잃지 않고 견뎌냈다. 이따금 악문 이빨 사이로 우리네 아드리아 해의 수도에서 잘하기로 유명한 저주를 몇 마디 뱉어냈을 뿐이다. 성모께서 그렇게 온갖 몸가짐으로, 온갖 자세로 호출되어 나온 적이 없었다. 저들이 그렇게 우리를 집요하게 괴롭힐 때 나는 아버지에게 볼테르도 태형을 당한 적이 있다는 걸 잊지 말라고 외쳤으나 아버지는 그 유명한 인물과 함께하는 명예를 그다지 좋아하는 것 같지 않았다. 그는 눈을 하늘로 치켜뜬 채 계속 불경한 저주를 내쏟았다. 그 저주들이 모욕의 예술에 독창적인 기여를 하리라고 말할 수는 없지만 그것은 명백히 높은 곳을 겨냥했고 아래를 공격했다. 테레지나가 엄청난 비명을 지르자 마치 러시아의 가장 깊은 오지에서부터 이탈리아의 모든 생선 장수들이 하늘과 온 땅에 분노를 표하는 목소리가 들려오는 것만 같았다. 아, 미지의 친구들이여! 미친 여자처럼 발버둥 치며 깨물고 침 뱉고 할퀴고 발길질을 해대는 테레지나는 얼마나 아름다웠는지 모른다! 내 친구 뤼드^{개선문에 새긴 〈라 마르세예즈〉의 조각가 프랑수아 뤼드}의 조각 〈라 마르세예즈〉가 거기서 만들어졌더라면 그녀를 모델로 삼았을 것이다. 나는 이 훌륭한 조각가의 작품에 민중 여자들과 큰 고양잇과 동물들의 특성인 열정적 사나움이 조금 부족하다고 생각하기 때문이다.

그런 다음 우리는 지하실에 갇혔다. 용기 내어 합세한 용감한 헤어 프로스트도 곧 그곳으로 합류했다. 우리가 18세기에 살고 있다는 걸 믿기가 힘들었다. 그만큼 예술가들에게 가해진 그 야만적이고 난폭한 대접은 이미 미래 시대의 냄새를 풍겼던 것이다.

놀라운 사건이 밤사이 일어나지 않았다면 우리가 어떻게 되었을지 모르겠다. 그 사건은 우리의 수모를 끝장냈고, 우리에게 자유를 돌려주었고, 러시아 농민들의 경이롭고 열광적인 저항을 목도하게 해주었다. 그것은 곧 동이 터서 세상을 밝힐 여명의 첫 빛이었고, 열일곱 개의 언어로 번역된 소설 여러 권의 주제를 내게 제공해준 사건이었다. 그 소설들의 발행 부수는 포켓판은 세지 않더라도 수백만 부에 달한다. 또한 감사와 인정의 표시로, 인용하자면, "인간적인 배려와 관용과 연민을 증언하는 작품"에 보답하도록 마련된 에라스뮈스 문학상도 받았다.

31

자정쯤 된 것 같았다. 우리 중 누구도 잠자리로 쓰이는 축축하고 더러운 짚 더미 위에서 잠들지 못했다. 기름도 초도 없어서 우리는 완벽한 어둠 속에 잠겨 있었다. 이따금 테레지나가 노래를 했지만 내가 그녀를 알게 된 이후 처음으로 그녀의 목소리는 자신감이 없었고, 갈라졌고, 침묵에 싸여 있었다. 나는 더듬어서 내 팔로 감싸려고 그녀의 어깨를 찾았고, 꽉 쥐기 위해 그녀의 손을, 손가락을 넣고 쓸기 위해 그녀의 머리카락을 찾았다. 왜냐하면 내겐 큰 위로가 필요했는데, 사랑하는 여자에게 보호를 제공하는 것보다 남자에게 힘을 북돋우는 게 없기 때문이다. 시뇨르 우골리니는 한쪽 구석에서 농민들이 불을 밝힐 때 사용하는 기름 먹인 심지 한 조각을 찾아냈다. 그는 갖고 있던 독일제 부싯돌로 불꽃을 일으켰고, 여러 번 시도 끝에 작은 불이 심지로 옮겨 붙기 시작했다. 그렇게 슬픈 모습의 콜롬비나와 아를레키노, 폴리치넬라와 카피타노를 본 적이 없었다. 포콜로틴이 며칠 전부터 우리에게 벗지 못하게 한 우리의 의상조차 우리의 수모를 공유하는 것 같았다. 우리의 사기를 북돋우려고 아버지는 단테 알리기에리의 시구를 암송했다. 시인이 지옥 탈출을 얘기하는 시였다. 그러나 테레지나는 단테가 한 번도 러시아에 와본 적이 없다고, 그러니 자신이 무슨 말을 하는지 알지 못했다고 말했는데, 틀리지 않은 말이었다. 그럼에도 퇴비 더미 위에 앉아 불멸의 시를 암송하던 아버지에 대한 기억은 매번 역사가 내 주위로 오물을 쌓을 때마다 내가 떠올리는 고무적인 이미지로 남았다. 나는 아름다움이 최후의 승자가 될 것이며 자가 종족이 아름다움의 찬란한 절정기에 자리할 것이라고 여전히 믿고 있다.

처음에 우리는 말의 울음소리를 들었고 뒤를 이어 무시무시한 함성을 들었다. 그 후 우리 머리 위에서는 의자가 뒤집어지고 그릇이 깨지는 소란 가운데 끔찍한 아우성과 웃음이 간간이 섞인 춤판이 벌어졌다. 깨지는 소리는 뜸해졌지만 간간이 헐떡거림이, 때로는 여자의 신음이 들렸고, 웃음과 날카로운 비명은 여전했다. 집 안에서 일어나고 있는 일을 우리로선 짐작하기가 불가능했다. 그렇게 한 시간은 족히 흘렀다. 우리는 그 소란을 전혀 이해하지 못한 채 어리둥절한 표정으로 서로만 바라보았다. 그러다 발소리와 목소리가 가까워졌고, 문을 부수려고 사용한 나무둥치의 충격 아래 지하실 문이 부서졌다.

그때 우리는 햇불의 불빛 가운데 코사크인 무리를 보았는데 그중 둘은 타타르인의 얼굴이었고 세 번째 사람은 전혀 얼굴이랄게 없었다. 그의 얼굴은 황제의 권위에 도전한 죄인들에게 벌겋게 달군 쇠와 집게로 찍는 낙인 때문에 사람의 것이라 할 수 없는 몰골이 되었기 때문이다. 그 용감한 전사들은 포도주 통을 찾고 있는 게 분명했고, 우리 주위에 포도주 흔적이라곤 없었다.

그들은 그곳에서 우리를 발견하리라 전혀 생각지 못했기에 한동안 어리둥절해서 우리를 뚫어져라 쳐다보았다. 그들은 우리가 포콜로틴의 부하들이라고 생각하고, 그리고 우리가 지하실에 숨은 거라고 생각하고 우리에게, 특히 너무도 명백한 의도로, 그리고 너무도 빠르게 의도를 드러내며 테레지나에게 달려들었고, 우리에겐 목숨보다 더 소중한 여자를 보호하기 위해 죽는 길밖에 남아 있지 않았다.

새로 도착한 사람 덕에 우리는 살아남았다. 그는 가발은 쓰고 있지 않았지만 우아하게 차려입은 청년이었다. 검고 숱 많은 머리카락이 그의 어깨 위에서 출렁였다. 그는 잘생겼고, 상당히 거친 아름다움이었지만 출생의 우연 때문이 아니라 마음의 기품에서 오는 자연스러운 기품의 흔적이 묻어났다. 우리는 어렵지 않게 그를 알아보았다. 푸가초프 반란 초기부터 블랑 중위에 관한 이야기는 전설의 차원을 갖게 되어 상트페테르부르크 사람들은 그의 존재를 의심할 정도였기 때문이다. 사람들은 그를 민중의 상상이 낳은 창작물 중 하나로 보았다. 하느님 아버지에 실망한 민중이 불굴의 아들을 만들어내어 그 위업을 끊임없이 노래해 스스로에게 희망과 용기를 불어넣는다고 생각한 것이다.

프랑수아 블랑은 프랑스인 가정교사였는데, 푸시킨이 훗날 『두브롭스키』라는 이야기에서, 특히 서양에서는 '하얀 독수리'라는 제목으로 알려진 이 이야기에서 제목과 같은 이름의 인물로 등장시킬 인물이다. 그러나 시인은 진실을 살짝 조바꿈해서 매만졌다. 이 청년은 분명히 러시아인이 아니라 프랑스인 가정교사였고, 가난하지만 대단히 학식 높았고, 이바노프 지주 가문이 파리에서 카잔으로 불러온 사람이었다. 푸가초프 반란 초기부터 그를 데려온 가문이 모스크바에서 피신처를 찾으려고 이리저리 뛰어다니는 동안 블랑은 그의 고용주들을 버리고 반도 코사크인들과 합세했다. 생앙투안 변두리 직물 상인 가정의 아들인 그는 바스티유가 함락되기 20년 전에 이미 생쥐스트^{프랑스대혁명에 활약한 혁명가로} ^{25세에 국민공회의 의원으로 선출되었고, 로베스피에르와 함께 공포정치의 주역으로 단} ^{두대에서 죽었다}처럼 혁명에 대한 믿음을, 제국 총사령관 같은 격앙된 전투 열정을 품고 있었다. 우연이 그를 러시아 오지로 오게 하지 않았더라면 아마도 그는 프랑스혁명에는 가장 열렬한 지지자가 되었을 테고, 제국에는 더없이 격렬한 정복자가 되었을 것이다.

프랑수아 블랑의 이름을 오늘날 소련 역사가들은 거의 인용하지 않는다. 아마도 그들은 농민들의 대봉기에서 외국인에게 명예로운 자리를 내주고 싶지 않을 것이다. 그럼에도 예카트리나 여제는 볼테르에게 보낸 편지에서 그에 대해 이렇게 말한다.

"귀하, 루소 씨와 디드로 씨의 생각과 마찬가지로 귀하의 생각도 독서를 하면 대단히 사랑스럽지만 천박한 뇌들이 접근하면 치명적인 것이 되고 만다는 점이 나는 불만스럽습니다. 기분 전환을 위해 만들어진 재치 넘치는 대담한 창작물이 진지하게 고려될 때 생기는 위험이 바로 그것입니다. 요즘 바로 그 예를 가없은 인물인 블랑 씨에게서 보고 있습니다. 푸가초프 씨가 다니며 공포를 심고 불과 피를 뿌리는 곳마다 그 사람을 볼 수 있습니다. 조예 깊은 사람들에게만 독서를 제한해야 할 재미난 것들이 있습니다. 그것들은 도서관에 세심하게 잠가두고 절대 밖으로 코를 내밀지 못하게 해서 정신 나간 머리들이 찾지 못하게 해야 합니다. 정신의 유희와 현실을 뒤섞으려 하는 것보다 더 유감스러운 일이 없기 때문입니다."

통명하고 고압적인 목소리로 코사크인들을 부른 청년은 그들을 복종하게 하는 데 익숙한 게 분명했다. 왜냐하면 그들이 즉각 비굴한 태도로 길을 텄기 때문이다. 그는 러시아어를 유창하게 말했지만 라틴어에 길든 우리의 귀가 프랑스 쪽으로 어렵지 않게 분류할 억양은 지니고 있었다. 중간 키에 날씬하고 빨강과 초록이 섞인 터키풍 외투 안에 상체가 꽉 죄는 듯한 그는 얼굴에서 전율과 지성이 느껴졌고, 내면의 불길 때문에 얼굴빛이 극도로 창백해 보였다. 검은 곱슬머리가 혈관이 불거진 높은 이마를 감싸고 반짝였다. 어두운 눈길은 보는 이를 거세게 공격하듯 쏟아졌는데, 냉혹한 데다 뚫어져라 파고드는 듯해서 보는 이에게 폭력처럼 느껴졌다. 입술은 관능적이면서 잔인해서 성적 쾌락에서나 행동의 열정에서 종종 과도함을 부추길 것 같았다. 턱은 억세면서 섬세했고, 얼굴의 타원형은 장인의 손길이 빚은 듯 비율을 대단히 고심해서 그린 것처럼 보였다. 손에 든 횃불에 비친 맑은 얼굴빛, 눈길, 얼굴의 남성적 아름다움, 당당한 풍채는 어둠 속에서 불쑥 솟아난 이 출현을 강렬하고 심지어 매혹적으로 보이게 했다. 나는 테레지나가 본능적으로 헝클어진 머리카락을 정돈하려고 급히 손을 들어 올리는 걸 보았다. 다른 상황이었더라면 교태로 보였을 법한 동작이었다. 청년이 입을 다문 채 신경을 곤두세우고 주의 깊게 우리를 쳐다보는 바람에 거북했다. 그 주의력이 어떤 갑작스럽고 무시무시한 결정을 직감하게 했기 때문이다.

먼저 말을 꺼낸 건 아버지였다. 그가 거장으로 통하는 예술이 있다면 그건 정신을 차리는 예술이었다.

아버지가 프랑스어로 말했다.

—감사합니다, 선생. 선생의 부하들이 우리에게 고약한 짓을 하려던 참이었거든요.

프랑스인의 얼굴이 굳어졌다.

—저들은 "제 부하들"이 아닙니다. 저들은 스스로의 주인이 되었습니다. 하지만 저들이 여러분께 저지를 뻔한 불편에 대해서는 제가 사과드리겠습니다. 자유와 인간의 존엄으로 가는 길들은 심연을 가로질러 가기에 단번에 우리를 정상에 이르게 하지 못하지요……. 그런데 실례지만 누구신지요?

아버지는 그에게 자기 이름이 주세페 자가이며 베네치아 귀족이고, 예술과 학문을 영위하고 있으며 몸보다는 영혼에 근원을 둔 일부 질병들을 치료하기 위해 인간의 특성을 연구하고 있다고 말했다. 그리고 테레지나는 그의 아내이며 나는 그의 아들이고 시뇨르 우골리니는 가문의 친구이자 탁월한 극작가라고 덧붙였다. 그리고 마지막으로 우리가 관용과 이웃에 대한 사랑으로 유럽을 떠나 어둠 속에 잠긴 이 불행한 나라에 불빛을 조금 가져다주려는 이탈리아인이고 프랑스인에 속한다고 말했다.

그는 대단히 멋진 목소리로 깊은 격정이 두드러지는 분노를 표현하며 파렴치한 포콜로틴이 보름 가까이 우리를 붙잡아둔 끔찍한 예속 상태와 우리에게 가한 모욕에 대해서도 말했다.

프랑스인은 난색을 표했다. 그것은 그가 아랫입술을 깨무는 방식에서 드러났다.

　―이 얘기를 좀 더 일찍 듣지 못해 안타깝군요. 예술가들을 그렇게 대접한 방식에 대해 저 불한당이 비싼 대가를 치르게 해줬을 텐데 말입니다. 온 세상이 지금 여기서 첫 광채를 보고 있는 불길로 정화되고 나면 민중이 생각과 예술을 오른편에 두리라는 걸 조금도 의심하지 마십시오. 오래전부터 폭정이 교회를 둔 자리에 말입니다. 제가 결코 선동하지 않았음에도 우리의 위대한 지도자 푸가초프가 본능적으로 자신의 초상화를 그리게 했다는 것 아십니까? 그는 여러 마을을 뒤져 화가를 찾게 했고, 일리츠크에서 한 사람을 막 찾아냈지요. 그러니 말하자면 러시아 민중의 대혁명이 한 편의 예술 작품으로 시작되었다고 말할 수 있지요.

　아버지는 대단히 깊은 인상을 받은 것 같았고, 사람들이 우리에게 술 취한 망나니처럼 묘사한 교육받지 못한 이 코사크 대장이 아름다움에 바친 감동적인 경의에 나 또한 감동했다.

　아버지가 살짝 고개를 숙이며 말했다.

　―제가 여기서 혼자 단테와 에라스뮈스, 레오나르도 다빈치의 모든 예술을 대표한다고 감히 주장하는 건 아닙니다만 대공들이 숭고함의 기쁨과 풍요로움을 민중과 공유하길 거부하는 걸 저는 언제나 비극으로 느껴왔습니다……. 그런데 포콜로틴이 도망을 갔다는 얘깁니까?

　블랑은 가벼운 미소를 지었다. 미소조차 그의 외모를 조금도 누그러뜨리지 못하고 오히려 빈정거림을 더해 잔혹한 면모가 더욱 두드러지게 하는 게 눈에 띄었다.

　그가 대답했다.

—그런 말이 아니었습니다. 그저 선생께서 제게 폭로한 천박한 짓거리의 규모를 모른 채 그 불한당에게 받아 마땅한 처벌을 내리지 못했다는 얘깁니다. 그러나 직접 와서 보세요.

우리는 사건의 형세에 매우 기뻐하며 반란을 일으킨 민중에게 따뜻한 호감을 느끼며 그를 따라갔다. 그 감정은 아주 자연스러운 것이었다. 아버지가 프랑스인에게 말했듯이 말이다. 왜냐하면 자가 부족 역시 더없이 겸허한 뿌리에서 나왔기 때문이다. 필요하다면 이 새로운 시기의 여명기에 우리는 조상들 가운데 노상강도 몇몇과 도둑들, 심지어 하인들까지 예로 들 수 있을 것이다. 우리가 우리의 민중 혈통을 이렇게 자랑스럽게 느낀 적이 없었다.

우리가 그 온갖 수모를 겪었음에도 집 앞에서 우리를 기다리고 있던 깜짝 선물은 우리를 기쁘게 만들지 못했다. 코사크인들이 과수원에 피운 모닥불 불빛 아래 포콜로틴의 유해가 나뒹굴고 있었다. 그는 토막 나 있었다. 아니, 좀 더 정확하게 말하자면 그는 산 채로 해체되어 있었다. 그것은 황제의 권위를 대리하는 자들이 이 지역에서 포로로 잡힌 반도들에게 가하는 처벌이기도 했다. 반도들은 먼저 발이 잘렸고, 그다음엔 다리가 잘렸으며, 희생자의 눈과 의식이 처벌을 지켜볼 수 있도록 머리는 어깨 위에 남겨져 있었다. 포콜로틴의 머리는 꼭대기에 얹혀 있었고, 주막 주인들이 하는 방식대로 입에는 사과 하나가 물렸고 귀 뒤에는 파슬리가 꽂혀 있었다.

고백하건대 이 광경 앞에서 나는 블랑이 표현한 분함을, 죄인에게 더 혹독한 처벌을 가하지 못했다던 그의 아쉬움을 이해하지 못했다. 나는 테레지나의 반응에도 가슴이 아팠다. 그녀가 자연스럽지 못해서가 아니라 지나치게 자연스러웠기 때문이다. 그 시절 나는 아직 모욕당한 사람들과 박해받은 사람들이 그들의 존엄을 되찾을 때 종종 드러내는 열정의 탈선에 아직 익숙해지지 못했던 것이다. 테레지나는 앞으로 펄쩍 나서더니 유해 위로 몸을 숙이고 나머지 몸뚱이를 지켜보고 있는 둥근 물체의 눈 속에 침을 뱉었다. 나는 사람들이 이 극단적 감정을 혹독하게 평가하지 않았으면 한다. 인간 본성이 갑작스레 해방될 때는 어떤 극단적 행위를 야기하지 않고는 그 본성을 억누를 수 없고, 가차 없이 조롱할 수 없기 때문이다.

어쨌든 그 충동적인 행동으로 우리는 모든 일행의 호감을 샀다. 게다가 그들은 그다지 수가 많지 않았고 다른 일에 정신이 팔려 있었다. 이튿날 아침, 우리는 영지 주변 곳곳에서 포콜로틴의 유해와 비슷한 작은 유해 더미들을 발견했다. 물론 그런 주인을 섬기고 맹목적으로 복종한 하인들도 처벌받아 마땅했다. 그렇지만 선고는 어떤 임시 법정에서 내린 것 같아 보였다. 최악의 위험 속에서 살고 있고 피로에 지친 사람들에게 관습대로 법정의 모든 품위를 갖추라고 요구하기란 어려운 일이라는 걸 나는 이해했다.

32

푸가초프의 인민군은 당시 영웅적 무훈의 두 번째 해를 맞이
했다. 현대사에서 그렇게 잡다하게 섞인 민중이 땅에서 갑자기
솟아나와 압제자들을 학살하고, 불태우고, 강간하고, 산 채로 껍
질을 벗기고, 목을 매달고 짓밟는 광경을 우리는 한 번도 보지 못
했다. 지주들, 고위 관리들, 귀족들, 유력 인사들, 장교들은 가차
없이 학살당했다. 더 정확히 말하자면, 목매달리고 마차에 매달
려 찢기거나 산 채로 껍질이 벗겨졌다. 요지들도 차례로 무너졌
다. 그곳을 지키던 부대들이 코사크인, 바시키르인, 체첸인, 키르
기스스탄인, 칼미크인 등으로 구성되어 있었기 때문이다. 이들은
즉각 반도 편에 섰고, 이따금은 진영을 바꾸어 한창 전투 중에 장
교들을 목 졸라 죽이기도 했다. 러시아는 터키와 전쟁 중이었는데
믿을 만한 부대가 없었다. 오를로프 백작은 절친한 친구들에게 예
카테리나가 너무 불안해서 푸가초프가 돈 강을 건너던 순간에
여제의 그 지독한 변비마저 갑자기 나왔을 정도라고 말했다.
　우리가 포콜로틴의 손에서 해방되었을 때 나는 모든 코사크인

에게서 스파르타쿠스를 보는 것 같았다는 사실을 털어놓아야겠다. 나의 예술가 영혼이 광경의 아름다움에 현혹되었다는 사실도 부끄러워하지 않고 덧붙이겠다. 때로는 제 칼과 창의 날처럼 예리하고 날렵하고 단단하고 때로는 납작하고 둥그스름한 그 모든 아시아 민족들, 아무리 말을 달려도 결코 끝에 이르지 못할 광막한 대초원의 메아리가 울려 퍼지던 슬프지만 매혹적인 노래들, 그리고 수 세기의 오욕을 땅에 보복하려는 듯 지나는 길마다 불을 지르는 방식까지, 이 모든 것이 나를 열광케 했고, 어떤 경이로운 시작에 가담하고 있는 듯한 느낌을 안겨주었다. 나는 내 짐에서 종이와 목탄을 찾아와 이 민중과 자유의 유혈 낭자한 결혼식에서 가장 인상적인 장면들을 생생히 포착하려고 애썼다. 코사크인들이 여자들을 붙잡아 안장 위에 가로로 태우고 질주하는 장면을 스케치하면서 움직임을 표현하고 말의 도약을 소묘하려고 열중했다. 말의 갈기가 싣고 가는 처녀의 긴 머리카락과 뒤섞였는데, 그 잔혹한 광경 앞에서 내 손은 떨리지 않았다. 예술은 결코 눈을 감아서는 안 되기 때문이다. 나는 색깔을 표현할 수단이 없는 게 아쉬웠다. 피의 붉은색, 불의 오렌지색, 폐허와 태워진 몸의 검은색이 유일무이한 분위기를 창출했는데, 재료가 없어서 거장의 붓에 어울릴 만한 그 끔찍한 광경이 후대에게는 영영 잃어버린 광경이 될 참이었다. 자유의 첫 여명은 언제나 취기 어린 것이고, 그것이 일깨우는 열광은 희생자들의 고통에 비현실의 측면을 부여한다. 그때까지 인간이라는 이름에 대해 그것을 이용하지 말라는 금지밖에 알지 못했던 사람들 사이에 열광이 군림했다. 그들은 최악의 탈선 속에 무장해제된 상태였고, 잔인함 가운데 무고했고, 그들이 저지른 끔찍한 행위 속에서조차 희생자들이었다. 한 번도 온전히 인간이었던 적이 없던 그들을 인류의 이름으로 단죄하기란 어려웠기 때문이다.

내가 민중의 축제에 가담하는 느낌을 받았다고 말한다면 독자들에게 분노의 감정을 일깨우게 될까? 그들의 노여움을 사게 될까? 고통의 가면이 내게는 그저 가면이었을 뿐이고, 피는 아름다운 붉은색이었을 뿐이며, 흰 분칠이 남아 있는 가발을 쓰고 독일식 제복을 입은 채 목매달리던 장교들에게서 나는 밧줄 끝에서 버둥거리는 인형밖에 보지 못했다. 어쩌면 나는 극단적 잔학 행위로부터 내 감수성을 보호하기 위해 고의로 무의식 속으로 피신했던 건지 모르겠다.

이 상황에서 자가 부족은 제 의무와 전통을 저버리지 않았고, 우리는 러시아어로 하층민을 부르던 말인 "암흑"에 약간의 오락과 위안을 주려고 애썼다. 따라서 우리는 즉석에서 간이무대를 만들었고, 지나치게 공들인 섬세함과 기교는 일부러 피하고, 아마도 훗날 "군대 연극"이라는 이름으로 불릴 공연의 원조가 될 볼거리를 제공했다.

그런 조건에서 코메디아델라르테를 공연한 사람은 아직 없었다. 우리의 의상은 경이로운 효과를 냈다. 아를레키노, 폴리치넬라, 콜롬비나, 카피타노는 곧 그 모든 순박한 마음들에 받아들여졌다. 한마디로 엄청난 성공이었고, 우골리니는 눈물을 흘릴 정도로 감동했다. 아버지도 충격을 받을 만큼 감격했다. 그는 이탈리아 희극의 인물들을 러시아 민속에 끌어들여, 쾌락의 남용으로 취향이 아직 무뎌지지 않은 참으로 신선한 영혼을 가진 관객

앞에서 공연할 수 있었던 건 경이로운 일이라고 말했다.

이따금 간이무대 위에서―우리는 관객과 닿을 듯한 거리에 있기를 고집했다―재주넘기를 하던 도중 나는 곁눈으로 한 체첸인이 이제 막 자른 머리의 머리카락을 움켜쥐고 말을 타고 공연을 보러 다가오는 걸 보곤 했다. 우리의 성공은 곧 어려움의 시작이었다. 코사크 병사들이 우리를 보려고 아주 멀리서 전장을 떠나 찾아오곤 했기 때문이다. 결국 그들은 우리에게 수레를 타고 이 부대 저 부대를 찾아다니며 자유의 군대에 그들에게 필요한 위안의 순간을 제공하라는 명령을 내렸다.

따라서 우리는 다시 떠날 생각을 도저히 할 수가 없었다. 말하자면 우리는 우리가 제공하는 기쁨의 포로가 되었던 것이다.

무질서하고 언제나 즉흥적으로 마치 수은처럼 끊임없이 조직되었다가 해체되곤 하던 푸가초프 군대는 대장의 기분에 따라 이동했다. 서로 다른 부대들은 한 도시를 점령하거나 그들의 통행을 막으려는 정규군을 소탕할 때만 힘을 모았다.

블랑 중위는 전투가 여가를 허용할 때면 우리를 찾아왔다. 그는 언덕 꼭대기에서 키르기스 기병들이 작달막한 검은 말을 타고 공격에 나서는 경이로운 광경을 보여주려고 테레지나를 여러 번 데리고 갔다.

테레지나의 이런 부재는 종종 불안하게 길어졌다. 한두 번 그녀는 전장에서 이른 새벽에야 돌아왔는데, 너무 지쳐서 말에서 떨어지자마자 내 무릎에 머리를 얹은 채 곧장 잠에 곯아떨어졌다. 그 지나친 피로와 지나치게 격한 감정이 그녀의 건강에 좋지 않은 결과를 미치지 않을까 걱정하기 시작한 아버지는 불안한 눈길로 그걸 지켜보았다.

어느 날 저녁 마지막 올빼미가 울고 난 뒤, 대초원이 태곳적부터 이어져온 침묵 속에 잠들었을 때, 시간이 땅을 떠나 어머니 영혼 곁으로 양식을 챙기러 간 것 같아 보일 때 나는 잠이 오지 않아 일어나서 텐트 밖으로 나갔다. 한동안 나는 빛의 혼돈 속에 잠긴 채 어떤 말의 질주 혹은 어떤 폭발이 일으켰는지 알 수 없는 먼지구름이 반짝이는 대초원을 향해 눈을 들었다. 잠시 후 나는 말에 안장을 얹었고, 발길 닿는 대로 달이 은빛 총애를 베풀고 있는 들판을 가로질러 달렸다. 곧 어느 강에 이르렀다. 나는 말을 남겨두고 돌멩이마다 다정한 말을 속삭이는 물의 평온한 속삭임에 불안을 가라앉히려고 애쓰며 모래밭 위를 걷기 시작했다. 그곳엔 나룻배 하나가 있었다. 두 개의 모래톱 사이에 작고 푸른 섬 하나가 뚱뚱한 배 모양으로 솟아 있었다. 어떤 힘이 나를 부추겼는지, 왜 내가 그 장소에 왔으며 왜 내가 배를 타고 노를 젓기 시작했는지 나는 알지 못한다. 자가족의 피가 우리 부족 사람들에게 정말로 예감 능력을 부여해서, 내가 의식하지는 못했지만 나를 행동하게 만든 어떤 불길한 예감이 나를 사로잡아 그 장소로 인도한 걸까? 아니면 운명이 내게 쓰라린 경험을 주고 즐기기로 작정한 걸까?

덤불에서 몇 미터 정도 떨어진 곳에 이르렀을 때 나는 아주 미약한 신음 소리를 들었다. 처음엔 그것이 물이 자갈과 노는 놀이의 기분 좋은 결과인지 아니면 내가 알지 못하는 어떤 피조물의 몽상인지 알지 못했다. 그렇지만 사람이 있다는 건 알아차렸다. 관능으로 나를 깊이 뒤흔들어놓는 방식으로 전율하던 그 신음

소리는 비명으로 바뀌었고, 그 소리가 어찌나 격정적으로 대기를 가로질렀던지 나도 모르게 눈을 들었다. 마치 눈에 보이지 않는 먹잇감을 향해 쏟아진 소리의 화살이라도 찾는 듯이. 그러곤 깊은 침묵만 흘렀다. 나는 나룻배를 남겨두고 조심스레 갈대 사이로 길을 터나갔고, 소리 없이 물속에서 수풀 틈으로 몇 걸음 나아갔다.

나뭇잎들을 벌리고 내가 본 것은 세상의 종말이 아닌 다른 것으로는 묘사하지 못할 광경이었다. 내 주위의 모든 게 캄캄해졌다. 하늘은 불이 꺼졌고, 나는 너무도 고통스러운 찢김으로만 존재했기에 그 징후를 보고 삶이 나와의 동행에서 어떤 즐거움을 여전히 찾고 있다는 걸 인정하지 않을 수 없었다.

테레지나, 나의 테레지나가 발가벗은 채 그 프랑스인의, 그 문명의 배반자의 품에 안겨 있었다. 사회에 대해 품은 어떤 개인적 앙심을 채우려고, 인간의 피를 갈구하는 어떤 추악한 취향을 채우려고 푸가초프의 야만스러운 짐승들과 합류한 그자, 천민의 가장 저속하고 가장 흉측한 본능들이 고삐 풀렸을 때 땅의 찌꺼기가 오물로 토해낼 수 있는 모든 것 속에서 타락한 기쁨에 빠져 있는 그자의 품에! 성교에서 한 번도 끌림을 느끼지 못했던 저 순수한 아이가, 지금은 꿈의 피조물에게 바쳐 마땅한 배려라곤 조금도 하지 않고 그녀를 다루고 있는, 인간 종족의 적의 몸 아래에서 뱀장어처럼 몸을 비꼬고 있었다. 금지된 무엇도 내게 거절되지 않았던, 상트페테르부르크 최고의 사창가에서 수련을 한 나는 더 이상 애송이가 아니었다. 그러나 한 번도 두 존재가 서로를 그렇게 탐욕스럽게, 그리고 우리 몸이 지닌 성적 매력들을 적법한 용도를 개의치 않고, 그를 위해 자연이 마련해둔 자리를 뒤섞으며, 그렇게 탈선해서 이용하는 걸 본 적이 없었다. 더없이 창피스럽고 수치스러운 것은 내가 나 자신의 그 종말, 나의 모든 감미로운 환상과 몽상의 종말을 마주하고, 내 사랑을 도둑맞고 달아날 힘조차 없었고, 그 자리에 남아 그 성교 광경을 보며 내 고통을 후벼 파고 키우고 있었으며, 내 고통은 성교가 끝나기를 바랐지만 나의 호기심은 그것이 계속되기를 바랐다는 점이다. 아! 때로는 예술가의 영혼을, 예술의 취향을 이해하기가 참으로 어렵다! 나는 내가 앞으로 살아갈 수 있게 해주고 불시에 닥칠 불행한 순간들을 무심하게 받아들이게 해줄 고통과 절망을 비축하고 있었던 거라고 믿고 싶다. 참으로 일찍 삶에서 불행의 잔을 비워버린 내가 무엇으로도 상처입지 않을 인간이라는 명성을 갖게 된 건 바로 이 보호막 덕이다.

이어지는 며칠 동안 나는 아버지에게 아무 말도 하지 않았다. 아버지가 그 일로 죽을까 겁이 났던 것이다. 따라서 마땅히 권리를 가진 사람과 공유하지 못한 채 나는 홀로 그 고뇌를 감내했다. 나는 모든 고통을 홀로 간직했다. 매일 밤 나는 형벌의 장소를 찾았다.

그렇지만 나는 테레지나가 행복해하는 걸 보는 데서 어떤 위안을 찾았다. 베네치아인의 그런 관대함이 어디에서 오는지는 설명하지 못하겠다. 어쩌면 나는 내가 상상한 모든 것을 뛰어넘을 정도로 그녀를 사랑한 건지도 모르겠다. 그래서 내가 그녀에 대해 품었던 꿈이 어떤 불쾌한 현실로도 손상입거나 감소되지 않는지 모르겠다.

어쨌든 매일 밤 나는 야영지를 벗어나 저주스러운 만남의 장소를 향해 질주했다. 그곳 수풀 속에 숨어서 나는 차갑게 냉철한 눈길로 지켜보았다. 나는 내가 타인들의 행복에 대해 그런 너그러운 마음을, 그런 취향을 가졌는지 알지 못했다. 오늘날 나는 내가 그런 식으로 사랑의 상처를 치유하려 했던 거라고 생각한다. 나의 경이로운 꿈을 가장 저속하고 가장 육체적이고 가장 동물적인 현실의 시련과 맞닥뜨리게 함으로써 말이다. 그러나 꿈은 언제나 그 불의 시련에서 승자가 되어 나왔다. 무엇도 나의 마법사 적성을 끝장낼 수 없는 것 같아 보였다. 테레지나는 그 포옹에서, 나의 상상이 그녀에게 시도하는 구마 의식에서 언제나 아무 타격도 입지 않고 순결한 상태로 돌아왔다. 나는 여전히 그녀에 대해 꿈꾸었고, 아주 다정하게 그녀를 만들어냈다. 꿈은 나의 뿌리 깊은 천성인 것으로 드러났다. 내가 여기서 나 자신에 대해 알고 있다고 생각하는 것을 아무것도 감추지 않기로 작정했으니 그대들에게 고백하건대, 나는 꿈의 경쟁자인 현실에 수익의 50퍼센트 이상을 결코 주는 법이 없고 대개 꿈에 우선권을 주곤 한다. 이것이 어쩌면 많은 사람이 놀라는 나의 장수를 설명하는지도 모른다. 사실은 반밖에 살지 않기에 내 생명의 몫은 두 배가 되는 게 당연한 것이다.

게다가 나는 정말 선명한 기억을 갖고 있긴 하나 섬에서 있었던 성교가 정말 일어난 건지 의심할 때도 있다. 이 의심이 술책인지 나의 꿈이나 독자들의 수줍음을 배려하는 방식인지 모르겠다. 내가 만들어낸다고, 내가 나 자신을 만들어낸다고 믿을 때도 있다. 이것 또한 고통을 덜 받기 위한 고도의 책략인지 혹은 기억의 생쥐들과 장난하는 유희인지 모르겠다. 잊지 못하면서 이야기를 지어낸다고 주장하는 꾀바른 늙은 고양이처럼. 아니면 이 고통의 진흙탕을 뒤흔들어 언제나 작품에 참으로 이로울 고통이 가장 신선할 때 거기에 펜을 담그려고 하는 건지 모르겠다. 문학적 자산 중에는 고통보다 큰 수확을 거두는 것이 없기 때문이다. 독자 친구여, 나는 오직 그대의 심취를 위해서만 존재하며, 나머지 모든 것은 속임수일 뿐이다. 다시 말해 인간들의 불행일 뿐이다. 내가 아는 건 오늘날 너무도 철 지난 마법사 직업에 대한 절대적 헌신 때문에 멸시당하고 조롱당한 채 무릎 위에 노트를 얹고, 수 세기 동안 역경을 헤치고 간직해온 낡은 볼테르 모자를 쓴 채 박가의 불가에 앉아 레나토 자가처럼 꾀바른 표정으로 코끝을 긁적이며 나의 서사를 풍요롭게 해줄 그 무엇도 달아나지 않게 내 삶과 고통의 주머니를 뒤적이고 있다는 것이다. 그리고 나머지 모든 것은 역사인데, 나는 그것에 최선을 다해 귀를 기울인다. 어쩌면 거기에도 뭔가 건질 게 있을지 모르기 때문이다. 어쨌든 나는 테레지나가 떠난 어느 날 저녁, 아버지에게 이렇게 말한 기억이 난다.

　—총을 들고 나를 따라오세요.

　그는 별들의 거만한 빛을 마주 보며 부러움과 거짓된 오만을 드러내며 아름다운 악마처럼 날뛰고 있는 불가에 누워 있었다.

　—왜 그러느냐? 우리 없이도 많이들 죽이고 있잖니.

　나는 망설였다.

　—테레지나가……

　몇 초가 흘렀고, 주세페 자가가 말했다.

—알고 있다.

나는 너무도 경악하고 이해할 수 없어 이날 이후로 단번에 모든 놀람을 비워버린 것처럼 다시는 놀랄 수 없었다.

아버지는 별을 바라보고 있었다. 그는 가슴 위에 두 손을 교차해 올려놓았고, 그의 얼굴에는 살루스티우스가 고통 끝에 언제나 인간을 기다린다고 말한 평온한 표정이 깃들어 있었다.

—나폴리에 내가 아는 베스트리라는 춤꾼이 있었지. 베스트리는 너무 유명해서 몇 세대의 춤꾼들이 모두 그의 이름을 선택했어. 늙어서 그는 어느 날 자기 아내가 심하게 바람을 피운다는 하소연을 어느 젊은 배우한테 듣게 되었지. 늙은 베스트리는 그의 어깨를 다정하게 두들기며 말했어. "이봐, 젊은 친구, 우리가 원하는 게 뭔지를 알아야 해. 자네는 연극을 하잖나, 안 그런가? 자네는 광대지? 그러면 우리 직업에서 뽑은 이빨 같은 거야. 처음에 자랄 때나 지독히 아프지, 그러다 가라앉으면 익숙해지는 거야. 그러다, 그러다…… 결국 그걸로 밥을 먹게 되지!"

나는 격분했다. 우리의 적들은 언제나 자가 사람들은 기둥서방 족속이며, 광대들은 모두 신뢰도 명예도 없는 사람들이라고 주장했다. 그런데 아버지의 미소는 쾌활함의 흔적이 피를 흘리는 조금 독특한 방식일 뿐인 슬픔의 미소였고, 하늘을 향한 그의 눈길은 가벼운 마음과 결코 어깨를 나란히 하지 않는 물음의 표현을 담고 있었다.

나는 중얼거렸다.

—테레지나가 우리를 속이고 있다고요.

아버지가 말했다.

―그래. 살아야 하잖니…….

나는 이 문장의 쓸쓸함 때문에 삶이 특별히 힘들었다고 생각지 않는다.

테레지나의 무분별이 내 고통을 훨씬 가중했다. 그녀에겐 수치심이나 뉘우침의 흔적이 없었다. 행복하다는 사실을 원칙과 도덕에 타격을 입히는 일종의 나약함으로 여기는 사람은 모두 이 말에 기분 나빠 할지 몰라도, 행복이 부끄러워하는 건 누구도 보지 못했다는 사실은 분명히 인정해야 한다. 아침에 돌아올 때 그녀는 언제나 콧노래를 불렀고, 눈길은 아침 그 자체만큼이나 맑고 순수했다. 나는 이 회한의 부재를 무지의 탓으로 돌렸는데, 요즘 같으면 아마 교양의 결핍이라고 불렀을 것이다. 당시의 모든 선량한 저자들은 이 죄지은 도취가 양심의 고뇌를 대가로 치르기를 강요했고 불명예에 대한 번민을 유익한 것으로 권고했기 때문이다. 테레지나는 지나면서 건성으로 내 뺨을 쓰다듬고 자러 갔다. 어떤 동정의 흔적도 연민의 흔적도 없었다. 사랑이란 무엇보다 마음의 결핍이라고 믿을 만했다. 나는 그녀 텐트 아래까지 따라갔다. 그녀는 옷을 벗었고, 아누시카가 내미는 거울 앞에서 자신을 바라보며, 거울에 비친 자기 모습에 절하며 말했다.

―테레지나, 내 친구, 아직 모든 게 생생할 때 좋은 꿈을 꾸러 얼른 자러 갑시다…….

나는 블랑 중위가 우리를 상대로 난감한 상황에 처해 있었지만 우리에게 극도로 정중한 태도를 보였고 거북한 기색 없이 우리를 대했다는 걸 인정하지 않을 수 없다. 그는 종종 찾아와서 아버지와 이탈리아 연극이나 새 프랑스 작가들에 대해 얘기하고 우리와 함께 학문과 철학을 논하곤 했다. 그 우아한 태도가 우리에게 중립지대를 찾게 해주었고 모두를 편안하게 만들어주었다.

33

푸가초프 패거리의 야만 짓거리는 이 칭기즈칸의 후예들에게
우리가 기대할 법한 모든 걸 뛰어넘었다.

어느 러시아 귀족 노인 안드레이 니콜라예비치 루킨의 저택을
점유한 코사크인들은 스위스 거장 콜레의 작품인 거대한 추시계
앞에서 감탄했다. 시계는 시간, 요일, 날짜뿐 아니라 달의 다양한
현들, 태양과 지구의 움직임과 연관된 온갖 천체 현상까지 가리
키고 있었다. 그들은 시계를 작동시키려고 열쇠를 찾았지만 찾아
내지 못했다. 그러자 불한당은 이미 팔 한쪽을 자른 루킨 노인의
형벌을 중단시켰다. 그러곤 가련한 노인을 시계 앞으로 끌고 왔
고, 그가 열쇠가 있는 장소를 가리키자 다시 난도질을 끝내려고
밖으로 데려갔다.

그런 끔찍한 짓이 있고 난 후에 간이무대를 세워야 했고, 코메
디아 의상을 입고 우스꽝스러운 표정과 재주넘기로 그 피 칠을
한 무리에게 위안을 주기 위해 무대에 올라야 했을 만큼 우리가
처한 상황은 힘들었다. 코사크 대장들은 우리 공연이 그들 무리

의 사기에 미치는 탁월한 효과를 높이 평가했기에 우리가 다시 떠나게 내버려둘 리가 없었다.

루킨 노인의 죽음보다 더 고통스러운 인상을 내게 남긴 일은 며칠 뒤 심비르스크 앞에서 일어났다. 그곳에서 코사크 대장 부벨은 그가 "무도회"라고 부르던 것을 열었다. 그것은 상류사회의 사랑스러운 여흥에 대한 끔찍한 모방이었다. 상류사회를 지키는 일을 맡고 있던 부대 절반이 반도들 편에 선 뒤로 주둔군 전체가 그곳에 와 있었다. 무도회는 저녁에 시작되었는데, 나는 사적이면서 정확한 증언을 댈 수 있다. 이 "축제"에 대한 묘사는 기적처럼 러시아 역사서들에서 사라졌기 때문이다.

8시에 부벨이 와서 우리에게 이번에는 우리가 웃기는 사람이 아니라 웃는 사람이 될 거라고 알렸다. 그리고 "좌중을 존중해서" 코사크 병사들이 "이탈리아 옷"이라고 부르는 것을 입으라고 명령했다. 온갖 관중에 익숙한 자의 눈도 그 좌중보다 더 추악한 것을 본 적이 없었다.

거기엔 러시아 땅이 만들어낸 더없이 혹독하고 잔인하고 더없이 끔찍한 모든 것이—카스피 해안에서부터 코카서스 아울까지, 키르기스 대초원부터 사마르칸트까지, 체첸에서 야이크까지, 돈강에서 터키까지—있었다. 그 얼굴들은 유럽에서 얼굴이라 부르는 것과 너무도 달라서 거기서 인간의 얼굴을 보기란 어려웠다. 화살을 채운 화살 통을 등에 메고, 가장자리에 털이 달린 노랑, 빨강, 검정, 파랑, 초록의 몽골 모자를 쓰고, 끝이 굽은 단검 샤슈카를 옆구리에 차고, 어깨에 활을 메고, 종종 화려한 털외투를 입고, 종종 약탈한 보석으로 안장을 치장하고, 울부짖고 웃으며 동물 같은 억양의 후두음 언어로 말을 주고받는 야만인들이 나무판자를 모아 만든, 지름 100피에pied. 피트와 비슷한 길이 정도 되는 원형 플랫폼을 둘러쌌다.

밤은 덥고 부드럽고 아름다워 아주 여성스러웠다. 그리고 마치 거울이라도 찾는 듯이 내가 보기엔 자기 아름다움이 아닌 모든 것에 무심해 보였다. 모닥불이 별들을 향해 연기와 불꽃을 피워 올렸고, 엄청난 인간의 무리와 그 냄새 때문에 개들이 미친 듯이 짖어대고 있었다.

초대 손님들은 무리 한가운데 자리 잡고 있었다. 그 자리엔 그곳 지휘관인 포로치코프 대령과 포로가 된 장교 서른 명이 있었는데, 몇몇은 아내와 딸들과 함께 있었고, 도시의 모든 유력 인사들, 부자들, 상인들, 그리고 영지를 버리고 도망 와서 심비르스크에서 구원을 찾았다고 생각한 지주들이 있었다. 장교들은 모두 가발을 쓰고 흰색 짧은 바지를 입고 허벅지까지 올라오는 말장화를 신고 있었으며, 계급 표시가 달린 빨갛고 초록색의 상의도 입도록 허용되었다. 부벨 두목은 유력 인사들에게 "초대 손님들을 존중해" 가장 멋진 옷을 입으라고 촉구했고, 그들은 비단과 양단으로 차려입고, 여제의 통치 초기에 프랑스 예절과 춤의 거장들이 유행시킨 섬세한 벨벳 조끼를 걸치고 있었다. 그들의 아내와 누이와 딸 그리고 옷걸이들—가족과 하인 중간쯤 되는 불명확한 신분으로 대영지에서 살고 있는 먼 친척들, 숙모와 여사촌 들—도 가장 아름다운 무도회 드레스를 입고 있었고, 몇몇은 손에 가엾은 부채까지 쥐고 있었다. 몽골인 무리와 마주한 이 모든 영주 무리는 역사가 세운 연극 무대 위에 서 있는 것 같았다.

비극부터 소희극까지 오락에 대한 역사의 취향은 익히 잘 알려졌다. 참으로 탁월한 천재성을 지녔으나 방법의 선택에는 너무도 무심한 이 작가(역사)의 작품들에 관심을 기울여본 사람이라면 누구나 잘 아는 것이다. 그들은 이웃 마을들에서 스무 명가량의 유대인들도 바이올린을 가져오게 했다. 그러나 이 악기를 정말 연주할 줄 아는 사람은 여섯밖에 없었다. 유대인들은 학살과 바이올린에 대한 코사크인들의 취향을 금세 알아차리고 학살을 피할 희망으로 연주를 할 줄 알건 모르건 바이올린으로 무장했던 것이다. 그들에게 무도회를 시작하라는 명령이 내려졌는데, 그것은 끔찍한 혐오 행위를 여는 전주곡이었고, 그 혐오 행위는 인간 영혼의 가장 고귀한 표현인 음악이 동반되었기에 더욱 모욕적이었다.

코사크인들은 나무 플랫폼을 들어 올렸고, 포로들을 그 플랫폼 지붕 아래 밀어 넣었다. 그런 다음 그 가련한 자들의 아내, 딸, 친척 여자 들을 데려와 플랫폼 위에 올라가게 했다. 그리고 그들 역시 나무판자 위에 뛰어올랐고, 때로는 여자들에게 그들을 따르도록 강요하기도 하고 때로는 100여 명의 코사크, 체첸, 타타르, 바시키르 인들이 저들끼리 포로들의 머리와 어깨 위에서 춤을 추기 시작했다. 포로들은 그 비틀거리는 끔찍한 발코니를 지탱하느라 금세 기진맥진했고, 느리고 잔혹한 압살을 무엇으로도 막을 수 없었다.

에스파냐 드레스를 입고 그곳에 도착한 테레지나는 춤과 기쁨을 이용한 그 형벌을, 축제에 대한 추악한 모독을 보고 맹렬한 기세로 블랑을 향해 달려갔다. 프랑스인은 팔짱을 낀 채 재미난 듯 미소를 짓고 무대를 지켜보고 있었다.

—이 야만스러운 짓을 그만두게 하세요! 멈추세요! 즉각 멈추세요! 명령을 내려요!

청년의 얼굴이 어두워졌다. 그의 얼굴에서 나는 신경질적인 떨림을 포착했다. 그 떨림은 그가 언제나 보여주려던 태연자약한 겉모습을 배반하고 억제하기 힘든 온갖 어두운 열정을 드러냈다.

—저마다 제 차례가 있는 법입니다. 저 태생 좋은 용병들은 민중의 등 위에서 춤을 추었습니다. 이제 저들이 감내하고, 민중이 춤출 차례입니다.

아버지가 그를 향해 돌아섰다. 아버지는 역사가 제 변덕대로, 저 꼴리는 대로 유혈 낭자한 놀이에 점점 더 아름답고 점점 더 정당한 억양을 띤 반주 음악을 곁들이는 세심한 배려까지 해가며 인간을 가지고 놀고 즐기는 걸 잘 아는 사람의 평온한 목소리와 침착한 표정을 유지하고 있었다.

아버지가 말했다.

—선생, 당신의 추론은 나무랄 데 없는 논리를 갖추고 있습니다. 그러나 이 세상의 고통을 송두리째 아무것도 아닌 걸로 축소시킨다는 결점이 있습니다. 기독교인들을 로마인들로 대체하시렵니까? 그래도 그건 여전히 인간의 살을 사자 먹이로 던져주는 겁니다.

아버지는 인문주의자였다.

프랑스인은 주의 깊게 아버지를 바라보았다. 그는 놀랍도록 잘생겼고, 그가 학살에 내세우는 생각들은 숭고했다. 나는 그를 증오했지만 그걸 인정하지 않기란 어려웠다. 얼굴의 냉혹함은 고대 메달에서나 볼 법한 것이었고, 눈길에는 여자들에게 언제나 사랑받을 희망을 주는, 대의를 향한 헌신과 광신의 불꽃이 담겨 있었다.

그가 아버지에게 대답했다.

—선생, 인문주의는 그것의 성모인 철학과 더불어 지성인들에게 유리하게 이미 널리 이용되었습니다. 그러나 민중이 그것에 접근하기 전에, 자기들 노래의 아름다움과 도취에 만족하고 아름다운 책으로 빠져나가려는 수많은 종달새들더러 먹은 걸 토해내게 해야 할 겁니다. 따라서 시작부터 시작하고, 지성을 전혀 갖추지 못한 사람들에게 지성을 부여하는 일부터 해야 하는 게 맞습니다. 저들은 그저 지성을 조금만 요구할 뿐입니다. 때마침 벌어진 이 작은 축제가 그걸 입증해줍니다. 왜냐하면 이 축제를 벌이자면 생각을 해야 했는데, 이런 생각을 하려면 어느 정도 재능과 빈정거림과 유머와…… 뭐랄까요, 재치 있는 임기응변의 감각이 필요했으니까요……. 민중은 임기응변의 응수를 하는 건데, 결코 이른 게 아니지요.

나는 프랑스인이 "민중"이라고 부르는 이들이 그 시절 사람들이 "고귀한 신분"이라고 불렀고 더 겸손하게는 상류사회라고 부르던 것을 대표하는 불행한 이들의 어깨와 머리 위에서 복수심에 찬 죽음의 춤을 추는 것을 바라보았고, 새로운 세계가 내 눈앞에서 태어나고 있다는 혼란스러운 감정이 들었다. 그 감정이 혼란스러웠던 건 그걸 정당화할 수도 없었고 뭐라 규정할 수도 없었기 때문이다. 유대인 바이올린 연주자들은 개의치 않고 분투하고 있었고, 그들 가운데 바이올린 연주법을 전혀 알지 못하는 이들조차도 숭고한 멜로디를 만들어내는 척하며 현 위로 활을 켜느라 여념이 없었다. 그것이 코사크 병사들의 칼을 피하는 가장 확실한 방법이었기 때문이다. 그들이 바이올린을 연주하는 유대인 가운데 한 명을 칼로 베고 창을 꼬챙이 삼아 꿴 예는 결코 없다는 걸 유대인들의 명예를 위해 말해야겠다. 이런 이유에서 시대를 통틀어 러시아 게토의 수많은 유대인이 음악 연주에 헌신했고, 그래서 지금까지 심지어 소련 러시아에서도 뛰어난 거장들을 만날 수 있는 것이다. 이 나라에서는 코사크 전통이 여전히 존중되고 있으며, 유대인 바이올린 연주자들은 유대인이기보다는 바이올린 연주자들로 간주되고 있다.

플랫폼과 춤추는 사람들의 무게 아래에서 흰 가발을 쓰고 실크 바지에 긴 장화—축제에 참석해 군중 속에 앉아 있는 구두장이가 만든 작품—를 착용한 포로치코프 대령, 모든 귀족, 유력인사들, 그 지역 부유한 상인들은 기적 같은 의지로 겨우 버티고 있었다. 몇몇은 이미 쓰러지기 시작했는데, 그것이 남은 사람들에게 무게를 가중해 최종 추락과 몰락의 순간이 다가오고 있었다. 코사크 병사들은 그들의 등과 머리 위에서 신들린 듯 춤추고 있었는데, 가련한 아내, 약혼녀, 누이, 딸, 할머니 들이 참으로 사랑하는 남자들을 구둣발 아래 점점 짓눌러대며 낄낄거리는 춤 상대들의 품에 안겨 공포에 질린 얼굴로 춤추고 버둥거리는 걸 보는 것보다 더 끔찍한 일은 없었다. 나이 많은 숙모인지 사촌 가운데 한 사람이 갑자기 실성한 듯 미소 대신 입을 흉측하게 실룩거렸고, 그 자리에서 다리를 떨며 치마를 높이 들어 올리고는 인형처럼 깡충깡충 뛰기 시작했다. 이것이 코사크 병사들에게는 큰 희열을 일으켰지만 나는 등골이 오싹해졌다. 새하얗게 차려입고 레이스 모자를 쓴 노숙녀가 미라처럼 앙상한 얼굴에 치매 환자 같은 눈을 하고 있었기 때문이다. 그녀는 그렇게 지칠 때까지 몸을 떨며 깡충거리다 쓰러졌고, 다리를 허공에 든 채 재주를 계속했고, 얼마 후 몸을 비틀어 꼬더니 짓밟혀서 해체된 흉측한 인형처럼 탈진해서 꼼짝하지 않았다.

1920년, 내란이 끝날 무렵 나는 죽음이라는 이름으로 불리고 그저 그런 평판을 받던 동료와 함께 발트 해 근처에서 연극과 문학 공연을 끝내고 돌아왔다. 그곳은 백위군과 적위군의 마지막 전투가 끔찍할 정도로 치열해서 자유와 예속이 정의와 퇴폐가 공포 속에서 형제처럼 우애를 맺는 정점에 도달할 정도였다. 나는 군인들에게 시를 읽어주었고, 내 동료는 마술사 묘기를 보였다. 메멜에서 50킬로미터 떨어진 지점에서 말을 타고 마지막 전투가 벌어지고 있던 늪지 벌판을 지날 때 우리는 크냐진 부대의 야영지에 이르게 되었고, 베르크도르프 성 정원에서 열리는 연회에 참석하라는 사령부 대장의 초대를 받았다. 성은 적위군이 퇴각하면서 지른 불에 타버렸다. 폐허에서는 여전히 연기가 뿜어 나오고 있었다. 우리는 조금 늦게 리셉션에 도착했지만 힐끗 보자마자 기억장치의 어두운 구석에서 시간이 되길 진득하게 기다릴 줄 아는 기억들이 떠올랐다. 검은 회랑 깊이 웅크린 음산한 박쥐들처럼 이미 두 세기 전에 꺼진 횃불의 불빛 속에서 전혀 다른 장소, 전혀 다른 밤의 얼굴들, 찌푸린 인상들, 의상, 불, 별들이 파닥이며 날기 시작했다. 그때 "해방자" 크냐진이 정원에서 벌인 연회보다 "해방자" 푸가초프의 야만적 축제를 더 닮은 게 없었기 때문이다. 50여 명의 적위군 포로들이 어깨에 나무판자 연단을 지고 있었고, 그 위에 크냐진의 부대의 장교와 병사 열한 명으로 구성된 오케스트라가 자리 잡고 있었다. 연단 중앙에서 메멜 오페라단이 백위군 관객을 두고 〈라 트라비아타〉를 공연하고 있었고, 맨 앞 줄에 크냐진이 앉아 있었다. 가련한 여가수의 얼굴은 붉은색을 잔뜩 발랐는데도 새하얗게 질린 상태로 썩 자신감 없는 콘트랄 토 소리를 질러대고 있었는데, 이따금은 벨칸토보다 공포의 비명 이나 살려달라는 구조 요청을 닮은 소리였다. 다른 가수들은 16 세기 피렌체 복장을 하고 움직이는 판자 위에서 가능한 한 적게 움직이려고 애썼다. 심리적으로 몸무게를 줄여서 중력의 법칙에 서 벗어나려는 그들의 내적 노력까지 느껴졌다. 그 공중 무대 밑 에서 젊은 볼셰비키들은 마지막 숨을 거두는 영웅들에게 찾아온 다고들 말하는 성스러운 힘으로 겨우 버티고 있었다. 그러나 이 런 조건에서 공연된 〈라 트라비아타〉가 극도로 비극적인 색조를 띠었다는 것만은 인정해야겠다. 새로운 연극이 온갖 수단을 동원 해 언제나 더 자극적인 연출을 찾고 있는 오늘날 거기엔 우리의 선량한 작가들을 명예롭게 할 방법과 독창적인 생각이, 그리고 무시되어선 안 될 일반적인 계급투쟁이 있는 것처럼 보인다.

푸가초프 부대가 모스크바로 돌진할 때 체포된 귀족과 유력 인사들, 장교들의 머리 위에서 코사크 병사들과 그들의 비극적인 파트너들이 펄쩍펄쩍 뛰며 춤추는 걸 지켜보는 동안 물론 나는 결코 '초연初演'에 참석한 거라고 생각하지 않았다. 그 자리에서도 혐오감과 별도로 나의 예술가적 감수성은 공연에 무심하지 못했 다. 이 점에 대해 내가 비난받아 마땅하다고 생각지는 않는다. 그 개짓거리에 나는 전혀 책임이 없기 때문이다. 코사크인들은 탁월한 춤꾼이었고, 모이세예프 민속발레단의 유럽 순회공연을 본 사람이라면 누구나 확인할 수 있었겠지만, 소련 러시아에서 예술에 쏟은 배려 덕에 지금까지도 여전히 그렇다. 그러나 어떤 연극 공연도 그렇게 자연스럽게 체험된 공연의 즉흥성을 따라가지는 못할 정도여서 나는 결국 내가 비인간적인 점보다는 비극의 아름다움에 더 마음이 흔들리지 않았나 싶은 생각이 든다. 이따금 한 타타르인이 파트너를 붙잡고 땅으로 뛰어내렸고, 소리치는 희생자를 품에 안고 적당한 구석으로 가 그곳에서 욕정을 채운 뒤 안달하는 다른 병사들에게 여자를 넘겼다. 종종 한 처녀 또는 아내가 파트너의 품에서 정신을 잃었지만, 그래도 파트너는 계속해서 여자를 꼭두각시 파트너처럼 이용했다. 이는 오늘날 이바시카이 마시카라고 불리는 민속 공연에서 볼 수 있는 효과를 냈다. 그 가련한 여자들 중 누구도 하층민(암흑)의 복수의 갈증에 순종하길 면제받지 못했다. 하층민의 딸들이 상당히 오랫동안 영주들과 지주들의 초야권을 감내했기에 "저마다 제 차례가 있는 법"이라는 표현이 반도들의 귀에는 더없이 감미롭고 더없이 열광적으로 들렸을 것이다. 나는 속옷이 들춰지자마자 죽어버리는 여자들까지 보았다. 금발을 길게 땋아 내린 사랑스러운 소녀도 기억난다. 자연은 참으로 자주 변덕스럽고 야릇한 유희를 좋아해서 그녀의 얼굴은 천사 같았다. 부드러움과 아름다움이 참으로 교묘하게 어우러져 그녀가 죄인들 무리에 속하리라고 상상하기가 어려웠다. 그녀는 한창 춤을 추던 도중에 죽었는데 아무도 알아차리지 못했다. 사람들은 여전히 그녀를 돌렸고, 시신과 즐기고 있다고 생각지 못하고 이 파트너에서 저 파트너에게 넘겼다.

이 축제에서 살아남은 몇 안 되는 여자 가운데 한 사람은 포로 치코프 대령의 딸이었다. 그녀는 40년 뒤에 『어느 고아의 편지』를 써서 감수성 예민한 사람들을 많이도 울렸다.

우리가 맞은편 달빛 아래 봉긋한 언덕 꼭대기에서 마치 깊은 구렁에서 차츰 빠져나오는 것처럼 경사면을 올라오는 말 탄 사람을 보았을 때도 축연은 계속되고 있었다. 화려하게 차려입은 코사크 병사 몇 명이 그를 둘러싸고 있었다.

그때까지 나는 푸가초프의 옆모습밖에 보지 못했다. 그가 표트르 3세라는 이름으로 주조하게 한 메달에 새겨진 옆얼굴 말이다. 이 전제정치의 적은 조심스럽게 자신을 차르로 통하게 했던 것이다. 그런데 나는 그의 뒤쪽에 살짝 물러나 있는 사제를 보고 "군주"를 알아보았다. 그는 하층민의 반란에 합류한 유일한 사제 이반 크롤리크였다.

푸가초프는 자주색으로 차려입고 머리엔 성스러운 이미지가 그려진 털모자를 쓰고 있었다. 그는 한 손을 허리에 얹고 서 있었는데, 꾀바른 연극적 감각이 없지 않았다. 그가 언덕 위에 달을 배경으로 멈춰 서서 달이 그에게 성화의 후광을 씌워주었던 것이다. 헐렁한 파란색 실크 바지가 붉은 장화 너머로 불룩하게 넘쳤다. 사방으로 수천 개의 혀를 날름거리는 모닥불이 그의 천성에서 나온 것처럼 보이는 빛을 그의 얼굴에 비추었다. 게다가 그의 눈길은 숯처럼 검었다. 나는 목탄과 노트를 집어 들었고, 다시 한 번 색칠할 재료가 없는 현실을 저주했다. 그 협잡꾼 옆에 선 우사노프는 어깨에 담비 모피를 얹고, 머리에는 여우털 모자를 둘러 무성한 여우 꼬리를 왼쪽 어깨로 떨어뜨리고, 두목 계급장인 불라바를 손에 든 채 멀리 떨어진 곳에서도 새하얗게 보이는 이빨을 드러내고 조용히 웃고 있었다. 그의 입술에서 떠나지 않던 비웃음과, 너무 작아서 보통 사람들보다 두 배는 많아 보이는, 가지런히 드러난 두 줄의 이빨은 형리에게 코가 잘리고 광대뼈가 불거진 그 얼굴을 **해골** 또는 죽은 자의 머리처럼 두드러지게 했다. 그건 사람들이 그에게 붙인 별명이기도 했다. 해골 왼쪽에는 타타르인 알라티르가 검은 터키 외투를 걸치고 초록색 성직자 모자를 쓰고서 흰 말을 타고 있었는데, 그의 거대한 체구는 어린 시절 숲속에서 참으로 자주 내 친구가 되었던, 샤즈키의 전설적 영웅 일리야 무로메츠를 떠올렸다. 그는 한쪽 팔로 안장 위에 가로로 실린, 네다섯 살밖에 되지 않아 보이는 어린아이를 붙들고 있었다. 그가 난투전에서도 떨어지는 법이 없는 그의 아들이었다.

우리는 "차르"가 우리를 보려고 일부러 이동했다는 걸 알고서 놀랐다. 우리는 곧 설명을 들을 수 있었다. 그건 이튿날 아침부터 간이무대를 세우고 우리가 할 줄 아는 걸 그에게 보여야 한다는 뜻이었다. 푸가초프는 모닥불을 피운 채 포로들의 등 위에서 더없이 격렬하게 계속되던 죽음의 춤에는 아무 관심도 보이지 않았다. 그런 종류의 오락은 이미 폭동 초기부터 풍습이 되어버려 물리도록 보았을 것이다. 그는 일행과 함께 텐트 쪽으로 멀어졌다. 개가 무리 지어 그와 함께 이동했다. 그는 짐승들에게 너그러운 사람이었다.

무도회는 끔찍하게 끝이 났다. 포로들은 출생으로도 교육으로도 육체적 고통과 수고에 길이 들어 있지 않았다. 포로치코프 장군을 포함해서 몇몇은 이미 예순을 넘긴 나이였다. 그럼에도 그들은 놀라운 지구력을 보여주었고, 코사크 병사들조차도 그걸 인정하는 것 같았다. 왜냐하면 그들에게 여러 차례 마실 것을 주고, 가끔씩 버티라고 용기를 북돋우려고 친근하게 툭 치기도 했으니 말이다. 그러나 이제 그들은 춤꾼들의 무게에 짓눌려 하나둘씩 무너졌다. 공연의 가장 고통스러운 순간이 왔다. 내가 보기에 예술은 언제나 고된 순간에 끝나는 것 같다. 그 가련한 사람들 대다수가 추락과 최종 몰락을 늦추기 위해 안간 힘을 끌어모으며 버티고 서 있을 때 코사크 병사들과 몽골인 동료들이 말에 올라탔고, 곧 피날레가 도래하리라는 걸 직감하고 모여든 관중이 기쁨의 환성을 내지르는 가운데 그들은 풀쩍 질주하더니 플랫폼에 뛰어올랐다. 순식간에 플랫폼은 무너진 시신들을 깔고 땅 위로 반 아르신 정도 높이밖에 되지 않았다. 그러는 동안 기병들은 그 간이무대 위를 지나고 또 지났다. 그 얼룩덜룩한 혼잡 속에서 그들을 세기란 어려웠지만 적어도 300명은 넘었기에 안타깝지만 피날레는 축제에 걸맞은 것이었다고 말할 수 있다.

지방의 엘리트 집단 모두가 이렇게 곤죽이 되어 사라졌다. 그들 중 일부는 특출한 문인이었고, 귀족이었고, 장교였고, 유력 인사였고, 지주였고, 관리였다. 관리들 중에 신중하게 제때에 반도들 편에 선 사람들도 있었지만.

내가 받은 충격이 너무 커서 그 영향은 끝내 지워지지 않았다. 1926년에 나는 이 일화를 가지고 독일 영화사 우파UFA를 위해 말리 델샤프트와 이반 페트로비치가 출연한 영화 한 편을 만들어냈다.

그날 밤 우리 가운데 누구도 잠들지 못했다. 우리는 분개했고 또 공포에 질렸다. 권력자에게 우리가 저 살생을 즐기는 불한당들의 공모자이자 협력자였다고 믿게 할 위험이 있었기 때문이다.

몇 주 전부터 우리가 목도한 야만 행위들은 우리에게 도덕적 딜레마를 안겼고, 아버지는 그 딜레마를 극도로 의식했다. 생각의 아름다움을 감탄하며 인정하고, 자유만을, 예속 상태의 종말만을 바라보고, 그 다이아몬드를 쥔 피 묻은 손은 잊어야 했을까? 아니면 반대로 생각은 활용하는 용도를 떠나서는 없으며, 생각의 첫 불꽃이 번득이는 순간부터 생각이 제공하는 본보기를 떠나서는 존엄이란 없다고 생각해야 했을까?

우리는 텐트 아래에서 이 모든 것에 대해 얘기했는데, 그렇게 철학 정신을 잃지 않은 우리의 미덕을 인정해야만 한다. 멀리서 형벌 받은 자들의 유해를 가지고 싸우는 개들이 짖어대는 소리가 들려왔으니 말이다. 그건 공연한 논쟁이 아니었다. 결정을 내려야만 했다. 우리가 이튿날 공연을 할 것인지, 아니면 이 모든 잔학 행위의 책임을 진 인간 앞에서 이탈리아 코메디아의 기쁨을 나눠주는 공연을 거부할 것인지 알아야만 했다.

우리는 저명한 선구자들의 본보기에서 대답을 찾았다. 레오나르도도, 미켈란젤로도, 조토도, 롱사르도, 페트라르카도 독과 칼과 폭정과 기아가 그들 주위로 지옥의 원무를 출 때 붓과 리라를 놓지 않았다. 짙은 어둠은 한 가지밖에 의미하지 않았다. 더 단호한 손으로 예술의 횃불을 언제나 더 높이 들어 올려야 한다는 것.

따라서 단호한 걸음과 평온한 의식으로 이튿날 우리는 간이무대에 올랐고 푸가초프를 기다렸다. 우리는 그가 우리가 걸친 의

상에서 광대의 가장만을 보고 아마도 단순한 오락으로 여길 것을 그에게 제공할 준비가 되어 있었다. 그러나 그 흉악한 어둠 한 가운데서 펼치는 우리의 익살극이 우리에겐 인문주의적 신념의 진정한 주장이 되었다.

푸가초프는 오전 11시경에 이미 거나하게 취해서 도착했다.

지난밤의 명상으로 한층 견고해진 깊은 신념에 자극받아 아버지는 우리가 전에 한 번도 본 적 없는 묘기를 보이며 예술을 빛내는 데 몰두했다. 아버지는 아를레키노 의상을 입었고, 이탈리아어로 "차르"에게 욕설과 조롱을 퍼부어 우리를 즐겁게 했지만 다행히도 그 욕설의 희생자는 알아듣지 못했다. 그런 다음 그 섬세한 묘기를 그만두고 그는 슬픈 관객의 수준에 맞추려고 애썼다. 그는 다섯 개의 병으로 저글링을 했고, 카드로 놀라운 솜씨를 보여 군중들 사이에서 감탄의 중얼거림이 쏟아지게 했다. 그가 복화술로 내는 목소리는 서너 군데 다른 곳에서 불쑥불쑥 튀어나왔는데, 크롤리크 사제가 씹는담배를 뱉으려고 입을 벌리는 순간 사람들은 그의 목구멍에서 그가 저지른 온갖 음란한 범죄에 대한 고백이 쏟아지는 걸 들었다. 흰 담비 모피를 걸치고 동양 사원에서나 볼 법한 금과 루비로 온통 번쩍이는 모자를 쓰고 그 자리에 와 있던 타타르 알라티르의 품에서 아이 투를란이 갑자기 멋진 남자 목소리로 말하기 시작했고 코란 한 편을 암송했다. 그리고 푸가초프가 가는 곳마다 옥좌처럼 달고 다니는 붉은 벨벳 안락의자에 앉아 웃음을 터뜨렸을 때 그의 웃음은 이런 문장으로 끝이 났고, 모두가 그걸 들었다.

—아직 목매달리지 않은 모든 포로를 풀어줘라!

자기 입술에서 나온 것처럼 보이는 이 명령을 들었을 때 코사크인의 얼굴은 어두워졌다. 그가 벌떡 주먹을 쥔 채 일어섰지만 욕설을 내뱉으려는 건지 아니면 나의 아버지에게 태형을 내리기 위해서인지 다시 입을 벌리자마자, 그의 목소리가 아니었지만 완벽하게 모방된 목소리가 외쳤다.

—나는 위대한 차르 표트르 3세이므로 러시아 땅 전역을 나의 승리만이 아니라 나의 관대함으로도 눈부시게 빛나게 하고 싶다.

푸가초프는 머뭇거렸다. 잠시 후 그의 얼굴이 밝아지더니 장난기 어린 표정을 띠었고, 그는 주먹을 풀고 고개를 뒤로 젖히며 양손을 허리춤에 얹고는 그 유명한 너털웃음을 껄껄껄 웃었다. 그 웃음은 전염력이 너무도 커서 코사크인에서 코사크인으로, 드루지나에서 드루지나로, 대초원을 가로질러 민중에서 민중으로 전해졌고, 시베리아와 중국의 경계 어디에선가 어느 농부가 갑자기 웃음을 터뜨렸는데, 1917년 10월까지는 그가 왜 웃는지 알지 못했다.

34

푸가초프가 우리를 얼마나 흡족히 여겼던지 아버지는 왕위 찬탈자의 부대가 있는 곳이면 어디든 가서 전투 틈틈이 기쁨과 경탄을 그의 부하들에게 제공해주라는 명령을 받았다. 이렇게 해서 이탈리아 극단은 살상당한 대초원을 가로질러 계속 진군하며 화재와 폐허와 시신들 틈에서 공연을 하게 되었다. 이 관중이 이해할 수 없을 익살과 효과는 과장되고 천박한 몸짓과 표정으로 대체해야 했다. 폴리치넬라로 분장한 우골리니는 그런 성공을 경험한 적이 없었다. 그는 가면 없이 연기하면서 다른 장소였더라면 코메디아에 불명예가 될 묘기였겠지만 그 다 큰 아이들에게는 큰 기쁨을 준 재주넘기에 몰두했다. 테레지나는 캐스터네츠를 들고 에스파냐 춤을 추었는데, 캐스터네츠 소리는 즉각 환호를 불러일으켰다. 나는 기타를 고수했다. 그런 다음 우리는 넷이서 합창으로 나폴리 노래를 몇 곡 불렀다. 그중 〈돌체 미오〉는 너무도 감상적이고 감동적이어서, 청중이 가사를 전혀 이해하지 못했으나 그 곡조가 모든 나라에 공통된 민중의 감수성을 건드려 관중이 눈물을 흘리는 경의를 표하는 일이 자주 일어나곤 했다. 아버지의 바리톤은 경이로웠고, 우골리니의 목소리는 끔찍해서 우리가 그에게 입을 다물어달라고 부탁했을 때 그는 무척 불쾌해했다. 나는 이때도 이미 꽤 듣기 좋은 테너 목소리를 가졌는데, 나중에 더 애써서 다듬었다. 매혹하는 예술, 좀 더 겸허하게 말하자면 사람들의 마음을 사는 예술에서는 무엇 하나도 소홀히 하지 말아야 하기 때문이다.

그럼에도 우리는 우리가 처한 이 예속 상태를 끝내기로 결심했다. 질서와 권위가 뒤집히는 순간 우리에게 대단히 안 좋게 끝날 위험이 있었는데, 그런 순간이 임박해 보였던 것이다. 그렇게 되면 우리의 적들이 우리가 천민들의 반란에 자발적으로 가담했다고 주장할 때 대답해야 할 것이었다. 더구나 자가 사람들은 언제나 자유주의자라는 의심을 받아왔는데 그럴 만한 이유가 없진 않았다. 나는 아버지를 전적으로 신뢰했고, 역사적 상황이 어떠하건 오직 임무를 수행할 생각으로 우리 부족이 함정을 빠져나가 제때 방향을 바꾸는 데 언제나 보여온 탁월한 솜씨를 모르지 않았지만, 내가 보기엔 우리가 오직 마술사의 묘기만이 빼내줄 수 있는 곤경에 빠진 것 같았다.

위험이 가까워지고 있었다. 블랑 중위가 겉모습과는 달리 푸가초프의 상황이 절망적이라는 사실을 우리에게 감추지 않았기 때문이다. 그가 주장하듯이 푸가초프가 "모스크바로 전진하고" 있는 건 사실이었지만 뒷걸음치면서였다. 그의 최고 정예부대들은 돈 강을 건너길 거부했다. 적군이 사방에서 에워싸고 있었고, 겨울이 다가오고 있었다. 우두머리들의 경쟁으로 분열된 코사크 병사들은 전투마다 패배했다. 9월 말경, 우리가 바니우흐 두목의 오합지졸들 앞에서 인형극 공연을 하고 있을 때 웬 말 탄 기사가 달려와 고개를 숙이더니 아버지에게 편지 한 통을 내밀었다.

그것은 블랑의 메시지였다. 프랑스어로 쓰인 그 편지는 우리에게 모든 게 실패했으며 다시 한 번 폭정이 세상에서 가장 용맹하고 가장 반항적인 것, 즉 민중의 심장을 누르고 승리를 거둘 것이라고 말했다. 그는 우리에게 모스크바로 가는 가장 안전한 길을 알려주었다.

메시지에는 두 개의 문서가 첨부되어 있었는데 그것들이 우리의 목숨을 구했다. 첫 번째 문서는 "차르"인 푸가초프가 '손수' 서명한 통행증이었다. 그 망나니는 읽을 줄도 쓸 줄도 모르므로 프랑스인이 그걸 작성하고 대신 서명한 것이었다. 다른 문서는 훨씬 더 중요한 것이었다. 그것은 포로가 된 야신 대령이 쓰고 서명한 진짜 문서였다. 그 서류는 이탈리아 극단인 자가 사람들은, 그중 주세페 자가는 상트페테르부르크에서 상당히 이름난 인물인데 반란 집단의 손에 떨어졌으며 몇 주 동안 최악의 수모와 말할 수 없는 고통을 견뎠다고 말하고 있었다. 야신은 이 예술가들을 자신이 구출했으며, 그들이 중대한 정보를 줄 수 있기에 호위 없이 모스크바를 향해 가게 했다고 덧붙였다.

야신이 이 서류에 서명하고 가문 반지로 봉인하자 블랑이 권총을 꺼내 그의 심장에 한 발 쏘아 우리를 난처한 폭로로부터 영원히 보호해주었다는 걸 그 광경을 지켜본 한 코사크인이 나중에 알려주었다. 물론 우리는 이 모든 혐오스러운 일에 대해 전혀 알지 못했다. 우리 중 누구도 그런 대가로 목숨을 구하는 걸 받아들이지 않았을 것이다.

그대 독자들 가운데에는 우리 같은 광대들을 신뢰도 명예도 없고 그저 궁지에서 벗어날 궁리나 하는 사람들로 여기는 이들이 있으리라는 걸 안다. 이 오래된 평판에 대해 반박하는 건 헛된 일일 것이다. 이 평판은 대공들과 그들의 뒤를 이은 부르주아들이 우리에게 뒤집어씌웠고, 민중들까지도 우리에게 복종과 침묵 또는 감방 사이에서 선택을 강요함으로써 우리에 대한 신뢰 결핍을 보여주었으니 말이다. 우리는 이 프랑스인이 저지른 혐오스러운 범죄에 아무 책임이 없었다. 게다가 우리는 야신 백작의 시신을 밟고 모스크바로 가느니 사마르칸트나 콘스탄티노플로 도망갈 수도 있었다.

우리는 티호놉카에서 해야 했던 공연을 이용해 돈 강을 건너 서쪽 강변을 따라 모스크바를 향해 거슬러 올라가기로 결심했다. 우리가 코사크 병사들의 후미 부대보다 뒤처져서 왔던 길을 돌아 프라보보에서 배에 올라탈 때까지 누구도 우리의 책략을 알아차리지 못했다. 여섯 시간 정도 갔을 때 우리는 미켈손 백작 장군이 지휘하는 정규군의 첫 부대를 만났다. 야신 백작의 통행증은 바라던 효과를 냈다. 그들은 우리가 겪은 고통에 대한 얘기를 격분하며 들은 뒤 우리에게 더없이 큰 호감을 표했다. 모스크바에 도착했을 때 사람들은 우리를 열렬히 환대해주었다. 베네치아 대사는 저녁 식사까지 제공했다. 잡지들은 유명한 최면술사자가 박사와 그의 가족에 대한 이야기를 떠들어댔다. 그들은 그가 빈의 메스머 박사와 더불어 유럽에서 처음으로 비밀을 발견해 낸 과학적 힘을 이용해 푸가초프의 마수에서 벗어날 수 있었다고 말했다. 훗날 나는 이 이야기가 베네치아 잡지들에까지 전해져, 프랑스 여행자 피보탱이 1860년에 출간해서 아카데미프랑세즈로부터 상을 받은 저서 『18세기 베네치아 여행자와 모험가』에서도 이 이야기를 하고 있다는 사실을 알게 되었다.

35

우리는 모스크바에 얼마간 머물러야만 했다. 사람들이 앞다투어 우리를 불러댔기 때문이다. 아름다운 귀부인들은 저마다 푸가초프의 잔학 행위에 대한 이야기를 우리 입으로 듣고 싶어 했다. 게다가 새로운 발명품이 이제 막, 아직은 위험해 보였기에 수줍게 출현해서 우리의 체류는 더욱 유쾌했다. 왈츠는 몇 세기 전에 프랑스에서 탄생한 것으로 보이지만 러시아에 들어와서는 잠들어 있었다. 그것이 이제 막 깨어난 건 독일에서였다. 오스트리아 왕실이 왈츠를 채택했지만 러시아로 은밀히 잠입한 왈츠를 사제들은 악마의 흉계로 규탄했다. 이 춤에 사로잡힌 사람들이 올바른 종교와 양립될 수 없는 관능적 쾌락과 활기에 휩쓸렸기 때문이다.

우리가 모스크바에 도착했을 때는 지휘자 블뢰허가 권력자들의 명령에 따라 막 가택 연금을 당한 때였다. 미친 왈츠의 씨앗을 수입해 온 사람이 그였기에 이 전염병이 퍼지는 걸 막기 위해서였다. 그러나 헛된 일이었다. 몇 년 전에 페스트를 경험했고, 지금은 푸가초프의 피로 물든 진군의 메아리가 아직 울려 퍼지고 있던 그 도시는 기분 전환을 할 필요가 있었기에 사람들은 곳곳에서 왈츠를 췄다.

테레지나와 왈츠가 만난 건 장차 위대한 시인의 아버지가 될 푸시킨 백작의 집에서였는데, 음악과 춤과 여자가 그보다 더 행복하게 결합한 적이 없었다. 가벼움은 지탱하기가 어려워 많은 재능이 필요하다. 자칫하면 무거움에 빠지게 된다. 그러나 테레지나는 바로 왈츠였다. 푸시킨 백작의 무도회에서 둘의 첫 만남 때부터 나는 내가 살아 있는 한, 그리고 음악에 맞춰 지구가 도는 한 왈츠곡은 언제나 내게 테레지나를 되찾게 해주리라는 걸 알았다. 그들은 서로를 위해 창조된 존재들이었다. 내가 말하는 "그들"은 커플을 의미한다. 첫 소절을 듣고 테레지나가 두 팔을 들고 왈츠를 만나러 나아가는 걸 보기만 해도 나는 내 안에서 줄곧 찾아왔고 이따금 찾게 되기도 하는 힘, 어린아이에게 라브로보의 숲이 주었던 힘이 깨어나는 걸 느끼기 때문이다. 그 시절 나는 왈츠를 살아 있는 사람으로, 잃어버린 내 숲의 신으로 보았다. 그것은 비물질적인 존재로 보이려고 음악이라는 베일을 썼다. 예법과 품위를 고려해야 했기 때문이다. 마법의 빛을 발산하며 전설의 얼굴을 드러내고 불쑥 번쩍이는 마루 위에 물질적인 모습을 드러낼 수는 없는 노릇이지 않는가. 사물들의 겉모습 너머에, 현실이라는 고통스러운 가면 뒤에 춤 몇 스텝이, 음악 몇 마디가, 매혹된 여자의 웃음이 문득 우리에게 직감하게 하는 비밀스러운 요정의 나라가, 본질적인 유쾌함이, 결코 멈추지 않는 축제가 있지 않을까? 나는 알지 못한다. 행복에 관계된 것이라면 나는 비밀스러운 깊이를 거의 믿지 않는다. 행복은 살갗 수준에 머무르고 두께를 싫어한다. 행복은 신비가 어울리지 않는 가볍디가벼운 것이다. 그것은 하루살이로 연명한다. 깊이의 예술인 우리 박사 학자들, 작가들, 사상가들의 예술은 그들의 탐구에서 미소 한 조각 건지지 못했다. 재능을 얘기할 때 우리는 유쾌함에 대해서는 거의 말하지 않는다. 왈츠는 인간을 돌보는 사람(한 사람 혹은 여러 사람)의 망각에서 태어난 게 분명하다. 엄청난 계산에서, 고도로 숙고한 구상에서 무언가 어디에선가 고장이 난 것이다. 망치와 모루 사이에 방심한 순간이 끼어들었고, 오류가 있었다. 그렇게 왈츠는 태어났다. 깊이가 고장나자 가벼움은 마침내 바이올린이 한 곡 연주되는 동안 인간들에게 즐거움을 줄 수 있게 되었다.

푸시킨 백작 집에서 열린 무도회는 테레지나와 나의 관계를 한결 쉽게 만들어주었고, 그 결과는 여전히 지속되고 있다. 나는 그대들 모두가 나에게 동의하리라 생각한다. 한 여자를 사랑한다는 건 단 한 번 사랑한다는 의미다. 인생에는 한 커플만 존재하고 나머지는 아무것도 아니다. 당신의 연인이 사라지면 더는 세기를, 해를, 초를, 영원을, 계절을 헤아릴 수 없다. 나는 우리가 1000년을 보내지 않고는 사랑했다고 생각지 않는다. 내겐 헤아릴 길 없고 굳어버린 이 긴긴 세월에서 해방되는 데 아코디언, 피아노, 바이올린 한 곡조면 충분하다……. 그러면 나는 나의 모든 힘을 되찾는다. 라브로보의 내 친구 참나무들이 내게 준 힘들을. 나는 마법사의 지팡이를 쥐고 테레지나를 돌아오게 한다. 그녀는 푸시킨 백작의 무도회 때 입었던 것과 똑같은 흰 드레스를 입고 나타난다. 나의 펜은 종이 위를 달린다. 모든 게 다시 가능해진다. 한 조각 미소를 짓는 동안 세기들이 내 펜 아래 미끄러져 든다.

그 이후로 내게는 언제나 한 여자를 품에 품기만 해도 그 여자는 테레지나가 되었다. 처음엔 솜씨가 부족해서 눈을 감아야 했다. 그러나 그 후 나는 내 파트너를 보지 않으면서도 더없이 사랑스러운 관심을 갖고 바라보는 법을 터득했다. 그녀에게 달콤한 말을 해도 그녀의 존재가 내게 강요되지 않고, 그녀의 이름을 속삭여도 내게 거슬리지 않고, 내 손이 그녀를 껴안아도 그녀로부터 멀리 떠날 수 있고, 이 모든 것이 참으로 진솔하게 이루어진다. 이 모든 게 결코 그녀와 관계된 일이 아니기 때문이다. 모든 금발 여자, 모든 갈색 머리 여자가 내게는 언제나 빨간 머리 여자였다. 검은 눈이건 파란 눈이건 가장 아름다운 눈들이 내게는 언제나 초록색이다. 더없이 부드러운 입술도 오직 다른 입술을 상기하기 위해 내 입술에 제공된다. 나는 놀라운 충절을 지켰고, 어떤 여자에게도 전념하지 못한다고 나를 끊임없이 비난한 사람들은 내게 언제나 연민의 미소를 짓게 만들었다. 내게 온 모든 여자들이 내가 살 수 있게 도와주었다. 그들이 나의 테레지나를 꿈꾸게 도와주었기 때문이다. 나는 그들에게 무한히 감사할 줄 알고, 그들에게 고마움을 표한다. 그리고 그들을 숭배한다. 그네들은 모두 더없이 행복한 능력을 가졌다. 당신이 사랑하는 유일한 여자를 돌려주는 능력이다. 부재의 매 순간, 매달, 매해가 10년이 되고 세기가 되어도 당신은 사랑을 책임지기에 죽지 않는다. 천 개의 얼굴을 통해 우리는 줄곧 단 하나의 얼굴의 초상화를 미미한 세부 사실까지 그리며 완성해낸다. 당신은 루이즈에게서 입술 윤곽을, 프랑수아즈에게서 미소 언저리를, 크리스티나에게서 코끝을, 제니에 게서 눈썹을, 마리에게서 부드러운 곡선을, 여기서는 목을, 저기서는 턱을, 다른 곳에서는 목덜미를 취한다. 이런 것들은 하찮은 것들이지만 진짜를 찾는 당신을 도와준다. 그렇지만 속삭이는 순간에 이름을 틀려서는 안 된다. 예의가 아니다. 물론 눈을 감을 수도 있지만 그건 재능이, 여유가, 솜씨가 부족한 것이다. 얼마든지 눈을 뜬 채 보는 걸 멈출 수 있다. 그녀가 손가락 끝으로 당신의 뺨을 스칠 때 당신이 그녀에게 던지는 눈길, 그녀가 참으로 상냥하게 미소 짓게 만드는 그 감동적인 눈길은 일을 우아하고 정중하게 해결해준다! 당신이 다른 여자에게 쏟는 그 애정을 그녀는 자기 것으로 여긴다. 폴린에게, 이졸다에게, 루시타에게 당신을 완전히, 고스란히, 열정적으로 내주시라. 그러면 그들을 훨씬 더 잘 지울 수 있어서 거의 지각하지 못하게 된다. 한 여자를 떠나는 방법으로는 그 여자를 사랑으로 마모시키는 것보다 더 교묘한 방법이 없다. 다른 여자를, 유일한 여자, 하나뿐인 여자, 진짜 여자를, 존재하지 않는 여자를 만나기 위해서는 말이다. 테레지나를 더 쉽게 다시 만나기 위해 내게는 언제나 매개자가 필요했고, 그 점에 대해 나는 언제나 여자들에게 고마워했다. 가장 달콤한 순간에 여자들은 부재할 줄 아는 재능을 가졌다.

춤을 개시한 건 푸시킨 백작이었다. 그렇게 내가 만난 첫 번째 왈츠곡은 이름도 저자도 없었다. 행복의 본성 자체에서 절로 솟아나는 모든 위대한 창작물이 그렇듯이. 나는 훨씬 나중에야 그 춤곡이 지휘자 블뢰허가 빈의 어느 카페에서 들었던 것이라는 사실을 알게 되었다. 그것은 마젤이라는 이름을 가진 어느 젊은

작곡가이자 바이올린 연주자의 작품이었다. 매일 오후 1시와 3시
사이에 맥주를 마시는 사람들과 파이프 담배를 피우는 흡연자
들 사이에서 폐를 조금씩 토해내던 사람이었다. 블뢰허는 그 곡
에 〈미소의 왈츠〉라는 이름을 붙였다. 어떻게 젊은 폐병 환자가
죽음이 이미 주변을 배회하는 와중에 가슴속에서 이런 유쾌함
과 가벼움을 찾아낼 수 있었는지는 오직 신만이 알 것이다. 어쩌
면 그는 죽음이 유쾌함과 가벼움보다 두려워하는 게 없다는 걸
깨닫고, 그래서 죽음이 다가오는 걸 막기 위해 왈츠곡을 작곡했
는지 모른다.

그 후 수많은 〈미소의 왈츠〉가 작곡되었고 마젤의 곡은 오늘날
완전히 잊혔는데, 이편이 내게는 아주 유리했다. 나는 테레지나
와 나의 내밀한 관계 속에 무언가 끼어드는 걸 좋아하지 않기 때
문이다.

흰 근위대 제복을 입은 푸시킨 백작은 폴란드 민속춤 크라코
비아크를 출 때처럼 뒤꿈치로 쳐서 회전에 박자를 맞추는 경향
이 있긴 했지만 능숙하게 춤을 추었다. 나는 커플이 지나는 자취
를 따라 긴 빨간 머리카락이 당당하게 자유로이 나부끼는 걸 보
며 격렬한 기쁨을 느꼈다 ―지금도 느끼고 있다. 오케스트라가
제대로 갖춰지지 않아 아마추어들로 구성되었는데, 그 가운데 수
염이 바이올린 현에 얽혀서 참으로 우스운 꼴이 된 늙은 백작 도
브리코프는 엉뚱한 음표들을 활로 깨우고 있었다.

곧 왈츠는 러시아 상류사회 전체에 받아들여졌지만 아직 효력
을 발휘하지는 못했다. 민중에게 제공되지 않아서 오랫동안 필요
한 지지를 얻지 못했기 때문이다.

아버지는 많은 사람들에게 둘러싸였다. 그는 손에 샴페인 잔을 들고 바그라티온 공주와 폴란드 백작 자바츠키 곁에서 반도들의 유혈 낭자한 소요 속에서 우리가 겪은 모험이 상류사회에 일깨운 호기심을 충족시키려 애썼다. 귀부인들은 무엇보다 강간에, 신사들은 고문에 관심이 많았다. 주세페 자가는 정중하지만 건성으로 대답했다. 왈츠가 끝나자 백작은 테레지나를 그녀의 남편에게 데려다주었다. 아버지는 뭔가를 말하려다가 자제했다. 우리를 초대한 주인이 멀어지자 그제야 아버지는 눈길로 그를 좇으며 중얼거렸다.

─푸시킨 백작은 곧 아들을 갖게 되겠군. 그 아들은 러시아가 알게 될 가장 위대한 시인이 될 것이고, 서른여섯 살에 결투를 하다 죽게 되겠어.

사람들은 분명히 말할 것이다. 탁월한 협잡꾼인 내가 지어낸 이야기라고. 그리고 아마도 내가 평생 우리 부족의 탁월한 능력에 대한 전설을 키우는 데 골몰해왔다고 덧붙일 것이다. 그런데 나는 언제나 거짓말을 혐오해왔다. 그것이 예술의 반대말이기 때문이다. 예술은 진실을 창조하지만 거짓은 진실을 왜곡하고 가장한다. 나의 아버지가 푸시킨의 탄생과 비극적 운명을 예고했다는 것은 여러 증언들로 확인된다. 나는 무엇보다 자바츠키 백작의 증언들을 참조한다. 60여 년 뒤에 쓴 회고록에서 그는 "자가 남작의 비범한 예언 능력"이라고 부르는 것을 언급하고 있다. 회고록을 쓸 때 백작은 유감스러운 도박 성향 때문에 비참한 처지에 놓여 있었다. 나는 여러 차례 그를 찾아가 도와주었다. 그가 매력적인 사람이었기 때문이다. 그의 기억력은 오직 한 가지 점에서 틀

렸다. 주세페 자가는 예술이라는 지위가 아닌 다른 어떤 귀족의
지위도 내세운 적이 없었다.

36

우리는 11월 말에 상트페테르부르크를 향해 떠났다. 아버지는 유난히 걱정이 많았고 평소보다 술을 많이 마셨다. 그는 불길한 예감에 사로잡혀 있다고 혼잣말을 했고, 이따금 술병과 눈을 동시에 하늘로 들고 거기서 좋은 것이라곤 하나도 기대할 수 없는 신호들을 본다고 중얼거렸다. 우리 부족 사람들에게 한 번도 우호적이지 않은 행성인 화성과 토성, 목성의 불길한 교제가 있었기 때문이다. 포르투갈산 술이 도와서 아버지는 하늘에 태초부터 저들끼리 싸우는 경쟁적인 우주 형상들이 있으며 최고의 점성가들도 그게 무슨 의미인지 알지 못한다고 내게 알려주었다. 그건 하늘의 힘이 저들끼리 겨루는 못된 계략과 예측 불가능한 변덕 때문이라는 것이다. 그의 말에 따르면 오늘날엔 인간과의 끈이 끊어져 효력을 잃은 올림포스 신들이 하늘의 4분의 1을 여전히 차지하고 있어 만사가 더 복잡하다는 것이다. 몇 세기 전부터 활용되지 않아 축적된 이 신들의 에너지는 신앙이나 학문으로 끊어진 끈을 다시 이을 사람에게는 대단히 유용한 것이 될 수

있었다. 신의 에너지가 많고 그것에 도움을 청하는 인간이 적을
수록 각자의 몫은 클 것이라는 단순한 계산만 해봐도 그렇다.

—고대인들은 자기 신들을 우려먹을 줄 알았던 거야!

그가 중얼거렸다.

—아빠, 술을 너무 많이 드세요.

테레지나가 그의 손에서 술병을 빼앗으려 하며 말했다. 그러는
동안 우리의 마차는 나쁜 계절이 얼마나 나뭇잎을 앗아 갔던지
벌거벗은 엉덩이를 드러낸 것처럼 보이는 자작나무 숲속 진흙탕
길에서 겨우겨우 나아가고 있었다.

아버지는 술병과 위엄을 동시에 지켜냈다. 그는 우리에게 자신
이 메르쿠리우스 신의 후손이라고 말했다. 그 신의 아들인 아를
레키노를 통해. 일반적으로 이 천한 인물이 신의 자손인지는 잘
알지 못하기 때문이다. 주세페 자가는 장엄하게 엄지를 세우며
별이 총총한 밤에 반짝이는 별들 사이에서 천상의 공연을 하는
코메디아델라르테의 별을 알아볼 수 있다고 단언했다. 우리의 수
고로 그들을 기쁘게 해주는 코메디아델라르테의 별을.

이렇게 당당하게 말하며 아버지는 창가에 기대고 하늘을 향해
눈을 들었고, 광대 동료들을 찾는 것 같았다. 나는 거기서 별들
을 보았다. 축축한 구름에 둘러싸인 하늘의 별들이 아니라 한 생
애 동안 우리의 내면 어둠 속에서 천천히 타는 별들을, 어린아이
들의 얼굴에서만 온전한 광채 속에, 온전한 순수성 속에 눈에 보
이는 별들을 보았다. 그런 다음 아버지는 우리에게 시뇨르 스파
시의 평범한 오페라 〈뱃노래〉의 3막 솔로곡을 불러주었다. 하지만
모스크바의 상류사회에서 참으로 능숙하게 자신의 자리를 지켜

온 아버지가 천성의 모습을 어느 정도 드러내는 건 당연했다. 우리 하인들은 수레에서 자고 있었다. 그 많은 위험을 겪고도 우리는 짐을 하나도 잃지 않았다. 모두 그대로 있었다. 가면들, 폴리치넬라들, 프록코트 소매 속에 잠들어 있는 콜롬비나들, 습관 때문에 그들은 다른 곳에서 살 수가 없었다. 속임수 카드들, 트뤼소 씨의 전자 지팡이, 용수철 장치가 되어 있는 이중 바닥의 상자들, 초점이 세 군데인 일그러진 거울들. 교회에서 대단히 좋게 본, 인간의 목소리로 시간을 말하고 난 뒤 임종의 헐떡임이 이어지는 시계. 각자의 성향에 따라 숭고한 비전을 보여주기도 하고 지옥의 비전을 보여주기도 하는 씨앗. 불면증에 시달리는 사람들의 눈꺼풀 위에 뿌리면 더없이 아름다운 꿈을 주는 금가루. 소크라테스의 제자들이 모은 소크라테스의 가짜 작품들. 진품들. 단테의 작품들과 셰익스피어의 극작품. 플루트와 기타 들. 그리고 물론 시뇨르 우골리니의 마법 궤짝. 거기엔 진지함이 모든 진실을 아이러니와 패러디와 조롱을 통해 불같은 시련에 부치는 데 꼭 필요한 인물들의 낡은 의상이 잠자고 있었다.

테레지나는 머리를 내 어깨에 기대고 제 머리카락을 덮고 외투에 파묻힌 채 자고 있었다. 시뇨르 우골리니는 고개가 앞으로 고꾸라지다가 늘 제때 깨서 아버지에게 미소를 지었다. 왜냐하면 아버지에겐 관중이 필요했기 때문이다. 나는 나의 테레지나의 허리를 남몰래 팔로 감쌌다. 그 때문에 잠을 잘 수가 없었다. 개들은 불안하게 짖음으로써 인간의 심장이 잠들기 전에 자신들에게 맡겨진 불안한 임무를 다했다. 모든 게 느리고 무한해 보였다. 우리가 그렇게 시간 자체가 아니라 한 나라를 가로질러 가고 있다고 상상하기가 어려웠다. 내가 아직도 거기에 있고, 러시아 밤이 내 주위에서 계속되고 있고, 우리의 마차와 광대 도구를 실은 수레들이 어둠을 가로질러 어떤 숙소를 향해 계속 나아가는 것만 같다. 그 숙소에서 우리가 힘을 되찾고, 어쩌면 새로운 거짓 희망으로 몸을 덥혀 끝없는 길을 계속할 수 있도록 말이다.

우리가 상트페테르부르크에 머문 지 사흘째 되던 날, 아버지의 불길한 예감은 "진실은 병 바닥에 가라앉아 있다"라는 오래된 격언을 입증하듯 확인되었다.

저녁 7시였다. 아버지는 집사와 수입을 관리해주는 몇 사람을 막 물러가게 했다. 우리 사업은 위험에 처했다. 아버지가 몇 사람에게, 특히 그리고리 오를로프 백작에게 빌려준 막대한 금액은 어음이 만기에 도달했는데도 받지 못했다. 그걸 받아낼 가능성은 거의 없었다. 양심의 가책에 사로잡힌 시역자 오를로프는 광기에 빠졌고, 그 광기 발작은 점점 더 잦아졌기 때문이다. 사람들은 그가 밤마다 표트르 3세의 목을 조른다고 말했다. 당시 상트페테르부르크에는 팔렌이라는 이름의 추악한 협잡꾼이 있었는데 그는 오를로프에게 악몽에서 벗어나는 괴이한 방법을 제안했다. 그는 백작이 그 행동에 그토록 깊이 영향을 받는 건 그 행동이 유일하기 때문이니 만약 오를로프가 자기 손으로 상당한 수의 사람들을 목 졸라 죽인다면 그것이 습관처럼 되어 다시 그걸 생각하지 않게 될 것이라고 주장했다. 그는 백작에게 말하자면 습관을 만들라고, 또는 요즘 표현대로 말하자면 자신의 살해 행위를 진부하게 만들라고 조언한 것이다. 그래서 그리고리 오를로프는 자신의 양심을 단련시켜 정신의 평화를 되찾으려고 스무 명도 넘는 농민을 살해했다고 한다.

틀림없이 그건 중상모략이었다. 오를로프 형제들이 여제의 총애를 잃었다는 걸 사람들은 알았고, 과거 그들의 오만에 대한 대가를 비싸게 치르게 하려고 모두가 열을 올렸던 것이다. 어쨌든 팔렌은 투옥되었고, 그 후 "카발라 신비술을 실천"했다는 죄목으로 국경 밖으로 추방되었다. 게라심 대주교는 이걸 계기로 프리메이슨과 "카발라 신봉자"들에 대한 고발과 설교를 다시 꺼내들었다. 그는 공개적으로 아버지를 공격하는 것도 마다하지 않았다. 매일 우리는 사제들이 우리에 관해 퍼뜨리는 소문을 들었다. "흑마술"을 한다는 비난, 아버지가 만드는 음료와 물약에 어린아이들의 피를 섞는다는 비난 등이었다. 아버지에게 빚진 자들은 이 기회를 이용해 돈을 갚지 않으려고 했다. 아버지가 고소를 할 수 없다는 걸 잘 알고서. 고소했다간 고리대금업을 한다는 비난을 듣게 될 것이었기 때문이다. 사람들은 푸가초프 일행 속에 우리가 끼어 있었던 사건도 다시 도마 위에 올렸고, 심지어 아버지가 그 불한당에게 큰 영향력을 발휘했기에 푸가초프가 달아나기 전에 그에게 자기 보물을 맡겼다는 주장까지 했다. 우리에게 대단히 우호적이었던 포템킨이 메시지를 전해왔다. 얼마간 나라를 떠날 생각을 하라는 우정 어린 조언이었다.

그러니까 이런 상황에, 집사와 아버지와 함께 일하는 두 상인이 막 집을 떠났을 때 누군가 문을 집요하고 세차게 두드렸다. 그 소리는 결코 친구의 도착을 알리는 것 같지 않았다. 아버지는 문을 열게 했고, 얼마 후 30대의 잘생긴 남자가 흰 근위대 장교 제복에 어깨 위에는 무거운 곰 모피를 대충 걸치고 승마용 채찍을 손에 든 채 문지기 하인들이 손님 앞에서 높이 치켜든 불빛을 받으며 오흐레니코프 궁 현관으로 들어섰다.

우리는 그를 알지 못했다. 그는 섬세하면서 냉소 어린 얼굴이었고, 가벼운 나비 형태로 대단히 세심하게 다듬은 묘한 검은 콧수염을 달고 있었다. 러시아에서는 기르는 풍습이 없는 콧수염이었다.

나는 현관이 보이는 거실 한쪽 구석에 앉아 있었다. 막 테레지나와 함께 카드놀이를 마친 참이었다. 그녀는 아일랜드 스패니얼 밀카가 몇 주 전에 낳은 강아지 세 마리와 놀고 있었다. 아버지는 재단사가 얼마 전에 가져다준, 소맷부리가 은빛으로 장식된 검은 실크 옷을 입고 계단에 서 있었다. 그는 외국으로 여행할 것을 대비해 다시 서양의 최신 유행대로 차려입고 있었다. 가능하면 바로 포템킨 대공의 조언을 따르기로 마음먹었던 것이다.

방문객에게서 가장 눈에 띄는 점은 대단히 유쾌하고 눈부신 미소, 말 없는 웃음이었다. 더구나 그의 얼굴 전체가 무사태평하다 못해 심지어 무심해 보였다. 위험과 위기조차 그저 오락의 근원일 뿐인 큰 도박꾼이나 열정가들의 얼굴이었다. 그는 문학에서 "벨벳의 눈"이라 말할 유혹자의 눈을 가졌다. 예카테리나가 자기 근위병으로 쓰기 위해 고른 모든 신사들과 마찬가지로 그가 입은 제복의 기품과 고양잇과 동물의, 뭐라 형용할 수 없는, 거의 여성스러운 우아함이 기막히게 어우러지는, 기품 있는 동작과 섬세한 손목, 매혹하는 습관이 낳은 멋진 몸매를 갖춘 그는 보는 즉시 질투심을 느끼게 되는 그런 남자였다. 무엇 때문에 그가 그렇게 느닷없이 우리 집을 찾아오게 되었는지 상상하기란 어려웠다.

좋은 가문의 사람들은 의도가 명예로운 것일 때는 하인을 보내 쪽지를 전한다. 그러나 한 가지 확실한 건, 어디에서 왔건 이 남자가 온 건 게임을 하기 위해서였다. 맨머리로 온 그의 곱슬곱슬한 검은 머리카락은 그의 남자다운 완벽한 옆얼굴과 잘 어울렸다. 한 손에 무거운 모피 자락을 들고 다른 손에는 승마용 채찍을 든 그는 비웃는 듯하면서 동시에 주의 깊은 눈으로 우리를 뜯어봤고, 카드를 섞기 전에 새 파트너들을 평가했다.

—실례지만 제가 누구를 뵙는 영광을 누리고 있는 건지요?

아버지가 약간 거만하게 물었다. 그만큼 방문객의 태도에 불쾌하고 심지어 무례한 구석이 있었던 것이다.

—영광…… 영광이라…… 참으로 거창한 말입니다.

장교가 말했다. 그의 웃음 꼬리는 한층 더 말려 올라갔다. 그가 놀랄 만큼 흰 작은 치아를 드러내는 그 방식을 달리 어떻게 표현해야 할지 모르겠다.

그는 새끼손가락 끝으로 콧수염을 매만졌다.

—특히나 악마에게 영혼을 판 사람이 한 말이니 정말이지 거창한 말이지요. 그러나 이런 어리석은 말일랑 민중의 몫으로 남겨둡시다. 더 형편없는 구매자와 같은 사업을 다시 하는 것도 망설이지 마세요……. 이를테면 푸가초프 같은 사람 말입니다. 제 소개를 드리지요…….

그가 가볍게 목례를 하며 말했다.

—야신 백작 대령입니다. 이 이름이 당신에게 뭔가를 상기한다는 걸 여러분의 얼굴에서 알겠군요…….

그때 내 심장은 얼어붙었고, 이어지는 순간 나는 아버지를 향한 무한한 감탄에 사로잡혔다. 사실 그 순간만큼 그에게 감탄한 적이 없었다. 그는 외교술에서 최고 높은 지위를 차지하도록 태어난 사람이었다. 왜냐하면 그가 조금도 당황하지 않았을 뿐 아니라 미소를 지으며 계단을 내려오기 시작했고, 두 팔을 벌려 겨우 참는 것처럼 보이는 따뜻한 애정을 드러내며 장교를 향해 갔고, 멈춰 서서는 그를 가볍게 포옹했으니 말이다. 테레지나는 나를 향해 겁에 질린 눈길을 던졌고, 나는 황급히 그와 악수를 했다. 블랑이 우리의 통행증에 서명을 하도록 강요하고 난 뒤 죽었는데 살아 있는 것으로 밝혀진 자의 갑작스러운 출현이 우리에게 가져올 결과에 대한 생각에 공포에 질렸지만 내 감정에는 그런 아버지를 두었다는 자부심이 들어설 자리가 충분히 있었다.

　—살아 계시다는 걸 알게 되니 참으로 무한히 안심이 됩니다, 백작.

　아버지가 말했다.

　대령은 높이 산다는 몸짓을 했다.

　—연기가 출중하십니다. 저속함에 그런 기품을 담을 수 있는 건 이탈리아 망나니들뿐이지요. 제 친구 카사노바가 늘 주장한 얘깁니다. 보시다시피 내게 치명적이어야 했을 총알이 그다지 크게 손상을 입히지 않고 다시 빠져나갔습니다. 바람의 방향이 바뀐 걸 느낀 농민 몇 사람의 신속하고 헌신적인 보살핌이 나머지 일을 했고요. 저는 오늘 아침 상트페테르부르크에 왔고, 내일 여제를 알현합니다. 그분께서 좋아하시는 협잡꾼이 어떻게 푸가초프 불한당을 즐겁게 해주려고 민중의 자유와 전제군주의 몰락을 온갖 어조로 노래하며 아낌없이 분투했는지 얘기드릴 생각입니

다. 죽음의 협박 아래, 게다가 곧 처형으로 이어진 협박 아래 제가 통행증에 서명을 할 수밖에 없었고, 그 통행증이 당신들을 빠져나가게 해주었을 거라는 얘기도 빠짐없이 할 생각입니다…….

그는 입을 다물고 우리를 차례차례 호색적인 눈길로 쳐다보며 채찍으로 자기 장화를 내리쳤다. 마지막으로 발톱을 세워 치기 전에 꼬리를 흔드는 고양이의 동작이 생각나는 몸짓이었다. 아버지는 보잘것없는 영혼을 드러내는 그 신호를 보고, 장교의 그 호색적인 미소를 보고 다시 희망을 갖기 시작했다고 내게 말했다. 야신 백작은 단지 고결한 분노에 사로잡혀 우리를 법정으로 인도하기 위해 그곳에 올 만큼 사심 없는 천성의 소유자가 아닌 것 같아 보였다. 그는 모든 종 가운데 가장 위험한 종인, 도덕적 만족을 찾는 사람이 아니었다. 그는 쾌락을 위해 게임을 하는 게 아니라 훨씬 더 구체적인 이득을 위해 게임을 하는 사람이었다.

아버지가 정중하게 말했다.

—물론 우리는 그 프랑스인의 흉책에 대해 전혀 몰랐습니다. 우리는 그에게 아무것도 요구하지 않았습니다. 그자는 피를 즐기는 사람이었습니다.

야신이 아름다운 손을 들며 말했다.

—나는 그런 건 전혀 즐기지 않습니다. 나는 당신들 세 사람이 교수대에 매달리는 걸 보는 데서 아무런 기쁨도 느끼지 못할 겁니다. 반면에 저는 다른 걸, 훨씬 더 인간적인 걸 즐깁니다. 그러니 친구여—이제부터 우리가 절친한 친구가 될 것이기에 드리는 말입니다—먼저 제게 5만 루블을 지불해주고, 3만 루블을 연금으로 보장해주십시오. 또한 당신들 사업에 나를 끼워주시오. 그

러면 내가 끼어들지 않겠다고 약속할 테니 당신들에게 크게 도움이 될 겁니다. 나는 카드와 포도주와 행운을 좋아합니다.

나는 숨 쉬기가 훨씬 쉬워졌다. 원칙적인 사람의 손아귀에 떨어졌다고 믿었다가 망나니의 손에 달렸다는 걸 알게 되면 언제나 안심이 되는 법이다. 원칙을 상대로 타협을 얻어내기란 대개 불가능하다.

—그런 금액은 물론 여기 갖고 있지 않습니다. 그러나 내일은 받게 되실 겁니다.

아버지가 말했다.

야신은 어깨 위의 모피를 가다듬고 테레지나를 향해 고개를 숙인 뒤 눈부신 미소와 함께 키스를 보내고 돌아서서 나갔다.

몇 주 만에 우리는 빈털터리가 되었다. 야신이 일부러 우리를 빈털터리로 만들었다고 말할 수 있을 정도였다. 그는 그저 돈을 보이는 대로 가져갔다. 그는 상트페테르부르크에서 가장 지독한 노름꾼이어서 빚투성이였고, 가는 곳마다 그를 등쳐먹는 아첨꾼 무리를 달고 다녔다. 사람들은 그가 치유 불가능한 지독한 "성병"에 걸렸고, 그 때문에 삶과 맺는 관계에서 성급하고 조급하게 쾌락과 만족을 찾는다고 말했다. 그 병이 그의 매 순간을 일종의 죽음과 겨루는 달리기처럼 만들었다는 것이다. 아버지는 그의 모든 빚을 갚아줘야만 했다. 금세 우리마저 빚쟁이의 먹잇감이 되었다. 주세페 자가는 유대인들에게 큰 빚을 지고 있었지만 이미 빌린 막대한 대부금의 한계를 넘는 건 스스로 거부했다. 술을 많이 마시는 야신이 취해서 몇 마디 내뱉기만 해도 우리를 끝장낼 수 있었기에 상황은 더욱 비극적이었다.

372

푸가초프는 1월에 처형당했다. 나는 그가 썰매를 타고 늪지대 한가운데 세워둔 처형대로 끌려가는 걸 보았다. 처형대로 끌고 가는 모든 사람에게 적용되는 오래된 풍습에 따라 그는 썰매가 미끄러져 나아가는 방향과 등을 지고 앉아 있었다. "사형수는 미래에 대한 권리가 없으므로 자기 앞을 보아서는 안 되기" 때문이었다.

소련 역사가 무라토프가 1972년에 푸가초프에게 할애한 역사책의 표지 그림은 코사크인의 얼굴에 레닌의 이목구비를 갖다 붙였다…….

압박은 계속되었고, 우리의 목숨은 온갖 경박한 짓을 저지를 수 있는 도박꾼에게 달려 있었다.

마침내 더는 우리가 머뭇거릴 수 없게 된 순간이 왔다. 이젠 돈이 문제가 아니라 테레지나가 관련된 문제였다.

푸가초프가 처형되고 며칠 뒤 아버지가 또다시 채무를 지고 돌아왔을 때 야신이 아침 9시에 초췌한 얼굴에 헝클어진 차림으로 우리 앞에 나타났다. 그는 나약함이 기대는 최후의 수단인 과도한 권위 아래 자신감 결핍을 감추려고 들었다. 덜 위험한 상황이었다면 그렇게 잘생기고 그렇게 남성적이면서 동시에 연약한 청년을 보고 우리는 거의 마음이 움직였을 것이다. 그는 사육사 같은 운명이 그에게 던진 눈에 보이지 않는 그물에 걸린 사자 새끼 같았다. 나는 그렇게 풍채 당당한 청년을 거의 보지 못했다는 걸 털어놓아야겠다. 그가 천한 사람들과 어울리는 것은 변태적인 천성의 결과라기보다는 오히려 운명이 내린 어떤 저주의 결과처럼 보였다. 아버지는 정보를 끌어모았다. 장교를 치료하는 스코틀

랜드 의사는 그의 매독이 이미 신경까지 번졌다고 말해주었다. 그의 용모가 참으로 순수해서 그러리라고 상상하기가 불가능했다.

그가 왔다는 알림을 받자 아버지는 코코아 잔을 들고 그를 맞이했다. 나도 함께 자리했다. 실내는 캄캄했고, 공기는 무겁고 눅눅했다. 벽난로는 제대로 작동하지 않았다. 야신은 아무 말 없이 들어와 안락의자에 털썩 앉았다. 그의 하인으로 그가 태어나는 것을 보았고 그가 가는 곳마다 암탉처럼 따라다니던 절망한 표정의 대머리 노인은 문지방에 멈춰 서서 슬픈 눈길로 주인을 바라보았다.

야신은 와인 한 잔을 청했고 나는 그에게 와인을 따라주었다. 아버지는 눈길조차 들지 않았다. 그는 자금이 바닥난 상태였다.

나는 아버지가 다른 관객을 찾아 다른 나라로 돈을 벌려고 빈손으로 광대의 길을 다시 떠나는 걸 두려워했다고 생각지 않는다. 오히려 그가 처음부터 모든 걸 다시 시작할 준비가, 시작으로 거슬러 가서 어깨에 원숭이 한 마리를 얹고 바르바리아 오르간과 여섯 개의 저글링 핀을 갖고 하늘과 손금에서 징조를 읽으며 다시 떠날 준비가 되어 있었다고 생각한다. 그것은 우리 부족의 오래된 운명이었다. 나는 그가 지쳤다고도 생각하지 않았다. 너무 오래전부터 그가 몇 세기에 걸쳐 광대의 길을 걸어왔기에 여행의 피로는 그에게 문제 되지 않았다. 그에게서 내가 어떤 불안을 느꼈다면 그 이유는 다른 데 있었다. 실제로 나는 그가 야신이 하려는 말을 알고 있었다고 믿었다. 그리고 그는 대책을 마련해두었다. 물론 독자는 내가 여기서 눈속임 묘기를 부리고 있다고 비난할지도 모르겠다. 독자의 생각이 옳을지도 모른다. 그렇지만 나는 독자가 똑같은 칭찬을 자신에게도 해야 할 거라고 생각한다. 모든 삶은 눈속임으로 이루어져 있다. 불멸이 아니고는 진정한 재능이란 있을 수 없다. 죽음은 진짜 재능의 결핍일 뿐이니 우리 모두는 어느 정도 성공한 모방 묘기며 눈속임을 부릴 운명을 타고난 것이다.

야신은 연어와 샴페인을 요구했다. 그의 손은 피로로 떨리고 있었다. 그가 술을 그의 제복에 엎질렀다. 그러자 그는 수건을 달라 했고 손을 닦았다. 그러곤 주머니에서 작은 여자용 거울을 꺼내 자기를 비춰 보며 콧수염을 매만졌다.

―오늘 밤 노름에서 당신 부인을 잃었어요.

거울 속을 계속 들여다보며 그가 말했다.

―그랬지요.

아버지가 말했다.

―나를 감시하는 겁니까?

그는 대답을 듣지 못했다.

―그놈의 불량배 보론체프와 게임을 했는데 매번 그가 땄어요. 그자는 너무 추해서 게임의 운이 그가 삶에서 가진 전부라고 말할 수 있을 겁니다. 새벽 5시에 나는 1만 5000을 잃었고 6시에는 4만을 잃었어요. 7시에는 당신 집을 잃었고 7시 반에는 당신의 라브로보 영지를 잃었어요. 그러자 보론체프가 말하더군요. "마지막 한 번으로 내가 지면 모두 면제해주고 내가 이기면 두 배를 받는 걸로 합시다." 나는 내놓을 게 하나도 없다고 대답했지요. 그가 말했어요. "그런 건 상관없어요. 보아하니 자가 씨가 당신에게는 아무것도 거부하지 않는 모양이더군요. 상트페테르부르크

사람 전부가 당신이 그 마법사를 상대로 불가사의한 힘을 가지고 있다고 말하더군요……. 면제하든지 아니면 두 배로 받든지 합시다. 당신이 이기면 그걸로 됐어요. 당신이 지면 달콤한 자가 부인이 나와 하룻밤을 보내고 내가 원하는 모든 걸 들어주는 걸로 조정해보시오."

야신은 거울을 주머니에 다시 집어넣었다. 그는 손을 뻗어 샴페인 잔을 들고 한 모금 마셨다.

─그래요. 난 졌어요.

이렇게 말하고 그는 일어섰다.

─명예의 빚은 24시간 안에 해결해야 합니다.

그는 일어나서 나갔다.

어쩌면 사람들은 내가 그를 따라 나가서 죽이지 않았다고 비난할지 모르겠다. 아침에 뜨거운 코코아를 마시다가 자기 손으로 사람을 죽이는 일은 상상하는 것보다 훨씬 어렵다.

야신 백작은 그날 바로 죽었다. 아버지가 연어와 그것이 담겼던 접시와 야신이 마신 잔을 불에 태워버린 건 말할 필요도 없다. 명예의 길은 우리가 생각하는 것만큼 언제나 바르지도 쉽지도 않고, 그 길을 좇으려면 종종 길을 잘못 들어 헤매야 한다고 말하는 걸로 필요한 뉘앙스를 주고 싶다.

　그러나 우리는 여전히 궁지에 몰려 있었다. 우리의 적들은 고약한 소문들을 퍼뜨려 우리가 백작 청년을 독살했다고 단죄했다. 모두들 아버지가 파산했다고 떠들어대자 사람들은 아버지에게 왜 비밀을 알고 있는 것으로 보이는 연금술로 금과 다이아몬드를 만들지 않는지 조롱조로 물었다. 실제로 마법사의 평판과 돈 부족보다 더 모순된 게 없어 보였다. 이런 적대적인 사람들은 너무도 거칠고 야만적이어서 진짜 연금술은 보석을 만드는 게 아니라 꿈을 꾸도록 하는 데 있으며, 돈주머니를 채우려는 게 아니라 상상을 풍요롭게 하는 데 있다고 대답할 수가 없었다. 칼리오스트로가 바이마르에서 괴테를 만났을 때 한 말은 옳았다. "괴테 선생, 당신은 온 시대를 통틀어 가장 위대한 연금술사이십니다."

　소문은 결국 가라앉았지만 아버지는 러시아를 떠나기로 결심했다. 그의 결정을 더욱 굳힌 건 서양에서 오는 역마차가 점점 늘어나면서 신고 오는 형형색색의 깃털과 온갖 지저귐으로 치장한 협잡꾼들이었다. 그들은 빛을 가져온다고 뻐겼다. 그들이 너무 많아서 가짜와 진짜를 구분하기가 불가능했고, 우리 자리를 지키기도 어려워졌다. 아를에서 이발사였던 피스톨 씨는 5만 루블을 받고 이집트 왕자요 "피라미드 비밀의 주인" "열쇠를 쥔 자" "알파의 동료" 행세를 하면서 어둠 속에서 죽은 고인들을 나타나게 했다. 아버지는 하찮은 최면술 효과라고 격분했고, 위대한 메스머도 그걸 "학문에 대한 불명예스러운" 짓으로 규정했다. 나의 친구 알렉상드르 드 틸리 백작이 자기 회고록에서 이런 협잡꾼들 중 한 명으로 상트페테르부르크에서 맹위를 떨쳤던 생일드로 씨가 런던에서 과시한 광경을 전하는 얘기만 인용해도 될 것 같다.

틸리는 첼시에서 "계시 모임"에 참석한 적이 있었다. 그는 그것에 대해 이렇게 얘기한다. "아파트에 켜져 있던 스무 개의 초가 갑자기 어떤 마법의 숨결이 불어 끈 것처럼 꺼졌고, 붉은 모자가 달린 하얀 옷을 입은 초자연적인 크기의 유령이 나타나는 게 보였다. 모자에서 피가 뚝뚝 떨어져 흰옷에 얼룩이 졌다. 야광 불빛이 유령의 머리카락에서 뱀처럼 꿈틀거렸고, 아무것도 감추지 않고 방을 환하게 밝혀 공포를 더 키웠다. 유령이 몇 마디 괴이한 말을 뱉자 생일드로 선생이 몸을 떨었다. 아파트 한가운데 자리한 벽옥 무늬가 새겨진 원통 돌기둥 위에는 직경 3, 4미터 정도 되는 가마가 있었다. 그 속에 담긴 금속이 요란하게 부글부글 끓고 있었다. 반투명한 초록색 연기가 원통에서 올라오고 있었다. 신사들 중 몇몇이 기쁨의 탄성을 질렀는데, 내게는 분노의 비명으로 들렸다. 부대표—나를 끌어들인 선생의 조수는 이런 직함으로 불렸다—가 그들에게 침묵을 요구했고, 묵상이 이어졌다. 내 옆에 있던 사람은 무아지경의 명상에 빠져들었다. 그는 무시무시한 천둥소리 때문에 명상에서 깨어났다. 천둥소리가 길게 이어지더니 깊은 어둠이 뒤를 이었다. 부드러운 빛이, 천정에 있는 몇 개의 별에서 나오는 빛이 어둠을 흩뜨렸다. 십자가를 진 예수그리스도가 우리 앞에 나타났다. 그의 눈에서 우수 어리고 참으로 성스러운 무언가 뿜어져 나왔다. 그의 노란 머리카락에는 가시관이 씌워져 있었다. 경이로운 크기의 십자가는 속죄의 희생을 수행할 때의 십자가처럼 나무로 된 것 같아 보였는데, 그가 십자가를 자기 발아래 던졌다. 그것은 유리처럼 날카로운 소리를 내고 깨졌다. 그는 방을 이리저리 배회하더니 내 이마를 건드렸다. 그러곤 모인 사람들을 향해 돌아서서 히브리어로, 프랑스어로 그리고 영어로 말했다. '평화와 성령을 너희에게 두고 가니, 너희는 우애 어린 화합을 이룰 것이며, 언제나 내가 너희를 지켜보고 있다는 걸 믿으라.' 그의 손바닥에서 반짝이는 금가루가 빛의 격류처럼 쏟아졌고 더없이 그윽한 향기가 났다. 일어나 있던 기사가 달려 나가 무릎을 꿇었다. 그는 십자가 조각 몇 개를 집어 정중하게 거기에 입 맞추고 금빛 상자에 집어넣었다. 예수그리스도는 다정하게 그에게 손을 내밀며 그와 함께 아파트에서 가장 외진 쪽을 향해 걸어갔다. 그곳에서 그들은 나지막한 소리로 꽤 긴 담화를 나누었다. 곧 다시 천둥소리가 들렸고, 우리는 다시 어둠 속에 잠겼다. 신이 떠났을 때 너무도 밝은 빛이 돌아와 우리가 있던 방은 완전히 불바다가 된 것처럼 보였다. 아르미드 궁의 화재조차도 그런 불은 아니었다. 불은 조금씩 줄어들었지만 남은 불이 천정 한가운데서 이미 15년이나 20년 전에 죽은 사람이 내려오는 걸 비추었다. 그곳에 모인 무리 중 한 사람이 다시 보고 싶다고 요청한 아버지였다. 그것은 『석상의 만찬』에 나오는 기사장의 캐리커처였다. 그는 큰 소리로 아들을 불렀고, 이탈리아어로 두려워하지 말고 다가오라고 말했다. 아들은 제자리를 떠나 아버지를 끌어안으려 하다가 기절했다. 기사가 종을 치자 또다시 암흑 상태가 되었다. 두 시종이 마침내 초를 가지고 들어왔고, 기절한 밀라노의 마시니 후작에게 도움의 손길이 쏟아졌다. 오늘날까지 나는 그가 조롱당한 건지 아니면 사기꾼이었는지 알지 못한다. 그러나 그의 공포가 내게는 정직한 사람의 것으로 보였다."

재능의 빈약함은 조작 끄나풀의 굵기에서 드러난다.

괴테가 『파우스트』를 쓰는 데도, 단테가 『신곡』을 쓰는 데도 그런 책략들의 도움을 빌릴 필요는 없었다. 틸리 백작의 이 이야기는 1965년 메르퀴르드프랑스에서 출간된 그의 회고록에서 만나볼 수 있다.

나의 아버지가 격분했으며, 유명한 이름의 상속자요 섬세한 취향을 가진 사람으로서 그가 그런 경쟁자들과 마주하고 싶은 생각이 결코 없었다는 걸 사람들은 이해할 것이다. 게다가 예카테리나의 변덕이 이제 다른 마법사 쪽으로 쏠렸다는 사실도 덧붙여야겠다. 대사가 정기적으로 보내오는 여러 진귀한 것들과 더불어 여제가 프랑스에서 불러온 완벽한 지성인 디드로 말이다.

그러니까 아버지는 유행이 지났고, 파리나 다른 곳에서 매번 사기꾼이 올 때마다 예전에 그의 보호자들이었던 사람들이 열렬히 환영하는 걸 볼 때 그는 격분해서 보기 딱할 정도로 거만함 속에 틀어박혔다. 저열함의 바닥은 교수대감인 흉악범 제노아인 피오렐리니가 찍었다. 이자는 그의 "입문자들"에게 젊은 마녀들을 나타나게 했고, 그의 "제자들"을 마녀 집회에 참석하게 했으며, 색색의 가루와 그리스 연초를 이용해 만들어낸 "초자연적"인 분위기 속에서 그 방탕한 여자들은 저들끼리, 그리고 염소들과 성교를 맺었다. 이런 모임들은 비밀에 부쳐졌지만 ―"악마"에게 1만 루블을 지불해야 했기에 입장은 정예 회원들에게만 제한되었다 ―사건은 결국 알려졌고 피오렐리니는 교수형당했다. 한편 10여 명의 "입문자"들은 유형 선고를 받았다. 러시아는 프랑스가 아니어서 혁명은 아직 가까이 와 있지 않았다. 허용에 허용을 더해가며 늑대 걸음으로 조금씩 다가올 뿐.

이렇게 심해진 경쟁을 마주하고 아버지는 자리를 유지할 가능성이 없었다. 그 형편없는 사기꾼들이 초래한 신뢰 상실의 불똥은 우리에게까지 튀었다. "여론의 동향"이라 불러야 마땅할 것에서 일반화는 흔히 있는 일이기 때문이다. 우리의 채권자들은 이제 우리를 쉬지 않고 볶아댔고, 궁정에서 들려오는 소식도 좋지 않았다. 슐러라는 독일인 의사가 여제를 설득해 아버지가 편두통을 가라앉히기 위해 준 아편정기와 아편이 변비에 치명적이며, 그걸 복용하면 변비가 심해져 머리에까지 미친다고 믿게 했던 것이다. 여제는 독일인의 처방을 따르기로 결심했고, 심리 작용으로 치료 초기에 흔히 일어나듯이 좋은 결과를 얻었다. 거기서부터 아버지를 사기꾼으로 고발하는 데까지는 한 걸음밖에 남아 있지 않았다. 그때 야신 백작의 죽음이 발생했다. 그러자 우리에 관한 증거라곤 흔적도 없었지만 러시아를 떠나라는 명령이 어느 날 아침 우리에게 전달되었다. 그나마 포템킨의 개입 덕에 우리는 더 끔찍한 운명을 면할 수 있었다. 그는 언제나 이탈리아인들을 보호했는데, 그건 그가 오렌지를 좋아했기 때문이다.

인간은 추락이다. 아버지는 어느 장교가 멸시하는 태도로 전한 예카테리나의 명령을 읽는 순간 무너졌다.

주세페 자가는 안락의자에 앉아 있었다. 그의 태도는 고집스레 유지해온 환상의, 꿈의 완전한 도산을 표현했다. 그를 바라보면서 나는 우리의 연극을 관장하는 눈에 보이지 않는 힘에게 그만 막을 내리라고 외치고 싶었다. 가진 수단을 몽땅 잃고 이젠 자기 역할조차 알지 못하는 위대한 배우에게 수모와 동정 혹은 관중의 야유를 면제해주도록 말이다.

테레지나가 아버지에게 그렇게 따뜻한 관심을 보인 적이 없었다. 물론 그건 사랑이 아니라 한 부족의 일원끼리 느끼는 연대감, 일원 중 한 사람이 갑자기 제 묘기를 망치고 양탄자에 털썩 주저앉아 고개를 숙이고 있고, 그러는 동안 그의 주위에서 휘파람 소리와 야유가 쏟아질 때 보이는 연대감이었다.

테레지나는 노인을 돌보듯이 다정하게 아버지를 돌보았다. 이 애정은 우리 셋을 깊이 결속시켰고, 내 안에 부족에 대한 어떤 자부심을 일깨웠다. 유대인들과 집시들은 모든 약자에게 공통된 이 최고의 방편을 잘 안다. 우리의 극단적 나약함에 대한 감정이 우리에게 운명과 맞서는 데 필요한 힘과 자부심을 주는 순간이 온다는 것.

우리는 주세페 자가를 온 사랑으로 감쌌다. 우리는 그에 대한 지극한 연민에 사로잡혀 그가 내는 처량한 신음 소리를 듣고도 실망하지 않았다. 그의 이탈리아 억양은 그 울먹거림, 그 콧소리, 성모를 찾는 그 부름을 통해서 먼 우리의 고국을 그 어느 때보다 잘 노래했다. 그는 마치 우리의 베네치아 상인들이 그들 소유의 상선들이 난파해 선체와 화물을 몽땅 잃었다는 걸 알게 되었을 때처럼 눈과 팔을 하늘로 들었다.

—성모님, 제가 어찌해야 합니까? 우리가 어떻게 될까요?

그는 종종 무력하게 주먹으로 세차게 내려치곤 하던 탁자 옆에 털썩 무너졌다. 테레지나가 그의 옆에 무릎을 꿇고 앉았다. 그녀는 그의 손을 잡고 그의 얼굴을 향해 미소 짓는 눈길을 들었다.

—빚을 갚고 나면 국경까지 갈 말을 살 돈조차 남아 있지 않을 거요!

그녀가 유쾌하게 말했다.

—그러면 걸어서 떠나요. 나는 장터에서 노래하고 춤을 추겠어요. 당신은 묘기를 부리고 포스코는 모자를 돌리면 돼요……. 따지고 보면 레나토 자가도 이런 식으로 베네치아에서 모스크바까지 오지 않았나요? 그러니 우리는 다시 근원으로 돌아가면 되는 거예요. 그렇게 해서 새 힘을 되찾는 거예요. 이보다 더 나은 젊음의 샘이 없죠…….

그때 나는 대단히 멋진 문장이 떠올랐다. 훗날 내 예술을 실천하면서 크게 써먹을 문장이었다.

—자가 사람들은 너무 높이 올라왔어요. 다시 내려갈 때예요. 우리는 우리의 뿌리인 민중과 단절되었어요…….

아버지가 곁눈으로 나를 쳐다보았다.

—민중이라…… 민중…… 그렇군!

그는 팔뚝과 손과 손가락 하나로 그처럼 품위 있는 사람이 할 수 있으리라고 결코 생각하지 못할 외설적인 동작을 했다. 그러나 그 동작은 나를 안심시켰다. 그것은 내가 방금 한 말에 대한 반박으로 나온 동작이며, 주세페 자가가 결코 자신의 민중적 태생과 단절되지 않았다는 걸 입증했기 때문이다.

우리는 세 아들과 유럽을 떠돌고 상트페테르부르크에 도착한 톨레도 출신 이삭의 도움을 받았다. 그는 에스파냐 산헤드린으로부터 동유럽의 유대인들에게 어려운 시기에 이스라엘 부족의 마음을 결속시키고 대귀향을 위해 떠날 준비를 하게 만들어줄 몇 가지 거짓 소식을 전하라는 임무를 맡고 떠났던 것이다.

그건 터키 황제에게서 팔레스타인 땅을 되산다는 소식이었다. 아직 시간이 좀 더 걸릴 수 있지만 먼저 대단히 중요하고 까다로운 문제 하나를 해결해야만 했다. 이삭은 그 문제에 관해 가장 위대한 랍비들, 베르디체프 출신 모세, 트베르스크 출신 벤 슈르, 빌노 출신 이작과 의논하러 온 것이었다. 문제는 이것이었다. 약속의 땅에 메시아보다 먼저 메시아 없이 돌아가는 건 메시아에 대한 존중을 심각하게 저버리는 게 아닌가? 모든 걸 준비해두고 메시아가 오시기를 기다려야 하지 않을까? 메시아께서 귀환 명령을 내리고 직접 당신의 자식들을 우리 안으로 데려갈 수 있도록?

메시아가 팔레스타인에 도착했을 때 그의 백성이 이미 거기 있다면 어떤 표정을 지을까? 그런 성급함을 엄청난 '뻔뻔함'으로, 굉장한 몰염치로, 심지어 그의 재림에 대한 신뢰의 결핍으로 해석할 위험이 있지 않겠는가?

이삭은 이 일을 아버지와 의논했고, 아버지는 가장 능수능란한 외교관들이나 생각해낼 법한 이 책략에 대해 늙은 친구에게 찬사를 보냈다. 사실은 약속의 땅으로 귀환하려던 게 아니다. 다만 유대인들이 버티도록 돕기 위해 귀환이 임박했다는 감정을 만들어내고 유지하려던 것이다. 일을 복잡하게 만들고 토론을 길게 이어가는 그 모든 게 초조함을 가라앉히고 희망을 견고히 하는 데 심리적으로 유익했다. 이삭은 이 마을 저 마을을 찾아다니며 곳곳에서 토론을 벌였는데, 그가 충실한 신도들에게 제기한 까다로운 문제는 너무도 정신을 사로잡는 것이어서 열정적인 토론의 가능성들을 열었을 뿐 아니라 대귀환과 메시아의 도래에 대단히 사실적인 성격을 부여해 폴란드와 러시아에 거주하는 이산 민족들은 자신들에게 가해지는 박해와 학대, 폭정 속에서 살아남는 데 필요한 힘을 거기서 길어냈다. 그 끝없는 토론 덕에 달月은 해年가 흐르도록 도왔고, 해는 세기가 흐르도록 도왔다.

이삭은 그러면서 사업도 소홀히 하지 않았다. 그는 아버지에게 회사 하나를 맡아달라고 제안했다. 유럽 전역에 세울 텐트 아래 재미를 주는 사람들을 처음으로 한데 끌어모을 회사였다. 저글링 광대, 곡예사, 요술 야바위꾼, 악사, 가수, 희극배우, 훈련받은 개, 신기한 동물 그리고 자연의 괴물 들. 거기엔 분리할 수 없게 몸이 붙은 독일인 두 형제도 있고, 관중의 감탄을 불러일으킬 만한 다른 피조물들도 있다. 이삭은 말했다. 진정한 작품이 그 화려한 광채를 온전히 뿜내며 제공될 수준에 민중 계층이 도달하기를 더는 기다릴 수가 없네. 예술의 경이를 박탈당한 군중에게까지 예술이 내려가자면 상당한 겸손과 관용이 필요하지. 괴테, 실러, 그밖에 또 다른 정신의 대가들은 재산과 교육의 특혜를 누리는 자들에게만 그들의 재능을 제공해왔네. 매혹을 박탈당한 대다수

군중을 위해 마침내 무언가를 해야 해.

아버지는 거절했다.

—내 임무는 영혼들을 끌어올리는 것이지 머리 둘 달린 송아지들을 끌어올리는 게 아니네. 게다가……

그는 잠시 머뭇거렸다.

—더 좋은 시절이 곧 올 거네. 우리에겐 우리 자신의 미래를 읽을 권리가 없다는 것 자네도 알잖나. 그러나 한 세기 정도 전에 유명한 영국인 전문가 앨리스터 크롤리 경이 어느 날 나를 끌어안으며 예언을 들려준 적이 있었네. 그는 길에서 나와 마주치고 내 안에서 영원의 동료를 알아봤던 거야. 그런데 며칠 전에 목이 매달렸어. 저승으로 새로운 학식과 새로운 마법의 숫자를 찾아가려고 죽음에 도움을 구했던 모양이야. 그가 사탄과 소통하는 걸 영국 경찰이 중간에서 가로챘고, 그들의 암호도 해독했다네……

나는 아버지의 조롱 어린 목소리에서 전혀 새로운 어조를 발견했다. 유머의 어조였다. 그러나 그 고통스러운 농담의 억양을, 최악의 절망 한가운데서 자신을 방어하는 그 예술의 억양, 유대 민족이 살아남기 위해 이용하는 법을 너무도 잘 터득했던 억양을 알아본 이삭의 길고 앙상한 얼굴에는 기쁨의 표현이 감돌았다. 그는 거장의 손가락으로 수염을 매만지며 고개를 끄덕였다.

—그 예언에 따르면 오래된 자가 부족은 어려운 시기를 겪고 새로운 승리를 경험하게 될 거라는군……. 그저 다른 형태로 환상을 나눠주고, 인간 영혼의 깊은 욕구에 훨씬 더 부합하는 표현 양식을 부여하면 되겠지……. 옛날처럼 우리 조상들이 저글링을 하려고 올랐던 간이무대 같지는 않을 거네. 난 간이무대가

달라질 거라 생각해. 괴테 씨와 볼테르 씨, 그리고 사람들이 "철학자"라고 부르는 사람들은 새 진리에 훨씬 더 가까이 다가가 있어……. 내 아들은 그 방향으로 재능을 보이는 것 같아…….

이삭은 나를 향해 주의 깊은 눈길을 돌렸다. 아래로 처지는 짙은 눈썹이 눈길의 표현에 적당한 그늘을 드리웠다. 나를 탐색하고 무게를 재보던 그 눈길을 달리 묘사할 수가 없다. 나의 첫 출판사를 찾았다는 느낌이 들었다는 말로밖에는.

그는 아버지에게 1만 루블을 억지로 쥐여 주었고, 유대인 채권자들에게 당시 사업상의 언어로 빚의 "침묵"이라고 불리던 걸 얻어내겠다고 단언했다. 아버지는 눈에 눈물이 맺힌 채 영원히 젊은 그 노인의 손을 쥐고 고마움을 표현하려 애썼다. 그러자 노인이 말했다.

—자넨 나한테 빚진 게 아무것도 없어. 난 좋은 거래를 한 거야. 유대인들은 상상력을 믿으면 절대 나쁜 거래를 하지 않는다는 걸 알아.

운명이 갑자기 우리에게 미소를 짓기 시작했다. 예카테리나의 변비가 악화되어 사제들이 그녀가 변비에서 해방될 수 있도록 교회마다 특별 기도를 마련할 정도였다. 여제의 고통은 볼테르에게 그 유명한 말을 하게 만들었다. "러시아 폐하는 모든 권력을 가졌으나 오직 한 가지만 못 가졌다." 그리고 리뉴 대공의 말도 있다. "러시아는 민중이 여제의 해방을 위해 기도하는, 세계에서 유일한 나라다." 그런데 아버지는 며칠 전에 영국에서 발견된 새로운 처방약을 받았다. 인도에서 나는 무슨 나무껍질을 간 약이었다. 그는 그것을 여제에게 보냈다. 48시간 뒤 여제가 우리에게 4만 루블과 우리의 오흐레니코프 궁과 라브로보 영지를 선사했다. 이미 채권자들에게 넘어간 것을 예카테리나 여제가 되찾아준 것이다. 동시에 그녀는 추방 명령도 철회했다. 하지만 아버지는 이 나라에서 너무도 많은 수모를 겪었기에 남을 생각을 하지 않았다. 게다가 처방약의 효능에 기대는 것도 원치 않았다. 효능은 차차 감소하다가 사라질 수도 있었기 때문이다. 우리는 떠날 준비를 계속했고, 상트페테르부르크를 떠나기 위해 함박눈이 오기만 기다렸다.

38

2월 27일, 닫힌 궤짝들이 현관을 가로막고 있고 우리가 떠나는 걸 슬퍼하는 하인들에게 마지막 선물을 나눠주고 있을 때, 포마 노인이 썰매 한 대가 마부 문 앞에 멈춰 섰고 마부가 다른 사람 말고 꼭 테레지나에게 말을 하길 고집한다고 알렸다. 마부는 마차에서 내리길 거부하고 여주인에게 직접 와달라고 청했다. 아버지는 포마에게 그 불손한 자를 악마에게 보내라고 말했지만, 테레지나의 호기심이 깨어났다. 살을 에는 추위였기에 그녀는 외투를 걸치고 밖으로 나갔다. 몇 분 뒤 그녀가 살짝 동요된, 아니 놀란 얼굴로 돌아왔다.

—와보세요.

그녀가 우리에게 말했다.

우리는 내리는 싸락눈을 맞으며 마당을 가로질러 갔고, 뒷좌석이 고약한 덮개로 덮인 썰매 앞에 이르렀다. 마부는 채찍을 손에 든 채 서 있었다. 광대뼈가 붉어지고 수염을 기른 그 둥근 얼굴은 꼭 내가 아는 얼굴 같았다. 그러나 겨울에 모든 러시아 농민은 닮아 보인다.

—보세요.

테레지나가 말했다.

그녀는 덮개를 살짝 들췄다. 어두워서 나는 눈앞에 드러난 물건을 바로 알아보지 못했다. 악취 나는 덮개 아래 한쪽 구석에서 블랑 중위의 죽은 얼굴을 보게 되리라고는 전혀 예상하지 못했기에 처음엔 훗날 내 직업 활동에서 크게 성공을 거두게 될 상상 묘기의 노리개가 된 줄 알았다. 프랑스인은 눈을 뜨고 있었다. 그의 얼굴에는 아직 사후경직의 흔적이 없었다. 죽은 지 얼마 되지 않은 모양이었다. 입가에 피가 약간 굳어 있었지만 아직 까맣게 변하지는 않았다.

—우리는 이 남자를 모릅니다.

아버지가 놀라운 정신력을 보이며 말했다.

—이 사람이 누구죠?

그녀가 물었다.

나는 이제 마부를 알아보았다. 그는 블랑을 섬겼고 그의 개인 호위대 구실을 했던 불한당들 중 한 명인 오스타프 무킨 코사크 병사였다. 우리의 반응에 너무 큰 충격을 받았는지 그는 얼음장 같은 추위에도 땀을 흘리기 시작했다. 그는 창기병 모자를 벗고 얼굴을 닦았다.

—이 시신을 왜 우리에게 가져왔는지 모르겠군요.

아버지가 말했다.

오스타프는 우리를 향해 사팔눈을 뜨더니 한숨을 쉬었다.

—어제 경찰들과 붙은 교전에서 부상을 입었습니다. 당신

을 보러 오고 싶어 했습니다. 다섯 달 전에 일대 수색이 있었지요……. 우리는 폴란드로 건너가려 했습니다. 그런데 그가 당신들을 보러 오고 싶어 했어요…….

—저런, 왜죠?

아버지가 물었다.

나는 테레지나를 살폈다. 그녀는 죽은 이의 얼굴을 더없이 무심한 표정으로 응시하고 있었다. 이 말을 쓰면서 내가 느끼는 관능적 쾌락을 부인할 수가 없다. "그녀는 더없이 무심한 표정으로 그를 응시했다." 사람들은 나더러 잔인하다고 비난할 테고, 그렇게 많은 세월이 흘렀는데도 내 원한과 질투가 보잘것없는 복수에 흡족해할 수 있다는 사실에 놀랄 것이다. 그러나 지금 나는 내 집에 있다. 이 페이지들은 내게 복종한다. 나는 나 자신을 향한 엄격한 충절을 지키며 내 마음에 드는 걸 말하고, 내가 원하는 걸 창작하고, 가장 완벽한 진실성을 버리고 지어낸다. 내가 여기서 테레지나가 "더없이 무심한 표정으로 죽은 자의 얼굴을 응시했다"라고 쓰는 희열을 맛보는 건 그저 내가 가장 내밀한 감정들을 독자에게 내놓는 겸양을 입증할 뿐이다. 여기서 거짓말을 한다면, 그건 오직 진실에 대한 걱정이 받아쓰게 하는 것일 뿐이다. 나는 안다—왜 내가 그걸 부인하겠는가?—내 펜이 종이 위를 달리는 동안 흡족한 미소, 잔인한 미소가 내 입술 위에 걸린다는 걸. 그리고 이렇게 테레지나의 무심한 눈길에 내가 싫어하는 경쟁자의 시신을 인도할 수 있는 데서 내가 느끼는 기쁨은 크다. 품위에 사로잡힌 점잖은 독자들은 여기서 연인의 시신에 몸을 던져 다정한 입맞춤과 울음으로 시신을 뒤덮는, 더없이 비통한 절망에 사로잡힌 테레지나의 이미지를 마음대로 떠올려도 좋다.

그러나 나는 방금 협잡꾼의 시신 앞에서 테레지나의 무심함이 내게 안겨준 만족을 몽땅 비워버렸다는 걸 깨닫는다. 그래서 그대들의 허락을 얻어, 아니 허락이 없더라도 나는 조금 더 멀리 가려 한다.

테레지나가 외쳤다.

—이봐요! 주문하지도 않은 걸 가져오다니 이게 대체 무슨 예의랍니까?

여기서 나는 잠시 펜을 내려놓고 두 손을 비비며 즐거워하련다. 내가 너무 싼값에 즐거워한다고 생각하는가? 내가 테레지나에게 빌려준 잔인한 말에 흡족해하는 대신 나는 블랑 대령을 언급하지 않고 그 쓸데없는 고문을 내게 가하지 않을 수도 있었을 것이다. 불행히도 상상은 거짓을 모르고, 상상의 법칙은 우리가 일반적으로 생각하는 것보다 훨씬 냉혹하다. 내가 테레지나에게 생명을 부여하길 원한다면 고통 받는 걸 받아들여야만 한다. 고통 없이는 삶도 사랑도 없다. 그리고 사람들은 내가 묘사하는 이 시절 이후로 흐른 여러 세기를 내세우며 진실과 내 말을 의심하고, 내가 오늘날 살아 있을 수 없고 그때도 살아 있지 않았을 거라고 내게 정중하게 논증할 수도 있을 것이다. 그렇지만 나는 이미 그대들에게 이 불멸의 비밀을 말했다. 내가 사랑을 책임지고 있기 때문이라고.

—이봐요! 주문하지도 않을 걸 가져오다니 이게 대체 무슨 예의랍니까?

코사크인은 그녀에게 슬픈 눈길을 던졌고, 아무 대답도 하지 않았다.

─우리는 이 사람을 본 적이 없습니다.

아버지가 말했다.

─이걸 받으세요.

그는 주머니를 뒤져 마부에게 금화 한 푼을 건넸다.

─저 사람을 위해 한잔하세요.

나는 프랑스인의 얼굴을 쳐다보았다. 그것이 예감이었는지 모르겠지만 내가 어렴풋이 그와 아직 볼일이 남아 있을 거라는, 따라서 그를 알아보는 법을 터득해야 한다는 느낌이 들었다. 시신의 경직이 시작되었고, 얼굴의 경직이 두드러지기 시작했다. 그의 천성에서 광신적이고 비정했던 기질이 한층 더 강하게 부각되었다가 마치 죽음이 그에게서 가장 본질적인 것을 끌어내려는 듯했다. 나는 오한을 느끼고 눈길을 돌리지 않을 수 없었다.

나는 나를 기다리던 오랜 세월 동안 다시 한 번 블랑을 보아야 했다. 1919년 민중의 경찰서장이었던 블랑은 포로가 된 차르 편 장교들의 견장에 못을 박게 시켰다. 이것은 역사적 사실이다. 내가 직업 수련에 도가 지나치다고 비난할 독자들은 한번 알아보는 게 좋겠다. 스탈린의 명령에 따라 카틴에서 폴란드 장교들의 처형을 처리한 것도 그였다. 정치적 열정의 전능한 힘이 안겨주는, 여러 곳에 동시에 존재하는 편재 능력과 불멸의 능력을 갖춘 그는 그 후 히틀러가 사랑하는 아이들 중 한 명이 되었다. 그리고 이미 19세기 말에는 아나키스트들 편에 서서 폭탄을 던지는 사람들과 활동하기도 했다. 거기서도 그는 일시적인 죽음을 만났는데, 그 죽음에서 증오와 맹신이 더욱 생생하고 격렬해져서 빠져나왔다.

그러나 나는 아직 그 힘을 이해하지 못했다. 그걸 소지한 자들이 죽는 건 더 나은 상태로 다시 태어나기 위해서라는 걸 알지 못했다. 오스타프가 의자에 올라타고 말들에게 채찍질을 가했을 때 나는 그 코사크인이 앞으로 더는 얘기 들을 일이 없을 사람의 시신을 얼어붙은 숲속 구덩이를 향해 가져간다고 정말 믿었다.

이제 우리의 출발을 늦출 이유가 없었다. 블랑의 동료들 중 하나가 갑자기 찾아와 문을 두드리거나 우리를 고발할지도 몰랐고, 우리의 상황은 이미 상당히 불안정했다. 시베리아를 향하는 수송차는 매주 떠났고, 죄수들의 절반은 가다가 죽었다.

우리는 이튿날 상트페테르부르크를 떠났다. 우리가 가져갈 수 없는 건 모두 시종들에게 나누어준 뒤에.

아직 몇 가지 일을, 특히 라브로보와 오흐레니코프 궁의 매각을 해결해야 했다. 잠정적 구매자였던 이반 피모프는 우리가 추방당한 줄 알고서 영지와 집을 형편없는 값에 얻게 되길 바라고 일을 질질 끌었다. 우리의 충직한 우골리니가 좋은 조건으로 판매가 성사되는 데 필요한 시간만큼 상트페테르부르크에 남기로 결정했다. 그 후 다시는 그를 보지 못하게 되었다. 그는 우리가 떠난 지 며칠 후에 심장마비로 떠났다. 우리의 친구는 자신의 임박한 죽음을 예감했고, 그래서 작별 인사는 비통했다. 그는 나를 오래도록 품에 안았고, 그의 눈물이 내 얼굴을 적셨다. 그때 나는 우리 이별은 짧을 것이며, 베네치아 석호에서 우리가 다시 만나면 베네치아 축제가 이미 충분히 갖추고 있는 광채보다 훨씬 더 경이로운 행복의 광채를 갖게 될 거라고 말했다. 이 소중한 사람의 가느다란 눈썹이 가운데로 몰렸고, 그러자 그의 얼굴은 늙은 피에로의 슬픈 표정이 되었다. 평소엔 참으로 움직임이 많던 둥근 공 같은 그의 눈은 무한한 고통의 표현을 담고 내 얼굴 위에 고정되어 있었다. 그는 한숨을 내쉬고 고개를 저었다.

—포스코, 모르겠구나…… 모르겠어…… 여기서……

그는 심장이 있는 가슴 부위를 가리켰다.

—…… 여기서 이상한 일이 벌어지고 있어. 제 역할을 거부하고 있어. 내 가슴속 늙은 광대가 인물에 싫증을 내기 시작했어. 코메디아의 끝이 될지도 모르겠어. 내가 너희를 덜 사랑한다면 이런 것 따윈 전혀 불평하지도 않을 거야…….

나는 불안을 감추고 눈물을 억누르려고 웃었고, 그가 아직 100년은 더 살 것이며, 게다가 심지어 그를 불멸의 존재로 만들 만한 상상력도 내게 충분히 있다고 말했다.

영원히 오흐레니코프 궁을 떠나기 전에 나는 다락에 올라가 나의 어린 시절을 홀렸던 환상의 도구들에 마지막 눈길을 던졌다. 한쪽 구석에는 가면들이 마룻바닥의 먼지 위로 눈구멍을 연채 바닥에 뒹굴고 있었다. 그중 몇몇은 몇 세기나 된 늙은 것이어서 매혹적인 얼굴들을 많이도 감췄던 것들이다. 나는 그중 하나를, 은색과 흑갈색 실로 수놓이고 두 눈가에 진주가 꿰매져 있는 가면을 집어 들었다. 그것은 베네치아 축제와 사라진 모든 카니발을 애도하는 것처럼 보였다. 망가진 폴리치넬라 인형들이 궤짝에서 반쯤 삐져나와 있었다. 팔을 늘어뜨리고 고개를 숙이고 깊은 슬픔에 빠진 모습으로. 왜냐하면 버림의 예술보다 더 무심하고 잔인하고 비통한 예술이 없기 때문이다. 콜롬비나, 카피타노, 스가나렐 인형들은 무기력한 사물들의 우애 어린 허탈 상태 속에서 하나가 되어 있었다. 코메디아가 삶에 거는 한결같은 전투에서 영원히 패배하고서. 나는 파우스트가 피로 서명한 문서를 호주머니에 집어넣었다. 그 문서가 거기 있었던 건 아마도 어느 날 돈이 필요해진 악마가 희귀품 애호가들에게 그걸 팔았기 때문일 것이다. 영혼의 불멸에 할애된—그중 가장 지혜로운 책들은 재앙을 피하게 해주는 비결을 제공하고 있다—두껍고 오래된 책들은 다른 오래된 오르골들 옆에서 나뒹굴고 있었다. 나는 금을 만드는 확실한 방법들을 가르쳐주는 연금술 책자들에 마지막 눈길을 던졌다. 우리는 훗날 아버지가 그것들을 러시아에 버려둔 것이 엄청난 잘못이었다는 걸 알게 되었다. 그 책들이 유대인을 배척하는 데 사용되었던 것이다. 대부분이 히브리어로 쓰여 있어서, 그것이 말하자면 물질적이고도 지워지지 않는 방식으로 저주받은 혈통과 맘몬^{재물}을 이어주는 끈을 입증했기 때문이다. 나는 마지막으로 수집해둔 부적들을 손으로 훑었고, 가장 작고 들고 가기 쉬운 것들을 주머니에 집어넣었다. 그 부적들은 대개 질병과 불운을 막는 면역성을 제공했고 죽음을 물리쳤다. 그것들은 오늘날 찾는 사람이 많아서 가치가 계속 오르는 물건들이다. 그것들이 제공하는 면역성 때문이 아니다. 면역성은 많이 사용해서 감퇴된 것 같아 보이니, 그것들의 희귀성과 예술적 가치 때문이다. 사랑의 묘약, 청춘의 물, 영생의 묘약의 찌꺼기가 담긴 채 말라가던 그 모든 유리병을 생각하면 미소가 떠오르는 걸 막을 수가 없다. 그 고물들은 이제 의미도 효과도 없으며, 요즘 사람들은 사랑의 묘약 없이 너무도 잘 지내고, 심지어 사랑 없이도 얼마든지 잘 지내기 때문이다.

눈물이 솟구쳤다. 내가 경이로운 것들을 꿈꾸며 그토록 많은 시간을 보냈던 오흐레니코프 궁의 다락만이 아니라 라브로보 숲에도, 내 오랜 친구인 참나무들, 용들, 마법사들, 그리고 모든 저주의 어머니라고들 말하지만 사실은 모든 아이들의 어머니일 뿐인 바바 야가에게도 작별 인사를 하고 있다는 걸 알았기 때문이다. 그리고 나는 내가 결코 알지 못했고 한 번도 본 적 없는 그 장소에 등을 돌렸다—어쨌든 오늘날 나는 이렇게 말하려고 애쓴다. 향수가 지독히도 가슴을 찢을 때, 내 옆에 자리한 꼬마가 노인이 된 나로선 더 이상 들을 권리가 없는 이야기들을 줄곧 얘기할 때 말이다.

39

우리는 성 바실리사 성당의 아침 종소리가 울리기 한참 전에 하얀 밤 속으로 접어들었다. 말이 도시를 떠나자마자 아버지는 곤돌라 뱃사공들이 '돌체 수아베'라 부르는 멋진 바리톤 목소리로 노래하기 시작해 우리를 놀라게 했다. 아마도 몇 달 동안의 긴장과 불면과 불안의 결과였으리라. 왜냐하면 그는 이방인들이 있는 자리에서는 결코 버리지 않는 어둡고 신비스러운 얼굴과 상반되는 그런 가벼움의 표현에 쉽게 몸을 내맡기지 않기 때문이다.

우리는 네덜란드 난쟁이, 그 유명한 판 크로프 더용과 함께 며칠 동안 달렸다. 극도로 정중하고, 학문이 높고, 참으로 키가 작은 사람이었는데, 리뉴 대공에게서 그를 선물로 받은 여제 예카테리나는 사람들이 그를 밟지 못하도록 가는 곳마다 시종이 따라다니게 했다.

난쟁이들은 이 시기에 힘든 시간을 보냈다. 권력자들이 좋아하는 "재미를 주는 사람들"이자 동료였다가 유행이 지났고, 이제 그들은 세련된 취향으로 간주되지 않았다. 사람들은 그들의 존재가 아직도 중세 냄새를 풍긴다고, 그들이 제공하는 오락은 천박하다고 생각했다. 내 생각엔 볼테르가 프리드리히의 왕실에 온 것이 광대들에게 조종을 울린 것 같다.

더용 박사는 대공들의 너그러움을 후하게 누렸기에 위트레흐트 부근 자기 땅으로 은둔할 생각이었지만 그와 비슷한 사람들 대부분은, 특히 젊은 사람들은 힘든 상황에 놓여 있다고 말했다. 민중이 있긴 했지만 대공들의 궁을 경험한 뒤 장터 간이무대로 급선회하는 건 모욕적인 일이었다. 그런 굴욕을 체념하고 받아들인 이들은 거인들의 협조를 확보하려고 애썼다. 대중은 무대 위에 난쟁이와 거인 커플이 등장하기만 해도 폭소했기 때문이다. 그러나 엄청나게 키가 큰 사람들을 찾기란 어려웠다. 뷔르템베르크 대공은 바겐 근처에다 난쟁이 마을을 만들었다. 거기엔 오직 난쟁이들이 운영하는 빵집, 푸줏간 그리고 온갖 종류의 노점 들이 있었고, 관객은 그들을 보러 아주 멀리서도 찾아왔다.

더용 박사는 키가 80센티미터였고 무릎까지 오는 검은 턱수염을 기르고 있었다. 푸시킨은 훗날 턱수염의 추진력만으로도 허공을 날아다닐 수 있는 악마 같은 난쟁이 인물을 중심으로 구성된 위대한 시 「루슬란과 루드밀라」를 쓸 때 아마 그에게서 영감을 얻었을 것이다. 그는 학문에 깊이 빠진 사람이어서 리뉴 대공의 편지에서 그에게 할애된 다음과 같은 구절을 발견할 수 있었다. "오늘 아침 난쟁이 판 크로프 더용 씨를 맞이했습니다. 그는 수학을 소개하고 싶다며 나더러 위트레흐트 아카데미에 추천을 부탁하러 왔더군요. 그는 대단히 기이한 생각들을 품고 있습니다. 한 시간 동안이나 자신의 이론에 대해 내게 얘기했는데, 그 이론에 따르면 시간은 우리가 지구와 인간에게서 멀어질수록 느리게 흘러 간다는 겁니다. 그의 논증을 전혀 이해하지는 못했지만 그렇게 작은 사람이 확신을 갖고 무한에 대해 얘기하는 걸 보면서 저는 참으로 즐거웠습니다. 우리는 그가 떠난 뒤 실컷 웃었지요. 저는 부아티에 씨에게 연극에 출연하지 않겠느냐고 그의 의중을 떠보라고 추천했지요. 왜냐하면 그는 뜻하지 않게 아주 수준 높은 희극적 재능을 지니고 있었는데 그걸 자신이 의식하지 못할 만큼 그 재능은 탁월하고 대단히 진지했기 때문입니다. 난쟁이 씨는 시간이 지구를 떠나 천상의 영역으로 접어들수록 느려진다고 주장하는 자신의 수학 이론에는 대단히 철학적인 차원이 있다고 설명했습니다. 실제로 그의 말에 따르면 시간이 신에게 이를 때면 그것은 신의 발밑에 누워 완전히 멈추기 때문에 영원이 되는 것이죠. 영원과 무한을 논하는 이 작은 존재의 농담에는 비장한 측면이 없지 않았습니다. 그 농담이 그의 왜소함과 크고 싶어 하는 그의 가슴 아픈 욕망이 야기하는 고통을 말해줄 뿐이기 때문입니다.”

밤으로 접어드는 역마차 속에서 우리는 아주 편안하게 한담할 수 있었다. 마차 안은 넓었고, 의자들은 푹신했고, 마차는 풍부한 눈 위로 기분 좋게 미끄러졌다. 테레지나는 더용 씨의 말을 들으며 사람들의 마음을 사로잡는 재능을 잃어버리고 유행 지난 장난감처럼 대공들에게 버림받은 그 가련한 작은 사람들을 측은히 여겼다.

안경 너머로 그녀를 진지하며 바라보며 더용 씨가 말했다.

—아, 마담, 제 말을 믿어주세요. 예외적인 인간이 되기란 참으

로 어려운 일입니다. 사람들은 공통된 범위를 벗어나는 유별난 사람들을 별로 좋아하지 않습니다. 보시다시피 은근히 작은 사람들은 무시하지요. 키가 큰 사람일수록 어리석다는 건 아마 당신도 확인하실 수 있었을 겁니다. 왜냐하면 뇌로 가야 마땅할 자양분을 몸이 끌어가기 때문이지요. 우리의 작은 키는 우리를 정신에, 지성에, 능숙한 재간에 묶어둡니다. 나는 위대한 정치가가 아닌 난쟁이를 알지 못합니다. 마담, 인간을 알고 이해하려면 왜소함이 많이 필요합니다. 이런 무례한 표현을 용서하시기 바랍니다만, 에라스뮈스와 몽테뉴도 난쟁이였습니다.

우리는 늦은 밤에 여관에 도착했는데, 그 모든 시간 동안 더용 씨는 쉬지 않고 난쟁이들의 위대함에 대해 말했다. 그가 자리를 얼마나 많이 차지하고 중요성을 얼마나 과시했던지 아버지가 내게 귓속말을 했다.

—우리는 거인과 여행하고 있어.

대로의 대기가 주세페 자가에게 자신감을 돌려준 것 같아 보였다. 그는 우리에게 천 가지 계획을 들려주었다. 서양과 서양의 빛이 가까워지자 그는 자기 안에서 자신의 재능에 대한 신뢰가 다시 움트는 걸 느끼는 것 같았다. 마치 환상의 예술이 가장 풍성한 정복들의 문턱에서 기다리고 있다고 느끼는 것 같았고, 그는 이미 미래 세기들의 지평선에서 무한한 가능성들을 보고 있는 것 같았다. 그는 예술이 점점 더 말의 힘에 의존하게 될 것이고 말은 생각의 아름다움을 먹고 자란다고 말했다. 그 아름다움을 온전히 보존하기 위해 그 생각들은 결코 실현되지 않을 것이며, 그것을 건드리는 것조차 금지될 것이라고.

주세페 자가가 얼마나 진지하게 말했던지 테레지나도 걱정했고, 나도 아버지가 우리 부족 사람 여러 명에게 치명적이었던 병에 걸린 게 아닌지 생각하게 되었다. 마법사들이 관중의 눈에 뿌릴 때만 이로울 환상의 금가루를 자기 자신에게 뿌릴 정도로 진지함에 몰두하게 되는 병 말이다. 나는 우리의 모든 예술이 오직 한 가지 목표, 그것이 예술이라는 걸 관객에게 잊게 만드는 목표를 향하고 있다는 걸 더 이상 알지 못할 정도로 자기 게임에 사로잡힌 동료들을 상당히 많이 알았다. 그러나 우리도 절대 그걸 잊지 말아야 한다. 지나치게 진지한 감정과 잘 화합하지 못하는 손재주와 능숙한 재간을 자칫하면 잃어버릴 위험이 있기 때문이다.

그렇지만 나는 아버지가 그렇게 가슴에 손을 얹고 입술에 진정성을 얹어 과장해서 떠들어대는 건 서양이 가까워지자 몸을 가다듬고 자신의 기계장치에 기름을 치기 위해서였다는 걸 금세 이해했다.

그 점에 관해서라면 우리가 보헤미아 국경에서 '매혹적인 왕자'라는 간판이 걸린 여인숙에 도착했을 때 나는 완전히 안심했다. 우리는 그곳에서 오스트리아 기병 두 명을 보았다. 그들은 한 민족의 자유가 이제 막 숨을 거둔 폴란드에서 돌아오는 길이었다. 그 후 그 민족은 죽고 다시 태어나는 능력으로 세상을 깜짝 놀라게 했다. 더구나 그것은 자유의 속성인 것처럼 보인다. 두 기병은 때 긴 탁자 위에서 카드를 섞고 있었고, 탁자 위엔 거의 주인이 바뀌지 않는 작은 금 더미가 놓여 있었는데, 거기엔 파리가 꼬이게 하려는 이유 외에 다른 이유는 없어 보였다. 아버지가 그 미끼에 던지는 무심하지만 대단히 흥미 동한 눈길에서 나는 아버지가 건강하다는 걸, 관중 덕에 사는 모든 사람에게 치명적인 과도한 순수성에 결코 감염되지 않았다는 걸 알아보았다.

우리는 시뇨르 더용과 함께 식사를 했는데, 꿈꾸는 듯한 표정으로 수염을 쓰다듬는 더용 씨도 아름다움을 좋아하는 진정한 애호가들에게 금이 미치는 매혹을 민감하게 느끼는 것 같았다.

꿩고기는 적당히 간이 배었고, 토카이 와인은 가까운 헝가리의 명성을 기분 좋게 지켜주었다. 며칠 전부터 얼굴이 살짝 창백해진 테레지나는 식사가 끝나자 좋은 거래를 마주한 여자의 직감이 드러낼 줄 아는 미소 띤 조심성을 보이며 즉각 물러갔다. 장교 중 한 사람, 멋진 콧수염에 자신감 넘치는 후각 기관을 가진 청년이 무심한 듯 금화를 짤랑거려 소리를 냈다.

아버지가 꿈꾸는 듯한 눈길로 박사의 무성한 검은 턱수염을 훑어보며 말했다.

―이런 야만스러운 말을 용서하신다면, 저한테 완전히 똑같은 카드 두 벌이 있습니다.

판 크로프가 말했다.

―여행을 할 때 꼭 필요한 대비책이지요.

아버지가 큰 소리로 생각을 말했다.

―저는 도덕도 지지합니다. 도덕은 규칙을 준수하지 않는 사람들에게 좋은 교훈을 주는 걸 절대 망설여서는 안 된다고 가르치지요.

―그 철학에 저도 공감합니다. 그리고 선생과 그 이득을 나눌 준비도 되어 있습니다.

키 작은 박사가 말했다.

자가족의 전설적인 솜씨로 아버지는 그에게 카드 한 벌을 건넸다.

그가 넌지시 말했다.

―수염 밑에.

―그보다 더 안전한 장소를 전 알지 못합니다.

우리의 사랑스러운 친구가 말했다.

마자르인은 몇 번 더 돈을 짤랑거리더니 일어나 우리 탁자를 향해 다가왔다.

―신사분들, 저희는 지루해서 죽을 지경입니다. 벌써 열흘째 프라하행 역마차를 기다리고 있는데 매번 우리 코앞에서 그냥 지나가버립니다. 오스트리아 군대 전체가 이 길로 가는데 장군들과 대령들은 저들 부관들에게 예의 없기로 유명하기 때문입니다. 승진을 해야 우리 차례를 생각할 수 있을까, 우리는 영영 이곳에 머물러야 할지도 모르겠습니다. 여기서 우리는 시간을 보내려고 작은 도박판을 벌이고 있습니다.

아버지가 일어섰다.

―저명한 판 크로프 더용 철학 박사님을 소개드려도 되겠지요?

―아, 네, 물론이지요. 선생께서는…….

그는 망설였다.

박사가 투덜댔다.

―제가 수학을 통해 인간의 불멸을 입증했더니 나를 교회의 최고 적으로 만들더군요. 그들은 과학적으로 인간의 불멸을 입증하려는 건 신앙이 부족한 탓이라고 주장합니다.

—조그맣게 한판 하시겠습니까?

장교가 넌지시 권했다.

—거기에 "조그맣게"라는 말이 왜 끼어드는지 모르겠군요.

난쟁이가 수염을 매만지며 투덜거렸다.

—당신들이 시간을 보내도록 돕고 싶습니다만 제 신체 조건이 저를 극도로 경계하게 만들었다는 점을 분명히 말해두겠습니다. 저를 태어나게 했고 이렇게 만든 상황이 제게는 그 자체로 대단히 석연찮아 보이고, 제가 희생양이 된 형이상학적 음모가 존재한다고 믿게 됩니다. 행운은 저를 등지고 있지만 그렇다고 제가 제 자신을 방어하지 못할 건 없지요. 제 말은 게임을 제 카드로 하겠다는 뜻입니다. 이것은 무례함이 아니라 철학이라는 걸 이해해주십시오.

중위는 고개를 숙이며 말했다.

—말씀을 이보다 더 잘하실 수가 없겠습니다.

게임은 카드 석 장으로, 다시 말해 9와 퀸과 에이스만 가지고 하기로 정해졌는데, 당시에는 그것을 "기병대"라 불렀다.

나는 아버지가 카드를 다루는 걸 보는 데서 언제나 큰 즐거움을 맛보았다. 그의 손재간은 우리 조상들, 최초의 '눈속임' 광대들, 대단히 높은 야심—또는 포부—로 우리가 이 일을 하기 훨씬 이전에 활동한 이들의 솜씨를 떠올렸기 때문이다. 이날 저녁 그는 평소보다 월등한 실력을 발휘했다. 경쟁이 심하고 예술이 새로운 절정에 이른 서양에 접근하기 전에 그는 원천에 다시 몸을 담그고 야바위꾼의 솜씨와 손재간에 대한 자신감을 시험해볼 필요를 느꼈던 것이다.

두 중위는 너무도 금세 껍질이 홀딱 벗겨져 한 시간 만에 더이상 걸 판돈이 없게 되자 어음에 서명을 하겠다고 나섰다. 그러자 판 크로프 박사가 광적인 웃음을 터뜨렸다. 우리 방까지 따라온 유대인 여인숙 주인장은 두 주 전에 두 애송이 혹은 두 사기도박꾼이 여기다 사령부를 차렸다고 설명했다. 그곳이 폴란드 사건 때문에 아주 왕래가 많은 유럽의 큰 길목이었기 때문이라는 것이다. 그들은 질라히 형제였는데, 훗날 그들은 일흔두 명의 폴란드 여자와 결혼했다가 터키 하렘으로 보내버린 사건으로 재판받고 교수형 당했다.

내가 산 모든 시대를 통틀어 1775년이 가장 흥미진진한 해였던 것 같다. 왜냐하면 몰락해가던 대공들의 유럽이 협잡꾼, 사기꾼, 불한당 등 양심의 가책은 모르지만 상상력이 부족하지는 않은 온갖 군상이 깨어나는 걸 보았기 때문이다. 그중 몇몇은 내 마음에 달콤한 전율을 일깨우기도 했고, 내 눈이 라브로보의 마법의 숲에서 구분해내는 법을 터득한 경이로운 괴물들과 똑같은 호기심을 일깨우기도 했다. 새로운 시간의 도래는 요란한 불협화음이 피어나기 좋은 부패로 모습을 드러냈다. 그 부패는 도덕의 관점에서 보면 분명 비난받을 만한 맛이지만 제대로 숙성된 온갖 풍요로움과 다양성, 푹 익어서 식탁에 나갈 준비가 된 치즈의 풍미를 지닌 그런 맛을 사회에 안겼다.

40

떨어지기에는 너무 가벼워 땅에 닿자마자 녹아버리는 눈송이가 흩날리던 어느 우중충한 아침에 우리는 프라하에 들어섰다. 도시는 언덕 위에 자리 잡고 있었고, 강은 마치 돌로 된 거대한 거미 같았다. 흐라드차니 성 앞을 지나면서 우리는 재단사와 직물 상인들의 수호성인인 성 요한의 예배 행렬과 마주쳤다. 보헤미아의 예배용 양초는 사람 크기만 했다. 두툼한 노란색 양초들이 안내 너머로 유령처럼 보였다. 예배 행렬은 눈과 땅의 축축한 습기가 만들어내는 잿빛 풍경에 지워진 것 같았다. 어떤 부패나 무덤 가장자리에서 머뭇거리는 세계 같은 느낌이 들었다. 그 순간 나는 심장을 덥히려고 테레지나의 얼굴을 향해 고개를 돌렸다가 그녀의 얼굴이 투명성과 모호함을 띤 것을 보았다. 아니, 보았다고 생각했다. 마치 내 상상이 갑자기 고갈되고 쇠퇴해, 자신에 대해 의심을 품기 시작하는 사람들을 종종 불시에 덮치곤 하는 현실의 공격에 먹잇감이 된 것 같았다. 아버지도 이 갑작스러운 조난을, 비현실적으로 변해버린 테레지나 얼굴의 점진적 소멸을 이미 알아차린 것 같았다. 나는 그녀의 관자놀이에 입술을 눌렀다. 관자놀이도 돌로 된 다른 어떤 작품보다 프라하가 더 물려받은 것 같아 보이는 추위에 사로잡혀 있었다. 테레지나가 내게 미소를 짓자 갑자기 우리의 모든 두려움이 사라졌다. 그 미소가 우리에게 유쾌하고 찬란한 광채 속에 그녀를 되돌려주었고, 날카롭게 울부짖는 두려움의 짐승들을 순식간에 달아나게 했다. 그녀가 우리에게 설명했다. 아무것도 아니야. 여행의 피로 때문이야. 그리고……. 그녀는 내 얼굴을 어루만졌고, 그녀가 우리에게 줄곧 지어 보이는 미소는 반쯤 슬픔의 베일을 썼다. 포스코가 어린 시절을 저기 러시아 땅에, 꿈꾸던 다락방에 남겨두고 왔잖아. 그리고 그 가련한 늙은 라브로보 숲도 지금은 하나뿐인 진짜 용, 그곳에 사는 유일한 진짜 괴물, 현실이라는 이름을 가진 괴물에 맡겨져서 슬플 거야……. 포스코는 성인이 되었어. 어쩌면 이젠 더 이상 예전처럼 나를 사랑하지 않을 거야. 꿈의 피조물들에게는 절대 용서되지 않는 일이지……. 나는 격렬히 외쳤다. 떨리는 목소리로. 이상한 공포가 엄습해왔기 때문이다. 어쩌면 테레지나의 말이 옳다고 느꼈기 때문인지도 몰랐다. 어린 시절의 땅을 떠나오면서 나는 나의 본질적인 부분과 단절되었는지도 모른다. 나는 사랑이 정말 나이와 숲, 다락방과 풍토에 따라 오고 갈 수 있는 거라면 그건 다른 사람의 사랑일 뿐 내 사랑은 아니라고 단언했다. 글쎄! 테레지나가 말했다. 그녀의 목소리에 체념이나 무심함이 실려 있었는지 모르겠다. 글쎄! 우리에게 필요한 건 따뜻한 불과 바이올린 그리고 〈미소의 왈츠〉야. 지독한 병일수록 유쾌함을 두려워하지.

우리는 그 유명한 얀후스 호텔에 내렸다. 그곳에서는 베네자르 벤 즈비가 그 유명한 고백록을 썼던 자리와 탁자를 지금도 볼 수 있다. 골렘유대인들을 지키기 위해 만들어진 진흙 인간의 창조자는 우리 선조 가운데 가장 유명한 이들 중 한 사람이었고, 아버지는 언제나 대단한 존경심을 보이며 그에 대해 내게 말했다. 그의 베네치아 기질은 그렇게 어두운 마술을 그다지 좋아하지 않았지만. 역사가 가르치는 것, 그리고 그가 스스로 얘기한 것과 반대로 그가 자기 작품의 비극적 희생양이었는지는 결코 확실하지 않다. 그가 그런 결말을 지어낸 것은 아마도 자기 피조물에 더 큰 역량을 부여하기 위해서였던 것 같다. 아버지는 베네자르 벤 즈비가 여러 재료들을 찾지 못하고 '골렘'을 만들기 위해 찰흙에 재료들을 섞을 비율을 몰라 절망에 빠졌을 때 그를 방문한 적이 있었다. 벤 즈비는 생애 대부분을 그림 그리는 데 보냈고, 새로운 인간을 만들려는 목적으로 예순다섯의 나이에 조각을 시작했다. 아버지는 그가 더없이 빈곤한 처지에 놓여 있었지만 계속 걸작을 좇는 데 몸과 영혼을 모두 바쳤다고 말했다. 그는 게토의 지하실에서 살고 있었고, 다른 유대인들에게 아주 안 좋게 보였다. 그림과 조각이 가톨릭 종교와 너무도 타협을 해왔기에, 그것에 몰두하는 모든 유대인이 변절자로 여겨졌던 것이다. 아버지가 찾아갔을 때 베네자르 벤 즈비는 거의 포기하기 직전이었다. 그의 지하 숙소는 점토와 온갖 악취 나는 물질, 향유로 더럽혀져 있었다.

그가 중얼거렸다.

─난 새로운 인간을 만들고 싶어. 새로운 세상을 건설하고 새로운 생각의 빛을 향해 세상을 이끌 사람 말이네. 오늘날까지 이

종種에서 만들어졌던 사람과 모든 점에서 다른 사람. 우리의 위대한 르네상스 선인들을 비난하는 건 아니지만 말이네……. 그런데 어디서 재료를 찾겠나?

그에게 아이디어를 준 건 아버지였다. 아버지가 내게 그렇다고 말했고, 내 생각에도 그런 것 같다. 왜냐하면 그것은 자가 집안사람들의 위대한 전통에서 나온 생각이었기 때문이다.

— 그런 종류의 창작에는 한 가지 재료밖에 없지.

아버지가 말했다.

— 잉크와 종이야. 좋은 종이 위에 좋은 잉크를 가지고, 그리고 자네 유대인의 멋진 상상력을 가지고 자네는 새로운 인간을, 그리고 새로운 세상을 만들어내고 말 거네.

가난한 마법사의 머릿속에서 빛이 번쩍였다.

— 맙소사! 고맙네!

그가 외쳤다.

그렇게 해서 베네자르 벤 즈비는 잉크와 종이를 가지고 그의 불멸의 골렘에 생명을 부여하게 되었다. 작가 구스타프 마이링크도 골렘으로 대단히 멋진 책을 썼고, 곧 모든 프랑켄슈타인들이 흉내를 냈다.

당연히, 전설이 역사적 사실을 덮쳤다. 따라서 사람들은 베네자르 벤 즈비가 자기 거인을 진흙으로 만들고 생명을 불어넣는 데 성공했다고들 말했다. 그런데 그가 그토록 열정적으로 자기 바람에서 불러낸 그 "새로운 인간"은 그의 주인이 되었고, 프라하의 주인이 되었으며, 결국 체코슬로바키아 전체의 주인이 되었고, 오늘날까지도 이 불행한 나라를 지배하고 있다.

그러나 털모자 아래로 여윈 얼굴을 한 그 위대한 노인이 매일 저녁 자신의 친구이자 보호자가 주인인 선술집 한구석에 자리 잡는 걸 본 모든 사람은 그가 새로운 인간을 어떻게 만들어냈는지 안다. 펜과 잉크와 종이였다. 그의 창작물은 종이 위에 남았다.

그것은 앞으로도 오래도록 독자들과 관객들을 홀릴 작품이며, 나는 완벽에 사로잡힌 이 몽상가가 만들어낸 괴물에 대한 생각이 프라하의 비극적 역사 속에서 영원히 제자리를 지키리라고 확신한다.

41

테레지나는 계속 지워졌다. 그녀를 덮친 그 투명성을 달리 어떻게 묘사해야 할지 모르겠다. 그녀가 멀어져 갔다고, 그녀의 이목구비와 윤곽이 눈에 보이지 않는 손에 의해 매일 조금씩 몰래 지워졌다고 해야 할 것이다. 비칠 듯 파리한 안색이 너무도 생경하게 도드라져서, 나도 모르게 손을 내밀어 그녀의 뺨을 살며시 스치면 내 손가락들이 통과해 베개를 건드리게 되지는 않을지 확인하게 되었다. 붉은 머리카락만이 여전히 독자적으로 파란 많고 뜨거운 삶을 살며 광채와 화사함을 간직하고 있었다. 그러나 어느 날 아침 내가 그녀의 방에 들어섰을 때, 불이 밤낮으로 타고 있었음에도 나는 그녀의 머리카락이 꺼진 것을 보았다. 그것마저 무기력하게 시들어가고 있었다. 우리가 알게 된 후 처음으로 그 머리카락은 내게 같이 놀자고 초대하지 않았다. 우리가 축제와 무사태평이 추방당하고 모든 것이 침울한 순종에 사로잡힌 그 끔찍하고 얼어붙은 기계적인 도시 프라하에 도착한 뒤 아흐렛날, 내가 그 머리카락을 스쳤을 때 뭐라 형용할 수 없는 일이 일어났다. 어쩌면 단지 내가 쇠약해졌거나 좌절했기 때문인지도 모른다. 어떤 공허감, 내 능력에 대한 갑작스러운 신뢰 결핍, 우리가 저마다 가진 상상의 작품, 모든 사랑과 모든 희망을 품고 계속해서 만들어내야 하는 상상의 작품의 사실성에 대한 신뢰의 결핍 때문이었는지도 모른다. 나는 내밀어진 내 손이 내 눈이 계속 보고 있는 황금빛 도는 붉은 머리카락을 찾지도 붙잡지도 못하고 허공을 더듬던 그 순간을 기억한다.

나는 환자의 방에서 달려 나가 아버지를 불렀다. 우리가 돌아왔을 때 테레지나는 우리에게 미소를 지었고, 나는 내가 불안에 사로잡혀 시간의 작업을 앞당겼다는 걸, 시간이라는 이 경찰관이 아직 명령을 받지 않았으며 죽음의 계산을 아직 멈추지 않았다는 걸 깨달았다.

아버지는 프라하 최고의 의사들을 불렀다. 지금까지 한 번도 그는 그런 무능력을 고백한 적이 없었다. 그들은 모두 와서 테레지나의 병에서 그들 중 아무도 아직 만나본 적 없는 죽음의 새 술책을 알아보았다. 그것은 우리에게 다시 믿음을 안겨주었다. 그 병이 의사들의 역량에 속하지 않는 것이라면 현실이 아직 익숙지 않은 싸움 방식에 도움을 구할 수 있을 것이었기 때문이다. 그런 식으로 우리 부족 사람들은 여러 차례나 현실을 기습 공격할 수 있었다. 우리가 그때 확신했던 한 가지, 그 후 "급성 백혈병"이라는 말이 자주 언급되던 온갖 설명에도 불구하고 지금까지도 내가 믿고 있는 단 한 가지는, 내가 유일하게 확신하는 건 사람들을 압박하는 유일한 위협이 재능 결핍이라는 것이다.

테레지나는 매일 우리 눈앞에서 조금씩 더 쇠약해졌다. 때로는 나 자신의 존재를 의심하게 만들 정도로 지워졌다. 실제로 내게는 그녀가 내 능력의, 내 재능의 빈곤 때문에 위협받고 있는 것 같았고, 내가 늙은 친구 라브로보 숲에서 받았던 모든 능력을 잃게 만든 나의 조숙한 성숙에 희생된 것 같아 보였다. 내 안에는, 내 눈길 속에는 그녀에게 생명과 색채를 부여하는 데 필요한 것이 남아 있지 않았다. 퇴색해가는 건 테레지나가 아니라 나의 상상력이었다. 나는 성인이 되었다. 이제 나는 아버지에게도 생기를 불어넣을 수 없었고, 그동안 그에게 부여했던 모든 능력도 되찾게 해줄 수 없었다. 게다가 그가 직접…… 나설 수도 없었다. 우리가 자신의 이득을 위해 우리의 능력을 사용하는 게 금지되어 있다는 건 잘 알려진 사실이었기 때문이다. 따라서 그는 프라하의 마법사들 가운데 입문자들 사이에서 명성이 높은 사람을 찾았다.

우리에게 희망을 조금 안겨준 사람은 그 시절 사람들의 입에 오르기 시작한 젊은 부다 출신 제이콥이었다. 서열에서 그가 차지하고 있는 높은 자리에 이르려면 수 세기의 공부가 필요했는데, 그는 그 자리에 이른 것이 겨우 100년밖에 되지 않았다고 대단히 겸손한 태도로 털어놓았다.

제이콥은 유대인의 적들이 안 보는 법을 잘도 터득한 이 민족의 온화함을 듬뿍 갖춘 금발의 키 작은 남자였다. 그는 커다란 밍크 모자를 쓰고 어깨에 황금 삼각형이 수놓인—특출한 것들에 반대하는 새 법령에 따라 프라하에서는 금지된 기호였음에도—검은 옷을 입고 있었다. 사람들은 그것이 이사야 지부의 프리메이슨들을 가리키는 "열광한 형제"의 기호라고 생각했다. 그러나 아버지는 그 삼각형이 아무 의미 없다는 걸, 어떤 프리메이슨 지부와 관련된 것이 아니라는 걸 알았다. 그러나 오만 가지 음험한 짓들을 하면서 올바른 생각을 한다고 자처하는 자들이 유대인들을 지독히 의심하고 비난하다 보니 제이콥이 마법사로서 누리는 명성은 오히려 거기서 큰 득을 보았다.

나는 절망했다. 아버지가 자가 부족이 형편없는 수작이라는 걸 너무도 잘 아는 함정에 빠질 수도 있다는 걸 이해할 수 없었다. 여인숙에서 술병 앞에 앉은 아버지를 볼 때면 나는 줄곧 질책했다.

─그 유대인이 사기꾼이라는 건 누구보다도 아버지가 잘 아시잖아요! 그 사람은 아무 힘이 없어요! 진짜 힘은, 진짜는…… 잘 아시잖아요…….

나는 이렇게 말할 뻔했다. '그런 힘은 존재하지 않는다는 걸 잘 아시잖아요.' 그러나 내 눈길은 주세페 자가의 얼굴과 마주쳤고, 그 얼굴에서 한 번도 본 적 없는 고뇌를 보았다. 나는 입을 다물었다. 절망의 시간에 중요한 건 무엇이 진짜고 무엇이 가짜인지가 아니라 살아가도록 돕는 것이기에.

솔직히 털어놓아야겠다. 그 순간부터 아버지는 협잡꾼들의 손에 완전히 넘어갔다. 그러나 제이콥이 테레지나의 진짜 천성을 금세 이해한 유일한 사람이었다는 사실은 인정해야 한다. 그것이 그녀의 느린 소멸을 멈추게 해주었다. 당혹스럽지만 나도 아버지도 생각하지 못한 방법으로.

어느 날 저녁 그가 와서 환자 옆에 앉았다. 그는 그녀에게 오래도록 유쾌하게 말을 했다. 그리고 방 안을 이리저리 서성이며 명상했고, 손가락으로 자신의 금발 턱수염을 매만졌다. 그는 우리에게 아무 말도 하지 않고 가더니 한 시간 뒤에 돌아왔다. 프라하의 밤이 뼛속 깊이 차갑게 스며들 때 바이올린으로 무장한 세 명의 게토 악사를 데리고 돌아왔다.

그는 악사들에게 침대 가까이에서 연주를 하라고 했다.

밤새도록 유대인 바이올린 소리가 여인숙에 울려 퍼졌는데, 첫 순간부터 바이올린 소리가 환자의 방 안에 들여놓은, 더없이 생기 넘치고 통속적인, 그 격렬하고 춤추는 듯한 유쾌함에 나의 테레지나를 덮쳤던 검은 힘은 겁에 질렸다. 내가 놀란 눈으로 지켜보는 가운데 테레지나의 얼굴에 화색이 돌았다. 이목구비가 또렷해졌고 원래의 윤곽이 돌아왔으며, 머리카락이 다시 살기 시작했고, 입술은 미소를 지었다. 테레지나는 살아난 것 같았다.

그러나 이 기적은 오래가지 않았다. 한순간 질겁했던 악마들은 사흘 밤 사흘 낮 동안 음험하게 바이올린 소리가 닿지 않는 곳에서, 아니 어쩌면 그 소리에 익숙해져 면역력이 생길 정도로 가까이에서 헤매다가 강해져서 돌아왔다. 죽음이 그토록 사랑하는 저 뚜쟁이, 현실이라는 이름을 가진 저 비열한 늙은 매춘부—썩어 문드러질 때까지 저주받으라—가 내 작품이 되받아친 공격으로 더 강해져서 돌아온 것이다. 현실이 제 존재를 느끼게 하고 모든 걸 장악하자 테레지나는 다시 멀어지기 시작했고, 예전보다 더 빠르게 멀어졌다. 나는 그녀 곁에 앉아서 그녀에게서 눈을 떼지 않고 온 힘을 다해, 온 사랑을 다해 그녀를 만들어냈다. 그러나 현실은 수천 년의 실무 경험이 있어, 누구도 상상력이 부족한 탓에 그것과 경쟁하지 못한다.

부다 출신 제이콥이 게토의 청년들을 불러와 테레지나의 방 안과 여인숙 주위에서 호라 hora. 발칸 지역에서 결혼식이나 축제 때 둥글게 무 리 지어 추는 춤 춤을 추게 해봐도 소용없었다. 그는 심지어 바이올린 들에 우리 가운데 누구도 아직 알지 못했던, 그가 발명한 악기도 보탰다. 나중에 그 악기엔 아코디언이라는 이름이 붙었다. 현실 은 이제 꽤나 익숙해진 그 유쾌함에 잠식되지 않고 조금씩 자기 길을 나아갔다. 테레지나의 눈 밑에는 빌어먹은 현실이 발톱으로 할퀸 푸르스름한 그늘이 졌다. 그걸 본 아버지는 현실을 향해 술 병을 집어 던졌지만, 술병이 부딪친 건 벽이었을 뿐이다.

이때부터 그는 협잡꾼들과 뻔뻔한 중개인들의 손에 완전히 넘 어갔고, 이 시대가 "빛"이라고 부르던 것이 그 주름 속에 담아온 더없이 음산하고, 더없이 어둡고, 더없이 가증스러운 모든 것에 쉬운 먹잇감이 될 정도로 이성을 잃고 말았다.

여인숙 주인이 찾아와 웬 남자가 주세페 자가와 얘기하고 싶 어 한다고 알린 건 밤 11시였다. 그는 혐오감을 분명히 드러내며 "제 의견을 말해도 괜찮으시다면" 하고 덧붙였다. "선생께서는 너 무 멀리서 오셔서 올해 프라하에 전염병이 여럿 돌았다는 사실 을 아마 모르실 테고, 어디서 왔는지 모르는 사람들을 경계하셔 야 한다는 것도 아마도 모르실 것 같아서요." 아주 묘한 경고였 다. 마치 그는 방문객이 어떤 부패와 감염의 소굴에서 왔다고 암 시하는 것처럼 보였다.

아버지가 서둘러 방문객을 맞이했다는 것이 그 경고의 유일한 효과였다. 방문객이 여인숙 주인을 매수한 건 아닐까 싶은 생각 이 들 정도였다. 주세페 자가의 마음에 저승의 힘과 어떤 거래를 할 희망을 일깨울 목적으로 주인이 그렇게 어둡고 음산한 날 그를 소개한 건 아닐까. 가련한 아버지는 너무도 절망과 혼란에 빠져서 우리 부족이 참으로 잘 이용할 줄 알았던 온갖 미신과 믿음에 정신이 사로잡혀 그들의 선량하고 충성스러운 봉사에 대한 대가를 톡톡히 치러야 할 참이었다. 그는 내게 이미 자신의 확신을 얘기했다. 테레지나가 오래전부터 사는 기쁨과 베네치아 축제의 아이들에게 앙갚음하려 했기 때문에 불길한 힘이 테레지나를 공격했다는 것이다. 주세페 자가는 악의 밀사들과 협정을 맺을 준비까지 되어 있었다. 그들이 모습을 드러내기만 한다면. 내가 사탄은 문학작품에 불과하며 진짜 힘은 진부함의 힘뿐이라고 그에게 상기하려 했을 때 아버지는 내 멱살을 쥐고 나를 배은망덕하고 고지식한 놈이라 했다. 이제 그에게 고지식함이란 믿지 않는 것이었기 때문이다.

그는 이제 오직 어떤 타협에서만 구원을 기다렸고, 거장 요한 리히털리가 쓴 카발라 기호들에 관한 장에서 저자가 "영매 망령들"이라고 부르는 것들이 떠도는 어둠의 영역과 접촉할 방법을 달떠서 찾았다. 나는 아버지가 그러도록 내버려두었다. 그 모든 속임수가 테레지나를 구할 수는 없겠지만 적어도 아버지에게 희망의 희미한 빛은 줄 수 있었기 때문이다. 그 희망의 빛에 만족할 줄 알기만 한다면 모든 걸 기대할 수 있다.

우리 방에 들어온 작자를 묘사하자면 한 마디면 충분할 것이다. 비열. 그의 얼굴, 태도, 몸짓, 등껍데기(이미 잃어버렸지만 가졌던 기억은 간직하고 있는 등껍데기) 아래 숨듯이 머리를 어깨 속으로 집어넣는 방식, 굳게 다문 입술 사이로 끊임없이 날름거리는 시커멓고 작은 독사의 혀, 불그스름한 눈, 미소를 지을 때마다 우글거리기 시작하는 수많은 눈가 주름, 이 모든 것은 우리가 하찮은 미신에 굴복하기만 하면 장래를 보장해준다. 그는 저승과 거래를 성사시키려고 애쓰는 사람에게는 정말 완벽한 밀사였다. 문학에 큰 득이 된 거래 말이다.

남자는 경계의 눈초리를 내게 던졌고, 아마도 나의 경멸을 냄새 맡았는지 아버지하고만 따로 말하겠다고 청했다.

나는 테레지나의 방으로 건너갔다. 그녀 곁에 앉아서 몸을 숙여 내 뺨을 그녀 손에 댔다. 그녀의 얼굴에 그림자의 흔적이 너무도 역력해서 나는 그녀와 빛 사이에서 어떤 존재를 찾으려고 눈을 들었다. 내가 아버지를 이해하고, 약간의 환상을 내게 제공해주기만 한다면 어떤 협잡꾼이라도 믿을 준비가 되어 있다고 느끼던 순간이었다. 나는 내 주위로 고약한 존재들을 느꼈다. 눈에 보이지 않는 창으로 무장했지만 뒤러의 천재성이 포착해낸 죽음의 기사가 거기 방 안에, 빛과 환자 사이에, 유대교회당에서 우리를 위해 만든 일곱 개의 초가 타고 있는 커다란 청동 촛대에 등 돌린 채 서 있었다.

—포스코, 내가 죽을 거라고 생각해?

—아냐, 테레지나. 내가 여기 있는 한 아무 일도 일어나지 못할 거야. 나한테 재능이 있다는 것 알잖아. 내가 엄청난 사랑으로 너를 만들어내기 때문에 너한텐 아무 일도 일어나지 못해.

그녀는 웃었다. 내 눈엔 그녀 얼굴의 윤곽, 그녀의 눈과 입술이 여전히 보였지만 이미 상상의 노력이 필요했다. 보이는 것이 겨우 스케치 정도여서 눈길을 던질 때마다 그림을 보완해야만 했다.

—당신들 자가 사람들은 모두 똑같아. 세상을 속이는 기술에
대가여서 속임수를 거듭하다가 결국은 자기들이 세상을 만들어
낼 수 있다고 믿지.

　—세상은 나중에 신경 쓸 거야, 테레지나. 우리가 언젠가 세상
을 만들어낼지 그러지 못할지 모르겠지만 노력은 해야 해. 그것
이 우리의 직업이니까. 사랑이 뭐겠어? 상상의 작품이 아니고?

　—너 항상 나를 상상할 거지?

　—항상. 걱정 마. 넌 죽지 않을 거야.

　그녀는 심각하게 나를 바라보았다.

　—너 정말 그럴 재능이 충분히 있다고 생각하는 거야?

　나는 그녀의 눈꺼풀에 입술을 갖다 댔다. 이때보다 나 자신에
대해 더 확신을 가진 적이 없었다.

　—난 아주 위대한 협잡꾼이 될 거야. 오, 내가 천재성을 갖게
될 거라는 얘기가 아니야. 그렇게 되면 내가 더 이상 인간이 아닐
테니까. 난 그저 내가 너를 언제나 내 곁에 둘 만한 재능은 충분
히 있을 거라는 말을 하는 거야. 너한테는 아무 일도 일어날 수
가 없어.

　—그래도 내가 죽으면?

　나는 몸을 떨지 않을 수 없었다. 아직 솜씨가, 자신감이 부족
했기 때문이다. 그러나 나는 얼른 정신을 차렸다. 나 포스코 자가
에게 자신감이 부족하리라고 천상에 쓰여 있지 않을 거야.

　—테레지나, 내가 말해줄게. 어느 날 내게 상상이 부족해져서
더 이상 너를 지어낼 수 없게 되고 더 이상 너를 사랑하지 않게
된다고 가정해보자고. 그래도 다른 누군가 다른 누구를 사랑할

테고, 그러니 매번 우리는 다시 만나게 될 거야……

아버지의 방으로 내려갔을 때 나는 아버지 얼굴의 고무된 표현에서 그의 손님이 제대로 일을 했다는 걸 알아보았다. 주세페 자가는 우리에게 남은 마지막 금화들을 가죽 가방에 집어넣고 있었다. 나는 주세페 자가가 순진한 사람들을 사취했다고 비난한 모든 사람을 생각하고 웃음을 참을 수가 없었다. 인생 만사 새옹지마였다. 내 눈엔 우리의 모든 조상이 질겁하고 분개해서 이탈리아식으로 요란하게 손짓을 해대며 무덤에서 벌떡 일어날 것만 같았다. 최근에 너무도 빨리 내가 변한 사실에 나 자신도 놀랐다. 나는 내 안에서 통찰력, 평온, 냉소의 근원을 발견하기 시작했다. 그사이 이런 것들을 본질적인 덕목으로 지녔던 아버지는 진정한 협잡꾼에 걸맞지 않은 맹신에, 눈먼 믿음에, 판단력 결핍에 빠져들었다.

아버지가 말했다.

—테레지나는 이제 살았어. 내일 도시 밖 들판, 그라드 길에서 11시에 약속이 있어.

나는 누구와의 약속이냐고 묻지 않았다. 뻔히 짐작 가는 일이었다.

나는 아버지를 따라가기로 결심했다. 주세페 자가가 기진맥진하고 무방비 상태여서, 희망을 등쳐먹고 살며 두둑한 돈주머니와 서푼짜리 꿈을 맞바꿀 준비가 되어 있는 뻔뻔한 기생충에게 쉬운 먹잇감이라는 걸 알았기 때문이다.

42

이튿날 우리는 성 바츨라프 다리를 건너 도시 밖으로 나갔다. 나는 적의 진영에서 현실과 맞설 수 있도록 총 한 벌을 가져갔다. 누르스름한 안개가 깔려 있었고, 눈송이가 느릿느릿 내리며 안개에 얼룩을 남기고 있었다. 우리의 굼뜬 말들은 안개와 눈과 어둠이 뒤섞인 지평선 없는 동쪽 하늘 속으로 사라진 길을 따라 평보로 걷고 있었다. 불쑥 검은 십자가 하나가 보였다. 거기서 우리는 말에서 내려, 끊임없이 내려와 땅에 닿기 전에 소멸하는 작은 기호들이 느리게 추락하는 가운데 왼쪽 아래편 들판을 가로질러 갔다. 성스러운 책에서 구두점이, 마침표와 쉼표가 사라지기 시작하는 것 같았다. 그동안 저 위에서 신의 손은 연민에 사로잡혀 모든 기소장을 지웠고, 모든 글을 마구 덮어씌워 지웠다. 어떤 심판도 언도되지 않고 어떤 처벌도 가해지지 않도록.

우리는 예전에 성 지기스문트 수도회의 탁발 수도사들이 프라하를 다시 보게 해준 그들의 수호성인에게 감사하려고 그곳에 지은 예배당의 폐허를 찾으라는 지시를 따랐다. 날씨가 좋으면 그즈음에도 윤곽이 보이는 예배당이었다. 우리는 마치 깨진 십자가를 든 채 몸을 숙여 무릎 꿇고 기도를 올리는 것 같아 보이는 무너진 예배당을 지났다. 아버지는 눈을 들더니 멈춰 섰다. 그가 내 어깨를 툭 치며 팔을 내밀었다. 나는 예배당 폐허를 지나다가 걸린 젖은 거미줄을 얼굴에서 걷느라 정신이 팔려 있었다. 그걸 처음 봤을 때 나는 허수아비인 줄 알았다. 그것은 꼼짝 않는 가느다란 어떤 형체였는데, 기이한 모양의 모자만이 인간의 형체라는 걸 말해주었다. 오흐레니코프 궁의 당구장을 장식하고 있던 네덜란드 화파의 몇몇 그림에서 볼 수 있는 두건이 생각나는 형체였다. 아버지가 그 그림자 쪽으로 서둘러 몇 걸음 나아갔고 나는 아버지를 따라갔다. 우리가 스무 발짝 정도 떨어진 거리에 이르렀을 때 환영이 손을 들었다.

환영은 거의 환관처럼 앵앵거리는 쉰 목소리로 독일어로 외쳤다.

─거기 멈춰요. 더 이상 오지 마세요. 더는 가까이 오지 마시오. 그러면 어쩔 수 없이…… 나로서도 어쩔 수 없습니다……. 고의가 아닙니다만…… 전혀 해를 끼칠 욕구도 의도도 없지만 내 손에 닿는 모든 자를 붙잡게 됩니다……. 규칙 때문에─차라리 나한테 내려진 형벌이라 해야겠군요─나는 두 세기하고도 50년 동안 고약한 직무를 수행해야 합니다…… 이것이 프라하가 포함된 구역에서 내게 내려진 형벌의 기간입니다. 당신들이 경솔하게도 들어선 이곳은 젊음과 웃음과 아름다움에 치명적인 곳이 되었습니다……. 규칙이 정한 기간을 채우고 나면─불가사의한 의도와 상부 기관의 계산에 따라 규칙은 달라집니다─그러고 나

면 나는 마침내 추악한 책임에서 해방될 겁니다. 마침내 영원을 경험하게 될 겁니다. 그때가 되면 나는 지저귀는 새소리를 연구하고 수채화며 자수며 그리고 인간의 특성을 완전히 벗은 기분 좋은 무언가를 응시하는 데 몰두할 생각입니다……. 당신들이 내게 간청할 게 있다고 들었습니다.

두 번째 형체가 안개 속에서 나오더니 다가왔다. 나는 전날 아버지를 찾아온 무뢰한을 알아보았다. 그는 손에 작은 서판을 들었고, 그 서판에다 내가 알지 못하는 어떤 기호들을 그렸다.

그들이 참으로 볼품없는 역량의 사기꾼들이어서 나는 웃음이 났다. 에스파냐 왕실이 생제르맹과 칼리오스트로보다 높이 평가했고 카사노바가 감탄을 감추지 못한 부러움에 사로잡혀 옹졸하게 언급하곤 하던 마법사 주세페 자가에게 감히 저런 작자들이 덤비다니! 나는 아버지가 어깨를 으쓱하고 그 하찮은 코미디에 등을 돌리리라 확신하고 돌아보았다. 나는 경악했다. 아버지의 얼굴에 희망과 열정이, 거의 천진한 표정이 실려 있어 나는 시선을 떨구지 않을 수 없었다. 애원하는 듯하면서도 경탄한 그 눈길을 차마 보고 있을 수가 없었다. 최고의 자가 사람이, 레나토의 아들이, 이 직업에서 가장 멋진 이름을 물려받은 사람이, 수많은 세대 전부터 우리 부족에게 생계를 잇고 명성을 얻게 해준 직업의 모든 비밀, 온갖 비결, 기교, 그림자놀이, 속임수에 능통한 이가, 그런 속임수의 거장이 저렇게 보잘것없는 조작에 넘어갈 수 있다니, 이것은 테레지나를 향한 그의 열정의 깊이를 입증하는 동시에, 현실이 사방에서 포위해올 때 내몰릴 수 있는 극단을 보여주었다. 나는 협잡이 진정성을 갈구하는 욕구의 가장 쇠락한 형태요 가장 절망한 형태이자 가장 비통한 형태일 수 있다는 걸 깨달았다. 가짜가 자신의 근원적 무능력의 밑바닥에서 진짜에게 보내는 주술일 수 있다는 걸.

주세페 자가는 말하려고 했지만 아무 말도 하지 못했다. 다른 때 같으면 어깨를 으쓱하고 멀리했을 하찮은 두 배우에게 그는 완전히 빠져 있었다. 나는 아버지의 팔을 붙잡고 데려가고 싶었지만 아무리 나의 아버지와 관계된 일일지라도 내 임무는 환상을 멈추게 함으로써 현실에 협력하는 것이 아니라 반대로 환상을 유지해서 다른 환상을 키우는 것이라는 사실을 떠올렸다. 따라서 무거운 마음으로 최선을 다해 내 역할을 했다.

나는 중얼거렸다.

—세상에, 저건…….

죽음은 두 팔을 들더니 제 얼굴을 드러냈다. 그러나 그 불한당이 밀랍 가면 아래 얼굴을 감추고 있는데 그걸 얼굴이라 말할 수 있을까? 움직임 없는 가면이었지만 아래쪽은 빈정거리는 미소를 띠고 있었다.

협잡꾼이 거세된 사람의 목소리로 조소를 실어 우리에게 말했다.

—나리들, 아니 요즘 사람들 표현대로 하자면 신사분들, 저의 진짜 얼굴의 아름다움을 전부 드러내지 못한다는 점을 용서해 주시기 바랍니다. 한편으로는 아마도 결코 당신들의 취향이 아닐 것이기 때문이고, 다른 한편으론 그래야 당신들의 목숨을 구할 수 있기 때문입니다. 저를 한 번이라도 정면으로 바라보는 특별한 혜택을 누린 자는 곧 산 자들의 수에서 지워졌기 때문입니다. 이

것은 자연의 위대한 법칙 중 하나여서 저조차도 피할 수가 없습니다. 자연이 명령하는 것이니까요.

—제가 찾아온 건…….

아버지가 중얼거렸다.

나는 그를 부축했다. 빛이라고 부르기 어려운 어슴푸레한 빛 속에서 그의 얼굴은 이제 그가 살았다고 주장하던 그 모든 세기의 흔적이 아니라, 참으로 겸허하게도 세월의 흔적을 드러냈다. 그는 이미 예순여덟 가까이 산 게 틀림없었다.

—말하시오, 말하세요.

죽음이 외쳤다. 나는 그 빈정거림이, 그 조소 어린 어조가 단지 우리만을 향한 것이 아니라 그것이 끔찍한 무력감에서 나온 냉소를 표현하고 있으며, 깊이 모를 텅 빈 심연, 깊이가 절대적으로 부재한 심연, 인간이 접근할 수 있는 유일한 심연, 어찌할 수 없는 피상성의 심연에서 울리는 것임을 깨달았다.

—말하시오! 임종 직전의 노인들, 종말에 다다른 결핵 환자들, 목매달려 이미 흔들거리는 자들이 나를 기다리고 있습니다…….

아버지가 말했다.

—내 아내의 목숨을 구해달라고 청하러 왔습니다. 쇠약증을 앓고 있어요…….

죽음이 손을 들었다. 나는 그가 재주를 넘으려다 다리를 들지 않으려고 애쓰고 있다는 느낌을 받았다. 그만큼 그자는 장터에서 〈스카팽의 간계〉를 연기하는 버릇이 들어 있었던 모양이다.

—더 말할 것 없어요! 알고 있습니다. 그렇지만 정해진 건 이미 정해진 것이며, 나는 그저 성실하게 복종하는 관리일 뿐 결정

은 마땅히 저 위에서 이루어진다는 사실을 아셔야 합니다…….

그가 하늘을 향해 텅 빈 검은 소매를 들었다.

—……당신의 간청은 형식을 갖춰 저 위로 보내야 합니다. 간청은—잘 아시겠지만—교회에서 받아들여지고 간청에 동반된 기독교적 열정의 정도에 따라 판단됩니다…….

그의 부하가 그에게 다가와 귓속말을 했다. 아마도 그는 동료가 과장이 심해서 그런 상스러운 짓에 재주를 너무 부리려다가는 박수를 받게 될 위험이 있고, 그렇게 되면 계획은 끝장날 거라고 판단한 모양이었다. 눈속임 환상이라는 이름조차 붙이기 힘든 그 한심한 속임수에서 어느 정도 설득력 있는 단 한 가지는 검은 두 형체를 둘러싼 누르스름한 안개였다. 키 작은 형체가 다른 형체의 귀에 대고 비밀 얘기를 하듯 뭔가를 속삭였는데 내게는 미약하게 즈즈거리는 소리밖에 들리지 않았다.

죽음이 명예훼손죄로 그 자리에서 베어버려야 마땅할 자가 삐악거리며 말했다.

—모든 게 달라졌습니다! 내 비서가 말하길 당신이 장미십자가 서열에서 차지하는 높은 직위 덕에 큰 영향력을 가진 존재들이 당신을 위해 힘을 썼다고 하는군요. 몇몇 목소리가 말했고, 몇몇 개입이 이루어졌고……. 내가 메모를 해두었는데 한번 확인해 보겠습니다. 이 세기말에는 초자연적인 힘을 가졌다고 주장하는 협잡꾼들이 넘쳐납니다. 이것은 믿음과 종교가 전반적 몰락했기 때문입니다. 하느님에 대한 믿음은 말할 것도 없고요. 온갖 수상쩍은 개인들이 그 전리품을 차지하려고 야단법석이지요…….

그중에 너도 한자리 차지하고 싶겠지, 불한당 같은 놈, 하고 나는 생각했다. 몽둥이를 들어 저 사기꾼을 호되게 후려쳐 쫓아내고 싶어 손이 근질근질했다. 그러나 바로 그 순간 무한한 부패가 본성인 죽음이, 내가 극도의 위대함과 장엄함의 속성을 부여함으로써 지나치게 경의를 표하던 죽음이 여기서 우리에게 천박하고 보잘것없고 상스러운 진짜 얼굴을 내보일 수도 있다는 생각이 문득 들었다. 사람들을 자주 접하다 보면 죽음도 탐욕에 잠식당할 정도로 인간화될지도 모른다.

시커먼 두 형체, 하나가 다른 하나 쪽으로 몸을 숙인 두 형체가 무언가 말을 주고받았고, 짙은 안개 속에 눈에 보이지 않는 까마귀들이 조롱 섞인 울음을 뒤섞고 있었다. 잠시 후 죽음은 우리를 향해 돌아섰고, 무표정한 밀랍 가면 너머로 우리를 뚫어져라 응시하는 척했다. 동양에서는 참으로 쉬이 지혜의 역할을 맡는 그런 무심함이었다.

그가 삐악거렸다.

—병에 걸린 젊은 분께서 빼어난 미모의 소유자이신 모양입니다. 그렇다면 그 여자분이 프라하에서 병을 얻었다는 소식이 전혀 놀랍지 않습니다. 이곳에선 돌로 되지 않은 모든 것을 아주 안 좋게 보지요. 그러나 내가 맡은 의무를 배반할 수는 없는 일입니다. 따라서 한 가지 조언만 드리겠습니다. 이미 말씀드렸듯이 나의 영향력은 이 도시와 이웃 마을 몇 군데밖에 미치지 못합니다. 게다가 두 마을은 나와 내 동료의 분쟁 대상이기도 하지요. 나흘을 드릴 테니 이곳을 떠나세요. 그동안 당신이 아는 권력의 단호한 지시가 없는 한 당신의 집 문을 두드리러 가지 않겠습니다. 내 수고에 대한 대가로, 그리고 미망인들과 고아들을 위해 저기 있

는 내 비서에게도 150플로린을 주십시오…….

가련한 아버지는 망설이지 않고 돈주머니를 쥐고 손을 내밀며 한 걸음 나아갔다…….

―가까이 오지 마시오.

죽음이 팔을 들며 외쳤다.

그 남자는 어쩌면 예전에 아버지가 고용한 적 있는 조수들 중 한 사람이거나 아니면 독일에 오게 된 가련한 이탈리아 배우가 아니었나 싶다. 그래서 아버지가 얼굴을 알아볼까 겁낸 게 아닌가 싶다.

―가까이 오지 마시오! 아마도 당신도 잘 아실 테지만 나는 죽음을 초래하는 광선을 발산합니다……. 말할 필요 없습니다. 내 말을 잘 알아들으셨군요. 당신의 봉헌물을 땅에 내려놓으세요. 나흘 안에 프라하를 떠나는 걸 잊지 마세요. 그러지 않으면 아무것도 보장하지 못합니다. 남쪽으로 가시길 조언합니다. 그쪽 동료들은 덜 엄격하고 덜 치밀하며 훨씬 더 번민이 많고 산만해서 그들의 손가락 사이로 빠져나갈 수 있을 겁니다……. 무엇보다 당신이 특혜를 입은 이 예외적인 면죄에 대해 아무에게도 말하지 말아야 합니다. 그건 당신의 높은 서열의 영향력이 우호적으로 작용했기 때문이고, 또한 당신이 온 삶을 예술을 위해 바쳤고 당신의 모든 조상들이 나도 대단히 좋아하는 신성한 '코메디 아델라르테'에 재능을 바쳤기 때문입니다……. 아, 베네치아…… 브로글리오! 카니발! 페스트! 얼마나 경이로운 추억들인지요!

그의 동료가 그의 어깨에 손을 얹었다. 미천한 작자가 자기 즉흥극에 너무 도취해서 본색을 드러내기 시작했기 때문이다.

나는 아버지를 예배당까지 다시 데려갔다. 그곳에서 아버지에게 잠시 기다려달라고 했다. 그러곤 달려서 돌아왔지만 인간의 희망과 영혼을 빨아먹는 두 기생충은 안개 속으로 이미 사라지고 없었다. 나는 발길 닿는 대로 그들을 좇아가보았다. 다섯 걸음 앞도 보이지 않았다. 아마도 내가 시간을 허비했던 모양이다. 그러나 손에 권총을 들고 노란 안개 속을 헤매는데 아주 가까이서 웃음소리가 들렸다. 그리고 거의 바로 죽음의 형체와 그의 비열한 "비서"의 형체가 보였다. 나는 머뭇거리지 않고 그들에게 달려들었고, 가면을 쓴 자의 팔을 붙잡고 무기의 총신을 그의 턱 밑에 대고 얼굴을 마주 보게 했다.

그들은 더없이 비열하게 겁에 질린 표정으로 옴짝달싹하지 못했다. "비서"는 멍청하고 망연자실한 표정으로 눈만 껌벅였는데 가히 볼만했다. 충격 때문에 그는 내밀한 근육이 느슨해졌는지 애처로운 짧은 방귀를 연거푸 쏟아냈다. 마치 그는 자신의 다른 쪽 끝에서 피신처를 찾은 것 같았다. 나는 손을 뻗어 죽음의 가면을 들췄다.

나는 주정뱅이 같은 낯짝을 보았다. 아주 가늘고 짧은 눈썹 아래 자리한 파리하게 엷은 파란 눈, 듬성듬성 곤두선 콧수염, 그는 몇 년 전 상트페테르부르크에서 브류호프 상인의 파티에서 본 적 있는 시뇨르 카를로 콜피였다. 한때 베르가모에서 카사노바의 시종으로 지냈고 얼마 동안은 작센 선거후의 이탈리아 극단에 속해 있었던 콜피는 복화술 재주로 1760년에 대도시들에서 아주 잘 알려진 인물이다. 나중에 술 때문에 성대가 망가진 뒤로 사라졌다가 장차 평등왕 필립이 될 오를레앙 공작이 팔레루아얄에서 벌인 연금술 사건 때 마지막으로 모습을 드러냈다. 평등왕 필립은 콜피의 조언에 따라 금을 만드는 일을 시작했다. 바깥에서는 새 시대가 이미 으르렁대고 있었고 쇼데를로 드 라클로를 포함한 오를레앙 공작의 밀사들이 거리를 선동하고 있을 때였는데 어떻게 이 대공은 자코뱅 클럽에서 겨우 몇 발짝 떨어진 곳에서 참으로 어처구니없는 미신에 몰두할 수 있었는지 이해가 불가능하다. 실제로 콜피는 평범한 금 제조법을 뛰어넘어 가장 순수한 현자의 돌을 얻으려면 가마에 녹인 여러 재료들에 천재적 인간의 유골을 섞어야 한다고 대공을 설득했다. 이 유명한 패거리는 그런 목적에 블레즈 파스칼의 유골보다 나은 것을 찾지 못했다. 장미십자가 단원인 조카르디의 비밀 이야기에 따르면 그들은 파스칼이 잠들어 있는 생에티엔뒤몽의 문지기를 아주 비싼 값에 매수했다. 철학자에게서 남은 유해는 땅에서 파내어져 팔레루아얄의 도가니 속에 던져졌다. 이 사건에서 가장 기이한 일은 아마도 공안위원회가 명령한 수색 때 오를레앙 공작의 대형 증류기 속에서 실제로 금이 발견되었다는 사실일 것이다…….

콜피라는 인간을 좀 알기에 나는 그가 이 음산한 희극을 우리에게 연기한 것이 단지 테레지나의 무시무시한 질병이 아버지를 빠뜨린 진짜 광기와 방황을 이용하려는 것만은 아니었다는 걸 이해했다. 이 일은 그의 천성의 더 깊은 무언가에 부합하는 것이었다. 나는 이 비참한 존재의 영혼 깊이에 온정을 베풀 수 있는 전지전능한 힘에 대한 비밀스러운 꿈, 모든 협잡꾼들이 아는 꿈이 잠자고 있었다고 생각한다.

나는 그의 호주머니 속에서 죽음의 이름으로 만들어진 여권을 발견했고, 살면서 그 이름으로 그를 우연히 여기저기서 여러 차례 만났다. 우선 당장 그는 놀란 눈을 굴리고 있었고, 비열한 그의 동료는 자신들이 처한 극단적 궁핍을 얘기하며 애원했다. 프라하에는 더 이상 극장도 어떤 종류의 오락도 없었기 때문에 두 공범자는 궁지에 몰려 있었던 것이다.

따라서 나는 애초의 의도를, 두 거머리를 그들이 왔다고 주장한 저세상으로 보내버리겠다는 의도를 포기했고, 우리의 돈을 도로 빼앗은 뒤 그들을 그 자리에 내버려두었다.

나는 아버지가 있는 곳으로 돌아왔다. 아버지는 희망으로 다시 힘을 되찾았고, 한동안 안개 속을 헤매다가 마침내 우리의 말들을 찾아냈다.

나는 주세페 자가를 각성시킬 의도가 전혀 없었다. 그는 어쨌든 이제 막 자기 종교가 제공하는 모든 구원을 받았다.

게다가 콜피의 조언도 들을 가치가 없지 않은 것 같아서 최대한 빨리 프라하의 얼어붙은 죽음의 돌들을 떠나야 할 것 같았다. 환자를 남쪽으로, 시간이 된다면 이탈리아까지 데려가는 건 우리에게 남은 마지막 기회인 게 분명했다.

43

우리는 잠든 테레지나를 다시 보았다. 극도로 창백한 그녀는 이미 반쯤 떠난 것 같았고, 그저 그녀를 붙들기 위해 내게 남은 힘 때문에 남아 있는 것 같았다. 그녀의 가련한 얼굴은 녹아버렸고, 그녀의 머리카락은 엄청나게 자란 것 같았다. 머리카락은 그녀에게 낯선 것이 되어버렸고, 무겁고 위협적인 기다림 속에 웅크리고 있는 것처럼 보였다……. 이 도시 안에 무엇이 있어 그토록 무고한 생명을, 그 감미롭고 눈부신 봄을 파괴하려고 악착스레 덤빈 걸까? 테레지나는 달아났고, 지워졌고, 그녀의 미소에서 남은 것도 매 순간 죽었다가 내 의지의 기적으로 다시 태어났다. 나는 매번 현실이 섬광처럼 재빠르고 증오에 찬 새 공격을 해올 때마다 그녀를 붙들고, 다시 만들고, 다시 지어내야만 했다. 그러나 이 싸움은 공평하지 않았다. 우리 주위의 무언가 행복을 견디지 못했고, 행복에 어떤 기회도 주지 않으려 했다. 그러자 내게 한 가지 생각이 떠올랐다. 그 생각이 유효하도록 여기서 말하려 한다. 왜냐하면 이날까지 나는 참으로 능숙한 솜씨와 설득력 있는 힘으로 우리 모두를 만들어내 우리에게 존재한다는 환상을 안겨 준 천재적 존재에게 갑자기 버림받았다고 느끼는 사람들이 언제 나 제기하는 질문에 대한 답을 찾지 못했기 때문이다. 그건 정말 이지 대단히 위대한 예술이다. 수단의 선택에 대해, 재료와 방법에 대해 시비를 걸 수는 있겠지만 그 힘은 부인할 수가 없다. 우리는 우리가 살고 죽는다고 상상한다. 이것은 하나의 작품이 펜에, 종이에, 잉크에, 그리고 물론 저자의 재능에 바칠 수 있는 가장 멋진 조공이다. 따라서 내가 찾아내는 유일한 설명은 저 미지의 명인이 한 번뿐인 영감의 순간에, 모든 창작에 이따금 일어나는 행운의 순간에 테레지나에게 생명을 부여했으며, 앞으로 결코 그 같은 성공을 이룰 수 없으리라는 걸 알고서 자기 자신의 성공을 시기했다는 것이다. 따라서 그는 이제 화가 나서 그것을 지우려고 애쓰고 있었다.

새벽 2시경, 나는 환자의 침대 옆에 있고 아버지는 말과 짐을 살피러 바깥에 나갔을 때 손 하나가 내 손안에 미끄러져 들었다. 나는 얼른 테레지나에게 몸을 숙였고, 그녀의 입술 위에서 봄의 잔해를, 축제의 마지막 유쾌함을 포착했다.

─포스코, 난 너를 원망하지 않아, 알지? 네 잘못이 아니 야…….

나는 놀라서 고개를 저었다.

─무슨 말을 하는 거야? 뭐라고…… 내가? 난 너를 사랑해. 어떤 남자도 사랑하지 못한 것처럼 너를 사랑해…….

─그래. 넌 성인이야. 이젠 아이가 아니야. 나를 지어내는 데 필요한 힘이 이젠 없어.

—테레지나!

　—알잖아, 사랑에 가장 필요한 건 상상이야. 저마다 자기의 모든 상상력을 동원해서, 온 힘을 다해 상대를 지어내야 해. 현실에 한 뼘의 땅도 허용해선 안 돼. 두 상상이 만날 때…… 그보다 더 아름다운 게 없어.

　—테레지나, 난 한 번도 너를 지어내는 걸 그만둔 적이 없어.

　—네겐 필요한 게 이제 없어. 언젠가는 이런 일이 닥치리라는 걸 난 알았어.

　—그건 사실이 아니야!

　—아냐, 사실이야. 그리고 너무도 당연한 일이고. 현실은 그렇게 자기방어를 하는 거야. 아이들이 성인이 되도록 내버려두는 거지. 네가 여전히 나를 사랑한다는 걸 나도 알아. 어쩌면 심지어 더 많이 사랑한다는 걸. 넌 네 어린 시절을, 마법의 숲을, 네 친구 참나무들을 아쉬워하고 네가 조금은 그 세계의 일부였다는 사실을 아쉬워하니까……. 너는 여전히 나를 사랑하지만 같은 방식으로는 아니야. 나를 살게 하는 데 필요한 상상이 이젠 네게 없어…….

　—내가 너 없이는 단 하루도 살지 못하리라는 것 너도 잘 알잖아!

　—추억으로 해결하게 될 거야. 그러라고 있는 게 추억이니까. 추억은 우리가 목소리를 잃었을 때 자신에게 불러주는 노래 같은 거야…….

　나는 그녀를 품에 안고 참으로 따뜻하고 행복한 포옹으로 감추고 싶었다. 그러면 프라하의 얼어붙은 돌멩이들이 떨기 시작할 테고, 인간에 맞서 공포된 엄격한 조치들에서 깨진 안경 한 벌, 반쯤 좀이 슨 법복 한 벌, 경찰서장의 썩어빠진 자백, 분석 결과 독성이 있는 것으로 드러난 푸르스름한 가루밖에 남지 않게 될 것이다. 따라서 나는 테레지나를 향해 몸을 숙였고, 이미 벌린 나의 두 팔은 그녀를 안으려 했다. 그런데 어떤 조심스러움이 나를 막아 세웠다. 지금까지도 나는 그걸 설명하지 못한다. 나의 광대 조상들로부터 물려받은 본능적 이해의 결과였을까? 자가 집안의 피가 내게 그런 무의식적 재간을 부리게 한 걸까? 아니면 나의 할아버지 레나토 자가에게 그 많은 불행을 이미 초래한 적 있는 그 저주스러운 예감 능력, 직감이었을까? 모르겠다. 그렇지만 분명 어떤 직감이 있던 것 같고, 나는 문득 여기 박 거리의 내 아파트에서 자신의 청춘기에—이제는 잉크와 종이 한 장으로밖에 남지 않은 청춘기에—매달리는 늙은 남자를 재회하게 될까 봐 겁이 났던 것 같다.

테레지나의 손은 이제 내 손 안에 있지 않았다. 나는 눈길을 떨구었다. 나는 그녀의 목소리를 들었다.

—봐…… 넌 이제 성인이잖아. 진짜 남자. 가련한 포스코 자가!

나는 두 손으로 얼굴을 감쳤다. 아마도 울었던 것 같다. 그 시절엔 아직 울 능력이 있었다. 그럼에도 아직 완전한 성인은 아니었던 것이다.

44

우리는 수레가 준비되자마자 프라하를 떠나 밤낮으로 남쪽의
태양을 향해 달아났다. 숲 너머로 태양의 파리한 약속밖에 보이
지 않았다. 테레지나는 추위에 신음했다. 그녀의 눈은 그림자로
채워졌다. 그녀는 눈 위를 달리는 우리의 말들보다 더 빨리 달아
났다. 그래서 우리는 부다 출신 제이콥이 생각해낸 계략을 동원
해 중간 지점마다 바꿔가며 마을에서 유대인 바이올린 악사 두
명을 구해 그녀에게 친구로 제공했다. 그들은 그녀를 향해 몸을
숙이고 생명의 도주를 늦추기 위해 단조롭고 흥겨운 곡들을 연
주했다. 음악은 그녀에게 이로운 효과를 냈다. 테레지나는 활기를
띠었다. 미소를 짓고 흥얼거렸다.

블라치라는 작은 마을에서 이교도들까지 의견을 들으러 찾아
오는 한 랍비 노인은 환자의 이마에 오래도록 손을 얹고 있다가
우리에게 말했다. 그녀에게 가장 이로운 결과를 낼 것은 새들의
노래, 꽃향기, 나뭇가지에 열린 과일의 광채, 이따금 신의 온정이
이 땅에 지나게 해주는 달콤한 공기라고.

그러나 두 대의 바이올린으로는 부족해서 죽음을 쫓을 힘이 없다는 것이 금세 드러났다. 죽음은 대담해져서 때로는 아주 가까이 와서 모든 걸 침묵으로 뒤덮었고, 유대인들의 절망적인 몸짓도 더는 현에서 아무런 강한 음조를 끌어내지 못했다. 그래서 우리는 마을에서 여섯 명의 하시드 유대인 악사를 찾아냈다. 춤과 기쁨 속에서 신의 현존을 보는 모세 학파 유대인들 말이다. 그리고 우리는 그들의 썰매가 우리 앞에서 질주하게 했다. 그동안 또 다른 여섯 명의 하시드가 바이올린으로 무장하고 다른 수레를 타고 우리를 따랐다. 나를 태워버린 것이 열 때문이었는지 모르겠다. 절망과 피로가 이젠 거의 나의 이성까지 타격을 입힌 것 같았다. 그러나 우리의 가장 아름다운 꿈 주위를 배회하던 더러운 짐승이 꼬리를 내리고 멀어진 것 같았고, 녀석의 분한 울부짖음이 멀리 숲속에서 들렸다. 그게 늑대 울음이 아니라면.

아버지의 슬픔과 불안이 얼마나 깊었던지 어느 날 저녁 나는 아버지가 기도하는 모습까지 보게 되었다.

우리 부족의 가장 굳은 전통 중 하나가 종교를 존중하는 것이었기에, 다시 말해 종교를 결코 시험하지 않는 것이었기에 나는 더욱 충격 받았다. 자가 사람들은 그 점에 있어서 언제나 대단히 까다로운 태도를 보였고, 땅에 세운 것이건 하늘에 세운 것이건 간이무대를 차지하는 동료들과의 관계에서 결코 신중을 잃지 않았다.

따라서 나는 아버지가 어떤 동료를 당혹스럽게 했을 그런 세심하지 못한 행동을 한 것에 놀랐다.

며칠 뒤 우리의 말들이 바이에른 숲을 지나고 있을 때 나는 우리를 따르는 엄청난 까마귀 떼에 놀랐다. 그 징조에서 우리가 알 브레히트 뒤러의 왕국에 이르렀다는 걸 알아보았고, 불안한 마음 도 없지 않았다. 고맙게도 유대인 바이올린의 마지막 전율이 울 릴 때까지 내 곁을 지켜주는 독자 친구여, 그대가 저 어둡고 깊은 숲을 아는지 모르겠다. 나무들이 굳어버린 듯 꼼짝 않는 가운데 기억이 죽음의 기사를 불러내는 숲 말이다. 거장의 손이 경이로 울 정도로 잘 새겨놓아 눈으로는 풍경에서 지울 수 없는 죽음의 기사를. 나는 그 말 탄 기사를 내 앞에서 보았고, 우리가 졌다는 걸 깨달았다. 그러나 내가 내 사랑을 결코 저버리지 않았다는 것 만은 여기서 말하게 해주기 바란다. 나는 테레지나의 힘없는 손 을 꼭 쥐었고, 크게 뜬 그녀의 눈 속에 내 눈길을 담았다. 그녀의 눈 속에는 우리의 말들이 달려가는 속도로 나뭇잎들의 그림자가 어른거렸다. 나는 아직 한 번도 시험에 빠뜨린 적 없는 자가 집안 의 모든 재능에 도움을 청했다. 우리의 썰매를 죽음의 현실 밖으 로 끌어내려고 안간힘을 쓰느라 내겐 아직도 손가락에 잉크 자 국이 남아 있다. 나는 아버지에게 화를 내며 외쳤다. 울면 안 된 다고, 테레지나는 살았다고, 내가 있는 한 살아남을 거라고. 왜냐 하면 내겐 그런 힘이 있기 때문이라고. 나는 열이 나는 가운데 테 레지나 몸 바로 옆에서 죽음이 아가리를 크게 벌리고 있는 걸 보 고서 죽음에 마주 서서 우리 부족이 오직 예술의 힘으로, 인간에 게 그들 마음과 그들 상상력의 자유로운 선택에 따라 스스로를 지어내게 함으로써 인간의 운명을 바꿀 날이 올 것이라고 알렸 다. 우리의 성스러운 협잡을 내세우며 나는 마침내 더없이 행복 한 진정성의 왕관을 쓴 우리 사기의 경이로운 승리를 알렸다. 이미 끔찍한 짓들을 할 채비를 마치고 나를 침대에 못 박고 현실에 넘기려는 아첨꾼의 손에서 발버둥을 치며 나는 펜과 종이와 잉크를 달라고 청했다. 우리 부족 중 누구도 아직 이런 창조적 작업을 시도한 적 없지만 자가의 전통이 나를 가장 확실한 상속자로 찾았다고 단언했다. 이젠 까마귀 떼가 득실거리는 보잘것없이 헐벗고 슬픈 숲에 지나지 않게 된 마법의 숲에서 뒤러의 기사가 죽음의 무거운 걸음을 내디디며 지나고 또 지나는 동안, 유대인 악사들이 바이올린으로 내가 들으면서도 듣는 게 아닌 곡을 연주하는 동안 테레지나는 이미 싸늘하게 식은 몸을 죽음의 마차에 실어둔 채 내가 이제 막 그녀에게 안겨준 삶의 복귀에 환한 웃음을 터뜨렸고, 남쪽 태양을 향한 우리 말들의 질주에 몸을 실은 채 엎어진 술병 앞 여인숙 탁자에 쓰러져 있던 아버지는 별안간 아직 작곡되지도 않은 〈돈 조반니〉 2막의 곡을 노래하기 시작했다. 내게 사혈을 하던 돌팔이 의사들에게 나는 외쳤다. 앞으로 내가 살게 될 모든 것은 오직 나의 의지에만 달려 있을 거라고. 왜냐하면 모든 자가 사람들 가운데 최고인 내가 덧없는 것으로 영원을 만드는 예술을, 가짜 돈으로 꿈과 황금으로 이루어진 진짜 세계를 만드는 예술을 발견했으며, 그리고 이 금, 눈꺼풀 위에 뿌려지는 이 금가루는 사랑하고 희망하고 살아가게 만들어주는 그 힘을 늙은 우리 부족의 마지막 광대가 간이무대에서 쫓겨날 때라야 잃게 될 것이기 때문이라고 외쳤다.

나는 유대인 바이올린 소리에 맞춰 미끄러지던 수레에서 일어선 채 나의 젊은 힘을 어두운 숲속에서 테레지나를 즐겁게 만드는 시험에 쏟는 것이 기뻤다. 나는 그곳에 수천 가지 새소리를 울리게 했고, 내가 직접 가장 사랑스러운 꽃을 고르고 가장 유쾌한 색깔들을 골라 세세한 것까지 손써서 화창한 봄이 그곳을 지배하게 만들었다. 무엇 앞에서도 물러서지 않고, 겁을 먹고 무대 뒤에 숨은 저 미지의 저자가 우리에게 강요하는 모든 엄격함에 맞서서 나는 대담하게도 티에폴로의 주머니에서 끄집어낸, 뾰족모자를 쓰고 매부리코를 붙인 하얀 폴리치넬라 무리들로 테레지나를 둘러쌌다. 썰매가 별들로 반짝이는 눈 위를 달리고, 굴복한 늙은 광대 아버지가 아들이 그의 지친 손에서 횃불을 받아 든 걸 알지 못한 채 테레지나의 몸에 이마를 대고 오열하는 동안, 나는 색종이 비로 까마귀들을 뒤덮고 카니발과 가면 쓴 군중을 들어오게 했다. 그리고 숲의 한쪽은 완전히 지워버려야 했다. 그 공간에 산마르코 광장을 갖다 놓아야 했기 때문이었다. 테레지나는 박수갈채를 보냈고, 색종이 조각을 날렸고, 노래했다. 이 성공에 고무된 나는 마부에게 손짓을 해, 평소 관습이 아니었으므로 그가 겁냈지만, 말들을 달 위로 솟아오르게 했다. 그렇게 우리는 푸른 밤 속으로 미끄러져 나아갔고, 이따금 별 한 줌을 주워 유대인 바이올린 악사들에게, 오두막 지붕 위에, 사람들의 마음속에 던졌다. 내가 이 고된 일에 몰두하는 사이 하시드 악사들은 나의 지지를 잃고 4분의 3 정도 지워져 있었다. 그러나 나는 곧 그들에게 윤곽을 다시 돌려주기 위해 전념했다. 그들은 내게 대단히 소중했다. 마법사로서 내 경력이 비록 짧긴 해도 오직 상상과 꿈의 힘만으로 가증스러운 현실에 맞서 싸우려면 유대인의 것은 무엇도 내게 낯선 것일 수 없다는 사실을 이미 알고 있었기 때문이다. 이미 식고 비어버린 테레지나의 얼굴 위로 오래도록 몸을 기울이는 행동, 광대들에겐 위험한 그런 행동을 하게 해주는 확신은 전혀 갖고 있지 않았지만 나는 결코 망설이지 않았다. 나는 가만히 그녀의 눈을 감겼다. 겁을 집어먹고, 나의 이 새로운 재능이, 내가 어쩌면 지나치게 신뢰하는 이 새로운 재능들이 갑자기 내게서 사라지면 일어날 일에 대한 생각으로 떨면서. 그런 다음 나는 그녀를 삶으로 돌려보냈다. 아주 쉽게 해냈기에 아주 뿌듯했다. 그러자 그녀는 내 품에 뛰어들어 내게 입 맞추고 웃었다. 왜냐하면 불행을 비웃는 것보다 더 그녀를 즐겁게 하는 일이 없었기 때문이다. 테레지나는 내 어깨에 기댔고, 나는 커다란 모피가 머리카락까지 덮은 그 몸 위에 쓰러져 있는 아버지를 연민 어린 눈길로 바라보았다. 나는 생각했다. 결국 주세페 자가는 늙었고, 능력을 잃었다. 있는 그대로의 사물에 무너지는 마법사, 다른 현실을 만들어내는 데 필요한 용기를 더는 갖지 못한 마법사를 보는 것보다 괴로운 일이 없다. 나는 악사들에게 〈미소의 왈츠〉를 연주하라고 명령했고, 그러자 온 숲이 기뻐했다. 그런 축제에 참석한 것이 참으로 오래전 일이었기 때문이다. 그렇지만 나는 아버지와 횃불을 든 사람들이 풍습대로 테레지나의 몸을 땅속으로 데려가는 음산한 희극에 몰두하는 걸 막기 위해 아무런 노력도 하지 않았다. 불쾌한 의식이지만 죽음을 만족시키는 척하면서 죽음을 속이는 일이었기 때문이다. 진짜 테레지나는, 그 무엇도 그 누구도 내게서 분리하지 못했고 앞으로도 분리하지 못할 진짜 테레지나는 내게 따뜻한 몸을 한껏 기대고 있었기 때문이다. 그녀의 머리카락은 다시 그녀의 목과 어깨와 사랑스러운 놀이를 시작했고, 나는 거기서 나의 장난꾸러기 다람쥐들을 모두 되찾았다.

─포스코, 내가 나아서 정말 행복해. 너한테 목숨을 빚졌어. 넌 내가 생각한 것보다 훨씬 더 어린아이로 남았어.

난 그녀에게 알려주었다.

─난 절대 늙지 않을 거야. 아주 쉬워. 잉크와 종이, 펜과 광대의 심장만 있으면 돼.

─저 사람들은 누구야?

하얀 꼽추 폴리치넬라들이 떼 지어 우리 주위로 몰려들었고, 베네치아 축제의 종말과 쇠퇴를 알리는 약간 음산한 얼굴들을 하고 있긴 했지만 그 호의와 마음은 느껴졌다.

─베네치아야. 우리가 돌아왔어.

내가 말했다.

그녀는 두 팔로 내 목을 감쌌고, 나는 내 입술 위로 그녀의 입술을 느꼈다. 그녀의 머리카락은 나를 한껏 쓰다듬었고, 곤돌라는 푸른 밤 위를 미끄러져 나아갔고, 색종이 조각들이 맑디맑은 하늘에서 반짝였다. 그러는 동안 나는 완벽성을 염려해서 여기저기 부족한 것을 채웠다. 연민 가득한 신, 이 세상엔 없는 정의, 결코 죽지 않는 사랑, 그리고 유대인 바이올린 하나를.

로맹 가리의 마법

깊이를 헤아릴 수 없는 작가들이 있다. 로맹 가리가 그렇다. 대략 손꼽아 보니 그가 쓴 작품을 열다섯 편 넘게 읽었다. 그런데도 그는 조금도 뻔하지 않다. 로맹 가리를 좋아하고 그의 작품을 안다고 생각하는 독자에게도 이 작품은 새로 놀라움을 안길 것이다. 상상을 훌쩍 뛰어넘는 플롯도 놀랍고, 특유의 유머와 깊이 있는 통찰로 독자의 호기심을 휘어잡고 긴 이야기를 끌어가는 작가의 서사 능력도 감탄스럽다. 소설을 쓰겠다고 마음먹고 책상에 앉으면 이야기가 술술 풀려나온다는 로맹 가리는 특히 이 소설에서 타고난 이야기꾼의 재능을 한껏 발휘한 것 같다. 실제로 그는 이 작품을 쓰면서 각별히 열정을 쏟았다. 도입부 첫 문단만도 열다섯 번이나 다시 썼고, 수기 원고를 거듭 수정한 뒤 타이핑한 원고마저 가필한 곳이 너무 많아 다시 타이핑했으며, 마지막 교정지까지 수정을 거듭하며 세심하게 공을 들였다. 저자 자신이 이 작품에 특별한 애착을 느낀다고 밝히기도 했지만, 로맹 가리의 전기를 쓴 작가 도미니크 보나는 그의 소설 가운데 가장 완성도 높은 작품으로 이 작품을 꼽았다.

화자이자 주인공인 포스코 자가는 나이를 알 수 없는 인물이다. 예카테리나 2세 통치 시절인 18세기 중반부터 20세기 후반까지 살고 있으니 나이가 200살은 족히 넘어 보인다. 작가가 된 늙은 화자는 집필실 책상에 앉아 유년기의 기억부터 더듬으며 자기 집안 이야기를 들려준다. 베네치아 출신으로 러시아로 이주해온 자가 일가는 광대, 곡예사, 연금술사, 치료사, 마술사, 협잡꾼, 야바위꾼 등 온갖 이름으로 불린다. 화자의 아버지 주세페 자가는 예카테리나 여제의 궁정을 드나들 만큼 출세했지만 여제의 변비 치료를 책임지고 있는 그의 운명은 여제의 용변 여부에 따라 출렁인다. 18세기와 19세기 유럽 사회에 불어닥친 큰 변혁들 틈바구니에서 자가 일가가 겪는 놀라운 모험과 주인공의 성장기가 주된 줄거리를 이루고, 체스 두는 자동인형 이야기며 작가로서 침체기에 빠진 화자가 프로이트의 상담을 받는 이야기 등 기상천외하고 재미난 일화들이 가지를 쳐서 소설을 풍성하게 채운다. 저자는 예카테리나 여제 궁정의 비화며 푸가초프 반란 같은 역사적 사실과 볼테르, 프로이트, 카사노바, 레닌 등 역사 속 인물들을 불러내고 역사와 허구를 교묘히 버무려 경이로운 모험담을 만들어낸다.

로맹 가리는 말한 바 있다. "내 소설은 사랑 이야기가 아닌 것이 없다. 사랑의 대상이 여자든 아니면 인류든, 문명이든 자유든, 자연이든 삶이든." 이 소설 역시 사랑을 이야기한다. 한 여자를 향한 지독한 사랑을. 열두 살에 주인공 포스코 자가는 자신보다 겨우 네 살 많은 어린 새엄마 테레지나를 보고 즉각 사랑에 빠져 평생 마음속으로 오직 그녀만을 사랑한다. 수많은 여자를 만나도 그들 얼굴 너머로 그가 보는 건 오직 하나의 얼굴이다. 테레지나는 이미 사라지고 없어도 그는 상상과 기억의 힘으로 그녀를 살려낸다. "한 여자를 사랑한다는 건 단 한 번 사랑한다는 의미"이고, "연인이 사라지면 더는 세기를, 해를, 초를, 영원을, 계절을 헤아릴 수 없다"라고 말할 만큼 강렬한 사랑의 힘으로 시간마저 이긴다. 그리고 자신이 200년을 살고도 죽지 않는 건 "사랑을 책임지고 있기 때문"이며, 그가 사랑한 만큼 사랑할 누군가 나타나지 않는 한 죽을 수가 없다고 말한다. 이렇게 이 소설에서 작가가 그리는 건 시간을 무력화할 만큼 강력한 사랑이다.

　　로맹 가리는 이 작품에서 주인공 포스코 자가를 작가로 설정하고, 펜과 잉크와 종이와 상상의 힘으로 현실 너머 무한한 가능성의 세계를 창조하는 작가를 마법사로 정의한다. 호메로스, 단테, 세르반테스, 톨스토이 등 많은 마법사들이 이미 많은 위대한 일을 해냈지만 신을 잃은 세상엔 점점 더 많은 마법사들이 필요하며, 자신은 마법사 부족이 한 번도 세상에 낸 적 없는 가장 위대한 마법사가 되겠다고 다짐하는 주인공의 외침은 바로 로맹 가리 자신의 외침으로 들린다. 실제로 작가는 자신이 사는 파리 박가의 집필실을 주인공에게 내주는 등 작품 곳곳에 자전적 요소를 심고 있다. 로맹 가리가 이 작품을 펴낸 건 에밀 아자르가 탄생하기 전해의 일이다. 눈부신 성공을 거두고 공쿠르상도 수상했지만 그는 이후 출간하는 작품마다 혹평을 쏟아내고 다 안다는 듯 식상한 눈길을 던지는 문단과 독자의 반응에 괴로워했다. 결국 각별한 열정을 기울여 써낸 이 작품을 마지막으로 그는 이듬

해 족쇄 같은 자신의 이름을 벗고 에밀 아자르라는 이름으로 새로운 변신을 시도하는데, 그러기 직전의 심경을 이 소설 속에 털어놓는다. 독자는 그의 책을 사지 않고 비평은 그의 책에 침묵해서 사기가 바닥에 떨어지고 침체기에 빠져 있었다고 화자의 입을 통해 고백하고 있다. 그리고 추악한 현실을 상대로 싸우는 마법사의 이야기를 통해 상상의 힘, 소설의 힘을 변론한다.

로맹 가리는 "맹목적으로 걸작만을 추구하는, 소설의 하인"을 자처한다. 자신에게 소설은 "만병통치약"이어서 비현실을 통해 현실에 대한 보상을 받는다고 말한다. 그는 무엇보다 "뛰어난 이야기꾼" "탁월한 거짓말쟁이" "세상을 지어내는 발명가"가 되길 바랐고, 자신의 모든 걸 소설에 쏟았다. 어느 인터뷰에서는 "내가 타인들에게 줄 수 있는 최고의 것은 나의 소설들"이라고 말했고, 죽기 전에 마지막으로 남긴 고백(『내 삶의 의미』)에서도 "작가는 자기 자신의 최고의 것을, 자기 상상에서 끌어낸 최고의 것을 책 속에 담고 그 나머지 '한 무더기의 보잘것없는 비밀'은 홀로 간직"한다고 말했다. 그의 펜이 종이 위를 달리기만 하면 그는 마법사가 된다. 모든 게 가능해지고, 세기들이 그의 펜이 부리는 마법에 굴복한다. 위대한 마법사 로맹 가리가 부리는 마법, 그것이 그의 소설이다.

2017년 봄

백선희